Linda Nichols

Sehnsucht nach Eden

francke

Über die Autorin:
Mit ihren Geschichten berührt Linda Nichols auf einzigartige Weise die Herzen ihrer Leser. Bereits ihr christliches Romandebüt war für den Christy-Award nominiert. Zusammen mit ihrem Mann und ihren Kindern lebt sie in Tacoma, Washington.

Bibliografische Information Der Deutschen Bibliothek
Die Deutsche Bibliothek verzeichnet diese Publikation in der Deutschen Nationalbibliografie; detaillierte bibliografische Daten sind im Internet über http://dnb.ddb.de abrufbar.

ISBN 978-3-86827-399-1

Originally published in English under the title
In Search of Eden
by Bethany House
a division of Baker Publishing Group,
Grand Rapids, Michigan, 49516, USA

Deutsch von Rebekka Jilg / Tabea Klaus / Ingo Rothkirch
Umschlagbild: © shutterstock / Awei
Umschlaggestaltung: Verlag der Francke-Buchhandlung GmbH / Sven Gerhardt
Satz: Verlag der Francke-Buchhandlung GmbH
Druck und Bindung: CPI Moravia Books, Korneuburg

www.francke-buch.de

Prolog

Edens Hände zitterten, als sie den Kartondeckel anhob. Zehn Jahre hatte sie verstreichen lassen, weil sie die Bedingungen nicht zu erfüllen glaubte, die auf dem daraufgeklebten Zettel standen: *Erst öffnen, wenn du weißt, wer du bist, ohne den Inhalt zu kennen.* Jedes Jahr hatte Eden sich anlässlich ihres Geburtstages gefragt, ob jetzt wohl endlich der richtige Zeitpunkt gekommen sei ... und jedes Mal war sie im letzten Moment wieder unsicher geworden. In diesem Jahr aber, dem Jahr ihres 21. Geburtstages, hätte sie die Kiste beinahe vergessen. Schließlich überschlugen sich die Ereignisse geradezu: Mit dem Collegeabschluss, ihrer Bewerbung bei der Polizeiakademie und den Vorbereitungen für das Weihnachtsfest war sie vollkommen ausgelastet. Es war ihre Mutter gewesen, die sie an die Kiste erinnert und sie dabei mit einem seltsam herausfordernden Lächeln angesehen hatte. Da hatte Eden gewusst: Diesmal war es an der Zeit!

Sie legte den Deckel beiseite und schlug vorsichtig das Seidenpapier zurück, das obenauf lag. Als sie sah, was sich in der Kiste befand, konnte sie sich eines Schmunzelns nicht erwehren. Wie wenig der Inhalt ihren Erwartungen entsprach!

Vor ihr lag ein dicker, großformatiger Zeichenblock mit Spiralbindung. Unzählige Schnipsel und andere aufgeklebte Dinge lugten zwischen den sich wellenden Seiten hervor. Es war ein Zeichenblock voller Leben. Ein Zeichenblock, der nichts, aber auch wirklich gar nichts mehr mit den unberührten und neutralen Blöcken gemein hatte, wie sie im Laden verkauft wurden. Auf dem Deckblatt befand sich eine Collage. Sie zeigte eine Landstraße, die sich in einem Waldstück verlor. Babybilder. Einen Eisberg.

Eden legte den Daumen an die Kante des Blocks und ließ die Seiten an ihm vorbeigleiten. Sie sah Zeichnungen, Aquarellminiaturen, handschriftliche Notizen und aus Illustrierten ausgeschnittene Bilder, dazu zahlreiche maschinengeschriebene Seiten. Doch was hatte das alles zu bedeuten? Der Sinn und Zweck des Ganzen wollte sich Eden nicht erschließen, bis sie den Briefumschlag entdeckte, der zwischen dem Deckblatt und der ersten Seite steckte. Ihr Name stand darauf! Edens Herz schlug schneller. Sie öffnete den Umschlag und zog vorsichtig einen Bogen feines Briefpapier hervor.

Liebste Eden, las sie.
heute hast Du Geburtstag. Ich weiß nicht, ob ich Dich zu diesem Anlass sehen werde oder ob ich überhaupt noch ein Teil Deines Lebens bin, aber Du sollst wissen, dass Du in meinem Herzen wohnst – so, wie Du es immer getan hast. Jeden Tag meines Lebens denke ich an Dich und jeden Tag schließe ich Dich in meine Gebete ein. Ich bitte Gott um ein glückliches und gesegnetes Leben für Dich ... und ich bete, dass ich damals die richtige Entscheidung getroffen habe.
Ein Freund von mir hat einmal gesagt, die glücklichsten Menschen seien die, die nicht davonliefen. Seitdem lassen mich seine Worte nicht mehr los. Immer wieder muss ich über sie nachdenken. Den größten Teil meines Lebens bin ich sprunghaft und unzuverlässig gewesen – auch wenn das auf keinen Fall meine Absicht war. Ich bin im Laufe der Zeit einfach so geworden, bin vor allem und jedem davongelaufen. Wenn sich etwas nicht so entwickelte, wie ich es mir vorgestellt hatte, erschien es mir immer gleich verdorben und verlor seine Bedeutung für mich. Ich war genau die Art Mensch, die mein Freund als unglücklich und unzufrieden bezeichnete – war wie der Flaum einer Pusteblume, der sich bei der leichtesten Brise auf- und davonmacht. Oft war mir mein unstetes Verhalten gar nicht bewusst. Ich gab Jobs auf, ließ Menschen zurück und vergaß, was ich versprochen hatte. Vom nächstbesten Windstoß ließ ich mich forttragen – irgendwohin.

Aber ich bin schon wieder zu schnell und greife vor – sicher eine weitere meiner Schwächen. Bis Du am Ende angelangt bist, wirst Du noch mehrere von ihnen kennenlernen, denn ich will Dir offen und ehrlich alles von mir erzählen. Was Du in den Händen hältst, ist nicht die Hochglanzversion meines Lebens. „Schreib alles in ein Buch – das, was bereits lange zurückliegt und die Ereignisse der jüngsten Vergangenheit, die Dinge, auf die du stolz bist und die, die dir peinlich sind. Das wird dein ganz besonderes Geschenk für sie sein." So hat es mir ein Freund geraten und ich bin seinem Rat gefolgt. Ich habe alles ganz und gar ungeschönt aufgeschrieben – so, wie es mir im Gedächtnis geblieben ist und wie andere es mir berichtet haben. Ich denke, diese Ehrlichkeit ist eine meiner guten Eigenschaften, aber entscheide selbst.
Ich werde Dir alles berichten, was geschah, und dann liegt es bei Dir, darüber zu befinden, ob ich richtig oder falsch gehandelt habe. Du bist die Einzige, der überhaupt ein Urteil darüber zusteht. Mein Herz hofft auf Deine Nachsichtigkeit und Milde, aber egal was kommt, bleibe ich doch für immer
Deine Miranda

Eden holte tief Luft und musste lächeln. Das Herz wollte ihr fast zerspringen vor Freude. Sie hatte es schon immer geahnt, hatte es so sehr gehofft. Am liebsten wäre sie aufgesprungen und zum Telefon gerannt oder noch besser direkt ins Auto gestiegen und losgefahren, doch dann besann sie sich und las den Brief noch einmal, diesmal mit Bedacht und mit Tränen in den Augen.

Und schließlich, als ihr Inneres zur Ruhe gekommen war und sie sich bereit für das fühlte, was ihr endlich Klarheit über das Warum und Weshalb verschaffen würde, schlug sie die erste Seite um und vertiefte sich in die Geschichte.

1

14. Dezember 1995, Nashville, Tennessee

Wanda unterdrückte ein Gähnen. Seit das Krankenhaus die Zehnstundenschicht eingeführt hatte, spürte sie plötzlich ihr Alter. An einem langen Tag kroch es in Form von Müdigkeit langsam von ihren Beinen hinauf bis in den Rücken, um sich dort dauerhaft einzunisten. Heute war ein besonders anstrengender Tag gewesen. Das Schicksal einer Patientin hatte Wanda schwer mitgenommen und auch jetzt ließen sie die Gedanken an ihre Schutzbefohlene nicht los. Erneut wurde sie von einer Woge des Mitgefühls überrollt. Die Kleine war kaum sechzehn, fast selbst noch ein Kind, und viel zu jung, um bereits ein eigenes Baby zu bekommen!

Dennoch hatte das Mädchen heute entbunden, aber noch nicht einmal Wanda hatte genügend Zeit gehabt, um einen Blick auf den Säugling zu werfen, so schnell war das Kind der Mutter entrissen worden. Sie sollte es gar nicht erst im Arm halten, geschweige denn betrachten können. Verantwortlich für diese Härte waren Dr. Herbert und die Großmutter des Neugeborenen, die Wanda an die böse Stiefmutter aus zahlreichen Märchen erinnerte. Rein äußerlich war sie eine Frau, die mit ihren roten Haaren und dem herzförmigen Gesicht hübsch anzusehen war, aber ihr Blick jagte Wanda jedes Mal ein Schaudern über den Rücken.

„Das Kind wird zur Adoption freigegeben", sagte Dr. Herbert so ungerührt, als sei eine derartige Entscheidung etwas vollkommen Alltägliches. „Es ist alles schon *privat* arrangiert." Wanda war eigentlich der Meinung gewesen, diese Art von Geheimniskrämerei gäbe es seit den fünfziger Jahren nicht mehr, aber Dr. Herbert widersprach man nicht. Nicht, wenn man seine Stelle behalten wollte. Wanda hing an ihrem Arbeitsplatz, also hielt sie den Mund. Stattdessen malte sie sich unwillkürlich aus, wie irgendein reicher Snob, irgendeine reiche Dame der feinen Gesellschaft dieser grässlichen Großmutter das kleine Bündel abkaufte. Wanda schüttelte den Kopf. Wo war die Mutter des Mädchens gewesen, als sich ihre Tochter während der Wehen die Seele aus dem Leib geschrien hatte? Die Kleine hatte furchtbare Angst gehabt, doch kein Angehöriger hatte mit an ihrem Bett gesessen und ihr zur Unterstützung die Hand gehalten. Wanda war die Einzige gewesen, die sich bemüht hatte, ihrer Patientin in dieser beängstigenden Situation ein wenig Trost zu spenden. Trotzdem war es ein schwerer Kampf für die Mutter gewesen. Dr. Herbert hatte sich schließlich für einen Kaiserschnitt entschieden, wodurch es auch gleichzeitig leichter wurde, der jungen Frau ihr Kind vorzuenthalten.

Wenigstens war das Baby selbst vollkommen gesund. Es schrie aus Leibeskräften und bestand alle ersten Untersuchungen ohne Befund, doch sogar das durfte Wanda der Mutter nicht verraten – weder das Geburtsgewicht, noch die Größe, noch das Geschlecht.

„Die Familie hat beschlossen, es sei das Beste für das Mädchen, nichts Genaueres zu wissen“, hatte Dr. Herbert gesagt. Die Familie? Damit meinte er wohl Frankensteins Braut.

Wanda beobachtete die Großmutter des Neugeborenen heimlich vom Schwesternzimmer aus durch die Glasscheibe des Warteraums. Immer wieder sprang die Frau auf und ging vor die Tür, um eine Zigarette zu rauchen. Wenn sie wiederkam, lief sie nervös auf und ab oder rückte fahrig den Zeitschriftenstapel zurecht.

Wanda seufzte, schüttelte erneut den Kopf und spürte eine tiefe Traurigkeit in ihrem Herzen. Müde sah sie auf die Uhr. Ihre

Schicht war zu Ende, aber bevor sie ging, wollte sie doch noch einmal nach ihrer Patientin sehen.

Sie machte sich auf die Suche nach dem Zimmer der jungen Frau auf der Entbindungsstation. Wieso nur war sie hier bei den anderen Wöchnerinnen und deren Babys untergebracht worden? In den Augen der Krankenschwester war dieses Verhalten eine weitere unnötige Grausamkeit.

Die 510. Wenigstens ein Einzelzimmer, dachte Wanda, die Gott schon für die kleinsten Wohltaten für ihre Schutzbefohlene dankbar war. Leise öffnete sie die Tür. Das Zimmer lag vollständig im Dunkeln. Es brannte kein Licht, und auch die Vorhänge waren zugezogen. Da drang aus dem Nichts ein Schluchzen an Wandas Ohr. Das Mädchen weinte! Wer würde das nicht in ihrer Lage, dachte Wanda und spürte, wie Wut und Zorn von Neuem in ihr aufstiegen. Da lag dieses halbe Kind und versuchte, mit ihm völlig unbekannten Gefühlen fertig zu werden – den Gefühlen einer jungen Frau, die gerade ihr erstes Baby bekommen hatte, ohne dass der Vater des Kindes, die eigene Mutter oder sonst irgendeine vertraute Person als Unterstützung dabei gewesen wäre. Hinzu kamen noch die Schmerzen durch die langen, fruchtlosen Wehen und die anschließende Operation. Die ausgestandene Angst und Qual musste tiefe Wunden in der Seele des Mädchens hinterlassen – ganz zu schweigen von der schmerzlichen Trennung von ihrem Baby.

„Hallo", sagte Wanda leise, schaltete eine kleine Lampe an und trat an das Bett. Sie beugte sich lächelnd über das Mädchen. Die Bewegung versetzte ihrem Rücken einen Stich, aber Wanda bemerkte es kaum. Das Mädchen blinzelte. Als sie Wanda erkannte, füllten sich ihre Augen erneut mit Tränen, dann wandte sie beschämt den Kopf ab.

„Lass nur, Kind. Ist schon in Ordnung", sagte Wanda sanft. Sie nahm die Hand der jungen Mutter und streichelte sie, doch das schien erst recht alle Tränenschleusen zu öffnen. Wanda senkte das Seitengitter, setzte sich auf die Bettkante und breitete ihre Arme aus, worauf sich das Mädchen – soweit es die frische Bauchwunde zuließ – an Wanda schmiegte. Schluchzend lehnte sie an ihrer Schulter und weinte sich aus. Wandas Kittel wurde nass, aber das war ihr egal. Sie streichelte über die schmächtigen Schultern und küsste das dicke, glatte Haar, während sie beruhigend murmelte: „Na, na, wer wird denn ... ist ja schon gut, alles wird gut", – so, wie sie es immer bei ihrer eigenen Tochter tat. Im Vergleich schienen deren Probleme allerdings verschwindend klein.

Nach einer ganzen Weile schien sich das Mädchen zu beruhigen. Wanda reichte ihr Papiertaschentücher, dann stand sie auf und füllte den Plastikkrug mit Wasser. Ärgerlich schüttelte sie den Kopf. Wie konnten sich die Schwestern draußen auf dem Gang nur so wenig um eine derart junge Patientin so kurz nach der Geburt kümmern? Fühlte sich denn niemand für sie verantwortlich? Aber nein, sie durfte auch nicht ungerecht sein. Das Mädchen wurde mit Sicherheit gründlich überwacht. Bestimmt erschien in Kürze eine der Schwestern, um ihren Gesundheitszustand zu überprüfen. Wanda wusste, dass ihre Verärgerung eigentlich nicht dem Pflegepersonal, sondern der Situation an sich galt.

„Hier, trink das", sagte Wanda und hielt ihrer Patientin einen Plastikbecher mit Wasser entgegen, wobei sie den Strohhalm so bog, dass sich das Mädchen nicht aufzusetzen brauchte.

Sie nahm einen Schluck. Dann noch einen. Schließlich hielt sie inne und sagte mit belegter Stimme: „Ich habe noch nicht einmal mein Baby gesehen! Sie wollen mir sogar verschweigen, ob es ein Junge oder ein Mädchen ist."

Wanda blickte in die fragenden Augen des Mädchens und fühlte sich hin und her gerissen zwischen Krankenhauspolitik und Mitgefühl.

Gerade wollte sie zu einer Antwort ansetzen, als sie plötzlich

Stimmen hörte. Es war die Mutter ihrer Patientin. Die Krankenschwester verstand nicht alles, was sie sagte, aber nach ihrem Tonfall zu schließen, war die Mutter sehr aufgebracht. Wanda vernahm die Worte „hat mich endlos draußen im Wartezimmer sitzen lassen“ und „wollte etwas zu essen holen und habe den falschen Fahrstuhl genommen“. Dann schlug die Tür auf und die Frau stürmte herein.

„Da bist du ja!“, sagte sie. Ihre Anwesenheit erfüllte trotz ihrer zierlichen Statur den ganzen Raum, wobei ihr Tonfall eindeutig etwas Vorwurfsvolles an sich hatte. Ihre Aussage klang fast wie eine Schuldzuweisung. Vielleicht hatte das Mädchen ja wirklich etwas falsch gemacht, aber war dies der richtige Zeitpunkt, um Schuldgefühle zu wecken oder gar Reue zu verlangen?

„Hallo Mama“, sagte das Mädchen leise. In ihrer Stimme lag so viel Kummer und Elend, dass Wanda es kaum ertragen konnte.

Die Frau warf auch der Krankenschwester am Bett ihrer Tochter einen vorwurfsvollen Blick zu, obwohl sie nicht wissen konnte, dass diese außerhalb ihrer offiziellen Dienstzeit hier war. Wanda tätschelte ihrer jungen Patientin noch einmal beruhigend die zitternden Hände und ging dann in das Dienstzimmer der anderen Krankenschwestern auf dem Gang. Scheinbar vollkommen gelassen beobachtete sie bei einem kleinen Plausch mit ihrer Kollegin, wie die Mutter das Zimmer bereits wenig später wieder verließ und sich offensichtlich auf den Heimweg machte.

„Das ist vielleicht ein Weibsstück! Mit der ist nicht gut Kirschen essen“, sagte die diensthabende Schwester und deutete mit dem Kopf auf die rothaarige Frau, bevor sie einen weiteren Schluck aus ihrer Kaffeetasse nahm. Wanda nickte und wartete, ob ihre Kollegin noch mehr sagen würde. Sie wurde nicht enttäuscht.

„Die Adoptiveltern sind bereits auf dem Weg. Sie nehmen das Baby heute schon mit nach Hause.“ Wanda hörte das eilige

Klappern der Absätze auf dem Flur. Die Mutter ihrer Patientin eilte zielstrebig zur Fahrstuhltür und drückte mehrere Male ungeduldig auf den Knopf. Endlich kam der Aufzug. Die Frau verschwand in seinem Inneren und die Türen schlossen sich hinter ihr. Nicht einen Blick hatte sie auf ihr neugeborenes Enkelkind werfen wollen. Wanda schüttelte den Kopf und warf ihrer Kollegin einen fragenden Blick zu. Die Stationsschwester zuckte die Achseln, nahm das Klemmbrett mit der Stationskurve und machte sich auf den Weg zum anderen Ende des Flures. Wanda blieb allein zurück.

Sie zögerte nur einen Augenblick, dann ging sie auf direktem Weg zum Säuglingszimmer. Sie versuchte, möglichst nicht darüber nachzudenken, was sie gleich zu tun beabsichtigte. Sie versuchte, nicht daran zu denken, dass durch ihr Verhalten ihr Arbeitsplatz auf dem Spiel stand, sondern einfach nur das zu tun, was sie sich selbst in der gleichen Notlage von anderen gewünscht hätte. Die diensthabende Krankenschwester bei den Neugeborenen war Martha Green, die ebenfalls kurz vor der Rente stand. Vor ewigen Zeiten hatten sie sogar gemeinsam die Schwesternschule besucht. Momentan war ihre Kollegin damit beschäftigt, einen ihrer winzigen Schutzbefohlenen zu baden und zu wiegen. Der frischgebackene Vater stand wissbegierig, aber noch etwas unbeholfen daneben. Martha sah lediglich kurz auf, nickte lächelnd zu Wanda herüber und wandte anschließend ihre Aufmerksamkeit wieder dem Neugeborenen zu.

Wandas Blick wanderte über die Reihe der Kinderbettchen, bis sie fand, wonach sie suchte. Du meine Güte. Was für ein süßes, wunderschönes Baby! Rosige Wangen, dunkles Haar und ein winzig kleiner Schmollmund! Aber letztlich waren sie alle so unglaublich kostbar. Der friedlich schlafende Säugling war in eine neutrale, weiße Decke gewickelt und Wanda erinnerte sich unwillkürlich an die Worte ihrer Kollegin: *Die Adoptiveltern sind schon auf dem Weg!*

Es ging also um Minuten. Sie hob das kleine Bündel aus dem Bettchen, verließ den Raum und eilte mit ihrer federleichten Last über den Gang. Sie ging möglichst rasch und mit erhobenem Haupt, ohne sich auch nur im Geringsten anmerken zu lassen, dass sie gerade gegen die Krankenhausregeln und vielleicht sogar gegen das Gesetz verstieß. Jeder, der sie sah, würde sie nur für eine äußerst fleißige und engagierte Krankenschwester halten.

Das Zimmer der jungen Patientin war schnell erreicht. Wanda öffnete die Tür und zog sie gleich wieder hinter sich zu.

Das Mädchen blickte auf und starrte sie dann mit offenem Mund an. „Oh!", sagte sie, bevor ihr erneut die Tränen in die Augen traten. „Oh, danke!"

Wanda half ihr, sich aufzusetzen, legte ihr das Baby in den Arm und ging dann zur Tür, um sie einen Spaltbreit zu öffnen. So weit, so gut. Ihr Blick wanderte immerzu zwischen dem Anblick der zwei Menschen im Bett und dem Flur draußen hin und her. Vorsichtig hielt das Mädchen ihr Kind im Arm und berührte sachte die kleinen Hände. Dann strich sie mit ihren Lippen behutsam über die zarten Babywangen und flüsterte ihrem Kind leise Worte ins Ohr, die Wanda nicht verstand. Wie ungern störte sie diese innige Zweisamkeit, aber ein Blick auf die Uhr mahnte zur Eile. Nachdem sie sich noch einmal vergewissert hatte, dass niemand draußen auf dem Gang war, trat Wanda an das Bett und legte eine Hand auf den Kopf der jungen Mutter und die andere auf den des Neugeborenen. „Herr Jesus", betete sie laut, „dein Herz ist voller Liebe und Vergebung. Und du hast gesagt, so wie eine Mutter ihr Kind nicht vergisst, so wirst auch du uns niemals vergessen, denn du hast uns in deine Handflächen gezeichnet. Deshalb bitte ich dich jetzt für diese beiden, dass deine Liebe sie eines Tages irgendwie wieder zusammenführt und du bis dahin über ihnen wachst und sie beschützt. Amen!"

Die junge Mutter weinte und wischte sich mit dem Handrücken über die Augen, das Baby mit dem anderen Arm eng an sich gedrückt. Ein Geräusch auf dem Flur ließ Wanda erschrocken auffahren. Sie ging zur Tür und blickte vorsichtig hinaus. Jemand verließ gerade den Fahrstuhl. Es war Dr. Herbert, begleitet von einem Paar, dem die Aufregung deutlich anzusehen war. Das konnten nur die Adoptiveltern sein. Ach du meine Güte!

„Es tut mir leid", sagte Wanda, „aber ich muss das Baby wieder zurückbringen. Jetzt gleich."

Das Mädchen wehrte sich nicht, reichte ihr den Säugling aber auch nicht freiwillig herüber. Vorsichtig löste Wanda das Kind aus den Armen seiner Mutter, die daraufhin wieder zu weinen begann. Mit schwerem Herzen, aber ohne zurückzublicken eilte Wanda aus dem Zimmer. Sie nahm die Abkürzung durch die Stationsapotheke und erreichte eben noch das Säuglingszimmer, bevor Dr. Herbert und das Paar um die Ecke bogen. Hastig legte Wanda das Baby in sein Bettchen und ging direkt danach, ganz konfus vor lauter Panik, zum Waschbecken hinüber und begann sich die Hände zu waschen. Sie zitterten wie Espenlaub. Das war knapp. Beinahe im gleichen Moment trat Dr. Herbert mit den freudig erregten Adoptiveltern ins Zimmer. Das Neugeborene stand augenblicklich im Mittelpunkt der Aufmerksamkeit, so dass niemand weiter von Wanda Notiz nahm und sie unbemerkt aus dem Zimmer schlüpfen konnte. Im Aufenthaltsraum für die Schwestern ließ sie sich mit einem Seufzer auf einen Stuhl sinken, während sie darauf wartete, dass sich ihr wild pochendes Herz wieder beruhigte. Erst jetzt wurde ihr wirklich bewusst, welche Folgen ihr Handeln hätte haben können.

Auf dem Weg zum Ausgang traf Wanda noch einmal auf die frischgebackene Familie, die anscheinend mit Formalitäten aufgehalten wurde. Die Adoptivmutter war eine hübsche blonde Frau, die ebenso wie die leibliche Mutter Tränen in den Augen hatte – nur diesmal vermutlich vor Rührung und Glück. Sie hielt das Baby so fest an sich gedrückt, als fürchte sie, jemand wolle es ihr wegnehmen. Der Vater strahlte vor Freude und hatte seinen Arm schützend um Mutter und Kind gelegt. Was für ein freundlich aussehender Mann er doch war! Er hatte glatte, leicht gebräunte Haut, sanfte Augen und einen weichen dunklen Bart. Er erinnerte sie ein wenig an typische Jesus-Darstellungen und ihr anfänglicher Groll gegenüber dem Paar verflüchtigte sich augenblicklich. Vielleicht würde ja doch alles gut werden. Offensichtlich bekam das Baby ein gutes Zuhause. Das war doch bei allem das Wichtigste.

Dennoch blutete ihr das Herz, als sie auf ihrem Weg nach draußen an Zimmer 510 vorbeikam. Sie verlangsamte kurz ihre Schritte, ging aber dieses Mal nicht hinein. Sie fühlte sich wie ein Feigling und schämte sich für ihr Verhalten, aber letztlich wusste sie tief in ihrem Inneren, dass sie den Anblick einfach nicht ertragen hätte. Auch wenn sie gerade gesehen hatte, dass des einen Schmerz und Verlust für einen anderen Menschen Segen und Glück bedeuteten, tat gerade diese Erkenntnis viel zu weh. Es war alles so traurig.

2

14. Dezember 2006, Minneapolis, Minnesota

Dorrie war heute nicht zu Späßen aufgelegt. Heute nicht. Wenn dieser Tag doch nur immer auf ein Wochenende fiele! An einem Samstag oder Sonntag könnte sie sich zurückziehen, sich vor all den neugierigen Blicken verstecken und niemand bekäme mit, wie sie sich fühlte. Der 14. Dezember! Wenn es doch nur schon der 15. wäre. Zwar verschwand der Schmerz in ihrem Herzen niemals ganz, aber an anderen Tagen war er wenigstens erträglicher, dumpfer. Jeder Tag war besser als der 14. Dezember.

Aber heute gab es kein Entkommen. Heute fühlte sie sich, als bearbeite jemand die schmerzende Wunde in ihrem Herzen noch zusätzlich mit Schmirgelpapier. Das Problem war ihr momentaner Arbeitsplatz. Warum hatte sie auch damit begonnen, in der Schule als Schülerlotsin und Pausenaufsicht zu arbeiten? Eigentlich ging sie ja gerne zur Arbeit. Es bereitete ihr große Freude, sich zum Vergnügen der Kinder zu verkleiden. Einmal kam sie als Tinker Bell, ein andermal als Astronaut, dann wieder als Pirat, Feuerwehrmann oder Fee. Wenn sie als Pipi Langstrumpf auftrat, hielten Pfeifenreiniger ihre Zöpfe in der Schwebe. Sollte ihr einmal gar nichts mehr einfallen, entschied sie sich für den Klassiker – den guten alten Clown. Sie blickte durch das Fenster im Klassenzimmer. Draußen im Schulhof tollten die Kinder herum und spielten fangen. Bei dem Gedanken an die tagtägliche gespannte Erwartung der Kinder, als wer oder was sie heute wohl wieder erscheinen würde, musste Dorrie lächeln.

Sie sah an sich herunter. Momentan trug sie einen einfarbigen

Pullover und eine Bluse. Das einzig Alberne an ihrer Kleidung waren ihre Aschenputtel-Uhr und ihre mit Schleifen und Knöpfen verzierten Patchwork-Schuhe, die sie nur gekauft hatte, weil sie wusste, dass sie den Kindern gefallen würden. Prüfend blickte sie auf die Uhr. Heute hatte sie keine Pausenaufsicht, sondern sollte wegen des Personalmangels eine Lehrerin vertreten. Sie durfte in die Rolle von jemandem schlüpfen, der sich ein Ziel gesetzt und dieses auch erreicht hatte. Jemandem, dem es gelungen war, etwas aus seinem Leben zu machen.

Eine hartnäckige Grippewelle hatte den Leitern der kleinen Schule drastisch vor Augen geführt, wie dünn die Personaldecke war. Als am Ende selbst die Vertretungslehrer krank wurden, hatte man schließlich sogar Dorrie gebeten, für eine begrenzte Zeit einzuspringen. An jedem anderen Tag hätte diese Bitte wahre Begeisterungsstürme bei ihr ausgelöst. Normalerweise hätte sie sich vor lauter Freude ungläubig gezwickt und sich gefragt, wie sie zu nur dieser unglaublichen, unverdienten Aufgabe gekommen war. Und an jedem normalen Tag wäre sie traurig gewesen bei dem Gedanken, dass morgen bereits Freitag war und die anderen Lehrer am Montag wieder zurückkehren würden. Aber heute war eben kein Tag wie jeder andere. Ausgerechnet an diesem Tag mit dieser Aufgabe an diesem Ort zu sein – schlimmer hätte es nicht kommen können.

Die Schulglocke läutete und die Kinder kehrten aus der Pause zurück. Sie hängten schwatzend und lärmend ihre Mäntel und Jacken an die Haken und ließen sich im Schneidersitz in einem ungleichmäßigen Halbkreis auf dem Boden nieder, die Hände entspannt in den Schoß gelegt. Nach und nach beruhigten sich ihre aufgeregten Stimmen.

„Wir fahren heute nicht mit unserer Geschichte fort“, sagte Dorrie, die sich bemühte, möglichst heiter zu klingen, während sie ein dickes Märchenbuch in die Höhe hielt. „Ausnahmsweise werde ich nicht weitererzählen, sondern euch stattdessen hieraus etwas Schönes vorlesen." Sie hoffte nur, die Kinder fragten sie nicht wieso.

Als ihre jungen Zuhörer begriffen, dass es heute kein weiteres Abenteuer von Hero, dem sprechenden blauen Vogel geben würde, breitete sich maßlose Enttäuschung auf den kleinen Gesichtern aus. Keinem der Kinder gelang es, sie zu verbergen und Dorries Herz zog sich voller Mitgefühl zusammen. Wie verletzlich sie waren – den Entscheidungen eines Mächtigeren ausgeliefert, der mit ihnen nach Belieben verfahren konnte.

„Wir haben doch so sehr versucht, artig zu sein", sagte der kleine Roger, rückte seine Schildpattbrille zurecht und beugte sich ein wenig nach vorn, als trage er alle seine guten Taten wie eine schwere Last auf dem Rücken. Sein Gesicht verzog sich sorgenvoll.

„Das wart ihr ja auch. Du meine Güte, ich kann mich an keine bravere Klasse erinnern."

Sofort leuchtete neue Zuversicht in ihren Gesichtern auf und Dorrie schmolz dahin. Entgegen ihrer ursprünglichen Absicht begann sie zu erzählen.

„Hero, die Heldin unserer Geschichte, hat mir übrigens erst neulich erzählt, dass es längst nicht allen Kindern so gut geht wie euch."

Die Kinder strahlten, machten es sich auf ihren Matten bequem, stützten ihre Gesichter in die Hände und auch Dorrie wurde es ein wenig leichter ums Herz. Sie seufzte leise, hielt einen Augenblick inne und versuchte, aus ihren wirren Gedanken einen Handlungsstrang zu flechten.

„Die kleine Hero kannte ein Mädchen aus einer sehr, sehr weit entfernten Stadt, das eines Tages beschloss, in die weite Welt hinauszuziehen. Doch dann konnte es plötzlich den Heimweg nicht mehr finden."

Augenblicklich lag Spannung in der Luft. Vollkommen reglos saßen die Kinder da, ganz und gar auf Dorries Geschichte konzentriert. Wie sehr sie die Zuneigung und das Vertrauen der Kinder genoss, die Nähe der kleinen, warmen Körper. Es fühlte sich an wie Balsam für ihre wunde, geschundene Seele.

Als sich das Klassenzimmer endgültig geleert hatte, war es schon fast halb vier. Roger, Dorries Liebling unter den Schülern, war der Letzte, der sich auf den Weg machte. Sie mochte ihn sehr, tat aber alles, um sich das nicht anmerken zu lassen. Seine Mutter war noch keine zwanzig, und Dorrie traute ihr aus irgendeinem Grund nicht recht über den Weg. Heute war sie spät dran. Sie erschien unfrisiert und bauchfrei, eine schwarze Lederjacke lässig über die Schultern geworfen.

Gedankenverloren stand Dorrie in der Tür und hielt Rogers kleine Hand fest, ohne zu bemerken, dass sie ihn nicht losließ. Erst als sie die verwirrten Blicke des Jungen und seiner Mutter bemerkte, löste sie eilig ihren Griff und trat einen Schritt zurück.

„Wiedersehen", sagte Roger breit grinsend, wobei er gleichzeitig mit seiner Hand seine Brille zurechtrückte.

Da war wieder dieses Unbehagen. Erneut musterte Dorrie die Mutter und ihren Sohn, der so klein und verletzlich neben ihr wirkte. Der jungen Frau hing ihr Pony in die Augen. Sie war viel zu unerfahren für eine derart große Verantwortung. Wer war sie? Bei wem hatte dieses Mädchen gelernt, eine Mutter zu sein? Man sollte eine Prüfung ablegen müssen, um sich fürs Erziehen zu qualifizieren. Es waren so zerbrechliche kleine Seelen, die einem anvertraut wurden, so ausgeliefert und hilflos.

„Guck mal, Mom", sagte der Junge und hielt seiner Mutter freudig seine Bastelarbeit hin, während sich die beiden entfernten. Dorrie blickte ihnen nachdenklich hinterher, während sie sich selbst immer wieder dieselben Sätze sagte: *Er ist nicht dein Kind! Lass ihn ziehen! Er ist nicht dein Kind!*

Schließlich riss sie sich von dem Anblick los und ging wieder ins Haus, um das Klassenzimmer zu inspizieren. Es war ein Schlachtfeld, wie gewöhnlich. Sie benötigte einige Minuten, um Ordnung zu schaffen, dann schaltete sie das Licht aus und machte sich auf den Heimweg.

Es waren nur ein paar Straßenecken bis zur Bushaltestelle. Sie ging möglichst schnell, um sich in der eisigen Luft wenigstens ein bisschen warm zu halten. Seit der großen Pause schneite es unablässig. Kleine, feine Flocken stoben durch die frostige Winterluft. Da kam endlich der Bus. Drinnen war es wesentlich behaglicher als in der eisigen Kälte, warm und hell erleuchtet. Dorrie fand einen Platz in der Mitte und ließ ihre Augen gelangweilt umherschweifen. Mehrere Männer mittleren Alters und ein paar Studenten, nichts Besonderes. Lediglich ein Mädchen fiel ihr auf. Dorrie runzelte die Stirn. Die Kleine war in Begleitung eines älteren Mannes, der auf dem Sitz neben ihr saß und auf Dorrie einen etwas heruntergekommenen Eindruck machte. Das Mädchen selbst war vermutlich etwa elf Jahre alt und hatte dunkle Haare bei sehr heller Haut. Dorrie warf einen zweiten prüfenden Blick auf ihr Gesicht und war ein wenig beruhigt. Die Elfjährige war offensichtlich bester Laune. Sie sah glücklich aus. Ja, bestimmt war sie glücklich und es ging ihr gut. Ihr rosa Mantel hatte zwar Flecken, sah aber warm aus.

Bevor sie jedoch möglicherweise mit ihren Blicken die Grenzen der Höflichkeit überschritt, riss sich Dorrie vom Anblick des Kindes los und sah stattdessen aus dem Fenster. Ein Buchladen, ein Coffeeshop und ein Autohändler flogen am Bus vorbei. Wenige Häuser später folgte die Kirche, die früher einmal ein Theater gewesen war. Heute hieß das Gebäude „Das Vaterhaus“ anstatt wie früher „Das Rialto“, und der Gottesdienst fand an jedem Sonntag um 10.00 Uhr und donnerstags um 19.00 Uhr statt. Wie jede Woche stand das aktuelle Predigtthema in großen Buchstaben über der Tür: „Ein Platz an Abbas Tisch." Wer dieser Abba wohl sein mochte, fragte sich Dorrie. Es hörte sich irgendwie einladend an.

Plötzlich quietschten die Bremsen und der Bus stoppte. Eine scheinbar endlose Reihe von roten Bremslichtern leuchtete vor ihnen auf. Offenbar hatte es einen Unfall gegeben. Bestimmt war jemand ins Schleudern gekommen, der mit dem harten Winter in Minneapolis nicht zurechtkam und es noch nicht gewohnt war, im Schnee zu manövrieren. Sie selbst war schon häufig umgezogen und kannte so manchen Ort, an dem sich der Winter heftig austobte. Unwillkürlich dachte sie an die Monate in Chicago, an die kurze Zeit in Bozeman, Montana und schließlich das Jahr in New York. Ja, sie hatte schon wahre Massen von Schnee erlebt.

Endlich ging es weiter. Noch ein paar Mal abbiegen, dann drückte sie den Halteknopf, wickelte ihren Schal fester um den Hals und stieg aus.

In ihrer Wohnung war es dunkel. „Frodo, wo steckst du?", rief sie angespannt in den Raum hinein, ohne in der Finsternis etwas Genaueres zu erkennen. Er war da. Dorrie wusste mit Sicherheit, dass er irgendwo in ihrer Nähe herumschlich. Als er ihr dann aber plötzlich vor die Füße sprang, zuckte sie dennoch heftig zusammen. Schnell schaltete sie das Licht an. Heute lag wenigstens kein Mäusekadaver vor ihren Füßen – nur Frodo, ihr Kater. Der schien allerdings zu schmollen, weil sie ihn schon wieder so lange allein gelassen hatte. Sie beugte sich vor, um ihn zu streicheln, aber er streckte ihr nur höchst eingeschnappt sein Hinterteil entgegen und trollte sich schmollend.

„Du wirst es überstehen", sagte sie trocken und gab fürs erste ihre Annäherungsversuche auf. Sie hing ihre Jacke auf, stellte ihre Tasche ab und füllte anschließend sein Futterschüsselchen und den Wassernapf auf. Allerdings schien er heute nicht sonderlich hungrig zu sein: Ein Großteil seines Frühstücks war auf dem Küchenfußboden verstreut.

Sie wusste nicht, was sie mit ihm machen sollte, wenn sie erneut umzog – eine andere Stadt, eine andere Arbeitsstelle und schon wieder eine fremde Wohnung für den armen Kater. Aber Dorrie wusste, dass es so kommen würde, ganz bestimmt. Sie hatte es bisher nie geplant, einen Ort zu verlassen, aber sie hatte auch noch nie beabsichtigt, irgendwo für immer zu bleiben. Wann immer ihr die Dinge zu kompliziert wurden und ihr über den Kopf zu wachsen schienen, sehnte sich Dorrie nach einem Neuanfang an einem anderen Ort. Es war, als schlüge sie die unberührte, leere Seite eines Notizblocks auf und schriebe dort ganz von Neuem weiter.

Dieses Verhaltensmuster war das einzig Beständige in ihrem Leben. Ansonsten zog sie von Ort zu Ort, jobbte, wo sie gerade Arbeit fand und bediente abends noch zusätzlich im Schnellrestaurant, um für ihre nächste halbjährige Reise ausreichend Geld anzusparen. Sie konnte sich nicht vorstellen, zu heiraten und sich irgendwo niederzulassen – so, wie es ihre Mitschülerinnen nach dem Schulabschluss getan hatten. Ihre Partner waren wirklich nett, aber Dorrie wäre niemals wie sie damit zufrieden gewesen, in Nashville zu wohnen, als Verkäuferin zu arbeiten und jeden Freitagabend zum Bowlen zu gehen. Sie wusste, wenn sie sich auf einen dieser Männer eingelassen hätte, wäre ihr die wunderbare Welt da draußen weiterhin ein Rätsel geblieben. Sie hätte weder Spanien noch Frankreich gesehen noch einen jener anderen Orte, von denen die unzähligen eingeklebten Bilder in ihrem Tagebuch zeugten. Gewiss, hin und wieder wäre es dem einen oder anderen beinahe gelungen, ihr so nahe zu kommen, um sie zu überzeugen und für sich zu gewinnen, aber dann hatte sie doch wieder diese innere Unruhe befallen und sie hatte sich auf und davon gemacht.

„Du musst endlich erwachsen werden", würde ihre Mutter sagen. *„Du bist 26 und benimmst dich wie eine Fünfzehnjährige."* Und vermutlich hätte ihre Mutter sogar recht – selbst mit dem von ihr genannten Alter. Mit fünfzehn war etwas in Dorrie zerbrochen. Ein Teil von ihr hatte sich zur Frau weiterentwickelt und war erwachsen geworden, der andere Teil aber verharrte – zumindest erschien es ihr manchmal so – nach wie vor als Jugendliche in der Vergangenheit und wartete ... worauf eigentlich? Dorrie wusste es selbst nicht. Sie hatte noch nicht mal eine Vermutung. Allerdings wurde sie nicht jünger und hatte, je länger je mehr, den Verdacht, sie müsste der ganzen Sache irgendwann einmal auf den Grund gehen, um nicht so bitter und allein zu enden wie ihre Mutter.

Deren Leben hatte sich vollkommen gegensätzlich zu dem von Dorrie entwickelt – ein Sachverhalt, auf den ihre Mutter Dorrie bei jeder sich bietenden Gelegenheit leicht vorwurfsvoll hingewiesen hatte. Die Mutter hatte, kaum dem Teenageralter entwachsen, geheiratet und ihr erstes Baby bekommen. Dorrie hingegen war bereits 26 und flatterte noch immer so unstet wie ein Schmetterling umher. Sie vagabundierte durch die Welt, arbeitete mal hier und mal dort, mietete sich ein möbliertes Zimmer, manchmal auch eine Wohnung oder stieg in Motels ab. Wenn sie keine Arbeit mehr fand oder ihr Geld aufgebraucht war, zog sie weiter.

Nur ein Ziel hatte sie sich all die Jahre bewahrt: Sie träumte von einer Reise ins Baskenland, jenem kleinen Stück paradiesischer Erde zwischen Frankreich und Spanien, hoch oben in den Pyrenäen. Ihr Vater stammte aus dieser Gegend und allein schon die Namen der Orte in diesem Land ließen ihr Herz höher schlagen: Vizcaya, Álava, Guipúzcoa. Sie wusste, eines Tages würde sie sich ihren Traum erfüllen und dorthin reisen. Ganz bestimmt! Wer weiß, vielleicht würde es ihr sogar gelingen, ihren Vater als Reisebegleiter zu gewinnen. Ein Lächeln huschte über Dorries Lippen. Sie goss sich ein Glas Wasser ein, trat ans Fenster und beobachtete die weißen Flocken, die lautlos vom Himmel fielen.

Ihre Gedanken wanderten wieder zu ihrem Vater. Sie vermutete, dass sie ihre Reiselust und Freiheitsliebe von ihm geerbt hatte. Mit welcher Leidenschaft und Begeisterung er ihr als Kind all die Fotos von seinen früheren Reisen gezeigt hatte! Als ihn jedoch das Leben mit seiner Frau immer mehr zu ermüden und anzuöden begann, packte er aufs Neue seine Koffer und verschwand von heute auf morgen. Eine Zeit lang hatte er Dorrie noch Karten von unterwegs geschickt. Sie hatte jede Einzelne aufgehoben und sorgfältig in ein Buch geklebt: Bilder von Tokio, den Philippinen, von London und Tibet. Doch auf einmal war nichts mehr gekommen.

„Der ist bestimmt im Gefängnis gelandet“, hatte ihre Mutter gemutmaßt. „Schadet auch nichts!“

Dorrie aber hatte ein Jahr lang getrauert. Wie erstarrt war sie gewesen, doch dann hatte sich die Erbmasse ihres Vaters durchgesetzt. Sie würde sich eben selbst auf den Weg machen und ihn suchen. Zuletzt hatte er sich irgendwo östlich von ihnen aufgehalten. Voller Tatendrang hatte Dorrie all ihr mit Babysitten verdientes Geld zusammengekratzt und ihre Tasche gepackt. Bis zur Station des Greyhound-Busses war sie damals gekommen, bevor die Polizei sie aufgesammelt hatte.

„Na, wohin willst du denn?“, hatte der freundliche Polizist großväterlich gefragt und sie fest bei der Hand genommen, während er sie zu seinem Wagen begleitete.

„Ich will meinen Daddy suchen“, hatte sie geantwortet, das Kinn trotzig nach vorne geschoben.

„So, so“, hatte er mit mitfühlendem Blick erwidert und sie

wieder nach Hause gebracht. Ob er vielleicht ihre Mutter kannte?

Aber all das war lange her. Sie wandte sich ihrem Weihnachtsbaum zu, einer kleinen, lächerlichen Tanne, die sie beim Händler zwischen all den teuren, großen Bäumen ganz versteckt in einer Ecke entdeckt hatte.

In ihrem Lieblingsgedicht aus Kindertagen hatte sie immer besonders jene Stelle gemocht, die von einem kleinen Briefbeschwerer berichtete, der früher einmal ein am nächtlichen Himmel aufleuchtender Meteor gewesen war. Sie erinnerte sich noch genau daran, wie ihr Vater ihr das Gedicht immer vorgelesen hatte, erinnerte sich an den Ausdruck seines attraktiven Gesichts, seiner dunklen Augen und die lustigen Geräusche, die er beim Lesen für sie gemacht hatte. Weil er von ihrer Begeisterung für den kleinen Meteoriten gewusst hatte, war er eines Tages tatsächlich mit einem Gesteinsbrocken nach Hause gekommen. Wie hatte sie die raue, zerfurchte Oberfläche fasziniert!

„Für dich, meine Kleine", hatte er gesagt. *„Jetzt hast du deinen eigenen Meteoriten."* In diesem Jahr hatte Dorrie ihn aus ihrem Schmuckkästchen genommen und mit einem roten Band umwickelt in den Baum gehängt. Gedankenverloren löste sie ihn nun vom Zweig und ließ ihn an ihrem Zeigefinger baumeln. Sie stellte sich vor, wie dieses Stückchen Gestein einst durchs Weltall geflogen war, unaufhaltsam, bis es durch den Eintritt in die Erdatmosphäre abgebremst worden war. Hell entflammt war es als leuchtender Schein für die Menschen am Himmel zu sehen gewesen, bis es bereits wenige Augenblicke später wieder in der Dunkelheit verschwunden war. Eine Sternschnuppe in ihrer Hand.

Aber jenes Gedicht aus ihrer Kindheit handelte hauptsächlich von einem Vagabunden, der die ganze Welt bereist hatte, bis er sich eines Tages niederließ. Doch dann, gerade als er sich perfekt in seinem kleinen Häuschen eingerichtet hatte, wurde ihm bewusst, dass er einen Ort auf seinen Reisen noch nicht gefunden hatte – jenen Ort, nach dem er sich sein ganzes Leben lang gesehnt hatte. Am Ende des Gedichts ließ er sein Haus und alle seine Freunde zurück und machte sich erneut auf den Weg. Nachdenklich fragte sich Dorrie, ob der Vagabund wohl jemals gefunden hatte, was er suchte.

Nachdem sie ihre kleine kalte Sternschnuppe wieder an ihren Platz im Baum gehängt hatte, lief sie, von Unruhe getrieben, im Zimmer auf und ab. Schließlich ging sie in die Küche, aber nichts in ihrem Kühlschrank sprach wirklich ihren Appetit an. Am Ende begnügte sie sich mit einer Tasse Tee. Dann schaltete sie den Fernseher ein, setzte sich an den Tisch und nahm sich ihre letzte, noch unvollendete Zeichnung vor. Sie zeichnete unglaublich gern und viel, auch wenn ihre Bilder in den Augen ihrer Mutter nichts als Kritzeleien waren. In dieser Woche arbeitete sie an einer Weihnachtsszene, die bisher jedoch nur als grober Entwurf vorlag. Sie dachte an einen wunderschön geschmückten Baum, warmes Kerzenlicht und Kinder, die auf dem Boden spielten. Die ganze Szene war wie bei einem Blick von außen in das Haus hinein gestaltet, wobei das Fenster den Rahmen für das Motiv bildete. Zunächst skizzierte sie die Umrisse mit Tinte, später würde sie das Ganze noch mit Aquarellfarben kolorieren. Sie arbeitete mehrere Stunden daran, bis schließlich nur noch die Kindergruppe übrig geblieben war. Doch während sie damit begann, den Figuren Gesichtszüge und Charakter zu verleihen, überwältigten sie ganz plötzlich und mit ungeminderter Wucht die Gedanken, gegen die sie bereits den ganzen Tag über angekämpft hatte. All ihren Bemühungen zum Trotz spürte sie, wie ihr die Tränen in die Augen stiegen und ihre Wangen hinabliefen. Wo waren nur die Papiertaschentücher? Sie ging ins Bad, schnäuzte sich die Nase und kühlte ihr Gesicht mit etwas Wasser. Dann ging sie wieder zurück an ihre Arbeit, doch es war vorbei. Nichts wollte ihr mehr gelingen, jegliche Konzentration war verschwunden. Dann würde sie das Bild eben morgen abschließen, versprach sie sich selbst und schob den Zeichenblock beiseite.

Sie seufzte. Ganz unvermittelt spürte sie die Last der zurückliegenden Jahre auf ihren Schultern. Was hatte sie bei all ihren Bemühungen, was nach all der Zeit schon vorzuweisen? Wieder einmal nagte das ängstliche Fragen an ihr, ob womöglich alles umsonst gewesen sein könnte. Sie seufzte erneut. Für gewöhnlich kündigte diese düstere Stimmung, dieses Gefühl der Vergeblichkeit immer einen Ortswechsel an, der die einzig wirksame Medizin für ihre Unruhe zu sein schien.

Draußen schneite es noch immer. Gedankenverloren sah sie den Flocken hinterher, die unablässig vom Himmel fielen, bis ihr auf einmal jener einladende Schriftzug über dem Eingang des Kirchentheaters ins Gedächtnis kam: „Ein Platz an Abbas Tisch."

Es war nur ein kurzer Fußweg, bis sie vor dem imposanten Kirchengebäude stand – einem Monument ernsthaften Glaubens, erbaut aus Ziegeln und Marmor. Argwöhnisch ließ sie den Blick darüber schweifen. Kirche, das wusste sie nur zu gut, bedeutete immer nur die Gebote einzuhalten – und das Gefühl von Schuld und Reue, sobald man diese übertrat. Dennoch, für einen Abend würde sie das Ganze schon ertragen können. Sie stieg die Stufen bis zu der schweren doppelflügligen Holztür hinauf, schob diese möglichst leise auf und setzte sich hinten in eine der letzten Bankreihen.

Der Prediger war ein kleiner, väterlich wirkender, untersetzter Mann, der etwa fünfzig Jahre alt sein mochte. Zu den mausgrauen Hosen trug er Hemd und Pullover – eine geradezu auffallend unscheinbare Gestalt. Das einzig Ungewöhnliche an ihm war sein Blick, den er immer wieder über die Zuhörer schweifen ließ. Seine freundlichen Augen lagen auf den Gottesdienstbesuchern wie die eines Vaters auf seiner Familie. Seine Stimme hatte einen angenehmen, warmen und sanften Klang, der Dorrie sofort für ihn einnahm – und sie im nächsten Moment den Kopf schütteln ließ angesichts ihrer Leichtgläubigkeit. Nachdem noch einige, ihr unbekannte Lieder gesungen worden waren, begann er schließlich mit der Predigt. Er erzählte von einem jungen Mann mit einem komplizierten, fremdartigen Namen, der anscheinend ein Freund von König David gewesen war. Genauer gesagt, war er sogar nur der Sohn eines Freundes von König David gewesen und noch dazu gelähmt. Als seine Eltern gestorben waren, wurde der Waise sogar von König David adoptiert. Und nun durfte er mit an der Tafel des Königs sitzen.

Dorrie wusste nicht warum, aber sie fühlte sich angesprochen. Es war, als spräche der Pastor plötzlich nur noch mit ihr. Wollte er ihr wirklich gerade sagen, dass Gott die Rolle des liebenden Adoptivvaters ganz genau so auch für sie selbst übernehmen wollte? Gott wollte ihr Abba, ihr Papa sein?

„Du wurdest geschaffen, um in einer Beziehung mit ihm zu leben", schloss der Pastor seine Predigt. „Er liebt dich. Einfach so, wie du bist. Du musst nicht fehlerlos sein oder immerzu danach streben, es zu werden. Er möchte nämlich *dir* etwas schenken und nicht umgekehrt. Du kannst ihm ganz und gar vertrauen." Seine Worte trafen Dorrie mitten ins Herz. Hätte der Pastor in diesem Moment seine Hand ausgestreckt und sie zum Altar eingeladen, sie wäre womöglich gegangen.

Es folgte das Abschlussgebet. Dorrie spürte, wie ihre innere Spannung wuchs. Würde jetzt die Drohrede folgen? Das Ins-Gewissen-Reden? Aber nichts dergleichen geschah. Der Prediger entließ seine Zuhörer lediglich mit einem freundlichen Segen, dann war der Gottesdienst zu Ende.

Die Gemeinde erhob sich und allgemeines Gemurmel setzte

ein. Man plauderte mit dem Nachbarn, Menschen begrüßten einander und reichten auch ihr, dem Gast, die Hand. Doch Dorrie war nicht nach Plaudern zumute, sodass sie den Leuten lediglich höflich zunickte und in der übrigen Zeit mit scheinbar größter Aufmerksamkeit in ihrer Geldbörse herumkramte. Nach einiger Zeit, ihre Bankreihe hatte sich inzwischen geleert, hob sie den Kopf. Der Pastor stand nach wie vor vorne neben dem Podium, umringt von mehreren Personen, die anscheinend noch mit ihm sprechen wollten. Gerade redete ein ernst blickender Mann gestikulierend auf ihn ein. Dorrie blieb wie angewachsen sitzen, während sie beobachtete, wie er sich geduldig durch die Reihe der Wartenden arbeitete. Wie wild wirbelten die Gedanken in ihrem Kopf herum. Sie wusste nicht einmal, was sie ihn fragen oder was sie ihm konkret sagen sollte. Ihre Gedanken waren viel zu konfus. Sie blieb einfach sitzen.

Nach und nach leerte sich der Raum, bis nur noch wenige ins Gespräch vertiefte Menschen übrig waren. Dorrie verharrte noch immer vollkommen reglos auf ihrem Platz, als sich plötzlich ihr Blick mit dem des Predigers traf. Sie wusste, das war ihre Chance. Sie sollte aufstehen und nach vorne gehen, aber ihre Beine verweigerten ihr den Dienst. Sie blieb wie festgeklebt auf der polierten Bank sitzen, doch da kam der Pastor bereits lächelnd auf sie zu.

„Sie sind noch geblieben?“, fragte er freundlich.

Dorrie nickte, ohne ein Wort über die Lippen zu bringen.

Etwas zögerlich setzte er sich auf die Bank vor ihr.

„Haben Sie noch etwas auf dem Herzen?“

„Ja, aber ich weiß keine Frage zu stellen.“ Dorrie schwieg für einen Moment und blickte auf ihre Hände in ihrem Schoß. „Das, was Sie gesagt haben, war so ganz unerwartet für mich.“

„Das kann ich mir denken. Wenn man das alles zum ersten Mal hört, ist es schon etwas überwältigend. Sagen Sie mir, auf welcher Station Ihrer geistlichen Reise befinden Sie sich?“

Eine Träne lief Dorrie mit einem leichten Kitzeln über die Wange – am liebsten wäre sie im Erdboden versunken. Wütend wischte sie sie mit einer hastigen Bewegung fort. „Ich glaube, ich bin noch gar nicht wirklich aufgebrochen, sondern stecke immer noch in den Startlöchern. Womöglich bin ich sogar schon dabei, auf eine falsche Spur zu geraten. Trotzdem geht es mir damit auch nicht wirklich schlecht. Ich komme zurecht“, sagte sie und hob den Kopf mit dem Versuch eines Lächelns.

Der Pastor lächelte zurück. „Ein weiser Mann hat einmal gesagt, wenn man auf die falsche Fährte geraten ist, soll man an den Punkt zurückkehren, bei dem man zuletzt das Gefühl hatte, auf dem richtigen Weg zu sein. Ich denke, das ist es, was Jesus meinte, als er von *Umkehr* sprach. Wir sollen umkehren und einen neuen Weg einschlagen.“

Sie nickte stumm, unfähig, einen klaren Gedanken zu fassen.

„Können Sie sich daran erinnern, wann das in Ihrem Leben der Fall war?“

Sie zuckte die Achseln und blickte hinauf zur Decke. „Irgendwann in der Kindheit, denke ich.“

„Gab es damals eine Weggabelung?“

„Das kann man so sagen.“

Er wartete schweigend, vermutlich in der Hoffnung, noch mehr von ihr zu erfahren.

„Eins ist jedenfalls sicher: Ich kann nicht zurückgehen und das Ganze ungeschehen machen.“

Er schüttelte den Kopf. „Vielleicht habe ich ein falsches Bild gewählt. Ich rede nicht davon, dass *Sie* etwas in die Wege leiten müssten. Gott will sich *Ihrer* annehmen, so wie Sie sind und wo auch immer Sie sich befinden. Es geht nicht darum, dass Sie ihm irgendetwas beweisen oder leisten müssten. Ihre einzige Aufgabe ist es, sich ihm anzuvertrauen. Wenn irgendetwas zurechtgerückt werden muss, dann wird er das tun.“

„Was meinen Sie damit: Sich ihm anvertrauen?“

„Ich werde Ihnen erzählen, wie meine Sonntagsschullehrerin es mir damals erklärt hat, als ich fünf Jahre alt war: ‚Du musst nur deine Herzenstür öffnen und sagen: Jesus komm herein! Dann wird er dir schon klarmachen, was als Nächstes zu tun ist.'"

Dorries Augen füllten sich mit Tränen. Der Pastor schwieg einen Moment. „Sie müssen nicht gleich alles verstehen", sagte er tröstlich. „Ich habe selbst viele Jahre überhaupt nicht durchgeblickt. Um ehrlich zu sein, habe ich einige Dinge getan, auf die ich bis heute nicht wirklich stolz bin – und das, obwohl ich Gott bereits zu kennen glaubte. Doch er hat immer wieder mein Gebet erhört und schrittweise habe ich ihn besser kennen gelernt. Er ist ein zutiefst vergebender Gott, ein Gott der zweiten, dritten und hundertsten Chance."

Dorrie blickte ihm direkt in die Augen und nickte. Dann griff sie nach ihrem Mantel und stand auf. „Ich danke Ihnen", sagte Dorrie. „Ich denke, das Ganze muss sich bei mir erst einmal setzen."

„Aber natürlich", erwiderte er. Sie erwartete irgendeine Bedingung, ein Ultimatum oder etwas ähnliches, aber nichts dergleichen geschah.

„Mein Kopf fühlt sich fast zu voll an", sagte Dorrie. „Jetzt muss ich erst mal nachdenken."

„Gott segne Sie dabei", sagte der Pastor, während er ihr die Hand zum Gruß reichte.

Anschließend wandte sie sich zum Gehen, aber nach ein paar Schritten drehte sie sich noch einmal um. Da bemerkte sie, dass er ihr noch immer hinterher blickte. Er hob noch einmal die Hand zum Gruß, und sie tat es ihm nach.

Mit schnellen Schritten eilte Dorrie nach Hause. Sie hatte den Fernseher angelassen, weil sie es nicht leiden konnte, in eine Wohnung heimzukehren, die von tiefem Schweigen erfüllt war. Es liefen Wiederholungen. Dorrie setzte sich, zappte gelangweilt durch die Kanäle und schaltete den Apparat schließlich aus. Als aber das Rumoren der Gedanken in ihrem Kopf immer lauter wurde und sie schließlich zu stören begann, stellte sie das Gerät wieder an.

Das Gespräch mit dem Prediger hatte Dorrie zutiefst aufgewühlt. Sie hatte irgendwie immer stärker das Gefühl, von etwas Bedrohlichem eingeholt zu werden, etwas, dem sie sich zwangsläufig stellen musste. Am liebsten hätte sie sich ins Bett gelegt, aber sie wusste, dass sie nicht würde schlafen können. In ihr tobte ein Kampf der unterschiedlichsten Gefühle, ein Wirrwarr aus Liebe, Hass, Verlustgefühlen und Bitterkeit. Der Tumult in ihr war viel zu laut, um darüber einzuschlummern.

Sollte sie an ihrer Zeichnung weiterarbeiten? Nein, auch dafür war sie zu angespannt. Stattdessen nahm sie ihr Notizbuch zur Hand, das ihr gleichzeitig als Tagebuch diente. Langsam wurde es immer dicker. Es sah ein bisschen chaotisch aus. Die Seiten waren von all dem Kleber schon ganz wellig und verzogen, zugeklebt mit Bildern von allem und jedem. Vielleicht würde sie all diese Dinge ja eines Tages mit ... irgendjemandem teilen können. Dorrie bewahrte Bilder in dem Buch auf, Fotos, die sie mit ihrer eigenen Kamera gemacht hatte, Zeitungsartikel und andere Schnipsel. Sie zeichnete, malte und skizzierte, notierte Zitate, die sie irgendwo gelesen hatte und für später aufbewahren wollte, in der Hoffnung, sie irgendwann einmal selbst weitergeben zu können. Hin und wieder fand sich auch ein handgeschriebener Eintrag von ihr selbst. Zügig blätterte sie durch die Seiten.

Da war das Bild aus der Zeitschrift, das einen gewundenen Weg durch eine Landschaft mit grünen Hügeln zeigte. Unzählige Bilder von Kindern. Eine Postkarte aus Oregon mit einem unglaublich dicken, alten Baum darauf. Eine Weihnachtskarte. Fotos von Häusern, in denen sie gerne wohnen würde und von Gärten, wie auch sie sie anlegen würde – eines Tages. Das Deckblatt ihres Lieblingscomics aus Kindertagen. Daneben hatte sie ein Foto aus den Fünfzigern geklebt, das zwei Mütter zeigte, die ihre Babys im Kinderwagen vor sich herschoben. Und dann das Bild, das sie erst gestern eingeklebt hatte. Sie hatte es in einer alten Zeitungsausgabe im Lehrerzimmer entdeckt. Es zeigte einen Eisberg, von dem lediglich die Spitze aus dem schwarzen Wasser hervorragte. Der größte Teil lag unberechenbar und gefährlich in der Tiefe verborgen.

Sie putzte sich die Nase, schlug ein leeres Blatt auf und begann zu schreiben:

14. Dezember
Heute ist Dein Geburtstag und Du bist elf Jahre alt geworden. Ich weiß nicht, wo Du bist und auch nicht, wer Du bist, aber Du sollst wissen, dass ich Dich für immer in meinem Herzen trage. Nur für einen winzigen Augenblick habe ich Dich anschauen dürfen, und selbst dieser Moment war gestohlen, denn da gehörtest Du bereits längst jemand anderem. Deine Kleidung war weder rosa noch blau, sodass ich bis heute nicht einmal weiß, ob Du ein Junge oder ein Mädchen bist. Ich habe Deine Hand berührt und Du hast Deine kleine Faust geöffnet und Deine winzigen Finger um den meinen gelegt. Das Schlimmste, was ich je erlebt habe, war der Moment, in dem ich Deine Hand loslassen musste.
Seither habe ich jeden Tag an Dich gedacht. Ich bete, dass Du glücklich bist und Dein Leben gesegnet ist. Und es ist mein tiefster Wunsch, dass es Dir eines Tages gelingen möge, mir zu vergeben ...

Sie schrieb noch eine Weile weiter an diesem Brief, während ihr die Tränen unaufhörlich über die Wangen liefen, aber mit jeder Träne, die sie wegwischte, und mit jedem Wort, das sie zu Papier brachte, löste sich ein wenig von der Spannung, die ihr Herz beschwerte.

Trotzdem, bereits während sie die letzten Zeilen schrieb, wusste Dorrie, dass es an der Zeit für ihre gewohnte Medizin war. Wie immer, wenn sich zu viele Dinge aus der Vergangenheit nicht mehr länger einfach beiseite schieben ließen, wusste sie, was zu tun war. Es gab für ihre innere Unruhe nur ein Heilmittel: Sie würde ihre Zelte abbrechen und sich selbst wieder einmal neu erfinden.

Wie hatte Tante Bobbie immer zu sagen gepflegt? Ein Tapetenwechsel ist mindestens genauso wirkungsvoll wie eine Ruhepause. Genau das war es, was sie jetzt benötigte: Einen Tapetenwechsel, Veränderung! Auf zu neuen Ufern!

Sie würde alles hinter sich lassen: die Arbeit mit den Kindern in der Schule, den Schülerlotsendienst und auch den gerade erst geknüpften Kontakt zu dieser Gemeinde. Es tat ihr ohnehin nicht gut, ständig Kinder um sich zu haben. Dieser Job hatte viel zu viele Erinnerungen geweckt, genau wie ihre blödsinnige Entscheidung, in die Kirche zu gehen und mit dem Prediger zu sprechen.

Sie musste zwar einen Augenblick an den kleinen Roger und so manchen anderen seiner Mitschüler denken, aber dieses vage Gefühl der Traurigkeit würde sie nicht aufhalten können. Nein, sie würde im Sekretariat anrufen und eine Nachricht hinterlassen, dass sie nicht mehr zurückkäme.

Wie wohl fühlte sie sich allein schon bei dem Gedanken. Bereits die Entscheidung zum Aufbruch hatte eine entspannende Wirkung.

Sie schlug die Zeitung auf und begann, die Stellenanzeigen zu lesen. Es würde sich schon irgendetwas finden – irgendetwas, nur keine Arbeit mehr mit Kindern, die ihr bereits durch ihre bloße Gegenwart das Herz schwer machten. Keine warmen Hände mehr, die Geborgenheit in ihren suchten; keine kleinen Gesichter, die ihr beim Abschied jedes Mal ein Loch in die Seele rissen.

Den Kontakt zu den Frommen würde sie ebenfalls vermeiden. Sie brauchte niemanden, der ihr vorschrieb, wie sie ihr Leben zu führen hatte. Was war nur in ihr vorgegangen, dass sie diese Kirche betreten hatte?

Sie machte sich bettfertig und verbannte das freundliche, aufmerksame Gesicht des Pastors mit aller Entschiedenheit aus ihrem Gedächtnis.

3

David Williams war verloren. Auf dem Rückweg von seinem Seminar zum Flughafen hatte er sich hoffnungslos verfahren. In der Hand hielt er den Zettel mit dem Routenplan, den er von der Gemeinde in Maplewood bekommen hatte, aber die Leselampe in seinem Mietwagen war viel zu schwach, als dass er das Gekritzel auf dem Blatt hätte entziffern können. Er schüttelte den Kopf. Sein Orientierungssinn war noch nie besonders ausgeprägt gewesen. Der Flughafen konnte doch nur noch wenige Meilen entfernt sein. Da, endlich! Die Leuchtreklame von einem Starbucks-Café. Eine Tasse Kaffee war genau das, was er jetzt brauchte. Von dort würde er bestimmt auch seinen Weg zum Highway wieder aufnehmen können. Nach einer kurzen Rast und einem Anruf bei seinen Lieben daheim machte er sich wieder auf den Weg. Es hatte so gut getan, die vertrauten Stimmen von seiner Frau und seiner Tochter zu hören. Er war zwar nur eine Woche fort gewesen, aber er vermisste sie dennoch sehr. David sah auf die Uhr. Kaum drei Stunden, und er würde wieder bei ihnen zu Hause in Virginia sein. Endlich wieder in seinem eigenen Bett schlafen!

Er wandte seine Aufmerksamkeit wieder der Straße zu. Die Fahrbahn war tückisch glatt, er musste unbedingt aufpassen! Schneeflocken stoben in hypnotischer Unablässigkeit gegen die Windschutzscheibe. Seine Gedanken schweiften ab zu seinem aktuellen Buch. Er musste nur noch das letzte Kapitel schreiben – die Quintessenz, das Herzstück des Ganzen. Es musste unbedingt noch einmal aufrüttelnd sein, ein Aufruf zum Einsatz, eine letzte Orientierungshilfe für alle, die auf der Suche waren. Unwillkürlich dachte er an seinen eigenen gewundenen

Lebensweg, dachte an all die falschen Entscheidungen, die er bisher getroffen und die unnötigen Abzweigungen, die er bereits gegangen war. Aber andererseits: Hätte er wirklich anders gehandelt, wenn ihm früher jemand einen Rat gegeben hätte oder er eine Orientierungshilfe wie sein geplantes Buch gehabt hätte? Wenn er die Uhr zurückdrehen könnte, würde er nicht doch wieder aufgrund von seinen eigenen, ganz persönlichen Motiven entscheiden und die anderen die Scherben aufkehren lassen? Der Abstand zwischen ihm und seinem Bruder war so unendlich groß geworden – sie waren wie zwei riesige Schollen im Eismeer, die immer stärker auseinander drifteten! Wie sollte er die Kälte und Distanz, die zwischen ihnen herrschte, nur überwinden? Seufzend begann er zu beten und fand in dem Wissen um Gottes Vergebung langsam zu seinem inneren Frieden zurück. Dann schaltete er das Radio ein und suchte den Klassiksender. Die sanfte Musik, leise begleitet von dem monotonen Geräusch der Scheibenwischer im Hintergrund, streichelte beruhigend seine Seele.

Plötzlich wurde er aus seinem entspannten Zustand jäh in die Gegenwart gerissen. Da stimmte doch etwas nicht! Seine sanften Träume zerstoben, die Welt um ihn herum war mit einem Mal seltsam gespalten. Ein Teil von ihm lauschte noch immer den Klängen der Streicher und dachte über sein Buch nach, während der andere angestrengt einen Sinn darin zu erkennen versuchte, dass ihm auf einer sechsspurigen Autobahn Scheinwerfer entgegenkamen.

Warum behaupteten die Leute immer, es bliebe einem keine Zeit zum rechtzeitigen Anhalten? Für ihn schien sich die Zeit fast bis ins Unendliche zu dehnen. Ein ganzes Leben hatte in dieser Zeitspanne Platz, innerhalb dieser wenigen Sekunden, die sein Auto benötigte, um mit blockierenden Bremsen mindestens fünfunddreißig Meter über den vereisten Asphalt zu schlittern. Merkwürdig objektiv und distanziert beobachtete er sein Leben von außen, als sei es überhaupt nicht real, sah es wie einen ihm unbekannten Film vorbeilaufen – sein Leben bis zu jenem Moment, da der Kaffeebecher aus dem Halter rutschte, dieses weiße Ding aus Pappe mit den angetrockneten Kaffeetropfen daran. Der braune Inhalt ergoss sich langsam, langsam in einem großen Bogen durch die Luft. Gleichzeitig spürte er ganz deutlich den Druck seines Fußes auf der Bremse und die verkrampften Arme, die sich gegen das Lenkrad stemmten. Alles geschah ohne Grund. Alles entfaltete sich scheinbar aus dem Nichts. Das Auto begann sich zu drehen, obwohl er doch bremste, drehte sich anmutig im Kreis – fast wie beim Tanz. Szenen, Bilder glitten draußen am Fenster vorbei: die zerbeulte Leitplanke, die Schatten der schneebedeckten Bergkette, die Scheinwerfer der nachfolgenden, immer näher kommenden Kolonne. Alles war voller Lichter. Im Leben sollte es für alles ein Warnsignal geben, dachte David. *Jesus! Jesus!*

Da krachte ein Kühlergrill in die Fahrerseite seines Wagens – und auf einmal waren Sekunden wieder Sekunden und die Ereignisse überschlugen sich. Blendende Scheinwerfer, knirschendes, quietschendes, brechendes Metall, splitterndes Glas. Blut, Schreie und Schmerzen überall. Dann Stille.

4

In der Nähe von Abingdon, Virginia

Der altmodische Wecker auf dem Nachttisch begann schrill zu klingeln. Müde hob Joseph seinen Arm und stellte den Störenfried aus. Er war sowieso längst wach – wie jeden Morgen. Trotzdem zog er den Wecker Abend für Abend auf und stellte den Alarm ein – für den Fall, dass er doch einmal verschlafen sollte. Mit den modernen elektrischen Uhren stand er auf dem Kriegsfuß. Es war Joseph nicht wohl dabei, von etwas so wankelmütigem und unkontrollierbarem wie der Elektrizität abhängig zu sein. Auf keinen Fall wollte er zu spät zur Arbeit erscheinen, nur weil der Strom ausgefallen war – ein Ereignis, mit dem man hier oben in den eingeschneiten Bergen gar nicht so selten rechnen musste. Er war gern auf jede Situation vorbereitet, für alles und jeden gewappnet. Er hatte einen Holzofen zum Heizen, zahlreiche Laternen und Petroleumlampen und einen geländegängigen Pick-up.

Er schlug die Decke zurück, schlüpfte in seine Jeans, zog einen Pullover über und ging in die Küche. Flick, sein Hund, erhob sich von seinem Schlafplatz neben dem Holzofen und begrüßte ihn mit einem Schwanzwedeln. Die Holzdielen unter Josephs Füßen knarrten protestierend, als er zu seiner üblichen Morgenroutine überging, von der er nur äußerst selten abwich. Wie an jedem anderen Tag maß er auch heute eine großzügige Portion Kaffee ab und goss das inzwischen kochende Wasser darüber. Eine Zeitung brauchte er nicht hereinzuholen, da es diese hier oben schlichtweg nicht gab. Sein Briefkasten stand ohnehin eine gute Meile weit entfernt – da, wo der Fußweg auf die Schotterstraße traf. Jetzt im Winter war das ganze Gebiet sowieso nur mit einem Geländewagen passierbar. Während dieser Jahreszeit holte er daher seine Post direkt auf dem Postamt ab. Er hatte keinen Fernseher und sein nächster Nachbar wohnte fünf Meilen entfernt in Richtung Tal. Manchmal fragte Joseph sich selbst, ob er eigentlich einsam war, doch eine zufriedenstellende Antwort auf diese Frage wollte ihm nicht einfallen. Er hatte den Hund. Außerdem waren da die Kollegen, mit denen er täglich zu tun hatte. Abends freute er sich dann wieder darauf, sich in die Stille der Berge zurückziehen zu können. Es war so friedlich hier und man konnte sein, wie man war.

Allerdings war nicht jeder mit seiner Entscheidung für das Einsiedlerleben einverstanden gewesen.

„Es ist Ihre Sache, wenn Sie hinterm Mond leben wollen", hatte Susan Cummings, die Postbotin, schnippisch bemerkt, *„aber Sie erwarten nicht von mir, dass ich an jedem Tag, den der Herrgott werden lässt, den ganzen Weg bis zu Ihnen nach dort oben fahre!"*

Seine Mutter hatte lediglich gemeint: *„Es ist zwar noch nicht das Ende der Welt da oben, aber man kann es schon sehen!"*

Joseph stellte den Kaffee auf den heißen Ofen, dann zog er seine dicke Winterjacke und die Stiefel an und ging nach draußen. Sofort schlug ihm ein eisiger Wind entgegen, der unbarmherzig in Wangen und Hände schnitt. Es musste weit unter null Grad sein. Graue Schneewolken hingen schwer und düster über der Landschaft.

Er ging zum Fluss hinunter, begleitet von Flick, der ihm begeistert um die Beine sprang. Der harte, mit gefrorenem Schnee bedeckte Boden knirschte unter seinen Füßen. Eigentlich hatte er auf dem Stück Land rechts von ihm ja immer einen Garten anlegen wollen. Das kleine Fleckchen Erde war eben, bekam ausreichend Sonne ab und lag nah am Fluss. Nun ja, vielleicht eines Tages. Vorerst versorgte ihn seine Mutter mit frischem Gemüse. Für heute Abend hatte sie ihn sogar zum Essen eingeladen.

Als er das Flussufer erreichte, hockte er sich für ein paar Minuten hin und blickte über das Wasser. Der Fluss strömte an dieser Stelle relativ schnell, war aber nicht sehr tief. Direkt am Ufer und in der Mitte, wo es von einem Baumstamm gestaut wurde, war das Gewässer von einer Eisschicht bedeckt. Die grauen Bäume am Ufer wirkten wie ein einziges, abgestorbenes Durcheinander, aber trotzdem gab es hier draußen etwas, das selbst im tiefsten Winter Leben verhieß und Joseph mit einem Hauch von Hoffnung erfüllte. Vermutlich war das auch der Grund, warum er sich dafür entschieden hatte, hier zu leben. Auch wenn jetzt noch alles abgestorben erschien, würde es irgendwann in nicht allzu ferner Zeit zu tauen beginnen und die ersten, zarten Knospen in der Natur auftauchen.

Er erhob sich und marschierte weiter in Richtung Wald. Um ihn herum war es vollkommen still. Tief atmete er ein. Die Luft roch nach Schnee, aber auch schwer und würzig, nach Erde, nach verrottetem Laub und Kiefer. Wildspuren kreuzten seinen Weg. Der ganze Boden war übersät mit Abdrücken im Schnee und abgebrochenen Zweigen. Joseph folgte ihnen mit den Augen, bis sie sich im Unterholz verloren, aber ein Blick nach oben ließ ihn auf eine weitere Verfolgung der Spur verzichten. Der graue Himmel war noch immer verhangen. Die schwere, dicke Wolkendecke verhieß wahre Massen von Schnee. Er wandte sich um und ging zurück in Richtung Fluss. In Gedanken versunken schleuderte er einen Stock über das Wasser. Flick sprang, scheinbar unbeeindruckt von der Kälte, hinterher und brachte seine Beute zu ihm zurück. Wieder und wieder warf Joseph den Stock so weit wie möglich davon, bis er irgendwann seine Hände in die Taschen seiner Jacke steckte – für Flick das unmissverständliche Signal, dass ihr Spiel nun zu Ende war. Heftig schüttelte er sein nasses Fell und sprang in Kreisen um Joseph herum, während dieser den Berg wieder hinaufwanderte.

Schon aus der Ferne sah er das Holzhaus. Er hatte es für Sarah gebaut. Eigentlich hatte es ihr gemeinsames Heim werden sollen, aber dann war alles anders gekommen. Die Erinnerungen an jene Zeit waren für ihn noch immer so lebendig, dass sie ihm manchmal fast greifbar vor Augen standen. Immer wieder dieselbe Szene: Sein Bruder, schuldbewusst und bedrückt, jeden Blickkontakt meidend. Seine Mutter, von Kummer gezeichnet wegen des Abgrunds, der sich zwischen ihren Söhnen aufgetan hatte. Und Sarah, die Verursacherin des Ganzen, was hatte sie getan? Ihr war nichts Besseres eingefallen, als sich vor ihm zu verstecken. Er hatte damals an nichts anderes mehr denken können als daran, sie zu finden, um sie zur Rede zu stellen. Er hatte es von ihr selbst hören wollen. Doch als er sie schließlich fand, benötigte er keine weiteren Erklärungen. Ihr blasses Gesicht, die Augen weit aufgerissen, ängstlich, schuldbewusst und trotzig zugleich, verrieten ihm bereits die ganze Geschichte. An ihrem Finger trug sie den funkelnden Brillantring, den sein Bruder ihr geschenkt hatte. Da hatte er gewusst, was für menschliche Augen nicht zu sehen war: Sie hatte sich seinem Bruder mit Herz, Leib und Seele geschenkt und sie war schwanger mit seinem Baby. In seiner Phantasie konnte er bereits das ganze zukünftige Familienglück der beiden vor sich sehen – ein einziges Idyll: Sein attraktiver, beliebter Bruder mit seiner wunderschönen Ehefrau, ihre glückliche Ehe, ihr erfüllender, vorbildlicher Einsatz in der Gemeinde und ihre liebreizende, perfekte, kleine Tochter.

Seit jenem Tag trug Joseph seinen Groll wie einen schweren, rauen Klumpen Eisen mit sich herum. Immer und immer wieder ließ er in Gedanken seine Finger über dessen zerklüftete Oberfläche gleiten – so wie die Zunge einen abgebrochenen Zahn durch ständiges Betasten zu akzeptieren sucht. Über die Jahre war ihm seine Last immer vertrauter geworden, aber das Tragen seiner schweren Bürde war nicht spurlos an ihm vorüber gegangen. Sein Wesen hatte sich verändert. Jahrelang hatte er darum gekämpft, seinem Bruder und dessen Frau zu verzeihen, aber eines Tages hatte er diese Schlacht verloren gegeben. Nun erfuhr er, was aus Liebe werden kann, wenn ihre Quelle versiegt.

In den Jahren seit ihrer Entzweiung hatten sie sich lediglich zwei oder drei Mal gesehen. David war mit seiner schwangeren Frau in den Norden westlich von Washington gezogen. Dort oben in der Großstadt besuchte ihre Tochter nun eine Privatschule, während David und Sarah mit extravaganten Menschen verkehrten. Er erreichte die Haustür. Nachdem er den Schnee von den Füßen geklopft hatte, ließ er seine Stiefel drinnen neben dem Eingang zurück. Dann hängte er seine Jacke an den Haken und legte etwas Holz nach, worauf sich Flick behaglich neben dem Ofen zum Aufwärmen und Felltrocknen einrollte.

Nachdem Sarah ihn für seinen Bruder verlassen hatte, war er ebenfalls von zu Hause aufgebrochen und zunächst für eine Ausbildung zu den Marines gegangen. Bei der Erinnerung an diese Zeit lächelte Joseph leicht säuerlich. Das knochenharte Training war eine sehr effektive Methode gegen den ersten, vernichtenden Herzschmerz gewesen. Vor dem darauf folgenden, beständigeren Kummer war er geflohen, indem er sich ins Chaos stürzte. Er war als Söldner in den Krieg gezogen – nach Somalia und Haiti. Zunächst schien seine Flucht genau das Richtige für ihn zu sein. Im Krieg gab es eine klare Mission, eine genau definierte Aufgabe. Man handelte auf Befehl und nach Plan, die Welt streng unterteilt in schwarz und weiß, richtig und falsch, Freund und Feind.

Eines Tages, Joseph erinnerte sich noch gut, war in Mogadischu ein blutjunger Kerl aus seiner Einheit von einem Heckenschützen in den Kopf getroffen worden. Der Junge war kaum neunzehn gewesen. Immer wieder hatte Joseph sich gefragt, warum es nicht ihn getroffen hatte. Gewiss, er wollte Gott keinen Fehler unterstellen, aber seiner Meinung nach wäre es wesentlich sinnvoller gewesen, wenn er ums Leben gekommen wäre. Seine Mutter wäre zwar auch erschüttert gewesen und hätte um ihn getrauert, aber irgendwann wäre sie darüber hinweggekommen. Sie war eine gläubige Frau und wäre getröstet worden.

Manchmal betrachtete er die wunderschöne Landschaft um sich herum, das so friedlich wirkende Städtchen, in dem er arbeitete, und dann wurde ihm schlagartig bewusst, dass es sich bei alledem nur um ein Trugbild, eine Illusion handelte. War er zu pessimistisch? Einmal hatte er sich in diesem Zusammenhang dunkel an einen Bibelvers erinnert, der ihn schließlich sogar dazu gebracht hatte, seine schon lang vernachlässigte Bibel hervorzuholen und die Zeilen nachzuschlagen. Während er las, waren die Worte mit einem Mal wieder für ihn lebendig geworden. „Auch sie, die Schöpfung, wird von der Last der Vergänglichkeit befreit werden und an der Freiheit teilhaben, die den Kindern Gottes mit der künftigen Herrlichkeit geschenkt wird." Er hatte sich vorzustellen versucht, wie es sich wohl anfühlte, einen Ort zu betreten, der ganz und gar von strahlendem Licht und Helligkeit erfüllt war, anstatt nur von einem kleinen Lichtpunkt erhellt zu werden. Doch momentan hatte er das Gefühl, dass selbst dieser winzige Lichtpunkt noch von einer unsichtbaren Hand verdeckt wurde. Hier unten, in dieser Welt.

Mit einem Mal spürte er die Last all der unerhörten Gebete seiner Mutter auf seinen Schultern liegen. Was war nur geschehen, dass er so empfand? Früher war er für ihre Gebete zutiefst dankbar gewesen und hatte sich in der Wüste im Sperrfeuer durch sie beschützt gefühlt wie von einem mächtigen Schild.

Erneut huschte ihm der Gedanke an einen Ortswechsel durch den Kopf. Im Anschluss an seine Armeezeit hatten ihn bereits ähnliche Überlegungen beschäftigt. Damals beabsichtigte er, nach New York zu gehen oder bei der hiesigen Polizei anzufangen, aber am Ende hatte schließlich das Heimweh gesiegt. Doch wenn er zunächst noch darauf gehofft hatte, die Stille und die vertraute Umgebung würden ihn und seine Wunden einfach so heilen, wurde er im Lauf der Zeit bitter enttäuscht.

Oft, wenn er wieder einmal diesen Schmerz tief in seinem Innern spürte, musste er an seine Großmutter denken, die auf jeden bevorstehenden Wetterwechsel mit Gelenkschmerzen reagiert hatte. Auch ihm bereitete das Leben zuweilen – wie seiner Großmutter das Wetter – ein wiederkehrendes Schmerzen, aber in der Seele. Manchmal überfiel ihn noch dazu das bange Gefühl, seine Zeit, sich zur Vergebung durchzuringen, sei begrenzt. Nach Ablauf dieser Zeit schlösse sich die Tür leise und unbemerkt. Gab es wirklich ein Zeitfenster der Versöhnung? Würde er später bestraft für seine Kälte und Hartherzigkeit?

Er sah auf die Uhr. Es wurde Zeit. Schnell ging er unter die Dusche und zog sich an. Ein Mann von 35 Jahren sah ihm im Spiegel entgegen. Ganz eindeutig zog sich sein Haaransatz bereits ein wenig zurück. Die Farbe seines Haares wirkte ebenfalls etwas blasser, aber Grau war er noch nicht. Auch sein Gesicht sah nicht mehr aus wie früher. Gewiss, da waren noch die straffen Wangen des jungen Mannes, aber wenn er näher hinsah, konnte er bereits deutlich die feinen Spuren sehen, die Kummer, Sorgen und Traurigkeit in seiner Haut hinterlassen hatten.

Hatte er alles dabei? Sein Blick wanderte durch das Schlafzimmer. Unwillkürlich blieb sein Auge an der in Leder eingebundenen Bibel hängen, die wie immer auf der Kommode lag. Er hatte sie schon lange nicht mehr in den Händen gehalten. Früher war es seine Gewohnheit gewesen, täglich darin zu lesen. Heute betete er nur noch jeden Tag das Vaterunser, ein Ritual, an dem er seit Kindertagen festhielt. Aber ob seine Gebete überhaupt erhört wurden – er wusste es nicht. Gebet, das war für ihn nur noch Lippenbekenntnis, aber keine Herzensangelegenheit mehr. „Erlöse uns von dem Bösen", murmelte er im Hinausgehen. Es war die einzige Bitte, die ihn innerlich noch bewegte.

Im Schritttempo fuhr er hinunter in die Stadt. Innerhalb ihrer Grenzen lebten die zumeist freundlichen und friedfertigen Einwohner Abingdons, insgesamt etwa achttausend Seelen. Jeden Morgen machte Joseph seine Runde und fuhr die Straßen seines Distrikts ab, stets beginnend mit dem Zentrum, dem Herzen der Stadt.

Abingdon war ein idyllischer Ort, wenn auch auf eine ganz eigene, gradlinige Art und Weise. Bei seiner Gründung war es ein Fort gewesen, ein Außenposten im Feindesland, und Joseph erschien es manchmal, als habe sich der Ort seit jenen Tagen nicht groß verändert. Fast war es so, als wolle die Stadt mit ihren vier auffälligen Kirchtürmen auch heute noch ihrer einstigen Aufgabe nachkommen. Wie vier stille Wächter hatten sich die Türme in jeder Himmelsrichtung in der Mitte des Stadtzentrums postiert. In zwei gegenüberliegenden Ecken standen St. James und St. John, die von den Bewohnern der Stadt auch liebevoll ‚Die Donnersöhne' genannt wurden.

St. James war die Kirche der Methodisten – ein Gebäude aus rotem Ziegelstein, mit einer richtigen Kirchturmspitze auf dem Turmdach und von einer sorgfältig gestutzten Buchsbaumhecke umgeben. Alten Erzählungen zufolge hatten sogar die Wesleybrüder selbst die Kirche kurz nach ihrer Gründung besucht – zumindest behaupteten das die Methodisten. Die Gemeinde wurde von Reverend Hector Ruiz geleitet – einem wahren Vater im Glauben mit dem Herz eines Löwen. Bereits in seiner Jugend hatte Hector Gottesdienste für andere Jugendliche veranstaltet. Nachdem diese Zeiten unwiederbringlich der Vergangenheit angehörten, leitete er seine Herde hauptberuflich mit Liebe und Strenge. Joseph wusste aus erster Hand, dass er den verlorenen Schäfchen seiner Gemeinde mit sanfter Hartnäckigkeit nachging. Ruiz neigte dazu, offen seine Meinung zu sagen, war äußerst großzügig und hätte dem ersten bedürftigen Bettler an seiner Türschwelle sofort die Kerzen auf dem Altar überlassen, wenn dieser sie benötigt hätte. Gleich im Anschluss daran wäre Hector dann zum Stadtrat geeilt, um dort eine Spende für ihre Neuanschaffung zu erbitten.

Direkt gegenüber von St. James stand St. John, das Gebäude der Episkopalkirche – vom Stil her ein wenig verschnörkelter als St. James, mit aufwendigem Mauerwerk aus Granit und dem Pfarrhaus direkt nebenan. Oberhaupt der Gemeinde war Pastor Dr. E. Julius Stallworth, der erst vor Kurzem zu ihnen in die Stadt gekommen war – so vor etwa zwanzig Jahren. Er verschreckte regelmäßig das eine oder andere Gemeindeglied mit einem seiner unverblümten Kommentare. Manche seiner Zuhörer waren über seine Worte sogar so verärgert, dass sie die Straße überquerten und stattdessen die Methodistenkirche gegenüber aufsuchten. Die Abtrünnigen wurden jedoch von Pastor Hector unverzüglich zu seinem episkopalen Kollegen zurückgeschickt – stets verbunden mit der Hoffnung, dass Pastor Stallworth ebenso verfahren würde, wenn sich irgendwann einmal ein Schäfchen aus Pastor Hectors Herde entfernen und den Weg zur Kirche gegenüber einschlagen würde. Da beide Pastoren begeisterte Anhänger der freien Meinungsäußerung waren – sie sprachen alle beide gerne frei von der Leber weg – war diese stillschweigende Übereinkunft auch nicht weiter verwunderlich.

Die katholische Kirche war die dritte im Stadtzentrum. Priester Leonard war inzwischen zwar fast siebzig Jahre alt, zeigte aber noch keinerlei Anzeichen von Ermüdung. Unter anderem organisierte er die Krankenhausseelsorge, die Schwangerschaftsberatung und diverse andere soziale Projekte. Er hatte vor über dreißig Jahren überhaupt erst damit begonnen, katholische Gottesdienste in Abingdon anzubieten. Joseph sah den vielbeschäftigten Priester jeden Morgen im *Hasty Taste* beim Frühstück, wobei dieser meist in eine seiner zahlreichen Tageszeitungen vertieft war oder mit dem Handy die letzten Absprachen für den Tag traf.

Die vierte und letzte Kirche im Stadtzentrum war die der Presbyterianer – ein schlichtes Holzgebäude. Seit über dreißig Jahren wurde die Gemeinde von Pastor John Annenberg geleitet. Er war ein Mann von eher sanfter Gemütsart, aber äußerst leidenschaftlich, wenn es darum ging, seine Auffassung von Glaubenswahrheiten und der richtigen Lehre zu vertreten. Die Bewohner Abingdons konnten sich jedoch nur an eine einzige Situation erinnern, in der Pastor John ernsthaft seine Stimme erhoben hatte, nämlich als es im Anschluss an eine Stadtversammlung zu einer erhitzten Diskussion zwischen ihm und Pastor Hector über die Prädestinationslehre gekommen war. Das kleine Scharmützel in der Stadthalle war nur deshalb nicht eskaliert und zu einem Flächenbrand ausgeartet, weil Pastor Mike vermittelnd eingegriffen hatte. Dieser noch junge Prediger leitete eine der neueren Gemeinden, die sich strategisch günstig draußen an der Autobahn postiert hatten und ein Gegengewicht zu den traditionelleren Kirchen im Stadtzentrum bildeten. Die Gruppe der zugehörigen Gläubigen war ebenfalls von eher jugendlichem Alter, wobei ihre Versammlungshäuser an etwas erinnerten, das wie eine Mischung aus einer Wellblechhütte, einem Flugzeughangar und einem Supermarkt aussah.

Die vier großen Türme im Stadtzentrum ließen sich von all den Aufregungen und Neuerungen jedoch nicht beeindrucken und versahen weiterhin in aller Stille ihren Wächterdienst.

Joseph fuhr wenige Straßenecken weiter zum *Barter Theatre*, dessen Name – Barter bedeutete Tauschhandel – deutlich auf den blühenden Naturalientausch zu dessen Entstehungszeit hinwies. Damals, während der großen Weltwirtschaftskrise in den dreißiger Jahren, kostete der Eintritt für eine Aufführung wahlweise entweder 40 Cent, ein Stück Vieh oder ein anderes landwirtschaftliches Erzeugnis von vergleichbarem Wert. Gegenüber von dem Theatergebäude stand das mit kleinen Gitterbalkonen verzierte Hotel des Ortes, das *Martha Washington Inn*.

Kurz darauf überquerte Joseph den Fluss, wobei er einigen frühen Läufern begegnete. Auf dem großen Parkplatz am Ende der Straße wendete er und lenkte seinen Wagen anschließend in Richtung Westen. Der Rasen auf dem Sportplatz neben der Hauptstraße war mit weißem Raureif überzogen. Wie immer auf seiner Tour durch den noch im Tiefschlaf liegenden Ort passierte Joseph die Bibliothek, dann das Museum, die Post, die Touristeninformation und schließlich die Polizeiwache. Noch war alles still und hinter den Fenstern herrschte Dunkelheit, aber schon in wenigen Stunden würde in die Straßen und Geschäfte wieder Leben einziehen. Dann wären die Läden mit flatternden Girlanden, Kränzen und blinkenden Lichtern geschmückt, unzählige Wohlgerüche würden zum Probieren verführen und schöne Dinge zum Betrachten einladen. Doch momentan war lediglich das Schaufenster der Bäckerei beleuchtet, das aufgrund der Hitze im Inneren des Raumes über und über mit feinen Kondensationströpfchen bedeckt war. Joseph verlangsamte seine Fahrt und ließ das Autofenster herunter. Sofort stieg ihm der Geruch von frischgebackenem Brot in die Nase, ein Duft, der ihn für einen kleinen Moment ein Gefühl des Wohlbefindens verspüren ließ.

Nachdem Joseph das Fenster wieder geschlossen hatte, führte er seine Fahrt zu Ende, wobei er ein Stück über die Stadtgrenze hinausfuhr, bis das freie Feld vor ihm lag. Joseph liebte den Ausblick über die Äcker und Wiesen. In der Ferne waren hier und da ein paar verstreut liegende, fein säuberlich eingezäunte Farmen zu sehen. Es bereitete Joseph ein tiefes Gefühl der Befriedigung, dass er mit seiner Tätigkeit zum Schutz der Bewohner dieser Stadt beitrug. Er sorgte dafür, dass die Menschen sich hier geborgen fühlen konnten.

Joseph fuhr bis zur Farm von Herman Pfaff weiter, bevor er anhielt, um sich ein wenig die Beine zu vertreten. Hier lebte eine Amisch-Familie, die aus Pennsylvania hergekommen war – auf der Suche nach gutem Land und Menschen, die sie willkommen hießen. Beides hatten sie hier gefunden. Noch waren die Äcker gefroren, öde und leer, doch sobald der Frühling kam, würde die erstarrte Erde aufbrechen und der fruchtbare Boden wäre bereit für die Saat.

Hier endete sein Revier. Jenseits dieser Grenze war der Landsheriff zuständig. Diesseits aber verließ man sich auf ihn und seine Kollegen, wenn es darum ging, den Frieden zu bewahren. Auch heute würde er seine Aufgabe wieder sehr ernst nehmen – wie an jedem Tag.

Zurück in der Stadt, hielt Joseph vor dem *Hasty Taste*, seinem bevorzugten Schnellrestaurant. Wie er an den vertrauten, in Reih und Glied vor dem Haus geparkten Autos erkennen konnte, waren die anderen Stammkunden bereits da. Morgen für Morgen fanden sie sich genau wie er hier zum Frühstücken ein. Joseph stellte seinen Geländewagen neben die anderen Fahrzeuge, dann ging er hinein. Ein Glöckchen klingelte beim Öffnen der Tür. Drinnen war es hell, warm und behaglich und duftete verführerisch nach Frühstück.

Henry Wilkes, der Landsheriff und beste Freund seines verstorbenen Vaters, war bereits da. Joseph setzte sich zu ihm an den Tisch. Schon zu der Zeit, als Josephs Vater noch der Polizeichef der Stadt gewesen war, gehörte ihr gemeinsames Frühstück zu ihrem täglichen Ritual. Nachdem sein Vater gestorben war, hatte jeder damit gerechnet, dass Joseph sich um das Amt des Polizeichefs bewerben würde, aber er hatte sie alle überrascht. Nein, Verwaltung, das war nicht sein Ding! Er hatte keinerlei Interesse an dem ständigen Hickhack mit den Behörden der Stadt. Wer bewarb sich schon freiwillig auf einen Job mit noch mehr unnötigem Papierkram? Er bevorzugte es, in Bewegung zu bleiben und sich dort zu betätigen, wo Menschen aus Fleisch und Blut mit realen Problemen zu kämpfen hatten.

„Guten Morgen“, sagte Henry und grinste breit. „Dir auch einen guten Morgen“, erwiderte Joseph, der auf seinen Platz rutschte und den bereitgestellten leeren Kaffeebecher umdrehte. Ein Blick zu Elna. Die las wie immer seine Gedanken und kam augenblicklich mit der Kanne herbeigeeilt. Sie war eine rundliche Fünfundsechzigjährige mit feuerrot gefärbtem Haar, das jedoch am Ansatz bereits einen Fingerbreit gelblichweiß schimmerte.

„Elna, was macht der Rücken heute?“, fragte Joseph.

Sie legte den Kopf auf die Seite und gab ihm wie immer eine stoische Antwort. „Ich halte mich aufrecht und nehme Nahrung zu mir, wie meine Großmutter zu sagen pflegte. Brauchst du die Karte?“

„Nicht nötig“, erwiderte Joseph. „Ich nehme zwei Spiegeleier, von beiden Seiten gebraten, dazu Speck und Pfannkuchen.“

Elna nickte zufrieden. Sie mochte Männer mit einem gesunden Appetit.

„Und du, Schätzchen?“, wandte sie sich an Henry.

„Auch wie immer“, seufzte dieser frustriert. Sein Arzt hatte etwas von himmelstürmenden Cholesterinwerten gefaselt und ihm eine Haferflockendiät zum Frühstück verordnet – höchstens Vollkornmuffins und entrahmte Milch waren noch erlaubt. Elna tätschelte ihm aufmunternd die Schulter und verschwand dann in Richtung Küche.

Joseph schenkte seinem Freund, der ihm die Berichte von der Nachtschicht herüberreichte, ein teilnahmsvolles Grinsen. Henrys Haar war in letzter Zeit deutlich weißer und schütterer geworden. Zahlreiche Runzeln und Furchen durchzogen das alte Gesicht, aber sein Blick war noch immer hellwach. Dem alten Henry entging so leicht nichts, auch wenn der Gute inzwischen schon kurz vor der Pensionierung stand – ein Gedanke, den Joseph gar nicht mochte. Henry war nicht nur eine Vaterfigur für ihn, er war auch sein bester Freund. Mit einem Seufzen nahm er einen Schluck von seinem Kaffee, der schwarz wie die Nacht war und stark genug, um die Müdigkeit für den kommenden Tag zu verscheuchen. Dann überflog er die Zettel in seiner Hand. Ungläubig schüttelte er den Kopf. Was hatte Fred Early, der Schichtleiter, nur wieder alles für erwähnenswert gehalten!

Vorfall um 1 Uhr 15. Patrouille in der Creek Road. Autofahrer hält an und meldet eine hängende Schlinge vom Verandadach eines Hauses. Überprüfung ergab keinen Personenschaden bei den Bewohnern. Die minderjährigen Kinder hatten daraus eine Schaukel bauen wollen.
Um 2 Uhr 14 Notruf von Albert Johnson aus der Old Mill Road. Meldete zwei junge Männer auf der Dry Creek Brücke, die passierende Fahrzeuge mit Geschossen bewerfen. Wurfgeschosse wurden bei Überprüfung als Pferdeäpfel identifiziert. Die Täter wurden vorläufig festgenommen und später den Eltern übergeben.

Joseph reichte den Bericht grinsend über den Tisch zurück, wurde aber schlagartig wieder ernst, als ihm die wirklichen Probleme dieser Stadt einfielen. Die Kriminalitätsrate war deutlich gestiegen. Früher war Abingdon ein relativ friedliches Fleckchen Erde gewesen, von häuslicher Gewalt und Alkoholdelikten einmal abgesehen. Ein kleiner Ort ein wenig ab vom Schuss. Doch das hatte sich inzwischen geändert. Vor allem die Drogenkriminalität war auf dem Vormarsch. Das vertraute Bedürfnis, irgendetwas zu tun, regte sich in ihm. Dieses Übel durfte sich nicht festsetzen in seiner Stadt! Er musste alle Hebel in Bewegung setzen, um dem Einhalt zu gebieten.

Das duftende Frühstück, das Elna auf den Tisch stellte, riss ihn aus seinen düsteren Gedanken. Hungrig machte er sich darüber her. Er strich Butter auf die Pfannkuchen, badete ein erstes Stück davon in einem See aus Ahornsirup, bevor er es sich mit einem genussvollen Seufzer in den Mund schob.

„Was steht heute an?“, fragte Henry, während er mit verdrießlicher Miene seinen Haferbrei beäugte.

„Nur das Übliche. Whitley muss als Zeuge vor Gericht aussagen und Redding hat Urlaub. Ich denke, ich halte heute einfach nur die Stellung.“

Henry nickte wissend. Die Wochen vor Weihnachten waren personaltechnisch immer etwas knapp, wobei das bisher eigentlich nie ein Problem gewesen war. Abingdon war nicht gerade eine Brutstätte des Verbrechens – zumindest noch nicht.

„Denkst du, der Sturm wird viel Schnee bringen?“, fragte Henry.

Joseph blickte aus dem Fenster und nickte. „Mindestens dreißig Zentimeter und es dauert nicht mehr lang, bis es losgeht.“

Henry grinste. „Stammen deine Informationen vom Wetterbericht oder weißt du das von der toten Katze, die du bei Vollmond auf dem Friedhof über deinem Kopf herumgeschleudert hast?“

Joseph nahm die Neckerei gelassen hin. Henry liebte es, ihn aufzuziehen. Nach Josephs Meinung hätte er ihm jedoch mittlerweile ruhig etwas mehr Respekt entgegenbringen können. Schließlich waren bereits zahlreiche seiner Wetterprognosen eingetroffen. Sein Vater hatte ihm die verschiedenen Wetteranzeichen und ihre Bedeutung beigebracht. Wenn er den Worten seines Vaters Glauben schenken durfte, handelte es sich bei diesen Zeichen um eine Mischung aus ernstzunehmender Wissenschaft und totalem Unsinn. Nun lag es an Joseph, herauszufinden, welcher Lehrsatz seines Vaters zu welcher der beiden Gruppen gehörte. Eine schwierige Aufgabe, dachte er mit einem leichten Schmunzeln und wurde sich wieder einmal bewusst, wie sehr er seinen Vater vermisste. Den Rest ihres Frühstücks verzehrten die beiden Männer in einvernehmlichem Schweigen.

Joseph hatte gerade seinen zweiten Kaffeebecher geleert und war im Begriff, aus seiner Bank zu rutschen, als sein Handy zu klingeln begann. Ein Blick auf das Display zeigte eine ihm unbekannte Vorwahl.

„Lieutenant Williams", meldete er sich kurz angebunden.

Eine aufgeregte Frauenstimme meldete sich, wobei die Verbindung sehr schlecht war und durch ständiges Rauschen und Knistern unterbrochen wurde. Erst nach einiger Zeit dämmerte es ihm, wer gerade mit ihm sprach.

„Sarah?", fragte er ungläubig. Bei diesem Namen horchte auch Henry auf und hob fragend den Kopf.

„Ja, ich bin's, Joseph." Ihre Stimme klang sehr dünn und leise. Es musste an der langen Wegstrecke liegen, die das Signal durch die eisige Winterluft zurücklegen musste. Fast zwölf Jahre lang hatte er ihre Stimme nicht mehr gehört. Schon bei dem Klang schoss ihm das Adrenalin in die Adern. Es gelang ihm nur mit Mühe, sich zusammenzureißen. Sarah würde wohl kaum aus einer Laune heraus anrufen. Nicht um diese Zeit. Nicht nach so vielen Jahren! Dafür musste schon etwas Schwerwiegendes passiert sein. Er versuchte, sich auf den Inhalt ihrer Worte zu konzentrieren.

„Es hat einen Unfall gegeben! Dein Bruder ist gestern Abend von einem Betrunkenen angefahren worden."

Joseph spürte, wie ihm ein eiskalter Schauer über den Rücken lief. Als hätte er es immer geahnt! Hatten er und sein Bruder tatsächlich zu lange gezögert, um reinen Tisch zu machen? Sein Mund wurde trocken. „Ist er tot?", fragte er mühsam.

Schweigen. Die Zeit erschien ihm wie eine Ewigkeit, bis Sarah endlich antwortete.

„Nein. Aber sie können nichts versprechen. Die Wirbelsäule ist verletzt und sie wissen noch nicht, wie ernst es ist."

Er schloss die Augen. Die unterschiedlichsten Gefühle brachen in seinem Inneren hervor und drängten an die Oberfläche.

Nur mit größter Anstrengung gelang es ihm, sich zu beherrschen und seinen Puls wieder etwas zu beruhigen. „Wie geht es dir? Wie geht es Eden? Wo steckt ihr überhaupt? Ich habe die Vorwahl nicht erkennen können."

Auf einen Schlag war er wieder im Dienst, ganz der Sheriff, der seine Pflicht tat, sachlich und mit kühlem Kopf.

„Ich bin am Flughafen von Minneapolis. Eden geht es gut. Es ist jemand da ... ja, es wird sich um sie gekümmert." Sie wirkte verwirrt.

„Und David? Wo ist der Unfall passiert?"

„Hier in Minneapolis. Er hat ein Seminar gehalten und war auf dem Rückweg zum Flughafen."

Der Unfallort! Joseph ärgerte sich über sich selbst. Eine solche Frage war in diesem Augenblick doch vollkommen unwichtig. „Ist er auch in den besten Händen? Kommst du vor Ort zurecht? Weißt du, wo eine gute Klinik ist?" Wenn sie nicht Bescheid wüsste, würde er sich informieren und darum kümmern.

„Keine Sorge, Joseph, wir kommen hier schon klar. Er ist im Hennepin County Medical Center. Die haben hier die beste Unfallchirurgie weit und breit."

„Was kann ich tun? Soll ich hinkommen?" Doch schon während er fragte, wusste er bereits die Antwort.

„Nein. Ich weiß nicht ... Ich dachte nur, wenn ihr beide ..." Sie verstummte. Da waren sie wieder, die alten Familienbarrieren. „Er ist ohnehin nicht ansprechbar", sagte sie mit einem Schluchzen.

Angst und Schmerz griffen nach seinem Herzen. Das hatte er nun davon! All die Jahre hatte er nichts dagegen unternommen, dass die Mauer zwischen ihnen immer höher und unüberwindlicher geworden war. Was, wenn ihre Geschichte nun kein glückliches Ende nähme? Jetzt war genau das eingetroffen, was er bisher immer erfolgreich beiseite geschoben hatte. Seine schlimmsten Befürchtungen waren wahr geworden.

Er riss sich zusammen. Keine Gefühlsduselei, es ging schließlich um Fakten. „Was ist genau passiert?"

„Wie meinst du das?"

„Der Unfall. Was ist genau passiert?"

„Ein betrunkener Geisterfahrer auf dem Highway ist frontal mit David zusammengekracht."

„Was für Verletzungen hat er genau?"

Ein tiefer Seufzer, dann folgte eine schwer zu ertragende Aneinanderreihung von Scheußlichkeiten: „Sein Becken ist zertrümmert, der Arm, das Bein und sein Rückgrat sind gebrochen. In einer ersten Operation wurde sein Becken extern fixiert. Sein Bein benötigt weitere Operationen, aber das muss erst einmal warten. Momentan sind sie genug damit beschäftigt, ihn überhaupt am Leben zu halten."

„Verstehe", sagte er, ohne eines ihrer Worte wirklich zu begreifen. Wie sollte er auch! Sein Bruder, der doch das Glück für sich gepachtet zu haben schien, rang ein paar tausend Meilen entfernt mit dem Tod. Sein Bruder!

„Sarah, was kann ich tun?"

„Könntest du bitte Ruth benachrichtigen? Ich wollte es ihr nicht am Telefon sagen."

„Natürlich. Ich mache mich gleich auf den Weg." Er dachte an seine Mutter, die den neuen Tag begann, ohne auch nur zu ahnen, dass das Unglück wieder einmal über sie hereingebrochen war.

„Übrigens, Joseph ..."

„Ja?" Aufmerksam wartete er auf ihre nächste Bitte. Etwas, irgendetwas musste es doch geben, das er *tun* könnte.

„Du könntest beten. Das tust du doch noch, oder?"

„Ja, klar. Natürlich", log er.

„Dann bete für ihn, Joseph. Bete für uns alle", sagte sie und legte auf.

Er drückte gedankenverloren die rote Handytaste und blieb

noch einige Sekunden nachdenklich sitzen, bevor er schließlich seinen Hut nahm und sich erhob.

Auch Henry stand auf. „Geht's um David?", fragte er.

Joseph nickte und erklärte ihm in knappen Worten, was vorgefallen war.

„O Gott!", hauchte Henry, und Joseph wusste, dass dies ein Gebet war.

„Ich fahre jetzt zu Mom. Sie weiß noch nichts von dem Unfall", sagte Joseph.

Henry nickte. „Ich sage auf dem Revier Bescheid, dass du ausfällst."

Joseph nickte, legte schweigend zehn Dollar auf den Tisch und verließ das Lokal. Henry sah ihm mit besorgtem Gesichtsausdruck hinterher.

Der Wind draußen war jetzt schneidender als zuvor und der Himmel hatte sich noch stärker zugezogen. Seine Vorahnung war eingetreten. Gerade fielen die ersten Flocken aus den dunklen Wolkenmassen zur Erde. Er blickte zum Himmel. Dicht, schnell und unaufhaltsam fielen sie hernieder.

5

In Hausschuhen und Morgenmantel betrat Ruth Williams ihr Quilt- und Handarbeitszimmer, den noch dampfenden Morgenkaffee in ihrer Hand. Nachdem sie wie gewöhnlich ein wenig in ihrer Bibel gelesen hatte, konnte der Tag nun eigentlich beginnen, aber sie schob das Tagesgeschehen noch für einen Moment beiseite und trat zu dem großen Fenster neben dem Ofen. Mit geübtem Auge betrachtete sie prüfend den verhangenen Himmel, der ganz eindeutig Schnee versprach. Wenn sie sich nicht irrte, fielen sogar jetzt schon ein paar vereinzelte Flocken aus den dunklen Schneewolken zur Erde. Aber wenn es nach ihr ging, durfte der Winter ruhig kommen – dank Joseph war sie für alle Eventualitäten gerüstet. Draußen neben der Tür zum Garten war Feuerholz bis unters Dach gestapelt, und der zuverlässige alte Kaminofen im Wohnzimmer war bereits mit Kleinholz und Papier bestückt und wartete nur noch auf das zündende Streichholz. In der Speisekammer stapelten sich Kartons mit Kerzen und Kanister mit Lampenöl, es gab ausreichend Lebensmittelkonserven und Streichhölzer und selbst die Dochte der Petroleumlampen waren bereits beschnitten. Joseph hatte bei seinem letzten Besuch erst locker gelassen, als alles zu seiner Zufriedenheit hergerichtet war.

Die Räume, die sie normalerweise an die Gäste ihrer Frühstückspension vermietete, waren ordentlich geputzt und die Betten frisch bezogen. Für den Fall, dass einige ihrer Nachbarn vielleicht nicht so gut ausgestattet waren, hatte sie außerdem ihre Schränke mit Decken und Quilts bestückt. Sie sah noch einmal zu den Wolken hinauf. Der Schnee fiel jetzt immer dichter und schneller. Ihre Prognose war bereits eingetroffen. Der Sturm war da.

Sie blickte durch die ein wenig vereiste Scheibe auf das Panorama der winterlichen Stadt, die sich wie auf einer idyllischen Weihnachtspostkarte vor ihrem Fenster ausbreitete. Durch die sanfte Hügellandschaft der Blue Ridge Mountains wanden sich verschlungene Straßen, die von Häusern aus rotem Ziegelstein gesäumt wurden. Hier und da brannte Licht in den Wohnungen. Wer mochte bei dieser augenscheinlichen Friedlichkeit und Idylle vermuten, dass so mancher lebensentscheidende geistliche Kampf auch hinter diesen Fenstern gewonnen oder verloren wurde.

Ruth selbst hatte schon zahlreiche Schlachten dieser Art geschlagen. Zurzeit war es ein Gefühl der Nutzlosigkeit, das hartnäckig an ihrem Seelenfrieden nagte. Ihr Dasein erschien ihr mit einem Mal so sinnlos. Immer wieder fiel sie auf die altbekannte Lüge herein, hörte auf diese falsche Stimme, die ihr einflüstern wollte, sie sei in ihrem Alter für Gott zu nichts mehr zu gebrauchen. Eigentlich war sie ja erst 67, aber manchmal fühlte Ruth sich so erschöpft wie 107. Und wer brauchte schon eine Hundertsiebenjährige!

Als damals ihre Familie auseinandergebrochen war, hatte Ruth den Campingplatz geschlossen, obwohl sie sich bis zum heutigen Tag fragte, ob dies wirklich die richtige Entscheidung gewesen war. Doch John war tot, ihre Söhne hatten sich zerstritten und sie selbst hatte sich zutiefst allein gelassen gefühlt. Zwei treue Freundinnen, Carol Jean und Vi, hatten ihr dabei geholfen, den Platz noch bis zum Jahresende zu betreiben und ihren Verpflichtungen gegenüber den Gemeinden, die bereits gebucht hatten, nachzukommen. Aber irgendwann hatte Ruth die Hilfsbereitschaft der beiden nicht mehr länger ausnutzen wollen und hatte deshalb den Platz zum Ende der Saison endgültig geschlossen. Sie selbst war wieder mehr in Richtung Stadtzentrum gezogen, in das Haus, in dem ihr Mann aufgewachsen war.

Ursprünglich war der Campingplatz einmal als ihre Rentenvorsorge und ihr Alterswohnsitz gedacht gewesen, doch Freunde hatten ihr geraten, lieber alles gleich zu verkaufen. *„Du bekommst bestimmt einiges an Geld dafür! Ein Seegrundstück mit Blick auf die Berge! Du wirst eine reiche Frau sein!"* Aber wie kann man einen Teil seines Lebens verkaufen? So viel Herzblut von ihr und ihrem Mann steckte in diesem Projekt. Außerdem waren ihre beiden Jungen dort aufgewachsen. Ruth brachte es nicht übers Herz.

Dennoch war sie sich darüber im Klaren, dass dieses Kapitel ihres Lebens inzwischen abgeschlossen war – eigentlich. Denn auch wenn Ruth sich diese Tatsache immer wieder vor Augen zu führen versuchte, lag genau hier der Knackpunkt: Sie hatte das Gefühl, sich zu Tode zu langweilen.

Gewiss, sie wusste sich zu beschäftigen. Dreimal in der Woche half sie in der Gemeinde mit, ging zum Hausbibelkreis und schmückte den Altar. Sie machte Krankenbesuche, gab Quiltunterricht, besuchte Volkshochschulkurse, vermietete Zimmer in ihrem Haus für Touristen und verlängerte jedes Jahr ihr Theaterabonnement. Einmal war sie sogar mit David, Sarah und Eden nach England gereist – aber das alles war nichts im Vergleich zu ihrem Campingplatz. Wie sehr sehnte sie sich dorthin zurück! Endlich wieder einmal den Gong zum Frühstück schlagen und zu beobachten, wie unzählige Grüppchen von verschlafenen Campern unfrisiert und mit zerknittertem Gesicht aus ihren Holzhütten und Wohnwagen hervorkamen, um an den langen Holztischen Platz zu nehmen. Wie viel Freude hatte es ihr bereitet, immer alles für den Tag zu organisieren! Sie hatte Hamburger gebraten und die Friteusen bedient, die Würstchen für die Hotdogs erwärmt und den grünen Salat geschnitten.

Aber sie hatte nicht nur für das leibliche Wohl der Gäste gesorgt! Auch für ihre seelischen Nöte hatte sie immer ein offenes Ohr gehabt. So manches Schicksal hatte sich bei einem Urlaub auf ihrem Campingplatz gewendet. Bis heute hütete sie einen großen Karton voller Dankesbriefen aus dem ganzen Land wie ihren Augapfel und bei der Erinnerung daran wischte sich Ruth gerührt über die Augen. Seufzend blickte sie hinaus über die graue Landschaft, während die düsteren Gedanken in ihrem Kopf von neuem zu kreisen begannen.

„Halt!", sagte sie laut. „Ich will das nicht!" Heute waren es nicht ihre Kinder, die eine Ermahnung benötigten, sondern sie selbst. „Vergib mir Vater, dass ich wieder so negativ und niedergeschlagen bin. Ich weiß, Du bist der Gott der Hoffnung."

Sie schloss die Augen und neigte den Kopf. Sie begann den Tag noch einmal, in dem sie ganz bewusst die geistliche Waffenrüstung anlegte, die Paulus in seinem Brief an die Epheser beschreibt. Zuerst das Schuhwerk: „Danke, Jesus, dass ich auf dem festen und zuverlässigen Boden der Vergebung stehe, dass ich mir deiner Liebe sicher sein darf und dein Friede mein Herz erfüllt. Danke, dass dein Gürtel der Wahrheit mich umgibt und zusammenhält und dass der Brustpanzer deiner Gerechtigkeit mich schützt. Danke, dass das Wissen, erlöst zu sein, meine Seele vor allen möglichen schlechten Gedanken bewahrt. Ich weiß, wer ich in dir bin. Herr, ich bitte dich, dass dein Wort auch heute wieder mich und all diejenigen, die mir lieb und teuer sind, gegen die Schlichen des Feindes wappnet. Danke, Jesus, für den Schild des Glaubens. Stärke meinen Arm, dass ich diesen Schild anheben und mich darunter bergen kann. Postiere deine Engel um mich herum, erhöre mein Gebet und schenk, dass auch andere für mich beten."

Sie holte tief Luft und dachte an all den Schmerz und die Tränen in ihrer Familie. Erneut schloss sie die Augen und brachte ihre Lieben vor ihren Herrn, den sanften Hirten, der gleichzeitig der Herr der Heerscharen ist. Er würde über ihnen allen wachen. Ruth betete für David, Sarah und Eden und für Joseph. Wenn die beiden Brüder sich doch nur versöhnen würden und Gott den Riss in ihrer Familie heilte!

Nachdem sie ihr Gebet beendet hatte, wandte sie sich vom Fenster ab und leerte ihre Tasse mit einem großen Schluck. Heute gab es einiges zu erledigen. Sie warf einen Blick auf die Uhr. Schon zwanzig nach sieben! Um neun würden Carol Jean und Victoria zum gemeinsamen Gebet erscheinen, wobei natürlich die Möglichkeit bestand, dass sie wegen des Schneefalls nicht kämen. Allerdings war es wirklich nur ein Katzensprung für die beiden. Wenn tatsächlich alle Stricke rissen und eine von ihnen steckenblieb, könnte sie immer noch Joseph anrufen, der sie mit seinem Geländewagen nach Hause fahren würde.

Bei dem Gedanken an ihren Sohn entfuhr Ruth ein leises Seufzen. Joseph. Er war immer so sehr darum bemüht, unbedingt alles richtig zu machen. Wenn er doch nur ebenso in der Lage wäre, die Güte und Liebe in manchen Dingen zu entdecken, selbst wenn sie nach seinen Maßstäben vielleicht nicht vollkommen richtig waren. Ruth wusste, dazwischen bestand nur ein feiner, aber wichtiger Unterschied und manchmal bereitete es ihr ein wenig Sorge, dass ihr Sohn anscheinend nicht in der Lage war, diesen Unterschied zu erkennen. Seufzend schüttelte sie den Kopf und wandte sich dann zum Vorratsschrank, um die Zutaten für ihre Orangen-Cranberrie-Muffins bereitzustellen. Zum Glück war ihr letzter Pensionsgast am Tag zuvor abgereist. Jetzt konnte sie in aller Ruhe die beiden Wochen vor dem Weihnachtsfest für die letzten Vorbereitungen nutzen. Nachdem Mehl, Zucker, Butter und alle übrigen Zutaten auf der Anrichte standen, sah sie noch einmal auf die Uhr und schaltete dann das Radio an. Weihnachtslieder – wie immer um diese Zeit. Sie fettete gerade das Blech für die Muffins ein, als sie ein Geräusch auf der Veranda hörte. Jemand stieß die Tür auf, dann hörte sie Josephs Stimme. Ein Lächeln huschte über ihr Gesicht. Freudig ging sie ihm entgegen, um ihn zu begrüßen – die Hände noch voller Mehl. Aber als sie sein Gesicht sah, blieb sie wie angewurzelt stehen. Es war aschfahl, so grau, als wäre alles Leben daraus gewichen.

Ruth spürte, wie ihr Herz stolperte. Mit einem Mal war ihr Mund staubtrocken.

„Was ist passiert?“, fragte sie mit belegter Stimme.

Er antwortete nicht, sondern trat schweigend auf sie zu und streckte seine Arme nach ihr aus. Das war der Moment, in dem sie die Antwort wusste.

„Es ist David“, sagte sie.

Er nickte und war froh, sie bereits in den Armen zu halten, denn ihre Beine versagten, so dass sie kraftlos zusammensank.

6

Sarah sah auf ihre reglos in ihrem Schoß liegenden Hände. Wie merkwürdig das Leben doch manchmal spielte. Noch vor ein paar Stunden hatte sie gearbeitet, war aktiv gewesen und wie gewohnt ihren Beschäftigungen nachgegangen – und jetzt saß sie, zur Untätigkeit verdammt, auf der Intensivstation, umgeben von der routinierten Geschäftigkeit des Krankenhausbetriebs. Vier Schwestern und ein Arzt kümmerten sich um David. Zumindest hatten sie behauptet, der Patient vor ihr sei ihr Mann. Sie selbst hätte es ihnen beinahe nicht geglaubt, wäre da nicht der entfärbte Fingernagel gewesen, den er seit einem Baseballunfall als Zwölfjähriger hatte und die kleine Narbe über seiner linken Augenbraue. Außerdem hatte man ihr noch seinen Ausweis und den Ehering in einem Briefumschlag als Beweis übergeben. Aber ihn wiedererkannt? Nie im Leben. Natürlich hatte sie damit gerechnet, dass er bei seinem Unfall Verletzungen davongetragen hatte, aber die furchtbaren Schwellungen entstellten ihn so sehr, dass sie ihn für einen Fremden gehalten hätte. Bei der nur mit einem Leinentuch bedeckten Gestalt musste sie unwillkürlich an Jesus denken, der damals in seinem steinernen Grab vermutlich ähnlich gelegen hatte. Die behandelnden Ärzte hatten ihr zwar plausibel erklärt, warum es bei derart schweren Verletzungen zu so extremen Schwellungen kam, hatten von Lymphe und extrazellulärer Flüssigkeit gesprochen, aber all das änderte nichts an der Tatsache, dass da ein regloser Körper vor ihr lag, der nicht im entferntesten an einen ihr bekannten Menschen erinnerte. War das der Mann, den sie liebte? Seltsam, dass sie sich gar zu wünschen begann, der Verletzte dort sei gar nicht *ihr* Mann, sondern der Mann einer anderen. David selbst würde bestimmt jeden Augenblick freudestrahlend ins Zimmer treten, ihr beruhigend übers Haar streichen und sie trösten. Das war Davids Art. Er war immer der Tröster, derjenige, der anderen diente und half. Wie aber ergeht es den Schafen, wenn dem Hirten etwas zustößt? Das alles machte doch überhaupt keinen Sinn! Wieder hatte Sarah das Gefühl, ins Bodenlose zu fallen. Sie versuchte zu beten, doch sie fand keine Worte. Ihr Kummer war einfach zu groß.

Wenigstens sah sein Haar aus wie immer. Liebevoll richtete sie ihren Blick auf den vertrauten Anblick, selbst wenn sie sich die ganze Zeit darauf konzentrieren musste, mit ihren Augen nicht doch wieder auf seinem geschwollenen Gesicht zu landen. Sogar der Anblick seiner verletzten Hand in der ihren bereitete ihr fast körperliche Schmerzen, wobei sie ihn momentan ohnehin nicht berühren konnte, da sie sie gerade erneut hinausgeschickt hatten, um ihn ungestört behandeln zu können. Lediglich für ein paar Minuten durfte sie zwischendurch immer wieder in seine Nähe. Die restliche Zeit verbrachte sie hier im Flur vor der Tür, wo sie durch die Glasscheiben sehen konnte, oder im Aufenthaltsraum.

Dass sich ein Leben so schlagartig ändern konnte! Was eben noch stabil und tragfähig schien, erwies sich im nächsten Moment als brüchig und zutiefst verletzlich. Gestern Abend noch hatte sie für ihre Familie gekocht – so, wie sie es immer tat. Routiniert waren ihr die schlichten Tätigkeiten von der Hand gegangen, während sie wieder einmal über ihre Tochter nachgedacht hatte. Sie hatte das Fleisch angebraten und die Zwiebeln geschält – und sich beim Abziehen der feinen Haut gefragt, warum nicht alles im Leben so geordnet ablief wie die Zubereitung eines Essens. Folgt man nur penibel genug den Anweisungen eines Kochbuchs, so wird das Ergebnis genau wie erwartet – ein Löffel hiervon, eine Prise davon, köcheln bei der vorgeschriebenen Temperatur und Voilà! – eine köstliche Mahlzeit steht auf dem Tisch. Aus diesem Grund kochte sie am liebsten genau nach Rezept, denn dann wusste sie, womit sie rechnen konnte. Es gab ihr ein inneres Gefühl der Ruhe, dass es wenigstens ein paar Bereiche im Leben gab, die eine direkte Vorhersage der Ergebnisse erlaubten. Legt man Fleisch in eine überhitzte Pfanne, wird es schwarz. Gibt man Hefe oder Backpulver zu einem Teig, geht er auf. Warum konnte nicht das ganze Leben in so gradlinigen und verlässlichen Bahnen verlaufen?

Genauer gesagt, warum funktionierte Kindererziehung nicht auf die gleiche Art und Weise wie das Kochen nach Rezept? Gemäß den Regeln: Das Richtige tun, das Richtige sagen, und die Kinder werden so, wie man es sich vorstellt!

Das war der Moment gewesen, in dem sie tief geseufzt hatte. Ihre gesamte Tagesenergie war wieder einmal in ihre Lebensaufgabe geflossen, ihre Tochter in etwas anderes als eine kleine Wildkatze zu verwandeln.

Eden war nicht das Kind, das sie sich erträumt hatte.

Sie hatte von einem Mädchen geträumt, das am liebsten rosa Kleider trug und gerne Bilder ausmalte, das glitzernde Lackbilder in Poesiealben klebte, mit Puppen spielte und sich verkleidete. Nun, das tat Eden zwar auch, aber auf eine sehr eigene, spezielle Weise. Sarahs Mundwinkel verzogen sich zu einem leicht säuerlichen Lächeln. Eden verkleidete sich mit Leidenschaft. Einmal, als sie mitbekommen hatte, dass gegen eine ihrer Freundinnen eine Verschwörung im Gange war, hatte sie sich als herumlungernde Bettlerin verkleidet und im Park die Gespräche der intrigierenden Mitschüler belauscht. Ihre Ergebnisse hatte sie in ihrem Notizbuch festgehalten, das sie immer und überall mit sich herumtrug. Ein anderes Mal hatte sie bei Nacht in schwarzer Kleidung und mit schwarz bemaltem Gesicht zusammen mit einem Mädchen aus der Nachbarschaft deren älteren Bruder beobachtet. Soweit Sarah sich erinnerte, hatte die ganze elende Begeisterung für das Verkleiden mit einem Cowboykostüm begonnen, das Eden als Fünfjährige getragen hatte – ein Besitz, der bis heute in großen Ehren gehalten wurde.

Sarah hingegen hatte sich auf vertrauliche Zwiegespräche mit ihrer Tochter auf der Bettkante gefreut, auf gemeinsame Vorlesestunden und Kuscheln vor dem Fernseher. Stattdessen verbrachte sie die meiste Zeit damit, ihre streunende Tochter überhaupt erst einmal zu finden. Und wenn sie dann endlich da war, musste Sarah herausfinden, was sie wieder ausgeheckt hatte. In solchen Momenten stand Eden vor ihr mit ihrem dunklen Haar, den Sommersprossen auf der Nase, Augen und Mund zusammengekniffen und das Kinn trotzig vorgeschoben. Nein, eine kleine Prinzessin war Eden ganz sicher nicht geworden.

David sah die ganze Sache gelassener. Ihn amüsierten die Eskapaden seiner Tochter eher, als dass er sich Sorgen darüber machte. Sie mussten sich eben damit abfinden, einen richtigen Wildfang großzuziehen. Sarah wusste, Eden brauchte eine starke Hand, aber ihre waren mittlerweile vollkommen erschöpft. Ermüdung war vielleicht am ehesten die treffende Beschreibung dafür, was ihre Mutterschaft inzwischen in ihr auslöste. Da war wieder dieses altbekannte Gefühl der Schuld. Hatte sie vielleicht versagt? Alles falsch gemacht? Doch dann hatte sie energisch den Kopf geschüttelt und mit neuem Elan das Gemüse umgerührt. Resignieren und sich gehen lassen, das war nicht ihre Art. Sie musste es einfach weiter versuchen und sich mehr anstrengen. Sie hatte nach dem Küchenblock gegriffen und sich eine Erinnerungsnotiz gemacht: *Eden morgen zum Fußball anmelden.* Die leisen Gewissensbisse angesichts ihres Gefühls der Erleichterung darüber, ihre Tochter für ein paar Stunden loszuwerden und versorgt zu wissen, hatte sie beiseite geschoben. Eden würde neue Dinge lernen und gleichzeitig ein wenig Energie verbrauchen. Und was würde sie tun, während Eden sich austobte, spielte und rannte?

Schlafen. Sie würde schlafen. Mit sehnsüchtigen Augen hatte sie zum Sofa hinübergeblickt.

Und dann hatte das Telefon geklingelt.

Nur widerwillig hatte sie abgenommen. Es wurde einer jener Augenblicke, die das Leben in ein *davor* und ein *danach* unterteilten. Wie das scharfe Messer einer Guillotine hatte der Anruf das Leben von ihnen allen durchschnitten. Danach war nichts mehr so wie vorher gewesen.

Und nun hatte sie schon wieder ein schlechtes Gewissen. Eden hatte natürlich gebettelt, mit nach Minneapolis kommen zu dürfen, aber sie hatte abgelehnt. War es wirklich nur deshalb, weil sie Eden schützen wollte? Oder vielleicht doch, weil sie befürchtete, dass ihr selbst hier alles über den Kopf zu wachsen drohte, wenn sie auch noch Eden dabeihatte? Das Mädchen hatte doch nur bei seinem Vater sein wollen! Sarah wusste, dass er es war, den Eden am meisten liebte, und das war auch in Ordnung. Eden sollte bekommen, was sie benötigte, und jede von ihnen brauchte David. Wer würde ihn nicht unglaublich mögen? Er war für sie beide ein Fels in der Brandung.

Sarah kniff ihre Augen zusammen, als könne sie so die bittere Wirklichkeit ausblenden und die schrecklichen Ereignisse der letzten 24 Stunden ungeschehen machen. Erneut versuchte sie zu beten, aber alles, was sie zustandebrachte, war ein Stammeln: *Hilf ihm, Jesus. Ach, hilf ihm, Jesus!*

Eine Hand auf ihrer Schulter holte sie aus ihren Gedanken.

„Mrs Williams?“ Es war die Schwesternschülerin. „Jemand von Ihrer Familie wartet unten an der Rezeption auf Sie.“

Das konnte nur Ruth, Davids Mutter, sein!

Sarah sprang auf und rannte durch die Flure, vorbei an Rollwagen und Apparaten. Noch bevor sie die Eingangshalle erreichte, sah sie bereits ihre Schwiegermutter in der Mitte des Raumes stehen. Ihr Gesicht war von Trauer und Sorge erfüllt, die Wangen glühend rot, ihre Augen vom Weinen geschwollen. Sie sah alt und müde aus.

Schluchzend fielen sich die beiden Frauen in die Arme.

„Wo ist er?“, fragte Ruth, nachdem der erste Tränenstrom versiegt war.

„Hier entlang“, antwortete Sarah und stieß die Flügeltür zur Station auf. „Er sieht völlig entstellt aus“, warnte sie ihre Schwiegermutter und wurde sich im selben Augenblick darüber klar, dass kein Wort den Schock würde verhindern können. *Herr, hilf ihr bitte!*

David war fast allein. Nur noch zwei Schwestern kümmerten sich um ihn. Die eine kontrollierte die Infusionen, die andere beobachtete die Monitorwerte. „Das ist Mrs Williams, seine Mutter“, stellte Sarah ihre Schwiegermutter vor und zog sich dann auf den Flur zurück. Nur eine einzige Person durfte jeweils hinein, um David zu besuchen.

Sarah beobachtete ihre Schwiegermutter, wie sie ihrem Sohn über den Kopf strich und nach seiner Hand griff. Dann wandte sie den Blick ab. Es war mehr, als sie ertragen konnte. Sie setzte sich auf ihren Stuhl auf dem Gang, lehnte den Kopf zurück und schloss die Augen. *Jesus, Jesus, Jesus.* Mehr konnte sie nicht denken.

7

Joseph fühlte sich seltsam berührt, als er das Haus seines Bruders David zum ersten Mal betrat. Er hatte den Schlüssel bei einem Nachbarn abgeholt, wie er es mit Sarah vereinbart hatte. Doch als er nun die Tür aufschloss, fühlte er sich wie ein Fremder, wie ein Eindringling, dessen Anwesenheit eigentlich nicht erwünscht war. Für einen Moment hatte er sogar ein schlechtes Gewissen. In den vergangenen zwölf Jahren war er noch nie hier gewesen und auch jetzt hatte sein Besuch etwas Unwirkliches an sich. Wie ein Zuschauer in einem Theaterstück sah er sich im Haus um, während er auf Eden wartete. Sie hatte die letzte Nacht bei Freunden der Familie übernachtet, aber nun würde er sie mit nach Abingdon nehmen.

Während seines Rundgangs hatte er plötzlich das Gefühl, in seine Polizistenrolle zu schlüpfen – als sammelte er Indizien, um sich ein genaueres Bild davon zu machen, was aus David und seiner Frau im Lauf der Jahre geworden war. Hatten sie sich in ihrem Wesen verändert?

Im Haus war offensichtlich ein künstlerisch begabter Mensch am Werk – er wusste, das konnte nur Sarah sein. Sie hatte schon immer einen Sinn für das Schöne gehabt. Die Wände waren in kräftigen Farben gestrichen – das Wohnzimmer rot, die Küche in Goldtönen. Er selbst hatte wenig Ahnung von Wohnraumgestaltung, aber alles hier schien sehr wertvoll und mit viel Geschmack zusammengestellt worden zu sein. Die gesamte Einrichtung hatte für ihn etwas edles, ja fast königliches an sich.

Sie hatten bereits für Weihnachten dekoriert, allerdings mit fast unerträglicher Sorgfalt. Der künstliche Baum war perfekt abgestimmt von oben bis unten in Lila und Gold geschmückt.

Selbst die Geschenke darunter waren in die passende Goldfolie mit violetten Schleifen gewickelt. Unwillkürlich musste er an den Weihnachtsbaum denken, den seine Mutter immer aufgestellt und geschmückt hatte – eine große Tanne aus dem Wald mit Baumschmuck, bei dem bis heute nicht ein Stück zum anderen passte. Jeder Gegenstand eine Erinnerung an dreißig Jahre Vorschulunterricht und zwanzig Jahre Campingplatz in den Sommermonaten. Unter dem Baum hatte stets ein selbstgemachter Quilt gelegen, der von kunterbunt eingepackten Geschenken bedeckt gewesen war.

Er wandte sich ab und ging in die Küche. An einer Stelle lag etwas auf dem Boden verstreut. Er beugte sich vor, um besser erkennen zu können, was es war. Schalen von aufgeknackten Körnern und Samen. Er blickte nach oben. An der Decke darüber befand sich ein Haken, offenbar für einen Vogelkäfig. Vermutlich kümmerten sich die Nachbarn um das Tier. Sarah war in aller Eile aufgebrochen und der Boden war darüber einfach in Vergessenheit geraten.

Er ging zu der Fotowand im Flur – einer Mischung aus Familienschnappschüssen und professionellen Aufnahmen vom Fotografen. Alle Bilder waren geschmackvoll gerahmt, mit Sicherheit ebenfalls Sarahs Werk. Neugierig betrachtete er die Bilder. Eden als Baby. Große Augen, Stupsnase, ein kleiner rosafarbener Mund und die Spur von einem dunklen Haarschopf. Daneben ein Bild von Sarah mit Eden im Arm, blond, sonnengebräunt und überglücklich. Etwas darunter eine ganze Serie von „Mutter-Tochter-Bildern“, anscheinend immer im Abstand von etwa einem Jahr. Wie die Zeit verging, war vor allem an Eden abzulesen, die sich im Lauf der Bilder vom Säugling zum Krabbelkind bis hin zur Schülerin weiterentwickelte. Unvermittelt überwältigten ihn die Erinnerungen an jenen Tag, an dem sein Bruder zusammen mit Sarah weggegangen war. Neun Monate später, vielleicht noch ein paar Wochen dazugerechnet, war Eden geboren worden. Er spürte, wie er sich innerlich verkrampfte, doch sobald er seinen Blick auf die Kinderfotos von Eden lenkte, wurde es ein wenig besser. Sie hatte ihn von klein auf um den Finger gewickelt. Seit sie fünf Jahre alt war, hatte er sie immer Annie Oakley genannt – nach der berühmten Wild-West-Kunstschützin. Sie telefonierten jede Woche miteinander. Anfangs hatte Eden jeden Sonntagabend bei seiner Mutter angerufen, und er war häufig zur gleichen Zeit dort gewesen. Mittlerweile schickten sie sich auch noch mehrmals in der Woche E-Mails. Eden verfasste mit Leidenschaft Kriminalgeschichten und holte ab und zu seinen fachmännischen Rat ein. Wann immer ein neuer Teil ihrer aktuellen Geschichte fertig war, schickte sie ihn an seine Mail-Adresse. Erst gestern war wieder etwas angekommen. Eine temporeiche Kurzgeschichte, übersät mit Ausrufezeichen und eingestreuten Hinweisen. Am Ende hatte Eden ihm noch die Frage gestellt: *Klickt es, wenn man den Hahn am Revolver zurückzieht?*

Er hatte ihr gleich gestern noch geantwortet, ohne zu wissen, dass er sie bereits heute wiedersehen würde:

> *Liebe Annie: Dein Gangster würde bestimmt keinen Revolver, sondern eine automatische Waffe benutzen, bei der man keinen Hahn zu spannen braucht. Dein mutiger Zeitungsreporter würde aber vermutlich das Klicken beim Entsichern der Pistole hören. Hilft dir das weiter? Halt mich auf dem Laufenden. Onkel Joe*

Sie war der Lichtblick in seinem Leben – erstaunlicherweise. Obwohl er doch anfangs so fest entschlossen gewesen war, sie nicht zu mögen, hatte er sie im Laufe der Zeit doch immer mehr ins Herz geschlossen.

Von klein auf hatten Sarah und David sie jedes Jahr für einen längeren Besuch im Sommer zu seiner Mutter gebracht.

In den ersten fünf Jahren ihres Lebens war es ihm noch gelungen, ihr aus dem Weg zu gehen – von einem gelegentlichem Kopftätscheln und flüchtigen Begegnungen einmal abgesehen. Doch dann, eines Tages, war alles anders geworden. Joseph erinnerte sich noch sehr gut daran. Damals hatte seine Mutter die fünfjährige Eden in sein Büro geführt. „*Pass mal eine Weile auf sie auf*", hatte sie gesagt. „*Ich habe einen Friseurtermin, den ich nicht verschieben kann. Und frag mich jetzt nicht, ob das wirklich sein muss.*" Dann hatte sie sich entschlossen umgedreht und den Raum verlassen.

Joseph hatte geseufzt und seine Kontrahentin gemustert. Kaum einen Meter groß, weder tätowiert noch mit anderen besonderen Merkmalen ausgestattet, wie er sie aus seinem Umfeld gewohnt war – wenn man die mit Sommersprossen übersäte Nase einmal ignorierte –, stand sie vor ihm. Glaubte man den Berichten über Eden, die er von Zeit zu Zeit zu hören bekam, dann war sie ein kleiner, dunkelhaariger Wildfang – mit einem schräg abgeschnittenen Pony. „*Sie ist einfach nicht zu bändigen. Als würde man mit einem Alligator kämpfen*", hatte sich einmal eine Freundin seiner Mutter beschwert. Sie war klein und schnell und hatte eine große Vorliebe fürs Ausreißen. Und nun blickte ihn diese halbe Portion mit in die Hüften gestemmten Händen an, die kleinen Fingernägel knallrot lackiert. Um ihre Taille hatte sie einen Westerngürtel mit zwei Revolvern geschnallt, und auf dem Kopf trug sie einen Cowboyhut.

„*Diese blöden Schuhe passen einfach nicht dazu*", hatte sie gesagt und auf ihre rosa Tennisschuhe gedeutet.

„*Stimmt, das muss ich auch sagen*", hatte er erwidert.

Am Ende hatte er ihre kleine Hand genommen und war mit ihr zu Larrys Westernshop gegangen. Dort hatten sie ein paar passende Cowboystiefel gefunden, schwarz mit weißen Steppnähten, die genauso aussahen wie seine. Seitdem waren sie die besten Freunde.

Jeden der darauffolgenden Tage war sie zu ihm ins Büro gekommen. Sie trank Brause aus einer angeschlagenen weißen Kaffeetasse, auf die er ihren Namen schrieb. Um sie zu beschäftigen, gab er ihr den Auftrag, die neusten Steckbriefe auseinanderzufalten und aufzuhängen, auch wenn seine Mutter voller Entrüstung dagegen protestiert hatte.

„Sie kann das schreckliche Zeug doch gar nicht lesen", hatte er gesagt. *„Und so hat sie wenigstens etwas zu tun."*

Jeden Tag waren sie zusammen zur Mittagspause hinüber zum *Hasty Taste* gegangen. Elna wusste schon immer im Voraus, was sie Eden bringen sollte: ein überbackenes Käsesandwich und eine Schokoladenmilch. Den Nachmittag hatte Eden dann wieder bei ihm im Büro verbracht und zum Abendessen fuhr er sie zurück zu seiner Mutter. Sechs Jahre lang hatten sie es so gehalten, wenn Eden im Sommer bei ihnen gewesen war, wobei ihre Besuche von Mal zu Mal länger geworden waren – aus anfänglichen einzelnen Wochen wurden schließlich fast immer ein bis zwei Monate.

Die Zeiten mit ihr waren wie ein Lebenselixier für ihn gewesen.

Inzwischen war Eden elf Jahre alt, so lustig und aufgeweckt wie eh und je und hatte vor nichts und niemandem Angst. Noch immer war sie eine kleine Kratzbürste mit Sommersprossen, schrägem Pony und einem Haarwirbel, der sich nicht bändigen lassen wollte. Ihr Drang, sich für die Eltern unsichtbar zu machen, bestand unverändert.

Ihre Kriminalgeschichten schickte sie an die Zeitschriften *True Crime* und *Ellery Queen's Mystery Magazine*. Zwar bekam sie stets einen vorgedruckten Absagebrief zugeschickt, aber den riss sie mit einem Lächeln in kleine Stücke und warf ihn in den Müll. Sie schien immun gegen Entmutigung.

Manchmal vergaß er fast, wer ihre Eltern waren, und wenn es ihm wieder einfiel, schob er den Gedanken beiseite. Sie war seine kleine Kameradin, sein Kumpel. Das war alles, was zählte. Außerdem konnte man schließlich nicht das Kind für die Verfehlungen seines Vaters verantwortlich machen – oder die seiner Mutter.

In diesem Moment klingelte es an der Haustür. Joseph schreckte aus seinen Gedanken auf und öffnete. Es war Eden, die davor stand, begleitet von einer Frau und einem Mädchen in ihrem Alter. Mit großen Schritten stürmte seine Nichte herein und schlang ihre Arme um seine Taille. Er strich ihr beruhigend übers Haar und wurde sich wieder einmal bewusst, wie klein sie doch eigentlich noch war. Seine Hand bedeckte fast ihren ganzen Kopf. Die Unterhaltung mit der Mutter des Mädchens war kurz, doch selbst so fiel es Joseph noch schwer, sich überhaupt auf das Gespräch zu konzentrieren. Sie drückte ihr Bedauern über Davids Unfall aus, er bedankte sich, dann wandten sie sich glücklicherweise bereits zum Gehen.

Kaum dass die Tür hinter ihnen ins Schloss gefallen war, rückte Eden von ihrem Onkel ab und warf ihm einen trotzigen Blick zu, der die Angst in ihren Augen dennoch nicht vollständig verbergen konnte.

„Was ist denn überhaupt los?“, fragte sie. „Keiner sagt mir was!“

Er runzelte die Stirn und sah sie verwundert an. „Wovon sprichst du?“

„Na ja, Mom ist einfach Hals über Kopf losgefahren und meinte, sie würde sobald wie möglich zurückkommen. Sie müsste sich mit Dad treffen, und du würdest hierher kommen und mich abholen. Ich weiß ganz genau, da ist doch was faul! Bestimmt ist was Schlimmes passiert und alle außer mir wissen Bescheid.“

Joseph spürte, wie eine Mischung aus Zorn und Bitterkeit in ihm zu brodeln begann. Das war wieder mal typisch Sarah. Sie hatte schon immer schlecht mit emotionalen Situationen umgehen können. Sobald es kompliziert wurde, zog sie sich zurück, daran hatte sich scheinbar bis heute nichts geändert. Er beugte sich zu Eden hinunter und nahm ihre Hand. Sie war größer geworden, seitdem er vor vielen Jahren ihre Hand zum ersten Mal gehalten hatte. Heute trug sie keinen leuchtend roten Nagellack, doch ihre Haare standen noch genauso störrisch wie früher in alle Himmelsrichtungen. Weil sie so blass war, traten ihre Sommersprossen heute besonders deutlich hervor. Sorgenvoll blickte sie ihn aus ihren hübschen blauen Augen an.

„Was ist los? Jetzt sag schon!“, forderte sie ihn auf.

„Es geht um deinen Dad“, antwortete er sanft. „Er hatte einen Unfall.“

Sie begann zu weinen. Er kniete sich hin und hielt sie eine Weile im Arm. Dann, nach einiger Zeit, trocknete sie ihre Tränen, ging in ihr Zimmer und begann ihre Sachen zu packen. Mit einem Rucksack, einem kleinen Koffer und ihrem Notizbuch kam sie wieder heraus. Joseph musste ein Schmunzeln unterdrücken. Ohne ihre Schreibsachen ging sie offenbar nirgendwohin.

„Onkel Joseph“, sagte sie, „ich möchte Dad besuchen. Bringst du mich hin?“

Er zögerte. Seine Instruktionen waren eindeutig: Er sollte sie mit nach Abingdon nehmen. Sarah wollte dann bis zum Ende der Weihnachtsferien entscheiden, wie es weitergehen sollte. Plötzlich spürte Joseph erneut den alten Groll in sich. Wieder einmal war es Sarah gelungen, ihn mit den Scherben zurückzulassen und nun musste er sehen, wie er klarkam. Er seufzte. „Ich soll dich aber direkt nach Abingdon bringen.“

Sie schob ihre Unterlippe vor und Joseph spürte, wie er weich wurde.

„In Ordnung, aber wenn wir fahren, dann nur für ein oder zwei Tage. Ist das klar?“, fragte er.

Edens Miene hellte sich auf. Diese Schlacht hatte sie gewonnen. „Ja klar. Mehr will ich gar nicht. Ich werd auch nicht quengeln, versprochen!"

Immerhin hatte sie ein Recht darauf, ihren Vater zu sehen, sagte er sich, nachdem er die zwei Flugtickets gebucht hatte und sie auf dem Weg zum Flughafen waren. Sarah informierte er erst, als sie bereits unterwegs waren und kein Widerspruch mehr möglich war. Zunächst reagierte sie aufgebracht, doch dann gab sie ihren Protest auf und fügte sich in ihr Schicksal. Er kannte dieses Verhalten von ihr, diesen Hang, sich zu schnell anzupassen und aufzugeben.

„Wie geht es ihm?", erkundigte sich Joseph.

„Er lebt", war ihre kurze Antwort.

Sie landeten um kurz nach Acht auf dem Flughafen von Minneapolis und nahmen von dort ein Taxi zum Krankenhaus. Die Unfallstation war schnell gefunden, wobei Joseph seine Nichte zunächst allein in den Warteraum der Abteilung vorausgehen ließ, nachdem er dort Sarah zusammen mit seiner Mutter entdeckt hatte. Er selbst wollte in ein paar Minuten nachkommen.

Er fühlte sich schuldig. Wie konnte er sich nur so sehr von alten Geschichten, solchen Banalitäten beeinflussen lassen, wo doch gleich nebenan ein Menschenleben am seidenen Faden hing! Dennoch war er zu keinem anderen Verhalten in der Lage. Er konnte sich einfach nicht dazu überwinden, die Station zu betreten – zumindest nicht so unvorbereitet, ohne Sarah erst einmal in Ruhe aus der Distanz betrachtet zu haben. Er musste sich erst einen groben Eindruck davon verschaffen, was aus ihr geworden war.

Eden begrüßte ihre Mutter mit einer flüchtigen Umarmung und warf sich dann ihrer Großmutter in die Arme. Anschließend deutete sie in Richtung Flur. Er sah, wie seine Mutter nickte und zu ihm hinüber blickte. Offenbar hatte sie Eden nach ihm gefragt. Nun schien auch Sarah auf ihn aufmerksam geworden zu sein und wandte den Kopf in seine Richtung. Jetzt musste er wohl oder übel hineingehen.

Langsam bewegte er sich auf sie zu. Sie war kleiner, als er sie in Erinnerung hatte. Vielleicht entstand dieser Eindruck aber auch durch den viel zu großen Pullover, den sie trug – vermutlich einer von Davids. Sie hatte ihre Arme eng um den eigenen Körper geschlungen, als sei ihr kalt. Die blonden Haare trug sie nur noch kinnlang, viel kürzer als früher. Ihr Gesicht war so schmal, dass ihre Wangenknochen deutlich hervortraten. Unter ihren Augen lagen dunkle Schatten, und plötzlich schämte er sich für sich selbst. Was fiel ihm eigentlich ein, sich wie ein verliebter Schuljunge aufzuführen, während sein Bruder und Sarah so sehr litten? Sein zögerliches Verhalten war ganz sicher nicht richtig und half keinem von ihnen. Bevor er es sich anders überlegen konnte, überwand er zügig die restlichen Meter, die noch zwischen ihnen lagen.

Er erwartete eine prüfende Begutachtung von ihr, aber sie begrüßte ihn lediglich mit einer kurzen Umarmung. Dann ging sie schnell wieder einen Schritt zurück und legte ihren Arm um Eden, die klein und elend aussah. Seine Mutter trat neben ihn und griff nach seiner Hand. Joseph wusste nicht recht, ob sie es tat, um ihn zu stärken oder ob sie selbst Unterstützung benötigte.

„Seit wir miteinander gesprochen haben, gibt es nichts Neues von David“, informierte Sarah ihn.

„Ich will zu Dad“, meldete sich Eden, und Joseph sah, wie Sarah bei ihren Worten zusammenzuckte.

„Ach weißt du, Kind, er sieht ganz anders aus als sonst“, wandte seine Mutter ein. „Überhaupt nicht wie er selbst. Warte doch lieber noch ein, zwei Tage.“

„Ich will ihn aber trotzdem sehen!“ Edens Stimme klang angespannt und ihre Augen begannen verräterisch zu schimmern.

„Lasst sie doch zu ihm“, sagte Joseph und überraschte sowohl sich selbst als auch alle anderen mit seiner spontanen Äußerung. Eden sah ihn zutiefst dankbar an und auch Sarah schien erleichtert, weil jemand ihr die Entscheidung abgenommen hatte .

„Kommst du mit mir, Onkel Joseph?“

Fragend blickte er zu Sarah, die zustimmend nickte. Zu dritt gingen sie zum Schwesternzimmer der Intensivstation, wo Joseph und Eden nach kurzer Zeit die Erlaubnis erhielten, David für fünf Minuten zu besuchen. „Zimmer 910“, sagte Sarah, die wieder ihre Arme um sich gelegt hatte.

Joseph drückte den Öffner an der Wand. Langsam bewegten sich die Flügel der gläsernen Tür zur Seite. Während sie den Flur entlang gingen, suchte Joseph nach der richtigen Zimmernummer. Sie kamen an unzähligen Türen vorbei und Joseph warf unwillkürlich einen Blick in die einzelnen Krankenzimmer. Dies war die Intensivstation. Die leblos wirkenden Körper in den Betten waren hinter den vielen Apparaten, Monitoren und Schläuchen fast nicht mehr zu erkennen. War es womöglich doch keine so gute Idee gewesen, Eden ihren Vater in diesem Zustand zu zeigen? Vielleicht hatten Sarah und seine Mutter doch recht gehabt. Falls David wirklich sterben sollte, wäre es ganz sicher besser, wenn seine Tochter einen anderen Anblick von ihm in Erinnerung behielt. Er warf einen Blick in ihr Gesicht. Sie hielt sich tapfer, doch ihre Augen verrieten ihre Angst. Voller Mitgefühl zog sich sein Herz zusammen. Sie tat ihm so leid!

Er selbst hatte in seinem Leben schon viel Leid und Elend gesehen – sei es im Krieg oder bei seiner Arbeit als Polizist – aber nichts von alledem hatte ihn auf diesen Schock vorbereiten können. Der Anblick traf ihn mit voller Wucht. Zunächst blieben sie einfach nur stumm vor der Tür auf dem Flur stehen, unfähig, das Zimmer zu betreten. Erst nach einiger Zeit wagten sie einige zögernde Schritte hinein. Im Inneren des Raumes waren drei Schwestern beschäftigt. Davids Körper war fast auf die doppelte Größe angeschwollen, sein Kopf so groß wie ein Basketball. Für einen Moment fragte sich Joseph, wie seine Haut diese Spannung überhaupt aushalten konnte, ohne zu reißen. Er trat einen Schritt näher an das Bett heran und betrachtete das Gesicht auf dem Kissen. Krampfhaft versuchte er irgendetwas Vertrautes, irgendeine Ähnlichkeit zu entdecken. Zwölf Jahre war es nun her. Niemals hätte er damit gerechnet, dass ihr erstes Wiedersehen so aussehen würde.

„Sie können gerne mit ihm sprechen“, sagte eine der Schwestern. „Es ist durchaus möglich, dass er Sie hören kann.“

Doch Joseph schwieg. Gerade seine Stimme war dem Bruder wahrscheinlich alles andere als willkommen und würde ihn möglicherweise unnötig verwirren oder aufregen. Er sah zu Eden. Vorsichtig kam sie näher und stellte sich neben ihren Onkel an die Bettkante. Dann streckte sie ihre Hand aus und berührte behutsam den Arm ihres Vaters. Da er nur mit einem Leinentuch zugedeckt war, lagen seine Arme frei. Unter dem Tuch zeichnete sich eine seltsame, unförmige Struktur ab, vermutlich die externe Beckenfixierung, die Sarah erwähnt hatte.

„Hi Dad“, flüsterte Eden mit zitternder Stimme. Zärtlich streichelte sie mit einem Finger über Davids Arm. „Ich hab dich lieb“, sagte sie, aber es kam keine Antwort. Nur das regelmäßige Piepen der Monitore und die Geräusche des Beatmungsgeräts und der anderen Apparate erfüllten den Raum. Eden zog ihre Hand zurück. Sie sah plötzlich so klein und verletzlich aus, dass Joseph sich hinunterbeugte und ihre Hand in seine nahm. Dann schloss er sie in die Arme. Eden schmiegte sich furchtsam an ihn, ein kleines, verängstigtes Mädchen.

Auch nach drei Tagen war Davids Zustand nach wie vor kritisch. Sie konnten nichts anderes tun als zu warten, und mit der Zeit wurden alle Anwesenden immer angespannter und nervöser. Seit dem Unglückstag hatte keiner von ihnen besonders viel geschlafen. Davids Körper hatte zwar die ersten Operationen ziemlich gut überstanden, aber nun war er einer neuen Gefahr ausgesetzt: Die Nieren drohten zu versagen, weil die Abbauprodukte der zerstörten Muskulatur sie überforderten.

„Möglicherweise müssen wir ihn noch einmal operieren, um die beschädigten Muskelpartien zu entfernen", hatte einer der zahllosen Ärzte gesagt.

Sarah hatte hilflos mit dem Kopf geschüttelt und noch zerbrechlicher gewirkt, als an all den Tagen zuvor.

Doch schließlich operierten sie ihn, und David überlebte.

Nun hieß es wieder warten. Wenn alles gut lief, nähmen die Nieren ihre Arbeit wieder von alleine auf, sodass eine dauerhafte Dialyse nicht notwendig würde. Die Tage schlichen dahin – zwischen Krankenbett und Snack-Bar, Kaffeeautomat und Fernseher. Man hielt einen Plausch mit den Angehörigen der anderen Patienten und wurde im Lauf der Zeit immer vertrauter miteinander. Irgendwann gewöhnte man sich sogar an die vielen Ärzte.

Dann, endlich, klangen die Nachrichten etwas erfreulicher. Die Nieren hatten ihre Tätigkeit wieder aufgenommen und nach weiteren zwei Tagen erwachte David endlich aus seinem Dämmerschlaf.

Besorgt beobachtete Joseph die maßlose Freude der drei Frauen, die sich immer und immer wieder überglücklich in die Arme fielen. „Das Schlimmste ist noch nicht überstanden", sagte der junge Arzt neben ihm leise. „Bisher haben nur Sie als Angehörige gelitten. Nun wird auch der Kranke selbst sich seines Zustands bewusst werden und leiden."

Joseph ging nicht mit den anderen ins Krankenzimmer. David war noch immer benommen, wurde nach wie vor beatmet und litt große Schmerzen. Ihr Wiedersehen würde belastend genug werden und konnte in dieser Situation auf jeden Fall noch warten. Jetzt sollte sein Bruder erst einmal in Gesichter blicken, die ihn trösteten und ihm neuen Mut gaben.

Die nachfolgenden Tage im Krankenhaus verschwammen zu einer unscharfen Aneinanderreihung von weiteren Operationen, der täglichen Versorgung von Davids Verletzungen und nicht enden wollender Untersuchungen. Als Joseph sah, dass die nächsten Wochen von David keine absehbare Veränderung dieser Routine bringen würden, wusste er, dass es für ihn endgültig an der Zeit war, wieder nach Abingdon und an seine Arbeit zurückzukehren. Dennoch zögerte er seinen Aufbruch hinaus.

Davids Erwachen schien Sarah eher zu belasten als von Sorgen zu befreien. Joseph konnte sie nur zu gut verstehen. Auch für ihn war es fast unerträglich, seinen Bruder so sehr leiden zu sehen. Wie musste sich da erst Sarah fühlen!

„Ich weiß nicht, was ich tun soll", sagte Sarah, während sie im Türrahmen zum Aufenthaltsraum stand und mit zitternder Hand ihren Kaffeebecher zum Mund führte.

„In Bezug auf was?"

„Eden."

„Was ist mit ihr?"

„Sie kann nicht hier bleiben."

Joseph schwieg.

Aus Sarah begannen die Worte nur so herauszusprudeln: „Ich kann mich nicht um sie und David gleichzeitig kümmern. Das wird mir alles zu viel. Und David kann ich jetzt nicht im Stich lassen."

„Nein, natürlich nicht", sagte Joseph. „Aber welche Möglichkeiten hast du?"

Sie nahm noch einen hastigen Schluck aus dem Becher. „Ihre Schule hat auch Internatsschüler. Da könnte ich sie anmelden. Oder sie wohnt in der Zwischenzeit bei einer Freundin, sodass sie Tagesschülerin bleiben kann. Meine Eltern würden sie auch nehmen, wenn ich sie darum bitten würde, aber sie sind inzwischen Rentner und nach Gatlingburg gezogen. Dort wäre Eden also genauso aus ihrem gewohnten Umfeld gerissen. Die Ärzte sagen, David wird noch mindestens sechs bis neun Monate in der Klinik bleiben müssen."

„Du könntest dir für die Zeit doch hier in der Gegend eine Wohnung suchen. Dann geht Eden eben hier zur Schule, und ihr könnt alle zusammen sein."

Sarah schüttelte den Kopf. „Das schaffe ich im Augenblick nicht, Joseph. Das wächst mir alles über den Kopf."

„Hast du sie denn schon gefragt, was sie selbst am liebsten möchte?"

Sarah schüttelte erneut den Kopf. „Ich weiß ja, was sie sagen würde."

Joseph hob die Augenbauen.

„Sie will auf jeden Fall hier bei David bleiben." Ein flüchtiges Lächeln huschte über ihr Gesicht. „Er ist ihr Ein und Alles."

Er nickte. „Wenn sie wirklich nicht hier bei euch bleiben kann, dann nehmen wir sie mit nach Abingdon."

Sarah wirkte über seinen Vorschlag nur wenig überrascht. Vermutlich hatte sie auf ein derartiges Angebot gehofft. „Allerdings müsste sie dann ebenfalls die Schule wechseln", gab sie zu bedenken.

„Dafür wäre sie bei Menschen, die sie kennen und lieben."

„Sie hängt auch sehr an dir", sagte Sarah. „Sie bewundert dich."

Klang es ein wenig gekränkt? Es musste eine bittere Pille sein, wenn das Kind des eigenen Betrugs und Vertrauensbruchs den Betrogenen liebte. Und er schämte sich dafür, dass er den Gedanken genoss. „Ich nehme sie mit nach Abingdon", sagte er schließlich schlicht.

Sarah seufzte und nickte dann müde. „In Ordnung."

Joseph sah die Erschöpfung in ihrem Gesicht.

„Ich kann mich hier nicht genug um sie kümmern. Schon im ganz normalen Alltag fordert sie mich bis ins Letzte. Ich kann mir einfach nicht vorstellen, wie ich all das hier bewältigen und dann auch noch sie nebenbei im Auge behalten soll."

„Sie ist keine Belastung", meinte Joseph. „Wir freuen uns, wenn sie zu uns kommt."

Er hatte die Worte kaum ausgesprochen, als er bemerkte, dass Eden ganz in ihrer Nähe stand. Sarah folgte seinem Blick und zuckte zusammen, als sie ihre Tochter sah. Er fragte sich, wie viel von ihrer Unterhaltung Eden wohl mitbekommen haben mochte. Hatte sie gehört, was für eine Last sie für ihre Mutter war?

„Hallo Schatz", sagte Sarah mit einem schuldbewussten Lächeln, nachdem sie ihren ersten Schreck überwunden hatte. Wie gut er sich an dieses Lächeln erinnerte.

Eden schwieg und würdigte ihre Mutter keines Blickes. Offensichtlich hatte sie genug mit angehört!

Joseph wollte die beiden lieber allein lassen und wandte sich zum Gehen. Als er an ihr vorbeiging, warf Sarah ihm einen panischen Blick zu.

„Ich falle niemandem zur Last", hörte er Eden noch sagen, während er auf den Flur trat. Vor lauter Mitgefühl für seine Nichte zog sich sein Herz zusammen. Sarahs Antwort konnte er nicht mehr hören, doch bereits am nächsten Tag saßen Joseph und Eden im Flugzeug auf dem Weg nach Hause.

„Es ist ihr ganz egal, dass ich wegfliege. Hauptsache, ich bin ihr nicht mehr im Weg", sagte Eden bitter.

„So ist das nun auch wieder nicht", wandte Joseph ein, aber Eden drehte ihr Gesicht zur Seite und blickte schweigend zum Fenster hinaus. Was sollte er da noch sagen?

Nach der Landung in Washington fuhren sie zunächst nach Fairfax und übernachteten in Davids Haus, bevor sie am nächsten Morgen Edens Sachen packten und sie auf dem Rücksitz von Josephs Wagen verstauten. Auf der Fahrt nach Abingdon sprachen beide kaum ein Wort miteinander. Eden starrte die meiste Zeit aus dem Fenster.

Das weihnachtlich geschmückte Abingdon wirkte fast unnatürlich heiter und ausgelassen. Zahlreiche größere und kleinere Gruppen von Touristen und Sternsingern bevölkerten die Innenstadt. Der letzte Sturm hatte mindestens zwanzig Zentimeter Neuschnee gebracht, der nun die Landschaft wie mit einer feinen Schicht aus weißem Puderzucker bedeckte. Joseph hielt beim *Hasty Taste* und holte für Eden einen Cheeseburger und ein Schokoladen-Shake.

„Zu mir oder zu Grandma?", fragte er. Sie zuckte die Achseln, sodass er sich für das Haus seiner Mutter entschied. Die Kleine würde dort ohnehin besser untergebracht sein, da seine Mutter immer auf Gäste vorbereitet war.

Nachdem sie alles aus dem Auto ausgepackt und die Sachen nach oben in Edens altes Kinderzimmer gebracht hatten, ging Joseph nach unten, um sich einen Kaffee zu kochen. Als er wenig später wieder nach oben kam, um nach ihr zu sehen, fand er sie schlafend auf dem Bett vor. Sie hatte sich zu einer kleinen Kugel zusammengerollt, ihren Kuschelhund fest im Arm. Ihr Gesicht sah so unglaublich jung und verletzlich aus. Sanft breitete er einen Quilt über dem Fußende des Bettes aus und deckte sie vorsichtig zu. Dann löschte er das Licht und ging hinaus, ließ aber eine kleine Lampe im Zimmer brennen. Er wusste, Eden mochte die Dunkelheit nicht.

8

„,Wenn Sie bisher noch keine Mäuse und Ratten im Haus hatten, dann lauern sie nur darauf, bei Ihnen einzuziehen.' Wer denkt sich denn so ein Zeug aus?", fragte Dorrie kopfschüttelnd.

Janelle, ihre Kollegin, grinste. „Don. So etwas macht ihm einen Riesenspaß."

Don war der Chefkammerjäger ihrer Firma, ein freundlicher Hüne, der Dorrie ein wenig an den gemütlichen Hoss aus der Fernsehserie Bonanza erinnerte.

Mit einem Seufzer wandte sie sich erneut ihrem Computer zu, an dem sie die handschriftlichen Texte ihres Chefs ordentlich abtippte.

„Das ist ja ekelhaft", entfuhr es ihr gleich darauf. Sie lehnte sich zurück und las ihrer Kollegin vor: „,Mäuse haben keine Harnblase und verlieren deshalb ständig Urin. Sobald also eine Maus über Ihren Teppich läuft, hinterlässt sie eine Urinspur, die wiederum andere Mäuse einlädt, ihr zu folgen.'"

Janelle zuckte die Achseln und zog an ihrer Zigarette. „Kindchen, so läuft das Geschäft nun mal. Das ist unser Job. Wie sollen wir denn sonst an das Geld für unsere Rechnungen kommen?"

„Es ist unser Job, Leute anzuwidern?"

Janelle grinste. „Wir wollen doch nur, dass sie bei uns den Jahresvertrag für den Rundum-Versicherungsschutz unterschreiben, nicht wahr?"

Sie drückte ihre Zigarette auf ihrer Coladose aus und warf den Stummel in die Öffnung. „Irgendwann gewöhnt man sich an all die Ratten und Mäuse. Es ist auf jeden Fall immer noch besser, sich mit ihnen zu beschäftigen, als für die Kanalreinigung zu arbeiten. Das wäre echt nichts für mich. Mein Schwager reinigt Abwasserrohre. Den solltest du mal erzählen hören, was er bei den Leuten so alles rausholt."

„Nein danke", sagte Dorrie und begann wieder zu tippen. Während sie den Abschnitt über die Fortpflanzung der Ratten übertrug, musste sie plötzlich sehnsüchtig an die Kinder in der Vorschule denken. Das war eine schöne Arbeit gewesen. Eigentlich hatte sie ihre ehemaligen Schützlinge ja die ganze Zeit noch einmal besuchen wollen, aber dann war sie doch nicht hingegangen.

Das hier war der unerträglichste Job, den sie jemals angenommen hatte, aber die Arbeitsvermittlung hatte so schnell nichts Besseres gefunden. Der schlimmste Arbeitsplatz ihres ganzen Lebens – schlimmer als bei der Chemischen Reinigung in Santa Fe mit all den giftigen Dämpfen, schlimmer als der Hundesalon in Chicago mit dem nervtötenden Gekläffe rund um die Uhr. Damals hatte sie Hundehaare auf jedem Zentimeter ihrer Kleidung gehabt. Doch ihr jetziger Job bei der Schädlingsbekämpfung war definitiv das Ende der Fahnenstange. Tiefer konnte sie nicht sinken.

Da war wieder dieses Gefühl der Unruhe, das nach ihr griff. Sie fühlte sich so mutlos. Irgendwie wuchs ihr alles über den Kopf. An diesem Morgen war sie aufgewacht, und was sie sah, hatte sie nur noch angewidert – diese kleine, muffige Wohnung! So schnell wie möglich hatte sie ihre Augen wieder geschlossen und hatte dennoch bereits alles vor sich sehen können, was sie im Lauf des restlichen Tages erwarten würde: Da war der halbmondförmige braune Fleck an der Decke von dem übergelaufenen Waschbecken in der Wohnung über ihr, der billige dunkelgrüne Teppichboden und die dänische Sitzgruppe drüben in der Ecke. Sie wusste, wie an jedem Morgen würde sie gleich eine unfreundliche Katze begrüßen, dann käme die Busfahrt zur

Arbeit, gefolgt von einem neuen endlosen Arbeitstag mit dem Tippen von ekelhaften Texten über Mäuse und Ratten – bis zur Heimfahrt am Abend. Wie sie sich langweilte! Sie war das alles so leid. Sie war einfach nur noch müde und enttäuscht.

Ja, das war es. Sie war enttäuscht. Jetzt, in diesem Moment wurde es ihr klar. Die Stadt, die im ersten Moment so schillernd, lebendig und verheißungsvoll auf sie gewirkt hatte, war jetzt nur noch eintönig und gewöhnlich. Sie konnte kein Glitzern mehr in ihr erkennen. Für ihre Augen sah alles hier inzwischen schäbig und armselig aus. Sie hatte diese Erfahrung schon häufiger gemacht: Je länger man eine Sache betrachtete, desto schwächer wurde ihr Reiz. Was hielt sie also noch hier? Die Antwort auf diese Frage war klar: Nichts, rein gar nichts.

Neben dem Gefühl der Leere, das sich mit dieser Erkenntnis zwangsläufig einstellte, war sie auch ein klein wenig aufgeregt. Sie konnte sich neu auf den Weg machen! Wer weiß, wem sie dabei begegnen würde! Was sie tun würde! Endlose Möglichkeiten lagen vor ihr. Doch wohin sollte sie gehen?

Worauf hätte sie Lust? Auf weite, endlose Landschaften? Vielleicht Montana oder Wyoming? Sie schüttelte den Kopf. Lieber nicht. Hier in Minneapolis hatte sie Einsamkeit genug. Sie sehnte sich viel eher nach Menschenmassen und Gedränge. Eine freundliche Großstadt musste es sein. Little Italy in New York? Nein, das kam im Winter nicht in Frage. Viel zu kalt und zu viel Schnee. Los Angeles? Zu viel Smog. Vielleicht San Francisco? San Francisco! Das war eine Idee. Für einen Moment dachte sie an Sonnenschein, Cablecars und Nudeln und einen Roman, den sie vor Kurzem gelesen hatte. Er spielte in San Francisco und handelte von einer alleinstehenden Frau, die in dieser ganz besonderen Stadt in einem Schreiner ihre große Liebe gefunden hatte. Also los, auf nach San Francisco! Dorrie schloss die Augen und machte sich schon einmal tagträumend auf den Weg. Sie würde in einer Wohnung in einem dieser hübschen viktorianischen Reihenhäuser leben, die dort die hügeligen Straßen säumten. Unwillkürlich wurde sie an einen Werbespot erinnert, den sie neulich gesehen hatte. Darin nippte ein Mann an einem Glas Wein vor der lieblichen Landschaft von San Francisco, im Hintergrund der Yachthafen und die scheinbar endlosen Weinberge. Dieses heitere Spiel von Licht und Schatten unter den grünen Bäumen, die allgegenwärtige wärmende Sonne! Abends zusammen mit Freunden draußen sitzen und italienische Pasta genießen ...

Ihr Apartment war still und leer, als sie nach Hause kam. Für einen Moment hatte Dorrie die Hoffnung, dass es Frodo vielleicht gelungen war, davonzulaufen. Sie hatte das Badfenster am Morgen extra einen Spalt offengelassen. Doch Dorrie hatte kein Glück. Schon im nächsten Moment wurden ihre Erwartungen enttäuscht, denn wie an jedem anderen Tag auch sprang Frodo ihr mit einem Satz vor die Füße – und wie an jedem anderen Tag zuckte Dorrie heftig zusammen. Nachdem sie ihn gefüttert hatte, stellte sie ihr Tiefkühlessen zum Auftauen in die Mikrowelle.

Anschließend schaltete sie ihr Handy ein. Anscheinend hatte ihre Mutter schon zweimal versucht sie anzurufen, aber keine Nachricht für sie hinterlassen. Sehr merkwürdig. Dorrie runzelte die Stirn und versuchte sich daran zu erinnern, wann ihre Mutter sie zuletzt angerufen hatte. Es war im März gewesen, an ihrem Geburtstag, und Dorrie hatte noch immer ganz genau ihre Worte im Ohr. *Ich wollte nur kurz anrufen und hören, wie es dir geht, aber wahrscheinlich bist du mit deinen Freunden unterwegs.* Lautes Aufseufzen. *Du wirst heute 26 Jahre alt. Ich war in deinem Alter bereits verheiratet, hatte ein Kind und zwei Jobs. Wir sprechen uns später.* Darauf waren keine Worte des Abschieds gefolgt, sondern lediglich das alles entscheidende Klicken in der Leitung. Ihre Mutter hatte aufgelegt.

Zumindest war ihre Mutter beständig. An jenem Tag hatte Dorrie einen Scheck über 25 Dollar in ihrer Post vorgefunden – wie an jedem Geburtstag und an jedem Weihnachtsfest –, zusammen mit einer neutralen Postkarte, unterschrieben in der gradlinigen, schnörkellosen Handschrift ihrer Mutter.

Für einen Moment dachte sie darüber nach, ihre Mutter zurückzurufen, doch dann entschied sie sich dafür, zuerst zu Abend zu essen. Anschließend räumte sie noch ein wenig in ihrer Wohnung herum, doch irgendwann konnte sie den Anruf nicht mehr länger hinauszögern und griff nach ihrem Telefon. In diesem Moment begann der Apparat zu klingeln.

Mit einem plötzlichen Gefühl der Vorahnung nahm Dorrie ab.

Es war ihre Mutter und sie redete wie immer nicht lange um den heißen Brei herum. Nach einer flüchtigen Begrüßung überbrachte sie ihre Botschaft.

„Ich habe Krebs“, sagte sie. „Brustkrebs, um genau zu sein, und er breitet sich aus wie Unkraut.“

Drei Tage später war Dorries Wohnung leergeräumt. Ihre wenigen Habseligkeiten hatte sie hier und dort verteilt. Frodo war bei der alten Dame einen Stock höher untergekommen, die bereits vier Katzen besaß und Dorrie hoffte, dass der Kater sich bei ihr wohlfühlen würde. Die Kündigung bei ihrer Firma war ihr nicht schwergefallen, lediglich Janelle würde sie vermissen. Sie plante den Bus nach Nashville um 17 Uhr 50 zu nehmen, aber vorher wollte sie noch etwas erledigen.

Auch wenn ihre Kündigung in der Schule erst drei Wochen zurücklag, erschien Dorrie ihr alter Arbeitsplatz seltsam fremd.

Es war gerade Unterrichtsschluss, und Horden von Kindern strömten aus allen Ausgängen auf die Straße. Dorrie fühlte sich seltsam unsicher und befangen, als sie das Schulgebäude betrat. Sie kam sich fast ein wenig wie entwurzelt vor – wie eine kleine Pflanze, die aus dem Boden gerissen worden war, bevor sie überhaupt eine Chance auf eine Blüte oder Frucht gehabt hatte.

Sie atmete tief durch und überlegte für einen Moment, ob sie wirklich weitergehen sollte, doch dann wurde ihr die Entscheidung abgenommen. Den Flur hinunter, direkt vor ihrem alten Klassenzimmer, stand Roger, ihr kleiner blinzelnder Freund, die Bastelarbeit des heutigen Tages in seinen Händen. Hinter ihm stand eine abgespannt wirkende Frau mittleren Alters, die vermutlich Dorries Nachfolgerin war.

Rogers Gesicht leuchtete auf, als er sie entdeckte und Dorrie spürte, wie ihr Herz zu hüpfen begann. Mit ausgebreiteten Armen kam er strahlend vor Freude auf sie zugerannt, und bevor sie überhaupt darüber nachdenken konnte, war sie bereits in die Hocke gegangen und spürte seine Arme um ihren Hals und die tröstliche Wärme, die von ihm ausging.

„Wo waren Sie denn?“, fragte er sie eindringlich, nachdem er sie wieder losgelassen hatte. Der Anblick seiner runden Wangen und sein ernster Gesichtsausdruck machten sie unaussprechlich traurig.

„Ich hatte einfach woanders zu tun, Roger“, sagte sie und versteckte sich damit hinter einer jener nichtssagenden Erklärungen, die selbst Kinder problemlos durchschauen.

„Kommen Sie denn morgen wieder her?“, fragte er.

Sie schwieg, und ihr Herz fühlte sich an wie ein schwerer Stein in ihrer Brust. Wie gern, wie unendlich gern hätte sie gelogen!

„Nein“, sagte sie mühsam, während die Wahrheit sie selbst mit voller Wucht traf. „Ich bin gekommen, um mich von dir zu verabschieden. Ich muss nach Hause fahren und meiner Mutter helfen.“ Für einen Moment fragte sie sich, ob sie nur deshalb in der Lage gewesen war, heute hierher zu kommen, weil sie diesmal einen wirklichen Grund für ihren Aufbruch hatte – und nicht wie sonst nur eine ihrer üblichen Launen.

„Kommen Sie wieder, wenn Sie ihr zu Ende geholfen haben?"

„Das hoffe ich", sagte sie. „Vielleicht klappt es ja." Eine faustdicke Lüge, aber Dorrie konnte nicht anders. Sie musste sich selbst und Roger zuliebe zumindest an der Möglichkeit ihrer Rückkehr festhalten, auch wenn sie die ganze Zeit über wusste, dass sie nicht mehr wiederkommen würde. Und dass es so war, wusste sie ganz genau. Sie wusste es, weil der stechende Schmerz, den sie in diesem Moment empfand, einfach nicht zu ertragen war.

Roger runzelte die Stirn und sah sie traurig an. Anschließend warf er einen Blick zu seiner neuen Lehrerin hinüber, der Dorrie mit Sicherheit zum Lachen gebracht hätte, wenn sie sich nicht so entsetzlich leer gefühlt hätte. *Er ist nicht mein Kind!*, erinnerte sie sich selbst erneut. *Er ist nicht mein Kind!*

Dann kam seine Mutter hereingestürmt, wie immer in Lederjacke, enger Jeans, die Tasche lose über der Schulter und das Handy in der Hand. Bei ihrem Anblick erhellte sich Rogers Gesicht wieder ein wenig. Er lächelte zaghaft und Dorrie schwankte zwischen Erleichterung und Enttäuschung.

„Komm, Schatz, wir müssen nach Hause", sagte seine Mutter. „Carl wartet schon auf uns."

Wer war Carl?, dachte Dorrie verwundert. Doch Roger schien über die Worte seiner Mutter nicht im Geringsten irritiert zu sein. Er griff nach ihrer Hand und folgte ihr zum Ausgang. Kurz bevor sie das Gebäude verließen, drehte er sich noch einmal zu Dorrie um.

„Auf Wiedersehen!", rief er ihr zu.

Dorrie hielt ihre Hand in die Höhe und winkte stumm. Sie brachte kein Wort hervor. Genau das ist der Grund, dachte sie und hielt nur mit Mühe ihre Tränen zurück, warum man sich niemals verabschieden sollte.

9

Seit einem Monat war Dorrie jetzt zu Hause bei ihrer Mutter, und sie hatte alles so vorgefunden, wie sie es verlassen hatte. Nashville war genau wie früher und ihre Mutter – nun, ihre Mutter war ebenfalls genau wie früher.

Gerade kam sie aus der Arztpraxis, vor der Dorrie im Auto auf sie gewartet hatte. Sie hatte einen alten Perry Mason im Handschuhfach gefunden und zu lesen begonnen, weil sie es mal wieder versäumt hatte, eines ihrer eigenen Bücher mitzunehmen. Wenn ihre Mutter nur nicht immer so ungeduldig wäre. Sie schien immer in Eile zu sein und duldete keine Verspätungen außer ihren eigenen.

Jetzt öffnete sie die Autotür und ließ sich mit einem Stöhnen in den Sitz fallen. Dann deutete sie wortlos mit dem Finger nach vorn in Richtung Straße. Typisch Mama. Nur kein Wort zu viel verlieren!

Dorrie gehorchte und startete wie gewünscht den Motor. Sie fuhren mindestens anderthalb Kilometer, bevor sie den Mut fasste, sich nach dem Ergebnis der Untersuchung zu erkundigen.

„Und, was hat der Doktor gesagt?"

„Jetzt sind auch noch Lunge und Leber befallen!", antwortete ihre Mutter. In ihrer Stimme lag mehr Entrüstung als Schock oder Trauer – so, als ob die Frau an der Kasse ihr zu wenig Wechselgeld herausgegeben hätte oder der Zeitungsjunge eine Lieferung ausgelassen hätte. Wie konnte das Schicksal sich nur erlauben, ihr so übel mitzuspielen! Nach dem Doktor und dem Klinikpersonal schien sie sich nun über Dorrie zu ärgern. Fast schien es, als fühle sie sich persönlich angegriffen. Mama musterte sie von der Seite mit kaltem, stechenden Blick, als könne sie Dorrie so dazu zwingen, keinerlei Gefühlsregung zu zeigen. Beinahe glaubte sie wieder wie früher die Stimme ihrer Mutter zu hören: *Wage es ja nicht zu weinen, sonst gebe ich dir wirklich einen Grund dafür!* Also unterdrückte Dorrie das Gefühlschaos, das in ihrem Inneren tobte und an die Oberfläche drängte. Sie fuhr ihre Mutter ohne ein weiteres Wort zum Supermarkt, zur Apotheke und anschließend nach Hause. Und dabei vergoss sie keine einzige Träne.

Die Dinge schienen sich schnell zu entwickeln. Mama hatte damit begonnen, sich nachmittags hinzulegen und gelegentlich das tragbare Sauerstoffgerät zu benutzen. Auch wenn ihre Mutter lieber sterben würde, als es zuzugeben, zeigte ihr Verhalten Dorrie dennoch sehr deutlich, wie stark ihr Gleichgewicht durch die Krankheit erschüttert war. Dorrie schüttelte den Kopf angesichts der Ironie dieses Gedankens, dass ihre Mutter bald sterben würde – wahrscheinlich schon sehr bald. Der Krebs hatte Metastasen gebildet, und nun konnten sie nichts weiter tun, als auf das Ende zu warten. Aber sanft sterben würde ihre Mutter gewiss nicht, oh nein. Sie war kein Mensch, der sich in sein Schicksal fügte. Mama würde genauso widerspenstig und fordernd sterben, wie sie gelebt hatte.

Dorrie half ihrer Mutter beim Aussteigen. Im Haus angelangt, begleitete sie sie ins Schlafzimmer im oberen Stockwerk, damit sie sich dort von den morgendlichen Strapazen erholen konnte. Dorrie blickte auf die Uhr. Inzwischen war es schon eins. Für die eine Stunde lohnte es sich nicht mehr, ihre Schicht beim *Sip and Bite*-Schnellimbiss anzutreten. Eigentlich hatte Dorrie auf eine Anstellung als Hilfslehrerin bei der örtlichen Schule gehofft, aber ihre Mutter hatte sie schnell wieder auf den harten Boden der Realität geholt. Über Dorries frühere Entscheidung, ans College zu gehen, um Lehrerin zu werden, war sie auch schon nicht begeistert gewesen. Als Dorries Bemühungen damals schließlich ihrer Unbeständigkeit zum Opfer fielen und sie nach der Hälfte der Zeit ihr Studium abbrach, hatte sich ihre Mutter fast triumphierend bestätigt gefühlt.

„Du hättest einfach im Sip and Bite *anfangen sollen zu arbeiten*“, hatte sie ihre Tochter getadelt. Der Gedanke, dass Dorrie sich dazu befähigt fühlte, zu unterrichten, war ihrer Mutter einfach nur lächerlich erschienen. Falls Dorrie überhaupt eine weiterführende Ausbildung anstrebte, dann sollte sie an „Françoise's Schule der Schönheit“ erfolgen – ein unerfüllter Traum ihrer Mutter. Einer von vielen. Wieder hörte Dorrie ihre nörgelnde Stimme in ihrem Kopf: *„Du glaubst doch nicht ernsthaft, dass du dazu in der Lage bist, dich um Kinder zu kümmern, Dorrie? Die Kinder haben bereits ihre Lehrer. Sie haben ihre Mütter.“ Sie brauchen nicht noch jemanden wie dich,* hätte sie möglicherweise noch hinzugefügt. Dorrie schüttelte den Kopf. Sie führte nicht nur Selbstgespräche, sie antwortete sogar darauf. Ob die Stimme ihrer Mutter auch noch nach ihrem Tod weiter in ihrem Kopf erklingen würde? Für einen Moment erfüllte Dorrie die verzweifelte Angst, dass es tatsächlich so sein könnte.

Sie sah sich um. Wie immer war das Haus makellos sauber und aufgeräumt. Seit sie denken konnte, hatte sich hier nichts verändert: Da war der cremefarbene Teppichboden, der seit dreißig Jahren streng nach Plan alle sechs Monate shampooniert wurde, darauf die Sitzgruppe in Gold und Grün mit den passend dekorierten Sofakissen. Nun, Mama war beständig. Man wusste immer, was man von ihr zu erwarten hatte, und höchstwahrscheinlich war das auch schon etwas wert. Zumindest vermutete Dorrie das.

Sie ließ sich in Mamas Fernsehsessel sinken und kam sich dabei fast ein wenig rebellisch vor. Auf dem Beistelltischchen aus Resopal lag ein durchsichtiges Platzdeckchen aus Plastik, um die glänzende Tischplatte zu schützen. Darauf wie immer die Fernbedienung für den Fernsehapparat und die kleine Vase mit Mamas Nagelfeile, den Bleistiften und ihren Kugelschreibern.

Daneben lagen – und das war neu – mehrere Pillendöschen, die jeweils den Namen ihrer Mutter trugen und Tabletten gegen die Schmerzen enthielten. Etwas weiter links befand sich noch ein Kreuzworträtselheft, ordentlich umgeschlagen und sorgfältig mit einem Gummiband fixiert, und der Roman, den sie gerade las. Auch ohne einen Blick darauf zu werfen, wusste Dorrie, dass es sich um eine weitere reißerische Schnulze handelte, auf dem Titelbild des Buches wie immer ein Mann mit muskulöser Brust, der sich über eine leichtbekleidete Dame beugte und Anstalten machte, sie mit seinen Küssen zu verschlingen. Bei dem Gedanken an den schlichten Literaturgeschmack ihrer Mutter musste Dorrie lächeln. Er passte so gar nicht ins Bild. Andererseits – wer konnte schon wissen, was hinter ihrer strengen Fassade vor sich ging? Was wusste sie schon von den Sehnsüchten dieser Frau, die ihre Mutter war? Fast nichts. Wieder einmal fragte sich Dorrie, was für ein Mensch aus ihrer Mutter geworden wäre, wenn ihr Leben nur ein klein wenig anders verlaufen wäre.

Leicht hatte sie es nicht gehabt, soviel war klar. Obwohl ihre Mutter nur selten von früher erzählte, war sich Dorrie dessen vollkommen bewusst. Sie versuchte sich daran zu erinnern, wie die bisherige Geschichte von Noreen Gibson verlaufen war. Wie hatte noch einmal das Hochzeitsbild ausgesehen? Dorrie erinnerte sich nur vage an die Fotografie, die immer rechts auf dem Kaminsims gleich neben chinesischen Porzellanfiguren gestanden hatte. Ihre Mutter hatte ein schlichtes weißes Kleid getragen und die roten Haare waren ihr in großen weichen Wellen offen über die Schultern gefallen. Sie war eher klein und kurvig und hatte mit ihren hinreißenden dunkelblauen Augen und dem zu einem Lächeln verzogenen Mund einfach nur wunderschön neben ihrem Mann ausgesehen. Dieser war eher ein dunkler Typ, attraktiv auf eine etwas gefährliche, bedrohliche Art und Weise. Stolz hatte er mit seiner baskischen Herkunft angegeben, die ihm den Hauch des Geheimnisvollen verliehen hatte. Sogar sein

Name klang außergewöhnlich und ein wenig gefährlich – Thomas Orlando DeSpain. Ihr selbst hatte er einen gleichermaßen klangvollen und schneidigen Namen verliehen. „*Wir nennen sie Miranda*“, hatte er Dorrie immer wieder in den zahlreichen Wiederholungen ihrer Lebensgeschichte erzählt. „*Miranda Isadora DeSpain. Ein Name für eine Prinzessin.*“ Mama hatte protestiert, wenn auch vergeblich. Anscheinend war ihr Vater der einzige Mensch gewesen, den sie nicht beliebig hatte herumschubsen können.

Aber sie war in der Lage gewesen, ihn zu vertreiben.

Nachdem er verschwunden war, beseitigte sie alle Spuren, die er in ihrem Leben hinterlassen hatte – auch den ungeliebten Namen ihrer Tochter. „*Du kannst deinen zweiten Vornamen benutzen*“, hatte Mama erklärt. „*Und ich selbst nehme wieder meinen Mädchennamen an.*“ So war aus ihr Dora Mae Gibson geworden, die einzige Dorrie in einer Gruppe von lauter Lindsays, Susans und Jennifers. Und so war auch Dads letztes Geschenk an sie, ihr Name, zusammen mit ihm verschwunden.

Er war fort. Dorrie hatte sich so sehr nach ihm gesehnt, hatte ihn so sehr vermisst. Wie oft hatte sie an ihn gedacht, als könnte sie ihn allein durch die Kraft ihrer Gedanken zu einer Rückkehr bewegen, aber er war und blieb verschwunden. Zweimal hatte sie sich auf die Suche nach ihm gemacht und bei ihrem zweiten Versuch hatte sie ihn tatsächlich gefunden. Dorrie starrte auf die gegenüberliegende Wand. Dort hing das Bild, das sie ihrer Mutter in jenem Jahr, in dem alles passiert war, zu Weihnachten geschenkt hatte. Sie war damals fünfzehn gewesen. Nachdem die Schwester ihres Vaters ihr einen Tipp gegeben hatte, war sie kurzerhand in den Greyhound Bus nach El Paso gestiegen.

Mama hatte in jenen Tagen an ihrem Arbeitsplatz immer die Nachtschicht übernommen. Nachdem Dorrie aus dem Krankenhaus entlassen worden war, hatte sie ihr erlaubt, noch für ein paar Tage zu Hause zu bleiben. In ein oder zwei Wochen könnte sie wieder zur Schule gehen, hatte der Doktor gesagt, je nachdem wie sie sich fühle. Allerdings hatte Mama darauf bestanden, dass Dorrie die Schule wechselte.

„Aber wieso?“, hatte Dorrie gejammert. *„Es wissen doch eh alle Bescheid.“*

„Mach dich nicht lächerlich“, hatte ihre Mutter in scharfem Ton erwidert. „Hier geht es nicht darum, das Gesicht zu wahren. Dank dir und deinem Vater ist sowieso nichts mehr übrig, das sich noch zu wahren lohnt.“

„Aber warum denn dann?“

„Weil du dich nicht mehr in der Nähe dieses Jungen aufhalten sollst. Er hat dich schon einmal in Schwierigkeiten gebracht, das genügt vollkommen. Er soll sich in Zukunft um seine Angelegenheiten kümmern und du um deine. Und nun will ich nichts mehr darüber hören, verstanden?“ Und mit diesen Worten und einem letzten drohenden Blick in ihre Richtung hatte Mama den Raum verlassen.

Doch Mama wusste noch nicht einmal die Hälfte. Während der gesamten Schwangerschaft hatte sich Dorrie regelmäßig davongeschlichen, um sich mit Danny zu treffen. Sie wollten heiraten, sobald er seinen Abschluss hatte. Außerdem hatte Dorrie ihr gesamtes Gehalt aus ihrem Job im *Sip and Bite* gespart.

Dann, eines Tages, als ihre Mutter endlich das Haus verlassen hatte, ging Dorrie zum Telefonbuch und suchte die Nummer eines Anwalts heraus. Es war derselbe Anwalt, der sich auch um die Adoption gekümmert hatte. Als Dorrie anrief, war er gerade nicht da, aber er hatte eine sehr nette Sekretärin, die sich geduldig Dorries Schluchzen und Schnüffeln angehört hatte. *„Liebes, mach dir keine Sorgen“*, waren ihre beruhigenden Worte gewesen. *„Egal wozu deine Mutter dich gezwungen hat: Man kann eine Adoption für ungültig erklären, wenn man innerhalb einer Frist von fünfundzwanzig Tagen Einspruch einlegt.“* Das hatte Dorrie neuen Mut gegeben. Sobald sie Danny davon erzählt hätte, würde er ihr helfen. Nach ihrem Anruf bei dem Anwalt hatte sie sich schnellstmöglich angezogen und war zu Dannys Haus geeilt.

„*Er ist nicht zuhause*“, sagte seine Mutter zwar ein wenig zurückhaltend, aber nicht unfreundlich. „*Kleine, du musst jetzt nach Hause gehen.*“

Doch Dorrie war nicht nach Hause gegangen. Sie war zu Dannys Schule gelaufen und dort hatte sie entdeckt, was alle anderen vermutlich schon längst gewusst hatten. Danny war tatsächlich in der Schule beim Football-Training. Gerade verließ er das Gebäude, den Arm eng um ein Mädchen in Cheerleading-Kleidung gelegt.

Als er Dorrie entdeckte, war er schockiert zusammengezuckt. Hastig murmelte er dem Mädchen neben sich einige Worte ins Ohr, worauf diese Dorrie einen halb mitleidigen, halb selbstgefälligen Blick zuwarf, bevor sie sich schließlich umdrehte und davonging.

„*Danny, was ist hier los?*“, fragte Dorrie verwirrt, denn die ganz offensichtliche Erklärung war einfach undenkbar.

Danny hatte den Kopf gesenkt und mit beschämter Stimme ihre Frage beantwortet, während seine Worte auf grausame Weise ihren Verdacht bestätigt hatten. „*Es tut mir leid, Dorrie*“, hatte er hervorgestoßen. „*Ich will das Baby nicht. Ich bin erst siebzehn. Ich habe ja noch nicht mal meinen Highschool-Abschluss. Es tut mir leid. Ich hatte niemals vor …*“

Dorrie hatte sich umgedreht und war gegangen, noch bevor er zu Ende gesprochen hatte. Sie erinnerte sich, wie seltsam kalt ihr auf der anschließenden langen Busfahrt zurück nach Hause gewesen war. Obwohl sie eine warme Jacke trug, hatte sie so sehr gefroren, dass ihre Zähne ununterbrochen geklappert hatten.

Sie war nach Hause gefahren und hatte in ihrer Panik jeden Menschen angerufen, der ihr eingefallen war. Vielleicht würde ihr ja jemand aus ihrer Verwandtschaft Geld borgen, damit sie sich ihr Baby zurückholen konnte. Doch Tante Bobbie ermahnte sie lediglich, sie solle auf ihre Mutter hören und nahm anschließend einfach nicht mehr ab. Dann rief sie bei Papas Schwester, Tante Weezy, an. Die war jedoch nicht da, sondern kam nach den Angaben von Dorries Cousin Robert erst gegen 21.00 Uhr von der Arbeit nach Hause.

Schließlich rief Tante Weezy sie tatsächlich zurück. Sie sagte, sie könne den Anwalt auch nicht bezahlen, aber sie gab Dorrie immerhin die Adresse und Telefonnummer ihres Vaters in El Paso. Und so holte Dorrie ihre gesamten Ersparnisse von über 200 Dollar aus ihrer Kommodenschublade und stieg in den Bus. Sie hatte während der ganzen Fahrt gebetet. Nachdem sie nach siebzehn Stunden in El Paso angekommen war, hatte sie von den letzten kläglichen Resten ihres Geldes ein Taxi zu der Adresse auf ihrem Zettel genommen, dann war sie pleite.

Sie war vollkommen erschöpft. Ihre Brüste schmerzten, die Wunde von ihrem Kaiserschnitt schmerzte und ihr Kopf schmerzte. Ihr war übel und sie fühlte sich heiß und zittrig, als ob sie Fieber hätte. Irgendwann hielt der Taxifahrer vor einem Haus an. *Bitte, lass es Daddys Haus sein,* flehte sie im Stillen. *Bitte lass ihn zu Hause sein!* Das Haus war eine heruntergekommene Hütte und erinnerte Dorrie an all die Behausungen, die sie und ihre Mutter früher zusammen mit ihrem Vater bewohnt hatten. Ein großer Hund im Vorgarten bellte wütend und fletschte seine Zähne, als wolle er sie am liebsten bei lebendigem Leib verschlingen. Zwei kleine Kinder, ein Mädchen und ein Junge, erschienen vor der Haustür, aber als sie die leicht schwankende Dorrie draußen vor dem Tor entdeckten, flohen sie schnell wieder ins Innere des Hauses. Und dann war Daddy auf die Veranda getreten, mit jeweils einem an seine Hosenbeine geklammerten Kind.

Er sah genauso aus wie in ihrer Erinnerung. Trotz der scharfen Linien, die sich in sein Gesicht gegraben hatten, wirkte er nett und freundlich. Seine Augen und Haare waren dunkel. Er war immer noch groß und schmal und trug genau wie früher Jeans und Cowboystiefel. Fast eine Minute lang stand er reglos unter dem Vordach und musterte sie.

„Miranda?“

Sie war so erleichtert, dass sie einfach nur in Tränen ausbrach.

Selbst wenn er über ihren Besuch wahrscheinlich nicht besonders begeistert war, bat er Dorrie dennoch herein. Innerhalb einer Stunde befand sie sich im Bett und eine Frau namens Rita kümmerte sich um sie. Sie hatte anscheinend ebenfalls vor kurzem ein Baby bekommen – vermutlich von ihrem Vater. Dorrie erinnerte sich noch genau daran, wie sie dort im Bett gelegen hatte und bei dem Weinen von Ritas Baby ihre Milch begonnen hatte, tröpfchenweise auszulaufen.

„Du bist krank“, hatte Rita gesagt, als sie ihr etwas zu trinken und ein Schälchen mit Nudelsuppe brachte. Anschließend hatte Daddy sie ins Krankenhaus gefahren, wo der Arzt eine Brustentzündung feststellte. Dorrie erhielt Medizin, eine Infusion gegen den Flüssigkeitsverlust und irgendwann hatten schließlich alle den Raum verlassen – der Arzt, Daddy und Rita mit dem Baby. Dorrie war eingeschlafen. Und dann, als hätte sie es geahnt, war es gekommen, wie es wohl kommen musste: Daddy ließ sich nicht mehr blicken.

„Er musste zur Arbeit“, sagte Rita, das Baby über ihrer Schulter. *„Und du musst auch wieder nach Hause.“* Es klang nicht einmal unfreundlich. Sie nannte lediglich die Fakten. Schließlich hatte Rita sie zusammen mit ihrer Medizin, etwas zu Essen und einem zehn Dollar Schein für Notfälle zum Bus gebracht, und als Dorrie in Nashville ankam, stand bereits ihre Mutter an der Haltestelle.

Den gesamten Heimweg redete Mama ununterbrochen auf Dorrie ein. Sie hatte versucht, ihre Ohren irgendwie vor dem Redeschwall ihrer Mutter zu verschließen, aber jedes Wort, das sie sagte, traf genau in die Mitte von Dorries schlechtem Gewissen hinein. Sie sei dermaßen rücksichtslos, gerade habe sie es wieder mit ihrem Verhalten bewiesen. Mit Sicherheit wäre sie als Mutter vollkommen unfähig gewesen. Sie solle endlich aufhören, so ein Dickkopf zu sein und stattdessen die Tatsachen akzeptieren: *„Dieser Junge will dich nicht haben, und das Baby ist weg. Dein Daddy will auch nichts von dir wissen. Du solltest dankbar sein, dass ich dich trotz allem wieder mit nach Hause nehme. Ich bin so enttäuscht von dir, aber eigentlich habe ich es ja die ganze Zeit geahnt. Ich wusste es von Anfang an, du bist genau wie er.“*

Irgendwann während dieses Trommelfeuers aus Worten hatte Dorrie jeden Widerstand aufgegeben. Wie hatte sie nur so dumm sein können, zu glauben, ihre Mutter würde sie ein einziges Mal trösten! Nichts würde sich jemals ändern.

In diesem Moment war etwas in ihr zerbrochen. Es war, als zerrisse in diesem Augenblick das Seil, das ihr Boot bisher noch mit dem heimatlichen Hafen verbunden hatte. Und nun driftete sie davon – immer weiter und weiter hinaus aufs Meer, bis irgendwann kein Land mehr in Sicht war.

„Hör mir gut zu“, hatte Mama zu ihr gesagt. „Ich sage dir genau, was du jetzt tun wirst. Du wirst ab jetzt jeden Morgen pünktlich zur Schule gehen, damit du einen vernünftigen Abschluss machst. Anschließend wirst du dir eine Lehrstelle suchen. Du wirst Danny Loomis vergessen und dieses Baby. Ich werde nicht zulassen, dass du einfach so dein Leben wegwirfst. Aber eins sollst du wissen, Dorrie: Ich bin dir nur dieses eine Mal hinterhergelaufen. Wenn so etwas noch einmal passiert, ist es mir egal. Und denk ja nicht, dass ich dich dann wieder zu Hause aufnehme.“

Dorrie vermutete, dass dies der Moment gewesen war, in dem sie endgültig in die Umlaufbahn ihrer Mutter geraten war – einfach, weil sie sich selbst aufgegeben hatte. Was auch immer noch an Widerstandskraft und Wut nach der schmerzlichen Erfahrung mit ihrem Baby in ihr übriggewesen war – bei dem

Anblick von Danny und seiner neuen Freundin und Daddy mit seiner neuen Familie waren sie restlos verschwunden. Die Mutter war ihr Schicksal, ob sie es nun wollte oder nicht. Bei Mama war ihr Platz im Leben. Oder nein, das war nicht richtig. Nicht *bei* Mama, sondern *unter* Mama. Unter Mamas Obhut und Aufsicht. Anscheinend war sie selbst nicht dazu in der Lage, eigene, richtige Entscheidungen zu treffen. Auch wenn es überhaupt nicht ihre Absicht gewesen war, so hatte sie doch ein Wesen in diese Welt gesetzt, in der die kleine Seele nichts außer Schmerz und Verletzung erwarteten. Das würde ihr nicht noch einmal passieren. Jede Fehlentscheidung zog unweigerlich weitere schmerzliche Konsequenzen nach sich – das war die bittere Lektion, die Dorrie aus dieser Geschichte gelernt hatte.

Alles, wonach Dorrie sich schon immer gesehnt hatte, war eine Familie. Einen Menschen, der sie liebte und den sie zurücklieben könnte! Sie hatte nicht geplant, schwanger zu werden, es aber auch nicht mit aller Kraft verhindert. Sie hatte keinen Plan für ihr Leben, keinerlei Ideen für die Zukunft. Sie war nicht der Meinung, dass Gott irgendetwas Besonderes mit ihr vorhatte. Dieses Baby zu bekommen war die außergewöhnlichste Sache gewesen, die sie jemals getan hatte.

Irgendwann einmal hatte Dorrie gelesen, dass der Mensch dazu in der Lage war, Lücken oder Fehler in einer Darstellung in seinem Kopf zu ergänzen. In einem unvollständigen Bild erkenne man so trotzdem ganz automatisch ein Ganzes und ein bruchstückhafter Satz sei deshalb nach wie vor noch lesbar – einfach, weil das Gehirn es so wolle. Anhand der Vorstellungskraft ergänze der Kopf die Lücken. Jetzt erkannte Dorrie, dass sie genau dasselbe immer wieder in ihrem eigenen Leben getan hatte. Die ganze Zeit, in Bezug auf alles und jeden.

Sie sah irgendjemanden, den Umriss einer Szene, erhielt irgendeine kleine Information und schon füllte sie mit Hilfe ihrer überbordenden Fantasie die Leerstellen aus. Ihr Dad musste nur einmal auftauchen und ihr sagen, dass er sie gern hatte – Dorrie ergänzte die Lücken. Die wenigen Brocken an Zuwendung von Mama und Daddy hatten genügt – Dorrie bastelte sich daraus die Illusion einer glücklichen Familie. Dasselbe war ihr mit Danny Loomis passiert, als er beteuert hatte, dass er sie liebe. Dorrie hatte ihm seine Worte vorbehaltlos geglaubt – ein erneuter Streich ihrer Fantasie.

In den darauffolgenden Jahren hatte Dorrie ein oder zwei Mal neu zu hoffen begonnen. Wie an allen anderen Tagen auch, war sie morgens aufgestanden und hatte sich still in Mamas Leben eingefügt, hatte gesagt und getan, was von ihr verlangt wurde. Dennoch verging kein Tag, an dem sie sich nicht fragte, wo wohl gerade ihr Baby war und wie es ihm oder ihr erging. Sie dachte sich Geschichten aus, malte sich aus, wie das Zimmer des Babys aussah oder stellte sich in allen Einzelheiten ihr zukünftiges Wiedersehen vor. Eines Tages schließlich suchte sie sich eine Arbeit und sparte jeden Cent für einen Rechtsanwalt, der ihr dabei helfen sollte, ihr Baby zurückzuholen. Erst als sie bereits über 5000 Dollar angesammelt hatte, erfuhr Mama davon. Sie war vor Wut außer sich gewesen.

„Du Nichtsnutz", hatte sie gesagt. *„Ausgerechnet du willst dir das Baby zurückholen? Du bekommst doch rein gar nichts alleine hin! Du bist doch überhaupt nicht in der Lage, ein Kind aufzuziehen. Was denkst du eigentlich, wer du bist? Sieh dich doch einmal an. Du bist ein Niemand, vollkommen unnütz, zu nichts zu gebrauchen."*

Inzwischen war Dorrie davon überzeugt, dass Mama in diesem Moment mehr mit sich selbst als mit ihr gesprochen hatte.

Dorrie selbst hätte das Baby damals gerne behalten, auch wenn dieser Gedanke heute nur noch erstaunlich wenige Emotionen in ihr auslöste. Anscheinend waren ihre Wunden mit der Zeit geheilt. Doch wann immer sie hierüber nachdachte, beschlich Dorrie die leise Sorge, dass ihr Kummer möglicherweise gar nicht geheilt, sondern nur lebendig begraben worden war. Wie oft litt sie unter Albträumen! Jedes Mal hörte sie dasselbe Babyweinen, das irgendwo tief aus der Erde unter ihr zu kommen schien. Manchmal befürchtete Dorrie, dass sie niemals dahinterkommen würde, was damals mit ihrem Baby geschehen war.

Damals hatte Dorrie die Zähne zusammengebissen und ihr Leben wieder aufgenommen. Es war stets ihre Absicht gewesen, das Beste daraus zu machen, aber irgendwie gelang es Dorrie nie, lange genug an einem Ort zu bleiben, um irgendetwas auf die Beine zu stellen. Der aufgewirbelte Staub von ihrer letzten Reise hatte sich gerade erst gelegt, da begannen ihre Füße schon wieder unruhig zu zucken.

Dorrie wusste, dass die Adoptiveltern Mama Geld für ihr Studium gegeben hatten, doch aus Angst, sie könne das Geld für einen weiteren Fluchtversuch verwenden, hatte Mama das Guthaben von Anfang an streng verwahrt. Für Dorries Studium hatte sie widerwillig etwas von dem Geld herausgerückt, aber dann hatte Dorrie das Ganze abgebrochen. Nun war Mama nur noch dazu bereit, das Geld für eine Ausbildung bei Françoise's noch einmal anzutasten – vermutlich in der Hoffnung auf kostenlose Dauerwellen bis zum Ende ihrer Tage. Aber Dorrie wollte nicht mehr länger zur Schule gehen. Sie wollte weg.

Also war sie gegangen. Wieder und wieder und wieder. Dorrie brach auf und kam zurück, brach auf und kam zurück. Immer wieder fing sie von vorne an, organisierte sich neu und stellte dabei fest, dass ihre Mutter, ganz im Gegensatz zu ihren Worten, noch immer an ihrer Seite war. Dorrie wusste nicht wieso, aber anscheinend war sie nicht dazu in der Lage, irgendwo anzukommen und sich niederzulassen. Es war nicht so, dass sie keine Träume oder Ideen hatte – ganz im Gegenteil. Ständig träumte sie davon, dieses oder jenes zu beginnen und hierhin oder dorthin zu gehen, aber wenn es schließlich so weit war, konkrete Schritte zu unternehmen, damit ihre Träume Wirklichkeit wurden, fehlte ihr plötzlich die innere Kraft dazu. Gewiss, aufgebrochen war sie schon oft, aber sobald der schöne Schein des Neuen sich zu verflüchtigen begann und ihr Traum die ersten Kratzer erhielt, kehrte sie wieder zu Mama in die Einöde nach Nashville zurück, jobbte im *Sip and Bite* und versuchte sich neu zu organisieren.

Als Dorrie das erste Mal zurückgekehrt war, hatte sie eine Woche bei Mama gewohnt, bis sie damit begonnen hatte, nach einer eigenen Wohnung zu suchen. Doch Mama hatte eingewandt: „*Warum irgendwo Miete zahlen, wenn du hier umsonst wohnen kannst*?“ Und für einen Moment hatte Dorrie etwas in ihren Augen aufflackern sehen, das wie Angst aussah. Also war sie geblieben – bis zu ihrem nächsten Aufbruch.

Als sie 18 wurde, hatte sie einen erneuten Versuch unternommen, ihr Baby zu finden und noch einmal den Rechtsanwalt aufgesucht, der damals die Adoption ausgehandelt hatte. Seine Augen wirkten müde und traurig, als er ihr mitteilte, dass er ihr keinerlei Informationen über das Baby oder die Adoptiveltern geben dürfe. Dorrie könne sich lediglich in einem Verzeichnis registrieren lassen und dann darauf hoffen, dass ihr Kind sich mit dem Erreichen der Volljährigkeit selbst auf die Suche nach ihr machen würde.

Auch in dem Krankenhaus, in dem sie damals ihr Baby zur Welt gebracht hatte, kam Dorrie nicht weiter. Das Personal auf der Station hatte anscheinend vollständig gewechselt. Keine einzige der jungen Schwestern kam Dorrie irgendwie bekannt vor. Von der netten, etwas älteren Krankenschwester von damals wusste Dorrie allein den Vornamen, aber niemand konnte sich an sie, geschweige denn an ihren Nachnamen erinnern. Schließlich erhielt Dorrie den Rat, es doch einmal bei der Personalabteilung zu versuchen, aber auch dort gab man sich reserviert. Nein, Daten über Angestellte könne man auf keinen Fall preisgeben. Auch bei Dr. Herbert rannte Dorrie lediglich gegen eine

Mauer des Schweigens an, sodass sie schließlich resigniert aufgab. Zwar ließ sie sich registrieren, wie es ihr von dem Anwalt und Dr. Herbert vorgeschlagen worden war, doch Dorries Hoffnungen auf eine Wiedervereinigung mit ihrem Kind aufgrund dieser Liste waren verschwindend klein. Wenn es überhaupt jemals dazu kommen sollte, lag bis dahin noch eine sehr, sehr lange Wartezeit vor Dorrie. Es gab nichts daran zu rütteln: Ihr Kind war weg und Dorrie hatte im Lauf der Zeit gelernt, diese Tatsache zu akzeptieren.

Die Wohnzimmeruhr schlug zwei Uhr und riss Dorrie aus ihren Tagträumen. Sie ging in die Küche, um das Mittagessen zu kochen, bis Mama mit ihrem tragbaren Sauerstoffgerät und ganz offensichtlich noch immer sehr erschöpft von oben herunterkam und gegen Dorries Art der Zubereitung protestierte. Dorrie könne doch nicht ernsthaft beabsichtigen, so die Schnitzel zu würzen! Und schon nahm Mama wie gewohnt die Dinge in die Hand. Dorrie deckte den Tisch zu Ende und setzte sich anschließend auf die Veranda. Für Februar war es noch ziemlich kalt in Nashville.

Das laute Tosen eines Flugzeugs auf dem Weg zum Flughafen übertönte für ein oder zwei Minuten jedes andere Geräusch. Früher war die Gegend und Nachbarschaft hier sehr nett gewesen und nach Dorries Meinung war das auch immer noch so. Die Gärten waren gepflegt und ordentlich, die bunten Blumenbeete gejätet und geharkt, aber Mama mochte die Hautfarbe der neu hierher gezogenen Nachbarn nicht. Wenn sie genügend Geld dafür gehabt hätte, wäre Mama ganz sicher umgezogen, aber weil sie die notwendigen Mittel nun mal nicht besaß, dachte sie sich stillschweigend ihren Teil und hielt sich selbst für etwas Besseres als ihre Nachbarn.

„Guten Tag, Miranda!“ Mr Cooper trat aus seinem Haus und nickte Dorrie auf seine gewohnte, etwas vornehm wirkende Art und Weise zu. Er war groß, schmal und dunkel und weigerte sich hartnäckig, sie wie alle anderen Dorrie zu nennen. *„Dein Name war Miranda, als dein Vater dich im zarten Alter von drei Tagen zum ersten Mal zu uns herüber brachte, und Miranda wird er bleiben"*, waren stets seine Worte, wenn das Gespräch auf dieses Thema kam. Dorrie mochte Mr Cooper. Manchmal ging sie auf einen Besuch zu ihm hinüber und trank einen Kaffee oder einen süßen Tee mit ihm, wobei sie früher fast immer damit gewartet hatte, bis Mama zur Arbeit gegangen war. Heute hatte Dorrie gewartet, bis sie im Bett lag, um sich auszuruhen. Mr Coopers Frau war vor einigen Jahren gestorben und ihr Tod war der erste Anlass gewesen, bei dem Dorrie ihrer Mutter offen die Stirn geboten hatte.

„Du wirst nicht in diese Farbigen-Kirche gehen", hatte Mama gesagt.

Dorrie hatte nicht geantwortet, sondern war auf direktem Weg aus dem Zimmer zu der Beerdigung und von dort aus zu dem anschließenden Leichenschmaus in Mr Coopers Haus gegangen. Mama hatte eine Woche lang geschmollt, doch letztlich war Dorrie überrascht gewesen, wie gering die Auswirkungen ihres Verhaltens gewesen waren. Vermutlich gehorchte sie ihrer Mutter mehr aus Gewohnheit als aus irgendeinem anderen Grund. Deshalb, und weil es ihr an eigenen Ideen fehlte.

„Auch Ihnen einen guten Tag, Sir!", lautete jetzt ihre Antwort an Mr Cooper. „Haben Sie es bei sich denn auch warm genug?"

„Aber ja", versicherte er Dorrie. „Wie geht es deiner Mutter heute?" Trotz der Gemeinheiten ihrer Mutter blieb Mr Cooper immer gleichbleibend großzügig und höflich.

„Wie erwartet", erwiderte Dorrie schlicht.

Er nickte mit ernstem Gesicht. Mit Sicherheit erinnerte er sich noch sehr gut an die Leiden seiner Frau. „Ich bin gerade auf dem Weg zu dem Gebetstreffen in unserer Gemeinde. Komm doch mit mir und lass uns gemeinsam für sie beten."

Dorrie lächelte. Sie konnte sich lebhaft vorstellen, wie ein Gebetstreffen in Mr Coopers Gemeinde aussah. Selbst die Beerdigung damals war lebendiger gewesen als der normale Sonntagsgottesdienst in der Methodistenkirche, die Mama gewöhnlich besuchte. Der Prediger der Methodistengemeinde gehörte zu jenen schwer beladenen, ernsthaften Männern, die Stunden damit verbringen konnten, über historische Details, Übersetzungen und griechische Grammatik zu sprechen. Seine Vorstellung von Hingabe bestand aus einer Liste mit Anweisungen, die seine Herde zu befolgen hatte. Allerdings schien er selbst nicht mit dem Erfolg seiner Schäfchen zu rechnen, sondern vielmehr von ihrer zwingenden Niederlage auszugehen – zumindest wenn man seiner stets resignierten Miene Glauben schenken durfte. Das Ganze war eine ziemlich klägliche Angelegenheit, und sobald Dorrie achtzehn Jahre alt geworden war, hatte sie auf den weiteren Besuch verzichtet.

„Ich denke, ich bleibe lieber hier", sagte Dorrie nun mit einem Lächeln.

„Na dann." Mr Cooper tippte mit der Hand an seinen Hut und ging dann zu seinem Wagen hinüber, einem alten Chevy Impala, den er ebenso gewissenhaft wusch und pflegte, wie er in der Bibel las. Der ehemalige Wagen seiner Frau parkte noch immer liebevoll daneben.

Dorrie hob eine Hand zum Gruß in die Höhe, als er davonfuhr. Anschließend kauerte sie sich wieder auf einem Stuhl auf der Veranda zusammen und beobachtete die vorbeifahrenden Autos, bis Mama sie zum Essen hineinrief.

Es war eine stille Mahlzeit. Mama schien noch kraftloser als sonst. Es war so, als beanspruche es bereits ihre gesamte Aufmerksamkeit und Konzentration, nur den nächsten Atemzug zu tun. Dorrie aß die Schnitzel, die wirklich sehr gut gewürzt waren, und den Reis, klebrig und weich wie Mama ihn mochte, dazu noch den grünen Salat und die Butterbohnen. Den Bananenpudding lehnte Dorrie zunächst höflich ab, doch als sie das hierauf folgende Stirnrunzeln von Mama sah, aß sie schließlich auch noch diesen. Immerhin wusste Dorrie, dass Mama ebenso kritisch reagieren würde, wenn sie zunehmen würde.

„Wofür hebst du dir denn deinen Appetit auf? Hast du etwa noch etwas vor?“ Mama hoffte die ganze Zeit darauf, dass Dorrie sich endlich einmal verabreden würde.

Dorrie schüttelte wortlos den Kopf.

„Du musst endlich einen Mann finden und dein Nest bauen, Dorrie“, sagte Mama. Merkwürdigerweise war Dorrie bei ihren Worten nicht wie sonst verärgert, sondern irgendwie gerührt. Mit einem Mal empfand sie Mamas Einmischung nicht mehr als Aufdringlichkeit, sondern eher als einen weiteren Versuch von ihr, die Dinge zu ordnen, bevor sie gehen musste. Und als ein Zeichen, dass Mama sich doch um sie zu kümmern schien – wenn auch auf eine sehr eigene Art und Weise.

„Ich weiß“, sagte Dorrie.

„Du weißt, dass ich bald sterbe.“ Dorrie wollte zunächst beschwichtigend widersprechen, aber als sie in Mamas ernstes Gesicht blickte, erstarb ihr leichtfertiger Protest auf den Lippen.

Sie nickte. „Ich weiß.“

„Wenn ich wüsste, dass du in guten Händen bist, könnte ich in Frieden sterben.“

Wie gerne hätte Dorrie ihrer Mutter diesen Wunsch erfüllt! Sie war ja selbst der Meinung, lange genug herumgeirrt zu sein. War es nicht wirklich an der Zeit, endlich Wurzeln zu schlagen und Früchte zu tragen? Wie es wohl wäre, Kinder zu haben? Ein warmes, süßes Baby, das später zu einem schlaksigen, langbeinigen Jungen oder Mädchen heranwachsen würde, mit einem von Sommersprossen gesprenkelten Gesicht und Zahnlücken? Das alles könnte auch für sie Wirklichkeit werden. Warum sollte sie nicht endlich leben wie jeder andere auch? Dorrie wusste, es könnte ihr gelingen. Sie wusste, sie war kein lebensunfähiger

Versager. Dass sogar Mama ihr ein ganz normales Leben zuzutrauen schien, war doch nur eine weitere Bestätigung.

Wie Dorrie überrascht feststellte, war das mühsame Atmen ihrer Mutter noch immer das einzig wahrnehmbare Geräusch im Zimmer. Für einen winzigen Moment hatte sie fast damit gerechnet, das Rattern ihrer eigenen, sich überschlagenden Gedanken hören zu können. Wie in einem Film sah Dorrie mit einem Mal ihre mögliche Zukunft vor sich. Und sie sah gar nicht mal so übel aus! Natürlich, es war weder das große Abenteuer, das sie sich immer für ihr Leben vorgestellt hatte, noch eine endlose Romanze, aber wessen Leben sah am Ende schon so aus? Die Welt war nicht perfekt. Das hier war die Realität und kein Wunschkonzert, eine Tatsache, an die Dorrie in ihrem Leben schon häufiger erinnert worden war. In der harten Schule des Lebens war dies die erste Lektion gewesen, die sie hatte lernen müssen. Nimm, was du kriegen kannst und erfreu dich daran. Vielleicht ist es am Ende sogar mehr, als du verdienst.

Dorrie erhob sich und begann, den Tisch abzuräumen. Während sie die Reste und das Geschirr in die Küche trug, begann Mama bereits mit dem Abwasch. Mit großer Sorgfalt wusch sie jeden einzelnen Teller und jede Schüssel, obwohl sie vollkommen müde und erschöpft sein musste. Dorrie versuchte, ihr die Arbeit abzunehmen, aber niemand konnte es Mama recht machen, wenn es darum ging, perfekt gespültes Geschirr in den Schrank zu stellen.

„Ich brauche heute Abend etwas Zeit für mich alleine, Dora Mae“, sagte ihre Mutter schließlich, als sie fertig war.

Überrascht sah Dorrie sie an. „Ich kann gern in meinem Zimmer bleiben“, sagte sie.

„Nein, ich meine wirklich allein.“

„In Ordnung. Ich rufe Tante Bobbie an und frage, ob ich heute bei ihr übernachten kann.“ Plötzlich kam Dorrie ein furchtbarer Gedanke. „Aber warum willst du allein sein? Hast du einen bestimmten Grund?“ Es gelang Dorrie nicht, den wachsenden Argwohn in ihrer Stimme zu verbergen.

Ihre Mutter fuhr herum und blickte sie wütend an. „Seit wann muss ich mich vor dir rechtfertigen?“, fragte sie scharf und schien plötzlich neue Kraft zu gewinnen. „Keine Angst, ich werde nicht alle meine Pillen auf einmal schlucken. Du wirst mich also nicht tot auf dem Sofa vorfinden, wenn du wieder nach Hause kommst. Ich verachte Feiglinge.“

Wie wohl ein Leben ohne ihre Mutter aussah, fragte sich Dorrie, als sie zum Telefon ging, um ihre Tante anzurufen. Konnte sie sich ein Leben ohne Mama überhaupt vorstellen? Ein zaghaftes Gefühl – Dorrie würde es niemals wirklich als Hoffnung bezeichnen – regte sich in einem verborgenen Winkel ihrer Seele. Hastig schob sie die Empfindung beiseite, beschämt und mit schlechtem Gewissen, als habe sie mit ihren verräterischen Gedanken auf irgendeine Weise den Tod ihrer Mutter beschleunigt.

10

Noreen arbeitete bis tief in die Nacht hinein mit einer Energie, die man beinahe als unnatürlich bezeichnen könnte. Sie selbst war eigentlich derselben Meinung. Ihr Verhalten *war* unnatürlich für eine Frau mit Krebs in einem derart fortgeschrittenen Stadium, aber das Zerreißen, Wegwerfen und Saubermachen gab ihr ein grimmiges Gefühl der Befriedigung. Und es linderte ein wenig die Angst. Noreen hatte nie zu den Menschen gehört, die sich viele Gedanken über die Vergangenheit machten, aber in der letzten Zeit hatte sie immer stärker das Gefühl, dass etwas von ihr Besitz ergriff und sie zwingen wollte, sich mit der Vergangenheit auseinanderzusetzen und sich dieses oder jenes einzugestehen. Angst, oder vielmehr Panik überfiel Noreen, wenn sie nur darüber nachdachte, diesem Eindruck nachzugeben. Was geschah, wenn man erst einmal mit dem Eingestehen begann? Wo sollte man aufhören? Vielleicht fand man nie ein Ende.

Noreen schüttelte den Kopf, während sie den Glaseinsatz in der Eingangstür einsprühte und abwischte, bis es quietschte. Weinerlichkeit oder gar reuevolle Betrachtungen waren ihr schon immer zuwider gewesen und ganz sicher würde sie jetzt nicht damit anfangen, schwor sie sich selbst mit grimmiger Miene.

Noreen hatte die Kacheln im Bad in etwa zur Hälfte geputzt, als ihr ein merkwürdiger Gedanke durch den Kopf schoss, der sie einen Moment innehalten ließ. Versuchten nicht auch die Täter in den Krimiserien immer genauso gründlich ihre Spuren zu beseitigen? Der Gedanke ließ Noreen nicht los, während sie den Medizinschrank auswischte, einige abgelaufene Medikamente und Tuben in den Abfalleimer warf und anschließend die Fugen in der Dusche mit Chlorreiniger bearbeitete. Sie fühlte sich tatsächlich ein wenig wie ein Verbrecher, der seine Fingerabdrücke wegwischt, um auf keinen Fall irgendwelche Hinweise zu hinterlassen. Hinter ihr wäre die Polizei allerdings mit Sicherheit sowieso niemals her. Ihr ganzes Leben lang hatte sie peinlich genau das Gesetz eingehalten, dachte Noreen mit Stolz. Nein, Blut und versteckte Leichen würde man bei ihr nicht finden. Es war der Gedanke an ihre Tochter, der Noreen beunruhigte, die Vorstellung von Dorrie, die nach ihrem Tod mit gerunzelter Stirn und gesenktem dunkelhaarigen Kopf die Überbleibsel ihres Lebens begutachten und bewerten würde. Aber nein! Noreen presste ihre Lippen zusammen und machte sich mit neu aufflackerndem Ärger wieder an die Arbeit. Dazu würde es nicht kommen. Nichts derartiges würde geschehen. Sie hatte zu Lebzeiten keinerlei Kritik an ihrer Person gestattet, sie würde sie auch im Tod nicht zulassen.

Nach dem Badezimmer wandte sich Noreen ihren Banksachen zu. Alle unnötigen Unterlagen, Papiere und eingelösten Schecks wanderten auf den Stapel fürs Verbrennen. Anschließend begutachtete Noreen ihren Kleiderschrank, wobei sie die meisten der Kleidungsstücke für die Sammlung der Heilsarmee in wenigen Tagen beiseite legte. Ihr schönstes, cremefarbenes Kleid versah sie mit einem Notizzettel, der den Hinweis enthielt, dass sie in diesem Kleid begraben werden wollte. Die passende Perlenkette und die entsprechenden Perlenohrringe legte sie in einen Beutel und heftete diesen ebenfalls unter den Zettel an das Kleid. Außerdem packte sie noch eine neue Strumpfhose, ihre neue Unterwäsche und ihre neuen Schuhe in einen Plastikbeutel, wobei sie sich vorher noch einmal davon überzeugte, dass diese auch wirklich über keinerlei Kratzer verfügten. Ihre Handtasche legte sie neben die Tüte. Ließen sich Menschen mit ihrer Handtasche beerdigen? Noreen war sich nicht sicher, aber sie ging sonst nie ohne ihre Tasche aus dem Haus. Anschließend sortierte sie den Inhalt der Kommodenschubladen und entsorgte dabei auch gleich die abgetragene Unterwäsche und die ausgeleierten Strumpfhosen und Strümpfe.

Auf diese Art und Weise ging Noreen durch jedes Zimmer ihres kleinen Hauses – die Küche, das Esszimmer und das Wohnzimmer. Drei oder vier ihrer Lieblingsromane ließ Noreen im Bücherregal stehen, alle anderen landeten in einer Kiste. *Ich wusste gar nicht, dass Mama sich für Geschichte interessiert hat.* Noreen konnte sich Dorries Unterhaltung mit einem ihrer Nachbarn bereits lebhaft vorstellen, als sie das Buch über den Zweiten Weltkrieg und die Geschichte des Bürgerkriegs auf den Stapel für die Heilsarmee legte. Als ob sie dumm und ungebildet sei, nur weil sie nie die Schule abgeschlossen hatte. *Sieh dir dieses halbfertige Kleid an*, hörte sie die Stimme ihrer Tochter in ihrer Vorstellung, als sie ihre Nähsachen durchsah. Sorgfältig legte Noreen die Einzelteile zusammen, auf denen noch immer das Schnittmuster steckte, und packte sie zu all den anderen Stoffen und Vorlagen in eine Kiste. Danach begutachtete sie ihre Bettwäsche und die Handtücher und entledigte sich aller Kochbücher und Rezepte. Dorrie hatte sich nie darum bemüht, Kochen zu lernen und es gab keinen Grund, weshalb sie jetzt oder zu irgendeinem anderen Zeitpunkt damit anfangen sollte.

Als sie zu den Fotografien im Arbeitszimmer kam, hielt Noreen für einen Moment inne, doch am Ende behielt sie lediglich einige Aufnahmen von Dorrie als Baby und das einzige Foto, das sie von ihrer Mutter besaß. Alle anderen wanderten in den Müll – die paar wenigen aus ihrer eigenen Kinderzeit. Ihre Hochzeitsfotos und alle anderen Bilder von ihr und Tommy hatte sie schon vor langer Zeit weggeworfen.

Den Speicher und die Kellerschränke hatte sie ebenfalls bereits aufgeräumt. Es waren ganze Berge von Papier gewesen, die sie bei dieser Gelegenheit weggeworfen hatte. Lediglich einige wichtige Dokumente hatte sie aufgehoben: die Versicherungspolice, die Besitzurkunde für das Haus und den Fahrzeugschein. Jetzt steckte Noreen all diese Unterlagen zusammen mit Dorries Geburtsurkunde und ihren Schulzeugnissen in einen großen Umschlag. Ihr gesamtes Vermögen hatte sie bei der First National Bank angelegt und nach ihrem Tod würde es vollständig in Dorries Besitz übergehen. Nicht, dass Dorrie diese Tatsache zu schätzen wusste. Sie hatte noch nie irgendeines der Opfer zu würdigen gewusst, die Noreen im Laufe ihres Lebens für Dorrie gebracht hatte. Vermutlich war sie sich überhaupt nicht darüber bewusst, wie viel Kummer sie ihrer Mutter schon bereitet hatte und wie viel Mühe es gekostet hatte, sie aufzuziehen. Wieso sollte sie es also jetzt auf einmal begreifen? Entschlossen zerriss Noreen die Heiratsurkunde und das Scheidungsurteil. Es war ihr vollkommen unbegreiflich, warum sie sie überhaupt aufgehoben hatte.

Und dann fand Noreen Dorries Geige und die Noten. Ihr Mund verzog sich zu einem schmalen Strich. Es war ihr nicht möglich, die Geige zu betrachten, ohne an Tommy zu denken. Er spielte Geige, als sei er bereits mit einer Geige in seiner Hand auf die Welt gekommen. Er konnte das Instrument zum Jubilieren und Schluchzen bringen, und das war es, was Noreen an ihm geliebt hatte – eine Erkenntnis, die in ihr eine wahre Flut von Traurigkeit und Schmerz auslöste, die sie selbst überraschte. Sie hätte nicht gedacht, dass sie zu derartigen Gefühlen überhaupt noch in der Lage war. Tommy war es auch gewesen, der Dorrie das Spielen beigebracht hatte. Als sie gerade mal groß genug gewesen war, um zu stehen, hatte er sie schon zum Unterricht angemeldet. Er war mit ihr einmal quer durch die Stadt zu einer Frau gefahren, die Kinder auf der Geige unterrichtete, die noch nicht einmal lesen konnten. Jeden Monat hatte er acht Stunden länger in der Autowerkstatt gearbeitet, um den Musikunterricht für seine Tochter finanzieren zu können, denn er war unglaublich stolz auf Dorrie gewesen. Bei jeder sich bietenden Gelegenheit hatte er vor anderen mit seiner Tochter geprahlt.

„Süße, spiel uns etwas auf der Geige vor“, lautete stets seine Reaktion auf Noreens Bedenken, er verderbe seine Tochter noch und setze ihr nur Flausen in den Kopf.

Aber selbst Noreen hatte zugeben müssen, dass Dorrie begabt war. Vielleicht hätte sie eines Tages sogar Konzerte geben oder in einem Orchester spielen können, aber mit Tommys Verschwinden hatte auch Dorries Unterricht geendet. Mit Sicherheit würde Noreen ihr Geld nicht dafür ausgeben. Sie musste so schon jeden Cent zusammenkratzen, damit sie genug zum Leben hatten. Von Tommy hatte sie in all den Jahren überhaupt nichts bekommen. Dorrie war zunächst furchtbar enttäuscht gewesen, hatte sich aufgeregt und geweint, aber irgendwann hatte sie sich wieder beruhigt. Seitdem lag die Geige hier, zusammen mit den alten Notenblättern und Fotografien von den Konzerten. Bei ihrem Anblick verspürte Noreen einen leichten Anflug von Reue, nur ein winziges Sticheln in ihrer Seele, aber sie erstickte das Gefühl mit aller Entschlossenheit unter einem Berg von Schuldzuweisungen. Er war es, der gegangen war. Sie hatte sich nichts vorzuwerfen, sondern hatte ihr Bestmöglichstes gegeben. Für einen winzigen Moment zögerte Noreen. Es juckte sie förmlich in den Fingern, alles zusammen auf den Stapel zum Verbrennen zu legen, aber am Ende ließ sie die Geige da, wo sie war.

Als sie schließlich noch einmal durch das gesamte Haus gegangen war, dämmerte es bereits. Das Aussortieren hatte den Rest des gestrigen Tages und die ganze Nacht in Anspruch genommen. Noreen legte ihre Sauerstoffmaske und die zugehörige Flasche ab und schleifte den letzten Beutel mit Papierabfällen, Fotos und Unterlagen hinaus zu der eisernen Tonne vor dem Haus. Der Garten war in graues Zwielicht getaucht. Selbst hier war es genauso sauber und ordentlich wie im Inneren des Hauses. Erst letzte Woche hatte sie einem Nachbarsjungen viel zu viel dafür bezahlt, dass er ihren Rasen mähte. Außerdem hatte er noch das Unkraut in den Blumenbeeten gejätet und die gesamte Garage ausgeräumt, in der sich jetzt nur noch einzelne Schaufeln und Spaten und die Winterreifen befanden.

Noreen goss etwas Spiritus über die Papierberge in der Tonne, stellte sorgfältig die Flasche beiseite und warf dann ein brennendes Streichholz hinein. Eine gelbe Stichflamme schoss empor, begleitet von einer schwermütigen schwarzen Rauchwolke, die verkohltes Papier und Ascheflocken durch die Luft wirbelte, die sich wie schwarzer Schnee auf Noreens Haare legten. Der Rauch brannte in ihren Augen und ihrer Lunge. Fast eine halbe Stunde lang stand sie neben dem Feuer und betrachtete die Flammen, die Stück für Stück die Reste ihres Lebens verzehrten.

Als es endgültig Tag geworden war, hatte Noreen das ganze Haus geputzt, bis kein einziger Flecken mehr zu sehen war. Obwohl sie vor Schmerzen und Erschöpfung zitterte, ließ sie sich ein Bad ein, wusch ihre Haare und legte anschließend ein wenig von ihrem neuen Gesichtspuder auf. Ein weiteres Mal legte sie den Sauerstoff beiseite und brachte unter Berücksichtigung des *Vorsicht*! *Brennbar*!-Symbols die Sauerstoffflasche hinaus auf die Veranda. Dann ging sie wieder hinein, ließ sich erschöpft auf das Sofa sinken und griff nach dem Päckchen Mentholzigaretten, das unter den Kissen versteckt war. Während sie sich eine Zigarette anzündete und gierig den Rauch einsog, dachte Noreen an die eine Sache, die noch übriggeblieben war. Hartnäckig rumorte und nagte sie in ihrem Inneren. Ihr Blick wanderte hinüber zum Schreibtisch, zu der rechten, unteren Schublade. Das, was sich darin befand, veranlasste Noreen dazu, eine Zigarette nach der anderen zu rauchen, bis sie schließlich irgendwann das gesamte Päckchen aufgebraucht hatte. Keuchend schnappte sie nach Luft. Wenigstens hatte sie jetzt eine Entscheidung gefällt.

Sie würde alles so lassen wie es war. Sollte Dorrie es doch ruhig finden. Mit einem grimmigen Lächeln nahm Noreen den vollen

Aschenbecher in die Hand, trug ihn ins Bad, schüttete die Zigarettenstummel in die Toilette, drückte die Spülung und wusch ihn aus. Wenn Dorrie wirklich so versessen darauf war, irgendetwas zu finden, das sie ihrer Mutter vorwerfen konnte, dann würde sie ihr eben etwas Entsprechendes übriglassen. Außerdem war es sowieso nicht möglich, keinerlei Spuren zu hinterlassen. Das bewiesen die Krimis im Fernsehen doch zur Genüge. Egal wie sehr sich jemand auch bemühte, seine Spuren zu verwischen – am Ende fanden die Ermittler doch immer etwas, sei es ein einziger Blutspritzer oder ein Stück von einem Fingerabdruck. Und wieso auch nicht. Dann war es eben so.

Noreens Atem ging schwer und keuchend, als sie ihre Zähne putzte. Nachdem sie sich vergewissert hatte, dass ihre Haare noch immer ordentlich aussahen, trug sie ein wenig Lippenstift auf und holte dann die Sauerstoffflasche von der Veranda herein. Entkräftet sank sie auf das Sofa, wo es ihr gerade noch gelang, ihre Lieblingsdecke über sich zu breiten und den Sauerstoffschlauch umzulegen. Als Dorrie hereinschaute und ihr einen Guten Morgen wünschte, reagierte Noreen nur mit einem Schniefen.

Später tauchte ihre Tochter noch einmal auf, um sich für einen kurzen Spaziergang zu verabschieden, aber Noreen antwortete nicht.

Sie stellte den Fernseher an und richtete ihre gesamte Aufmerksamkeit auf den Bildschirm.

„Ich habe getan, was ich konnte," sagte sie plötzlich in die Stille hinein, heftig und mit aller Entschiedenheit, als habe ihr irgendjemand einen Vorwurf gemacht. Sie *hatte* ihr Bestmögliches getan, sagte sie noch einmal zu sich selbst. Noreen konnte beinahe die Tür sehen, die sich in diesem Moment irgendwo in ihrem Inneren schloss, konnte das Klicken und Einrasten des Schlosses hören. Sie hatte ihr Bestes getan, wiederholte sie, als sie ihren Kopf zurücklehnte und die Augen schloss, während im

Hintergrund die Stimmen der Schauspieler aus dem Fernseher dröhnten.

Mehr konnte man von einem Menschen am Ende nicht erwarten.

11

Wenige Tage später fand Dorrie ihre Mutter leblos und kalt in ihrem Bett. Schnell lief sie zu Mr Cooper und klopfte an dessen Hintertür. Mr Cooper saß noch an seinem Küchentisch, trank eine Tasse Kaffee und las in seiner Bibel. Es war noch nicht einmal sieben Uhr.

Er öffnete die Tür, blickte Dorrie ins Gesicht und wusste Bescheid, ohne dass sie ein Wort gesagt hätte. „Sie hat es also überstanden."

Dorrie, die nicht in der Lage war zu sprechen, nickte schweigend. Mr Cooper nahm sie wie ein kleines Kind an der Hand und ging mit ihr über den gefrorenen Rasen zum Haus hinüber. Gemeinsam betraten sie Mamas Schlafzimmer. Es war Mr Cooper, der nach Mamas Puls tastete. Sanft legte er seine dunklen Finger für einen Moment an ihren Hals, doch es war nichts zu spüren. Am Ende tätschelte er noch einmal freundlich Noreen Gibsons kalte Hand und führte dann Dorrie zurück in seine kleine, warme Küche. Ihr schien furchtbar kalt zu sein. Benommen saß Dorrie auf einem Küchenstuhl und starrte auf die Tapete mit dem weiß-gelben Blumenmuster, während Mr Cooper frischen Kaffee aufbrühte und Rührei mit Toast für sie zubereitete. Nachdem er den dampfenden Teller auf den Tisch gestellt hatte, legte er seine Hand auf ihre Schulter und betete: „Herr Jesus, bedecke dieses Kind mit deiner Barmherzigkeit und Liebe, und hilf ihr, den Heimweg zu finden." Was für ein merkwürdiges Gebet, wo doch das einzige Zuhause, das sie je gekannt hatte, nur einen Steinwurf entfernt lag! Doch auch wenn Dorrie seine Worte seltsam vorkamen, so fühlte sie sich danach dennoch gestärkt. Sie wusste nicht, ob es am Rührei, dem Kaffee, der Zuwendung und Liebe von Mr Cooper oder irgendetwas anderem, übernatürlichem lag. Dorrie war sich sowieso nicht ganz im Klaren darüber, was sie eigentlich über Gott und das Beten denken sollte. Mama hatte Dorrie seit ihrem fünften Lebensjahr zum Beten angehalten, aber Mama hatte auch immer wieder behauptet, Dorries Dad sei ein Sünder auf dem direkten Weg in die Hölle. Sollte Mama und ihr Leben etwa das Beispiel eines heiligen und gläubigen Menschen sein? Dorrie fand diesen Gedanken ziemlich verwirrend. Allerdings vertraute sie Mr Cooper, und wenn Mr Coopers Gott bereit war, ihr zu helfen, dann würde Dorrie diese Hilfe gerne und äußerst dankbar annehmen. Nachdem Dorrie zu Ende gegessen hatte, ging Mr Cooper noch einmal mit ihr zum Haus hinüber. Gemeinsam sahen sie Mamas Anweisungen durch und riefen bei Tante Bobbie und dem Beerdigungsinstitut an.

Mr Cooper blieb an Dorries Seite, als der Leichenwagen kam und die Männer Mamas sterbliche Überreste aus dem Haus trugen. Gegen Mittag kam Tante Bobbie und löste Mr Cooper ab, der nicht von ihrer Seite gewichen war. Tante Bobbie arbeitete als Stationsschwester im Altersheim und konnte ihren Arbeitsplatz nur sehr schwer verlassen. Zusammen mit ihr sah Dorrie die Sachen ihrer Mutter durch, wobei sie das Kleid, die Schuhe und sogar die Handtasche fanden, alles ordentlich nebeneinandergestellt. Bei diesem Anblick war Dorrie zum Weinen zumute, aber es floss keine einzige Träne. Ihre Tränen schienen in ihrem Inneren wie eingefroren zu sein.

Als Tante Bobbie wieder zurück an die Arbeit musste, half Mr Cooper Dorrie dabei, die Beerdigung zu organisieren. Auf dem Kaminsims fand Dorrie schließlich den Umschlag, der das Testament ihrer Mutter enthielt. Es besagte, dass Dorrie Mamas gesamtes Vermögen erbte. Unwillkürlich fragte sich Dorrie, ob Tante Bobbie deshalb vielleicht gekränkt oder verletzt wäre. Sie war sich unsicher, wie viel von Mamas Besitz noch übrig blieb, wenn sie erst einmal alle Rechnungen bezahlt hätte, aber auf jeden Fall wollte Dorrie einen Teil davon ihrer Tante geben.

Die Beerdigung war für Donnerstag geplant, und Dorrie fragte sich, wer überhaupt Notiz von Mamas Tod nehmen würde oder gar zur Beerdigung käme. Seit über zwanzig Jahren war Mama nicht mehr durch die Tür der Methodistenkirche getreten und sie hatte nur wenige Freunde gehabt. Doch Mr Cooper musste etwas darüber in seiner Gemeinde gesagt haben, denn ab Mittwochnachmittag traf plötzlich ein nicht enden wollender Strom von belegten Platten und Aufläufen ein. Vollkommen fremde Menschen standen vor Dorries Tür und brachten Schüsseln mit Kartoffelsalat und überbackenen Bohnen, gefüllte Paprikaschoten, scharfe Eier, kleine Schnitzel, Käsetoasts, Bananenpudding und süße Kartoffelkuchen vorbei. Sie tätschelten Dorrie mit ihren dunklen Händen liebevoll über die Wange, schlossen sie in die Arme und beteten mit ihr, bevor sie sich wieder verabschiedeten. Dorrie badete förmlich in der herzlichen Wärme und Kraft, die von diesen Gebeten ausging.

Die Trauerfeier fand aber dennoch in der Methodistenkirche statt, da Mama sonst möglicherweise wutentbrannt ihrem Sarg entstiegen und als Untote durch die Stadt geirrt wäre. *Ihre* Trauerfeier in einer „Farbigen-Kirche" abzuhalten war schlichtweg ein Ding der Unmöglichkeit.

Wie Dorrie vorausgesehen hatte, kamen nicht viele, um von Mama Abschied zu nehmen – wäre da nicht Mr Cooper mit seinen Freunden gewesen. Dank ihrer Aufmerksamkeit fühlten sich Dorrie, Tante Bobbie und deren Kinder wie eingehüllt in eine warme Decke an einem kalten Tag. Diese freundlichen Menschen bewegten sich mit einer Selbstverständlichkeit und Sicherheit in den ehrwürdigen Hallen der Methodistenkirche, als sei es ihre eigene Gemeinde. Sie stellten Tische auf, sorgten für Kaffee, Kuchen und Herzhaftes nach dem Gottesdienst, wuschen und trockneten anschließend alles wieder ab, und brachten Dorrie schließlich mit einer Ansammlung von gutgefüllten Vorratsdosen nach Hause, von denen sie noch bis zum Ende des Jahres würde leben können.

„Bist du sicher, dass du zurechtkommst?", fragte Mr Cooper am Ende dieses langen Tages mit sorgenvoll gerunzelter Stirn.

„Ja, ganz bestimmt", antwortete Dorrie. Sie war so müde, dass sie am liebsten geweint hätte, aber sie tat es noch immer nicht.

Erst da war Mr Cooper gegangen und hatte sie allein gelassen.

Nun stand sie, noch etwas benommen, zum ersten Mal allein im Haus ihrer Mutter. Doch genau das war es, Dorrie fühlte es ganz deutlich. Auch wenn sie selbst fast ihr ganzes Leben hier verbracht hatte, war es dennoch *Mamas* Haus. Jetzt, da Mamas Stärke und Persönlichkeit die Räume nicht mehr ausfüllten, gab es seltsamerweise fast nichts mehr, das Dorrie noch persönlich berührte, ihr vertraut vorkam und sie hielt.

Sie ging in ihr Zimmer und betrachtete ihr blasses Gesicht im Spiegel. Ihre dunklen Haare waren nach hinten gebunden, unter ihren Augen lagen dunkle Schatten. Dorrie zog ihren Schlafanzug an, wusch sich das Gesicht und putzte ihre Zähne.

„Du siehst so zottelig aus", hatte Mama noch an ihrem letzten Abend zu ihr gesagt. *„Du musst unbedingt mal wieder zum Friseur. Du solltest wirklich mehr auf dein Äußeres achten, Dorrie."*

Ein Stich durchfuhr Dorrie, als ihr bewusst wurde, dass dies die letzten Worte ihrer Mutter waren. Ihr Vermächtnis.

Dorrie legte sich ins Bett, aber sie konnte nicht einschlafen. Schließlich entschloss sie sich, ein wenig zu schreiben. Sie stand auf, holte einen Stift und schlug ihr Tagebuch auf. Doch was sollte sie aufschreiben? Dorrie zögerte und versuchte angestrengt etwas Nettes zu finden, das sie festhalten konnte. Denn das war es doch, was man tat, wenn jemand gestorben war. Man schrieb nicht über die Fehler derjenigen, die sich nicht mehr länger verteidigen konnten und legte ihre Schwächen bloß. Dorrie suchte in ihren Erinnerungen nach einer schönen Begebenheit und landete schließlich bei Weihnachten.

Mama ist gestorben. Ich kann es immer noch nicht fassen.
Ich versuche gerade, an etwas Schönes zu denken. Etwas Gutes. Ich erinnere mich an Weihnachten und daran, dass Mama immer gleich damit begann, den Baum abzuschmücken, sobald ich mein letztes Geschenk ausgepackt hatte. Sie war dabei so heiter und glücklich, dass ich meine eigene Enttäuschung darüber vergaß, dass all die glitzernden, schönen Dinge gleich schon wieder in den Kisten verschwanden. Ich bekam jedes Jahr ein Buch, einen Dreierpack Unterhosen, einen Schlafanzug und dazu noch irgendetwas, das aus ihrer Sicht vollkommen überflüssig war. Einmal war es ein Radiowecker. Ich war fast außer mir vor Freude. Doch das letzte Geschenkpapier hatte kaum den Boden berührt, da sammelte sie alles schon wieder in einen Müllbeutel, der Staubsauger trat in Aktion, die Kartons für die Kugeln wurden herbeigeholt, und während der Truthahn noch in der Röhre briet, wanderte der Baum wieder in den Keller.
Sie war ein ordentlicher Mensch, meine Mutter. Jedes Durcheinander war ihr zuwider und Unordnung konnte sie nicht ertragen. Das Leben ergab nur dann einen Sinn, wenn die Dinge immer nach demselben Schema abliefen. Montags wurde gewaschen, und falls sie montags einmal verhindert war, wusch sie in der Nacht von Sonntag auf Montag. Am Dienstag war das Bad an der Reihe, Mittwoch die Fußböden, bügeln am Donnerstag, Freitag der Einkauf und samstags wurde gebacken.
Sie war eine schöne Frau. Klein und zierlich, aber trotzdem wohlproportioniert. Wäre sie nicht so hektisch gewesen, hätte sie mit Sicherheit sehr anmutig gewirkt. Ich bin mir nicht sicher, welche natürliche Farbe ihr Haar hatte, denn solange ich denken

kann, färbte sie es rot. Sogar im Winter hatte ihre Haut noch einen warmen, goldenen Ton. Ihre Augen waren fast erschreckend blau. Wenn sie lächelte, sah ihr Gesicht mit den hohen Wangenknochen und dem geschwungenen, großen Mund ganz besonders hübsch aus, aber meistens sah sie eher gehetzt und angespannt aus, als sei irgendetwas mal wieder nicht in Ordnung.
Die Leute behaupten, ich sähe ihr ein bisschen ähnlich. Ich habe dieselben hohen Wangenknochen und denselben Mund, aber mein kohlrabenschwarzes Haar habe ich ganz eindeutig von Dad und auch mein Wesen ähnelt mehr dem seinen, zumindest hat Mama das immer gesagt. Und nun ist sie fort. Es ist schwer zu glauben.

Dorrie seufzte. Sie sollte Mamas Sachen durchsehen. Bestimmt wäre alles sauber und ordentlich. Ihre Mutter hatte diesen Tag schon ihr ganzes Leben lang vorbereitet, immer aufgrund der beständigen Angst, dass sie sterben könnte und Fremde nach ihrem Tod ihre Angelegenheiten ordnen müssten und Unordnung vorfänden. Nun war es allein ihre Tochter, die all ihre Sachen durchsehen würde, wobei Dorrie den Verdacht hegte, dass sie letztlich genauso eine Fremde war. Sie sollte die Rechnungen durchsehen und die Beerdigung bezahlen. Außerdem musste sie überprüfen, was das Krankenhaus und die Ärzte noch an Geld erhielten, aber jetzt war sie einfach viel zu müde. Es wäre auch sicher notwendig, einen Termin mit dem Anwalt auszumachen, um den Nachlass zu besprechen. Und sie sollte Daddy finden und ihn informieren.

Ihr Zimmer, sonst eher klein und bedrückend, wirkte plötzlich viel zu groß und leer. Dorrie ging die Treppe hinunter und wanderte einige Minuten ziellos im Haus umher, bis sie sich schließlich, eingewickelt in die Decke ihrer Mutter, auf das Sofa legte, den Fernseher einschaltete und endlich in einen unruhigen Schlaf fiel.

12

Der Albtraum war wieder da. Dorrie war in einem dunklen Haus und irgendwo schrie ein Baby. Sie wusste, sie musste das Baby finden und retten. Unbedingt! Allmählich geriet sie in Panik. Sie konnte nichts sehen. Um sie herum war es stockfinster. Langsam tastete sie sich an den Wänden entlang durch die Zimmer, stolperte und stieß gegen herumstehende Möbelstücke. Manchmal wurde das Schreien lauter, im nächsten Moment wieder so leise, dass Dorrie es kaum noch hören konnte. Dann drehte sie sich um und ging in die entgegengesetzte Richtung. Es war wie bei einem grausamen Versteckspiel, bei dem sie immer wieder an einen anderen Ort gelockt wurde. Das Baby fand sie nie. Auch diesmal erwachte Dorrie wie immer nach diesem Traum: schweißgebadet, zitternd und mit heftig klopfendem Herzen. Der Fernseher lief noch. Ein Mann mit lauter Stimme pries gerade ein Messer-Set an. Dorrie drückte auf den Knopf der Fernbedienung. Schlagartig wurde es still, und Dunkelheit erfüllte den Raum. Nur der Bildschirm leuchtete noch einige Augenblicke nach, dann war auch er vollkommen schwarz.

Dorrie erhob sich und ging zurück in ihr Zimmer. In diesem Haus würde sie niemals verloren gehen, denn hier kannte sie jeden einzelnen Winkel. Hier gab es auch kein Baby. Dorrie schlug ihre Decke zurück und legte sich hin, aber noch für Stunden wälzte sie sich unruhig in ihrem Bett hin und her. Erst als es draußen bereits hell wurde, dämmerte sie endlich ein. Als sie erwachte, war es fast elf Uhr. So spät schon! Für einen Moment verspürte Dorrie den Anflug eines schlechten Gewissens. Warum hatte Mama sie denn noch nicht mit tadelnden Worten aus dem Bett gescheucht? Doch dann fiel es ihr wieder ein. Mama würde sie nie wieder mit scharfen Worten zurechtweisen. Nie mehr.

Ihr Magen knurrte. Dorrie ging nach unten und öffnete die Kühlschranktür. Sie aß ein wenig von den Resten der Beerdigungsfeier, doch schon nach ein, zwei Bissen war sie satt. Für einen Moment dachte sie darüber nach, zu duschen und sich anzuziehen, doch der Aufwand erschien ihr viel zu groß. Stattdessen legte sich Dorrie auf die Couch im Wohnzimmer und lenkte sich mit Spielfilmen ab, über denen sie erneut einschlief. Als sie erwachte, war es vier Uhr nachmittags.

Sie stand auf, duschte und zog sich an. Dann setzte sie sich an den Küchentisch und sah sich um. Wohin sie auch blickte, entdeckte sie Mama: Mama beim Abwasch an der Spüle, schnell und geschickt wie immer. Mamas hübsche Hände beim Tischdecken, beim sorgfältigen Abwischen der orangefarbenen Tisch-Sets. Alles war in Mamas Lieblingsfarben eingerichtet. Auch wenn ihre Mutter ihre persönlichen Dinge aus dem Haus entfernt hatte, war sie dennoch in jedem Möbelstück und jeder Dekoration noch immer lebendig.

Mr Cooper kam herüber und lud Dorrie zum Abendessen ein. Sie wäre auch gern gegangen, doch die Wahrheit war, dass sie sich ein wenig flau im Magen fühlte. Mr Cooper warf ihr einen besorgten Blick zu und sagte, er erwarte sie in einer halben Stunde. Schließlich sagte Dorrie zu, obwohl ihr nicht wirklich nach einem Besuch zumute war. Sie nahm eine Magentablette und legte sich wieder aufs Sofa.

Dorrie verstand einfach nicht, was mit ihr los war. Warum fühlte sie sich nur so elend? Sie fühlte sich geistlos, träge und langweilig, als ob sie zu nichts und niemand mehr eine Verbindung hatte. Sie kam sich vor wie ein Astronaut, der haltlos im Weltall herumschwebt.

Sie könnte wieder anfangen zu arbeiten, aber allein der Gedanke daran machte Dorrie schon so unendlich müde, dass sie sich kaum noch bewegen konnte. Für eine Reise fehlte ihr die Energie. Welch eine Ironie des Schicksals: Jetzt hatte sie endlich bekommen, was sie sich mehr oder weniger die ganze Zeit gewünscht hatte, aber nun fehlte ihr die Kraft, ihre Freiheit zu nutzen. Ihr gesamtes Leben lang hatte Dorrie versucht, sich von ihrer Mutter zu befreien, von Mama wegzukommen oder wenigstens das Gegenteil dessen zu tun, was diese von ihr verlangt hatte. Doch wenn sie es recht bedachte, hatte Dorrie sie auf diese Weise gerade zum Mittelpunkt ihres Lebens gemacht. Wie ein Planet um die Sonne war Dorries Welt um ihre Mutter gekreist, mal ferner, mal näher. Und nun, plötzlich, war sie nicht mehr da.

Nach einem Monat bekam Dorrie Besuch. Sie wusste nicht recht, ob sie amüsiert, irritiert oder gleichgültig auf die Gruppe vor ihrer Tür reagieren sollte: Mr Cooper mit seiner Bibel unter dem Arm, das Gesicht von freundlicher Besorgnis erfüllt; Tante Bobbie, die noch ihre Schwesterntracht trug und sehr erschöpft aussah; und Myra Jean vom *Sip and Bite*, mit frischen Strähnchen und einer neuen pinken Capri-Hose. In ihrer Hand hielt sie eine Schüssel mit frischen Zimtbrötchen. Die gute Myra Jane glaubte fest daran, dass alle erdenklichen Probleme, die ein Mensch im Leben überhaupt haben konnte, garantiert durch eine großzügige Portion von köstlich zubereiteten Kohlehydraten erleichtert wurden.

„Ist es dir recht, wenn wir hereinkommen?“, fragte Mr Cooper mit der ihm eigenen, etwas altmodischen Höflichkeit.

„Natürlich“, sagte Dorrie und trat beiseite. „Fühlt euch wie zu Hause.“

Sie kamen herein und sie fühlten sich wie zu Hause. Myra Jean verschwand in der Küche, und kurz darauf stieg Dorrie der Duft von frischem Kaffee in die Nase.

Tante Bobbie sah sich um und Dorrie, die ihrem Blick folgte, war plötzlich verlegen. Sie hatte die Wohnung in letzter Zeit wirklich vernachlässigt. In der Ecke stapelten sich Zeitungen, benutzte Schüsseln und Tassen standen überall auf den Möbeln verteilt herum. Der Tisch war über und über mit Post bedeckt. Dorries Bettdecke und ihr Kopfkissen lagen zerknüllt auf dem Sofa, denn dort schlief sie zurzeit. Der Teppich war voller Krümel und musste dringend gesaugt werden. Dorrie sah an sich hinunter. Der Anblick trug nicht wirklich zu einer Verbesserung der Situation bei. Sie lief seit mindestens einer Woche in derselben Jogginghose und demselben T-Shirt herum, über das Aussehen ihrer Haare wollte sie lieber erst gar nicht nachdenken.

Mr Cooper legte eine Zeitung beiseite und setzte sich in den Lehnstuhl, während Tante Bobbie noch ein freies Plätzchen auf dem Sofa fand. Dorrie warf ihr Bettzeug in eine Ecke, schaltete den Fernseher aus und setzte sich ebenfalls.

Als Myra Jean aus der Küche ins Wohnzimmer trat, ließ sie ihren Blick durch den Raum wandern. Mit hochgezogener Augenbraue sah sie zu Dorrie hinüber. „Deine Mutter würde sich im Grabe umdrehen."

Dorrie lächelte, Mr Cooper lachte leise in sich hinein. Sogar Tante Bobbie musste grinsen. Myra Jean, offensichtlich mit sich selbst zufrieden, kehrte in die Küche zurück. Kurze Zeit später erschien sie wieder mit einem Tablett, das mit Kaffeetassen, Zucker und einem Glas Kaffeeweißer bestückt war, da Dorrie schon seit Wochen keine Milch mehr gekauft hatte. Die Zimtbrötchen dufteten wunderbar. Als Myra Jean ihr einen Teller mit dem Gebäck reichte, nahm Dorrie ihn dankbar entgegen. Sie biss hinein, vollkommen überrascht, dass sie überhaupt noch in der Lage war, die würzige Süße des warmen Brötchens zu schmecken und zu genießen. Der Kaffee war heiß und schmeckte köstlich. Erst während sie aß, entdeckte Dorrie, dass sie Hunger hatte. Langsam nippte sie an ihrem Kaffee. Sie war tatsächlich schon seit Wochen nicht mehr aus dem Haus gegangen. Stattdessen hatte sie die Vorhänge geschlossen, sich die Decke über den Kopf gezogen und auf der Couch herumgelegen.

„Du siehst furchtbar aus," sagte Myra Jean, während sie die letzten Zuckergusskrümel auf ihrer Untertasse mit der Kuchengabel zusammenkratzte.

„Ich habe in letzter Zeit nicht gut geschlafen", gestand Dorrie. Der Albtraum war ihr stetiger Begleiter. Wann immer sie die Augen schloss, begann er sie zu peinigen. Mit einem tiefen Seufzer atmete Dorrie aus und stellte ihren Teller ab

„Sieh dich doch mal um", sagte Tante Bobbie. „So kann es nicht weitergehen!"

Dorrie schmunzelte. Wäre Mama noch am Leben gewesen, hätte sich ihre Tante niemals einen derartigen Kommentar erlaubt. So viel Courage hatte Dorrie bei ihr noch nie erlebt.

„Die Trauer kann einen manchmal fast auffressen", sagte Mr Cooper mitfühlend. „Ich weiß das nur zu gut aus eigener Erfahrung."

Dorrie war verunsichert. War es denn wirklich Trauer, die sie empfand? Möglicherweise war sie ja auch einfach ...? Dorrie wusste nicht recht, wie sie es nennen sollte. Vielleicht unorganisiert? „Ich weiß einfach nicht mehr, was ich tun soll", sagte sie.

„Brauchst du Hilfe?", wollte Myra Jean wissen. „Wenn du willst, mache ich dir eine Liste mit Dingen, die zu erledigen sind."

„Ja, wie können wir dir helfen?", Mr Cooper blickte sie lächelnd an.

Dorrie zuckte die Achseln und schüttelte den Kopf. Sie schämte sich, dass sie noch immer keine einzige Träne um ihre Mutter geweint hatte.

„Nun, ich habe einfach schon mal etwas arrangiert", sagte Tante Bobbie. „Ich habe zwei Termine für dich ausgemacht." Sie zog zwei Visitenkarten aus ihrem Portemonnaie und reichte Dorrie eine davon hinüber. „Diese ist vom Rechtsanwalt deiner Mutter. Er hat bei mir angerufen. Er bat mich, dich dazu zu bringen, einen Termin mit ihm zu verabreden. Es geht um den Nachlass deiner Mutter. Er hat inzwischen alle Unterlagen vorbereitet und benötigt nun einige Unterschriften von dir. Die zweite ist von einer Beraterin, die ich kenne. Sie kommt ab und zu bei uns im Altersheim vorbei und unterhält sich mit den Bewohnern. Sie ist sehr nett, und man kann sich wirklich gut mit ihr unterhalten, ganz egal wie alt man ist. Sie heißt Sandra Lockwood. Hier ist ihre Karte. Dein Termin beim Rechtsanwalt ist morgen um 14 Uhr, die Therapeutin triffst du am Mittwoch um zehn."

Dorrie nahm die Karten entgegen und fühlte sich fast ein wenig erleichtert. Es war schon so lange her, dass sie zum letzten Mal eine Entscheidung getroffen hatte, die nicht von ihrer Mutter beeinflusst gewesen war. Würde sie es wieder lernen, selbstständig zu handeln?

„Ich habe auch noch einen Termin für dich", meldete sich Myra Jean, während sie die Tassen und Teller auf dem Tablett zusammenzustellen begann. „Einen Friseurtermin. Deine Haare sehen wirklich furchtbar aus."

Und so bekam Dorrie Schritt für Schritt wieder Boden unter den Füßen. Sie suchte Mr Ness, den Rechtsanwalt, auf und unterschrieb die vorbereiteten Papiere. Auch wenn das Erbe ihrer Mutter nicht besonders groß war, würde es doch mehrere Monate in Anspruch nehmen, bis alles geregelt war. Bevor Dorrie jedoch über das Geld verfügen konnte, musste sie erst noch die gerichtliche Testamentsbestätigung abwarten. Überrascht stellte Dorrie fest, wie viel von der finanziellen Unterstützung noch übrig war, die damals die Adoptiveltern für sie überwiesen hatten. Doch auch hier musste sie sich erst noch bis zu der testamentarischen Bestätigung gedulden. Anscheinend hatte Mama damals das ganze Geld auf ihren eigenen Namen angelegt – eine Erkenntnis, die Dorrie aufwühlte, ja sogar richtiggehend wütend machte. Es war so typisch für Mama, Dorrie jeglichen Grund zu nehmen, ihrer Mutter dankbar zu sein und sich mit ihr in Liebe und Fürsorge verbunden zu fühlen. Anstatt sich beschenkt zu fühlen, hatte Dorrie nun den Eindruck, bestohlen worden zu sein.

Für etwa einen Monat ging Dorrie zweimal in der Woche zu Sandra Lockwood und unterhielt sich eine Stunde lang mit ihr.

„Du hast nicht viele enge, dauerhafte Beziehungen zu anderen Menschen", meinte diese bei einem ihrer Gespräche. „Ich glaube, tief in deinem Innern bist du davon überzeugt, nichts zu besitzen, das wahre Zuneigung und Liebe verdient. Und doch sehnst du dich so sehr danach. Die ganze Zeit streckst du dich nach der Zuwendung anderer aus, nur um dann an einem bestimmten Punkt wieder auf Abstand zu gehen. Du findest irgendeinen Fehler, sei es bei den Menschen oder in der Situation selbst, und der sagt dir wiederum, dass es Zeit ist, aufzubrechen und das Weite zu suchen."

Dorrie nickte und fragte sich unwillkürlich, ob es ein Fehler gewesen war, heute hierherzukommen. Doch die Gespräche mit Sarah halfen ihr schließlich dabei, ein paar Entscheidungen zu treffen. Als Erstes beschloss Dorrie, das Haus zu verkaufen. Auch wenn es immer eine Art Heimat für sie gewesen war, wurde Dorrie sich dennoch bewusst, dass sie keinerlei Interesse daran hatte, dauerhaft in Nashville zu leben. Sie würde Mr Cooper vermissen, aber das hier war nicht ihr Zuhause. Die zweite Entscheidung war von noch größerer Tragweite.

„Wie war das mit deinem Namen?", fragte Sandra sie bei einem ihrer Treffen, worauf Dorrie ihr die Geschichte erzählte, wie Mama Dorries ursprünglichen Namen in ihren jetzigen geändert hatte.

„Hat dir das gefallen?“, wollte Sandra wissen.

„Nein, aber ich hatte damals ja kein Mitspracherecht.“

„Das hattest du anscheinend in ganz vielen Dingen nicht“, warf Sandra ein. „Aber das war früher. Du befindest dich im Hier und Jetzt, Dorrie. Dies ist ein neuer Tag.“

Ein neuer Tag. Immer wieder sprach Dorrie sich diesen einen Satz vor: *Dies ist ein neuer Tag!* – bis sie es schließlich tatsächlich zu glauben begann.

Und so suchte Dorrie noch einmal den Rechtsanwalt auf, um ihre Namensänderung zu beantragen.

Sie räumte das Haus leer und mietete einen Lagerplatz für ihre wenigen Habseligkeiten. Tante Bobbie würde sich um einen Makler kümmern, sobald das Erbe bestätigt worden war. Nach dem erfolgten Hausverkauf beabsichtigte Dorrie ihre Tante mit einer großzügigen Summe an dem Erlös zu beteiligen. Von Mamas Möbeln wollten weder Dorrie noch Tante Bobbie unbedingt etwas behalten, weshalb sie beschlossen, einen Garagenflohmarkt zu veranstalten. Ein letztes Mal ging Dorrie durch das Haus und sah die Dinge durch, die von Mamas Leben noch übriggeblieben waren.

Wie erwartet, hatte Mama bereits alle persönlichen Besitztümer und Erinnerungen aussortiert und weggeworfen. Dorrie sah die Kommode durch, die Schränke, das Badezimmer, den Medizinschrank und war erstaunt, wie wenig ihre Mutter zurückgelassen hatte. Sorgfältig faltete sie Mamas Hausanzug zusammen und legte ihn in den Beutel für die Kleidersammlung zu den wenigen anderen Kleidungsstücken, die sie noch gefunden hatte. Das Nachthemd und den Frisierumhang, den Mama immer so sehr gemocht hatte, legte sie ganz nach oben auf den Stapel und strich behutsam noch einmal darüber.

Ihre alte Geige fand Dorrie unten im Schrank im Gästebadezimmer. Wie merkwürdig. Sie hätte gedacht, dass Mama das Instrument schon längst weggeworfen hatte. Dorrie nahm die

Geige aus dem Kasten, strich über das blanke Holz, setzte sie an und spielte eine Tonleiter. Sie war begabt gewesen. Ob sie es vielleicht sogar zu etwas gebracht hätte, wenn sie die Chance dazu gehabt hätte? Dorrie legte die Geige zurück in den mit Samt ausgeschlagenen, schon ziemlich ramponierten Kasten und befestigte sorgfältig den Bogen an den entsprechenden Halterungen. Dann schloss sie den Deckel und dachte einen Augenblick nach. Sie würde die Geige aufheben. *Wer weiß,* dachte Dorrie. Es war ein neuer Tag. Alles war möglich. Vielleicht würde sie ja eines Tages wieder auf der Geige spielen.

Zu dem Friseur, bei dem Myra Jean einen Termin für sie vereinbart hatte, ging Dorrie jedoch nicht. Stattdessen fuhr sie zum Einkaufszentrum von Green Hills, um das ihre Mutter immer einen großen Bogen gemacht hatte. Hier gab es die richtig guten Geschäfte. Als sie die Galerie betrat, sah Dorrie in der gläsernen Eingangstür ihr Spiegelbild. Myra Jean hatte vollkommen recht! Sie sah zum Erbarmen aus. Weil sie in letzter Zeit nicht besonders viel gegessen hatte, rutschten Dorrie ihre Jeans fast über die Hüften. Auch Mamas Baumwollbluse war ihr viel zu groß. Sie trug kein Make-up, hatte dunkle Ringe unter den Augen und ihr Gesicht wirkte so schmal und eingefallen, dass ihre Wangenknochen förmlich hervorstachen. Ihre Haare waren ein einziges Durcheinander und hingen wie ein dunkler Vorhang herunter. Was hatte die Therapeutin noch einmal gesagt?

„Es ist keine Sünde, sich selbst auch einmal etwas zu gönnen. Und wenn Sie sich selbst eine Freude machen, dann müssen Sie sich nicht schämen und verstecken, sondern dürfen sie einfach genießen. Niemand macht sie Ihnen streitig. Gott beschenkt uns mit so vielen guten Dingen. Erlauben Sie es sich selbst doch einmal, seine Geschenke ohne schlechtes Gewissen in seiner Gegenwart auszupacken..“

Die Therapeutin war hin und wieder auf Gott zu sprechen gekommen, aber das hatte Dorrie nicht gestört. Im Gegenteil, es gefiel ihr sogar, wobei sie sich selbst nicht ganz im Klaren darüber war, wieso. Jetzt fiel ihr auch wieder ein, woran sie sich spontan erinnert hatte, als Sarah damals diese Lebensweisheit von sich gab. Dorrie hatte an den Hund denken müssen, den sie besaßen, als Daddy noch bei ihnen lebte – eine richtige Promenadenmischung. Dieser Hund hatte die sonderbare Angewohnheit, seinen Fressnapf hinters Haus zu ziehen und den Inhalt dort mit abweisendem Knurren in aller Heimlichkeit hastig zu verschlingen. Dorrie war deshalb völlig verwirrt gewesen, aber Daddy hatte ihr das Verhalten zu erklären versucht: *„Der Hund war womöglich früher der schwächste Welpe in seinem Wurf, deshalb hat er das wenige, das er kriegen konnte, immer zum Fressen in irgendeine ruhige Ecke geschleppt, damit es ihm niemand mehr wegnehmen konnte. Inzwischen ist niemand mehr da, der ihm sein Fressen wegnimmt, aber die Angewohnheit ist geblieben. Irgendwie traurig, oder?“* Dorrie, die der Frage ihres Vaters damals zugestimmt hatte, wusste nur zu gut, wie sich dieser Hund gefühlt haben musste. Mit einem Seufzer stieß sie die schwere Glastür auf und betrat das angenehm kühle Einkaufszentrum. Zuerst ließ sie sich die Haare schneiden. Der Salon, den sie aufsuchte, war modern und minimalistisch eingerichtet – kühle Farben, viel Metall und Glas. Ein Duft von Mandelöl und Kirschen erfüllte den Raum. Jerome, der Stylist, wusch Dorrie die Haare, massierte ihre Kopfhaut und zauberte mit Farbe, Schere und Rasierklinge einen wahren Traum von Frisur auf ihren Kopf. Nach dem Föhnen umschmeichelten Dorries Gesicht seidig glänzende Strähnen, in denen vereinzelte Farbreflexe aufleuchteten.

Anschließend überließ Jerome sie der Kosmetikerin, die beim Anblick von Dorries zarter Haut und Wangenknochen in wahre Begeisterungsstürme ausbrach. Eigentlich absurd, dachte Dorrie, jemandem ein Kompliment dafür zu machen, wie abgemagert er aussieht. Candy ließ Dorries Augenringe verschwinden, trug Feuchtigkeitscreme und Make-up auf und brachte Dorries Augen mit Lidschatten zum Strahlen.

Nach der langen Prozedur verspürte Dorrie ein leichtes Hungergefühl, aber sie war noch nicht am Ende ihres Verschönerungsprojektes angelangt. Sie ging zu Lord & Taylor, einem großen Bekleidungsgeschäft, und erwarb ein hübsches rosa Kleid, das herrlich schwang, wenn sie sich im Kreis drehte. Dazu die passenden Sandalen. Außerdem kaufte Dorrie zwei lange Hosen, mehrere bequeme Blusen in hellen Farben, einen weiten, rosa-orangefarbenen Tellerrock und mit glitzernden Steinen besetzte Flipflops. Sie besorgte sich neue Unterwäsche, einen Büstenhalter und eine Perlenkette, die genau wie die aussah, die Daddy ihr zu Weihnachten geschenkt hatte, als Dorrie zehn Jahre alt gewesen war. Irgendwann innerhalb des darauffolgenden Jahres war die Kette spurlos verschwunden, aber insgeheim hatte Dorrie schon immer den Verdacht gehegt, dass Mama die Kette damals einfach weggeworfen hatte. Direkt im Anschluss an ihren ausgiebigen Kleiderkauf ging Dorrie schließlich noch zur Maniküre und Pediküre und kaufte sich einen dünnen, silbernen Zehenring.

Jetzt konnte sie ihren Hunger nicht mehr länger ignorieren – ein ganz neues Gefühl für Dorrie. Sie hatte den Eindruck, schon seit Wochen nicht mehr wirklich hungrig gewesen zu sein. Sie bestellte sich ein Happy Meal bei McDonalds und setzte sich in die Nähe der Spielecke für die Kinder. Das beigelegte Spielzeug hielt sie einem kleinen Mädchen hin, das Dorrie mit traurigen Augen ansah. Ohne ein Dankeschön griff die Kleine nach dem Geschenk und rannte damit fort, und Dorrie musste wieder an ihren früheren Hund denken.

Schließlich warf Dorrie die zerknüllte Papiertüte in den Abfall und ging danach zum Spielwarenladen, um die Zeit bis 15.00 Uhr totzuschlagen. Begeistert schlenderte sie zwischen den Regalen umher und begann zu träumen. Wie es wohl wäre, wieder zehn Jahre alt zu sein?

Sie kaufte eine Packung mit 64 Buntstiften, einen Ball, ein Malbuch, einen Beutel mit Muscheln und einen mit polierten Steinen – rosafarbenem Quarzkristall, schwarzgrünem Malachit, hellgrüner Jade und Katzengold. Außerdem kaufte sie ein Set aus Tassen und einer kleinen Teekanne mit blauen Blümchen, einen Zeichenblock und mehrere Bücher: Anne auf Green Gables, Der geheime Garten, Sarah – die kleine Prinzessin und die ersten vier Bände der Abenteuer von Nancy Drew, der jungen Detektivin. Danach ging Dorrie mit ihren neuerworbenen Schätzen noch einmal zu der Spielfläche für die Kinder hinüber, aber das Mädchen mit den traurigen Augen war verschwunden. Auch gut, dachte Dorrie schmunzelnd. Am Ende wäre sie mit ihrer spontanen „Weihnachten-im-April-Aktion“ möglicherweise noch verhaftet worden. Irgendwie hatte Dorrie sowieso den Eindruck, dass sie all die Dinge eigentlich für sich selbst gekauft hatte. Mit aller Entschlossenheit schob sie ihr schlechtes Gewissen und die Selbstvorwürfe angesichts ihrer Albernheit und Verschwendung beiseite. Mama lebte nicht mehr. Es war niemand mehr da, der Dorrie missbilligend ansah und sie fragte, ob sie jetzt endgültig den Verstand verloren habe.

Zum Schluss ging sie noch in einen Laden für Bastler- und Künstlerbedarf und kaufte sich einen Satz guter Aquarellstifte und einen feinen Tuschefüller für ihre Zeichnungen. Bei der Summe, die Dorrie dafür zahlte, hätte Mama die Hände über dem Kopf zusammengeschlagen.

Um drei Uhr saß Dorrie wieder im Auto, fuhr durch die belebten Straßen der Stadt und parkte schließlich vor dem Gerichtsgebäude. Es herrschte großer Andrang auf den Fluren. Dorrie setzte sich auf eine Bank, die so hart war wie die in einer Kirche und wartete. Und dann hallte plötzlich ihr Name durch den Flur.

13

„Aufgerufen wird Antrag 34017 – Namensänderung. Antragstellerin Dora Mae Gibson!“

Dorrie sprang von ihrem unbequemen Sitzplatz auf und wischte sich nervös die Hände an ihrem Rock ab. Wovor hatte sie eigentlich Angst? Sie hatte doch nichts falsch gemacht. Vermutlich hing ihr Gefühl der Beklommenheit unter anderem mit dem Gerichtsgebäude zusammen. Die hohen Räume und die langen, hallenden Gänge mit den düsteren Wandverkleidungen wirkten so einschüchternd und bedrückend auf sie, dass Dorrie sich ganz klein und unbedeutend vorkam. Außerdem fühlte sie sich irgendwie die ganze Zeit von Mama verfolgt. Noch aus dem Grab heraus schien sie Dorrie mit ihrer dominanten Persönlichkeit Vorwürfe zu machen und sie zu beschämen.

Die Richterin war ein zierliches Persönchen mit spitzer Nase und zartrosa schimmerndem Haar, das zu einem luftigen Turm toupiert worden war. Die Frau blickte Dorrie so missbilligend von oben herab an, dass Dorrie sich fragte, ob sie wohl entfernt mit Mama verwandt war.

„Sie sind Dora Mae Gibson?“, fragte die Richterin misstrauisch.

Dorrie räusperte sich. „Ja, Ma'am. Das bin ich, Euer Ehren.“

Die Richterin runzelte erneut die Stirn, blickte auf die vor ihr liegenden Papiere und sah dann wieder zu Dorrie hinunter. „Dora Mae Gibson ist doch nun wirklich kein anstößiger Name. Was haben Sie dagegen einzuwenden?“

Für einen Moment verschlug es Dorrie die Sprache. Auf keinen Fall hatte sie damit gerechnet, dass sie sich für ihren Antrag rechtfertigen müsste. Ein Teil von ihr hätte sich am liebsten entschuldigt und mit den Worten, *Sie haben recht, vergessen Sie die ganze Sache,* den geordneten Rückzug angetreten – nur um endlich diesem bohrenden Blick zu entkommen. Doch dann fasste Dorrie plötzlich neuen Mut. Sie straffte ihre Schultern, richtete sich auf und begann mit lauter und immer sicherer werdender Stimme zu sprechen. „Sie haben recht, es ist ein schöner Name" sagte Dorrie. „Es ist auch nicht der Name an sich, an dem ich etwas auszusetzen habe. Es ist nur nicht *mein* Name." Dorrie konnte es kaum glauben: Sie hatte es tatsächlich gesagt! Aber dann, ihre Worte waren kaum verklungen, verflog die erste Begeisterung und Dorrie erschrak vor ihrer eigenen Courage – wie immer. Wenn die Vergangenheit Rückschlüsse auf die Zukunft zuließ, würde nun die Strafe auf den Fuß folgen.

„Wie bitte?"

Da war sie! Die Richterin zog die Augenbrauen hoch und runzelte die Stirn. Dorrie rechnete fast damit, gleich Mamas Stimme zu hören, die ihr eine Strafpredigt hielt und ihr wieder den Platz zuwies, der ihr gebührte. Abgekanzelt und mit hängendem Kopf würde sie den Gerichtssaal verlassen. Sie konnte bereits ihre Zukunft als Straßenarbeiterin vor sich sehen, damit beschäftigt, den Müll im Straßengraben einzusammeln.

„Was ich damit sagen will, Euer Ehren: Dora Mae Gibson ist nicht der Name, der in meiner Geburtsurkunde steht. Der Name, der auf meinem Antrag steht, ist mein eigentlicher Name. Nach der Scheidung meiner Eltern beantragte meine Mutter damals die Änderung. Sie benutzte meinen zweiten und ihren letzten Namen, oder zumindest so etwas ähnliches. Also, was ich damit meine, die Sache ist die: Ich will meinen alten Namen zurück. Es ist immer noch *mein* Name. Sie hatte kein Recht dazu, ihn mir wegzunehmen."

Dorrie spürte, wie sie während ihrer Erklärung immer wütender wurde. Es lag entschieden zu viel Zorn in ihrer Stimme für diese einfache Situation vor Gericht. Was war nur mit ihr los? Sie kochte ja förmlich vor Groll!

„Schon gut, schon gut." Die Richterin hob abwehrend die Hand und ließ ihren Blick durch den Saal schweifen, in dem noch viele Antragsteller auf ein paar Minuten ihrer Zeit warteten. „Regen Sie sich nicht auf." Sie blickte wieder in ihre Unterlagen. „Das ist also der Name, den Sie möchten? Ihr *richtiger* Name," fügte sie eilig hinzu, als Dorrie ihren Mund für eine weitere Erklärung öffnete.

„Ja, Ma'am." Dorrie spürte, wie ihre Wangen zu glühen begannen. Das Herz schlug ihr bis zum Hals.

„Beantragen Sie den Namenswechsel, um sich einer Strafverfolgung zu entziehen?"

„Ganz bestimmt nicht!", rief Dorrie und schüttelte entrüstet den Kopf.

Die Richterin musterte sie einen Augenblick, dann klappte sie den Ordner zu und sagte: „Stattgegeben!"

Für einen Moment fragte sich Dorrie, ob die Richterin nun möglicherweise mit einem Hammer auf den Tisch schlagen würde oder irgendetwas anderes Offizielles täte, aber nichts dergleichen geschah. Dorrie erhielt lediglich ein Dokument vorgelegt, das sie unterschreiben musste und anschließend an den Gerichtsdiener zurückgab.

„Herzlichen Glückwunsch, junge Frau", sagte die Richterin. „Von nun an heißen Sie wieder *Miranda Isadora DeSpain*. Der Name steht Ihnen." Und ohne erkennbaren Grund lächelte sie Dorrie an.

Dorrie atmete zitternd ein, dann lächelte sie zaghaft zurück. Ihre Knie waren ein bisschen wacklig. Sie nahm die Kopie ihrer Namensurkunde und verließ den Gerichtssaal. Draußen auf der Straße blieb sie einen Augenblick stehen und blickte sich verwundert um.

Die Innenstadt von Nashville sah noch genauso aus wie vorher. In den schicken Restaurants wurde noch immer das Mittagessen serviert, in den Boutiquen und Galerien lagen noch immer dieselben Kleider und Kunstwerke aus und die Autos fuhren noch genau wie vorher in einem stetigen Strom vorbei.

Dorries Herz schlug schneller. Sie ging zu einer Bank hinüber, die unter einem großen Ahorn stand und setzte sich. Sie sah auf das Stück Papier in ihrer Hand. Ganz langsam las sie ihren Namen, formte bewusst die Worte mit ihrem Mund: *Miranda Isadora DeSpain.* Dann holte sie den kleinen Spiegel hervor, den sie immer in ihrer Handtasche dabeihatte und betrachtete ihr Gesicht. Zum ersten Mal in ihrem Leben erfüllte sie die leise Hoffnung, dass vielleicht ein ganz anderer Mensch in ihr steckte, als sie bisher immer gedacht hatte. Sie sah eine Frau mit geheimnisvollen Augen und einem versteckten, rätselhaften Lächeln auf den Lippen.

Da wehte eine sachte Brise durch Dorries Haar. Sie blickte nach oben und beobachtete die rauschenden Blätter in der Baumkrone über ihr. Sie fröstelte, ob aus Kälte oder Vorfreude wusste sie selbst nicht recht. Doch eines wusste Dorrie ganz genau: Zum ersten Mal in ihrem Leben war sie vollkommen frei und ungebunden. Die Zukunft lag offen vor ihr. Alles war möglich!

14

Miranda – wann immer es ihr möglich war, übte sie im Kopf ihren neuen, alten Namen. Sie traf sich noch einmal mit Sandra Lockwood zu einem abschließenden Gespräch. Als sie sich zum Abschied umarmten, war ihr, als verlöre sie eine wirklich gute Freundin.

Dennoch trauerte Miranda nicht lange, sondern machte sich zügig auf den Heimweg, um ihre letzten Koffer zu packen. Schon morgen würde ihr Abenteuer beginnen: Endlich reiste sie ins Baskenland. Zunächst nach New York und von dort aus nach Spanien.

„Du wirst das schon schaffen“, hatte Sandra ihr hinterher gerufen. „Das Leben erwartet dich.“

Wie recht sie hatte! Ihr altes Leben war tatsächlich vorbei. Sie hinterließ ein sauberes, ausgeräumtes Haus, bereit für den Verkauf. Tante Bobbie hatte alle dafür notwendigen Unterlagen und Dokumente von ihr erhalten. Außerdem hatte Miranda ihr noch den Mahagoni-Sekretär aus dem Wohnzimmer und Mamas Auto überlassen – auch wenn ihre Tante die ganze Zeit über heftig gegen Mirandas Geschenk protestiert hatte.

Ihre letzte Nacht in der Heimat würde Miranda bei Mr Cooper verbringen, der sie am nächsten Morgen auch zum Flugplatz fahren würde. Zum zehnten Mal überprüfte Miranda ihren Koffer und ging dann noch einmal durch das Haus, sah Szenen und Orte aus ihrer Kindheit an sich vorüberziehen und nahm ein letztes Mal Abschied von Mama. Doch ihr Rundgang verlief längst nicht so emotional und rührselig, wie sie es vielleicht erwartet hatte. Sie war einfach viel zu müde und erschöpft, um zu weinen.

Da läutete es an der Tür. Hoffentlich nicht die Zeugen Jehovas, dachte Miranda. Sie blickte aus dem Fenster und entdeckte mit großem Erstaunen Mamas Auto in der Einfahrt. Tante Bobbies Auto, korrigierte sie sich selbst im nächsten Moment. Aber was wollte ihre Tante noch von ihr? Sie hatten sich doch schon längst verabschiedet, und außerdem begann gleich Tante Bobbies Schicht im Altersheim. Vielleicht hatte Miranda ja irgendeine notwendige Unterschrift für den Hausverkauf vergessen. Sie eilte die Treppe hinunter, öffnete die Tür und sah tatsächlich ihre Tante, bereits vollständig in ihre Schwesterntracht gekleidet, auf der Fußmatte stehen.

„Hallo, Tante Bobbie", sagte Miranda und winkte ihren Gast herein. „Habe ich irgendetwas vergessen?"

„Nein, nein, du hast nichts vergessen", antwortete ihre Tante und trat ein. Ihr Gesicht sah noch erschöpfter aus als sonst. Irgendetwas schien sie zu bedrücken und aufzuwühlen.

„Was ist denn los?" fragte Miranda

„Vielleicht setzen wir uns lieber hin", erwiderte Tante Bobbie.

Miranda wies auf die Treppenstufen. Sie setzten sich. Tante Bobbie spielte mit dem Henkel ihrer Handtasche. Miranda wartete ab.

„Also, worum geht es?", fragte sie schließlich.

„Um den Sekretär von deiner Mutter."

Miranda war vollkommen überrascht. „Um den Schreibtisch?"

Tante Bobbie nickte stumm. Miranda grinste. „Er passt nicht an den Platz, wo du ihn hinstellen wolltest, und jetzt willst du ihn wieder loswerden? Oh nein, tut mir leid. Geschenkt ist geschenkt."

Doch Tante Bobbie lächelte nicht.

„In dem Sekretär war etwas versteckt", sagte sie. „Es war unten an einer Schublade mit Klebeband befestigt."

Miranda starrte sie entgeistert an. Worauf wollte ihre Tante hinaus? Wenn Tante Bobbie nicht so durcheinander gewesen wäre, hätte Miranda spontan zu scherzen begonnen. Hatte Mama ein Doppelleben geführt? Hatte sie mit Rauschgift oder ähnlichem gedealt? Miranda schüttelte ungläubig den Kopf. Allein schon die Vorstellung brachte sie zum Lächeln. Tante Bobbie griff in ihre Tasche und zog einen Umschlag hervor.

„Ich wusste nicht, was ich tun sollte, und habe immer und immer wieder darüber gebetet. Am Ende bin ich zu dem Entschluss gekommen, dass du es haben solltest. Es schien mir nicht richtig, dir nichts davon zu erzählen. Hier hast du es also." Sie hielt Miranda den Umschlag hin.

Miranda, deren Lächeln verschwunden war, nahm den Umschlag entgegen. Ein Teil von ihr ahnte bereits, was sich darinnen befand. Sie hielt den alten, schon etwas vergilbten Brief näher ans Licht. Er war adressiert an Noreen Gibson, Eastmont Drive 223. Mamas Haus. Der Poststempel stammte vom 14. Dezember 1996. Miranda lief ein Schauer über den Rücken. Es stand kein Absender auf dem Umschlag. Mit angehaltenem Atem öffnete sie ihn und sah hinein. Ein Foto! Sie zog es hervor. Ein Baby, ein einjähriges Kleinkind war darauf zu sehen. So stand es zumindest mit schwarzem Kugelschreiber auf der Rückseite des Bildes: *Mit zwölf Monaten.*

Mirandas Herz klopfte schneller. In ihrem Kopf herrschte ein einziges Durcheinander. Mit Mühe zwang sie sich, normal zu atmen und rückte noch näher an das Licht heran. Es war nicht zu erkennen, ob das Kind ein Junge oder ein Mädchen war. Aus Absicht? Es trug ein rotes T-Shirt und eine Latzhose. Das bisschen Haar, das man erkennen konnte, war anscheinend dunkel, die Augen dunkelblau, vielleicht aber auch braun. Es war schwer zu sagen. Das Kind hatte rosige Wangen und lächelte. Mirandas Herz durchfuhr ein Stich. Sie wusste ganz genau, wer auf diesem Bild zu sehen war! Sie drehte den Umschlag herum und betrachtete den Poststempel genauer. Er war zwar verschmiert, aber sie konnte ihn schließlich doch entziffern: *Abingdon, Virginia.* Als könne sie so ihr wild pochendes Herz beruhigen, drückte Miranda den Umschlag an ihre Brust.

„Ich hoffe, ich habe mich richtig entschieden", sagte Tante Bobbie mit besorgtem Gesichtsausdruck. „Ich hatte immer den Eindruck, dass du nie wirklich eine Chance hattest, selbst darüber zu entscheiden, was mit deinem Kind geschieht und wie du dich ihm gegenüber verhältst. Diese Möglichkeit sollst du wenigstens jetzt bekommen. Das Bild gehört dir. Es stand mir einfach nicht zu, es länger vor dir zu verstecken."

„Du hast das Richtige getan, Tante Bobbie", sagte Miranda, die kaum in der Lage war zu sprechen. „Danke! Ich danke dir sehr."

Tante Bobbie nickte. „Ich habe mich deshalb immer schlecht gefühlt. Es erschien mir einfach nicht richtig, wie sich deine Mutter dir gegenüber verhalten hat, aber ich wollte mich auch nicht einmischen. Noreen hat sich immer um mich gekümmert. Ich dachte, ich wäre es ihr schuldig."

Miranda hörte kaum noch zu. Sie starrte auf das Bild. Als sie wieder zu ihrer Tante hinübersah, hatte diese Tränen in den Augen. Miranda wusste, dies war der Augenblick, um endlich die Frage zu stellen, die sie schon so lange fragen wollte: „Weißt du noch irgendetwas anderes über mein Kind?"

Mirandas Tante schüttelte den Kopf. „Deine Mama hat mir auch nichts erzählt, Liebes. Sie sagte nur, sie habe eine Vereinbarung mit einer Person, der sie vertraue."

„Davon kann es ja nicht sehr viele geben", meinte Miranda.

Tante Bobbie nickte, dann erhob sie sich. „Es tut mir sehr leid, dich einfach so zurückzulassen, aber ich muss jetzt wirklich an die Arbeit."

Miranda begleitete ihre Tante zur Tür und nahm sie zum Abschied noch einmal in den Arm. Nachdem sie davongefahren war, kehrte Miranda zu ihrem Platz auf der Treppe zurück und betrachtete für lange Zeit das Foto. Schließlich traf sie eine Entscheidung.

Sie holte ihr Handy heraus und wählte die Nummer der Fluggesellschaft. Es dauerte eine halbe Stunde, aber dann hatte sie ihren Flug storniert. Miranda hatte keine Ahnung, wo Abingdon lag und sie hatte auch keine Karte zur Hand. Ihr Laptop nützte ihr in dieser Situation auch nichts, denn ihr Internetzugang war bereits abgemeldet. Es blieb Miranda also nichts anderes übrig, als sich irgendwo eine Karte zu kaufen, sich ein Auto zu mieten und einfach loszufahren. Aber selbst wenn sie den Ort tatsächlich fand: Wie sollte sie dort ein ihr unbekanntes, namenloses Kind finden?

Es gab tausend Gründe, das Foto ganz nach unten in ihren Koffer zu legen und ihre ursprünglichen Pläne zu verfolgen. Doch das waren lediglich Gedanken, Überlegungen, aus denen die Stimme der Vernunft sprach und Miranda hatte keinerlei Verlangen, auf sie zu hören. Es gab Zeiten im Leben, da trug man logische Argumente zusammen und traf aufgrund von ihnen eine Entscheidung. Und dann gab es Momente, in denen der Verstand erst langsam begreifen musste, dass sich das Herz schon längst entschieden hatte.

15

Der April in Abingdon war einfach herrlich, selbst von diesem Blickwinkel aus, beschloss Ruth Williams, während sie im Dreck kniete und ein wenig außer Atem den roten, lehmigen Erdboden bearbeitete. Mit ihrem schon etwas zerschlissenen Strohhut und der alten Latzhose hätte man sie leicht mit einer Vogelscheuche verwechseln können. Voller Konzentration bekämpfte Ruth mit Hilfe eines alten Küchenmesserchens das Unkraut in der Erde vor sich, aber mit ihren Gedanken war sie meilenweit von ihrem Garten entfernt.

Sie war eigentlich nie ein besonders ängstlicher, sorgenvoller Mensch gewesen. 1939 geboren, hatte sie noch die Auswirkungen der Weltwirtschaftskrise, insgesamt fünf Kriege und den Tod ihres Mannes durchlebt. Schon ihre Kindheit, wenn auch im Großen und Ganzen eine glückliche Zeit, war von Arbeit und Mühe geprägt gewesen. Wenn sie damals als Kinder im Garten arbeiteten, geschah das nicht etwa zum Vergnügen. Sie pflanzten und ernteten Obst und Gemüse, um die Familie zu ernähren. Vor dem Zweiten Weltkrieg hatten ihre Eltern eine riesige Tabakplantage besessen. Nachdem Dad eingezogen worden war, hatte ihre Mutter versucht, die Farm alleine weiterzuführen, aber schließlich häuften sich die Schulden und sie verloren die Plantage an die Bank. Ohne ein Wort des Selbstmitleids war die Mutter mit den Kindern in eine heruntergekommene Mietwohnung nach Richmond gezogen, wo sie eine Anstellung in einer Konservenfabrik fand. Drei Jahre später war Dad im Pazifik gefallen. Ruth hatte keinerlei Erinnerungen an ihn, nur die vielen Umzüge in ihrer Kindheit waren ihr noch immer deutlich im Bewusstsein – und die Tatsache, dass Mama kein einziges Mal über ihr Schicksal geklagt hatte.

Wenn sie ehrlich war, konnte Ruth sich auch nicht wirklich an etwas erinnern, das einer Klage wert gewesen wäre – zumindest nicht aus der Sicht eines Kindes. Der Gedanke an ihre Kinderzeit brachte Ruth zum Lächeln, während sie die Wurzel von einem Löwenzahn entfernte. Ihr Zuhause war ein unbeschwerter, fröhlicher Ort gewesen. Ihre Mutter hatte nie die Hände in den Schoß gelegt und gejammert, sondern jede Gelegenheit genutzt, um etwas zu tun. Ruth vermutete, dass sie diesen Wesenszug von ihrer Mutter geerbt hatte. Warum sonst wäre sie heute hinaus in den Garten gegangen, um Unkraut zu jäten, anstatt sich im Haus zu verkriechen und sich Sorgen zu machen, weil ihre Familie in ein solches Chaos gestürzt war. Wie verzweifelt sie eine Veränderung herbeisehnte! Wenn doch nur ein wenig Entschlossenheit und Einsatz etwas ausrichten könnten – so wie damals, als Mama jahrelang eisern gespart hatte, bis es ihr schließlich gelungen war, ein eigenes Häuschen zu erwerben. Ruth würde niemals den entschlossenen Gesichtsausdruck ihrer Mutter vergessen, als diese zum ersten Mal durch die Haustür trat und das kleine, schäbige Häuschen begutachtete.

„Zuallererst müssen wir putzen“, hatte Mama auf ihre nüchterne Art und Weise festgestellt und sogleich die verschiedenen Reinigungsarbeiten gleichmäßig auf alle Familienmitglieder verteilt. Nicht, dass etwa noch einer von ihnen auf dumme Gedanken käme und Trübsal bliese. Und so hatte das endlose Schrubben, Wischen und Waschen seinen Anfang genommen. Ruth versuchte sich zu erinnern, wie viele Eimer mit braunem Schmutzwasser sie an jenem Tag zur Hintertür hinaus in den Garten ausgeleert hatte. Zwanzig bestimmt. Vielleicht aber auch dreißig. Es hatte Zeit und Geduld gekostet, aber nach einem Jahr war das Häuschen nicht mehr wiederzuerkennen gewesen: Alle Wände waren strahlend weiß gestrichen, in den inzwischen

blitzblanken Fenstern hingen selbstgenähte Gardinen, den Küchenboden zierten bunte Flickenteppiche und vor der Veranda wuchs ein kleiner Rosenbusch, den sie zusammen gepflanzt hatten. Mit dem Wenigen, was Mama damals zur Verfügung stand, hatte sie unendlich viel erreicht.

Jedes der Kinder erhielt ein Stück Garten zugewiesen, denn es war unmöglich gewesen, sich irgendwie zu einigen, wer was wo anpflanzte. Die herrische Dorothy spielte sich bis heute noch gerne als Chefin auf, dachte Ruth und entfernte fachmännisch einen Bärenklau mit der Messerklinge. Und Shirley war mindestens genauso schlimm. Sie kicherte. Was ihre Schwestern wohl über sie selbst sagen würden? Damals hatten sie sich gegen ihren kleinen Bruder Walter verschworen. Die drei Schwestern waren sich stets darin einig gewesen, ihm die ruhmreiche Aufgabe zu überlassen, all ihre Beete mit Dung zu versorgen. Gegen die Übermacht der Schwestern hatte er nichts ausrichten können und Ruth musste bei der Erinnerung an seinen Ärger angesichts dieser Ungerechtigkeit unwillkürlich grinsen.

Doch sonst war die Stimmung bei ihnen eigentlich immer gut gewesen – zumindest konnte Ruth sich an nichts anderes erinnern. Und sollte ihre Mutter sich wirklich einmal ernsthaft Sorgen gemacht haben, so hatte sie es geschickt vor den Kindern verborgen. Nur sie selbst hatte einmal richtig Angst bekommen. Als Ruth zwölf Jahre alt war, hatte Minnie Harper behauptet, die Koreaner würden kommen und Bomben über Richmond abwerfen – wie zuvor die Japaner über Pearl Harbor. Ruth hatte ihre Ängste ihrer Schwester Dorothy anvertraut und diese kleine Quasselstrippe hatte nichts Besseres zu tun gehabt, als brühwarm ihrer Mutter davon zu erzählen. Andererseits war Ruth fast ein wenig erleichtert gewesen, dass sie nun frei und offen über ihre Sorgen sprechen konnte.

„Es ist ziemlich unwahrscheinlich, dass so etwas passiert, Ruth", hatte Mama am nächsten Tag zu ihr gesagt, während sie den

Bohneneintopf umrührte. *„Es gibt schon genug Probleme in der Welt, da muss man nicht noch solche Schauermärchen dazuerfinden. Wo ist denn die Flickendecke, an der du gestern genäht hast? Hol mal deine Schere. Der Saum ist schief.“* Und damit war das Thema vom Tisch.

Selbst ohne Vater aufzuwachsen hatte sie alle nicht dauerhaft aus der Bahn geworfen. Sie wussten, dass Gott auf dem Thron saß und alles regierte. Richtig und Falsch waren eindeutig zu unterscheiden, und wenn Dad seine Pflicht getan hatte und dabei gestorben war, gegen Hitler, Mussolini und Hirohito zu kämpfen, dann waren sie stolz auf ihn, dass er sein Leben für einen guten Zweck eingesetzt hatte. Doch heute war längst nicht mehr alles so klar und eindeutig wie früher. Gut und Böse, Recht und Unrecht? Die Dinge waren so kompliziert und verwirrend geworden.

Ach, ihre Mutter. Ruth erinnerte sich noch immer an jedes Fältchen in ihrem Gesicht, als stünde sie direkt vor ihr. Wie sehr sie die Atmosphäre bei Tisch geliebt hatte, wenn die dampfenden Schüsseln herumgereicht wurden. Wie wundervoll wäre es, jetzt noch einmal in Mutters Küche zu sitzen, wo oben auf den Wandregalen die Reihen von stolz präsentierten Einmachgläsern standen. Noch einmal den Kopf an Mamas Schulter lehnen und sich von ihrer sonst so tatkräftigen Hand sanft übers Haar streichen lassen. Ruth schloss die Augen und sah alles vor sich – die rot-weißen Baumwollvorhänge an den Fenstern und die geblümte Tischdecke. Sie spürte beinahe die wohlige Wärme des Holzofens und hörte das leise Zischen des Wasserkessels. Doch im Hier und Jetzt gab es keine Mutter mehr für Ruth. Inzwischen war sie selbst die Mutter.

Sie seufzte und spürte, wie sich die Last des Lebens wieder auf ihre Schultern legte. Sie war dabei gewesen, als sich die Welt immer schneller zu verändern begann – vom Tanztee zur Disco, von der Straßenbahn zur Mondrakete. Sie hatte ihren Mann beerdigen müssen. Ruth wusste, sie hatte schon viele Höhen und Tiefen durchlebt, doch was immer auch geschehen war, sie hatte nie resigniert. Aber jetzt? Es brach ihr schier das Herz.

Sie fuhr sich mit dem Handrücken, der einzigen sauberen Stelle, die sie noch finden konnte, über ihre Augen und begann dann ihre Hosentaschen zu durchsuchen. Schließlich zog sie eine schon ziemlich lädierte Karteikarte hervor, die als ihre Gebetsliste diente. Nicht, dass Ruth diesen Merkzettel benötigt hätte. Sie trug diese Karte nicht etwa wegen der daraufstehenden Namen seit vier Monaten mit sich herum, sondern um sich selbst immer wieder an die göttlichen Verheißungen zu erinnern, die sich am unteren Ende der Karte befanden, und um sich mit ihnen zu trösten. Die Menschen, die den größten Teil ihrer Gedanken und Gebete in Anspruch nahmen, erhielten von ganz allein ihre Aufmerksamkeit. Sie alle standen im Mittelpunkt ihres persönlichen Familiendramas, bei dem Ruth sich wie eine Zuschauerin vorkam, die in das Geschehen auf der Bühne nicht eingreifen konnte. Da war David, der schwer verletzt im Krankenhaus lag, mit der freundlichen Sarah an seiner Seite, und Eden, die wie eine hektische Biene um die beiden herumschwirrte. Und dann Joseph, der gute Joseph, unruhig und getrieben. Er lebte mit einem stets angespannten Blick über die Schulter, weil er fürchtete, das Schicksal könne ihn erneut rücklings überfallen und zuschlagen. Ruth spürte, wie sie in den vertrauten Schlund aus Verzweiflung und Traurigkeit hinabgezogen wurde, aber mit Hilfe des Glaubens gelang es ihr erneut, sich daraus zu befreien. Wie oft hatte sie in den letzten Jahren dieses Wechselbad der Gedanken und Gefühle schon durchlebt, manchmal in so schneller Folge, dass ihr fast schwindelig zu werden drohte. Sie las die Worte, die sie auf die Karte geschrieben hatte: *„Denn ich bin ganz sicher: Weder Tod noch Leben, weder Engel noch Dämonen, weder Gegenwärtiges noch Zukünftiges, noch irgendwelche Gewalten, weder Hohes noch Tiefes oder sonst irgendetwas können* *uns von der Liebe Gottes trennen, die er uns in Jesus Christus, unserem Herrn, schenkt.“*

Ja, das glaubte sie. Daran wollte sie festhalten. Ruth seufzte, steckte die Karte wieder in ihre Tasche und stach mit neuer Entschlossenheit den Spaten in die Erde.

Nachdem sie eine weitere Reihe umgegraben hatte, hielt sie inne und betrachtete ihr Werk. Sie hatte alles genau im Kopf: Vier Reihen Mais, je zwei Reihen Erbsen, Buschbohnen, Stangenbohnen, Rüben, Karotten, Brokkoli, Blumenkohl und Kopfsalat. Dann folgten mehrere Reihen mit Gurken, die teilweise zum Einlegen, teilweise direkt zum Verzehr gedacht waren, eine Reihe mit Wassermelonen und eine mit Kürbissen für den Herbst. Ganz am Rand stand schließlich das kleine Gewächshaus für die Tomaten.

Ruth drehte sich um und ließ ihren Blick über den Blumengarten schweifen. Der war zwar längst nicht so streng und ordentlich angelegt, aber sie mochte ihn dennoch sehr. Die verschiedenen Pflanzen wuchsen wie in einem englischen Cottagegarten dicht nebeneinander – einfach wunderschön. Zwischen den Steinplatten, die sich an den verschiedenen Blumennischen vorbeischlängelten, wuchs weiches grünes Moos. Die einzelnen Ecken und Nischen waren durch kleine, von Weinranken überwucherte Zaunabschnitte oder kleine Trauerweiden unterteilt. Im Blumengarten selbst gab es Fliederbüsche, die genau wie die Glyzinien und Azaleen kurz vor der Blüte standen. Nur der Kirschlorbeer war schon weiter und zeigte sich bereits in seiner ganzen Pracht. Doch so war es ja mit allem im Leben, dachte Ruth bei ihrem Blick über den Garten. Man musste die Dinge genießen und sich an ihrer Schönheit erfreuen, während sie da waren, denn nichts blieb für immer.

Joseph hatte ihr geholfen, ein Hochbeet anzulegen, das ringsherum von einer schützenden Mauer aus Flusssteinen umgeben war. Dort wiegte sich, neben einem See aus weißem und rosa

Phlox, der rosa Fingerhut im Wind. Am Rande des Gartens, unter den großen Eichen und Ahornbäumen, die noch die Großmutter ihres Mannes gepflanzt hatte, wuchsen Schwertlilien und Springkraut. Wie es wohl für ihren Mann gewesen war, hier aufzuwachsen? Für einen Moment dachte Ruth voller Dankbarkeit an die Zeit, die sie gemeinsam verbracht hatten. In Gedanken versunken starrte sie vor sich hin. Überhaupt gab es so viel, wofür sie dankbar sein konnte. Sie hatte zwei Söhne großgezogen, inzwischen spielte ihre Enkelin in diesem Garten. Ihre kleine Frühstückspension lief gut, sodass sie immer eine Beschäftigung hatte – ein wahrer Segen. Es ging Ruth immer besser, wenn sie etwas zu tun hatte. Ganz egal was.

Und genau das machte Davids Unfall so schwer zu ertragen. Ruth konnte nichts tun, weder für ihn, noch für Sarah. Selbst ihre Unterstützung in Bezug auf Eden war Ruth am Ende nicht wie eine wirkliche Hilfsaktion vorgekommen, sondern eher wie ein Training für ihren eigenen Scharfsinn und ihre Kreativität.

Ihre Enkeltochter hatte eigentlich bei David und Sarah bleiben wollen, aber diese Idee war nicht gerade auf die Zustimmung ihrer Eltern gestoßen. *„Du hilfst uns am meisten, wenn du dich um Eden kümmerst und sie mit zu dir nimmst"*, hatte Sarah zu Ruth gesagt, und sie hatte sich selbstverständlich dazu bereiterklärt. Dennoch fiel es Ruth schwer, ihren kranken Sohn so viele Meilen entfernt zurückzulassen. Aber auf der anderen Seite konnte sie Joseph auf keinen Fall mit ihrer quirligen Enkeltochter alleine hier zurücklassen, selbst wenn er sich auf bewundernswerte Weise um seine Nichte kümmerte. Ruth wischte sich mit dem Ärmel ihres Pullovers über die Augen. Wenn sie doch ihrer aller Leben einfach so wieder in Ordnung bringen könnte!

Es war wenigstens ein kleiner Trost, dass sie in nicht allzu ferner Zukunft alle hier vereint sein würden. Sarah hatte angekündigt, dass sie nach Davids Entlassung eine zeitlang zu ihr nach Abingdon kommen würden. Die Idee hatte in Ruths Ohren zunächst phantastisch geklungen, aber nach und nach bekam sie immer mehr Zweifel. Wie sollte sie es ertragen, ihren Sohn so sehr leiden zu sehen? Wie konnte sie seine Zerbrochenheit sehen, ohne selbst in Verzweiflung und Mutlosigkeit zu versinken? Irgendwie musste es ihr gelingen, damit fertig zu werden. Etwas Gutes hatte die ganze schreckliche Geschichte immerhin: Ihre beiden Söhne wären zur selben Zeit in ein und demselben Ort. Wer weiß, vielleicht ergab sich so die Chance auf eine Versöhnung.

Ruth sammelte ihre Gerätschaften ein, stand auf und streckte ihre verspannten Muskeln. Sie wurde alt – zumindest zu alt für diese Art von Beschäftigung. Auf der anderen Seite konnte Ruth es sich einfach nicht vorstellen, nur noch den ganzen Tag auf der Veranda zu sitzen. Sie sah auf ihre Uhr. Wo Eden wohl gerade war? Bis ins Letzte verstand sie Josephs Überwachungssystem, um Edens Spur zu verfolgen, ja nicht, doch seitdem er es entwickelt hatte, war sie ihnen tatsächlich nicht mehr entwischt. Ruth schüttelte den Kopf. Wenn sie an ihre Panik dachte, als Eden zum ersten Mal nicht direkt von der Schule nach Hause gekommen war – allein die Erinnerung ließ Ruths Knie wieder weich werden. Sie hatte sofort Joseph angerufen, der daraufhin die ganze Polizeistation für die Suche eingespannt hatte. Beim ersten Mal fanden sie Eden im Pfarrhaus, wo sie seelenruhig mit Pastor Hector Karten spielte. Bei einer anderen Gelegenheit entdeckte man sie in der Stadtbücherei, voller Konzentration über ein Lexikon gebeugt und damit beschäftigt, kryptische Notizen in einem Buch zu notieren. Ruth seufzte und fühlte sich plötzlich sehr müde.

Schon als kleines Kind war Eden spurlos von einem Moment auf den anderen verschwunden. Die anfängliche Erheiterung der Erwachsenen bei dieser Angewohnheit war immer mehr einer wachsenden Verärgerung gewichen, doch das schien Eden nicht zu kümmern. Sie verschwand weiterhin und alles bitten, schmeicheln und gar drohen änderte nichts daran. Vollkommen unbekümmert brach Eden zu einem ihrer geheimnisvollen Aufträge auf und tauchte erst wieder auf, wenn sie es wollte – umgeben von einem Hauch der Zufriedenheit. Es gab keine Möglichkeit, Eden von ihren Extratouren abzuhalten – man konnte höchstens darauf hoffen, sie irgendwie vor größerem Schaden zu bewahren.

Es hatte jedoch auf Ruth schon immer etwas unlogisch gewirkt, dass Sarah und David ihre Tochter nach deren Ausflügen mit Hausarrest und Alleinsein bestraften. Für Ruth schien die Wanderlust ihrer Enkelin eine versteckte Botschaft zu enthalten, die bisher einfach noch niemand von ihnen entschlüsselt hatte. *Fragt sie, wonach sie sucht,* hätte Ruth David und Sarah am liebsten aufgefordert, aber die beiden verordneten Eden lediglich eine weitere einsame Auszeit. Für Ruth schien es viel mehr Sinn zu ergeben, Eden stattdessen in die Alltagsdinge zuhause mit einzubeziehen, einen Kuchen mit ihr zu backen oder gemeinsam die Garage aufzuräumen. Dadurch hätte Eden auch gleichzeitig das Gefühl, nützlich zu sein und müsste nicht anderswo nach Gesellschaft suchen. Aber David und Sarah waren der Meinung, sie wüssten es besser und schickten eine vollkommen unbeeindruckt wirkende Eden hinauf in ihr Zimmer.

Ruth wischte sich die schmutzigen Hände an der Hose ab, griff nach ihrem Telefon und drückte die Kurzwahltaste. Nach einem Klingeln erklang Josephs Stimme: „Lieutenant Williams."

„Du meine Güte, du hörst dich aber geschäftsmäßig an."

„Hi Ma!"

„Hallo, mein Lieber. Kommst du zum Abendessen?"

Pause. „Natürlich komme ich zum Abendessen."

„Bringst du Eden mit?"

„Ich werde sie schon aufsammeln."

„Hast du bereits etwas von ihr gehört?"

„Noch nicht. Ich denke, sie erreicht den ersten Kontrollpunkt in ... sagen wir zwanzig Minuten."

„Ruf mich an, wenn's Probleme gibt."

„Mach ich."

Ruth legte auf und steckte das Telefon wieder in ihre Tasche. Sie war so unglaublich dankbar, dass Joseph hier war und sich so wundervoll um seine leichtfüßige Nichte kümmerte. Nun konnte sie beruhigt damit beginnen, das Abendessen zu kochen.

16

Es gab ganz eindeutige Anzeichen dafür, dass der Frühling endgültig im südwestlichen Virginia Einzug gehalten hatte, dachte Joseph. Die Zweige der Weidenkätzchen schimmerten silbrig und der Tulpenbaum war über und über mit Knospen bedeckt. Die Schneeglöckchen unter den Bäumen verschwanden allmählich und machten Platz für die Waldlilien und das Salomonssiegel. Die Zugvögel kehrten zurück, und die ersten Wanderer verliefen sich draußen in der Natur. Erst vor drei Tagen hatte Joseph sich mit einem Rettungsteam auf die Suche nach den ersten Vermissten für dieses Jahr gemacht. Sie hatten die Touristen schließlich etwas verängstigt und durchgefroren im Wald gefunden, wobei es nicht allzu schwierig gewesen war, sie ausfindig zu machen – sie hatten so viele Spuren hinterlassen, dass selbst der ungeübteste Fährtenleser sie problemlos hätte aufspüren können. Aber das auffälligste Anzeichen des Frühlings hatte nichts mit der Luft, nichts mit Feld, Wald, Wiese oder See zu tun. Es traf mit schöner Regelmäßigkeit jedes Jahr um den 1. April herum über den Highway 25 in der Gegend ein und blieb bis zum ersten Frost im Herbst. Eine Bande von Betrügern, die ins Land einfielen und den Leuten ihre Dienste anboten, ohne dafür qualifiziert zu sein, oder wertloses Zeug zu verkaufen suchten. Sie hatten meist Allerweltsnamen wie Mike, Jimmy oder Pete, wiesen sich mit gefälschten Papieren aus und waren im Besitz von Autokennzeichen aus allen möglichen Bundesstaaten. Schnell war ein Schild gegen das andere ausgetauscht, und schon kam der Fahrer nicht mehr aus Tennessee, sondern aus Texas. Oft fuhren sie mit offiziell aussehenden Trucks vor, deren Beschriftung Seriosität vorspiegeln sollte. Mit dieser Masche verkauften sie einem unerfahrenen Geschäftsinhaber Werkzeuge und Maschinenteile zu scheinbar unschlagbaren Niedrigpreisen, noch dazu mit Argumenten, denen nur die hartherzigsten widerstehen konnten. *„Der Kunde, der dieses Teil bestellt hat, ist überraschend verstorben.“* – *„Ich muss die Maschine möglichst schnell loswerden. Ich habe gerade die Nachricht erhalten, dass meine Frau einen Unfall hatte und ich benötige dringend das Geld für die Rückfahrt.“* Doch die erworbenen Werkzeuge, die auf den ersten Blick so glänzend, edel und neu aussahen, fielen beim ersten Gebrauch auseinander. Wollte sich ein verärgerter Kunde dann beschweren, erhielt er unter der auf der Rechnung angegebenen Nummer keinen Anschluss. Manche von den Betrügern boten auch die verschiedensten Handwerkerdienste an und erklärten sich dazu bereit, die Auffahrt zu versiegeln, das Dach zu reparieren, die Bäume zu beschneiden oder das Ungeziefer zu vernichten. Entweder stellten sie hinterher überteuerte Rechnungen aus oder sie nahmen alles mit, was nicht niet- und nagelfest war. Besonders auf die älteren Menschen hatten sie es abgesehen, die gutgläubig jedem Fremden trauten. Joseph hasste diese Kerle und hatte es sich zur Aufgabe gemacht, sie aus Abingdon fernzuhalten. Für ihn waren diese Leute Ungeziefer, das man vertilgen oder einfangen musste. Diese Räuber hatten in seiner Stadt nichts zu suchen!

Gerade stand Joseph mit Henry in Ernest Norwoods Wohnzimmer und war außer sich vor Zorn. Wie konnte man diesem hilflosen Menschen nur so etwas antun? Wieder und wieder fuhr sich der alte Mann mit zittriger Hand durch die weißen Haare, die schon ganz wirr in die Luft standen. Wenn er doch nur zwanzig Minuten allein mit diesen Verbrechern hätte, um sie sich vorzunehmen! Da Norwoods Farm außerhalb der Stadtgrenzen lag und somit in Henrys Zuständigkeitsbereich als Landsheriff fiel, stellte dieser die Fragen. Joseph stand schweigend daneben und kochte still vor sich hin. Leider passte die Personenbeschreibung, die Mr Norwood ihnen gab, auf sieben von zehn Männern: mittelgroß, kräftig und mit dunkler Hautfarbe. Einen weißen Lieferwagen habe er gefahren. Verständlicherweise hatte Mr Norwood auch nicht daran gedacht, das Kennzeichen des Wagens zu notieren.

„Er machte einen so sympathischen Eindruck", sagte Ernest und blickte beschämt zu Boden. Joseph konnte sich lebhaft vorstellen, wie er sich jetzt fühlen musste: Wie ein nutzloser und seniler Alter, der sich für dumm verkaufen ließ und an dem nichts mehr an den tatkräftigen Mann von früher erinnerte. Als Joseph noch ein kleiner Junge gewesen war, hatte Mr Norwood schon als Diakon in der Gemeinde mitgearbeitet. Tag für Tag war er Joseph mit seinem Traktor begegnet, wenn dieser nach der Schule mit dem Bus nach Hause gefahren war. Mr Norwood baute Tabak an und machte außerdem die besten Köder für das Fliegenfischen, von denen Joseph sogar noch einen in seiner Angelbox hatte. Er war immer ein zuverlässiger, hart arbeitender, freundlicher Mann gewesen und es war einfach nicht richtig, dass man ihm so übel mitgespielt hatte.

„Er hat zu mir gesagt, dass er noch Steinplatten übrig hätte und wenn er von mir den Auftrag kriegen würde, meine Einfahrt zu machen, bekäme ich die Hälfte des Materials gratis. Erst heute Morgen habe ich gemerkt, dass mein Sparbuch weg ist."

„Hast du schon die Bank angerufen?", erkundigte sich Henry.

Ernest nickte und wischte sich mit der Hand übers Gesicht. „War schon zu spät. Der Kerl hatte mein Konto schon längst mit einem gefälschten Scheck in Beckley leergeräumt." Der Gauner war also über die Grenze nach West Virginia gefahren, wo man Ernest Norwood mit Sicherheit nicht kannte. „Die Leute von der Bank sagen, vielleicht bekomme ich mein Geld zurück, aber sie müssen sich die ganze Sache noch näher ansehen."

„Das Ganze muss Ihnen nicht peinlich sein, Mr Norwood",

beruhigte Joseph den alten Mann. „Das sind gerissene Kerle. Echte Profis, wenn es darum geht, sich bei anderen Leuten das Vertrauen zu erschleichen. Wir sorgen dafür, dass Sie Ihr Geld zurückbekommen – ganz egal, wie die Bank entscheidet.“ Henry warf Joseph einen warnenden Blick zu, den dieser ignorierte. Selbst wenn er das Geld aus eigener Tasche bezahlen müsste, Joseph war fest entschlossen, dem Mann zu helfen. Mr Norwood schlurfte zurück zu seinem Stuhl und die beiden Polizisten verabschiedeten sich.

„Immer mit der Ruhe, Junge. Beruhige dich erst mal wieder“, sagte Henry zu Joseph, nachdem sie außer Hörweite waren. „Du siehst aus, als würdest du jeden Augenblick in die Luft gehen. Außerdem solltest du keine Versprechen machen, die du hinterher nicht halten kannst.“

„Ich stehe zu meinem Wort.“

Henry warf ihm einen prüfenden Blick zu, sagte aber nichts mehr.

„Also, wo willst du anfangen?“, fragte Joseph.

„Ich denke, mit der Bank in West Virginia. Ich werde mir eine Beschreibung und eine Kopie von den Unterlagen geben lassen, die Videoaufzeichnungen überprüfen – die übliche Routine eben. Ansonsten die Augen offen halten und die Leute hier in der Gegend warnen, dass sie ihre Türen verschlossen halten und niemandem trauen sollen.“ Henry sah genauso aufgebracht aus, wie Joseph sich fühlte.

Joseph fuhr in übelster Stimmung zurück zum Büro. Dennoch war er nicht einfach nur zornig. Unter seinem Groll fühlte er wieder diese besondere Art von Traurigkeit, die ihn immer überfiel, wenn ein Verbrechen geschehen war. Eine solche Tat war ein Bruch, ein Riss im Gewebe ihrer Welt – wie ein Fleck auf einem weißen Kleidungsstück. Joseph biss die Zähne zusammen und spürte, wie sein Ärger sich in etwas noch hässlicheres verwandelte. Für solche Leute sollte es kein Erbarmen geben.

Wenn er einen von ihnen in die Finger bekäme, würde er keine Gnade zeigen. Er würde es ihnen heimzahlen.

Die nächste Person, die ihm über den Weg laufen und irgendwie gegen das Gesetz verstoßen sollte, tat ihm fast schon ein wenig leid, dachte Joseph mit einer Art grimmigem Humor. Er würde sich zusammenreißen müssen, um nicht an dieser Person seine Frustration und dieses Gefühl der Ohnmacht auszulassen. Er hatte seinen Gedanken noch nicht beendet, als ein großer silberner Cadillac plötzlich vor ihm aus einer Seitenstraße schoss. Gerade noch rechtzeitig brachte Joseph seinen Wagen mit quietschenden Bremsen zum stehen. Der Fahrer schien ihn noch nicht einmal zu bemerken! Ungläubig schüttelte Joseph den Kopf, schaltete die blauen Warnlichter ein und ließ die Sirene einmal aufheulen. Nach wenigen Sekunden fuhr der Caddy – etwas ungeschickt und holprig – auf den Seitenstreifen.

„Auch das noch! So ein Mist", sagte Miranda zu niemand bestimmtem und fuhr gehorsam an den Straßenrand, wobei sie sich bemühte, den alten Cadillac von Mr Coopers verstorbener Frau nicht in den Graben zu fahren. Sie schüttelte den Kopf und versuchte ihre Gedanken zu sammeln, während sie in den Rückspiegel blickte. Ein sehr großer, kräftiger Mann wand sich gerade aus dem Wagen hinter ihr, anscheinend ein ziviles Dienstfahrzeug der Polizei, und sah dabei nicht sonderlich glücklich aus. Er legte die Strecke zu ihrem Auto mit wenigen ausgreifenden Schritten zurück, beugte sich herunter und blickte prüfend zu ihrem Fenster herein. Er hatte sandfarbenes Haar, grünlich-goldene Augen und hätte eigentlich ganz attraktiv ausgesehen, wenn sein Gesichtsausdruck nur nicht so finster gewesen wäre. Ob er überhaupt jemals lächelte? Miranda selbst legte ein betretenes Grinsen auf, um angemessen reuevoll zu wirken. Es schien nicht zu wirken.

„Sie sind eingebogen, ohne auf den fließenden Verkehr zu achten", hielt der Polizist ihr vor. „Wenn ich nicht in die Eisen gestiegen wäre, hätte es gekracht."

Miranda konnte es nicht leiden, so abgekanzelt zu werden. Das hatte sie in ihrem Leben schon oft genug erlebt. Es reichte ihr – ein für alle Mal! Sie straffte ihre Schultern und richtete sich auf. „Ich entschuldige mich", sagte sie kühl und mit trotzig nach vorn geschobenem Kinn. Für einen Moment dachte sie darüber nach, sich in irgendeiner Weise zu verteidigen, doch dann entschied sie sich dagegen. Sie war so sehr in ihre Gedanken vertieft gewesen, wo sie am besten mit ihrer Suche beginnen sollte, dass sie seinen Wagen noch nicht einmal gesehen hatte.

„Dürfte ich bitte Ihren Führerschein sehen", sagte der Mann mit jener übertriebenen Höflichkeit, die Polizeibeamte immer an den Tag legen, bevor sie einem einen Strafzettel aushändigen.

„Natürlich, einen Moment bitte." Miranda durchwühlte ihre Tasche und fand nach langem Suchen endlich ihre Brieftasche. „Da ist er ja", sagte sie mit einem aufmunternden Lächeln.

Er starrte sie vollkommen unbeeindruckt an und nahm ihr den Führerschein aus der Hand. Er betrachtete ihn prüfend, musterte ihr Gesicht, sah erneut auf den Führerschein und wieder zurück zu Miranda. Dann drehte und wendete er ihre Fahrerlaubnis und betrachtete sie prüfend von allen Seiten, nur um sie schließlich auf seinem Klemmbrett zu befestigen. Das Klemmbrett bedeutete nie etwas Gutes. „Könnte ich bitte auch noch den Fahrzeugschein und Ihre Versicherungskarte sehen?"

Das klang gar nicht gut. Miranda verbarg ihre Bestürzung so gut wie möglich und schenkte ihm stattdessen ein weiteres Lächeln. „Aber selbstverständlich." Sie durchsuchte das Handschuhfach und fand darin sowohl die Zulassung als auch den Versicherungsschein.

Er begutachtete die Dokumente mit einem Stirnrunzeln. „Der

Wagen ist zugelassen auf einen William Cooper aus Nashville, Tennessee."

„Er ist ein Freund von mir", erklärte Miranda eilig. „Er hat mir den Wagen geliehen."

Es folgte ein erneutes misstrauisches Stirnrunzeln, dann ging der Polizist zu seinem Wagen hinüber. Nach etwa zehn Minuten tauchte er wieder auf und gab Miranda ihre Zulassung zurück.

„Haben Sie festgestellt, dass er nicht gestohlen ist?", fragte Miranda. Langsam ging auch ihre Geduld und Freundlichkeit zur Neige.

Doch Miranda bekam keine Antwort. Ohne ein Wort zu sagen schrieb der Polizist vor sich hin. Schließlich riss er etwas von seinem Block ab und reichte Miranda ihren Strafzettel durch das offene Fenster hindurch. *Missachtung der Vorfahrt und Nichtmitführen einer gültigen Versicherungskarte,* las sie.

„Ihre Versicherungskarte ist seit 1998 abgelaufen. Da Sie auf der Durchreise sind, möchte ich Sie bitten, sich gleich bei der Stadtverwaltung im Rathaus zu melden und die Gebühr zu bezahlen. Dort können Sie auch gleich einen Gerichtstermin vereinbaren."

„Einen Gerichtstermin? Wieso das denn?"

„Missachtung der Vorfahrt muss nicht zwangsläufig nur ein Bußgeld nach sich ziehen. Der Richter wird entscheiden, ob es sich um eine einfache Ordnungswidrigkeit oder ein ernsthaftes Vergehen handelt."

Miranda öffnete ihren Mund, aber ihr fehlten die Worte. Der Polizist fuhr fort: „Bei der nächsten Kreuzung biegen Sie rechts ab, dann noch einmal rechts, und dann sehen Sie schon das Rathaus. Parken Sie auf dem Besucherparkplatz direkt neben der Statue. Ich folge Ihnen, damit Sie nicht noch verloren gehen."

Miranda schüttelte ungläubig ihren Kopf und wollte eben lauthals zu protestieren beginnen, doch als sie seinen finsteren

Gesichtsausdruck sah, besann sie sich eines Besseren. Was hatte sie an ihm nur attraktiv gefunden? „Wie Sie wünschen", sagte Miranda elegant und kurbelte ihr Fenster nach oben. Jetzt bestand keine Notwendigkeit mehr, in irgendeiner Weise höflich zu sein, dachte Miranda, starrte auf ihr Lenkrad und würdigte ihn keines weiteren Blickes. Nach etwa einer Minute ging er zu seinem Wagen zurück. Sie startete den Cadillac und fuhr ganz langsam los – nun gut, vielleicht etwas zu langsam. Miranda kroch mit etwa 15 Kilometern pro Stunde über die Landstraße, bis ein erneutes Aufheulen seiner Sirene sie heftig zusammenzucken ließ.

„Wollen Sie eine weitere Verwarnung wegen Behinderung des fließenden Verkehrs?", ertönte seine Stimme über den Lautsprecher auf dem Dach.

„Welcher Verkehr?", brüllte Miranda zurück, die dennoch dankbar war, dass er sie nicht hören konnte. Vor dem Rathaus angekommen, stellte er sich so dicht hinter sie, dass an eine Flucht nicht einmal zu denken war. Miranda nahm ihre Handtasche, den Strafzettel und das, was von ihrer Würde noch übrig geblieben war und stieg die Treppen zum Rathaus hinauf. Sie konnte fast hören, wie Mama mit ihr schimpfte. *„Das hast du nun von deiner Arroganz. Jetzt trägst du deine Nase nicht mehr so hoch oben*!" Miranda trat durch die Schwingtür und blickte sich noch einmal um. Der Polizist beobachtete sie und salutierte zum Abschied lässig mit zwei Fingern. Was für eine Frechheit! Ihr Gesicht wurde rot vor Zorn. Von allen Dingen auf dieser Welt, die Miranda nicht ausstehen konnte, standen eingebildete Männer ganz oben auf der Liste. Ihre neuesten Erfahrungen lehrten sie jedoch, dass arrogante Polizisten sogar noch schlimmer waren. Für einen Moment dachte Miranda darüber nach, die Treppen wieder hinunter zu gehen und ihm ordentlich die Meinung zu geigen, aber bei dem Gedanken, deshalb vielleicht eine Nacht hinter Gittern zu verbringen, ließ sie es lieber bleiben. Mit einem langen Seufzer drehte sie sich um und ging zu dem Empfangsschalter hinüber, um ihren Gerichtstermin zu vereinbaren.

17

Miranda trat aus dem Gerichtsgebäude. Fürs Erste waren ihre Beziehungen zur Strafjustiz wieder geklärt. Sie warf einen flüchtigen Blick über den Parkplatz, bevor sie wieder in Mr Coopers Cadillac stieg. Jetzt konnte sie endlich mit ihrer Suche beginnen. Ihr einziges Problem war, dass sie keine Ahnung hatte, wo und wie sie damit anfangen sollte. Für eine Weile fuhr Miranda ziellos durch den malerischen Ort, wobei sie die ganze Zeit nervös damit rechnete, dass jede Sekunde das Heulen einer Sirene hinter ihr ertönte.

Irgendwann verließ sie die Innenstadt und fuhr hinaus in die Randgebiete, froh über jeden Meter Abstand, den sie zwischen sich und die Polizeiwache brachte. Links und rechts der Straße lagen immer mehr Wiesen und Felder, die sich über ein sanftes Hügelland erstreckten. Ein grün-gelber Traktor kam ihr langsam entgegen. Miranda schüttelte den Kopf angesichts der Ironie der Situation. Was für eine verrückte Geschichte! Virginia – irgendwo am Ende der Welt. Ausgerechnet hier war sie schließlich gelandet. Sie war durch die halbe Welt gereist, hatte in jedem kleinen Gesicht ihr eigenes Kind zu entdecken gesucht, dabei wären all ihre Reisen überhaupt nicht notwendig gewesen. Nur hier hätte sie suchen müssen, gerade mal zwei Stunden von ihrem Zuhause entfernt – in Abingdon, Virginia. Der Ort war nicht schwer zu finden gewesen. Gerade mal 30 Kilometer nordöstlich von Bristol gelegen, kaum einen Steinwurf von Tennessee, Kentucky und West Virginia entfernt. Vermutlich war es kein Zufall, dass Mama Adoptiveltern aus dieser Gegend gewählt hatte. Sie und Tante Bobbie waren irgendwo hier in der Nähe aufgewachsen. Lebten möglicherweise sogar noch Verwandte von ihr in dieser Region? Miranda vermutete, dass die Antworten auf diese Fragen für immer zusammen mit Mama begraben worden waren. Über manche Dinge hatte sie nie mit ihr gesprochen.

Miranda wusste nur, dass die beiden Schwestern irgendwann von West Virginia nach Nashville gezogen waren und anschließend den Kontakt zu ihrer ehemaligen Heimat abgebrochen hatten. Selbst über die Menschen in ihrem früheren Leben hatten sie nichts erzählt. Wann immer Miranda das Thema in der Vergangenheit angesprochen hatte, waren Mamas schmale Lippen nur noch eine Spur schmaler geworden und von Tante Bobbie hatte sie lediglich einen müden Blick geerntet. Miranda blickte hinunter auf den Briefumschlag, dann wieder aus dem Fenster. Mama hatte also an ihre eigene Heimat gedacht, als sie sich damals entschloss, ihr Enkelkind in fremde Hände zu geben. Ob dies allerdings ein Akt der Liebe oder der Rache gewesen war, würde sich erst noch zeigen müssen.

Miranda seufzte. All die Jahre hatte sie sich vorgestellt, ihr Kind würde in einer exotischen Großstadt wie New York oder Los Angeles aufwachsen, würde Geigenunterricht nehmen, zur Ballettschule gehen, Konzerte besuchen und Urlaub auf der Insel Martha's Vineyard machen. Sie tröstete sich selbst mit dem Gedanken, dass die Adoptivfamilie ja vielleicht wirklich von hier an einen etwas aufregenderen Ort gezogen sein könnte. Dennoch war dieser Brief aus Abingdon das einzige Bindeglied zu ihrem Baby. Falls die Familie wirklich umgezogen war, würde Miranda sie vielleicht niemals finden. Oder noch schlimmer – vielleicht würde sie ihr Kind so oder so niemals finden. Aber jetzt war sie erst einmal hier, fuhr die Straßen rauf und runter und reckte ihren Hals aus dem Fenster, als sei dies das einzig Vernünftige.

Wie sollte sie am besten weiter vorgehen? Sie würde einen Rechtsanwalt aufsuchen. Vermutlich unterschied sich die Gesetzeslage in Virginia nicht besonders von der in Tennesee, aber

Miranda wollte trotzdem sichergehen und sich informieren. Darüber hinaus hatte sie keine weiteren Ideen. Sie könnte eventuell nach dem Schulschluss am Ausgang warten und sehen, ob ihr irgendein Gesicht bekannt vorkam. Oder sie könnte sich vielleicht ein wenig umhören, wer im Ort Kinder adoptiert hatte. Frustriert schüttelte Miranda den Kopf. Das war doch alles Unsinn. Man würde sie höchstens für eine Kidnapperin oder gar schlimmeres halten. Sie seufzte tief. Es war eine lächerliche Idee gewesen, hierher zu kommen, vollkommen sinnlos. Allerdings, dachte Miranda im nächsten Moment, vielleicht war ihr Besuch in Abingdon doch nicht ganz umsonst. Sie würde dieser Spur bis zu ihrem bitteren Ende folgen, und wenn sie dann nicht mehr wüsste als zu Beginn ihrer Suche, wäre die ganze Sache aus und vorbei. Dies wäre ihr allerletzter Versuch, ihr Kind zu finden. Falls er misslang, würde sie einfach so weiterleben müssen.

Miranda zog das Foto aus dem Umschlag und betrachtete es. Was für ein wunderschönes Kind. Sie war sich fast sicher, dass es ein Mädchen war. Vorsichtig strich sie mit ihrer Fingerspitze über die Wangen des Kindes und wusste im gleichen Moment, dass nichts mehr so war wie vorher. Sie würde möglicherweise weiterleben, aber sie könnte ihr Kind niemals vergessen. Nie.

Miranda fuhr noch eine Zeitlang weiter, bis sie sich kurz vor der Zufahrt zum Highway befand, der aus der Stadt hinausführte. Für einen Moment blieb sie mit laufendem Motor vor der Kreuzung stehen. Sie war niedergeschlagen, hungrig und müde. Was hatte sie sich nur dabei gedacht, hierher zu kommen? Sie würde dieses Kind niemals finden. Menschlich betrachtet war es schlicht unmöglich. Für einen Moment war sie kurz davor, den Cadillac nach Süden in Richtung Tennesee zu lenken und nach Hause zu fahren.

Doch plötzlich fielen ihr zwei Dinge ein, die sie davon abhielten. Da waren einmal Mr Coopers Worte, die er ihr gestern mit einem freundlichen Lächeln zum Abschied mit auf den Weg gegeben hatte: *„Bei Gott sind alle Dinge möglich."* Das zweite war eine Erinnerung, die Miranda mit einem Mal so intensiv überwältigte, dass es ihr fast so vorkam, als wären die Ereignisse erst an diesem Nachmittag und nicht bereits vor elf Jahren geschehen. Sie war wieder fünfzehn, hatte furchtbare Schmerzen und ängstigte sich schier zu Tode. Ihr Körper fühlte sich an, als sei etwas Lebendiges aus ihr herausgeschnitten worden, und sie bliebe nun blutend und allein zurück. Und dann hatte sich die Tür zu ihrem Zimmer geöffnet und eine freundliche Krankenschwester hatte ihr dieses kleine, süße Bündel in den Arm gelegt. Miranda schloss die Augen und hatte plötzlich den zarten Geruch ihres Babys in der Nase, fühlte die sanfte Haut an ihrer Wange und hörte die süßen Geräusche, die Säuglinge immer von sich geben. Und dann spürte Miranda wieder die warme Hand auf ihrem Kopf und hörte die freundliche, müde Stimme der Krankenschwester, die Gott darum bat, Miranda und ihr Baby eines Tages wieder zusammenzuführen. Miranda lief ein kalter Schauer den Rücken hinunter. Sie verspürte ein Frösteln wie von einem Hauch aus einer anderen Welt.

Das zaghafte Hupen eines Autos hinter ihr holte Miranda mit einem Schlag in die Gegenwart zurück. Sie öffnete die Augen. Eilig fuhr sie über die Kreuzung und hielt anschließend auf dem Seitenstreifen. Nachdem sie sich die Nase geputzt hatte, nickte sie entschlossen. Ein erneuter Blick über die Schulter, ob Wyatt Earp ihr nicht doch folgte, dann wendete sie ihren Wagen und fuhr zurück in die Stadt.

Nach einem Hamburger, Pommes und einem Kaffee fühlte Miranda sich ein wenig ruhiger, wenn auch immer noch nicht sehr hoffnungsvoll. Sie fuhr zurück zum Hotel und holte das Telefonbuch von Abingdon und einen Notizblock aus ihrem Zimmer. Anschließend setzte sie sich draußen auf die Kuppe eines Hügels ins Gras. Während sich nach und nach der bläulich-violette Abendhimmel über dem gesamten Tal ausbreitete, schrieb Miranda alles auf, was ihr zu ihrer Situation einfiel und ihr irgendwie nützlich erschien. Erst als sie die Gänsehaut auf ihren Armen und ihr vom Abendtau feuchtes Hinterteil nicht länger ignorieren konnte, ging sie zurück ins Hotel. Nach einer langen, heißen Dusche zog sie ihren Schlafanzug an und überflog schließlich noch einmal ihre Liste.

Es war armselig.

„Wie man ein elfjähriges Kind findet," stand als Überschrift auf dem Blatt.

„Ohne den Namen, das Geschlecht, die Anschrift, Interessen oder die Biografie zu kennen," murmelte Miranda. Das Einzige, was sie mit Sicherheit wusste, war das Geburtsdatum: 14. Dezember 1995.

Sie las, was sie sonst noch aufgeschrieben hatte:

Elfjährige:
- gehen zur Schule
- sind in einem Sportverein
- machen bei den Pfadfindern mit
- gehen zum Kinderarzt
- gehen zur Sonntagsschule
- müssen zum Zahnarzt
Weitere Möglichkeiten:
- Rechtsanwalt einschalten
- Privatdetektiv engagieren

Es sah ziemlich hoffnungslos aus, was sie da zu Papier gebracht hatte. Die letzten beiden Optionen erschienen Miranda noch am vielversprechendsten. Sie hatte bereits von Leuten gehört, die mit einem professionellen Detektiv Erfolg gehabt hatten, aber selbst die benötigten für ihre Suche irgendeinen Anhaltspunkt – einen Namen, den Namen der Eltern, eine Adresse. Irgendetwas. Doch Miranda wusste nichts, noch nicht einmal, ob es sich um einen Jungen oder ein Mädchen handelte. Sie legte das Notizbuch auf ihren Koffer, legte sich ins Bett, schaltete das Licht aus und starrte an die Decke.

„Lieber Gott!“, sagte sie laut. Ihre Stimme klang einsam, wie das Echo in einem tiefen, dunklen Canyon. „Wenn es dich gibt, würdest du mir helfen, mein Kind zu finden?“ Für ein oder zwei Minuten geschah nichts. Angestrengt lauschte Miranda in die Dunkelheit. Ihr wurde plötzlich bewusst, dass sie wirklich damit gerechnet hatte, etwas zu hören. Doch dann, es war wirklich merkwürdig, durchströmte sie ein sonderbares Gefühl – die tiefe innere Gewissheit, genau dort zu sein, wo sie sein sollte. Es war nichts Sensationelles oder Beängstigendes, sondern eher eine Art stiller, innerer Friede. Rein äußerlich war nichts geschehen und Miranda wusste jetzt nicht mehr als noch vor ein paar Minuten, aber mit einem Mal fühlte sich ihr dunkles Hotelzimmer wie ein heiliger Ort an. Es war richtig, dass sie hierher gekommen war! Zum ersten Mal in ihrem Leben hatte sie die tiefe Gewissheit, eine gute Entscheidung getroffen zu haben. Und zum ersten Mal in ihrem Leben war eines ihrer Gebete erhört worden. Miranda atmete mit einem tiefen, erleichterten Seufzer aus, dann drehte sie sich auf die Seite und schlief ein. Sie wusste weder wie noch wann es geschehen würde, aber nun war sie sich ganz sicher: Wenn sie nur hier blieb, würde sie irgendwann das finden, wonach sie sich sehnte.

18

Der nächste Vormittag brachte für Miranda zunächst die ernüchternde Erkenntnis, dass Rechtsanwälte sehr volle Terminkalender haben. Kein Einziger hatte vor morgen Nachmittag Zeit für sie. Andererseits machte ein Tag mehr oder weniger auch keinen großen Unterschied, dachte Miranda und buchte eine weitere Nacht in ihrem Hotel.

Es gab keinen Grund, sich bei der Suche nach ihrem Kind jetzt plötzlich aus der Ruhe bringen zu lassen. Sie sollte vielleicht lieber ihre Erwartungen ein wenig herunterschrauben. Sie würde nach ihrem Kind suchen, dabei aber gelassen bleiben und nicht den Kopf verlieren. Ihr Baby war inzwischen seit elf Jahren verschwunden. Vermutlich wäre keine ihrer Unternehmungen in den nächsten ein oder zwei Monaten von großer Bedeutung für ihre Suche. Sie würde einfach einen Tag nach dem anderen nehmen, wie er kam. In der Zwischenzeit würde sie sich verhalten wie immer und Abingdon wie jeden anderen Ort auf ihrer Lebensreise behandeln. Was war hier schon anders als in Washington, New York oder Seattle? Als Erstes benötigte sie eine Arbeit.

Miranda stieg in Mr Coopers Cadillac und fuhr in die Stadt, wobei sie stets mit einem Auge nach etwaigen Gesetzeshütern Ausschau hielt. Es war ein schöner Tag. Die Sonne strahlte angenehm warm vom Himmel und tauchte ganz Abingdon in ein heiteres Frühlingslicht. Der Ort schien vor Energie und Optimismus fast überzusprudeln und auch Miranda spürte, wie sie davon angesteckt wurde und sich ihre Laune ein wenig hob. Sie fuhr am Kindergarten und dem Gartencenter vorbei, vor dem unzählige blühende Büsche und Kübel mit Blumen und Bäumchen standen. Anscheinend lief der Laden momentan sehr gut – zumindest wenn man Rückschlüsse aus den vielen Autos auf dem Parkplatz vor dem Center ziehen konnte. Miranda hielt spontan an und fragte im Geschäft nach freien Stellen, aber leider hatte sie keinen Erfolg.

Als nächstes kaufte sie sich am Kiosk eine Zeitung und überflog die Stellenanzeigen. Im Seniorenheim wurde eine Hilfskraft gesucht und in einem Supermarkt benötigte man eine Verkäuferin. Dennoch beschloss Miranda, zunächst ihrem Herzen zu folgen und als Erstes in der Grundschule am Ort nachzufragen.

Mit den vielen Kindern wirkte der Schulhof heute ganz anders. Irgendwie lebendiger, nicht mehr so still und ausgestorben wie gestern. Das Sternenbanner flatterte fröhlich im Wind, und die Metallringe klapperten wie kleine Glöckchen gegen den Fahnenmast. Das flache Schulgebäude mit den vielen Fenstern sah noch ziemlich neu aus. Als Miranda näher kam, konnte sie sogar in einzelne Klassenzimmer hineinsehen. Eine Gruppe von älteren Kindern starrte gelangweilt nach vorne an die Tafel. Ein Junge in der Nähe des Fensters bemerkte sie, worauf Miranda ihn aufmunternd anlächelte. Etwas weiter rechts waren offenbar die Räume der jüngeren Klassen. Die entsprechenden Fenster waren über und über mit kunterbunten, teilweise kuriosen Bastelarbeiten beklebt. Bei ihrem Anblick musste Miranda unwillkürlich lächeln. Oh ja, sie mochte Kinder! Es wäre wirklich schön, sie wieder um sich zu haben.

Doch Mirandas Erwartungen wurden herb enttäuscht. „Es tut mir leid, aber wir stellen für dieses Schuljahr niemanden mehr ein“, sagte die Schuldirektorin. „Wir haben gerade unsere letzte Stelle in der Cafeteria besetzt, und sofern Sie kein Lehrerdiplom haben, kann ich Ihnen leider nichts anbieten.“

Miranda bedankte sich und ging. Da sie im Herbst nicht mehr hier sein würde, machte es auch keinen Sinn, ihren Namen und ihren Lebenslauf zu hinterlassen. Auch bei den höheren Schulen hatte Miranda kein Glück. Es gab nur eine einzige Stelle, und für die fehlte ihr die Ausbildung. Für den Schuldienst war es dieses Jahr offensichtlich zu spät.

Als nächstes fuhr sie zum Seniorenheim. Eine große, schlanke Dame mit grauen Locken begrüßte sie an der Information und überflog ihre Bewerbungsunterlagen. Man suche eigentlich jemand mit Erfahrung als Unterstützung für die Physiotherapie.

„Ich lerne wirklich schnell", sagte Miranda hoffnungsvoll.

Die Frau schüttelte den Kopf. „Es tut mir leid."

Niedergeschlagen fuhr Miranda zum Supermarkt, wo sie ein weiteres Bewerbungsformular ausfüllte. Dort hieß es lediglich, man werde sie zurückrufen.

Inzwischen war es Mittag. Miranda hielt bei *Hardee's*, einem Schnellrestaurant, und aß einen Hamburger – sie musste wirklich langsam damit anfangen, noch etwas außer Hamburgern zu sich zu nehmen –, dann nahm sie ihren Kaffee, ging nach draußen und setzte sich unter einen Baum, um nachzudenken. Sie wusste, sie hatte eigentlich keinen Grund, entmutigt zu sein. Wenn sie in Pittsburgh oder Dallas statt in Abingdon wäre, würde sie sich auch noch keine Sorgen machen. Schließlich war es gerade mal ihr erster Tag. In einem neuen Ort war es Miranda fast noch nie anders ergangen, aber bis zum Ende der ersten Woche hatte sie eigentlich immer einen Arbeitsplatz gefunden.

Den nächsten Vormittag verbrachte Miranda damit, so ziemlich überall Bewerbungsformulare auszufüllen, wo die Möglichkeit dazu bestand. Sie war bei zwei Banken, der Tankstelle, dem Barter Theatre – einer örtlichen, historischen Attraktion –, der Zoohandlung, einer Kunstgalerie, einem Frisör, drei Boutiquen und zwei Restaurants. Dann verbrachte sie längere Zeit damit, die Anwaltskanzlei zu suchen, die sich irgendwo in der Nähe des Stadtzentrums befinden musste.

Sie passierte Buchläden, Kunstgalerien und Antiquitäten- und Schmuckgeschäfte. Erst nachdem sie mehrere Minuten umhergefahren war, entdeckte sie schließlich das Büro des Anwalts. Ihr Auto parkte Miranda vorsichtshalber hinter dem Gebäude, damit es nicht die Aufmerksamkeit irgendeines übereifrigen Kleinstadtpolizisten mit zu viel Zeit auf sich zog, dann ging sie hinein. Nachdem sie etwa eine Viertelstunde gewartet hatte, führte die Sekretärin sie ins Allerheiligste.

C. Dwight Judson war rein äußerlich betrachtet ein typischer Vertreter seines Standes: Ein stattlicher, gut angezogener Mann mit gesunder Gesichtsfarbe, dessen dunkles Haar von markanten grauen Strähnen durchzogen war. Die Inneneinrichtung seines Büros bestand aus zimmerhohen Bücherregalen aus Mahagoni, einem wuchtigen Mahagonischreibtisch und kostbaren Perserteppichen, die den Parkettboden bedeckten. Auf den ersten Blick war Miranda der Mann nicht besonders sympathisch, aber sie versuchte, sich mit einem Urteil zurückzuhalten. Schließlich sollte er nicht ihr neuer bester Freund werden, sondern sie lediglich beraten.

„Bitte, nehmen Sie doch Platz“, sagte er mit galanter Höflichkeit und erhob sich hinter seinem Schreibtisch. „Darf ich Ihnen einen Kaffee oder Tee anbieten?“

„Nein danke.“

„Nun, was kann ich dann für Sie tun?“, fragte er mit einem sehr vornehm wirkenden Akzent.

Also dann. Ohne lange zu zögern sprang Miranda ins kalte Wasser. „Ich habe vor elf Jahren ein Kind bekommen und es zur Adoption freigegeben. Dieses Kind möchte ich jetzt finden.“

C. Dwight war offensichtlich Profi. Er zuckte bei ihrer Erzählung nicht einmal mit der Wimper – was eindeutig für ihn sprach –, sondern fragte Miranda lediglich, ob sie wenigstens das Geschlecht des Kindes wisse.

Sie schüttelte den Kopf. „Es ging alles so schnell. Ich war fast selbst noch ein Kind und außerdem mit Medikamenten vollgepumpt.“

„Welcher Bundesstaat?"

„Tennessee."

„Wissen Sie irgendetwas über die Adoptiveltern?"

Miranda griff in ihre Tasche, zog den Briefumschlag hervor und reichte ihn Mr Judson. Der sah sich den Poststempel an und zog schließlich die Fotografie hervor, die er länger betrachtete. „Nicht gerade viel für den Anfang", sagte er nüchtern, während er ihr den Umschlag zurückgab.

„Nein", erwiderte sie und spürte, wie ihre Hoffnung schwand.

„Na, dann wollen wir doch mal sehen, was wir haben," sagte C. Dwight munter und holte einen gelben Notizblock aus der obersten Schreibtischschublade.

Miranda schöpfte neue Hoffnung.

In rasender Geschwindigkeit prasselten seine Fragen auf sie ein, die sie so genau wie möglich beantwortete. Wer war der Vater des Kindes? Wer waren zum Zeitpunkt der Geburt Ihre Erziehungsberechtigten? In welcher Klinik hatte die Geburt stattgefunden? Wie lautete das Geburtsdatum? Wie hieß der behandelnde Arzt?

„Haben Sie irgendwelche anderen Informationen über die Adoptiveltern, die uns weiterhelfen könnten?"

„Nein," antwortete Miranda.

„Haben Sie eine Verzichtserklärung Ihrer elterlichen Rechte unterschrieben?"

„Vielleicht," gab Miranda zu. „Da gab es eine ganze Reihe von Dokumenten, die mich meine Mutter unterschreiben ließ."

„Wissen Sie, was Ihre Mutter anschließend mit den Kopien gemacht hat?"

„Sie ist tot," erwiderte Miranda unverblümt. „Ich vermute, sie hat sie vernichtet. Zumindest würde ihr das ähnlich sehen. Ich habe ihre gesamten Unterlagen durchgesehen, auch das Bankschließfach. Dieser Umschlag hier ist alles, was dabei war."

„Besitzen Sie eine Kopie der Geburtsurkunde?", wollte er wissen.

Miranda schüttelte den Kopf. „Wenn es eine gab, dann habe ich sie nie gesehen."

C. Dwight schüttelte den Kopf und lehnte sich in seinem Chefsessel zurück. „Lassen Sie mich Ihnen eine kleine Einführung in die Abläufe und gesetzlichen Regelungen bei einer Adoption geben. Wenn ein Kind geboren wird, bekommen die leiblichen Eltern zunächst eine ganz normale Geburtsurkunde mit allen Angaben wie Geschlecht, Gewicht, Geburtszeit usw. ausgehändigt. Auf diesem Dokument sind die leiblichen Eltern auch als die Eltern des Neugeborenen aufgeführt – selbst falls eine sofortige Adoption geplant ist."

Bei dem Gedanken, wie viele Informationen sie allein aus diesem einzigen Dokument entnehmen könnte, begann Mirandas Puls zu flattern.

„Vor der offiziellen Adoptionsanhörung müssen die leiblichen Eltern beide eine Erklärung unterzeichnen, dass sie auf ihre elterlichen Rechte verzichten. Diese wird dann dem Gericht bei der Anhörung von einem Anwalt oder einem anderen Bevollmächtigten vorgelegt. Erst hiernach erklärt das Gericht die Trennung der leiblichen Eltern von ihrem Kind und macht damit den Verzicht offiziell."

Seine Worte klangen so endgültig. Mirandas Magen zog sich zusammen.

„In der Zwischenzeit stellt der Anwalt der Adoptiveltern einen Adoptionsantrag. Die Adoptiveltern werden im Anschluss daran vom Gericht überprüft. Falls alles in Ordnung ist und die Antragsteller als Eltern geeignet sind, gibt das Gericht dem Antrag für gewöhnlich statt. Sobald der Adoptionsantrag genehmigt ist, wird eine zweite, berichtigte Geburtsurkunde ausgestellt. Sie enthält genau dieselben Angaben wie die erste Geburtsurkunde, aber in dieser sind nun nicht mehr die leiblichen Eltern, sondern die Adoptierenden als Eltern eingetragen."

„Aber das ist nicht richtig!", entfuhr es Miranda. „Es ist eine Lüge! Auf einem offiziellen Dokument!"

„Das ist nun mal der Sinn einer Adoption", erklärte C. Dwight freundlich. „Adoptierte Kinder werden in jeglicher Hinsicht zu Kindern der Adoptiveltern und sind – unter gesetzlichen Aspekten – von möglichen eigenen Nachkommen letztlich nicht mehr zu unterscheiden."

Miranda kämpfte mit den Tränen. Sie fühlte sich, als sei sie bestohlen worden. „Das Kind erfährt also unter Umständen nie, dass es adoptiert ist?"

„Das kann durchaus vorkommen, auch wenn Familientherapeuten und Pädagogen das für keine gute Lösung halten. Umso schlimmer, wenn es dann irgendwann doch herauskommt", erklärte C. Dwight. „Und das tut es immer."

Miranda schwieg.

„Wie auch immer – die korrigierte Geburtsurkunde ist auf jeden Fall diejenige, die das Adoptivkind während seines gesamten Lebens verwendet, sei es bei der Einschulung, der Heirat oder um einen Pass zu beantragen. Die ursprüngliche Geburtsurkunde wird zusammen mit den Adoptionsunterlagen versiegelt und behördlich aufbewahrt, wobei Sie damals eigentlich eine Kopie davon erhalten haben müssten. Zumindest hatten Sie das Recht darauf."

„Das heißt, es gibt nichts, was ich jetzt noch tun kann?", fragte Miranda, die sich plötzlich bewusst wurde, dass der Anwalt die Vergangenheitsform verwendet hatte.

„Sie sollten sich eventuell an einen Rechtsanwalt in Tennessee wenden, da dort sowohl das Kind geboren worden ist als auch die Adoption stattfand. Aber viel bringen wird es vermutlich nicht."

„Das heißt, es gibt keine Hoffnung?"

C. Dwight sah sie mit aufrichtigem Mitgefühl an. „Leider haben wir für diese Situation gesetzlich keinerlei Möglichkeiten. Selbst wenn Sie die ursprüngliche Geburtsurkunde vorweisen könnten, würde sich daran nichts ändern. In Tennessee ist allerdings gerade ein Gesetz verabschiedet worden, demzufolge adoptierte Kinder die Herausgabe ihrer ursprünglichen Geburtsurkunde beantragen können, sobald sie 21 sind."

„Aber bis dahin dauert es noch so furchtbar lang. Mein Kind ist erst elf." Miranda dachte einen Augenblick nach. „Allerdings bin ich über 21. Kann ich auch als Mutter den Antrag stellen, die Unterlagen einsehen und anschließend die Adoptiveltern kontaktieren? Möglicherweise durch eine Vermittlungsperson?"

Er schüttelte den Kopf. „Leider nein. Unglücklicherweise hängt alles vom Alter des Kindes ab. Es kann passieren, dass Sie als Mutter nie mehr erfahren, als die wenigen Angaben auf der ursprünglichen Geburtsurkunde. Es tut mir sehr leid," sagte C. Dwight. „Allerdings steht es Ihnen frei, sich beim *Department of Human Services* in Tennessee registrieren zu lassen. Wenn Ihr Kind volljährig ist, kann er oder sie dort einen Antrag stellen, um dann an die genauen Daten über ihre Person zu gelangen."

„Aber bis dahin vergeht noch so viel Zeit", sagte Miranda und kämpfte mit den Tränen. Für eine Minute saßen sie schweigend da.

„Ich könnte einen befreundeten Anwalt in Tennessee anrufen. Der könnte wiederum versuchen, eine gerichtliche Genehmigung zu erwirken, damit wir eine Kopie des Originals der Geburtsurkunde erhalten."

„Wie stehen die Chancen dafür?"

Er zuckte mit den Schultern. „Normalerweise benötigt man einen triftigen Grund."

„Haben Sie noch irgendeine andere Idee?", fragte Miranda, deren Stimme in dem großen Raum plötzlich klein und verloren klang.

Er faltete seine Hände hinter dem Kopf, lehnte sich zurück und sah nachdenklich hinauf zur Decke. „Sie könnten einen Privatdetektiv engagieren. Allerdings muss ich hinzufügen, dass sich so eine Sache lange hinziehen kann und wenig Aussicht auf Erfolg besteht."

Miranda schüttelte den Kopf. „Ich möchte eher unauffällig vorgehen", erwiderte sie. „Außerdem hätte ein Privatdetektiv auch keine bessere Ausgangslage als ich."

„Da haben Sie wahrscheinlich recht."

Miranda blinzelte und räusperte sich. „Was bin ich Ihnen schuldig?", fragte sie, während sie nach ihrer Handtasche griff.

C. Dwight hob abwehrend die Hand. „Sie schulden mir gar nichts. Es tut mir nur leid, dass ich nicht mehr für Sie tun konnte."

Miranda nickte und stand auf. „Ich danke Ihnen. Vielen Dank." Sie reichten einander zum Abschied die Hand, dann wandte Miranda sich um und ging.

Draußen war es unverändert schön. Die Vögel zwitscherten immer noch ihr Lied, doch wenn es nach Miranda gegangen wäre, hätte es ebenso gut regnen können. Sie ließ das Auto, wo es war und ging ein Stück zu Fuß. Nach kurzer Zeit fand sie sich an einer großen Kreuzung wieder, in deren vier Ecken jeweils eine riesige Kirche stand. Die Methodistenkirche St. James lag ihr am nächsten, sodass Miranda hinüberging und sich auf die weißen Marmorstufen setzte. Die Sonne schien und wärmte auf angenehme Weise den Stein und für einen kleinen Moment fühlte Miranda sich etwas besser. Sie griff in ihre Tasche und zog erneut das Bild aus dem Umschlag.

Das war ihr Kind. Miranda hatte in den letzten Tagen so oft in dieses Gesicht gesehen, dass sich ihr alle seine Merkmale eingeprägt hatten: Die dunklen Augen – Miranda konnte noch immer nicht genau sagen, ob sie blau oder braun waren –, das dunkle, kurze, leicht gelockte Haar und die runden, rosigen

Wangen. Doch wichtiger als alles andere war das Lachen. Ihr Baby sah glücklich und gut versorgt aus. Es schien ein gutes Zuhause zu haben und das hatte doch trotz allem anderen die größte Bedeutung.

„Habe ich doch richtig gesehen, dass hier draußen jemand sitzt."

Miranda fuhr erschrocken herum und sah einen Mann durch die Kirchentür treten und die Treppenstufen hinunterkommen. Er sah südländisch aus, war etwa fünfundsechzig Jahre alt, schlank, sportlich, hatte grau meliertes, dunkles Haar und einen Kinnbart. Gekleidet war er in Jeans und T-Shirt.

„Ich heiße Hector Ruiz", sagte er mit einem freundlichen Lächeln und streckte ihr die Hand entgegen. „Ich arbeite hier."

„Miranda DeSpain", sagte sie, während sie sich erhob, um ihm die Hand zu reichen. „Ich hoffe, es stört Sie nicht, wenn ich hier sitze."

„Bleiben Sie sitzen, ich bitte Sie", erwiderte er. „Das ist ein schönes Fleckchen, um die Sonne zu genießen. Hätten Sie etwas dagegen, wenn ich mich einen Augenblick zu Ihnen geselle?"

„Seien Sie mein Gast", sagte Miranda mit einem Lächeln. Er nickte und setzte sich, während Miranda das Bild wieder in den Umschlag steckte und es in ihrer Tasche verschwinden ließ. „Und was arbeiten Sie hier?"

„Ich bin der Pastor, aber heute kümmere ich mich um die Suppenküche. Als ich eben nur Ihren Hinterkopf sehen konnte, habe ich Sie im ersten Moment für jemand anderen gehalten." Er sah auf seine Uhr. „Aber es ist noch ein bisschen früh für sie." Er lächelte, ein sehr nettes, sanftes Lächeln, und Miranda fand ihn sofort sympathisch.

„Sie kennen die Gegend hier?", wollte er wissen.

Miranda nickte. „Ich komme eigentlich aus Nashville, aber ich bin in den letzten Jahren ziemlich viel rumgekommen."

„Und was tun Sie, wenn ich fragen darf?"

„Ganz unterschiedlich, mal dies, mal das“, sagte Miranda und streifte ihn mit einem flüchtigen Blick. Er sah sie interessiert an, schien aber intuitiv zu spüren, dass sie nicht noch mehr preisgeben wollte.

„Was führt sie ausgerechnet nach Abingdon?“

Miranda schluckte. Irgendwann würde sie anderen gegenüber diese Frage beantworten müssen, aber sie hatte nicht damit gerechnet, dass es so schnell dazu kommen würde. Sie blickte in seine warmen Augen und brachte es nicht über sich, ihn anzulügen. „Ich denke, ich sollte jetzt noch nicht darüber reden.“

Er neigte seinen Kopf ein Stück zur Seite. „Dagegen ist überhaupt nichts einzuwenden. Andererseits, wenn man über seine Sorgen spricht, findet man vielleicht jemanden, der einem weiterhilft. Auch wenn man das natürlich nie mit Sicherheit sagen kann.“

Damit hatte Miranda nicht gerechnet. Mit seiner Antwort hatte er den Nagel auf den Kopf getroffen. Genau das war ihr Dilemma. Sie musste irgendwie etwas herausbekommen und an neue Informationen gelangen und musste gleichzeitig ein Geheimnis bewahren. Wie sollte das funktionieren? Natürlich konnte sie das Risiko eingehen und sich jemandem anvertrauen. Miranda fühlte sich mit einem Mal wie vor einer riesigen Hängebrücke über einer abgrundtiefen Schlucht. Pastor Hector, dieser ihr vollkommen unbekannte Mann mit den freundlichen Augen, stand mitten auf der Brücke, winkte ihr aufmunternd zu und lud sie ein, ihm zu folgen. Miranda schüttelte unwillkürlich den Kopf. Sie war doch nicht verrückt. Der Pastor nickte.

„Sie haben vollkommen recht“, sagte er, obwohl Miranda kein einziges Wort gesagt hatte. „Sie haben keinen Grund, mir zu vertrauen.“

Miranda hätte seiner Aussage am liebsten sofort widersprochen. War sie verrückt? Dieses Verhalten war vermutlich genau das, was Mama immer als Mirandas eigenwilliges, widersprüchliches Wesen bezeichnet hatte. Sie schenkte ihm ein Lächeln voller Selbstironie. „Ich bin wirklich ein Prachtstück." Leicht verlegen schüttelte sie den Kopf. Sie wünschte, sie könnte diesen zweiflerischen Teil von sich auslöschen, der sie so sehr an ihre Mutter erinnerte. Sie hasste es, so misstrauisch zu sein.

„Das sind Sie mit Sicherheit", sagte Pastor Ruiz und holte Miranda mit seinen Worten in die Gegenwart zurück. „Sie sind sein Gedicht, sein Meisterstück."

Noch bevor Miranda nachfragen konnte, wen er eigentlich damit meinte, stand der freundliche Mann auf und klopfte flüchtig seine Hosen ab.

Er reichte ihr die Hand. „Nun denn, die Pflicht ruft wieder."

Miranda lächelte. Er erinnerte sie ein bisschen an einen spanischen Adligen, eine Art ritterlichen Don Quichotte, der gegen Windmühlen kämpfen würde, um sie zu verteidigen.

„Es war mir ein Vergnügen, Sie kennenzulernen, Miranda DeSpain. Ich hoffe, wir laufen uns bald wieder einmal über den Weg."

Miranda schüttelte seine Hand, nickte und sah ihm hinterher, als er im Inneren der Kirche verschwand. Fast wäre sie ihm gefolgt, doch im nächsten Moment runzelte Miranda die Stirn angesichts ihrer eigenen Dummheit. Wie konnte sie nur auf eine solche Idee kommen? Sie hatte eine Aufgabe zu lösen und die Antworten hierfür lägen mit Sicherheit nicht hinter diesen Türen.

Die Jobsuche nahm den Rest der Woche in Anspruch, wobei Mirandas Frustration von Tag zu Tag wuchs. Alle ihre Bemühungen liefen ins Leere. Am Sonntagnachmittag fühlte sie sich so einsam, dass sie Tante Bobbie anrief. Ihre Tante reagierte freundlich, aber sehr wortkarg. Ob sie womöglich bedauerte,

Miranda das Foto gegeben zu haben? Vielleicht bereute sie es auch, ein so heikles Thema auf den Tisch gebracht zu haben. Dennoch hörte ihre Tante aufmerksam zu, als Miranda von dem Gespräch mit dem Rechtsanwalt erzählte. Nein, von einer Geburtsurkunde wisse sie nichts, beteuerte sie anschließend.

„Ich habe dir alles gegeben, was ich gefunden habe“, sagte sie müde. „Aber da gibt es noch etwas, das ich dir sagen sollte.“

Tante Bobbies Stimme verriet ihre Anspannung, und Miranda fragte sich, wie viele derartige Überraschungen sie in Zukunft noch erwarten würden.

„Dein Daddy hat angerufen und sich nach dir erkundigt.“

Mirandas Herz setzte für einen Schlag aus.

„Wann?“ Ihre Stimme klang wie das Klagen eines Kindes.

„Kurz nachdem du aufgebrochen bist.“

„Warum hast du mich nicht angerufen?“, protestierte Miranda wütend und gab jegliche Zurückhaltung auf. Sie war es so leid, dass irgendwelche wohlmeinenden Menschen Dinge von ihr fernhielten und vor ihr verbargen.

„Ich weiß, das hätte ich tun sollen“, sagte Tante Bobbie, „aber er hat keine Nummer hinterlassen und auch nicht verraten, wo er sich aufhält. Ich dachte, es würde dich nur unnötig aufregen. Und offensichtlich hatte ich damit recht,“ fügte sie mit einem leisen Tadel hinzu.

„Hat er irgendetwas gesagt?“, fragte Miranda mit verzweifelter Stimme. Was für eine absurde Situation. Sie hatte ihre einzige Chance für eine persönliche Begegnung mit ihrem Vater verpasst, weil sie dem Phantom ihres eigenen Kindes hinterher jagte.

„Er wollte wissen, wie es dir geht. Anscheinend hat er sich Sorgen gemacht, weil er unter der Nummer deiner Mutter keinen Anschluss mehr erhielt. Es tat ihm sehr leid, von ihrem Tod zu hören und dass er ihr keine Blumen zur Beerdigung schicken konnte.“

Miranda atmete tief ein. „In Ordnung.“ Sie seufzte. Sie wusste, es gab nichts, was sie momentan tun konnte. Daddy war niemand, den man finden konnte. Wenn er soweit war und Kontakt wollte, würde er sie finden. Fürs Erste musste sie sich damit abfinden, dass sie eine Chance für ein Wiedersehen verpasst hatte und für die Zukunft darauf hoffen, ihm eines Tages wieder über den Weg zu laufen.

Miranda schlief schlecht in der darauffolgenden Nacht, und am Montagmorgen war ihre Stimmung bedrückter denn je. Eigentlich wollte sie ihre Suche fortsetzen, aber sie war vollkommen ratlos, was sie als nächstes tun sollte. Wo könnte sie am besten nach ihrem Kind Ausschau halten? Was sie brauchte, war ein Mensch, der sich auskannte. Einen Ansprechpartner. Jemand, der mitten im Leben von Abingdon stand.

19

Eden sauste die Green Spring Road auf ihrem neuen roten Fahrrad hinunter und fragte sich, was sie nur an all den Nachmittagen getan hätte, wenn Onkel Joseph es ihr nicht geschenkt hätte. Sie schauderte und machte ihr Rosenkohlgesicht. Allein schon bei dem Gedanken an die endlose Langeweile wurde ihr ganz anders. Mom hatte Grandma eine Liste mit den Dingen geschickt, die Eden zu Hause sonst so tat:

Als erstes der Ballettunterricht – *langweilig*, Schwimmunterricht – *ganz in Ordnung, aber was sollte sie da noch lernen, wenn sie doch schon Kraulen, Butterfly und Rückenschwimmen beherrschte und den Rettungsschwimmer eh erst mit sechzehn machen konnte?* Dann die Flötenstunde – *noch langweiliger*, Malunterricht – *gar nicht so schlecht. Zuletzt hatte sie gelernt, Dinge zu zeichnen, an die sie sich erinnern wollte,* Kreatives Schreiben – *sie musste zugeben, auch das war nicht übel.* Und natürlich der Geigenunterricht – *kotz, würg*. Und das alles nur, weil sie Mom auf die Nerven ging. Hauptsache Eden war beschäftigt! Das wusste sie, weil sie eines Abends eine Unterhaltung zwischen Mom und Dad mitangehört hatte. Mom hatte gesagt, sie sei so erschöpft und brauche etwas Zeit für sich selbst und sei deshalb auf der Suche nach einer weiteren Nachmittagsbeschäftigung für ihre Tochter. Bei der Erinnerung an jenen Abend hatte Eden einen dicken Kloß in der Kehle. Mom hatte auch nicht gewollt, dass Eden bei ihr und Dad in Minneapolis blieb. Als Eden daran dachte, warum sie die letzten vier Monate hier in Abingdon bei Grandma verbracht hatte, begannen ihre Augen zu brennen. Etwas Gutes hatte das Ganze allerdings, dachte sie, während der kühle Fahrtwind ihre Tränen trocknete. Onkel Joseph hatte mit Grandma gesprochen und jetzt hatte Eden keine anderen Termine mehr außer dem Geigenunterricht und in den Ferien fiel sogar der aus. Das absolut Tollste aber war, dass er ihr eines seiner Funkgeräte überlassen hatte, mit dem sie den Polizeifunk abhören konnte, wenn sie die richtige Frequenz einstellte. Falls sie also irgendein Verbrechen entdecken würde, könnte sie es augenblicklich melden!

Eden nahm die Füße von den Pedalen, stellte sie auf den Rahmen, breitete ihre Arme aus und schoss den Berg hinunter. In der Kurve legte sie die Hände wieder auf den Lenker, ihre Füße ließ sie jedoch oben und bewunderte ihre neuen roten Tennisschuhe. Ihre Jeans waren auch neu, doch die mussten erst noch ein paar Mal gewaschen werden, bevor sie richtig saßen. Mom hatte ihr zwei Kleider und drei Pullover mit den dazu passenden Hosen geschickt, aber Eden hatte Grandma angefleht, sie doch bitte, bitte Jeans tragen zu lassen. Grandma wollte sich nach Moms Anweisungen richten und hatte sich zunächst geweigert, aber dann hatte Onkel Joseph noch einmal mit Grandma unter vier Augen geredet und seitdem durfte Eden anziehen, was sie wollte. Heute trug sie ihre Lieblingssachen: Jeans, Tennisschuhe, eine rot-weiß gemusterte Bluse mit Pferdemotiven, das goldene Medaillon, das Dad ihr geschenkt hatte, und das Freundschaftsarmband von Riley Thompson. Die Pferdebluse war ihr absoluter Liebling. Onkel Joseph hatte sie ihr letztes Jahr zu Weihnachten geschickt. Von ihm hatte Eden auch die Uhr, die sie gerade trug. Eine richtige Smith & Wesson Polizeiuhr für Geheimeinsätze. Die Uhr war vollkommen schwarz, hatte ein Klettarmband und man konnte das leuchtende Zifferblatt sogar im Dunkeln lesen. In der Betriebsanleitung stand, dass die Uhr perfekt für Einsätze im Wasser oder für Abseilaktionen geeignet wäre. Der Clou aber war Edens neues Walkie-Talkie, das sie genau wie Onkel Joseph und seine Kollegen voller Stolz an ihrem Gürtel trug.

Das Einzige, was ihr jetzt noch zu ihrem Glück fehlte, war

ein Schulterhalfter. Sie hatte ein gebrauchtes im Vorratsraum des Polizeireviers entdeckt, wo auch das Büromaterial und alte Akten aufbewahrt wurden. Sie hatte es bereits in die Schublade ihres Schreibtischs auf dem Polizeirevier gelegt, und würde gleich nachher Onkel Joseph fragen, ob sie es haben durfte. Sie wusste noch nicht genau, was sie darin aufbewahren wollte, aber es würde ihr schon etwas einfallen.

Eden schüttelte ganz leicht ihren Kopf und spürte, wie der kühle Fahrtwind durch ihre Haare wehte. Dann stellte sie ihre Füße wieder auf die Pedale und bremste ab – direkt vor St. James. Sie sprang vom Rad und stellte es unter einen der gewaltigen Bäume auf dem Kirchengrundstück, löste ihr Funkgerät vom Gürtel und drückte den Sendeknopf.

„Bergwolf zwei an Bergwolf eins, bitte kommen."

Es knisterte und knackte aus dem Lautsprecher, dann ertönte Onkel Josephs Stimme: „Bergwolf zwei, hier ist Bergwolf eins. Wo befindest du dich? Kommen."

„Befinde mich an der Ecke von Main und Elm Street", sagte Eden und setzte sich auf die warmen Marmorstufen vor der Kirche.

„Verstanden, Bergwolf zwei. Grüß Pastor Hector von mir. Wir hören uns, wenn du beim nächsten Checkpoint bist. Kommen."

„Verstanden, Bergwolf eins. Ende." Eden befestigte das Funkgerät wieder an ihrem Gürtel, stand auf und betrat die Kirche.

Es sah alles so alt aus hier drinnen. Richtig alt. Es roch sogar alt. Eden warf einen Blick in den Altarraum, aber es war niemand zu sehen. Die Decke sah unglaublich hoch aus und dann die vielen verschiedenen bunten Glasfenster. Gerade schien die Sonne herein, sodass die Fenster wunderschön aufleuchteten. Alles war so friedlich und irgendwie richtig cool, aber heute wollte Eden nicht länger hier bleiben. Sie ging wieder nach draußen und um das Gebäude herum, wo die von Pastor Hector organisierte Kleider- und Essensausgabe für Hilfsbedürftige stattfand.

Eden spähte um die Ecke und benötigte einen weiteren Augenblick, bis sie ihn gefunden hatte, da Pastor Hector gerade auf dem Boden hinter einem Stapel mit Reissäcken kniete, die jemand gespendet hatte. Die Leute hatten immer irgendetwas für Pastor Hector abzugeben. Auf der Ladefläche seines Transporters befanden sich noch etliche Kisten mit Konservendosen und Säcke mit Kleidung. Wie sie wohl Pastor Hector auf einem der Steckbriefe auf dem Polizeirevier beschreiben würde? Eden überlegte. *Männliche Person. Etwa 1,75 m groß, schlank, kurzes, graues Haar mit Halbglatze, Bart, dunkle Augenbrauen. Trug zuletzt Jeans und ein rotes T-Shirt. Sachdienliche Hinweise zum Aufenthaltsort dieses Mannes bitte an die Polizei in Abingdon oder den Washington County Sheriff.*

„Sieh mal einer an", sagte Pastor Hector, als er sie entdeckte. „Ich hatte ja eigentlich gehofft, du würdest etwas früher hier sein, damit ich meinen Rücken ein bisschen schonen kann. Wie geht es dir?" Er erhob sich und befreite seine Knie vom Staub.

„Gut." Eden nahm seinen Platz ein und stapelte die restlichen Tüten übereinander, dann zog sie den nächsten Karton zu sich heran. Er enthielt verschiedene Bohnen und Erbsensorten, die Eden ordentlich getrennt in ein Regal einräumte, während Pastor Hector Kaffee und Kakao für sie beide zubereitete. Sie war gerade dabei, einige Konserven und Spaghettipäckchen zu verstauen, als ein Mann und eine Frau um die Ecke kamen. Pastor Hector gab ihnen zwei Tüten, die sie mit einigen Lebensmitteln, ein paar Kleidungsstücken und Babywindeln füllten. *Mann, ca. 1,65 m, 75 kg, dunkle Haare und Augen, Kinnbart. Tätowierung mit einer eingerollten Schlange auf rechten Unterarm. Frau, ca. 1,60 m, etwa 100 kg, blonde Haare, blaue Augen.*

„Dein Kakao ist fertig", rief Pastor Hector, als die beiden gegangen waren. „Hast du übrigens ein besonderes Anliegen, irgendetwas, das du erledigen willst?"

Eden warf dem Mann und der Frau einen letzten prüfenden

Blick hinterher, dann schüttelte sie den Kopf. „Nö, eigentlich nichts Besonderes“, antwortete sie und folgte ihm zu einem Tisch in der Ecke. Pastor Hector stellte einen Karton mit Thunfischkonserven auf den Fußboden und holte einen zweiten Stuhl aus dem Lagerraum. Eden nippte schon einmal an ihrem Kakao. „Aaaah,“ sagte sie, genau wie Onkel Joseph es immer tat, wenn er den ersten Schluck von seinem Kaffee trank.

„Ist er so, wie du ihn magst? Ich habe drei Löffel Kakao hineingetan.“

„Der ist prima“, antwortete Eden und nahm einen weiteren Schluck. Er tat es ihr nach und für eine Weile saßen sie schweigend und friedlich nebeneinander, bis Eden ihr Notizbuch hervorzog.

„Ist irgendwas passiert, was ich wissen sollte?“, fragte Hector und deutete mit dem Kopf auf die Notizen, die sich Eden gestern bei ihrer Runde durch die Stadt gemacht hatte.

Sie überflog ihre Aufzeichnungen. „Na ja, irgendjemand hat in Clyde Turners Heißluftballon ein Loch gestochen.“

„In den, in dem er Rundflüge für die Touristen anbietet oder in seinen Wetterballon aus dem Zweiten Weltkrieg?“

„In den Touristenballon. Am Sonntagmorgen, während er im Gottesdienst war. Erst haben sie mit einem Messer ein Loch reingestochen und dann den Stoff weiter eingerissen.

Pastor Hector schüttelte den Kopf. „Na so was!“

Eden nickte. „Ich glaube, es war Harvey Winthrop.“

„Harvey? Warum um alles in der Welt sollte er so etwas tun?“

„Na ja, er bietet doch die Fahrten mit der Pferdekutsche an, und die meisten Leute haben nicht genug Geld, um sich eine Fahrt mit der Kutsche und dann noch eine mit dem Ballon zu leisten.“

Pastor Hector nickte nachdenklich. Das war eine der Sachen, die Eden an ihm mochte: Sie musste nie viele Worte machen. Er begriff immer schnell, worauf sie hinauswollte.

„Natürlich, verstehe. Sein Motiv wäre es sozusagen, die Konkurrenz auszubremsen, um so einen Vorteil im Wettbewerb zu erringen."

Eden verstand nicht genau, was seine Worte bedeuteten, aber sie war sich sicher, dass ihr Freund wusste, wovon er sprach und die richtigen Schlüsse zog, deshalb nickte sie zustimmend. „Ich werde Harvey Winthrops Alibi überprüfen. Er behauptet, im Gottesdienst gewesen zu sein."

Pastor Hector hob eine Augenbraue und schüttelte den Kopf. „Er ist Baptist. Ich kann dir also nicht sagen, ob er im Gottesdienst war."

Eden machte sich eine Notiz.

„Was hast du sonst noch?", fragte er.

„Robert Jacobs ist wegen Trunkenheit und Erregung öffentlichen Ärgernisses festgenommen worden. Er hat vor dem Waschsalon randaliert und wie ein Wolf geheult. Als Cletus Turner ihn davon abhalten wollte, hat Jacobs ihn gebissen. Wenn nicht inzwischen jemand die Kaution für ihn hinterlegt hat, müsste er immer noch in der Arrestzelle sitzen."

Pastor Hector sagte nichts zu alledem, sondern zog nur erneut seine Augenbraue in die Höhe und nahm einen weiteren Schluck von seinem Kaffee. „Faszinierend."

Eden blätterte in ihrem Notizbuch. „Das ist alles seit gestern, außer dass Elna vom *Hasty Taste* sich am Rücken operieren lassen muss. Bandscheibenvorfall."

Darauf nahm auch Hector seinen Kalender und einen Kugelschreiber zur Hand und machte sich eine Notiz. „Danke für die Information", sagte er. „Ich werde sie anrufen, sie gehört nämlich zu meiner Gemeinde."

„Der Termin ist am nächsten Dienstag. Sie geht ins Krankenhaus nach Bristol, weil ihre Tochter da wohnt. Drei Monate wird sie nicht arbeiten können."

„Tatsächlich?" Er schüttelte teilnahmsvoll den Kopf.

„Ich denke, das war's sonst", sagte Eden. „Haben Sie noch irgendwelche Informationen für mich?"

Er räusperte sich und beugte sich nach vorn. „Ich habe tatsächlich etwas gehört."

Eden nahm ihren Stift, bei dem sie die Farben wechseln konnte, in die Hand und drückte die grüne Mine heraus. Grün stand für Pastor Hector, schwarz für Pater Leonard von den Katholiken, Pastor Annenberg von den Presbyterianern war rot, und das Blau war eigentlich für Pater Stallworth von der Episkopal-Kirche reserviert, aber der erzählte ihr einfach nichts. Zweimal hatte sie versucht, ganz freundlich mit ihm Kontakt aufzunehmen, er aber hatte sie nur aus seinen alten Augen etwas irritiert angesehen und Eden gefragt, ob er ihr irgendwie helfen könne. Deshalb hatte sich Eden stattdessen mit Roy, dem Hausmeister, und Sue, der Sekretärin, angefreundet, die ihr nun hin und wieder einen Tipp geben konnten. „Okay", sagte sie. „Ich bin so weit. Legen Sie los."

„Vielleicht ist es nicht das, worauf du normalerweise aus bist, aber du kennst doch Frank Applegate, der oben in der White Mountain Road wohnt."

Eden nickte.

„Nun, seine jüngste Tochter hat gerade ihr Studium in Sweetbrier angefangen."

Eden sah zu Pastor Hector, dann wieder auf ihren Block und machte sich schließlich ein paar Notizen, damit nicht etwa die Gefühle des Pastors verletzt wären. „Okey-dokey."

Er räusperte sich noch einmal. „Ich erzähle dir das nur, weil die Tochter – ich glaube, sie heißt Susannah – ein Pferd besitzt, das sie natürlich zu Hause lassen musste. Ich kenne mich da nicht so aus, aber Frank erwähnte beiläufig, dass er deshalb ein wenig in der Klemme sitzt. Pferde brauchen Bewegung, aber er und seine Frau sind einfach zu alt dafür. Wie auch immer, ich dachte jedenfalls, es könnte dich vielleicht interessieren."

In Edens Kopf begann es zu rattern. Auf einmal boten sich ihr ganz andere Möglichkeiten! „Applegate?" Sie schrieb den Namen in Großbuchstaben in ihr Notizbuch und setzte ein Ausrufezeichen dahinter.

„Genau, Frank Applegate. White Mountain Road. Ein großes, weißes Haus mit einem Lattenzaun. Ich denke, dein Onkel wird wissen, wie er ihn erreichen kann."

Ihr Onkel! Eden sah auf ihre Uhr. „Ich muss los. Danke für den Kakao – und für den Tipp."

„Keine Ursache. Immer gern."

Er hielt ihr seine Hand mit der Fläche nach oben entgegen und Eden schlug ein. Dann hakten sie ihre Finger ineinander. „Freunde für immer", sagten sie gleichzeitig, und dann lief sie los, zwei Stufen auf einmal nehmend. Bevor sie weiterfuhr, machte sie schnell noch ihre verabredete Meldung bei Onkel Joseph.

Bei den Katholiken war nicht viel zu holen. Pater Leonard hatte heute Telefondienst, weil Maud Lucy, seine Sekretärin, wegen ihres kranken Babys zu Hause bleiben musste. Er war deshalb nicht besonders gut gelaunt, und Eden hielt sich erst gar nicht lange auf. So war er nun mal – an manchen Tagen ein alter Brummbär und an anderen wieder richtig nett. Sie machte sich eine Notiz wegen Mauds Baby und fuhr weiter zur Episkopalkirche.

Eden konnte ihr Glück kaum fassen: Pater Stallworth war heute nicht da, aber dafür tagte gerade der Frauenkreis. Sie setzte sich unter ein Fenster in der Nähe der Küche und erfuhr so einiges. Der Pastor von der Soda Springs Baptist Church war entlassen worden und Bernadette Jacobs war dabei, sich von ihrem Mann zu trennen. Eden horchte auf und blätterte ein paar Seiten zurück zu ihrer Notiz über Robert Jacobs und seiner Verhaftung wegen Trunkenheit. Vermutlich saß er noch immer in der Arrestzelle – es sei denn, er hatte inzwischen seine Mutter überredet, eine Kaution zu hinterlegen. Andererseits wusste jeder, dass sich die Ärmste so etwas eigentlich sowieso nicht leisten konnte. Eden machte sich noch einige Notizen, dann ging sie zurück zu ihrem Fahrrad. Sie musste noch zum Postamt und um vier sollte sie auf dem Polizeirevier sein, wo sie ein neuer Stapel mit Steckbriefen und die Ablage von den Festnahme-Berichten erwarteten. Doch stattdessen wendete Eden ihr Fahrrad und fuhr in die entgegengesetzte Richtung – hin zur White Mountain Road mit dem großen, weißen Haus mit dem Lattenzaun drumherum und dem Pferd, das bewegt werden musste.

Sie kam gut voran und war schon fast am Ziel, als sie erneut auf ihre Uhr sah. Es wäre bald wieder Zeit, sich zu melden, aber Eden hatte keine Lust, Onkel Joseph auf die Nase zu binden, wo sie gerade steckte. Sie sollte eigentlich nirgendwo hinfahren, wenn es nicht auf ihrer Liste stand. Sie trat fester in die Pedale.

Eden entdeckte den dicken Ast auf der Straße erst, als sie mit ihm zusammenstieß, doch da wurde sie bereits aus dem Sattel geschleudert und flog über die Lenkerstange. Das nächste, was sie wahrnahm, war die Straße unter ihrem Gesicht. Sie lag mitten auf dem Weg, Schotter und Splitt bohrten sich in ihre Wange und ihre Handflächen, aber sie konnte weder atmen noch weinen. Da hörte Eden plötzlich Rufe und näherkommende Schritte, und dann half ihr jemand dabei, sich aufzusetzen. Es war ein Junge mit blauen Augen und einem Gesicht voller Sommersprossen – genau wie sie. Er hatte die rötesten Haare, die Eden jemals gesehen hatte und kniete mit sehr besorgtem Gesichtsausdruck neben ihr.

20

„Du hättest dir fast das Genick gebrochen“, sagte der Junge.

Eden fühlte sich, als hätte sie einen heftigen Schlag in die Magengrube bekommen. Sie hustete und schnappte mühsam nach Luft. Normalerweise hätte sie jetzt geweint, aber nicht in der Gegenwart dieses fremden Jungen, der neben ihr hockte und sie beobachtete.

Sie beugte sich nach vorn und konzentrierte sich darauf zu atmen. Die Tränen, die in ihren Augen brannten und ihre laufende Nase ignorierte sie. Der Junge hob in der Zwischenzeit ihr Fahrrad auf und schob es an den Straßenrand. Dann kam er zu ihr zurück und streckte ihr die Hand entgegen, doch Eden schüttelte den Kopf. Sie hoffte nur, sie müsste sich nicht übergeben – hier, mitten auf der Straße, vor diesem Jungen.

„Du solltest lieber aufstehen, bevor ein Auto kommt und dich über den Haufen fährt“, sagte er und reichte ihr noch einmal die Hand, doch Eden ignorierte sie. Stattdessen begann sie vorsichtig, ihre Arme und Beine zu bewegen, um zu überprüfen, ob irgendetwas gebrochen war. Noch immer keuchend stand sie schließlich ohne seine Hilfe auf und befreite ihre brennenden Handflächen vom Splitt. Sie würde nicht weinen! Sie würde auf keinen Fall weinen!

„Du blutest im Gesicht, ganz schön sogar.“ Er sah sie fast bewundernd an.

Unwillkürlich berührte Eden ihre schmerzende Wange und spürte das klebrige Blut an ihrer Hand. Panik stieg in ihr auf. Grandma würde ausrasten und diesmal wäre es egal, was Onkel Joseph zu der ganzen Sache sagen würde. Bestimmt würde sie bis auf Weiteres ihre Nachmittage damit verbringen müssen, zu Hause herumzusitzen und alberne Nachmittagsserien zu gucken oder Plätzchen zu backen.

„Blöder Ast!“, rief Eden und verpasste dem Grund ihres Unglücks einen so heftigen Tritt, dass er davonflog. „Blöder Ast! Blöder Ast!“ Wieder und wieder trat sie danach. Die Bewunderung des Jungen für Eden schien noch zu wachsen.

„So kann ich unmöglich nach Hause gehen“, sagte sie, und klang plötzlich genauso verzweifelt wie sie sich fühlte.

Nachdenklich stand der Junge für einen Augenblick da und kaute auf seiner Unterlippe. „Du könntest mit zu uns kommen und dich saubermachen. Mein Dad hätte bestimmt nichts dagegen.“

Eden überlegte. Wenn sie nun darauf einging? Sie wusste, es wäre gegen die Regeln. Sie durfte auf keinen Fall mit Fremden mitgehen. Doch der Junge führte bestimmt nichts im Schilde, sonst hätte er sich ihr gegenüber anders verhalten. Außerdem stand für sie eine Menge auf dem Spiel. Eden überprüfte ihre Uhr. Sie tickte wie gewohnt leise vor sich hin. Das Funkgerät funktionierte noch. Eilig hob Eden ihr Notizbuch auf, das fast im Straßengraben lag, und befreite es vom Schmutz. Das Fahrrad hatte zwar ein paar Kratzer abbekommen und ihre Bluse hatte ein kleines Loch, aber sonst war nichts kaputt gegangen. Vielleicht würde Grandma ja doch nichts von alledem bemerken, wenn sie irgendwo das Blut abwaschen könnte.

„In Ordnung“, sagte Eden. „Wo ist es?“

„Komm mit“, sagte der fremde Junge und ging los in Richtung Wald. Eden blickte auf ihr Fahrrad und dann auf den gewundenen Waldweg.

Als er merkte, dass sie ihm nicht folgte, blieb der Junge nach wenigen Schritten stehen. Fragend drehte er sich nach ihr um. „Du kannst es hier verstecken“, sagte er schließlich zu Eden und wies auf ein dichtes Brombeergestrüpp.

Für einen Moment überlegte Eden, ob das Ganze nicht doch ein Trick war. Vielleicht arbeitete er ja mit jemand anderem zusammen? Der Junge warf die Äste auf die Fahrbahn, und wenn dann ein Opfer stürzte, bot er demjenigen seine Hilfe an und lockte ihn weg, während der Komplize sich das abgestellte Fahrrad holte. Voller Misstrauen sah Eden sich um, aber sie konnte nichts Auffälliges entdecken. Lediglich eine leichte Brise wehte durch die jungen Blätter der Bäume und strich durch das hohe Gras. Da fiel ein Tropfen Blut von Edens Gesicht auf ihren Arm herab und erinnerte sie wieder an ihr Problem.

„In Ordnung", sagte sie schließlich. Sie setzten sich in Bewegung. Für eine Weile liefen sie schweigend nebeneinanderher, bis Eden irgendwann fragte: „Wo ist denn nun euer Haus?"

„Hinter der nächsten Anhöhe. Und es ist eigentlich kein Haus, sondern ein Wohnwagen."

Und dann sah sie, was er meinte. Im Schatten von ein paar Bäumen stand ein silberner Wohnwagen, der an einen neuen, grünen Geländewagen gekuppelt war. Vor dem Anhänger brannte ein Feuer, und auf dem Rost darüber stand eine Kaffeekanne aus Metall. Links und rechts vom Feuer standen zwei Campingstühle und vor dem Eingang zum Wohnwagen lag sogar eine Fußmatte. Die Tür des Caravans stand offen, und aus seinem Inneren ertönte Country-Musik, zu der jemand sang – allerdings nicht besonders gut.

„Das ist Dad", sagte der Junge und grinste verlegen.

„Ich weiß eigentlich gar nicht, wer ihr überhaupt seid", meinte Eden vorwurfsvoll.

„Dich kenne ich ja auch nicht", gab er zurück.

Eden wollte gerade etwas erwidern, als der Vater des Jungen aus dem Wagen trat. Sie betrachtete ihn mit einem prüfenden Blick.

Männlicher Weißer, dunkelbraunes Haar mit grauen Strähnen, ca. 1,80 m, mittlere Statur, keine besonderen Merkmale oder Tattoos, blaue Arbeitshose, weißes T-Shirt.

Er stutzte, als er Eden bemerkte, und musterte sie einen Augenblick. „Na so was „, sagte er schließlich und lächelte freundlich. „Wen haben wir denn da? Eine junge Dame in Nöten."

„Ich bin Eden", sagte sie, ohne auf die Bemerkung mit der jungen Dame einzugehen. „Eden Williams."

„Nett, dich kennenzulernen, Eden Williams", sagte der Mann. Er deutete eine Verbeugung an. „Ich heiße Johnny. Und du, Sohn", er gab dem Jungen, der schweigend neben ihm stand, einen Schubs, „steh nicht so dumm rum. Benimm dich. Sag der jungen Lady deinen Namen."

Der Junge verbeugte sich nicht. Stattdessen blickte er verlegen zu Boden und begann, mit seiner Schuhspitze auf der Erde zu zeichnen. „Ich heiße Grady", murmelte er so leise, dass Eden ihn kaum verstand. „Grady Adair."

21

Joseph blickte besorgt auf die Uhr. Er war bereits seit einer Stunde wieder auf der Polizeiwache und Eden hatte sich während der ganzen Zeit noch nicht gemeldet. Einen Kontakttermin hatte sie bereits versäumt und der nächste wäre schon in wenigen Minuten fällig.

Er ging hinüber zur Funkzentrale, wo seine Kollegin Loni gerade telefonierte.

„Hat Eden angerufen?“ fragte er sie flüsternd, doch Loni schüttelte nur den Kopf, ohne ihr Gespräch zu unterbrechen.

Joseph ging zurück in die Eingangshalle und blickte nachdenklich durch die großen Glastüren nach draußen. Seine Mutter konnte er auf keinen Fall anrufen. Sie würde sich nur unnötig aufregen. Wahrscheinlich würde er sich einfach selbst auf den Weg machen müssen, um Eden zu finden. Bestimmt fand er sie drüben auf dem Postamt, wo sie sich die aktuellen Steckbriefe einzuprägen versuchte. Vielleicht war sie aber auch an der Bushaltestelle und befragte Floyd, ob einer von den zehn meistgesuchtesten Verbrechern vorbeigefahren wäre. Unwillkürlich lächelte Joseph. Eden war wirklich ein Draufgänger. Nun, er würde sie schon finden und nach Hause bringen. Ihm selbst täte eine Pause an der frischen Luft auf jeden Fall gut. Den Großteil der letzten Stunde hatte er damit verbracht, zusammen mit Henry die Polizeiberichte über die Gaunereien der reisenden Händler und Handwerker durchzugehen, wodurch sein Blutdruck von Minute zu Minute gestiegen war. Joseph meldete sich bei seinem Kollegen ab und trat dann durch die Türen nach draußen. Endlich einmal tief durchatmen! Er sah sich um. Was für ein wunderschöner Tag. Die Bäume begannen auszuschlagen, die frische Luft war angenehm kühl, das Gras zart und hellgrün und die Sonne tauchte alles in ein heiteres Licht. Er sah hinauf zu den Bergen. Der Frühling war tatsächlich da. Joseph spürte förmlich, wie es ihn hinaus ins Freie zog. Ob er vielleicht am Wochenende endlich einmal Zeit finden würde, ein wenig zu wandern und sich zu bewegen? Nach dem nicht enden wollenden Winter fühlte er sich fast ein wenig eingerostet. Seine Muskeln benötigten dringend Bewegung.

Vollkommen unvermittelt musste er an seinen Bruder David denken und dieser Gedanke erfüllte Joseph mit einer Mischung aus Traurigkeit und schlechtem Gewissen. David würde vermutlich nie wieder in klarer Frühlingsluft einen Berg besteigen oder mit anderen um die Wette laufen können. Angesichts seiner eigenen Fitness und Leistungsfähigkeit fühlte Joseph sich schuldig – und weil er sich so sehr von seinem Bruder zurückzog und weiterhin auf Distanz ging.

Inzwischen war es Mitte April, aber seit seinem ersten Besuch im Krankenhaus direkt nach dem Unfall hatte er David nicht mehr gesehen. Natürlich hatte Joseph mehrmals angerufen und auch immer wieder über Sarah Grüße an David bestellt, doch die wenigen Unterhaltungen der Brüder am Telefon verliefen insgesamt eher ungeschickt und schwerfällig. Schleppend am Anfang, stockend in der Mitte und abrupt am Ende – und dazwischen immer wieder endlose Stille und peinliches Schweigen. Vermutlich ließen sich zehn Jahre Feindseligkeit nicht einfach so durch ein paar teilnahmsvolle Anrufe wiedergutmachen, dachte Joseph.

Er hätte hinfahren sollen. Selbst jetzt könnte er immer noch fahren und Joseph schämte sich dafür, dass er es trotzdem nicht tun würde. Aber am Bett seines Bruders zu stehen und über Nichtigkeiten zu sprechen, anstatt das schon so lange ausstehende, klärende Gespräch mit ihm zu führen – allein die Vorstellung war Joseph zuwider. Und jetzt würde es sowieso auf keinen

Fall dazu kommen, denn wie könnte man jemandem Vorwürfe machen, der sich in Davids Situation befand? Wie sollte er seinen Bruder zur Rede stellen und damit zu dessen Leiden noch neue hinzufügen? Also hielt Joseph den Mund und biss die Zähne zusammen. David würde zur Rehabilitation nach Abingdon kommen und Joseph würde nett und freundlich zu seinem erholungsbedürftigen Bruder sein. Dann, nach einiger Zeit, ginge David zusammen mit seiner Familie wieder zurück nach Fairfax und Joseph würde wieder sein eigenes, gewohntes Leben führen.

Seine Überlegungen machten ihn gereizt und unsicher. Kein guter Zustand, um sich auf die Suche nach Eden zu begeben. Ihr Schweigen am Funkgerät belastete Joseph mehr, als er im ersten Moment gedacht hatte – vor allem angesichts der Tatsache, dass es ja nicht das erste Mal war, dass Eden spurlos verschwand.

Er nahm sein Funkgerät und versuchte erneut, sie zu erreichen.

„Bergwolf eins an Bergwolf zwei – bitte kommen."

Nur ein Rauschen kam als Antwort. Sie musste ihr Funkgerät abgeschaltet haben. „Bergwolf zwei, hier spricht Bergwolf eins. Bist du da?"

Schweigen.

Mit dem Auto fuhr er in die Stadt und parkte schließlich vor St. James. Durch eine Seitentür betrat er das Gebäude. Hector war heute mit der Tafel beschäftigt, bestimmt wäre er noch hier. Der Pastor, der in seine Bestandslisten vertieft war, blickte Joseph zunächst mit einem Ausdruck freudiger Überraschung an, doch als er das besorgte Gesicht des Polizisten sah, veränderte sich seine Miene. „O-o, wie lange hat sie sich nicht gemeldet?"

„Zwei Checkpoints", antwortete Joseph.

Hector schüttelte den Kopf und sah auf die Uhr. „Vor einer Stunde ist sie hier weg. Ich nehme an, sie wollte anschließend rüber zu St. John."

„Dort frage ich als nächstes nach", sagte Joseph.

Pastor Hektor grinste. „Sie ist einsame Spitze, soviel steht fest."

Die Bemerkung brachte Joseph zum Lächeln, selbst wenn es ein etwas widerwilliges war. „Das ist sie."

„Wahrscheinlich ist sie irgendeiner Story auf der Spur und verfolgt gerade einige brisante Hinweise."

„Genau das ist es ja, was mir Sorgen macht", wandte Joseph ein. „Sie ist ein gutes Mädchen, aber manchmal macht sie mir wirklich Angst. Sie würde ihrer Fantasie überall hin folgen und ich befürchte, am Ende gerät sie dadurch noch in irgendwelche Schwierigkeiten."

„Ich weiß, was du meinst", sagte Hector mit ernster Miene. „Ach übrigens", fuhr er fort, und Joseph, der wusste, was jetzt kommen würde, verkrampfte sich innerlich. „Wie geht es David?"

„Immer dasselbe: mal besser, mal schlechter."

Hector nickte nüchtern und sagte nichts mehr, als Joseph sich umwandte und ging.

St. John war vollkommen verwaist. Das Büro war dunkel, die Tür verschlossen, Pater Stallworth war anscheinend schon nach Hause gegangen und der Frauenkreis traf sich erst morgen wieder.

Joseph fuhr langsam weiter, doch nirgends konnte er Edens Rad entdecken. Gerade war er so weit, doch noch seine Mutter anzurufen, als sein Handy zu klingeln begann. Nachdem er es aufgeklappt hatte, konnte er *St. James Methodist* auf dem Display lesen.

„Hast du sie gefunden?", fragte Hector mit besorgter Stimme.

„Noch nicht."

„Mir ist noch etwas eingefallen. Ich habe ihr davon erzählt, dass Susannah Applegate aufs College gegangen ist und ihr Pferd deshalb Bewegung braucht. Ich würde mich nicht wundern, wenn Eden auf direktem Weg dorthin gefahren ist. Bitte entschuldige", sagte Hector. „Ich hätte das zuerst mit dir abklären sollen."

„Kein Problem", antwortete Joseph. „Danke für den Hinweis. Ich werde das gleich überprüfen." Er wendete seinen Wagen und fuhr in Richtung White Mountain Road. Zwischendurch unternahm er einen weiteren Versuch, Eden über Funk zu erreichen, auch wenn seine größte Besorgnis sich erst einmal ein wenig gelegt hatte – jetzt, da er wusste, wo sie sich vermutlich aufhielt. Mit Sicherheit würde er Eden am Zaun von Frank Applegate's Pferdekoppel vorfinden, damit beschäftigt, Susannahs Pferd anzuschmachten. Nun, jedes Mädchen hätte gern ein eigenes Pferd, oder? Die nächsten Minuten verbrachte Joseph mit dem erheiternden Gedankenspiel, was seine Mutter wohl zu einem grasenden Rassepferd im Garten hinter ihrer Frühstückspension sagen würde.

An der Applegate Farm angelangt, konnte er jedoch keine Spur von Eden entdecken. Joseph fuhr den Schotterweg zum Haus hinauf und sprach kurz mit Mrs Applegate. Sie war den ganzen Nachmittag zuhause gewesen und hatte niemanden kommen oder gehen gesehen. Er bedankte sich und brach wieder auf. Jetzt machte er sich wirklich Sorgen.

„Bergwolf eins an Bergwolf zwei – bitte kommen."

Noch immer nichts.

Er rief seine Mutter an und versetzte sie in Angst und Schrecken, versuchte erneut, Eden auf dem Walkie-Talkie zu erreichen und fuhr schließlich im Schneckentempo die Straße entlang. Gerade dachte er darüber nach, wie er weiter vorgehen könnte, als rechts von ihm hinter einem Brombeerstrauch etwas rot aufblitzte. Sein Herz begann zu rasen und das Blut rauschte in seinen Ohren. Joseph hielt an, parkte den Wagen und raste hinüber zu dem Gestrüpp.

Es war das Fahrrad, das er ihr gekauft hatte. Er ging in die Hocke, um es genauer anzusehen, wobei er sorgfältig vermied, irgendetwas zu berühren oder zu verändern. Da waren Kratzer im Lack! Joseph erhob sich und spürte, wie seine Panik dem kühlen Sachverstand des Polizisten wich. Für Gefühle wäre später wieder Zeit, jetzt musste er sich erst einmal konzentrieren. Mit nüchterner Distanz sah er sich um und machte sich ein Bild von der Lage, wobei er trotz alledem die Bezeichnung „Tatort“ bewusst vermied. Jemanden zu verfolgen oder aufzuspüren hatte etwas von einem Puzzle. Jedes Lebewesen, ob Mensch oder Tier, hinterließ Spuren. Diese galt es zu finden, zu begutachten und zu sortieren. Joseph drehte sich einmal um 360° und scannte die Umgebung rund um das Fahrrad mit seinen Augen. Dort war ein halber Fußabdruck. Allerdings handelte es sich hierbei ganz eindeutig um den Profilabdruck eines Wanderschuhs. Eden trug jedoch ihre neuen Tennisschuhe, und die Ferse des Abdrucks war außerdem viel zu breit für Edens kleine Füße. Bei der Erinnerung an ihr strahlendes Gesicht, als er ihr die Schuhe gekauft hatte, musste Joseph unwillkürlich schlucken. Eilig schob er die aufsteigenden Gefühle beiseite und verfolgte stattdessen konzentriert die Spur der Abdrücke auf dem Boden.

Wer auch immer das Fahrrad hinter dem Brombeerstrauch abgelegt hatte, es war auf jeden Fall nicht Eden gewesen. Ihre Fußabdrücke fand er ein paar Schritte davon entfernt im weichen Erdboden am Straßenrand. Zusammen mit den anderen Spuren führten sie direkt in den Wald hinein. Doch was war das? Joseph hielt abrupt an und beugte sich nach vorn. Hoffentlich lag er falsch mit seinem Verdacht. Vorsichtig begutachtete er das Blatt an der Seite der Straße. Es war tatsächlich Blut. Frisches Blut. Josephs Puls schlug schneller. Am liebsten wäre er sofort in den Wald gestürzt, doch dann besann er sich. Er musste ruhig bleiben und überlegt handeln.

Er nahm sein Funkgerät zur Hand, um Verstärkung und einen Krankenwagen anzufordern, doch noch bevor Joseph die Ruftaste seines Walkie-Talkies drücken konnte, ertönte Edens Stimme so klar und deutlich aus dem Lautsprecher, als stünde sie direkt neben ihm. „Bergwolf eins, hier ist Bergwolf zwei, bitte melden.“

„Eden! Wo steckst du?“, rief er ohne ihre üblichen Spielereien, wobei sich seine Erleichterung schnell in Ärger verwandelte.

Und dann sah er sie zwischen den Bäumen hervortreten, ganz in seiner Nähe. „Ich bin hier“, sagte sie mit beklommener Miene und ließ das Funkgerät sinken.

„Was ist passiert? Ich bin vor Angst fast verrückt geworden!“, rief er, während er auf sie zulief. „Ich hätte beinahe gerade die Hundestaffel angefordert. Was ist das für eine Wunde in deinem Gesicht? Geht es dir gut? Wer war bei dir?“ Er dachte an die zweite Fußspur und bemerkte außerdem, dass Eden sich verstohlen nach etwas umsah, um ihm direkt danach trotzig in die Augen zu blicken. Einen solchen Blick hatte er doch erst vor Kurzem gesehen? Natürlich, dachte Joseph und erinnerte sich plötzlich an die Fremde, der er vor Kurzem mit 15 Kilometern pro Stunde über die Landstraße in die Stadt gefolgt war. Reue war offensichtlich für beide ein Fremdwort.

„Also, was ist? Rede gefälligst mit mir!“

Eden starrte auf ihre Schuhe. „Ich bin vom Rad gefallen.“

Joseph musterte sie prüfend. Die Kratzer und Verletzungen in ihrem Gesicht schienen gereinigt und versorgt worden zu sein. Edens Bluse, die am Ärmel einen Riss hatte, war an mehreren Stellen nass, die aber noch immer rötlich schimmerten. Offensichtlich hatte sie das Blut auswaschen wollen. Er griff nach ihren Händen. Beide wiesen Abschürfungen auf, waren aber ebenfalls gereinigt worden.

„Du bist einfach so vom Rad gefallen?“

„Da lag ein Ast auf der Straße.“

„Und dann?“

Sie presste die Lippen zusammen.

„Wo bist du dann hingegangen? Wer war bei dir?“

„Nirgendwohin.“ Trotzig schob Eden ihr Kinn nach vorn. „Und niemand war da.“ Und dann schloss sie ihren Mund – und so würde es bleiben, dachte Joseph resigniert.

„Jetzt komm schon." Er ging mit ihr zum Brombeerstrauch hinüber, wo Eden ihr Fahrrad hervorholte, und dann weiter zum Wagen, wo er sich in Erinnerung rufen musste, dass sie nicht die Tatverdächtige in einem Verbrechen war. Sie war nur ein Kind, das nicht zum verabredeten Zeitpunkt erschienen war und gelogen hatte. „Komm spring rein", sagte er und hielt ihr die Beifahrertür auf. „Ich packe dein Rad in den Kofferraum."

Schweigend fuhren sie nach Hause. Seine Mutter stand bereits auf der Veranda und begrüßte Eden mit einem Schwall aus Vorwürfen und Trostworten, kaum dass Joseph den Motor ausgeschaltet hatte. Er war nicht in der Stimmung, irgendwelche Fragen zu beantworten, sodass er lediglich schweigend das Fahrrad auslud, die Hand zum Gruß hob und wieder einstieg. Im Rückspiegel sah er noch, wie seine Mutter Edens Arm mit eisernem Griff umfasste.

Allerdings kehrte Joseph nicht aufs Revier zurück. Stattdessen fuhr er langsam die Straße entlang bis zu der Stelle, an der er Eden gefunden hatte.

Er folgte ihrer Spur in umgekehrter Richtung bis zum Waldrand. Ganz offensichtlich hatte jemand Eden bis dorthin begleitet. Wer immer Mr oder Mrs Wanderstiefel war, er oder sie hatte Eden erst dort hingebracht und war anschließend wieder zurückgekehrt. Und aus diesen Abdrücken konnte man eindeutig schließen, dass der oder die Betreffende gerannt war.

Joseph folgte der Spur etwa 400 Meter, bis der Wald in ein Feld überging. Das Land gehörte Amos Schwartz, aber Joseph konnte sich nicht vorstellen, dass ein schlichter Amisch-Farmer wie Amos solche Wanderstiefel trug. Dort, wo der Wald sich lichtete, waren Reifenspuren von einem größeren Fahrzeug mit Anhänger zu sehen und an mehreren Stellen war das Gras heruntergetreten. Man musste kein geübter Spurenleser sein, um zu erkennen, dass hier jemand bis vor Kurzem gecampt hatte.

Die Holzscheite an der Feuerstelle waren zwar mit Sand bestreut worden, aber sie qualmten noch immer.

Er kehrte zum Wagen zurück und fuhr zur Farm von Amos Schwartz. Der pflügte gerade eines seiner Felder mit einem Maultier. Joseph winkte und ging dann zu ihm hinüber.

„Hallo, Lieutenant Williams", sagte Amos, lüftete seinen Hut und wischte sich mit dem Ärmel den Schweiß von der Stirn. „Was führt Sie zu mir?"

„Ihr Land dort drüben", sagte Joseph und deutete zu der Anhöhe hinüber.

Amos nickte zustimmend.

„Campt dort gerade jemand?"

„Nicht, dass ich wüsste", antwortete Amos. „Gibt es irgendwelche Probleme?"

„Ich weiß nicht recht", erwidert Joseph. „Es war ganz eindeutig jemand dort, aber sie sind schon wieder weg."

Amos kratzte sich am Kopf. „Vielleicht fahrendes Volk?", sagte er und sprach damit aus, was Joseph auch schon vermutet hatte.

„Könnte sein." Joseph bedankte sich bei Amos und kehrte zu seinem Wagen zurück. Das Ganze gefiel ihm nicht. Für seinen Geschmack hatte die Situation viel zu viel Ähnlichkeit mit irgendwelchen früheren krummen Geschichten. Da fiel ihm plötzlich wieder die Frau ein, der er den Strafzettel verpasst hatte. Wenn er sich richtig erinnerte, war der Cadillac auf den Namen Cooper registriert gewesen. War Cooper nicht ein irischer Name? Viele der Gauner benutzten irische Namen. Außerdem war der Führerschein auf einen anderen Namen ausgestellt gewesen und hatte vollkommen neuwertig ausgesehen – fast, als habe die Frau ihn eben erst aus einer Kiste mit verschiedenen Pässen, Papieren und Identitäten hervorgezogen. Nun gut, sie hatte nicht wirklich wie eine typische Hochstaplerfrau ausgesehen, aber genauso funktionierte die Masche schließlich. Wenn sie wie Verbrecher aussähen, würde niemand ihnen ihr Vertrauen schenken. Er hatte sowieso erst vor Kurzem gehört, dass die Betrüger inzwischen auch gezielt ihre Frauen für ihre Verbrechen einspannten.

Joseph dachte noch einen Moment über die ganze Sache nach und fuhr schließlich zurück in die Stadt. Irgendwann würde ihm der silberne Cadillac schon über den Weg fahren. Bis dahin hielt er einfach die Augen offen.

22

Was für ein täglicher Kampf, dachte Sarah, die ihren Mann dabei beobachtete, wie er unter Aufbietung aller seiner Kräfte von seinem Bett in seinen elektrischen Rollstuhl zu gelangen versuchte. Und wie jedes Mal stieg in ihr die bange Frage auf, die mit Sicherheit auch an Davids Seele nagte: *Würde er je wieder laufen können?*

Glücklicherweise war sein Rückenmark unverletzt geblieben. David spürte seine Beine, oder vielmehr die Schmerzen in ihnen, aber das Muskel- und Nervengewebe war dennoch stark geschädigt. Nun, da Davids Überleben nicht mehr das entscheidende Thema war, rückte die Ungewissheit, ob er irgendwann wieder laufen und sich bewegen könnte, immer mehr in den Mittelpunkt. Sarah fühlte sich von dieser Frage belauert wie von einem gierigen Drachen, der sie mit seinen kalten, gierigen Augen anstarrte, bereit, ihre zerbrechlichen Hoffnungen mit einem Schlag seines Schwanzes zunichte zu machen.

Jede Kleinigkeit schien sie zu erdrücken. Die Zukunft lag vor ihr ausgebreitet wie ein endloser Flickenteppich aus Ängsten und Schreckensbildern. Zunächst hatte Sarah Davids Tod gefürchtet, nun fürchtete sie das Leben und alles, was es mit sich brachte.

Wie würden sie finanziell über die Runden kommen? Die Versicherungen würden um jeden Cent feilschen, und sie hätten kein regelmäßiges Einkommen mehr. Sie, die sich bislang nie um die Finanzen oder irgendwelche Rechnungen gekümmert hatte, war vor einigen Tagen zur Bank gegangen und hatte ein Darlehen auf ihr Haus aufgenommen. Von dem Geld hatte Sarah einige Rechnungen bezahlt, aber irgendwann wäre auch dieses Polster aufgebraucht.

Außerdem machte sie sich Sorgen um Eden. Jedes Mal, wenn Sarah mit ihrer Tochter sprach, fühlte sie sich schuldig. In den vergangenen Wochen des Alleinseins – selbst zusammen mit David war sie momentan einsam – hatte sie jeden Fehler noch einmal durchlebt, den sie bei der Erziehung ihrer Tochter begangen hatte. Würde Eden dauerhafte Narben aufgrund ihrer Fehler davontragen? Langsam begann Sarah ernsthaft daran zu glauben, dass es einen Grund dafür gab, warum ihr kein eigenes Kind anvertraut worden war.

Sie fürchtete sich vor der Zukunft! Schon jetzt war sie ja kaum dazu imstande, ihren Alltag zu bewältigen – morgens aufzustehen, zu duschen, Kaffee zu kochen, zu frühstücken und bis sieben Uhr pünktlich in Davids Zimmer zur Visite zu erscheinen. Darauf folgte jedes Mal ein weiterer Tag voller Therapien und Behandlungen innerhalb des so quälend langsam voranschreitenden Genesungsprozesses. Auf den Tag genau vier Monate war der Unfall nun her, wobei man sie schon kurz danach gewarnt hatte, dass mit sechs bis neun Monaten Klinikaufenthalt zu rechnen sei.

Ihren Mann so sehr kämpfen und leiden zu sehen machte Sarah Angst. Vermutlich war dies sogar ihre schlimmste und größte Angst. Seit sie David zum ersten Mal getroffen hatte, empfand sie ihn als ihre zweite Hälfte, als den anderen, fehlenden Teil von ihrem Herzen. Erst durch ihn wurde sie ganz. Es erschien Sarah wie in einer verkehrten Welt, dass er plötzlich so schwach und hilflos sein sollte. Er war es doch immer gewesen, der anderen geholfen hatte. Er war es, der Sarahs Leben Sinn verliehen und sie beschützt hatte. Ohne seinen Halt wäre sie genauso zerbrochen und hilflos wie er. Die Ärzte und Schwestern hatten damit begonnen, Sarah ausdrücklich zu ermuntern, einen Teil von Davids Pflege zu übernehmen. Sie hatte es auch versucht, aber sie hasste es, seine Wunden zu berühren und es schien ihr, als sei es ihm ebenso zuwider wie ihr.

Sarah gab vor, aus dem Fenster zu sehen, während sie aus den Augenwinkeln beobachtete, wie David die wenigen Zentimeter zwischen Rollstuhl und Bett überwand. Die Knöchel seiner Hand wurden weiß vor Anspannung, als er nach dem Trapez über seinem Bett griff, um sich aufzurichten. Doch es gelang ihm nicht vollständig, so dass er in einer unbequemen Position innehalten musste. Sein Gesicht verzog sich vor Schmerz und Sarah wollte ihm schon zur Hilfe eilen, aber eine abweisende Geste der Physiotherapeutin hielt sie davon ab.

„Kommen Sie! Sie schaffen es", sagte die Frau, während David neben ihr schwitzte und sich quälte.

Sarah fühlte eine Welle von Scham in sich aufsteigen, als sie sich umdrehte und das Zimmer verließ. Erst gestern hatte eine der Schwestern sie auf dem Gang beiseite genommen und sie in scharfem Tonfall zurechtgewiesen. „Dies ist seine Schlacht", hatte sie gesagt. „Sie können sie ihm nicht abnehmen. Aber er braucht unbedingt Ihre Unterstützung. Seine Zukunft hängt davon ab, wie selbstständig und unabhängig er wieder wird. Hierbei benötigt er immer wieder Ihre Ermutigung. Ihr Mitleid hilft ihm kein bisschen." Mit Mühe hatte Sarah ihre Tränen zurückgekämpft und zaghaft genickt.

Gedankenverloren stand sie auf dem Gang und blickte aus dem Fenster hinunter auf das Krankenhausgelände. Es war ein ungewöhnlich warmer Tag. Obwohl das Gras noch braun vom Winter war, liefen die ersten Leute bereits ohne Jacken und Mäntel herum. Gerade lieferte jemand Blumen an. Eine Frau lotste drei Kinder zu ihrem Van und ließ sie einsteigen. Erstaunlich, dass das Leben so vieler Menschen ganz normal weiterzugehen schien, selbst an diesem Ort der Tränen, Schmerzen und Verletzungen.

Wieder dachte sie an Eden – wie so oft in diesen Tagen. Nach Davids Unfall war es Sarah so vorgekommen, als seien sie alle wie Schiffbrüchige, die im tosenden Meer schwammen, umgeben von den Trümmern ihres Bootes. Sie hatte Eden gesehen, die sich an einer Planke festklammerte, während David leblos mit dem Kopf nach unten im Wasser trieb. Und da hatte sie sich entschieden, ihren Mann zu retten, denn ihre Tochter schien sich an einem halbwegs sicheren Ort zu befinden. War das vielleicht ein Fehler gewesen? Mittlerweile erschien es Sarah eher so, als täte sie keinem von beiden gut.

Wenn doch wenigstens Ruth hier wäre! Wie sehr sich Sarah nach dem gesunden Menschenverstand ihrer Schwiegermutter sehnte. Für einen Moment den Kopf an diese zuverlässige Schulter zu lehnen und sich auszuruhen erschien ihr als ein unvorstellbares Glück. Vor Kurzem hatten sie sogar gemeinsam überlegt, ob Ruth nicht doch zusammen mit Eden nach Minneapolis kommen könnte, aber Sarah kannte ihre Tochter nur zu gut. Allein der Gedanke, Eden könnte unbeaufsichtigt durch Minneapolis stromern, versetzte sie in Panik. In Abingdon war sie wesentlich besser aufgehoben. Abingdon war sicher, und außerdem hatte Joseph versprochen, ein Auge auf sie zu haben. Der gute Joseph. Wieder fühlte Sarah die Last ihres Verrats auf ihren Schultern. Er war ein wunderbarer Mann, aber er hatte mehr in ihr gesehen, als sie tatsächlich war. Er war nicht in der Lage gewesen, sie in ihrer Schwachheit zu sehen. Und als sie ihm schließlich ihre Schwächen gezeigt hatte, war er nicht bereit gewesen, ihr zu vergeben.

Jeden Tag rief Sarah bei Eden an. Sie wechselten immer nur ein paar Worte, dann reichte sie den Hörer an David weiter. Eden wirkte immer ein wenig bedrückt und etwas ärgerlich, reagierte einsilbig und gab kaum irgendwelche brauchbaren Informationen von sich. Ruth versicherte ihnen immer wieder, dass es Eden gut gehe und sie die meiste Zeit sehr glücklich wirkte. Sarah blieb nichts anderes übrig, als ihr zu glauben. Sie atmete tief ein und kehrte ins Krankenzimmer zurück. David hatte in der Zwischenzeit seine Aufgabe erfüllt und saß in seinem Rollstuhl, vor sich ein unberührtes Essenstablett. Sie zwang sich zu einem Lächeln und ging zu ihm hinüber.

„Du hast es geschafft", sagte sie fröhlich. David wandte ihr sein Gesicht zu, das von derselben vorgetäuschten Heiterkeit erfüllt war wie das ihre.

„Ich werd's schon hinkriegen. In gar nicht allzu langer Zeit renne ich wieder draußen herum."

Sie lächelte ihn an, dann breitete sich Schweigen zwischen ihnen aus. Eine Weile brütete jeder vor sich hin, bis David Sarah fragte: „Wann wollte Warren eigentlich hier sein?"

„Er landet so gegen zwei und kommt dann direkt vom Flughafen her."

David nickte, und es war nicht zu übersehen, wie angespannt er war. Sein Agent hatte zwar nur einen privaten Krankenbesuch angekündigt, aber da war dieses unvollendete Manuskript, das ihm im Nacken saß. Ein einziges Kapitel fehlte, aber wer war schon in der Lage, vernünftige Sätze zu formulieren, wenn der Körper derart zerschmettert daniederlag? Die Botschaft des Buches machte die ganze Sache noch komplizierter: Gott kann ein verwundetes Herz heilen – eine solche Aussage sollte David momentan besser selbst lesen, als sie anderen zuzusprechen.

Ganz besonders heikel war die Sache mit dem Vorschuss. Das Geld war längst ausgegeben, der Abgabetermin verstrichen, und der geplante Zeitpunkt für die Veröffentlichung rückte immer näher. Der Verleger hatte keinerlei Druck ausgeübt. Nur die vorsichtige Frage: Werden Sie wieder schreiben? Oder sollen wir das Buch aus der Planung streichen? Sarah wusste nicht, was David darauf geantwortet hatte, und sie brachte es nichts übers Herz, ihn zu fragen.

„Soll ich dir deinen Laptop vorbeibringen?", fragte sie vorsichtig.

„Nein, ich brauche ihn nicht", antwortete er tonlos. „Heute nicht."

In diesem Moment durchfuhr Sarah ein Gedanke, oder vielmehr eine Frage, die sie mitten ins Herz traf. Aber es war eine andere als diejenige, die sie sonst quälte. Ihre jetzige Frage hatte viel mehr mit dem Schicksal von Davids Herz als dem seiner Beine zu tun, doch diese Frage war viel wichtiger. Das war die Frage, die sie sich eigentlich stellen sollte. Nicht, ob er je wieder laufen würde! Würde er je wieder lachen? Dieses Lachen war es gewesen, das sie so sehr zu ihm hingezogen hatte. Es war ein Lachen voller Leben und Freude gewesen, so voller Liebe für die Welt. Ein Lachen wie eine Umarmung. David hatte schon seit Monaten nicht mehr gelacht.

23

Lustlos nahm Eden ihren Rucksack und zog ihn über die Schulter. Normalerweise warf sie ihre Bücher in ihre Tasche, stürzte beim ersten Klingeln aus der Tür und stand bereits an der Bushaltestelle, während die meisten anderen Kinder noch zusammen in der Schule herumhangen. Doch heute gab es keinen einzigen Grund, um sich zu beeilen. Genau wie gestern. Und vorgestern. Heute würde sie nicht wie sonst beim Polizeirevier aussteigen und dort ihr Fahrrad vorfinden, das auf sie wartete. Ihr Walkie-Talkie befand sich auch nicht mehr in ihrem Rucksack. Als Strafe hatte Onkel Joseph ihr beides weggenommen.

„Verhalten zieht Konsequenzen nach sich, Eden!“, hatte Grandma gesagt, aber irgendetwas in ihrer Stimme hatte Eden den Eindruck vermittelt, dass ihre Großmutter sich genauso elend fühlte wie sie selbst.

Onkel Joseph hatte lediglich gemeint: *„Die Suppe, die man sich einbrockt, muss man auch auslöffeln.“* Doch auch er sah nicht sonderlich glücklich dabei aus, als er Eden ihre Strafe verkündete. *„Du hast Hausarrest bis Freitag.“*

Also warum sich heute auf dem Weg nach Hause beeilen? Zuerst würde sie langsam zum Bus schleichen, dann in der Main Street aussteigen, wo Grandma sie bereits erwartete. Zusammen liefen sie dann nach Hause, wobei sie wie immer einen Zwischenstopp bei Tante Vi einlegen würden. Tante Vi war nicht wirklich ihre Tante, aber sie benahm sich wie eine. Eden mochte sich gar nicht ausmalen, was ihr in der Zwischenzeit alles entging. Die Seiten ihres Notizbuchs waren vollkommen leer. Jeder könnte in die Stadt kommen, weil sie Floyd von der Bushaltestelle nicht wie gewohnt informiert hätte, nach wem er Ausschau halten sollte. Elna vom *Hasty Taste* konnte Eden auch nicht auf dem Laufenden halten, weil sie gerade für ihre Operation zu ihrer Tochter gefahren war. Pastor Hector müsste sich ganze alleine um die Lebensmittelausgabe kümmern. Inzwischen hatte Eden sogar schon keine Lust mehr, sich Detektivgeschichten auszudenken. Es war einfach nicht fair.

Wenn sie von Grady Adair erzählt hätte, würde sie jetzt vermutlich nicht so in der Tinte sitzen! Aber die Panik in Gradys Blick, als er erfuhr, dass ihr Onkel, der gerade den Berg hinauffuhr, Polizist war, hatte Eden den Mund halten lassen. Auch wenn Grandma und Onkel Joseph sie seitdem immer und immer wieder gefragt hatten: „*Wo bist du gewesen? Wer war bei dir?*", hatte sie nur hartnäckig geantwortet, „*Nirgends!*", und „*Niemand!*"

„*Gut, dann gehst du jetzt sofort auf dein Zimmer!*", hatten Onkel Joseph und Grandma wie aus einem Mund zu ihr gesagt. Und dort war sie nun – seit einer kleinen Ewigkeit. Starrte die Wände an oder irgendwelche alten Spielsachen, mit denen sie sich nicht mehr beschäftigen wollte. Mit nichts zu tun außer den blöden Hausaufgaben. Sie durfte noch nicht einmal in die Bibliothek gehen, um im Internet zu stöbern. Wer weiß, wie viele Mails sie gerade verpasste?

Grandma stand wie erwartet an der Bushaltestelle. „Hallo, mein Schatz. Wie war dein Tag?"

„Gut."

Sie gingen nebeneinanderher. „Hast du viele Hausaufgaben auf?"

„Nein."

„Soll ich dir deinen Ranzen abnehmen?"

„Nein danke."

„Weißt du, Eden, ich habe mich gefragt, ob du dir in den nächsten Tagen nicht ein paar von den Kindern aus der Schule zum Spielen nach Hause einladen magst. Ich hätte nichts dagegen."

„Oh. Ähm, nein, ich denke nicht. Aber danke."

Grandma tätschelte ihr die Schulter und Eden zwang sich zu einem Lächeln. Irgendwie fühlte sie sich schlecht, weil sie wusste, dass es Grandma nicht gut damit ging. Immer wieder hatte ihre Großmutter sie gefragt, ob sie schon Freunde gefunden hatte und vielleicht irgendjemand von ihnen einladen wollte. Die Kinder in der Schule waren wirklich alle nett zu ihr und mit einem Mädchen namens Hayley war sie so gut wie befreundet. Sie verbrachten die Pausen zusammen und redeten oder spielten. Aber Hayley mit nach Hause nehmen? Es erschien Eden einfach viel zu schwer, die ganze Situation zu erklären. Wann immer sie anderen von Dad erzählt hatte, begannen die Leute plötzlich damit, endlose Fragen zu stellen, die sie nicht beantworten konnte. Oder sie sahen sie voller Mitleid an, und das hasste Eden wie die Pest. Sie wollte auf keinen Fall weinen, doch alle diese Fragen und Blicke gaben ihr das Gefühl, als würde sie jede Sekunde in Tränen ausbrechen. So stromerte sie lieber weiter allein durch die Gegend, machte ihre Beobachtungen und schrieb alles in ihr Notizbuch. Das machte richtig Spaß. Jetzt musste sie nur noch bis morgen durchhalten, und dann könnte sie endlich wieder ihr normales Leben führen.

Während sie gingen, begann Grandma von dem geplanten Stadtfest Ende Mai zu erzählen, das irgendwie halb interessant, halb langweilig klang. Schon bald waren sie bei Tante Vi. Die stand bereits auf ihrer Veranda, um sie zu begrüßen. Sie trug ein rotes Tuch als Haarband um den Kopf gebunden, außerdem eine alte Jeans und ein viel zu weites T-Shirt, das über und über mit Farbe bekleckert war. Tante Vi war Künstlerin, allerdings malte sie meistens nur Vögel, Blumen und Schafe und anderes kitschiges Zeug. Auf jeden Fall nichts wirklich Interessantes. Sogar Tante Carol Jean war heute da. Sie war ebenfalls nicht Edens richtige Tante. Stattdessen kam es Eden manchmal so vor, als hätte sie in den drei ältlichen Freundinnen gleich drei Großmütter. Tante Carol Jean war ziemlich klein und färbte sich die Haare blond – man sah es an den weißen Ansätzen. Sie trug ein rosa Sweatshirt, auf dem stand: *Wenn das Leben dir nur Flicken überlässt, mach einen Quilt daraus.* Tante Carol Jean fragte Eden beinahe jedes Mal, ob sie nicht von ihr lernen wollte, wie man Decken quiltet, aber Eden sagte nur jedes Mal: *Nein danke!* Allerdings war ihr durch den Hausarrest inzwischen so langweilig, dass sie darüber nachdachte, es für das nächste Mal vielleicht doch vorsichtshalber zu lernen.

„Hallo, mein Schatz", sagte Tante Vi, und Tante Carol Jean bestand auf einer Umarmung. Doch schon nach wenigen Minuten gelang es Eden mit einem Glas Milch und Keksen ins Wohnzimmer zu entkommen. Ihre Tante hatte *Mr Rogers* angestellt, die Kindersendung mit den Handpuppen. *Wie uncool,* dachte Eden. Für *Mr Rogers* war sie mit fast zwölf doch nun wirklich zu alt. Na ja, eine Minute konnte sie ja mal reinsehen. Eden seufzte und setzte sich auf die Couch. Dann warf sie mit gerecktem Hals einen prüfenden Blick aus dem Fenster, doch niemand kam den Gartenweg herauf. Niemand würde mitbekommen, dass sie sich eine Kindersendung ansah. Sie ließ sich zurücksinken und probierte einen der Haferflockenkekse. Eigentlich mochte Eden die mit Schokostückchen am liebsten, aber die hier waren gar nicht so schlecht.

Die Anfangsmusik ertönte. Dann öffnete sich die Tür und Mr Rogers kam herein, zusammen mit seinem Regenschirm. Und obwohl eigentlich alles ganz genau wie früher aussah, als Eden noch klein war, und Mr Rogers wie immer zur Begrüßung „Hallo Nachbar" sagte, stimmte irgendetwas nicht. Eden runzelte die Stirn. Es regnete in der Nachbarschaft. Was sollte das denn? Bei Mr Rogers, im Land von König Freitag und Prinz Dienstag regnete es nicht. Und auch andere Dinge waren anders als früher. Irgendwann erzählte Prinz Dienstag sogar, dass er Angst davor hatte, seine Eltern könnten sich scheiden lassen, weil sie sich so oft stritten. Aber Mr Rogers beruhigte ihn. Nur weil Eltern sich stritten, würde das noch lange nicht bedeuten, dass sie sich gleich scheiden ließen. Eden wühlte diese Unterhaltung so sehr auf, dass sie kurzentschlossen auf einen anderen Sender umschaltete.

Doch es war bereits zu spät. Jetzt begannen die Gedanken in ihrem Kopf zu kreisen und ließen sich nicht mehr beiseite schieben. Würden sich ihre Eltern am Ende auch scheiden lassen, jetzt, da Dad so schwer verletzt war und nicht mehr gehen konnte? In ein paar Wochen oder Monaten würden sie hierher kommen. Niemand erzählte ihr, was eigentlich genau vorging. Eden machte sich große Sorgen. Es gab einfach zu viele Dinge, über die man nachgrübeln konnte.

Und Dinge, über die man nicht sprechen durfte.

Geheimnisse. Eden wusste es ganz genau. Es gab Dinge, die sich nicht wissen und nach denen sie nicht fragen durfte. Sie selbst wusste von einem Geheimnis, aber sie durfte weder mit Grandma noch mit Onkel Joseph darüber sprechen. Außerdem hatte sie den Verdacht, dass auch Onkel Joseph und Grandma ein Geheimnis vor ihr hatten. Eden wusste nicht, worum es dabei ging, doch sie war sich ganz sicher, dass da irgendetwas nicht stimmte. Warum zum Beispiel redeten Onkel Joseph und Mom und Dad so gut wie nie miteinander und gingen sich aus dem Weg? Ein andermal war Grandma wütend auf Onkel Joseph, doch wenn die beiden deshalb miteinander stritten und Eden dazukam, brachen sie ihre Auseinandersetzung mitten im Satz ab und lächelten sie mit einem aufgesetzten Grinsen an. Eden wusste nicht, was die Erwachsenen vor ihr verheimlichten, aber eines Tages würde sie es schon noch herausbekommen. Vielleicht würden Vi oder Carol Jean ihr etwas verraten.

Die eine Sache, über die Eden auf keinen Fall mit Onkel Joseph und Grandma reden durfte, war, dass sie adoptiert war. *„Grandma weiß es"*, hatte Mom gesagt. *„Aber es ist trotzdem bes-*

ser, wenn du mit keinem von beiden darüber sprichst. Okay?" Dad hatte bei Moms Worten irgendwie traurig ausgesehen und gemeint: *„Sarah, ist diese Art von Geheimniskrämerei denn wirklich nötig?"* Darüber hatte Mom sich ganz fürchterlich aufgeregt und zu weinen angefangen, worauf Dad beruhigend auf sie eingeredet hatte. *„Schon gut, ich denke ja nur, dass wir Eden nicht damit belasten sollten."* Danach hatte Mom sie nach draußen zum Spielen in den Garten geschickt. Eden hatte versucht, den Rest ihrer Unterhaltung vom Flur aus mitzukriegen, doch die beiden waren hinauf in ihr Schlafzimmer gegangen und hatten die Tür hinter sich geschlossen.

Eden hatte nie irgendjemandem davon erzählt. Eigentlich hatte sie nach wie vor keine Lust, darüber zu reden, dass sie adoptiert war. Sie wusste ja noch nicht einmal, was sie darüber dachte. Früher hatte sie immer geglaubt, alle Kinder seien adoptiert. Doch dann hatte sie erfahren, dass das nicht stimmte und Mom hatte damit begonnen, ihr dauernd zu erzählen, wie besonders sie sei und wie sie Eden ausgesucht hätten. Und gleichzeitig jammerte sie Dad ständig die Ohren voll, wie müde sie sei und wie anstrengend es sei, sich um Eden zu kümmern. Eden wiederum hatte begonnen, sich zu fragen, warum ihre echte Mutter sie nicht gewollt hatte. Alle Mütter von ihren Freundinnen hatten ihre Töchter behalten wollen. Was stimmte nicht mit ihr? Es war furchtbar, wenn sie in der Schule ihren Familienstammbaum zeichnen mussten. Eden hasste es. Mom hatte ihr zwar gesagt, welchen Namen sie wo eintragen sollte, aber sie hatte die ganze Zeit gewusst, dass es geschummelt war. Das war nicht ihre echte Familie.

Wie gern hätte Eden gewusst, wer ihre wirkliche Mom und ihr richtiger Dad war. Einmal hatte sie Dad darauf angesprochen, weil er bei ihrer Frage wenigstens nicht anfangen würde zu weinen, aber er hatte ihr auch nicht mehr sagen können. Nur, dass der Mann und die Frau nicht in der Lage gewesen wären, sich gut um sie zu kümmern, weshalb sie Eden Mom und Dad anvertraut hätten. Anschließend hatte er noch gesagt, dass es vielleicht besser sei, wenn Eden nicht mit Mom darüber reden würde. Nach ihrer Unterhaltung hatte Dad irgendwie traurig ausgesehen und Eden hatte sich nicht mehr getraut, ihm weitere Fragen zu stellen. Am Ende hatte Dad noch zu ihr gesagt, dass vielleicht eines Tages der passende Zeitpunkt kommen würde, um mehr herauszufinden. Und dass Eden schon wissen würde, wenn es so weit wäre. In letzter Zeit hatte sie sich immer wieder gefragt, ob vielleicht jetzt der richtige Zeitpunkt gekommen war.

Bisher hatte Eden diesen Gedanken weder ausgesprochen noch sich selbst wirklich eingestanden, aber jetzt, wo er einmal da war, ließ er sich nicht mehr beiseite schieben. Ob sie vielleicht irgendwie herausfinden konnte, wer ihre wirkliche Mom war? Genau genommen wanderte diese Frage in Edens Kopf herum, seit sie Dad im Krankenhaus in Minnesota besucht hatte, und ihre Eltern sie wieder weggeschickt hatten.

Da war ihr zum ersten Mal klargeworden, dass ihre Eltern es möglicherweise inzwischen bereuten, dass sie Eden adoptiert hatten.

Seitdem dachte sie mehr über ihre Mutter nach. Ihre leibliche Mutter, nicht Mom. Sie hatte ihr sogar einen Brief geschrieben, doch dann hatte Eden nicht gewusst, wohin sie ihn schicken sollte. Der Gedanke an Mom und Dad in Minnesota machte Eden traurig, aber gleichzeitig war sie so unglaublich wütend darüber, dass Mom sie weggeschickt hatte. Vielleicht könnte sie einfach ihren Dad behalten und ihre echte Mutter als Reserve-Mom bekommen? Gar keine so schlechte Idee.

Letztlich könnte jede Frau auf der Straße ihre echte Mom sein. Das war das einzig Gute daran, sie nicht zu kennen. Vielleicht wäre ihre Mutter reich oder berühmt. Sie könnte so etwas wie ein General sein oder eine Spionin, die Kickboxen konnte – genau wie die Frau in der Fernsehserie, die Grandma Eden immer nicht angucken ließ.

Ihre echte Mutter wäre nicht so dünn und blond wie Mom. Sie hätte dunkle Haare, genau wie Eden, und würde nicht die ganze Zeit herumsitzen und sich Sorgen machen, sondern Spaß haben wollen und etwas unternehmen. Vielleicht wäre sie sogar hübsch. Ob Eden ihr wohl ähnlich sah? Dann bestünde immerhin die Hoffnung, dass Eden eines Tages auch gut aussehen könnte – zumindest ein bisschen. Ihre echte Mom würde sie mögen und hätte Eden gerne bei sich. Sie würde sie nicht wegschicken und an unzähligen Kursen und Gruppen teilnehmen lassen, nur damit sie beschäftigt wäre.

Mit einem Seufzen blickte Eden sich in Tante Vis Wohnzimmer um. Vielleicht wäre ihre echte Mom in Wirklichkeit auch nichts von alledem. Vielleicht war sie ein ganz normaler Mensch, der Eden damals einfach nicht gewollt hatte.

Ihr Dad fehlte ihr. Er mochte sie. Er freute sich, wenn Eden bei ihm war und sie strengte ihn niemals an oder wurde ihm lästig. Aber jetzt war er krank, und niemand wusste, ob er je wieder gesund werden würde. Sie hatte in letzter Zeit öfter in der Bibel gelesen, die sie von Dad zu ihrem zehnten Geburtstag geschenkt bekommen hatte. Er suchte immer ein ganz besonderes Geschenk für sie aus und jedes Jahr führte er sie zum Essen aus – nur sie ganz allein. Eden blinzelte und schniefte ein wenig, als sie daran dachte. Die Seiten der Bibel waren am Rand ganz golden und vorne hatte Dad hineingeschrieben: *„Für Eden, die meine große Freude ist.“*

Eden stand auf und ging hinaus in den Flur. Grandma und ihre Freundinnen saßen noch immer in der Küche und plauderten angeregt miteinander. Draußen auf der Veranda setzte Eden sich auf eine Stufe und beobachtete gedankenverloren, wie eine kleine Blindschleiche unter einem Busch Schutz suchte. Als sie aufblickte, entdeckte sie Grady Adair, der auf einem rostigen alten Fahrrad näher kam. Mit quietschenden Bremsen hielt er vor Tante Vis Gartentür an und stützte sich mit einem Bein auf dem Boden ab.

„Wo hast du gesteckt?", fragte er mit leicht gelangweiltem Gesichtsausdruck.

Eden blickte über ihre Schulter. Niemand im Haus schien sich darum zu kümmern, was sie tat, sodass sie es wagte, nach vorne zum Gartentor zu gehen. „Ich war die meiste Zeit in meinem Zimmer. Ich habe deinetwegen ganz schön Ärger bekommen und hatte die ganze Woche Hausarrest."

„Wieso meinetwegen?"

„Weil du so komisch reagiert hast und weggerannt bist, als mein Onkel aufgetaucht ist. Ich hatte Angst, du könntest möglicherweise Probleme kriegen, deshalb habe ich keinen Ton von dir erzählt oder wo ich war – und habe prompt Hausarrest gekriegt."

„Oh!", sagte er und sah verlegen zu Boden. Wieder begann er mit seiner Schuhspitze den Boden zu bearbeiten.

Am liebsten hätte Eden ihn gefragt, was er eigentlich ausgefressen hatte, dass er so schnell weggerannt war. Andererseits plante sie sowieso, die Nummernschilder von dem Anhänger zu überprüfen, sobald sie ihre Arbeit wieder aufgenommen hätte. Sie hatte sich bereits eine Erinnerung daran in ihrem Buch notiert. Wenn er und sein Dad wirklich Kriminelle waren, dann würde Grady bei seiner Antwort vermutlich sowieso lügen.

„Wann darfst du wieder raus?", fragte Grady.

„Morgen."

„Mh." Seine Antwort war nicht mehr als ein desinteressiertes Grunzen.

„*Warum hast du dann überhaupt gefragt?*", hätte sie ihm am liebsten an den Kopf geworfen, doch dann schüttelte sie nur den Kopf. „Ich muss wieder rein, sonst suchen sie noch nach mir."

„Was denkst du, sollen wir morgen zusammen ein bisschen

durch die Gegend radeln?" Grady klang, als täte er Eden mit seinem Vorschlag einen unvorstellbar großen Gefallen.

„Nach der Schule?", fragte sie.

„Ich gehe nicht zur Schule."

„Das solltest du aber."

„Ich tu's aber trotzdem nicht."

„Bist du deshalb vor der Polizei weggerannt?"

„Willst du nun Rad fahren oder nicht?" Mit zusammengekniffenen Augen blickte er sie an.

„Ich hab zu tun. Muss was erledigen."

„Und was, bitte schön?"

„Ich muss die neuen Steckbriefe mit zur Bushaltestelle nehmen und dort einigen Leuten zeigen. Dann will ich unbedingt herauskriegen, wer die Vertretung für Edna im *Hasty Tasty* übernommen hat und außerdem habe ich eine Verabredung mit Pastor Hector. Ich bin überhaupt nicht mehr auf dem Laufenden, was in der Zwischenzeit passiert ist. Und schließlich darf ich vielleicht sogar auf einem Pferd reiten, das bewegt werden muss."

„Vielleicht kann ich dir dabei helfen." Er blinzelte.

„Ich wüsste nicht, wie ausgerechnet du mir dabei helfen könntest", sagte Eden, worauf Grady so beschämt zu Boden blickte, dass Eden ihre Worte sofort bereute.

„Na ja, eigentlich könntest du schon mitkommen", sagte sie schnell.

Er hob das Kinn und bemühte sich, möglichst gleichgültig auszusehen, aber Eden konnte sehen, dass ihre Worte ihn freuten.

„Soll ich dich bei eurem Lagerplatz draußen abholen?"

„Da sind wir nicht mehr."

„Wo seid ihr dann?"

„Das darf ich nicht verraten."

Eden warf ihm einen Blick zu. „Sind wir nun Freunde oder nicht?", sagte sie und runzelte die Stirn.

Er seufzte. Nach einer Weile murmelte er schließlich: „Drüben bei Millers Teich."

„Da war ich schon mal. Zum Fischen mit meinem Dad", sagte Eden.

„Aber komm nicht hin. Mein Pa rastet aus, wenn er mitbekommt, dass ich's dir verraten habe."

„In Ordnung. Wo treffen wir uns dann?"

„Fahr einfach los. Ich werde dich schon finden." Mit diesen Worten schwang er sich auf sein Rad und fuhr davon, während Eden ihm hinterher blickte und sich fragte, welches Geheimnis Grady und seinen Vater wohl umgab.

Nach dem Abendessen entließ Onkel Joseph sie offiziell aus dem Hausarrest. „Von jetzt an gilt: Du kommst direkt von der Schule nach Hause und machst deine Schularbeiten."

„Direkt nach der Schule?", rief Eden panisch. Die Folgen hiervon wären einfach nur katastrophal. Wäre sie erst einmal zu Hause, würde sie nicht mehr wegkommen! Grandma hätte alle möglichen Aufgaben für sie, mit einem Mal wäre es Essenszeit, dann müsste sie beim Abwasch helfen und schon riefen Mom und Dad an. Am Ende bliebe keine Sekunde Zeit, um ihre Runde zu fahren und ihre Erkundigungen einzuholen – ihre Detektei könnte schließen. „Aber wieso?"

Onkel Joseph sah sie an, als hätte er ihre Frage nicht verstanden, und auch Grandma schüttelte fast unmerklich den Kopf. Der Grund war so offensichtlich, dass es keiner weiteren Erklärung bedurfte.

Für einen Moment fürchtete Eden, sie könne mit ihrem Protest die Gefühle ihrer Großmutter verletzen, aber der Gedanke, jeden Nachmittag hier eingepfercht zu sein, war schlicht unerträglich. Da kam ihr, mitten in ihrer Verzweiflung, eine Idee.

„Und wenn ich immer gleich zur Bücherei gehe? Ich könnte mich jeden Tag bei Miss Branch melden und dort meine Hausaufgaben machen. Und wenn ich Blödsinn mache, würde sie euch Bescheid sagen. Bitte? Bitte?“ Sie ertrüge es nie und nimmer, wenn Onkel Joseph jetzt nein sagte! Er blickte sie einen Moment ernst an, dann huschte plötzlich ein Lächeln über sein Gesicht, das Eden wie eine Erlösung vorkam. „Oh danke, danke, danke!“, rief sie begeistert. Dann stand sie auf und begann den Tisch abzuräumen.

„Du meine Güte“, meinte Grandma zu Onkel Joseph. „Ich hatte ja keine Ahnung, dass es eine solche Heimsuchung ist, den Nachmittag mit mir zu verbringen.“

„Ach komm schon, Ma“, erwiderte Joseph. „Du weißt ganz genau, dass es nicht persönlich gemeint ist.“

Für einen Moment verspürte Eden den Anflug eines schlechten Gewissens, doch das Gefühl war nicht sehr hartnäckig. Um genau zu sein, war es bereits wieder verschwunden, als sie den Geschirrspüler zu Ende eingeräumt hatte.

24

Jetzt war sie schon seit zwei Wochen in Abingdon! Miranda war ratlos. Langsam erschien ihr ihre Suche nach einem Arbeitsplatz als ein ebenso unmögliches Unterfangen wie die Suche nach ihrem Kind. Gegen zwei Uhr beschloss sie ihre Bemühungen für heute zu beenden und ging in die Bibliothek.

Sie war nach Abingdon gekommen, um jemanden zu finden. Den Rest des Nachmittags verbrachte Miranda damit, im Internet und Büchern nach hilfreichen Artikeln, Tipps und Hinweisen zu suchen, wie man vermisste Menschen aufspürte, doch insgesamt kam bei der ganzen Sache nicht viel heraus. Letztlich gingen alle Ratschläge davon aus, dass man wenigstens den Namen der betreffenden Person wusste, die Sozialversicherungsnummer oder irgendwelche anderen Informationen über die Biografie.

Doch sie hatte nichts. Nichts. Mit einem Mal traf Miranda die Unmöglichkeit ihres Vorhabens wie ein Schlag in die Magengrube. Sie ging einen Augenblick hinaus vor die Tür, um frische Luft zu schnappen. Wieder einmal fragte sie sich, wieso sie eigentlich hier war. Wenn dies wirklich der richtige Platz für sie sein sollte, lief irgendetwas bis jetzt noch ganz gewaltig schief.

Einige lachende Kinder liefen mit Rucksäcken bepackt an ihr vorbei. Danach folgten noch mehr. Anscheinend war der Unterricht in der Grundschule gerade zu Ende. In einem gleichmäßigen Strom zogen die Kinder an Miranda vorüber: große, kleine, niedliche, hübsche, dicke, eher unauffällige, dünne, Jungen und Mädchen.

Allein in der Grundschule gab es vermutlich um die 100 Kinder im richtigen Alter, dachte Miranda. Hinzu kamen noch die an Privatschulen und die Kinder, die zuhause unterrichtet wurden oder irgendwann weggezogen waren. Es war aussichtslos. Sie würde dieses Kind niemals finden.

Miranda ging wieder in das Gebäude hinein und begann ihre Bücher übereinander zu stapeln. Hastig wischte sie sich eine Träne aus dem Augenwinkel. Es schien, als sei weinen alles, was sie momentan noch zustande brachte, dachte Miranda kopfschüttelnd. Zwei Mädchen am Tisch gegenüber beobachteten sie neugierig, flüsterten sich gegenseitig etwas zu und brachen in anhaltendes Gekicher aus. In diesem Augenblick betrat ein weiteres, etwas jüngeres Mädchen den Saal, und zog für einen Moment die Aufmerksamkeit der beiden am Nachbartisch auf sich. Suchend sah sich das Mädchen nach einem Platz um und entdeckte den freien Stuhl an Mirandas Tisch. Nach kurzem Zögern ging sie auf Miranda zu und sprach sie an.

„Entschuldigung, darf ich mich hierher setzen?"

„Natürlich", antwortete Miranda. „Ich gehe sowieso gleich, und dann hast du den Tisch für dich allein."

Das Mädchen ließ sich auf den Stuhl sinken und beförderte ihren schweren Rucksack auf den Tisch.

„Wihihihihi!" Eines der beiden Mädchen vom Nebentisch gab Pferdegeräusche von sich. Miranda blickte auf und runzelte die Stirn. Die beiden kicherten schon wieder und deuteten auf das Mädchen an ihrem Tisch. Miranda begriff augenblicklich. Ihre Tischnachbarin trug eine Bluse, die von oben bis unten mit Pferdeköpfen bedeckt war. Die Kleine ließ sich von all der Aufregung jedoch nicht im geringsten irritieren, sondern öffnete ihren Rucksack und holte ein Notizbuch hervor, in das sie mit höchster Konzentration zu schreiben begann. Die blonden Gänse vom Nachbartisch wieherten noch einmal. Mit einem verächtlichen Blick sah das Mädchen auf, zeigte den beiden zukünftigen Cheerleaderinnen einen Vogel und schrieb dann seelenruhig weiter.

Miranda grinste und betrachtete ihr Gegenüber etwas genauer. Das Mädchen war etwas kleiner und kräftiger als die anderen und vermutlich zehn oder elf Jahre alt. Sie hatte Sommersprossen, und dunkle Haare, die ein wenig wild aussahen. Ihre Augen schimmerten graublau. Unwillkürlich begann Miranda nach irgendwelchen Ähnlichkeiten zu suchen, sei es äußerlich oder im Benehmen der Kleinen, auch wenn sie nur zu genau wusste, dass ihr Verhalten absolut lächerlich und irgendwie verzweifelt war. Das Mädchen hatte hübsche, kleine Hände, deren Fingernägel genauso gewölbt waren wie ihre. Und wie bei Millionen anderer Menschen ebenfalls, dachte Miranda im nächsten Augenblick. Prüfend musterte sie das Gesicht. Miranda konnte keine besondere Ähnlichkeit entdecken. Wie hatte Danny Loomis noch mal ausgesehen? Angestrengt versuchte Miranda sich zu erinnern. Auf jeden Fall hatte er Sommersprossen gehabt – wenigstens etwas. Und seine Augen waren blau gewesen, oder? Mutlos schüttelte sie den Kopf. Sie wusste es nicht. Es war hoffnungslos. Wie hatte sie nur so dumm sein können. Eilig zog Miranda ein Papiertaschentuch hervor und schnäuzte sich.

Das Mädchen blickte auf. „Ist alles in Ordnung?“

„Mit mir?“

Ihre Tischnachbarin nickte.

Miranda war gerührt und spürte, wie ihr erneut die Tränen in die Augen stiegen. Hastig nickte sie. „Doch, doch“, sagte sie. „Alles okay. Danke.“

Die Kleine musterte sie mit erhobener Augenbraue und wirkte nicht besonders überzeugt von ihrer Antwort, wandte sich aber dennoch wieder ihrem Notizbuch zu.

„Und was ist mir dir? Bist du okay?“, fragte Miranda.

„Wer, ich?“ Das Mädchen schien überrascht.

Miranda grinste, dann nickte sie. „Die sind ganz schön fies zu dir, oder? Richtig zickig.“

„Ach.“ Das Mädchen zuckte die Achseln. „Das sind doch nur die beliebten Mädchen.“

Kluges Kind! Die Kleine würde in der Junior High School bestimmt gut zurechtkommen, dachte Miranda.

„Sind Sie von hier?", fragte das Mädchen, und Miranda schüttelte den Kopf.

„Ich auch nicht. Ich wohne gerade bei meiner Grandma."

Eine Welle der Ernüchterung überrollte Miranda, die sich wieder einmal Hoffnungen gemacht hatte. Würde sie je wieder mit einem Kind im entsprechenden Alter ohne Hintergedanken reden können?

„Hast du früher mal hier gewohnt?", erkundigte sie sich, auch wenn sie sich äußerst dumm dabei vorkam. Aber sie musste es einfach genau wissen!

„Nö."

„Ist deine Großmutter von hier?" Ihre letzte, lächerliche Hoffnung! Wie stellt sie sich das eigentlich vor? Wollte sie etwa jedes Kind in Abingdon einem derartigen Verhör unterziehen?

„Nein. Sie hat früher woanders gewohnt. Sie ist vor ..." Das Mädchen blickte zur Decke und rechnete. „... vor zehn Jahren hergezogen." Sie hielt inne und musterte Miranda mit einem prüfenden Blick. „Sie stellen eine Menge Fragen."

Miranda errötete. Wenn sie so weitermachte, wäre schon bald wieder Oberpolizist Joe mit seinem heulenden Streifenwagen hinter ihr her. „Bitte entschuldige", sagte sie. „Aber was soll man sonst tun, wenn man etwas herausbekommen will?"

Das Mädchen schien einen Moment über ihre Worte nachzudenken, dann nickte sie zustimmend.

Anscheinend war jetzt Miranda an der Reihe, etwas von sich preiszugeben. „Ich heiße übrigens Miranda."

„Ich bin Eden."

„Eden. Das ist aber ein hübscher Name."

Eden zuckte die Achseln. „Ich denke schon."

„In welche Klasse gehst du?"

„Fünfte."

„Und, macht's Spaß?"

Eden wiegte den Kopf. „Hier ist es auf jeden Fall besser als in meiner alten Schule. Da mussten alle Schuluniformen anziehen."

Miranda verzog das Gesicht. „Ich war noch nie ein Freund von Uniformen. Ich finde immer, dass man sich erst dann richtig als Mensch fühlt, wenn man selbst entscheiden kann, was man anzieht – wenn du verstehst, was ich meine."

„Ich weiß genau, was Sie meinen", erwiderte das Mädchen und sah sehr zufrieden aus. Sie war anscheinend vollkommen Mirandas Meinung und fühlte sich von ihr bestätigt. Vertrauensvoll beugte sie sich nach vorn. „Das ist mein Lieblingsshirt", sagte sie mit zurückgehaltenem Stolz.

„Es ist großartig", erwiderte Miranda. Sie bewunderte das Shirt ohne Vorbehalte. „Ich glaube, es wär auch mein Lieblingsshirt."

„Hier drüben ist es mir mal gerissen, aber Grandma hat es geflickt."

Miranda horchte auf. Nicht die Mutter hatte es geflickt, sondern die Großmutter.

„Mom und Dad sind im Krankenhaus in Minnesota. Dad hatte einen schlimmen Verkehrsunfall."

„Oh, das tut mir aber leid."

„Es hat ihn ganz schön erwischt."

„Wie schlimm?"

„Vielleicht kriegt er einen Rollstuhl."

Miranda seufzte teilnahmsvoll. „Das muss sehr schwer für ihn sein – für euch alle."

Mit Mühe blinzelte Eden die Tränen zurück. „Aber er kommt wieder in Ordnung."

„Ganz bestimmt!"

Eden schien eine Pause zu brauchen. Sie öffnete ihren Rucksack und holte ein Walkie-Talkie hervor. „Ich bin gleich wieder da", sagte sie. „Würden Sie so lange auf meine Sachen aufpassen, damit die beiden Loser da drüben nichts damit anstellen?"

„Na klar, mach ich gern", antwortete Miranda und warf den beiden Mädchen am Nebentisch einen eindeutigen Blick zu. Die beiden sollten ihr gar nicht erst auf dumme Gedanken kommen.

Eden kehrte nach wenigen Minuten zurück. Als sie das Funkgerät wieder in ihrem Rucksack verstaute, konnte Miranda einen Blick darauf erhaschen. Offensichtlich war es ein teures, professionelles Gerät. Warum besorgte Edens Großmutter ihrer Enkelin nicht einfach ein Handy?

„Das ist aber ein richtig cooles Funkgerät", sagte sie.

Eden nickte nur, ohne etwas zu erwidern, nahm einen Bleistift in die Hand und begann eine Rechenaufgabe zu lösen. Sie radierte, kaute auf dem Stift herum und wickelte eine abstehende Ponysträhne um das Stiftende. Nach einer Weile kritzelte sie etwas auf das Arbeitsblatt – und radierte von neuem. Miranda lächelte und vertiefte sich ebenfalls wieder in ihre Lektüre. Für eine ganze Weile saßen sie schweigend nebeneinander.

„Sie suchen jemanden?" Durch Edens Stimme aufgeschreckt, hob Miranda ihren Kopf. Offensichtlich hatte das Mädchen gerade eine Aufgabe abgeschlossen und begann jetzt mit einem anderen Fach. Sie legte ein Sozialkundebuch auf den Tisch.

Miranda nickte.

„Wen?"

Miranda zuckte innerlich zusammen. Mit einer derart direkten Frage hatte sie nicht gerechnet, und dass sie von einem Kind gestellt worden war, machte dabei nicht wirklich einen Unterschied. Was sollte sie darauf nur antworten? Miranda sagte das Erstbeste, das ihr gerade einfiel. Erst nachdem sie den Namen ihrer Mutter ausgesprochen hatte, wurde ihr klar, dass dieser Gedanke gar nicht so unsinnig war. War nicht ihre Mutter der Schlüssel zu allem? Das entscheidende Verbindungsglied in dem ganzen großen Geheimnis? Wenn sie das Verhalten und die Motivation ihrer Mutter nachvollziehen könnte, würde Miranda vielleicht auch herausfinden, was Mama damals genau mit ihrem Baby getan hatte. Vielleicht ergäbe sich das *Was* als Konsequenz aus dem *Warum,* als logische Folgerung aus den Hintergründen?

„Ich forsche nach dem Leben meiner Mutter", fügte Miranda erklärend hinzu. „Sie ist gerade gestorben, und dadurch ist mir erst klar geworden, wie wenig ich eigentlich von ihr weiß."

Mit ernstem Gesichtsausdruck nickte Eden. „Vielleicht kann ich Ihnen ja helfen. Ich könnte den Namen Ihrer Mutter im Bürocomputer meines Onkels überprüfen."

Miranda lächelte. Wie niedlich! Das war wirklich süß. „Danke, das ist nett", sagte sie. „Wenn ich nicht mehr weiterweiß, werde ich auf dein Angebot zurückkommen."

Eden nickte erneut und wandte sich dann wieder ihren Hausaufgaben zu. Für eine weitere Viertelstunde schrieb, blätterte, kaute und radierte sie vor sich hin. Dann schlug sie unüberhörbar ihre Bücher zu, stand auf, packte alles in ihren Rucksack und warf ihn sich über die Schulter.

„Ich muss jetzt los", sagte sie. „Hab noch was zu erledigen."

Miranda lächelte sie an. Mit welcher Art von Beschäftigung mochte sich ein Kind wie Eden die Zeit vertreiben? Im Vergleich mit den beiden Mädchen von gegenüber beinhaltete Edens Tag garantiert wesentlich mehr Spaß und Aufregung, soviel stand fest. Bereits nach diesem kurzen Treffen war klar, dass sie über Mumm und Charakter verfügte. „Es war nett, dich kennengelernt zu haben, Eden. Vielleicht laufen wir uns ja mal wieder über den Weg."

„Es war auch nett, Sie zu treffen", antwortete Eden.

Als Miranda ihre Bücher ins Regal zurückstellte, warf sie einen Blick aus dem Fenster und entdeckte Eden draußen am Fahrradständer. Gerade schwang sie sich auf ihr Rad und fuhr los. Für einen Moment trat das Mädchen kräftig in die Pedale, doch dann nahm sie die Hände vom Lenker und flog frei wie ein

Vogel die Straße hinab, bis sie schließlich hinter einer Biegung verschwand. Miranda lächelte. Was für eine Persönlichkeit. Hoffentlich würden sie sich eines Tages wiedersehen.

25

David fühlte sich zutiefst erschöpft. Wieso war er nur so schwach? Allmählich wurde es Zeit, die Klinik zu verlassen und nach Hause zurückzukehren, aber er wusste einfach nicht, woher er die Energie dafür nehmen sollte. Der Gedanke, für einige Zeit bei seiner Mutter in Abingdon zu wohnen, war schon schwer genug, aber die Vorstellung, gemeinsam mit Sarah und Eden nach Fairfax zurückzukehren, war einfach nur utopisch.

Er war so müde. Wie absurd, wo er sich doch ein halbes Jahr lang kaum bewegt hatte.

Sarah blickte ihn hoffnungsvoll an. Sie wollte irgendetwas von ihm – wenn er es recht bedachte, eine perfekte Beschreibung der Dynamik ihrer Beziehung.

Ich weiß nicht, was ich mit Eden tun soll, David. Bitte, sag du es mir.

Ich weiß nicht, was ich mit meinem Leben anfangen soll. Kannst du es mir bitte sagen?

Ich will deinen Bruder nicht heiraten, David. Kannst du mir helfen?

War er wütend?, fragte er sich selbst mit schonungsloser Direktheit. Als innere Antwort erhielt er nur ein schwaches Nein. Nein, er war nicht wütend. Er war einfach nur müde.

„Was soll ich ihr sagen?" Sarah hatte die Hand schon auf den Hörer gelegt, dazu bereit, wie jeden Tag ihre Tochter anzurufen.

Was du willst, hätte er am liebsten geantwortet. Aber am Ende sagte er es natürlich nicht. Stattdessen tat David, was er immer tat. Er blickte seine Frau mit geduldigen Augen an und liebte sie – liebte alles an ihr, selbst ihre Zögerlichkeit und Unsicherheit. Für einen Moment beschlich ihn allerdings ein leiser Zweifel bezüglich seiner selbst. War er Sarah in den vergangenen Jahren wirklich eine Hilfe gewesen, indem er ihr alle Entscheidungen abgenommen hatte? Sie hatte nicht dagegen protestiert. Nein, sie hatte das sogar von ihm erwartet. Nur ein einziges Mal hatte sie auf ihrer eigenen Meinung bestanden: Joseph sollte nichts über Edens Herkunft erfahren. Inzwischen fragte sich David, warum er Sarah gerade in dieser Angelegenheit ihren Willen gelassen hatte.

David seufzte. Auch jetzt galt es wieder eine Entscheidung zu fällen, obwohl es nicht wirklich etwas zu überlegen gab. Die Antwort, die sie ihrer Tochter geben müssten, war offensichtlich. Eden würde nicht zu ihnen kommen können. Sie wussten es beide. Ihre Tage waren an das Krankenhaus gebunden, hier verbrachten sie ihre gesamte Zeit. Doch Eden war ein Kind, das seine Freiräume brauchte. Sie hierher zu bringen, wäre nicht anders, als ein junges Wildpferd in einen Pferch zu sperren. Dennoch wusste David, warum Sarah ihn trotzdem danach fragte. Wenn seine Worte eine Entscheidung brächten, wäre es nicht ihre Schuld, und sie könnte die Verantwortung auf ihn abwälzen.

„Sag ihr, dass sie noch ein bisschen mehr Geduld haben muss. Sag ihr, dass ich sie lieb habe und so gerne bei ihr sein würde, aber ich noch etwas mehr Zeit brauche, um wieder auf die Beine zu kommen."

David blickte an seinem ausgezehrten Körper herab auf seine unbrauchbaren Beine. Angestrengt versuchte er sich daran zu erinnern, wie er vor dem Unfall ausgesehen hatte, aber mittlerweile kam es ihm so vor, als sei dieser zerstörte Körper der einzige, den er jemals gekannt hatte. So sah er jetzt aus. Gesundheit war etwas, das nur noch in seinen Träumen existierte.

„Könntest du mit ihr sprechen?", fragte Sarah mit zögerlicher, flehender Stimme.

David nickte. Nachdem er gewählt hatte, war Eden fast sofort am Apparat. Da sie sich fast immer zur gleichen Zeit meldeten, hatte sie ihren abendlichen Anruf bereits erwartet. Allerdings klang sie heute lebhafter als sonst.

„Hi, Dad!"

„Hallo Süße. Wie geht es dir?"

„Gut. Onkel Joseph hat heute den Hausarrest aufgehoben. Und ich darf das Pferd von Leuten hier im Ort reiten, wenn ihr es mir erlaubt. Ist das okay für euch?"

„Was sagen denn Grandma und Onkel Joseph dazu?"

„Grandma sagt, dass ich einen Helm tragen muss. Onkel Joseph meinte, ich hätte Grandma nicht danach fragen sollen. In Zukunft frage ich lieber zuerst ihn."

David lächelte. Ein etwas merkwürdiges Gefühl. „Onkel Joseph hat recht." In all den Jahren hatte David sich immer wieder darüber gefreut, dass sein Bruder seine Tochter ins Herz geschlossen hatte. Es war eine Geste, egal wie klein sie auch sein mochte. Ein winziger Hoffnungsstreifen am Horizont.

„Wann holt ihr mich ab, Dad?"

Er seufzte und schickte ein Stoßgebet zum Himmel. „Leider noch nicht, Eden."

„Ich dachte, ihr kämt diese oder nächste Woche."

„Nein, ich fürchte nicht, Liebes."

Sie schwieg. „Wann denn dann?", fragte sie nach einer Pause.

„Vielleicht gegen Ende des Sommers."

„Aber warum?" Ein schwaches, leises Wimmern. Kein launisches, bockiges Gejammer, sondern ein aufrichtiger Laut der Trauer.

Was sollte er ihr antworten? Dass er noch zwei weitere Operationen benötigte, um die Wunden an seinem Bauch mit Hilfe einer Hauttransplantation zu schließen? Dass er immer noch übte, sich vom Bett in seinen Rollstuhl zu quälen? Dass er erst noch lernen musste, seinen künstlichen Darmausgang zu versorgen? Sich mit dem Rollstuhl zu bewegen? Den Aufzug zu benutzen? All die Dinge zu üben, die ein normaler Dreijähriger problemlos bewältigen konnte?

„Mir geht es immer noch nicht richtig gut, Eden. Es ist so viel verletzt worden und kaputtgegangen bei dem Unfall."

Sie schwieg. Vermutlich erinnerte sie sich an den grauenhaften Anblick, den er nach seinem Unfall geboten hatte. Wieder einmal fragte er sich, ob es wirklich eine gute Idee gewesen war, Eden zu ihm zu bringen. Dennoch konnte er die Entscheidung seines Bruders nicht verurteilen. Joseph liebte Eden und hatte getan, was er für richtig gehalten hatte.

„Kann ich dann nicht zu euch kommen?"

Da war sie, die Frage, die Sarah so sehr gefürchtet hatte und die auch ihm schier das Herz brach. Eine weitere Wunde neben all seinen anderen Verletzungen.

„Ach Kleines. Ich wünschte, es ginge."

„Aber warum denn nicht?" Er hörte die erstickten Tränen in ihrer Stimme.

„Eden, du hättest hier überhaupt keine Beschäftigung. Du wärst den ganzen Tag über in einem kleinen Krankenzimmer eingesperrt und würdest dich zu Tode langweilen."

„Ich könnte dir doch helfen. Bitte!"

„Nein, Schatz, es tut mir sehr leid. Es geht nicht."

Ein dumpfes Geräusch ertönte, dann wurde es still. Nach einem Moment ertönte die Stimme seiner Mutter. „Hallo, mein Lieber."

„Hi, Mom! Ich fürchte, wir haben Eden schrecklich enttäuscht."

„Ich habe ein bisschen vom Ende eures Gesprächs mitbekommen", sagte sie leise.

„Es tut mir so leid. Ich wünschte wirklich, die Situation wäre anders."

„Mach dir nicht so viele Gedanken, David", sagte seine Mutter auf ihre besonnene Art. „Natürlich kann sie jetzt nicht zu euch kommen. Du musst dich erst einmal darauf konzentrieren, wieder auf die Beine zu kommen. Eden geht es gut hier. Wirklich. Sie ist rundum glücklich."

„Danke Mom."

„Ich hab dich lieb, mein Junge."

„Ich dich auch. Bis bald."

Er legte auf.

Sarah kaute an einem Fingernagel. „Wie hat sie es aufgenommen?"

Seine Müdigkeit kehrte zurück. „Wie erwartet."

Stille. Tränen. Dann der übliche Zweifel. Nur eine zögernde Frage. „Meinst du, dass wir das Richtige getan haben?"

Wenn er die Kraft dazu gehabt hätte, wäre er aus der Haut gefahren. „Ja."

Er wandte seinen Blick zum Fernseher und stellte den Ton wieder an. Wenige Augenblicke später verließ Sarah den Raum.

Eden verbarg sich im Wandschrank ihres Zimmers, wie sie es auch schon als kleines Kind getan hatte, wenn sie traurig war. Sie wollte nicht, dass Grandma sie weinen hörte. Eden wusste nicht genau wieso, aber es war noch schlimmer, dass Mom und Dad sie nicht haben wollten, wenn Grandma sie deshalb bemitleidete. Zum Trost würde Grandma alles Mögliche behaupten: *„Aber Eden, sie lieben dich, ganz bestimmt. Sie würden dich am liebsten bei sich haben."* Aber das stimmte nicht. Eden wusste es ganz genau. Mit Sicherheit bereuten es Mom und Dad, sie adoptiert zu haben. Sie griff nach der Wolldecke, die in einem Fach lag, breitete sie auf dem Boden aus und wickelte sich darin ein. Dann begann sie zu weinen.

Eden weinte und weinte, bis sie irgendwann ganz erschöpft war. Sie fühlte sich ein wenig wie der alte Luftballon, den sie einmal hinter der Couch gefunden hatte – ganz schlaff und schrumpelig. Sie legte ihren Kopf auf die Decke und wünschte sich Wallace, ihr Kuscheläffchen, wäre hier. Doch der lag oben bei Grandma auf dem Dachboden. Vor vielen Jahren hatte sie ihn für Eden genäht und ausgestopft. Obwohl Eden eigentlich genau wusste, dass sie inzwischen viel zu alt für Plüschtiere war, wünschte sie sich, sie hätte irgendetwas, das sie in den Arm nehmen könnte und worin sie ihr Gesicht vergraben könnte. Doch da war nichts. Sie saß allein im Dunkeln. Eden öffnete die Augen. Bis auf den schwachen Lichtschimmer, der durch den Türspalt drang, war es vollkommen finster.

Sie dachte an Dad. Es bereitete ihr Sorgen, dass sie sich kaum noch an sein Gesicht erinnern konnte. Eden versuchte, sich irgendetwas anderes von ihm ins Gedächtnis zu rufen. Da fielen ihr seine Hände ein, als er ihr das Fahren beigebracht hatte. Eden hatte auf seinem Schoß gesessen und versucht, Grandpas großen, alten Wagen irgendwie mit Hilfe der Kühlerfigur in der Mitte der Schotterpiste zu halten. Dads Hände hatten sanft auf ihren gelegen, aber Eden selbst war es gewesen, die gelenkt hatte. Jedes Mal, wenn sie ihre Hände bewegt hatte, fuhr das Auto dorthin, wo sie es hinsteuerte – ein tolles Gefühl. Doch dann hatte Dad plötzlich seine Hände weggenommen und sie wären beinahe alle zusammen in den Graben gefahren. *„Dad!“*, hatte sie geschrien, aber er hatte nur gelacht, ein wenig am Lenkrad gedreht und alles war wieder in bester Ordnung gewesen. Eden war den ganzen Feldweg bis zur Schnellstraße gefahren und wieder zurück. Grandma hatte gelächelt und den Kopf geschüttelt, Mom hatte ebenfalls den Kopf geschüttelt, aber nicht gelächelt. Dad hatte damals an jedem Tag ihres Besuchs bei Grandma mit ihr geübt und am letzten Ferientag konnte Eden ganz alleine lenken. *„Und was ist mit den Pedalen?“*, hatte sie am Ende gefragt, und er hatte geantwortet: *„Vielleicht nächstes Jahr, wenn deine Beine länger sind.“*

Plötzlich fiel ihr auch wieder ein, wie Dads Gesicht aussah. Er hatte überall in seinem Gesicht diese Falten, aber es waren Lachfalten, keine Sorgenfalten. Irgendwie wirkte er durch sie nett und freundlich. Dad sagte immer, die vielen Falten kämen von zu vielen Jahren in der Sonne, worauf Mom immer begann, über Hautkrebs zu sprechen. Dann zwinkerte er Eden immer verschwörerisch zu und sagte: *„Sarah, du machst dir viel zu viele Sorgen."* Dad hatte braune Augen und seine Haare waren etwas länger als die von Onkel Joseph. Sie gingen ihm bis auf die Schultern. Wie gerne würde sie sich jetzt ein Foto von Daddy ansehen! Eden wusste, dass unten im Wohnzimmer welche in der Schublade mit den Fotoalben lagen, aber wenn sie jetzt hinunterginge, würde Grandma sie sehen und Eden zu einer Runde Scrabble überreden. Doch Eden mochte gerade am liebsten weder mit irgendwem sprechen noch irgendjemanden sehen. Da fiel ihr ein, dass eigentlich auch ein paar Bilder in einer Kiste auf Grandmas Dachboden liegen müssten. Als Eden vor einem halben Jahr zu Grandma gekommen war, hatte diese ein großes dickes Fotoalbum aus dem Wohnzimmer nach oben geräumt. Und der gute Wallace war ebenfalls dort. Kurzentschlossen stand Eden auf und wischte sich mit dem Ärmel ihres Shirts die Tränen aus dem Gesicht.

Wie praktisch, dass die Dachbodenluke in ihrem Zimmer war. Eden öffnete sie und zog die Leiter herunter. Die Stufen waren ein bisschen wackelig, aber sie traute sich dennoch hinauf. Oben angekommen, knipste sie ihre Taschenlampe an. Es sah alles noch genauso aus wie beim letzten Mal, als sie Grandma dabei geholfen hatte, die Weihnachtssachen zu verstauen. Schon damals hatte sie sich ein wenig umsehen wollen, aber Grandma hatte gesagt: *„Komm, lass uns lieber ein paar Cookies backen. Hier gibt es eigentlich nichts, das irgendwie für dich interessant sein könnte. Nur ein Haufen Papier und alter Kram."* Aber in einer Kiste in einer Ecke hatte Eden ein Fotoalbum erspäht, als sie eine Lichterkette weggeräumt hatte, und danach machte sie sich jetzt auf die Suche.

In aller Ruhe sah Eden sich um. Es war wirklich eine Menge Kram hier oben – ein ganz schönes Durcheinander. Da hingen Modellflugzeuge von einem Haken in der Decke, die laut Grandma früher einmal Onkel Joseph gehört hatten. Außerdem gab es zwei große Schachteln mit Baseball-Sammelkarten. Grandma hatte gesagt, dass sie vielleicht eines Tages sogar etwas wert sein könnten. Es gab Schlittschuhe, Skateboards, Rollschuhe, eine Hockymaske, eine komplette Baseballausrüstung und Onkel Josephs Baseballtrophäen. Und seine Footballtrophäen und Basketballtrophäen. Einmal hatte sie Dad gefragt, warum er denn keine Trophäen habe, doch er hatte bloß gelacht und gemeint, Onkel Joseph habe eben alle Talente in der Familie für sich gepachtet. Aber dann hatte er wieder so traurig geguckt, wie er es häufig tat, wenn von Onkel Joseph die Rede war, sodass Eden nicht weiter nachgefragt hatte.

Sie setzte sich auf den Fußboden vor den Karton, den sie gesucht hatte, und begann ihn durchzusehen. Ein großer Stapel mit Klassenarbeiten lag ganz oben. Auf jeder stand der Name ihres Dads, *David Williams,* mal in Schreibschrift, mal in Druckschrift, und auf jeder der Arbeiten war ein Häkchen, ein lachendes Gesicht, ein Sternchen oder eine 1 zu sehen. Eden packte den Stapel beiseite. Darunter lagen mehrere Zeugnisse, die sie zu den Klassenarbeiten legte. Erst unter einem Haufen alter Bankbelege und Unterlagen fand sie schließlich das Album mit den Fotos. Auf Edens Frage, was darauf zu sehen sei, hatte Grandma damals lediglich geantwortet, es handle sich um alte Familienaufnahmen.

Neugierig zog sie das Album hervor und schlug es auf. Eden hatte eigentlich erwartet, ihren Dad darin zu entdecken, aber zu ihrer Verwunderung klebte auf der ersten Seite ein Foto von Mom. Eden seufzte. Wie wunderschön sie war! So hübsch würde sie selbst wohl niemals aussehen. Mom hatte langes, blondes, seidiges Haar, nicht so dunkles und kraus gelocktes wie Eden. Und Moms Gesicht war auch nicht von diesen blöden Sommersprossen übersät! Ihre Haut war glatt und schimmerte in einem gleichmäßigen, goldenen Farbton. Eden blätterte um. Auf dem nächsten Foto war wieder Mom zu sehen. Mit Onkel Joseph!

Eden runzelte die Stirn. Die beiden umarmten sich. Das nächste Bild war genauso komisch. Mom stand schon wieder neben Onkel Joseph. Sie trug ein pinkfarbenes Kleid und hielt eine Rose in ihrer Hand. Onkel Joseph trug einen feinen Anzug. Und als ob das alles nicht schon seltsam genug gewesen wäre, hielten sie sich auch noch eng umschlungen, und Mom schmiegte ihren Kopf an seine Brust. Ihre Gesichter strahlten. Überglücklich lächelten sie in die Kamera. Bei diesem Anblick fühlte Eden sich mit einem Mal ganz komisch im Bauch. Schnell blätterte sie weiter und überflog die restlichen Seiten. Auf allen Bildern waren nur Mom und Onkel Joseph zu sehen. Hastig verstaute Eden das Album wieder in der Kiste und ging zur Treppe. Wenn sie doch bloß nicht auf den Dachboden geklettert wäre! Im letzten Augenblick fiel ihr Wallace wieder ein, aber nun hatte sie auch keine Lust mehr, nach ihm zu suchen.

Möglichst geräuschlos stieg Eden die Leiter hinab, klappte sie wieder zusammen und schloss die Dachbodenluke. Dann kroch sie in ihr Bett und zog sich die Decke über den Kopf, aber in ihrem Inneren fühlte sie sich immer noch ängstlich und einsam. Ihre ganze Welt war mit einem Schlag ins Wanken geraten, doch niemand war da, um ihr zu helfen. Es konnte ihr ja gar niemand helfen, denn wem sollte sie noch vertrauen? Wem glauben?

Nach ein paar Minuten wurde es ihr zu heiß unter der Decke. Eden stand auf und ging zum Fenster. Sie öffnete es, um die kühle Luft hereinzulassen und blickte hinaus. Draußen war es bereits dunkel, aber weil der Mond groß und silbern leuchtend am Himmel stand, konnte man dennoch gut sehen. Eden sehnte sich so sehr danach, mit irgendeinem Menschen zu reden, aber sie wusste einfach nicht mit wem. Doch dann, plötzlich, fiel ihr jemand ein.

Leise schlich sie zurück zum Bett und plusterte die Decke auf, als läge sie darunter. Oben an das Kopfende steckte sie eine alte Puppe mit braunen Haaren, deren Locken sie gerade noch so unter der Bettdecke hervorlugen ließ. Dann packte sie ihren Rucksack um, ging wieder zum Fenster und kletterte hinaus auf die Kastanie vor Grandmas Haus, deren mächtige Äste bis an ihr Zimmerfenster reichten. Von Ast zu Ast kletterte Eden immer weiter nach unten, bis sie sich schließlich auf den Boden fallen lassen konnte.

Sie drückte auf den Knopf für das Licht an ihrer Armbanduhr. Erst acht. Es war also noch nicht zu spät für einen Besuch. Möglichst geräuschlos holte Eden ihr Rad aus der Garage und bereits wenige Augenblicke später war sie auf dem Weg zu Millers Teich.

26

Es war ganz schön unheimlich. In der Stadt hatten noch die Straßenlaternen geleuchtet, aber hier draußen war es wesentlich dunkler, als Eden vermutet hatte. Wenigstens hatte sie den kleinen Scheinwerfer an ihrem Fahrrad. Der beleuchtete zwar den Weg direkt vor ihr, aber Eden musste trotzdem ziemlich aufpassen, um nicht doch noch im Straßengraben zu landen. Hin und wieder fuhr ein Auto an ihr vorbei und ein Fahrer hupte sogar, als er Eden überholte. Hoffentlich erkannte sie niemand und sagte Onkel Joseph Bescheid. Der hatte seine Augen und Ohren schließlich überall. Als sie an Mom und Onkel Joseph dachte, fröstelte Eden. Sie war so unglaublich wütend. Warum logen alle sie an? Als sie schließlich die Stelle erreichte, an der sie abbiegen musste, war sie fast ein wenig erleichtert. Der Weg zu Millers Teich war ein Schotterweg. Jetzt musste sie sich erst einmal voll und ganz auf die Fahrt konzentrieren und konnte über nichts anderes mehr nachgrübeln.

Nach wenigen Minuten Fahrt erreichte sie schließlich den Teich, wobei das Wasser selbst in der Dunkelheit nicht mehr zu erkennen war. Das Einzige, was Eden sehen konnte, waren die Umrisse von Kühen auf der einen Seite und der Wald auf der anderen Seite. Eigentlich waren es gar nicht wirklich Kühe, die sie erkennen konnte. Nur ein paar Schatten, die möglicherweise zu Kühen gehörten. Vielleicht war es aber auch etwas ganz anderes. Schnell blickte Eden hinüber zu der anderen Seite, aber der dichte, dunkle Wald war mindestens genauso unheimlich. Für einen Moment begann sie sich zu fragen, ob es wirklich eine so gute Idee gewesen war, hierher zu kommen. Sie passierte Millers Haus, das dunkel und verlassen dastand. Irgendwo hatte Eden aufgeschnappt, dass die Familie nach Phoenix gefahren sei, um ihren Sohn zu besuchen, und erst im Juni wiederkäme. Plötzlich beschlich Eden ein merkwürdiges Gefühl. Eigentlich wusste sie gar nichts über Grady und seinen Vater. Sollte sie nicht doch lieber umkehren?

Doch als sie um die Ecke bog, entdeckte sie den Wohnwagen, der auf der Wiese am Teichufer parkte. Die Eingangstür stand offen, und warmes Licht schien durch die Fenster nach draußen. Vor dem Wohnwagen brannte ein kleines Lagerfeuer, und links und rechts davon saßen Grady und sein Vater auf Campingstühlen.

Eden stieg von ihrem Fahrrad, legte es ins Gras und ging den Rest des Weges zu Fuß.

„Na so was“, rief Gradys Vater, als er sie im Dunkeln entdeckt hatte. „Es ist die liebreizende Miss Eden, die uns besuchen kommt. Was verschafft uns die Ehre?“

„Ich dachte mir, ich seh' mir mal an, wo Sie jetzt wohnen.“

Grady musterte sie verwirrt. Mr Adair lächelte, erhob sich und sagte: „Bitte, nimm doch Platz.“ Dann ging er hinein, um einen weiteren Klappstuhl zu holen.

„Was ist denn mit dir los?“, fragte Grady, als sein Vater im Wohnwagen verschwunden war.

„Was meinst du damit? Was soll schon mit mir sein?“

„Du siehst aus, als ob du geweint hättest. Irgendwie ganz verquollen und deine Nase ist rot.“

Unwillkürlich zog Eden ihre Nase hoch und räusperte sich. „Mit mir ist alles in Ordnung. Ich hatte einfach nur Lust auf eine kleine Spritztour. Das ist alles.“

Mr Adair kam zurück, klappte seinen Stuhl auf und setzte sich. „Eden, kann ich dir irgendetwas anbieten? Eine Cola oder Limo vielleicht?“

„Zu einer Cola würde ich nicht nein sagen“, entgegnete Eden würdevoll. Nach all dem Weinen und der langen Fahrt fühlte sie sich wirklich etwas ausgetrocknet.

„Ich bin gleich wieder da.“ Gradys Vater verschwand im Wohnwagen und kam kurz darauf mit einer Dose Cola zurück. Eden öffnete den Verschluss mit einem Knacken. Nachdem sie einen Schluck von der herrlich kalten Flüssigkeit getrunken hatte, fühlte sie sich tatsächlich ein wenig besser.

„Grady hat mir erzählt, dass du gar nicht von hier bist, sondern nur zurzeit bei deiner Großmutter lebst.“

„Das stimmt“, sagte Eden und nahm einen weiteren Schluck, wobei sie sich bemühte, nicht zu schlürfen.

„Und wo kommst du eigentlich her?“

„Fairfax“, sagte Eden. „Oben bei Washington.“

Er nickte. „Da kenne ich mich aus. Ein wirklich schönes Plätzchen. Mein gegenwärtiger Beruf bringt mich nur noch selten so weit in den Norden, aber als junger Mann war ich häufiger dort.“

Mr Adair war lustig. Irgendwie seltsam, aber Eden mochte ihn trotzdem. „Als was arbeiten Sie denn?“, fragte sie nach einem weiteren Schluck aus der Dose.

Grady zog den Kopf ein. Mr Adair lächelte. „Menschen. Ich habe ständig mit Menschen zu tun. Manchmal biete ich Waren an, dann wieder Dienstleistungen, aber am Ende läuft es immer auf Menschen hinaus.“

Eden fand, dass Mr Adairs Worte nicht wirklich ihre Frage beantworteten und wollte gerade nachhaken, als Grady sie an den eigentlichen Grund ihres Besuchs erinnerte. „Wann kommen denn deine Leute, um dich abzuholen?“, fragte er. „Ich dachte, du würdest schon bald nach Hause fahren.“

„Langsam, Junge. Immer mit der Ruhe“, sagte Mr Adair mit einem freundlichen Lächeln.

„Ja, Sir.“ Grady zog wieder den Kopf ein.

„Sie kommen nicht“, antwortete Eden leise und mit so viel Enttäuschung in der Stimme, dass Grady und sein Vater aufhorchten. Fragend blickten sie Eden an. Jetzt war sie es, die zu

Boden blickte. Mit ihrem Tennisschuh malte sie Muster auf die Erde und schob kleine Steinchen und Gras hin und her.

„Nie mehr?“, fragte Grady.

Eden zuckte die Achseln. „Mein Dad sagt, er braucht noch etwas mehr Zeit, um sich zu erholen.“

„Geht es deinem Vater nicht gut?“, fragte Mr Adair.

Eden schüttelte den Kopf. „Er hatte einen Autounfall. Meine Mutter ist bei ihm in Minnesota und ich bin seit Weihnachten hier.“

„Hm, das tut mir leid.“ Gradys Vater wiegte mitfühlend den Kopf.

„Meine Mom ist weg“, sagte Grady, starrte hinunter auf seine Schuhe und sah dann wieder zu Eden.

Mr Adair schwieg. Ob er wegen Gradys Worten wütend auf ihn war? Fragend blickte Eden zu ihm hinüber, aber der Vater ihres Freundes sah nur irgendwie traurig aus. Und älter. In diesem Moment brach im Lagerfeuer knackend ein Holzscheit auseinander, und ein leuchtender Funkenwirbel stieg zum Himmel empor. Schweigend blickten alle drei ins Feuer. Aus irgendeinem Grund fühlte Eden sich etwas besser. Grady und sein Vater wussten beide, wie es war, wenn ein anderer Mensch einen nicht in seiner Nähe haben wollte. Sie fühlte sich ein klein wenig getröstet.

Für ein paar Minuten saßen sie still um das knackende Feuer, bis Grady plötzlich sagte: „Warum rösten wir nicht Marshmallows über dem Feuer?“ Ohne ihre Reaktion abzuwarten, stand er auf und holte eine Packung aus dem Wohnwagen. Inzwischen ging Eden zusammen mit Mr Adair geeignete Stöcke suchen, die er mit seinem Taschenmesser anspitzte. Eden mochte die Süßigkeit am liebsten richtig kross geröstet. Als erstes aß sie die knusprige, leicht braune Kruste, bis der Marshmallow irgendwann in sich zusammensank und sie die flüssige, weiche Mitte halb ablecken, halb schlürfen konnte.

Sie waren gerade bei ihrem zweiten Marshmallow angelangt, als Eden ein Auto den Schotterweg entlangfahren hörte. Hatten Onkel Joseph und Grandma sie etwa gefunden? Sie warf einen angespannten Blick zu Grady und seinem Vater hinüber, aber merkwürdigerweise wirkten die beiden ebenfalls ziemlich beunruhigt. Mr Adair hatte sich aufgeregt von seinem Sitz erhoben, doch als schließlich ein weißer Van um die Hausecke bog, fiel alle Anspannung augenblicklich von ihm ab und auch Gradys furchtsame Miene hellte sich auf.

„Das ist der Geschäftspartner von meinem Dad", erklärte er. „Mikey."

„Langweile unseren Gast nicht mit Dingen, die ihn nicht interessieren, Sohn", sagte Mr Adair.

Eden hätte beinahe gesagt, sie sei sehr wohl an solchen Dingen interessiert und wünschte, sie hätte ihr Notizbuch als Beweis vorlegen können, doch dann fiel ihr ein, dass sie es auf ihrem Nachttisch liegengelassen hatte.

Der Mann mit dem Namen Mikey parkte seinen Van und stieg aus. *Weiß, männlich, Mitte dreißig, ca. 1,75 groß, stämmiger Körperbau, hellbraune Haare, Schnauzbart.* Er blickte zu Eden und Grady hinüber und begann dann mit Mr Adair zu sprechen. Leider war der ihm ein ganzes Stück entgegengegangen, sodass Eden nicht verstehen konnte, was die beiden zu bereden hatten. Zuerst sprach Mikey. Mr Adair nickte mehrmals, sah aber nicht besonders glücklich dabei aus. Dann drückte Mikey ihm einen Umschlag in die Hand. Gradys Vater erwiderte etwas und schüttelte den Kopf. Daraufhin lächelte Mikey ein Lächeln, das Eden an fiese Schulmädchen erinnerte und zeigte mit der Hand zu ihr und Grady hinüber. Mr Adair sah plötzlich sehr aufgeregt aus und sagte noch einmal etwas, dann drehte er sich um und kam zurück in Richtung Wohnwagen. Mikey lächelte noch einmal, ging hinüber zu seinem Van und stieg ein. „Wir sehen uns morgen, Johnny", brüllte er und winkte zu Eden und

Grady hinüber. Eden wandte sich ab. Sie mochte den Kerl nicht. Sie wusste nicht wieso, aber sie konnte ihn nicht leiden. Wie aus einer Ahnung heraus, drehte sie sich noch einmal um und prägte sich das Nummernschild des Wagens ein. Sie wiederholte gerade die Zahlen- und Buchstabenfolge in ihrem Kopf, als Mr Adair sich in seinen Stuhl sinken ließ. Er wirkte bedrückt und traurig, und Eden beschloss, dass es wohl besser wäre, sich jetzt auf den Heimweg zu machen.

Sie blickte auf ihre Uhr. Während der ganzen Zeit hatte sie versucht, nicht an Grandma und Onkel Joseph zu denken, aber irgendwann musste sie den Tatsachen wohl ins Auge sehen. Sie mochte sich gar nicht ausmalen, was passieren würde, wenn die beiden ihre Abwesenheit bemerkten.

„Ich mache mich dann mal besser auf den Heimweg", sagte sie.

Mr Adair war noch immer in Gedanken versunken, doch bei ihren Worten blickte er auf. „Ich fahre dich schnell nach Hause", meinte er. „Dein Fahrrad kannst du hinten auf die Ladefläche packen."

Aber Eden schüttelte entschieden den Kopf. „Nein danke, ich komme schon klar."

Mr Adair musterte sie für einen Augenblick, dann nickte er. „Grady, hol dein Fahrrad und begleite die junge Dame nach Hause."

Das ließ Grady sich nicht zweimal sagen. Er flog förmlich zu seinem Fahrrad hinüber, das hinter dem Wohnwagen abgestellt war, dann verschwanden die beiden gemeinsam in der Dunkelheit.

Miranda blieb so lange in der Bücherei, bis diese um neun Uhr geschlossen wurde. Nachdem sie im Gespräch mit ihrer neuen Bekanntschaft Eden zum ersten Mal ihre Mutter zum Ziel ihrer

Suchaktion erklärt hatte, fragte sich Miranda, warum sie nicht schon eher auf diese naheliegende Idee gekommen war. Um zu verstehen, was ihre Mutter damals mit Mirandas Baby getan hatte und warum sie sich auf diese Art und Weise verhalten hatte, musste sie zuallererst ihre Mutter kennen lernen. Ganz sicher lag der Schlüssel nicht darin, planlos überall auf der Welt nach ihrem Kind zu suchen. Noreens Entscheidung würde erst dann einen Sinn für Miranda ergeben können, wenn sie die Person verstand, die diese Entscheidung getroffen hatte.

Miranda war sich vollkommen sicher: In der Lebensgeschichte ihrer Mutter lag der entscheidende Hinweis verborgen, der sie zu ihrem Kind führen würde. Ihr einziger konkreter Anhaltspunkt waren die Worte von Tante Bobbie, kurz vor Mirandas Aufbruch. Nach der Aussage ihrer Tante hatte Noreen das Kind damals an jemanden übergeben, dem sie vertraute. Um aber herauszubekommen, wem ihre Mutter vertraut haben könnte, musste Miranda zunächst einmal verstehen, welche Wunden und seelischen Verletzungen Noreen mit sich herumgetragen hatte. Erst dann, wenn ihr diese bekannt wären, könnte sie daraus vielleicht schlussfolgern, was ihrer Mutter schließlich Linderung verschafft hatte und wer. Sobald Miranda diese Person gefunden hätte, würde sie die Wahrheit kennen. Überrascht schüttelte sie den Kopf. Was für ein Gedankenspiel! Sie war selbst erstaunt über die Richtung, in der sich ihre Überlegungen gerade bewegten. Wohin ihre Suche sie wohl führen würde? Auf jeden Fall wäre sie gezwungen, sich dabei auf unwegsames Gelände und unerforschtes Gebiet vorzuwagen. Mirandas Hoffnung, das Leben ihrer Mutter für immer abhaken zu können, hatte sich als Trugschluss erwiesen. Stattdessen würde sie sich noch stärker damit auseinandersetzen müssen. Der Weg in die Tiefe war der einzige Weg heraus. All die Jahre hatte Miranda nach ihrem Baby gesucht, dabei hätte sie lieber Nachforschungen über ihre Mutter anstellen sollen.

Sie zog einen weiteren Stapel Fachbücher aus dem Regal. Diesmal würde sich ihre Suche wesentlich einfacher gestalten, da sie über die genauen Daten und Angaben der gesuchten Person verfügte. Als Erstes galt es die wichtigsten Dokumente ihrer Mutter herbeizuschaffen: Geburts- und Sterbeurkunde sowie die Heiratsurkunde. Miranda überlegte. Wo hatten ihre Eltern noch mal gelebt, als sie geheiratet hatten? Ihre Mutter stammte entweder aus Virginia oder aus West Virginia? Miranda war sich nicht ganz sicher. Im Internet erfuhr sie, dass sie gegen eine Gebühr in beiden Bundesstaaten eine Kopie der Unterlagen erhalten würde, doch Miranda fehlten zu viele Angaben, um die entsprechenden Anträge auszufüllen. Vielleicht konnte ihr ja Tante Bobbie weiterhelfen.

Sie stand auf und streckte sich. Dann brachte sie ihre Bücher zurück in die Regale und verließ das Gebäude in dem Moment, als die Mitarbeiter gerade das Licht löschten. Die Nacht war kühl und wolkenlos. Leuchtend stand der Vollmond am Himmel. Es war wunderschön. Miranda lauschte dem Zirpen der Grillen, während eine sanfte Brise leise durch die Bäume strich. Vereinzelte Frösche quakten in der Ferne.

Sie stieg in Mr Coopers alten Straßenkreuzer, den sie ganz in der Nähe geparkt hatte und kurbelte das Fenster hinunter, um sich den kühlen Fahrtwind über das Gesicht wehen zu lassen.

Auf ihrem Weg zum Motel kamen Miranda plötzlich zwei Kinder auf Fahrrädern entgegen. Es war Eden, gefolgt von einem Jungen!

„Hey Eden!“, rief Miranda ihr zu.

„Oh, hi!“, antwortete Eden gelassen, als führe sie jeden Abend der Woche mitten in der Nacht mit ihrem Fahrrad durch die Straßen von Abingdon.

„Was macht ihr beiden denn noch hier draußen?“

Der Junge wirkte verängstigt, Eden schien sich eher belästigt zu fühlen.

„Sie ist in Ordnung", sagte Eden zu dem Jungen, doch der schien nicht überzeugt.

Bei dem Anblick des großen, schlaksigen Jungen musste Miranda unwillkürlich lächeln. Mit Sicherheit hatte er rote Haare und Sommersprossen.

„Also, was treibt ihr zwei noch so spät hier draußen?", wiederholte Miranda ihre Frage.

„Er begleitet mich nur nach Hause", antwortete Eden. Miranda, der nicht entgangen war, dass Eden damit nicht wirklich ihre Frage beantwortet hatte, überlegte.

„Steig ein, ich bringe dich mit dem Wagen nach Hause", bot sie an.

Eden sah zu dem Jungen, dann zuckte sie die Achseln. „Meinetwegen."

Miranda stieg aus und verstaute das Rad in dem riesigen Kofferraum der alten Limousine. Als sie aufsah, war der Junge verschwunden. „Wow, der hatte es aber eilig."

„So ist er nun mal", erwiderte Eden nüchtern. „Ein bisschen schüchtern."

Miranda wollte gerade losfahren und wieder auf die Straße biegen, als sie hinter sich ein blaues Blinklicht aufleuchten sah. „Oh nein!", rief sie. „Das kann doch jetzt nicht wahr sein."

Doch so war es. Dasselbe zivile Polizeifahrzeug, das Miranda vor wenigen Wochen schon einmal angehalten hatte, fuhr gerade hinter ihr.

Eden sah genauso aufgeregt und verängstigt aus, wie Miranda sich fühlte. Das Mädchen zog den Kopf ein, als ginge es darum, sich vor einem Kugelhagel in Sicherheit zu bringen.

„Dieser idiotische Polizist macht mir zu schaffen, seitdem ich diese Stadt betreten habe." Miranda hatte ihren Satz kaum beendet, als die blauen Lichter erneut zu blinken begannen und die vertraute Sirene aufheulte.

Sie atmete schnaubend aus und fuhr an den Straßenrand.

„Können Sie aussteigen und mit ihm reden?“, fragte Eden.

Miranda runzelte die Stirn und wollte gerade fragen, warum Eden nicht mit der Polizei in Berührung kommen wollte, als sich bereits der Schatten des Sheriffs vor dem Fenster abzuzeichnen begann. Genau wie beim letzten Mal beugte sich der Mann hinab und blickte durch das Fenster. Der Ausdruck seines Gesichts wechselte von ungläubig zu unvorstellbar wütend.

„Eden, steig aus dem Wagen aus“, sagte er mit mühsam zurückgehaltenem Zorn. „Und was kommt als nächstes? Soll sie etwa die Hände nach oben halten, damit Sie sie besser sehen können?“, explodierte Miranda. „Sie ist ein Kind, keine Tatverdächtige. Übrigens entführe ich sie nicht. Ich fahre die Kleine nur nach Hause.“

Der Polizist warf Miranda einen vernichtenden Blick zu. „Tu, was ich gesagt habe.“

Eden begann die Tür zu öffnen, aber Miranda hielt sie zurück.

„Einen Moment mal. Was bilden Sie sich eigentlich ein? Sie haben keinerlei Recht dazu, diesem Mädchen zu befehlen, aus meinem Wagen auszusteigen.“

„Ich muss mich vor Ihnen nicht rechtfertigen“, sagte er mit noch düsterer Miene.

„Das sehe ich anders. Sie wollen dieses Kind zu etwas zwingen, aber offensichtlich will die Kleine nicht mit Ihnen gehen.“

„Ist schon in Ordnung“, sagte Eden, bestürzt über die Entwicklung der Ereignisse.

„Nein, hier ist gar nichts in Ordnung!“, sagte Miranda und wandte sich wieder dem Polizisten zu. „Ich bin eine freie Bürgerin dieses Landes und tue nichts Gesetzwidriges.“

„Nur dass Sie eine Minderjährige in Ihrem Fahrzeug transportieren, die ohne Erlaubnis der Erziehungsberechtigten von zu Hause weggelaufen ist – und das noch dazu, wie ich vermute, ohne gültige Versicherung. Dürfte ich bitte Ihren Führerschein und die Versicherungskarte sehen?“

Miranda kochte vor Wut. „Ich werde gerade schikaniert. Außerdem verlange ich noch immer eine Erklärung von Ihnen."

„Eden", sagte der Mann scharf. Seine Stimme war merklich lauter geworden. „Du steigst jetzt augenblicklich aus diesem Auto."

Eden gehorchte. „Es tut mir leid, Onkel Joseph", sagte sie kleinlaut.

Miranda schloss die Augen. *Onkel Joseph*? Na großartig. Einfach großartig.

„Den Führerschein und die Versicherungskarte", wiederholte er.

Sie reichte ihm den Führerschein und beobachtete, wie er einen weiteren Strafzettel für sie ausstellte. Wenigstens würde sie ihm heute nicht wieder in die Stadt folgen müssen, da das Rathaus bereits geschlossen war. Wütend warf sie den Strafzettel auf den Beifahrersitz.

„Miranda, kann ich mein Fahrrad wiederhaben?", fragte Eden mit piepsiger Stimme.

„Natürlich", erwiderte sie, stieg aus und öffnete den Kofferraum.

Hastig griff Sheriff Joseph nach dem Rad und verstaute es in seinem Wagen. Eden setzte sich auf den Beifahrersitz und sah dabei sehr unglücklich aus. Miranda wollte gerade wieder in Mr Coopers Caddy steigen, als Onkel Joseph noch einmal auf sie zukam. „Was machen Sie eigentlich hier in der Stadt?", fragte er gefährlich ruhig. Aus kalten Augen starrte er sie durchdringend an, woraufhin Miranda sich bemühte, ihn mindestens ebenso abweisend anzusehen. „Das geht Sie gar nichts an", entgegnete sie mit fester Stimme.

So, wie er sie daraufhin mit seinen Augen durchbohrte, musste Miranda befürchten, jeden Augenblick in Handschellen abgeführt zu werden. Er schien dasselbe zu denken. „Ich muss jetzt erst einmal das Kind nach Hause bringen. Ihre Großmutter ist außer sich vor Sorge. Ansonsten würde ich Sie festnehmen."

„Mit welcher Begründung?“ Mirandas Stimme überschlug sich fast.

„Fürs Erste: Beihilfe zum Fehlverhalten einer Minderjährigen.“

„Das ist ja grotesk. Vollkommen lächerlich, und das wissen Sie. Ich sah Eden und einen Jungen im Dunkeln auf dem Fahrrad und bot ihr an, sie nach Hause zu bringen. Das ist alles. Sie können in der Bibliothek nachfragen. Ich bin jeden Abend dort.“

Langsam wich der überhebliche Ausdruck aus seinem Gesicht. Er warf einen Blick zurück zu Eden, die zusammengesunken in seinem Auto saß. Als er sich wieder umdrehte, sah er nach wie vor nicht besonders freundlich aus, aber wenigstens musste Miranda nicht mehr länger befürchten, heute Abend noch in den Knast zu wandern.

„Wenn ich Sie noch einmal dabei erwische, wie Sie mit diesem Kraftfahrzeug ohne gültigen Versicherungsschutz fahren, werde ich den Wagen beschlagnahmen.“

Miranda schwieg. Für heute hatte sie genug. Sie drehte den Zündschlüssel und fuhr kopfschüttelnd zurück zum Motel. Die arme Eden tat ihr leid.

27

Ruth stand am Fenster und hielt Ausschau nach Joseph und Eden. Wo die beiden nur blieben? Als sie bei Joseph angerufen hatte, war dieser noch immer auf dem Revier gewesen. Normalerweise hätte Ruth ihn für dieses Verhalten gescholten, aber heute war sie einfach nur froh und dankbar. Innerhalb von wenigen Minuten war er bei ihr gewesen, doch dann war sie nicht einmal mehr dazu gekommen, ihm den Grund für Edens Flucht zu erklären. Sobald ihm klar geworden war, dass Eden schon wieder ausgerissen war, hatten sich Josephs Lippen in einen schmalen Strich verwandelt. „Ich finde sie", hatte er eben noch hervorgestoßen, bevor er auch schon zur Tür hinausgestürmt war. Seine Mutter zweifelte keinen Augenblick an seinem Erfolg.

Ruth hatte noch keine halbe Stunde gewartet, als Josephs Wagen vor ihrem Haus zum Stehen kam. Edens Umrisse waren schemenhaft auf dem Beifahrersitz zu erkennen, und Ruth schickte ein schnelles Dankgebet zum Himmel. Niemand sprach, als die beiden das Haus betraten. Eden warf ihrer Grandma einen schuldbewussten Blick zu und rannte dann sofort die Treppe hinauf. Joseph schüttelte den Kopf.

„Ich habe keine Ahnung, was in sie gefahren ist", sagte er. „In letzter Zeit hat sie sich doch wirklich gut benommen. Natürlich braucht sie ihre Abenteuer, aber so etwas wie heute hat sie doch noch nie gemacht!"

„Ich fürchte, ich weiß, was dahintersteckt", erwiderte Ruth und erzählte Joseph, dessen Gesichtsausdruck immer finsterer wurde, von dem Telefonat mit David und Sarah. „Sie fühlt sich alleingelassen."

„Das würde jedem so gehen“, presste Joseph zwischen geschlossenen Zähnen hervor.

„Was würdest du an seiner Stelle tun?“ wandte Ruth ein. Sie war so müde, immer den Vermittler spielen zu müssen, hin und her gerissen zwischen den Parteien ihrer Familie. „David liegt vollkommen hilflos in seinem Krankenhausbett. Wenn wir ihm damit helfen können, indem wir uns um Eden kümmern, dann sollten wir das auch tun. Was erwartest du von ihm?“

„Von ihm erwarte ich gar nichts.“

Ruth schloss die Augen und betete im Stillen um Weisheit und Geduld. *Wann wirst du deine Bitterkeit und deinen Groll loslassen?,* hätte sie Joseph am liebsten an den Kopf geworfen. *Wann wirst du bereit sein zu vergeben?* Doch sie schwieg. Stattdessen holte sie tief Luft und schickte ein weiteres Stoßgebet zum Himmel. Als Erstes galt es, sich der konkreten Situation zu stellen. „Wir müssen eine Entscheidung treffen, wie wir auf Edens Verhalten heute Abend reagieren wollen.“ Sie versuchte, so ruhig und besonnen wie möglich zu sprechen.

Jetzt erst wurden Josephs Züge weicher. Er ließ sich auf einen Stuhl fallen und fuhr sich mit den Fingern durchs Haar. Er sah müde aus.

„Hast du heute schon irgendetwas gegessen?“, fragte sie besorgt.

Er sah überrascht auf, dann schüttelte er den Kopf.

„Komm mit“, sagte Ruth und lotste ihn in die Küche, wo er sich an den Tisch setzte und ihr beim Kochen zusah. Sie setzte Wasser für einen Kaffee auf und holte ihre alte gusseiserne Pfanne hervor. Mit geübten Händen schnitt sie eine Zwiebel klein und briet sie an. Anschließend würfelte sie drei Kartoffeln, die sie würzte und zu den Zwiebeln in die Pfanne gab. Ein wenig grüne Paprika, etwas Schinken und drei verquirlte Eier dazu sowie eine Prise geriebenen Käse – fertig. Nachdem sie ihrem Sohn einen köstlich duftenden Teller und eine frische Tasse Kaffee serviert hatte, stellte Ruth noch einmal den Wasserkessel auf, um sich selbst eine Tasse Tee zu kochen.

Während Joseph es sich schmecken ließ, ging Ruth nach oben, um Eden zu fragen, ob sie auch noch etwas zu essen haben wolle, doch ihre Enkelin war bereits eingeschlafen. Vollständig angezogen lag sie auf der Tagesdecke. Ruth betrachtete sie genauer und bemerkte den klebrigen Rand um Edens Mund. Wo auch immer sie gewesen sein mochte, anscheinend hatte sie dort etwas zu essen bekommen. Ruth deckte sie mit einem Quilt zu, schloss leise die Tür hinter sich und kehrte nach unten zu Joseph zurück. Der wischte gerade mit einem letzten Stück Toast seinen Teller sauber, wobei ihm anzusehen war, dass sich seine Laune in der Zwischenzeit deutlich gebessert hatte.

„Vielen Dank", sagte er und lehnte sich mit einem zufriedenen Seufzer zurück. „Seit dem Frühstück heute Morgen bin ich noch nicht wieder zum Essen gekommen und etwas derart Gutes gab es bei mir nicht mehr, seitdem ich das letzte Mal bei dir zum Essen eingeladen war."

Zuerst dachte Ruth daran, ihn deshalb zu ermahnen, doch dann lächelte sie nur freundlich. „Du weißt, du bist mir jederzeit willkommen, mein Junge."

Sie schwiegen. Ruth nippte an ihrem Tee und auch Joseph trank einen Schluck von seinem Kaffee. Bevor er schließlich zu sprechen begann, fuhr er sich mit der Hand über Mund und Kinn. Ruth wusste, diese Geste bedeutete etwas in der Körpersprache, aber sie hatte vergessen, was genau.

„Also, erzähl mir von dem Gespräch zwischen Eden und David", sagte er in ruhigem Tonfall.

Ruth zuckte die Achseln. „Da gibt es nicht viel zu erzählen. Ich habe ja nicht mitgehört, aber wie ich aus ihrer Reaktion schließen konnte, hat David ihr eröffnet, dass die beiden diesen Monat wohl doch noch nicht hierher kommen, wie es ursprünglich geplant war."

„Okay“, sagte Joseph ruhig. Nachdenkliches Schweigen breitete sich zwischen ihnen aus. Wieder einmal bewunderte Ruth die plötzliche Gelassenheit und Stärke ihres Sohnes. Wie oft hatte sie dieses Verhalten nun schon bei ihm beobachten können? Wenn er mit irgendeinem Problem konfrontiert wurde, es Ärger oder Schwierigkeiten gab, schob Joseph nach einer kurzen Phase der Aufregung seine Gefühle beiseite und stellte sich ruhig und sachlich dem Kern der ganzen Angelegenheit.

„Ich denke, wir müssen uns entscheiden, wie wir mit der Sache heute Abend umgehen wollen.“

„Wo hat Eden denn überhaupt gesteckt?“, fragte Ruth.

Josephs Gesicht verzog sich sorgenvoll. „Sie saß im Auto einer Frau, der ich zuvor schon mal begegnet bin. Diese Frau behauptet, sie hätte Eden zusammen mit einem Jungen beim Radfahren angetroffen und hätte Eden daraufhin spontan angeboten, sie nach Hause zu fahren.“

„Mit einem Jungen?“

Joseph nickte.

„Denkst du, sie ist ...“

Er winkte ab. „Nicht doch. Vermutlich ist er einfach ein Kumpel. Nichts lässt darauf schließen, dass es um mehr geht. Aber trotzdem mache ich mir so meine Gedanken. Wenn es derselbe Junge ist, mit dem sie neulich unterwegs war – damals haben die beiden oben auf dem Land von Amos Schwartz gespielt und es sieht so aus, als wären sie nicht die einzigen dort gewesen. Irgendjemand hat dort campiert, vielleicht sogar irgendwelche Händler oder fahrendes Volk. Es gefällt mir einfach nicht, dass sie und ihr Kumpan sich derart in der Nähe von Leuten aufhalten, die vielleicht etwas auf dem Kerbholz haben. Vermutlich war unsere kleine Detektivin wieder irgendetwas auf der Spur.“

Wie immer war Ruth ein wenig erschrocken über Josephs Verdächtigungen. Vermutlich lag der Grund für sein ständiges Misstrauen in seinem Beruf, aber Ruth wünschte sich dennoch, ihr Sohn wäre von Zeit zu Zeit ein klein wenig optimistischer und vertrauensvoller.

„Was mir gar nicht gefällt", fügte Joseph schließlich noch hinzu, „ist, dass ich mir kein Bild von den übrigen Beteiligten machen kann."

Ruth nickte zustimmend. „Dennoch freut es mich, wenn sie endlich einen Spielkameraden gefunden hätte. Natürlich würde ich ihn auch gerne kennen lernen. Er muss ja immerhin irgendwo hier in der Nähe wohnen."

„Wahrscheinlich. Aber diese Frau beunruhigt mich noch viel mehr. Ich werde das Gefühl nicht los, dass mit ihr irgendwas nicht stimmt."

„Wie kommst du darauf?"

„Erst einmal fährt sie ohne gültige Versicherung", sagte Joseph und unterdrückte nur mühsam ein Lächeln. „Und außerdem reißt sie ganz schön den Mund auf."

„Hört sich an wie eine Beschreibung von fast jedem hier", erwiderte Ruth, bevor sie ein weiteres Mal in ihrer Tasse nippte.

„Ich kann auch nicht genau sagen, warum ich ihr nicht über den Weg traue. NGG, vermute ich mal."

Ruth schmunzelte. NGG – Nicht Ganz Geheuer war Josephs Kürzel für Situationen, in denen sein Instinkt ihn vor Dingen warnte, die er mit dem Verstand noch nicht sehen oder begreifen konnte. Ruth selbst hatte ihren Söhnen beigebracht, auf solche Ahnungen zu achten. *„Hört immer auf euer Bauchgefühl"*, hatte sie ihnen stets eingeschärft. *„Überlegt nicht lange, wieso oder weshalb. Wenn ihr ein schlechtes Gefühl habt, verschwindet so schnell ihr könnt! Darüber nachdenken und das Ganze verstehen könnt ihr hinterher immer noch."* Sie nickte ihrem Sohn zu. Wenn ihm sein Gefühl sagte, an der Situation sei irgendetwas faul, dann hätte er mit diesem Eindruck höchstwahrscheinlich recht.

„Ich werde sie morgen mal genauer überprüfen", sagte Joseph. „Vielleicht finde ich ja etwas über sie im Polizeicomputer."

„Und ich werde zusehen, ob ich irgendwas über diesen Jungen herausbekomme."

„Aber was machen wir in der Zwischenzeit mit Eden?", wandte Joseph ein. „Noch einmal Hausarrest? Wie lange diesmal?"

Er hielt inne und rieb sich erneut mit der Hand über Mund und Kinn. Sie würde wirklich in einem Buch über Körpersprache nachschlagen müssen.

Schließlich schüttelte er den Kopf. „Du sprichst doch immer von der heilenden Kraft der Gnade", sagte er mit einem schiefen Lächeln. „Versuchen wir es doch einmal damit."

Bei seinen Worten erfüllte Ruth plötzlich ein tiefer Friede, als ob das aufgewühlte Meer ihrer Gefühle mit einem Mal zur Ruhe gekommen sei. „Das hört sich gut an. Trotzdem werde ich mich vorher noch einmal ernsthaft mit ihr unterhalten."

Joseph nickte. „Ich ebenfalls."

Er stand auf, brachte seinen Teller zum Spülbecken hinüber und drückte ihr aufmunternd die Schulter. Für einen Moment legte Ruth ihre schmale Hand auf seine kräftige, große Hand. Sie fühlte sich von neuer Zuversicht erfüllt. Vielleicht würde doch noch alles gut werden.

Am nächsten Morgen ließ Miranda ihr Auto am Motel stehen und machte sich zu Fuß auf den Weg in die Stadt, um ihren abendlichen Strafzettel zu bezahlen. Sie wollte lieber gar nicht erst herausfinden, was „Onkel Joseph" mit ihr machen würde, wenn sie die Zahlung verweigerte. Nachdem sie das Rathaus aufgesucht hatte, trat sie – noch immer aufgebracht – wieder hinaus auf die Straße. Es war ein wunderschöner Tag. Das traumhafte Wetter entschädigte Miranda ein klein wenig für all ihren Ärger. Bereits nach kurzer Zeit stand sie wieder vor der Methodistenkirche, an der sie erst vor wenigen Tagen in der Sonne gesessen hatte. Auch heute luden sie die weißen, warmen Marmorstufen wieder zu einer kleinen Pause in der Sonne ein. Miranda setzte sich und holte ihr Portemonnaie hervor, um ihr verbleibendes Geld zu zählen. Kein besonders erfreulicher Anblick. Momentan lebte sie von den Ersparnissen für ihre ursprünglich geplante große Reise. Das Geld auf dem Girokonto ihrer Mutter hatte sie Tante Bobbie für die zahlreichen notwendigen Reparaturen am Haus zur Verfügung gestellt. Vermutlich gäbe es keine Probleme mehr, sobald erst das Haus verkauft wäre und sie ihr Erbe zugesprochen bekäme, aber fürs Erste fragte sich Miranda dennoch leicht besorgt, wie lange sie wohl noch ohne eine Arbeit auskommen würde.

Sie ging hinüber zur Bücherei und las die Stellenanzeigen am schwarzen Brett, von denen sie sich einzelne notierte. Anschließend dachte sie einen Moment darüber nach, ob es nicht vielleicht doch besser wäre, Mr Cooper anzurufen, um die Sache mit der fehlenden Versicherung zu besprechen, als die Schulkinder hereinstürmten und Miranda aus ihren Überlegungen rissen. Sie sah auf die Uhr. Es war erst zwölf. Anscheinend war heute aus irgendeinem Grund schon eher Schulschluss.

Die drei fiesen Mädchen setzten sich wie immer auf ihre Stammplätze. Miranda sah sich suchend nach dem rothaarigen Jungen von gestern Abend um, doch er war nirgends zu entdecken. Auch Eden war nicht zu sehen, aber nach kurzer Zeit tauchte sie schließlich doch noch auf. Heute trug sie ein grünes T-Shirt – anscheinend war das Pferdeshirt in der Wäsche. Miranda war fast ein wenig überrascht, sie zu sehen. So, wie dieser Onkel Joseph sich gestern aufgeführt hatte, dürfte es kaum bei einer Standpauke geblieben sein.

Eden kam herüber und legte ihren Rucksack auf den Tisch. „Hey“, sagte sie mit leicht gesenktem Blick.

Sie wirkte verlegen. Vielleicht war Eden ihr gestriges Verhalten peinlich? Nun, damit wäre sie nicht allein, dachte Miranda mit einem leicht säuerlichen Grinsen.

„Mir scheint, wir beide haben uns gestern Abend richtig Ärger eingehandelt, was?“ fragte sie mit einem teilnahmsvollen Lächeln.

Eden blickte auf und nickte. „Aber ich habe trotzdem keinen Hausarrest bekommen.“ Anscheinend war sie selbst erstaunt darüber.

„Wirklich?“, fragte Miranda. „Ich muss schon sagen, das wundert mich. Dein Onkel schien stinksauer zu sein.“

„Ich weiß. Grandma hat heute früh mit mir geredet. Sie hat gesagt, dass sie ganz schön Angst ausgestanden hat und traurig ist, weil ich weggelaufen bin, aber dass sie diesmal noch Gnade vor Recht ergehen lassen wollen.“

Miranda war ein wenig überrascht. Sie erwiesen Eden Gnade. „Das ist schön“, sagte sie leise.

Eden nickte, aber irgendetwas schien das Mädchen dennoch zu bedrücken. In ihrem Gesicht und ihrem Blick lag eine Mischung aus Wut und Verletztheit, doch anscheinend waren sie heute beide nicht zum Plaudern aufgelegt, sodass sich schließlich jede in ihre Arbeit vertiefte. Eden machte sich an ihre Hausaufgaben, und Miranda studierte weiter die Anzeigen. Nach einer Weile packte Eden ihre Bücher in den Rucksack, holte ein rotes Notizbuch hervor und begann eifrig zu schreiben. Miranda lächelte. Was auch immer Eden gerade aufschrieb – sie war mit ihrer gesamten Aufmerksamkeit dabei.

Eden Williams, die Jungreporterin, tippte, was das Zeug hielt. Nur noch zwanzig Minuten bis zum Abgabetermin, doch sie würde alles dafür tun, damit die heutige Ausgabe erscheinen konnte. Der Mörder ihres Verlegers würde die Zeitung nicht

stoppen können. Sie hatte herausgefunden, wer Malcolm Hendricks erschossen hatte, als er letzte Woche noch spät allein in seinem Büro saß und den Probedruck der neuen Ausgabe des Daily Mirror überflog. Es war Edwin LaCross, der ungehobelte Klatschredakteur.
Sie, Eden Williams, hatte mehrere Spuren verfolgt. Jedem noch so winzigen Hinweis war sie gefolgt, bis sie zufällig ein Gespräch mit anhörte, in dem Edwin LaCross am Handy einen Flug nach ... (später bearbeiten)

Eden legte für eine Minute den Stift aus der Hand und sah sich in der Bibliothek um. Sie erinnerte sich noch genau daran, wie sie zu Hause an der Geschichte geschrieben hatte. Mom war richtig lästig geworden und hatte die ganze Zeit an die Tür geklopft. *„Eden, mach die Tür auf. Ich weiß, dass du da drinnen bist!“* Doch Eden hatte sich ein Kleenex in die Ohren gestopft und einfach weitergeschrieben. Sie hatte so getan, als sei sie wirklich Eden Williams, die junge Reporterin, und habe tatsächlich nur noch fünf Minuten bis zum Abgabeschluss.

Irgendwie war es ihr, Eden Williams, gelungen, sich durch all den Abfall hindurchzuwühlen. Dort hatte sie schließlich die Handschuhe mit dem Schießpulver daran entdeckt!!! Jetzt würde sie, Eden Williams, endlich für Gerechtigkeit sorgen. Mit Hilfe des attraktiven Detectives Cal Dakota könnte sie so Rache nehmen an dem Mörder des armen, toten Malcolm.

„Eden Elizabeth Williams!“, hatte Mom gebrüllt. *„Mach sofort die Tür auf. Du weißt, dass du nach halb zehn nicht mehr am Computer sitzen sollst.“*

„Nur eine Minute!“, hatte Eden zurückgebrüllt. *„Ich bin fast fertig.“*

„Womit fertig?“ Mom hatte geklungen, als sei sie kurz vorm

Ausflippen – wie gewöhnlich. *„Ich hoffe nur, du siehst nicht fern – irgendeine von diesen furchtbaren Krimiserien!“*

Eden hatte so schnell geschrieben, wie sie konnte. Gleich hatte sie es geschafft.

In diesem Moment hörte Eden Williams Schritte hinter sich. Schnell ließ sie die Rechtschreibprüfung über ihren Text laufen und positionierte ihn anschließend direkt auf der Titelseite. Genau in dem Moment, als sie ihren Finger auf die Enter-Taste legen wollte, hörte sie die ölige Stimme von Edwin LaCross: „Lass deinen Finger schön da, wo er ist!“ Ihr lief ein Schauer über den Rücken!!!

„Na schön, junge Dame. Du hast es nicht anders gewollt“, hatte Mom gerufen. Dann war ein kratzendes Geräusch zu hören gewesen – wie von einer Nagelfeile, mit der am Schloss herumgestochert wird. Insgesamt hatte ihre Mutter drei Minuten gebraucht, um die Tür zu öffnen, was Eden weitere kostbare Zeit verschafft hatte, ihre Geschichte zu Ende zu schreiben.

Eden, die Reporterin, drückte die Enter-Taste. Dann überschlugen sich die Ereignisse. Edwin LaCross machte einen Hechtsprung in Richtung ihres Computers, doch da tauchte plötzlich Cal Dakota auf und warf Edwin um!! Seine Waffe flog quer durch den Raum!!!
„Du hast mir das Leben gerettet!!!“ Eden begann zu schluchzen, während sie in Cals Arme stürzte. Er hielt sie eng umschlungen und sie küssten sich.
Am nächsten Tag veröffentlichte die Zeitung wie geplant die ganze Geschichte. Der Inhaber der Zeitung war von der Story so begeistert, dass er Eden zur neuen Herausgeberin ernannte!!! Am Ende haben Cal und sie geheiratet!!!
Ende

„Was, zum Kuckuck, schreibst du da?", hatte Mom wissen wollen.

„Nichts."

Da war bei Mom nichts mehr zu retten gewesen. *„Ab ins Bett, Eden. Ich bin zu müde für deine Spielchen heute Abend."*

Eden war mit dem Gedanken zu Bett gegangen, dass Mom immer zu müde für ihre Spielchen war.

Jetzt schüttelte sie den Kopf und wandte sich wieder ihrer Geschichte zu. An Mom wollte Eden heute lieber gar nicht denken. Vielleicht war es gar nicht so schlecht, dass sie nicht hier in Abingdon war. Wenn Mom wüsste, dass sie an einer Kriminalgeschichte mit Mördern und Terroristen schrieb, würde sie Eden gewiss gleich wieder zum Schulpsychologen schicken. In Fairfax war das Mrs Jones. Eden hatte sie einmal aufsuchen müssen, um sich mit ihr zu unterhalten – damals, als Eden ausprobiert hatte, ob Alkohol wirklich brennt. Er tat es, wenn auch nicht besonders gut. Nur ein paar einzelne Flammen hatten im Badezimmerwaschbecken gezüngelt. Mom war vollkommen ausgerastet und hatte die Feuerwehr gerufen. Nachdem die Feuerwehrmänner wieder abgezogen waren, hatte Mom sie voller Sorge gefragt, ob Eden irgendwelche Probleme habe. Da hatte sie versucht, ihrer Mutter zu erklären, dass die junge Reporterin in ihrem Roman eine Bombe aus dem Inhalt ihres Medizinschranks zusammenbauen müsse und dass es als Autorin doch ihre Pflicht sei, wenigstens auszuprobieren, ob das Ganze funktioniert. Als Mom jedoch das Wort *Bombe* gehört hatte, war sie wie eine Furie ins Kinderzimmer gestürmt. Dort hatte sie alles von oben bis unten durchsucht, hatte jede von Edens Geschichten gelesen und Eden anschließend für ein Gespräch zu Mrs Jones geschickt.

Miranda seufzte. Eden sah auf. Ihre Tischnachbarin blätterte gerade ihre Zeitung um und schien nicht besonders glücklich zu sein.

„Was suchen Sie?", fragte Eden.

„Ein Zimmer und einen Job." Sie sah ziemlich entmutigt aus.

„Und wo wohnen Sie jetzt?“

„In einem Hotel, aber das kann ich mir nicht mehr länger leisten. Ich brauche dringend eine Arbeit, und außerdem muss ich mich um die Autoversicherung kümmern. Ich befürchte, dein Onkel wird nicht besonders verständnisvoll reagieren, wenn er mir noch einen Strafzettel verpassen muss.“

„Vielleicht lässt er ja auch bei Ihnen Gnade vor Recht ergehen.“

Miranda grinste. „Ja, vielleicht.“

Da hatte Eden eine Idee. Entschlossen blätterte sie an den Anfang ihres Notizbuchs. Sie war ein solcher Dummkopf. So würde sie alle Probleme von Miranda auf einen Schlag lösen können. „Kommen Sie mit mir“, sagte sie.

„Warum? Wo willst du hin?“

„Haben Sie schon mal gekellnert?“, wollte Eden wissen.

„Das kann ich im Schlaf.“

„Dann kommen Sie mit!“

28

„Sie können also die Frühschicht ab morgen übernehmen?“, fragte der Mann, der sich Miranda als Wally vorgestellt hatte. Er war groß und hager und hatte viele Sorgenfalten im Gesicht. Seine Schürze war makellos rein und seine Schuhe frisch geputzt – ein eher ungewöhnlicher Anblick bei einem Imbissbetreiber.

„Auf jeden Fall“, antwortete Miranda, während sie sich umsah. Das Lokal sah sauber und gemütlich aus. Rotlederne Sitzbänke, glänzende Resopaltische und ein sorgfältig gewachster Dielenboden. Ein bisschen altmodisch, aber alles sehr einladend.

„Ich kann Ihnen den Mindestlohn zahlen, plus einen Dollar Zuschlag, und natürlich das Trinkgeld nicht zu vergessen.“

„Hört sich gut an“, sagte Miranda und rechnete sich gleichzeitig aus, dass dieser Betrag nie und nimmer für Miete, Lebensmittel und Versicherung reichen würde. „Brauchen Sie Zeugnisse?“

Er schüttelte den Kopf. „Ist ja nur zur Aushilfe.“ Sein besorgter Gesichtsausdruck vertiefte sich. „Das haben Sie doch verstanden, oder?“

„Natürlich.“ Beruhigend lächelte Miranda ihn an. Hoffentlich hätte sie ihre Geschäfte hier beendet, bevor diese Elna von ihrer Rücken-OP wiederkäme.

„Außerdem, wenn Eden für Sie ein gutes Wort einlegt, dann reicht mir das allemal“, fügte Wally hinzu.

Hauptsache, Sie fragen nicht ihren Onkel, dachte Miranda im Stillen. „Vielen Dank“, sagte sie laut.

Eden sah aus wie eine zufriedene Katze, die gerade einen Vogel verspeist hatte. „Okay, und nun bringe ich Sie zu Ihrem neuen Schlafplatz.“

Mirandas Bewunderung für Eden und ihre Fähigkeiten wuchs von Minute zu Minute. Zu Fuß folgte sie ihr, während Eden im Schritttempo die schattige, von Bäumen gesäumte Allee auf ihrem Fahrrad entlangfuhr, bis sie schließlich ganz in der Nähe des Polizeireviers anhielten. Keine besonders günstige Gegend. Eden stellte ihr Fahrrad vor einem Haus ab, das wie eine Mischung aus einer Kirche ohne Turm und einem kleinen Rathaus aussah. *„Beerdigungsinstitut Robert Cornwell"* stand auf dem Schild, und Miranda fühlte sich ein wenig beklommen.

„Vertrauen Sie mir", sagte Eden. „Es wird Ihnen gefallen."

Und Miranda vertraute ihr. Sie folgte Eden ins Innere des Gebäudes, nachdem diese sorgfältig ihr Fahrrad abgeschlossen hatte. Die kühle Eingangshalle lag in gedämpftem Licht. Der Parkettboden war glänzend poliert, die Wände mit Mahagoni verkleidet oder mit kunstvollen Ornamenten verziert. Ein wunderschönes, altes Gebäude. Soweit Miranda erkennen konnte, war es hauptsächlich mit antiken Möbeln dekoriert, die womöglich schon von Anfang an hier standen. Zahlreiche, riesige Grünpflanzen lockerten die Atmosphäre auf. Miranda war so vertieft in den schönen Anblick, dass sie den Mann zunächst gar nicht bemerkte, der geräuschlos in die Eingangshalle trat.

„Hallo, Mr Cornwell", rief Eden.

Sofort überzog ein warmherziges Lächeln sein Gesicht, woraufhin Miranda sich genötigt fühlte, ihre stereotype Vorstellung von einem Bestatter zu verwerfen.

„Hey, mein Mädchen. Ich habe dich ja schon eine ganze Reihe von Tagen nicht mehr gesehen."

„Ich hatte viel zu tun", erwiderte Eden mit nüchternem Gesichtsausdruck. „Und auch das hier ist was Geschäftliches."

Mr Cornwell blickte plötzlich ebenfalls ernst. „Oh, dann kommt mit in mein Büro."

Sie folgten ihm einen Gang entlang, an dessen Ende sich das Büro von Mr Cornwell befand, wo er jedem von ihnen einen

Stuhl anbot. Allmählich begann Miranda sich zu fragen, wohin das alles führen sollte. Vielleicht wollte der Mann ja ein Haus vermieten.

„Suchen Sie immer noch einen Verwalter, der Ihnen zur Hand geht?“, fragte Eden.

„Ja, aber warum fragst du?“

„Nun, das hier ist die Frau, die Sie brauchen“, sagte Eden, und es war nicht zu übersehen, wie stolz sie auf sich war.

Mr Cornwell musterte Miranda interessiert. „Haben Sie so etwas schon mal gemacht?“

Miranda überlegte. Beim Hundefriseur war sie fürs Saubermachen zuständig gewesen, und in Minneapolis hatte sie als Zimmermädchen gearbeitet. „Doch, etwas in der Art schon.“ Und dann erzählte sie ihm, was sie bisher gemacht hatte.

„Ich kann Sie nicht bezahlen, dafür können Sie bei mir umsonst wohnen. Das schreckt die meisten Bewerber ab.“

„Mich nicht“, erwiderte Miranda. „Was gibt es denn genau zu tun?“

„Die Geschäftsräume und der Flur müssen gesaugt werden und die Toiletten geputzt, wann immer eine Beerdigung stattfindet. Die Küche und die Büroräume müssen Sie nur einmal in der Woche machen. Ich denke, dass Sie die Arbeit in sechs bis acht Stunden in der Woche schaffen. Wenn Sie interessiert sind, zeige ich ihnen jetzt die kleine Wohnung.“

„Ich bin auf jeden Fall interessiert.“

Sie stiegen eine Treppe hinauf und Mr Cornwell schloss die Tür zu einem kleinen Appartement auf, das direkt über den Büroräumen lag. Es gab ein Wohnzimmer mit Kochnische, ein kleines Schlafzimmer und ein Bad. Die Wohnung war hell und sonnig, sauber und mit dem Nötigsten eingerichtet. „Perfekt“, sagte Miranda. „Aber ich will ehrlich zu Ihnen sein. Ich weiß noch nicht, wie lange ich hierbleibe.“

Mr Cornwell zuckte die Achseln. „Die Stelle ist schon länger nicht besetzt. Solange Sie pfleglich mit den Sachen umgehen, ist mir alles recht."

Schnell war man sich einig. Ein Vertrag wurde aufgesetzt, dann verabschiedeten sie sich.

Draußen auf der Straße musterte Miranda Eden fast ehrfürchtig. „Woher weißt du so gut Bescheid?"

Eden warf ihr einen weisen Blick zu. „Immer die Augen und Ohren offen halten. Man kann nie wissen, ob irgendeine Information später noch mal nützlich ist. Letzte Woche habe ich Mr Cornwell zu Wally sagen hören, dass der Student, der sich bisher bei ihm um alles gekümmert hat, schon länger seinen Abschluss gemacht hat und Mr Cornwell bisher niemanden gefunden hat, um ihn zu ersetzen. Die jungen Leute wären heute einfach zu verwöhnt und so. Ich habe mir damals gleich alles in meinem Buch notiert – bis auf den Teil mit den verwöhnten jungen Leuten. Kommen Sie, jetzt kümmern wir uns um Ihr Transportproblem."

„Du bist ein solcher Schatz! Es ist wirklich unglaublich. Hör mal Eden, willst du nicht Miranda zu mir sagen?"

„Okay", sagte Eden und schwang sich vergnügt auf ihr Rad. Miranda folgte ihr zu Fuß, bis sie vor einem hübschen, zweistöckigen Stadthaus im viktorianischen Stil anhielten. Im Vorgarten des Hauses, das von einer großen Veranda umgeben war, wuchsen alte Platanen. Das Dachgeschoss des Gebäudes war auf der einen Seite mit sechseckigen Türmchen, auf der anderen Seite mit großen Fenstern versehen. Eine der hohen Flügeltüren stand offen, und eine weiße Tüllgardine wehte sanft im Wind. Vor den Fenstern im Erdgeschoss hingen Blumenkästen, die üppig mit Geranien bepflanzt waren. Längs des Gartenwegs blühten Rittersporn, Kapuzinerkresse und Pfingstrosen, und an der Pergola, die den Weg überdachte, rankten Clematis und Rosen. Auf dem Schild neben dem Gartentürchen war zu lesen: *Wanderers Nachtruh – Frühstückspension.*

„Oh, wie schön!", rief Miranda voller Bewunderung. „Wie ein Puppenhaus in einem Bilderbuch."

„Das ist Grandmas Haus", sagte Eden und öffnete die Gartentür. „Komm rein."

Miranda zögerte.

„Das ist schon okay, mache dir keine Gedanken. Sie ist sehr nett."

Miranda folgte Eden bis zur Veranda.

„Du kannst ruhig mit reinkommen. Ich muss Grandma nur kurz etwas fragen."

„Ich warte lieber hier draußen."

Eden zuckte die Achseln und ließ die Fliegengittertür hinter sich zuknallen.

„Grandma!", hörte Miranda sie rufen.

„Ich bin hier", antwortete eine Stimme im Inneren des Hauses.

„Kann meine neue Freundin das Rad im Schuppen borgen?"

„Aber natürlich, Schatz. Ich befürchte nur, dass die Reifen platt sind."

Bei Edens Lösung für ihr Transportproblem musste Miranda schmunzeln. Warum eigentlich nicht! Die körperliche Betätigung würde ihr gut tun und für weitere Entfernungen würde sich schon eine andere Lösung finden.

Die Stimmen von drinnen kamen näher, und dann trat eine Frau auf die Veranda, die vermutlich Edens Großmutter war. Eine große, etwas rundliche, ältere Dame, deren graues Haar noch immer eine Spur von Blond enthielt. Sie hatte freundliche, braune Augen, mit denen sie Miranda voller Interesse anblickte, und zahlreiche Sommersprossen auf Gesicht und Armen. Als sie zu sprechen begann, musste Miranda unwillkürlich an süße, klebrige Dinge wie Honig, Toffee-Bonbons und heißes Karamell denken.

„Guten Tag, ich bin Ruth, Ruth Williams", sagte sie mit warmer Stimme und streckte Miranda zur Begrüßung die Hand entgegen. „Herzlich willkommen."

„Danke", erwiderte Miranda, plötzlich ein wenig schüchtern.

„Möchten Sie nicht hereinkommen und etwas trinken?"

„Sie hat gestern Kuchen gebacken", fügte Eden eifrig hinzu.

Für einen kurzen Moment zögerte Miranda, doch Eden schien sich tatsächlich auf ihren Besuch zu freuen, und auch Ruths Einladung klang, als käme sie von Herzen. „Das ist sehr nett. Danke", sagte Miranda.

Sie folgte den beiden ins Innere des Hauses, das ebenso entzückend eingerichtet war, wie es von außen wirkte. Das Sofa im sonnendurchfluteten Wohnzimmer war mit rot-weiß gemustertem Karostoff bezogen und verschiedenfarbige, gewebte Teppiche bedeckten den Boden. Rankende Efeupflanzen, helle Eichenmöbel, ein bunter Quilt und Spitzen überall rundeten den behaglichen Eindruck ab. Auf dem Tisch im Esszimmer stand eine Nähmaschine und am anderen Ende lagen einige Bogen Papier.

„Ich sitze gerade an meinem aktuellen Beitrag für unser Lokalblatt, das *Blue Ridge Journal*", sagte Ruth. „Einmal im Monat schreibe ich eine Kolumne zum Thema *„Freuden des Alltags*."

„Das hört sich nett an", sagte Miranda. „Und worum geht es diesmal?"

Ruth lächelte. „Diesen Monat schreibe ich über Kühlhäuschen. Mithilfe dieser Häuschen oder Boxen, die über einer Quelle, einem Bach oder Fluss gebaut wurden, hat meine Großmutter Milch, Käse und Butter frisch gehalten. Ich schreibe über solche liebenswerten Alltäglichkeiten von damals, damit sie nicht in Vergessenheit geraten, wenn wir Älteren mal nicht mehr da sind."

„Daran mag ich gar nicht denken", warf Eden ein.

„Ich weiß", sagte Ruth sanft, „aber der Herr nimmt uns alle zu sich, wenn die Zeit dafür gekommen ist."

Gemeinsam gingen sie in die Küche, wo Eden Kuchenteller, Tassen und ein Messer aus dem Schrank holte.

„Ich hoffe, Sie sind nicht allergisch auf Walnüsse. Ich habe nämlich Walnusskuchen gebacken", sagte Ruth zu Miranda gewandt.

„Nein, nein, keine Sorge", erwiderte diese.

„Das ist mein Walnusskuchen mit braunem Zucker. Sie müssen wissen, ich bin in Richmond aufgewachsen, und an unserer Grundstücksgrenze wuchsen drei große Walnussbäume. Jedes Jahr war es meine Aufgabe, die Nüsse zu sammeln, zu knacken und zu enthäuten. Was für eine Heidenarbeit!", sagte Ruth. Sie setzte eine Kanne Kaffee auf, ohne den Faden ihrer Unterhaltung abreißen zu lassen. „Kommen Sie hier aus der Gegend?"

„Aus Nashville, Tennessee", antwortete Miranda.

„Ach, dann sind Sie ja nicht weit weg von zu Hause", meinte Ruth. „Und was führt Sie nach Abingdon?"

Bestimmt würde sie diese Frage in nächster Zeit noch häufiger beantworten müssen – jetzt, wo sie mit ihrer kleinen Wohnung ein wenig heimischer in Abingdon geworden war und sich nicht mehr länger nur auf der Durchreise befand. Dennoch rutschte Miranda ihre übliche Antwort heraus, mit der sie all die Jahre zuvor in New Orleans, Philadelphia und New York auf diese Frage geantwortet hatte. „Ich mag es einfach, zu reisen und möchte so viel wie möglich von der Welt sehen, bevor ich sterbe."

Ruth lächelte. „Das klingt sehr interessant. Sie müssen unendlich viele verschiedene Menschen kennengelernt haben. Wenn ich an all die Geschichten denke, die Sie schreiben könnten!"

Miranda lächelte und nickte.

Jetzt ergriff Eden wieder das Wort. „Miranda vertritt Elna als Bedienung im *Hasty Taste.*"

„Ach, da wird Wally bestimmt ein Stein vom Herzen gefallen sein", sagte Ruth. „Ich weiß, dass er sich Sorgen gemacht hat, wie er ohne Elna zurechtkommen soll. Wissen Sie schon, wo Sie wohnen können, meine Liebe?"

Miranda lächelte und deutete mit dem Kopf zu Eden hinüber. „Ja, das habe ich meiner neuen Freundin zu verdanken. Ich gehe Mr Cromwell vom Bestattungsinstitut zur Hand."

„Wirklich? Na so was!" Ruth strahlte. „Dann herzlich willkommen in unserer kleinen Stadt."

Sie hatte die Worte kaum ausgesprochen, als draußen auf der Veranda Schritte zu hören waren. Dann schlug die Fliegengittertür auf und wieder zu. Erneute schwere Schritte in der Diele, und einen Augenblick später stand Onkel Josephs riesige Gestalt im Türrahmen zum Wohnzimmer. Er machte ein Gesicht wie sieben Tage Regenwetter und schien nicht fassen zu können, was er sah. Miranda spürte eine fast unanständige Genugtuung, als sie sich bequem zurücklehnte und genüsslich ein Stück Nusskuchen in den Mund schob.

„Joseph, ich möchte dir ... „

„Wir kennen uns", sagte er kurz angebunden.

Seine Mutter warf ihm einen Blick zu, den er jedoch ignorierte. „Was macht mein altes Fahrrad draußen auf der Veranda?"

„Ach, das ist deins?", fragte Ruth mit großen Augen. „Ich wusste nicht mehr, wer von euch Jungs es all die Jahre hier hat einrosten lassen."

Miranda unterdrückte ein respektvolles Grinsen. Da hatte der gute Joseph offensichtlich seinen Meister gefunden.

„Miranda wird es benutzen, damit sie nicht noch für die Versicherung bezahlen muss", fügte Eden erklärend hinzu.

Bei diesen Worten schoss Miranda die Röte in die Wangen, was Joseph die Gelegenheit bot, einen überlegenen Gesichtsausdruck zur Schau zu stellen. „Ach ja, ist das so?"

„Natürlich nur, wenn es dir recht ist", sagte Eden schnell und sah ihn zusammen mit Ruth erwartungsvoll an, während Miranda voller Konzentration ihre Schuhspitzen betrachtete.

„Meinetwegen", murmelte er und wandte sich zum Gehen.

„Magst du denn gar keinen Kuchen, mein Junge?"

Er brummte noch irgendetwas Unverständliches, dann schlug erneut die Fliegengittertür. Mit schweren Schritten polterte er über die Holzbohlen und die Verandastufen hinab.

„Was hat Onkel Joseph denn?“ fragte Eden. „Worüber ist er so sauer?“

„Er hat im Moment viel um die Ohren“, erwiderte Ruth mit einem Kopfschütteln. „Mach dir um ihn keine Gedanken. Also, wo waren wir stehen geblieben?“

Dank Eden waren am Ende des Tages all ihre dringenden Probleme gelöst. Miranda konnte es noch immer nicht fassen. An der Tankstelle hatte sie die Reifen von Josephs Fahrrad flicken und aufpumpen lassen. Nachdem sie noch einen Tropfen Öl auf die beweglichen Teile gegeben hatte, fuhr es sich jetzt wie neu. Miranda fühlte sich jung und unbeschwert, als ihr bei ihrer ersten Tour der Fahrtwind durch die Haare flatterte. Nachdem sie aus dem Hotel ausgecheckt hatte, lenkte Miranda Mr Coopers Cadillac ein wenig angespannt zu dem Parkplatz bei ihrer neuen Bleibe, doch kein Sirenengeheul ertönte hinter ihr.

Anschließend rief sie bei Mr Cooper an und hielt einen kleinen Plausch mit ihm. Er erklärte sich dazu bereit, den Cadillac in seine Versicherung mit aufzunehmen, woraufhin Miranda ihm einen Scheck ausstellte, der die ersten Monatsraten der Versicherung abdeckte. Nachdem sie den Brief eingeworfen hatte, packte sie ihre Koffer aus, dann hängte sie sich eine Tasche um und fuhr zum Supermarkt, wo sie Eier und Brot, Erdnussbutter und Kaffee besorgte. Als es dunkel wurde, hatte sie sich fertig eingerichtet, zu Abend gegessen, das Geschirr abgewaschen und ihre Kleider für den ersten Arbeitstag zurechtgelegt.

Da sie keinen Fernseher besaß – was Miranda nicht bedauerte –, ging sie nach draußen vor das Haus und setzte sich auf eine Bank, von der aus sie das Farbenspiel der hereinbrechenden Dunkelheit beobachtete. Sie müsste sich unbedingt etwas Nettes für Eden einfallen lassen, um sich bei ihr für ihre Hilfe zu bedanken.

Nachdem die Sonne untergegangen war, ging sie wieder hinein, duschte und machte sich bettfertig. Als Miranda gerade ihren Wecker auf 5.00 Uhr morgens stellen wollte, fiel ihr siedend heiß ein, dass sie vollkommen vergessen hatte, bei Tante Bobbie anzurufen. Es war erst halb zehn. Miranda entschied, die Gelegenheit zu nutzen, und wählte kurzentschlossen die Nummer ihrer Tante.

Tante Bobbie war tatsächlich noch wach, und obwohl sie wie immer sehr müde klang, erkundigte sie sich dennoch voller Interesse bei Miranda nach den Fortschritten ihrer Suche.

„Ich komme ganz gut voran", antwortete Miranda. „Bis jetzt habe ich noch keine Spur in Bezug auf das Baby gefunden, aber wenigstens habe ich inzwischen ein bisschen Fuß gefasst und neue Freundschaften geschlossen."

„Das ist schön", sagte Tante Bobbie.

Unwillkürlich fragte sich Miranda, wie merkwürdig und überspannt das alles auf ihre Verwandte wirken musste, die mit beiden Beinen im Leben stand, tagtäglich gefordert wurde und mit Sicherheit keine Zeit dafür fand, in der Vergangenheit herumzuwühlen. „Tante Bobbie, ich habe mich gefragt, ob du mir vielleicht ein paar Dinge erklären könntest?"

„Natürlich", sagte ihre Tante bereitwillig, doch ihre Stimme klang misstrauisch.

Miranda seufzte. Es war schon immer so gewesen: Sobald sie nach irgendwelchen Informationen über ihre Vergangenheit zu fragen begann, stand sie bei Mama und ihrer Tante plötzlich vor verschlossenen Türen. „Wo genau seid ihr zwei eigentlich aufgewachsen?"

Zurückhaltende Stille, dann ein Räuspern. „Wieso willst du das wissen?"

„Einfach so. Nur eine Vermutung, die zu nichts führen muss."

„Das war in der Nähe von Thurmond in West Virginia. Aber ich sehe nicht, inwieweit dir das irgendwie nützlich sein soll."

„Und wo haben Mom und Dad geheiratet?", fragte Miranda, ohne sich von den entmutigenden Worten ihrer Tante aus dem Konzept bringen zu lassen.

„Auf dem Standesamt in Nashville", antwortete Tante Bobbie, die nun ein wenig lockerer wirkte.

„Weißt du, von wo Daddy ganz genau stammte?"

„Nein, keine Ahnung, Kind. Ich weiß nur, dass es irgendwo südlich von uns lag. Vielleicht Georgia oder Florida."

Das konnte ja fast überall sein. Ein unvorstellbar großes Gebiet. Miranda ließ sich ihre Enttäuschung jedoch nicht anmerken, sondern bedankte sich lediglich für die Information. „Hast du irgendeine Idee, wie die Verbindung nach Abingdon zustande kommt?"

„Nein", antwortete Tante Bobbie. „Liebes, ich muss jetzt los. Meine Kittel müssen noch in den Trockner. Ich habe heute Nachtschicht."

„Ich danke dir, Tante Bobbie", sagte Miranda. Nach einem müden „Gute Nacht" am anderen Ende legte sie auf.

Was hatten die beiden Schwestern nur erlebt? Was war geschehen, dass sie den Namen ihres Geburtsorts am liebsten noch nicht einmal mehr aussprachen? Wie konnte es sein, dass sie niemanden von ihren früheren Bekannten und Verwandten mehr treffen wollten? Durch was war ihre Mutter so spröde, verbittert und wütend geworden und Tante Bobbie zu einem Schatten ihrer selbst?

Miranda machte sich einige Notizen in ihrem Tagebuch. Nachdem sie ihre Gedanken und Fragen festgehalten und sich ihre Frustration von der Seele geschrieben hatte, begann sie eine Collage anzufertigen. Ein Bild aus verschiedenen ausgeschnittenen Schlössern und Schlüsseln, über das Miranda ein Herz mit einer Kette und einem Vorhängeschloss zeichnete.

Die Schwestern taten ihr leid, aber zugleich machte Miranda der Gedanke an die beiden auch unglaublich wütend. Sie war diese Geheimniskrämerei so leid. Wenigstens einigem würde sie auf den Grund gehen. Sie musste unbedingt vorankommen.

29

Miranda DeSpain. Joseph hielt die Durchschrift von Mirandas Strafzettel in der Hand. Dann tippte er ihre Daten in den Computer ein und ließ sie anhand der Datenbank überprüfen, aber der Suchlauf verlief ohne Ergebnis. Es lag nichts gegen sie vor. Vielleicht bei Google? Immerhin hatte er hier ein winziges Erfolgserlebnis. Die *Spokesman Review*, die Lokalzeitung von Spokane, Washington, berichtete, dass 2001 ein Charles E. Porter eine Miranda M. DeSpain geheiratet hatte. Beide stammten aus Coeur d'Alene. Joseph sah noch einmal auf den Strafzettel, den er ausgestellt hatte. Die mittlere Initiale war falsch – Miranda I. DeSpain. Er fuhr sich mit der Handfläche übers Gesicht. Er brauchte dringend eine Rasur. Schließlich stand er auf und ging zum Fenster. Eigentlich sollte er endlich nach Hause fahren, aber gleichzeitig wurde ihm klar, dass es nichts gab, was ihn dort erwartete. Seit Eden in Abingdon war, wohnte Flick bei seiner Mutter. Noch nicht einmal sein Hund wartete mehr daheim auf ihn. Angesichts seiner melodramatischen Überlegungen musste Joseph schmunzeln.

Er sah auf die Straße hinunter. Die Geschäfte und Straßenlaternen waren mit hängenden Körben voller Frühlingsblumen geschmückt und die Bäume waren über und über mit frischem Grün bedeckt. Viele Touristen kamen aufgrund der Geschichte nach Abingdon, aber auch, weil die Stadt so eine besondere Atmosphäre hatte. Hier war die Welt noch in Ordnung. Man hatte fast das Gefühl, vom Trubel und den Problemen der übrigen Welt abgeschnitten oder vielmehr geschützt zu sein. Für einen Augenblick konnte man hier die harte Wirklichkeit des Lebens vergessen. Die Menschen, die hier lebten, liebten diesen Ort, weil er ihnen Sicherheit und ein Gefühl von Heimat verlieh und auch Joseph fühlte sich zutiefst verbunden mit Abingdon. Er würde alles tun, um dieses heile Fleckchen Erde zu bewahren. Den hartnäckig nagenden Gedanken, dass in Abingdon genau dieselben schlimmen Dinge geschahen wie überall auf der Welt, schob er kurzerhand beiseite. Joseph war sich vollkommen bewusst darüber, dass sich das Böse durch die Herzen der Menschen in das Leben schlich, und nicht durch die Löcher in irgendwelchen Zäunen.

Er setzte sich wieder an seinen Schreibtisch und schlug den Aktenordner mit den Berichten über die umherziehende Betrügerbande auf. Ganz schön aktiv waren sie in letzter Zeit gewesen. Mr Norwood mit seiner Auffahrt war das erste Opfer gewesen. Dem Besitzer der Tankstelle am Highway 58 hatten sie ein vollkommen wertloses Werkzeugset verkauft, und Mrs Miller hatte sie dafür bezahlt, ihre Bäume im großen Apfelgarten zu beschneiden. Vollkommen wahllos hatten die Gauner ihre Bäume auf die Hälfte ihres eigentlichen Umfangs zurückgestutzt und anschließend sogar noch frech behauptet, die Plantage sei von Schädlingen befallen. Für das entsprechende Spritzmittel würden sie weitere 300 Dollar benötigen. Vertrauensvoll hatte Mrs Miller gezahlt – dann wären die Hilfsgärtner plötzlich spurlos verschwunden. Ein Fachmann hatte hinterher die Bäume untersucht. Natürlich waren diese nicht mit Schädlingen befallen, doch dafür waren sie so stark beschnitten, dass sie Jahre benötigen würden, bis sie sich wieder erholt hätten und Frucht bringen würden.

Voller Frustration schlug Joseph den Aktenordner zu. Diese umherziehende Bande war wie eine Heuschreckenplage. Sie fielen überall ein und zerstörten alles, was vorhanden war. Vollkommen wahllos nahmen sie alles mit, was nicht niet und nagelfest war und ließen unvorstellbare Schäden zurück.

Da fiel ihm wieder Miranda DeSpain ein. Ob er ihr vielleicht doch Unrecht tat mit seinem Verdacht, dass sie zu dieser Bande gehörte? Zumindest war seine Mutter dieser Meinung. Als sie vorhin bei Joseph angerufen hatte, um ihn zum Essen einzuladen und ihm den Mund mit ihren Erzählungen über Hackbraten mit Kartoffelbrei wässrig zu machen, hatte sie sofort gesagt, was für ein reizendes Mädchen diese Miranda doch sei. Joseph solle sich ihr gegenüber gefälligst von seiner besten Seite zeigen, um sie kennenzulernen. Und genau das war es auch, was er zu tun gedachte – wenn auch aus anderen Motiven. Er wusste einfach, dass Miranda etwas im Schilde führte. Irgendetwas stimmte nicht mit ihr, selbst wenn er keine Ahnung hatte, was das war. Bei den meisten Menschen, die von auswärts kamen, war klar, was sie in diese Gegend führte. Es waren Touristen, die den Ort besichtigen wollten oder Angehörige von Menschen, die hier lebten. Andere waren auf der Durchreise oder wollten sich sogar in Abingdon niederlassen. Aber Miranda DeSpain gehörte zu keiner dieser Gruppen. Joseph fragte sich, ob der Grund für ihre Geheimnistuerei darin lag, dass sie von der Bande als Kundschafterin vorausgeschickt worden war, um geeignete Opfer auszuspionieren. Sie wirkte vertrauenswürdig und sympathisch. Kein Mensch käme auf den Gedanken, sie führte etwas Illegales im Schilde. Vor allem wirkte es ziemlich unlogisch, sich ausgerechnet in dieser Situation mit den Angehörigen eines Gesetzeshüters anzufreunden. Aber gab es auf der anderen Seite eine bessere Methode, um das Misstrauen der Menschen zu zerstreuen?

Joseph hatte den starken Verdacht, dass im selben Moment, in dem die Bande verschwunden sein würde, es in Abingdon auch keine Miranda DeSpain mehr gäbe!

30

Miranda traf gegen 5.30 Uhr im *Hasty Taste* ein, wo sie Wallys Frau Venita kennen lernte, mit der sie die Frühschicht an ihrem ersten Arbeitstag bestreiten würde. Miranda band sich eine Schürze um und kochte fünf Kannen Kaffee, von denen sie sich selbst noch eine Tasse eingoss, bevor Wally schließlich um 5.55 die Türen aufschloss. Genau genommen war es zu diesem Zeitpunkt noch fünf Minuten vor der offiziellen Öffnungszeit, doch schon jetzt standen bereits die ersten Stammgäste vor der Tür, die sehnsüchtig darauf warteten, hereingelassen zu werden. Neugierig beäugten sie Miranda und steuerten dann auf ihre gewohnten Plätze zu, die sie vermutlich schon seit Anbeginn der Welt innehatten. Zwei Oldtimer gingen zu einem Tisch ganz in der Ecke des Lokals. Einer von ihnen trug eine John Deere Kappe, der andere einen Overall. Miranda griff nach einer Kaffeekanne und ging zu ihnen hinüber, um ihre Bestellung aufzunehmen. Sie wusste, auf eine Speisekarte konnte sie in diesem Fall getrost verzichten, da dieser Typ Kunde immer genau wusste, was er wollte.

„Das Übliche", sagte der Erste und begann zu kichern, da Miranda offensichtlich nicht wusste, woraus sein gewohntes Frühstück bestand.

Miranda wollte keine Spielverderberin sein und lächelte zurück. „Lauwarmer Toast mit Rosenkohl", rief sie zu Wally in die Küche hinüber, woraufhin sie einen entgeisterten Blick von ihm erntete. Die beiden alten Männer vor ihr brachen jedoch in lautes Gelächter aus.

„Jetzt hat sie's dir aber gegeben, Roy", sagte die John Deere Kappe.

„Das will ich aber meinen“, stimmte Roy ihm zu und bestellte anschließend herzhafte Pfannkuchen. Miranda machte sich im Geist eine Notiz, damit sie ihm morgen mit seiner Bestellung zuvorkommen konnte.

Rasch füllte sich das Lokal. Gemeinsam mit Wallys Frau nahm Miranda die Bestellungen auf, hielt die Kaffeetassen stets gefüllt und servierte das Essen, während es noch heiß auf den Tellern dampfte.

„Du machst das sehr gut, meine Liebe“, sagte Venita und strahlte Miranda an.

„Vielen Dank“, erwiderte sie. Immerhin eine Sache, in der sie gut war – selbst wenn es sich dabei nur ums Kellnern handelte.

Dies alles hätte der Anfang eines schönen Tages werden können – wenn mit dem nächsten Läuten der Türglocke nicht Lieutenant Williams hereingekommen wäre, begleitet von einem älteren Kollegen, der die Uniform der Mitarbeiter des Landsheriffs trug. Genaugenommen war der Mann sogar der Landsheriff Henry Wilkes, wie Venita ihr zwischen Tür und Angel zuraunte. Da Miranda sich dumm stellte, kam sie auch gleich noch an einige Informationen über Joseph Williams. „Gutaussehender Kerl, nicht wahr? Er war ein richtiger Kriegsheld. Davor hat er an der Highschool Football gespielt“, flüsterte Venita. „Er war mit einem hübschen Ding verlobt, aber sie hat sich davongemacht und schließlich seinen Bruder geheiratet.“ Mitfühlend schüttelte sie den Kopf.

„Wie lange ist das jetzt her?“, wollte Miranda wissen.

„Nun, ich denke, so elf, zwölf Jahre. Nachdem sie ihn verlassen hat, ging Joseph von hier fort und hat sich den Marines angeschlossen. Man munkelt, sie sei damals schon mit dem Baby seines Bruders schwanger gewesen. Unvorstellbar, wie das Leben manchmal so spielt.“

„Hat er noch einen Bruder?“

„Nein, nur den einen“, erwiderte Venita. „Aber es herrscht

absolute Funkstille zwischen den beiden. Die ganze Geschichte zerreißt ihrer Mutter schier das Herz. Die ist allerdings eine ganz Liebe, ein richtiger Schatz. Sie gibt Bibelstunden drüben bei den Methodisten."

Interessant, dachte Miranda und hing in Gedanken noch Venitas Bericht nach. Es war zwar nur ein winzig kleiner Ausschnitt aus Joseph Williams Familiengeschichte, aber nun ergaben einige Dinge plötzlich einen Sinn. So ließ sich erklären, warum Edens Vater keinen großen Drang verspürte, mit seiner Frau nach Abingdon zu kommen und warum sein Bruder oft so schlecht gelaunt war. Miranda schüttelte den Kopf. Zwölf Jahre waren dennoch eine sehr lange Zeit, einen derartigen Groll mit sich herumzuschleppen. Andererseits war es der eigene Bruder gewesen und die Frau, die er liebte – innige, lange gewachsene Beziehungen. Ein solcher Betrug hinterließ tiefe Wunden. Unwillkürlich verspürte Miranda tiefes Mitgefühl für all die Beteiligten in diesem kleinen Familiendrama. Sie konnte sich lebhaft vorstellen, was Joseph durchlitten haben musste. Selbst wenn er sich ihr gegenüber jetzt so abweisend verhielt, tat er ihr dennoch leid. Wie zerrissen musste sich seine ehemalige Verlobte und jetzige Schwägerin gefühlt haben. Miranda wusste nur zu gut aus eigener Erfahrung, wie leicht man eine falsche Entscheidung traf und dann mit den harten Konsequenzen leben musste. Ob Edens Mutter wohl ihr Verhalten und die Umstände der Geburt ihrer Tochter bereute? Letztlich empfand Miranda sogar Mitleid mit dem, der nach dem jetzigen Stand der Dinge der Bösewicht in dem ganzen Geschehen war – Josephs Bruder. Was für eine traurige Geschichte, insbesondere für Ruth, die nun hin- und hergerissen zwischen ihren beiden zerstrittenen Söhnen stand.

Die Einzige, die Mirandas Mitgefühl und Zuneigung jedoch vollkommen ungeteilt erhielt, war Eden, das Kind, das aus all diesem Chaos und Durcheinander hervorgegangen war. Mit einem Mal war sie noch dankbarer für Edens vernünftigen

Charme und wusste ihn noch viel mehr zu schätzen. Genauso erging es ihr mit Joseph, der Eden ganz offensichtlich sehr lieb hatte. Ein Mann, der das Kind seines Bruders mit seiner Ex-Verlobten so sehr liebte, musste tief in seinem Inneren ein aufrichtiger, guter Mensch sein. Nicht viele wären in der Lage, einen solchen Vertrauensbruch zu ignorieren.

Venita, die Mirandas nachdenklichen Blick fälschlicherweise als romantisches Interesse interpretierte, fügte erklärend hinzu: „Die beiden frühstücken gewöhnlich jeden Tag hier, und sie sitzen immer am selben Tisch. Joseph ist übrigens noch Single. Der netteste, unverheiratete Kerl, den ich kenne."

„Ach ja", sagte Miranda unverbindlich.

Venita nickte ihr aufmunternd zu und drehte sich anschließend zur Durchreiche um, wo zwei Teller für sie bereitstanden. Miranda holte noch einmal tief Luft und ging dann zu dem Tisch hinüber, an dem die Gesetzeshüter inzwischen Platz genommen hatten.

Joseph war anscheinend ebenso wenig erfreut über ihren Anblick, wie Miranda es zuvor bei dem seinen gewesen war. „Sie vertreten Elna?", fragte er kühl.

„Stimmt", sagte sie freundlich. „Natürlich nur vorübergehend."

„Ich bin Henry Wilkes", sagte der Landsheriff und reichte Miranda mit einem Lächeln die Hand, nachdem er seinem Kollegen einen irritierten Blick zugeworfen hatte.

„Freut mich. Miranda DeSpain."

„Sie kennen Detective Williams bereits?", erkundigte sich Henry.

„Jawohl", antwortete Miranda mit einem hoffentlich freundlich wirkenden Lächeln und zückte dann demonstrativ ihren Kugelschreiber. Joseph starrte sie noch immer mit gerunzelter Stirn an. „Was kann ich Ihnen bringen, Gentlemen?"

„Für mich wieder mal Haferbrei, zwei Vollkorntoasts und einen Pfirsich“, sagte Henry. Ganz offensichtlich verwirrte ihn Josephs abweisende Miene.

Miranda nickte und wandte sich dann Joseph zu. „Und Sie, Sir?“ Sie fühlte sich zutiefst unwohl.

„Ich nehme zwei von beiden Seiten gebratene Spiegeleier, knusprigen Speck und die kleine Portion Pfannkuchen.“

„Was möchten Sie trinken?“

„Kaffee.“ Er drehte seine Tasse um, die Miranda mit geübter Hand füllte.

„Sie auch, Sir?“

Henry seufzte. „Koffeinfreien, bitte.“

„Kommt sofort.“

Die beiden Männer sprachen angeregt miteinander, aber als Miranda zurückkam, verstummten sie sofort. Ohne sich etwas anmerken zu lassen, goss Miranda den Kaffee ein und kümmerte sich anschließend um ihre anderen Gäste. Schließlich servierte sie den beiden Polizisten ihre Teller, schenkte noch zweimal Kaffee nach und legte am Ende die Rechnung auf den Tisch. Der Landsheriff war bereits gegangen, als Joseph zu ihr an den Tresen kam, um zu bezahlen. Wieder musterte er sie misstrauisch.

„Ihr Wechselgeld.“

„Für Sie“, sagte er.

Jetzt fühlte sich Miranda noch unwohler. Es war ein äußerst großzügiges Trinkgeld. Ablehnen konnte sie es wohl kaum, sodass sie die Münzen schließlich unbehaglich in ihre Tasche gleiten ließ. „Danke.“

„Es war eine exzellente Bedienung.“

„Danke sehr“, murmelte sie. Wenn er doch endlich ginge!

Doch den Gefallen tat er ihr nicht. Stattdessen nahm er sich einen Zahnstocher und begann darauf herumzukauen, während er sie, an den Tresen gelehnt, weiter musterte. „Wie fährt sich das Rad?“

Miranda fühlte, wie ihr die Hitze in die Wangen stieg. Bestimmt war sie krebsrot im Gesicht. „Sehr gut. Vielen Dank noch mal fürs Leihen."

„Keine Ursache", erwiderte er galant.

Seine Mundwinkel hoben sich in dem winzigen Anflug eines Lächelns, wobei Miranda nicht genau sagen konnte, ob er sich über sie lustig machte oder allmählich ein wenig auftaute. Wenn sie sich doch nur nicht so verunsichert fühlen würde! Ihr wurde immer heißer. Bevor sie jedoch weiter reagieren und irgendetwas erwidern konnte, verabschiedete er sich plötzlich von ihr. „Einen schönen Tag noch", sagte er und tippte zum Gruß mit zwei Fingern an seinen Kopf.

Miranda sah ihm hinterher, während sich ihre anfängliche Unsicherheit allmählich in Ärger verwandelte. Da war etwas in seiner Art, bei dem sich ihr die Nackenhaare sträubten. Ob sie wohl dieselbe Wirkung auf ihn ausübte?

31

Am Freitagmorgen erwachte Eden wie immer früh, aber ausnahmsweise blieb sie noch eine Minute im Bett liegen. Ihr Blick wanderte durch den Raum. Von Anfang an, auch schon als Baby, war dies ihr Zimmer bei Grandma gewesen. Mit all den Spielsachen von damals, die noch immer in den Regalen lagen, hatte sie sich eigentlich nur höchst selten beschäftigt, aber wenn Eden sie jetzt betrachtete, kamen viele Erinnerungen an früher zurück.

Eden mochte das Zimmer sehr. Tante Vi, Grandmas Freundin, hatte vor einigen Jahren die Zimmerdecke hellblau gestrichen und anschließend ein paar fluffige weiße Wolken daraufgemalt. Auch die Wände hatte sie in verschiedenen Farben gestrichen und mit interessanten Dingen verziert. Die eine Wand war dunkelblau, und Tante Viccy hatte darauf alle Planeten und Sterne abgebildet. Eden hatte sich immer vorgestellt, ihr Bett sei ein Raumschiff wie die *Enterprise*, mit dem sie die Galaxie erforsche, und sie selbst sei der Kapitän, der von Sternennebel zu Sternennebel flog.

Eine andere Wand war mit Rittermotiven bemalt – Prinz und Prinzessin, Ritter und edle Damen und eine Burg mit flatternden Fahnen im Hintergrund. Bei dieser Wand hatte Eden sich stets vorgestellt, sie sei wie Johanna von Orleans. Eine edle Dame mit einer Rüstung und allem anderen Drum und Dran. Doch die dritte Wand war Edens absolute Lieblingswand – die Annie Oakley Wand. Eden liebte Annie Oakley. Für Eden war sie die coolste Frau, die je gelebt hatte. Sie hatte einmal ein Buch über sie gelesen, und Tante Vi hatte daraufhin Buffalo Bill und seine Westernshow, bei der Annie Oakley als Kunstschützin aufgetreten war, auf die Wand gemalt. Da gab es einen Indianerhäuptling und Cowboys und natürlich Annie Oakley selbst, mit ihren typischen Stiefeln und ihrem Hut und ihrem Gewehr. Annie Oakley hatte nie daneben geschossen. Sie hatte immer ihr Ziel erreicht. Bei dem Gedanken an ihre Heldin fühlte auch Eden sich gleich ein wenig tapferer. Sie sprang aus dem Bett und zog sich an. Ihr Pferdeshirt war frisch gewaschen. Voller Freude zog Eden es über ihren Kopf. Es versprach ein wirklich guter Tag zu werden.

Nachdem sie sich gewaschen und die Zähne geputzt hatte, packte sie ihren Rucksack und legte ihre Uhr an. Es war erst 6.45 Uhr. Sie hätte sogar noch genügend Zeit, um vor der Schule im *Hasty Taste* vorbeizuschauen! Eilig stürmte sie die Treppen hinunter und erledigte, nachdem sie ihr Rührei und den Toast verspeist hatte, möglichst schnell ihre täglichen Aufgaben. Sie räumte den Geschirrspüler aus, bereitete Flick sein Frühstück zu, streichelte ihm kurz über den Kopf und goss die Blumen auf der Veranda. Dann eilte sie zurück in die Küche, räumte ihr benutztes Geschirr in die Spülmaschine und gab Grandma einen Abschiedskuss. Die saß am Küchentisch, trank eine Tasse Kaffee und bearbeitete ein Kreuzworträtsel. Nachher würden Tante Vi und Carol Jean wie jeden Freitag zum Beten herüberkommen, sodass Grandma am Freitagmorgen eigentlich immer sehr beschäftigt war, aber heute hatte sie anscheinend schon alles erledigt. Ein Kuchen für später stand bereits duftend auf der Anrichte.

„Meine Güte, hast du es aber eilig heute morgen“, sagte Grandma.

„Hab heute viel zu erledigen“, erwiderte Eden und war schon aus der Tür hinaus, bevor Ruth Williams überhaupt nachhaken konnte.

Sie stieg auf ihr Rad und ließ sich den Berg hinunter in die Stadt rollen. Eden liebte das Gefühl, mit seitlich ausgestreckten

Händen den Hügel herabzuzischen, während ihr der Fahrtwind durch die Haare flatterte. Wenn Dad sie doch so sehen könnte! Doch der Gedanke an ihren Dad machte Eden traurig. Nicht nur, weil er verletzt im Krankenhaus lag, sondern auch wegen der Fotos, die sie auf dem Dachboden entdeckt hatte. In jenem Moment hatte sich etwas in Eden verändert. Sie war durcheinander, fühlte sich wie verdreht, seit sie Mom gesehen hatte, die sich an Onkel Joseph schmiegte. Außerdem hatte sie Schuldgefühle, dabei hatte sie doch überhaupt nichts Schlimmes getan. Eden war sich unsicher, was sie jetzt tun sollte. Heute Morgen war sie schon vor dem Frühstück schnell auf den Dachboden geklettert und hatte eines der Bilder heruntergeholt. Jetzt lag es in ihrem Rucksack, und Eden wurde den Eindruck nicht los, es geradezu körperlich dort hinten zu spüren. Wie eine schwere Last drückte ihr Kummer auf ihre Schultern.

Eden wurde immer trübseliger, aber dann, ganz plötzlich, wurde sie ohne erkennbaren Grund wieder froher. Es war, als lege sich etwas wunderbar Leichtes auf sie. Es fühlte sich an wie damals, als Jenny Sanders Sittich herumgeflogen und schließlich auf Edens Schulter gelandet war. Eden hatte ganz still gestanden und nur ganz vorsichtig ihren Kopf zur Seite gedreht, um den kleinen Vogel betrachten, damit nicht irgendeine ihrer Bewegungen oder irgendein Geräusch ihn wieder aufscheuchte. Genauso war Eden jetzt zumute, wenn sie an Mom, Dad und Onkel Joseph dachte. Ihr war plötzlich ganz leicht ums Herz, als nähme ihr jemand eine Last ab und eine Stimme in ihrem Inneren sagte, es würde alles wieder gut werden. Ob das Jesus war? Eden war sich ziemlich sicher, dass es so war.

„Warst du das?", fragte sie ihn laut. Eden wusste, er hörte sie. Dad hatte ihr erzählt, dass Jesus sie hören konnte. Manchmal sprach sie so mit ihm, wie Dad es ihr erklärt hatte. *„Denk nicht lange darüber nach, dass du gerade ein Gebet sprichst. Rede einfach mit ihm. Er hört immer zu, wenn seine Kinder mit ihm reden,*

Eden“, hatte er gesagt. „*Genauso, wie ich dir zuhöre, wenn du etwas auf dem Herzen hast. Du glaubst gar nicht, wie gern ich dir zuhöre und mit dir spreche.*“

Gott antwortete nicht hörbar, aber Eden war sich dennoch ziemlich sicher, wie seine Antwort lauten würde, wenn sie ihn reden hören könnte: „*Na klar war ich das. Hast du das nicht gewusst?*“

„Gott, ich habe keine Ahnung, was das mit dem Bild für eine Sache ist“, sagte Eden, und obwohl sie noch immer traurig war, fühlte sie sich ein klein wenig besser. „Könntest du irgendwie herausbekommen, was damit los ist? Und während du damit beschäftigt bist, könntest du es vielleicht auch noch hinbekommen, dass es meinem Dad wieder besser geht und dass meine Mom mich mag?“ Bei diesem Teil ihres Gebets fühlte Eden sich innerlich ganz dumpf und hohl. „Oder falls das nicht geht, könntest du mir dann bitte dabei helfen, meine echte Mom zu finden? Aber nur, wenn sie mich lieb hat und mich gerne bei sich haben mag, wenn nicht, dann vergiss das Ganze.“

Sie war beim *Hasty Taste* angekommen. Eden bremste und schloss ihr Fahrrad ab. Onkel Joseph hatte gesagt, falls er ihr Fahrrad einmal nicht abgeschlossen sähe, würde er es beschlagnahmen und Eden müsse dafür bezahlen, um es zurückzubekommen. Grandma hatte daraufhin gefragt: „*Oh Joseph, denkst du etwa wirklich, dass in Abingdon jemand ein Fahrrad stehlen würde?*“ Doch Onkel Joseph hatte nur erwidert: „*Ma, Abingdon ist nicht die ganze Welt.*“ Bei diesen Überlegungen fühlte sich Eden zu einem weiteren Gebet inspiriert. „Und Jesus, könntest du es bitte hinkriegen, dass Onkel Joseph heute nicht so griesgrämig ist wie gestern? Amen.“

Sie betrat das Restaurant und sah sich um. Anscheinend waren Onkel Joseph und Onkel Henry schon gegangen.

In diesem Augenblick kam Miranda aus der Küche. Sie sah sehr hübsch aus heute. „Hallo Eden!“, rief sie. „Dein Onkel ist schon weg.“

„Den wollte ich auch gar nicht treffen", sagte Eden, und noch bevor Miranda fragen konnte, wen sie denn dann suche, kam Pastor Hector herein.

„Na, Sie sind heute morgen aber früh auf den Beinen, Ms Williams", meinte der Pastor, als er Eden bemerkte.

„Ich wollte Sie sprechen", sagte Eden.

„Ich fühle mich geehrt. Komm, setz dich. Kann ich dir ein Frühstück bestellen oder vielleicht einen Kaffee?"

„Ein Kaffee wäre toll", antwortete Eden und folgte dem Pastor zu einem Tisch. Miranda schloss sich ihnen an und goss Eden ohne mit der Wimper zu zucken einen Kaffee ein, was diese so richtig cool fand.

„Wie geht's Ihnen?", fragte Pastor Hector Miranda, während diese ihre Tassen füllte. „Ich sehe, Sie haben sich dafür entschieden, für eine Weile bei uns zu bleiben."

„Ja, dank Eden", sagte Miranda, woraufhin Pastor Hector Eden anlächelte, sodass diese sich plötzlich ganz schüchtern fühlte und errötete.

„Das glaube ich Ihnen aufs Wort", sagte er. „Eden ist immer sehr hilfsbereit und kümmert sich um die Menschen, die ihr am Herzen liegen. In dieser Beziehung ist sie genau wie ihr Onkel."

Bei dieser Bemerkung betrachtete Miranda angestrengt ihre Hände. Nach einer Minute nahm sie schließlich die Bestellung des Pastors auf.

„Möchtest du irgendetwas essen?" fragte sie Eden.

„Nein, danke." Während Miranda sich in Richtung Küche entfernte, öffnete Eden vier kleine Milchdosen und leerte sie in ihre Kaffeetasse. Anschließend riss sie fünf Päckchen Zucker auf und verrührte sie mit der Flüssigkeit. Nach einer ersten Kostprobe – anscheinend war sie mit dem Geschmack sehr zufrieden – beugte sie sich ein wenig vor und blickte Pastor Hector in die Augen: „Kann ich etwas mit Ihnen besprechen?"

Er sah sie aufmerksam an und nickte. Das war es, was Eden so sehr an ihm mochte: Er nahm sie ernst und behandelte sie nicht wie ein Baby, das von nichts eine Ahnung hatte.

„Natürlich“, sagte er. „Was immer du willst.“

Sie holte das Foto von Onkel Joseph und Mom heraus und legte es vor ihm auf den Tisch. Er warf einen Blick darauf, musterte dann sein Gegenüber, griff in die Brusttasche seines Hemdes, zog seine Brille hervor und betrachtete das Bild noch einmal. Schließlich nickte er und gab ihr das Bild zurück. Eden verstaute es sofort in ihrem Rucksack, um es nicht noch einmal ansehen zu müssen.

Eden hatte gehofft, dass er von sich aus etwas zu dem Bild sagen würde, aber das tat er nicht. Pastor Hector sah sie nur ganz ruhig und freundlich an, bis Eden sich plötzlich so fühlte, als ob der kleine Vogel zu ihr zurückkäme und sie wieder friedlich und gelassen wurde.

„Ich wusste nichts davon „, sagte sie schließlich.

Pastor Hector sah sie sehr ernst an. „Du möchtest immer gerne über Dinge Bescheid wissen, hab ich recht?“

Eden nickte. Wieder wartete sie, aber Pastor Hector sah sie nach wie vor einfach still an, sodass Eden schließlich ihre Frage hervorstieß. „Wussten Sie davon?“

Er nickte. „Ja“, sagte er. „Ich wusste es.“

„Warum hat mir niemand etwas davon erzählt?“

Wieder schwieg er für etwa eine Minute, dann begann er zu sprechen. „Das kann ich dir nicht beantworten, Eden. Ich kann dir höchstens erklären, warum ich dir nichts gesagt habe.“

„Oh. Und, na ja, warum haben Sie mir nichts gesagt?“

„Weil ich nicht der Richtige war, der es dir hätte erzählen sollen.“

„Und wer wäre der Richtige gewesen?“, fragte Eden, obwohl sie die Antwort bereits wusste.

„Deine Mutter und dein Onkel Joseph. Aber Eden, eins will ich dir sagen.“

„Was?“

„Das alles passierte, bevor deine Mom deinen Dad geheiratet hat.“

Eden fiel ein riesiger Stein vom Herzen. „Viel früher?“

Pastor Hector nickte. „Ja. Es geschah, bevor du geboren wurdest.“

So lange her? Für einen Moment dachte Eden über die Zeit vor ihrer Geburt nach und in ihrer Vorstellung sah sie plötzlich die Weltraumwand in ihrem Zimmer vor sich. Das Leben vor ihrer Geburt erschien Eden so unendlich weit entfernt und so lange her, dass es fast so war, als sei alles nie geschehen.

„Hilft das ein bisschen?“, fragte Pastor Hector.

Eden nickte. Plötzlich hatte sie Pastor Hector so gern, dass sie fast geweint hätte. Stattdessen konzentrierte sie sich lieber auf die Tasse vor sich und nahm einen großen Schluck von ihrem Kaffee. Pastor Hector streckte ihr seine offene Handfläche über den Tisch entgegen, worauf Eden seine Hand mit der ihren abklatschte. Dann hakten sie ihre Finger auf die Art ineinander, die Pastor Hector ihr für ihren ganz besonderen Gruß beigebracht hatte. „Freunde fürs Leben“, sagte er.

„Freunde fürs Leben!“, wiederholte Eden. Nachdem sie ihren Kaffee zu Ende getrunken hatte und schließlich mit dem Fahrrad zur Schule fuhr, fühlte sie sich schon sehr viel besser.

Die Schule schien heute nicht enden zu wollen, aber dann klingelte es endlich und Eden rannte hinaus. Es war ein herrlicher Tag. Die Sonne schien und es war richtig warm draußen. Schon bald würde es zu heiß für lange Ärmel sein. Eden beschloss, Grandma zu bitten, ihr eine Pferdebluse mit kurzen Ärmeln zu nähen.

Welch ein Glück, dass sie nicht mehr länger Hausarrest hatte und nur in der Bibliothek sitzen musste. Endlich konnte sie wieder ihre gewohnte Runde durch die Stadt machen. In der letzten Zeit war eine Menge Arbeit liegengeblieben, die sie jetzt nachholen wollte. Eden biss in den Apfel, den Grandma ihr als zusätzliches Pausenbrot eingesteckt hatte, nahm den Bus zurück in die Stadt, entfernte das Schloss an ihrem abgestellten Fahrrad und radelte los.

Ihren ersten Halt machte sie beim *Hasty Taste.* Das Glöckchen über der Tür bimmelte, als Eden das Restaurant betrat. Sie hatte das helle Läuten schon immer sehr gemocht. Irgendwie, sie wusste auch nicht wieso, machte das Geräusch sie glücklich. Miranda stand mit ihrer Jacke und Handtasche neben der Kasse.

„Hallo du“, rief sie Eden entgegen. „Ich mache gerade Feierabend. Mensch, bin ich k.o. An das frühe Aufstehen morgens um fünf muss ich mich erst noch gewöhnen. Aber die Arbeit hier ist toll.“ Eden konnte sehen, dass Miranda ihre Worte ehrlich meinte. Ihre Augen leuchteten und sie lächelte glücklich.

„Und wie ist es mit der Wohnung? Magst du sie?“

„Oh, ich liebe, liebe, liebe sie!“, sagte Miranda. „Tausend Dank, Eden. Sobald ich mein erstes Gehalt bekomme, kaufe ich mir einen Tischgrill, und dann lade ich dich auf so viele Hotdogs ein, wie du magst.“

„Cool“, sagte Eden, „aber bevor du jetzt gehst, möchte ich dich noch was fragen.“

„Schieß los.“

Geduldig wartete Miranda, während Eden ihren Rucksack abstellte und ihr Notizbuch herausholte. Das Beste aber war, dass sie nicht wie viele andere Erwachsene zu lachen anfing, als Eden ihren Stift zückte und mit konzentrierter Miene begann, sich Notizen zu machen. „Okay“, sagte Eden schließlich, „ich würde gerne von dir wissen, ob du heute irgendwelche Neuigkeiten erfahren hast?“

„Hm. An welche Art von Neuigkeiten denkst du?“

„Na ja, an alles, was man so aufschnappt und sich als nützlich erweisen könnte."

„Mal überlegen." Miranda sah zur Decke hinauf und dachte einen Moment nach. Dann lächelte sie plötzlich. „Jetzt weiß ich was. Vorhin habe ich mitbekommen, wie Fred Ingall Wally erzählte, dass sein Hund Junge bekommen hat."

„Der Terrier?"

„Ja, genau der." Miranda nickte.

„Wie viele sind es?"

„Fünf, und nur einer von ihnen ist bereits vergeben. Henry Wilkes nimmt ihn."

„Gut", sagte Eden und schrieb alles auf. „Was gibt es noch?"

„Hm. Ach ja, bei der Frau von Amos Schultz haben mitten in der Nacht die Wehen eingesetzt. Da sie ja kein Auto haben, musste er erst mit dem Pferd zur Feuerwehrwache reiten. Der Feuerwehrmann von der Freiwilligen Feuerwehr hat sie dann zuhause mit dem Wagen abgeholt, um sie zum Krankenhaus zu fahren, aber sie haben es nicht mehr rechtzeitig geschafft und das Baby kam unterwegs zur Welt."

Das war mal eine echte Nachricht! Eilig notierte Eden alles in ihrem Buch und setzte mehrere Ausrufezeichen hinter den Eintrag. „Weißt du, wie der Feuerwehrmann hieß?"

Miranda verzog das Gesicht. „Tut mir leid, das habe ich nicht mitbekommen."

„Macht nichts", sagte Eden. „Das bekomme ich schon noch raus. Ist das Baby ein Junge oder ein Mädchen?"

„Oh, das weiß ich leider auch nicht." Miranda warf Eden einen entschuldigenden Blick zu. „Ich habe mich wohl nicht besonders geschickt angestellt beim Sammeln von Informationen, oder?"

„Ach was, du hast das schon sehr gut gemacht. Es dauert eine Weile, bis man weiß, worauf es ankommt."

„Ich verspreche, daran zu arbeiten. Vielleicht klappt es ja beim nächsten Mal schon besser."

Eden war inzwischen ganz erschöpft vom vielen Schreiben, weshalb Miranda ihr noch einen Schokodonut und ein Glas Milch brachte, bevor sie sich von ihr verabschiedete. Glücklich blickte Eden ihr nach, als sie die Straße überquerte. Sie mochte Miranda sehr. Plötzlich hatte sie eine großartige Idee. Sie schlug ihr Notizbuch auf und schrieb den Gedanken in Großbuchstaben und mit mehreren Ausrufezeichen versehen auf ein Blatt.

MIRANDA UND ONKEL JOSEPH SOLLTEN HEIRATEN!!!

Doch dann fiel ihr plötzlich wieder ein, dass die beiden sich ja gar nicht mochten, also strich sie alles wieder durch. Anschließend klappte Eden ihr Notizbuch zu, aß genüsslich ihren Donut in ganz kleinen Bissen auf und brachte schließlich ihren leeren Teller zum Tresen zurück.

Ihre nächste Station war das Postamt quer gegenüber.

„Hallo, Eden, wo hast du denn die ganze Zeit gesteckt?", fragte Mr Poncey mit einem breiten Grinsen, während er ihr einen Stapel Steckbriefe aushändigte.

„Ist 'ne lange Geschichte", antwortete sie knapp. Momentan hatte sie weder Lust noch Zeit, ihm die Details ausführlicher zu schildern, weshalb sie sich lediglich kurz bei ihm bedankte und dann die Steckbriefe mit in einen angrenzenden Raum nahm, in dem ein Kopierer stand. Sie kopierte und lochte die neuen Blätter, einmal für ihre eigene Sammlung, und dann noch einmal für die Mappe, die mit einem Faden an der Pinnwand in der Schalterhalle befestigt war. Wer gerade in der Schlange stand und warten musste, konnte so die Mappe durchblättern. Immerhin mussten auch die bösen Jungs sich etwas zu essen kaufen und ihre Wäsche drüben im Waschsalon waschen, oder? Vielleicht würde so irgendjemand aus Abingdon einen von ihnen wiedererkennen, sodass er gefasst werden könnte.

„Wiedersehen, Mr Poncey."

„Auf Wiedersehen, Eden. Und danke. Bis Montag."

Sie winkte noch einmal zum Abschied und überquerte dann die Straße. Hier war die Busstation, wobei heute statt Floyd Mrs Joyce am Schalter saß. Allerdings bediente sie gerade eine Kundin. *Weiß, weiblich, ca. 1,65 m groß, graues, kurzes gelocktes Haar. Trägt einen weißen Hosenanzug und eine grün-weiße Tasche. Keine besonderen Kennzeichen oder Tattoos.* Nachdem die ältere Dame fertig war, ging sie mit ihrem Koffer zur Tür hinüber und nahm auf einer der Bänke Platz.

„Jetzt hab ich Zeit für dich, meine Kleine", sagte Mrs Joyce mit einem Lächeln und wandte sich Eden zu. „Komm her und zeig mir deine Fotos."

Eden legte ihr die Steckbriefsammlung auf den Schaltertresen, und Mrs Joyce setzte ihre Brille auf. Sie blätterte sie durch, bis sie auf Osama Bin Laden stieß, auf dessen Ergreifung 25 Millionen Dollar Belohnung ausgesetzt waren. Eden hatte sein Foto schon mehrfach herumgezeigt, aber niemand hatte ihn je gesehen. Auch Mrs Joyce meinte, die Chancen, Osama in Abingdon zu begegnen, seien doch wohl eher klein, aber man könne ja schließlich nie wissen. Sie sah die ganze Mappe durch, obwohl sie die meisten der Bilder schon einmal gesehen hatte. Nach jedem Blatt schüttelte sie den Kopf. Dann, bei dem Mann, der gleich mehrfach verheiratet war, stutzte sie.

„Der erinnert mich ein wenig an den Mann, der drüben in Damascus die Metzgerei übernommen hat. Aber vermutlich ist er es nicht. Der Metzger hatte blondes Haar und der hier ist dunkelhaarig."

„Vielleicht hat er sich die Haare gefärbt", meinte Eden.

Mrs Joyce schüttelte den Kopf . „Nein, ich denke, er ist es nicht."

Trotzdem notierte sich Eden einen Hinweis auf der Rückseite des Blattes. Sie würde Onkel Joseph darauf aufmerksam machen.

„Kindchen, du weißt ja, ich finde es sowieso nicht richtig, dass du dich so sehr mit diesem Zeug beschäftigst", sagte Mrs Joyce.

„Das Kleingedruckte lese ich ja gar nicht." Onkel Joseph hatte ihr lediglich erlaubt, die Überschriften zu lesen und die Bilder anzusehen. Als Eden von ihm wissen wollte, wieso, hatte er geantwortet: *„Manche Dinge im Leben sind sehr schwer zu ertragen, Eden. Lass die großen Leute diese schweren Dinge für dich tragen, bis du alt genug dafür bist."* Zunächst hatte sie sich nicht daran gehalten, weshalb sie von einem Mann las, der seine Frau und seine zwei Kinder umgebracht hatte. Hinterher hatte er noch sein Haus angezündet. Wie lange hatte sie immer wieder an diese schreckliche Geschichte denken müssen! Seitdem las Eden nur noch die oberste, fett gedruckte Zeile, wie Onkel Joseph es ihr gesagt hatte.

„Bis bald", rief sie Mrs Joyce zu und machte sich auf den Weg zum Polizeirevier.

Onkel Joseph war nicht da. Ihr Schreibtisch stand in dem Raum gegenüber von seinem Büro, wo auch der Kopierer stand. Ihr Arbeitsplatz war über und über bedeckt mit Papieren, die noch abgelegt werden mussten, sodass sie sich gleich an die Arbeit machte. Officer Prentiss war Edens Ansprechpartner, falls sie einmal Hilfe brauchte und eine Frage hatte, aber meistens half sie eher ihm. Er war nicht mehr der Jüngste und hatte keine Ahnung, wie man ins Internet kam oder Texte auf dem PC schrieb. Eden hatte ihm alles bereitwillig erklärt und ihm auch gleich noch gezeigt, wie man Informationen bei Google recherchierte.

Zunächst sortierte sie die Papiere auf drei Stapel – Festnahmeprotokolle, neue Steckbriefe und Haftbefehle –, die sie anschließend in alphabetischer Reihenfolge ordnete. Wenn sie damit fertig war, sah sie die Stapel immer noch einmal durch. Heute war da zum Beispiel ein Haftbefehl gegen eine Rachel Adkins wegen Scheckbetrugs. Eden kannte die Frau nicht. Dann ein weiterer gegen Donald Christopher Barnes wegen Gerichtsbeleidigung. Auch der war ihr vollkommen unbekannt. Es folgte das Festnahmeprotokoll von einem David Harklewood jr., der wiederholt gegen das Hausverbot eines Supermarktes verstoßen hatte. Eden überlegte. Gab es nicht eine Familie Harklewood, die in die katholische Gemeinde ging? Plötzlich wurde ihr klar, dass sie schon seit einer guten Woche keinen ihrer üblichen Kontakte gepflegt hatte. Am Montag würde sie das unbedingt sofort nachholen. Nachdem sie noch einen Blick auf die aktuellen Fahndungsfotos geworfen hatte, machte sie sich schließlich an die Ablage.

Als sie mit ihrer Arbeit fertig war, trug sie die Zeit auf einer Karte ein und legte sie auf Onkel Josephs Schreibtisch. Er bezahlte sie immer am Samstagvormittag. Für jede Stunde, die sie arbeitete, bekam Eden drei Dollar von ihm und mittlerweile hatte sie schon 150 Dollar gespart. Noch hatte sie allerdings keine genaue Vorstellung, was sie damit anfangen würde. Auf jeden Fall etwas richtig Tolles. Am liebsten hätte sie sich ein professionelles Buck-Taschenmesser gekauft, aber Grandma hatte entsetzt dagegen protestiert. Onkel Joseph hatte nur den Kopf geschüttelt und gesagt: *„Wann lernst du's endlich! Frag doch zuerst mich!"* Also musste sie sich erst noch ein wenig gedulden.

Sie war gerade dabei, das Schloss an ihrem Fahrrad zu öffnen, als plötzlich jemand aus einer Gasse neben dem Gebäude hervortrat.

„Hi", sagte Grady Adair.

„Mensch, was fällt dir ein, dich so an mich heranzuschleichen! Ich hab mich fast zu Tode erschrocken!"

„Ich hab mich doch gar nicht angeschlichen. Außerdem kann ich nichts dafür, wenn du so schreckhaft bist."

„Das ist doch nur eine Redensart, Grady. Na egal. Wo hast du denn die ganze Zeit gesteckt? Ich bin neulich zum Teich gefahren, aber ihr wart nicht mehr da. Hältst du nichts davon, dich von anderen zu verabschieden?"

Grady ging nicht näher auf Edens Vorwurf ein, sondern warf

ihr nur einen empörten Blick zu. „Ich konnte nicht vorbeischauen, weil wir schon wieder umziehen mussten. Jetzt sind wir drüben in Damascus und mein Daddy meint, ich kann nicht dauernd nach Abingdon fahren und mich in der Stadt herumtreiben."

„Und wenn du jemanden besuchst?"

„Da hätte er vielleicht nichts dagegen."

„Na, dann komm doch morgen vorbei und besuch mich. Wenn du dein Fahrrad mitbringst, kann ich dir ein paar coole Plätze zeigen."

„Ich frage mal."

„Komm morgen Vormittag in den Stadtpark, dahin, wo der Bach ist."

„Musst du nicht erst deine Grandma fragen?", wollte Grady wissen.

„Die hat bestimmt nichts dagegen."

„Okay, dann bis morgen", sagte Grady, doch sein Gesichtsausdruck erzählte Eden etwas ganz anderes. Es war der skeptische Blick eines Jungen, der nicht mehr damit rechnete, dass etwas Gutes wirklich wahr werden könnte, sondern der fest davon ausging, enttäuscht zu werden. Nun, sie würde einfach alles daransetzen müssen, damit ihre Verabredung auch wie geplant stattfand – das war alles.

32

„Aber warum denn nicht?“ Eden bemühte sich, ihren Tonfall zu mäßigen, wie Grandma es von ihr verlangt hatte, aber es fiel ihr sehr schwer. Es war doch alles so schön geplant gewesen. Außerdem wartete Grady im Park auf sie, aber aus heiterem Himmel hatte Grandma plötzlich gemeint, es müsse ein Erwachsener dabei sein, wenn sie etwas gemeinsam unternehmen wollten und sie selbst könne nicht auf sie aufpassen, weil sie heute ihre Handarbeitsstunde gebe.

„Dann rufe ich eben Onkel Joseph an.“

Grandma schüttelte den Kopf. „Onkel Joseph hat heute viel um die Ohren, Liebes. Er hält heute die erste Unterrichtseinheit von dem neuen Lehrgang für das Rettungsteam.“

„Davon hat er mir gar nichts erzählt!“

„Eden, du weißt doch, dass du dafür mindestens sechzehn sein musst.“

Sie beschloss, zu diesem Thema besser keine Diskussion vom Zaun zu brechen, sondern kehrte zu ihrem ursprünglichen Anliegen zurück. „Kann Grady dann nicht einfach so vorbeikommen, Grandma? Bitte? Ich wollte ihm gerne den Zeltplatz zeigen. Wir sind auch ganz vorsichtig und machen keinen Blödsinn!“

Aber Grandma schüttelte den Kopf. Eden wusste genau, wenn ihre Großmutter diesen Gesichtsausdruck zur Schau stellte, war es vollkommen sinnlos, noch weiter zu argumentieren. Da war nichts zu machen! Also drehte sie sich auf dem Absatz herum und stapfte davon – vielleicht ein wenig lauter als sonst.

„Eden Elizabeth, wo willst hin?“

„Ich muss Grady wenigstens Bescheid sagen“, rief sie und trat so heftig gegen ihren Fahrradständer, um ihn zurückzuklappen, dass sie sich den Knöchel stieß.

„Dann sieh aber zu, dass du anschließend gleich wieder hier bist.“

Eden presste ihre Lippen so fest zusammen, bis sie eine dünne Linie bildeten. Sie hörte, wie die Schritte ihrer Großmutter näher kamen.

„Ich konnte dich nicht hören.“ Jetzt stand Grandma in der Tür. „Und ich bin mir sicher, du wirst mir eine höfliche Antwort geben, weil du weißt, wie sehr es mich bekümmern würde, wenn ich dir erneut Hausarrest geben müsste.“

Die Aussicht, eine weitere Woche im Haus verbringen zu müssen, war zu furchterregend, um auch nur daran zu denken. Außerdem kam noch hinzu, dass Eden in ihrem Innersten Grandma wirklich nicht verärgern wollte, weshalb sie schließlich mit einem schlichten „Ja, Ma'am“, antwortete.

„Wenn du Grady gefunden hast, kommst du wieder nach Hause und begleitest mich zum Quilt-Kurs.“

„Ja, Ma'am.“ Sie stieg auf ihr Fahrrad und fuhr davon, bevor Grandma es sich doch noch anders überlegen konnte. Sie war so wütend, dass ihre Wangen vor Hitze glühten, weshalb sie schließlich den ganzen Weg bis in die Stadt hinunter benötigte, um sich wieder einigermaßen abzukühlen. Sie musste an Grady denken. Jetzt wäre er auch noch genauso traurig und enttäuscht wie sie selbst. Eden wollte es eigentlich nicht zugeben, aber er war der einzige Freund, den sie hatte. Dieser Gedanke war fast genauso furchtbar und fühlte sich genauso schrecklich in ihrer Brust an, wie der, dass Mom und Dad sie nicht bei sich haben wollten. Bei dem Gedanken an Grady, der auf sie wartete, zog sich ihr Magen zusammen, aber dann hatte sie plötzlich eine Idee und sofort fühlte sie sich besser. Was war sie nur für ein Esel! Sie kannte doch jemanden, der auf sie aufpassen konnte.

Hatte Miranda nicht erst gestern zu ihr gesagt, sie wüsste gern, womit sie Eden eine Freude machen könnte?

„Wir haben ein Problem“, rief Eden, während sie ihr Fahrrad mit quietschenden Bremsen neben Grady zum Stehen brachte. Als sie aufblickte, bemerkte sie voller Überraschung, dass er tatsächlich erschrocken aussah. Alle Farbe war aus seinem Gesicht gewichen, sodass seine Sommersprossen noch deutlicher hervortraten.

„Wieso, was gibt es?“, fragte er.

„Mensch, du siehst total verängstigt aus.“

„So ein Quatsch.“

„Na klar! Ich seh’s dir doch an der Nasenspitze an, dass du wegen irgendwas total Schiss hast.“

„Jetzt sag schon endlich, was das Problem ist“, fuhr er sie an, und sein Ärger gefiel Eden auf jeden Fall wesentlich besser als seine Angst.

„Das Problem ist meine Grandma. Sie erlaubt mir nicht, den Tag mit dir zu verbringen, wenn nicht irgendein Erwachsener dabei ist, der auf uns aufpasst. Anscheinend befürchtet sie, dass wir uns gegenseitig umbringen oder so.“

„Ach so.“ Er schien erleichtert.

„Was dachtest du denn?“

„Gar nichts.“

Eden beschloss, nicht weiter nachzufragen, obwohl es vollkommen offensichtlich war, dass er ihr etwas verschwieg. „Was macht denn dein Dad heute? Können wir vielleicht zu euch gehen?“

„Nein, der arbeitet“, sagte Grady deprimiert.

„Naja, macht auch nichts“, sagte Eden. „Ich hab schon eine andere Idee. Komm mit.“

„Warum muss ich eigentlich immer dir hinterherlaufen?“ beschwerte er sich.

„Weil ich die mit den Ideen bin. Oder hast du etwa eine? Falls du nämlich eine Idee hast, folge ich dir gerne, aber solange ich diejenige mit den Ideen bin, musst du mir hinterherlaufen." Sie schüttelte den Kopf. Es war ihr unbegreiflich, wie jemand mit gesundem Menschenverstand nicht von ganz allein zu dieser Erkenntnis gelangen konnte.

Grady grummelte vor sich hin, aber als Eden aus dem Augenwinkel einen äußerst vorsichtigen Blick zu ihm zurückwarf, konnte sie sehen, dass er ihr folgte. Auf keinen Fall sollte er zu dem Eindruck gelangen, dass sie sich für ihn interessierte. Gemeinsam fuhren sie die Hauptstraße entlang, bis sie nach zwei Blocks das Beerdigungsinstitut erreichten, wo Eden ihr Rad abstellte und damit begann, es anzuketten.

„Was wollen wir denn ausgerechnet hier?", fragte Grady. „Das ist ein Bestatter!"

Grady musste sie für einen vollkommenen Dummkopf halten. Zuerst wollte Eden ihm eine möglichst schlagfertige Antwort geben, doch dann erinnerte sie sich daran, wie verängstigt er noch vor wenigen Minuten gewesen war. „Oben im Haus wohnt jemand", sagte sie stattdessen.

„Und wer?"

„Jemand, der mir noch einen Gefallen schuldet." Dieser Satz hatte es Eden angetan. Er stammte aus einem Krimi, den sie erst neulich gelesen hatte.

Miranda genoss ihren freien Samstagmorgen in vollen Zügen. Nachdem sie am Abend zuvor noch die Ausstellungsräume gesaugt und die Toiletten geputzt hatte, war sie in einen tiefen, erholsamen Schlaf gefallen. Anfänglich hatte sie noch befürchtet, es könnte ihr möglicherweise unheimlich werden, so dicht neben Urnen und Särgen zu arbeiten und sogar zu schlafen, doch am Ende hatte es ihr nichts ausgemacht. Es war so still und friedlich in ihrer kleinen Wohnung, und genauso erging es ihr mit der Atmosphäre im Bestattungsinstitut selbst. Nachdem sie ausgeschlafen hatte, duschte sie, zog sich an und saß nun gemütlich bei ihrer zweiten Tasse Kaffee, während sie die Vögel beobachtete, die in der Luft ihre Kreise zogen. Es war einfach wunderschön hier.

In dem verwinkelten Garten unter ihr stand inmitten von Vergissmeinnicht und Lilien ein kleines Vogelbad. Mehrere Meisen und Spatzen planschten schimpfend darin herum. Miranda seufzte. Bisher war sie mit ihren Nachforschungen über die Familie ihrer Mutter nicht besonders erfolgreich gewesen. Sie griff nach der Mappe mit den Anträgen für die Kopien von Mamas Geburts- und Heiratsurkunde. Ganz offensichtlich war ein weiterer Anruf bei Tante Bobbie nötig, damit Miranda die noch fehlenden Angaben ergänzen konnte.

Sie griff nach dem Hörer und begann die Nummer ihrer Tante zu wählen, doch am Ende ertönte nur die Ansage des Anrufbeantworters. „Hallo, Tante Bobbie“, sagte Miranda. „Könntest du mich bitte zurückrufen? Danke.“ Vermutlich war es besser, nicht genau zu sagen, worum es ging. Bestimmt würde ihre Tante Miranda eher zurückrufen, wenn sie nicht ein weiteres Verhör befürchtete.

Sie hatte gerade aufgelegt und dachte darüber nach, was als nächstes zu tun war, als sie Schritte auf der Treppe und ein leises Klopfen hörte. Miranda erhob sich und ging zur Tür. Sie konnte leise Stimmen hören, die flüsternd miteinander diskutierten.

„Denkst du, sie wird uns helfen?“, fragte eine Jungenstimme.

„Ich glaub schon, aber jetzt sei still, sonst hört sie uns noch.“

Mit einem Lächeln öffnete Miranda die Tür. Es war Eden – wer sonst – und der rothaarige, sommersprossenübersäte Junge, der sich neulich so schnell aus dem Staub gemacht hatte.

„Hallo, ihr zwei“, begrüßte sie ihre Gäste. „Kommt doch rein.“

Als Erste betrat Eden die Wohnung, dann wandte sie sich um

und griff nach der Hand des Jungen, als wolle sie ihm so über die Türschwelle helfen.

„Miranda, das ist mein Freund Grady."

„Grady, schön dich kennenzulernen „, sagte Miranda und lächelte.

„Ja, Ma'am", murmelte Grady. Seine sommersprossigen Wangen färbten sich leuchtend rot. Miranda war sich jedoch nicht ganz sicher, ob es daran lag, dass er einem Erwachsenen gegenüberstand oder weil Eden ihn ihren Freund genannt hatte.

Eden kam gleich zur Sache.

„Miranda, wir brauchen deine Hilfe."

Sie sah so ernst aus, dass Miranda ihr spontanes Lächeln angestrengt verbarg.

„Okay, worum geht es?"

„Wir wollten heute mit dem Fahrrad auf dem *Virginia Creeper Trail* zum Campingplatz rausfahren – du weißt schon, der alte Indianerpfad aus der Zeit des Wilden Westens – aber jetzt erlaubt Grandma es uns nur, wenn ein Erwachsener dabei ist."

„Aha." Miranda dachte einen Moment nach. Eigentlich hatte sie für heute noch keine konkreten Pläne und den *Virginia Creeper Trail* hatte sie sich schon anschauen wollen, seit sie nach Abingdon gekommen war. „Was ist mit deinem Onkel?"

„Der hat zu tun", antwortete Eden. „Er unterrichtet eine neue Klasse vom Such- und Rettungstrupp."

Miranda nickte. Das bedeutete, er würde zwischendurch nicht kurz vorbeischauen können – ein klarer Vorteil. „Wie weit ist es denn bis zum Campingplatz?"

„Nur ein paar Meilen." Ihr Gewissen schien Eden allerdings zu mahnen, so dass sie nach kurzer Zeit erklärend hinzufügte: „Na ja, vielleicht sind es sechs oder so, aber dafür geht es überhaupt nicht bergauf."

Miranda lächelte. „Nun, ich denke, da kann ich ja gar nicht nein sagen."

„Oh klasse! Danke, danke, danke!“, rief Eden. „Darf ich mal telefonieren?“

Miranda gab ihr das Handy. Gerade wollte sie ihr erklären, wie es funktionierte, da hatte Eden das Telefon schon aufgeklappt und tippte die Nummer ein. Miranda musste über sich selbst schmunzeln. Was hatte sie sich nur gedacht? Nach einem kurzen Wortwechsel hielt Eden ihr das Handy hin, damit sie Ruth ihre Bereitschaft noch einmal persönlich bestätigen konnte.

„Wohin geht unsere Fahrt denn eigentlich genau?“, wollte Miranda von Ruth wissen.

„Zu dem christlichen Camp, das mein Mann und ich früher betrieben haben. Das Gelände gehört mir noch immer. Es liegt so sieben bis acht Meilen vor der Stadt. Heute ist da draußen leider nichts mehr los, aber Eden liebt es dennoch, hinauszufahren und den Tag im Camp und der umliegenden Natur zu verbringen. Ich hätte sie auch liebend gern dorthin begleitet, aber ich gebe heute Unterricht. Es ist sehr nett von Ihnen, dass Sie mich vertreten wollen.“

„Keine Ursache“, erwiderte Miranda. „Ich mache das gern.“

„Kommen Sie doch hinterher mit Eden zu mir und essen Sie mit uns.“

Würde Joseph auch dort sein? Miranda hätte ihre Antwort am liebsten davon abhängig gemacht, aber dann erschien es ihr doch zu unhöflich, nachzufragen, sodass sie schließlich zusagte.

„Also los“, sagte Miranda, nachdem sie aufgelegt hatte. „Lasst mich noch schnell meine Schuhe anziehen, und dann können wir aufbrechen. Musst du vorher auch noch jemanden anrufen, Grady?“

Der Junge, dem schon wieder die Röte in die Wangen schoss, schüttelte den Kopf. „Nein, Ma'am.“

„Du darfst gern Miranda zu mir sagen.“

Grady, noch röter im Gesicht, nickte nur verlegen. Miranda ging in die Küche und schmierte sechs Sandwichs – zwei für jeden – mit Erdnussbutter und Marmelade. Beim Lebensmittelladen nebenan kauften sie noch sechs Flaschen Wasser, sechs Äpfel und drei Schokoriegel, wobei sie das Proviant so aufteilten, dass jeder die gleiche Menge transportieren musste. Und dann fuhren sie los – Eden vorneweg.

„Ich wollte die Strecke schon immer mal fahren", sagte Miranda, der plötzlich bewusst wurde, wie wenig sie eigentlich über die Gegend hier wusste. Bestimmt gab es noch unendlich viel zu entdecken. Anscheinend folgte ihr jetziger Weg einer alten Eisenbahntrasse. „Es ist wunderschön hier. Alles ist so grün und friedlich. Aber ich bin wirklich froh, dass du den Weg kennst."

„Wie meine Westentasche" erwiderte Eden. „Macht euch keine Sorgen."

Allerdings waren sie keineswegs allein auf dem Pfad unterwegs. Viele Menschen nutzten den schönen Tag für einen Ausflug auf dem anscheinend sehr beliebten Wanderweg.

Schon bald lag Abingdon hinter ihnen. Und dafür, dass es eigentlich ein eher gebirgiges Gebiet war, verlief der Weg erstaunlich eben, wodurch die Fahrt wirklich nur wenig anstrengend war. Eigentlich naheliegend, dachte Miranda, da es sich ja um eine ehemalige Bahnstrecke handelte, für die man extreme Steigungen und abschüssige Strecken hatte ausgleichen müssen.

Immer wieder überholten sie Wanderer, die meist in Gruppen unterwegs waren, und zweimal hielten sie an, um Reiter auf Pferden vorbeizulassen. Eden blickte ihnen sehnsüchtig hinterher. „Früher im Camp gab es auch Pferde und Paddelboote und Kanus und man konnte im See angeln. Grandma und Tante Vi haben gekocht, und Grandpa und Pastor Hector waren für die Seminare und Predigten zuständig.

„Warst du damals auch schon hier?", wollte Miranda wissen.

„Nein, der Platz wurde geschlossen, als ich noch ein Baby war. Aber ich denke immer wieder darüber nach und stelle mir vor, wie es gewesen sein könnte."

Miranda hörte die Sehnsucht in Edens Stimme. Elf Jahre war entschieden zu jung, um bereits ein Paradies verloren zu haben. Was wohl die Zukunft für Eden und ihre zerbrochene Familie bringen würde, diese Gruppe von verletzten Menschen? Miranda schob die Gedanken beiseite. *Sie ist nicht dein Kind*, ermahnte sie sich wieder einmal selbst. *Sie ist nicht deine Tochter*.

Am alten Bahnhof von Watauga machten sie ihre erste Rast. Eine kleine Lichtung an der Seite des Weges lud dazu ein, sich niederzulassen. Sie legten ihre Räder ins Gras und machten sich dann über ihre Lunchpakete her. Nach dem Essen ruhten sie sich alle noch ein wenig aus und machten sich anschließend wieder auf den Weg.

Nach einiger Zeit überquerten sie die große, gebogene Eisenbahnbrücke, die zwei der vielen grünen Hügel miteinander verband. Immer weiter folgten sie dem Pfad, bis sie schließlich schräg unter sich das glitzernde Wasser des Holston-Lake entdecken konnten. Eden wies auf einen schmalen Waldweg, der seitlich vom offiziellen Wanderweg abzweigte und relativ steil zum See hinabführte.

Sie stiegen ab und schoben ihre Räder den Berg hinunter. Der Weg machte ein, zwei Biegungen und dann, mit einem Mal, öffnete sich der Blick. Sie standen auf dem Rücken eines kleinen Hügels. Vor ihnen erstreckte sich die Uferlandschaft mit Wiesen und sanften Erhebungen, im Hintergrund das Blau des Sees. In der Nähe des Wassers stand ein großes Blockhaus, daneben ein scheunenähnlicher Bau, ein kleineres Blockhaus und zahlreiche verstreute Holzhütten.

„Das größere Blockhaus war das Hauptgebäude, in dem kleineren haben meine Großeltern gewohnt. Was so ähnlich aussieht wie eine Scheune, war die Kapelle und die kleinen Hütten waren für die Camper. Es sind genau sieben. Und dann gab es natürlich noch die Tipis."

„Tipis?"

Eden nickte. „So eine Art Indianerzelt mit festem Holzboden. Es ist richtig cool, darin zu schlafen." Eden seufzte. „Ab und zu komme ich mit Onkel Joseph und Grandma hierher."

Sie durchquerten ein Tor, über dem ein Holzschild hing. „Camp Berachah" stand darauf.

„Was bedeutet wohl *Berachah*?", sagte Miranda.

„Es heißt ‚Segen'", erklärte Eden. „Das Wort ist hebräisch und stammt aus der Bibel."

Miranda blieb stehen und sah sich still um. Vielleicht war es ja vollkommen albern, aber plötzlich überlief Miranda ein Schauer und sie musste wieder an jenen Pastor denken, mit dem sie vor so vielen Monaten gesprochen hatte. Sein Name war ihr längst entfallen, aber sie konnte sich noch sehr gut an sein freundliches Gesicht und seine warmen, braunen Augen erinnern. Er hatte damals zu ihr gesagt, dass Jesus ihr helfen und ihr Leben verändern würde, wenn sie es nur zuließe, aber auch, dass dieser Jesus ein Gentleman sei, der sich ihr niemals aufdrängen oder sie zu etwas zwingen würde, was sie nicht wollte. Dasselbe, was Miranda an jenem Winterabend empfunden hatte, spürte sie auch in diesem Moment: Ein Gefühl von Wärme und Geborgenheit, gemischt mit Sehnsucht und dem Wunsch nach mehr Nähe. Doch Nähe wozu? Zu wem? Miranda schüttelte den Kopf, um diese verwirrenden Gedanken abzuschütteln. Eden und Grady blickten sie verwundert an. Miranda setzte ein Lächeln auf und steuerte dann zielstrebig auf die Holzkapelle zu.

Erwartungsvoll drückte sie die Klinke hinunter und fühlte die Wucht der Enttäuschung wie einen Schlag ins Gesicht, als die Tür nicht nachgab. Natürlich war das Gebäude abgeschlossen. Was hatte sie denn erwartet? Eden wühlte in ihrem Rucksack herum, dann klimperte es und sie reichte Miranda die Schlüssel hinüber. Nachdem sie aufgeschlossen hatte, schlugen die beiden Flügeltüren – wie um sie willkommen zu heißen – fast von alleine auf. Die Luft im Saal war zwar staubig, aber sie roch gut. Nach einer Mischung aus Holzfeuer und trockener Wärme, überhaupt nicht muffig oder abgestanden, wie sie erwartet hatte. Miranda blickte sich um und konnte sie förmlich vor sich sehen – die Reihen herumzappelnder Kinder, die an ihren Mückenstichen kratzten und ihre nackten Beine von den Holzbänken herunterbaumeln ließen. Lebhaft stellte sie sich vor, wie Pastor Hector den Kindern von Gott erzählt hatte. Und dann gab es da in ihrer Vorstellung noch einen Mann, der wie Joseph aussah, aber viel freundlicher und geduldiger war und den Kindern beibrachte, wie man rudert, angelt und schwimmt. Miranda schüttelte den Kopf. Es war wirklich sonderbar: Sie hatte fast das Gefühl, als könne sie die Gegenwart der Kinder, die früher einmal hier gewesen waren, noch immer spüren. Was für ein alberner Gedanke. Ging ihre Fantasie mit ihr durch? Vielleicht war es die Gegenwart von etwas anderem, die sie wahrnahm? Tatsächlich empfand sie in diesem Moment eine Sehnsucht, die noch größer war als ihre vorherige. Bestürzt merkte Miranda, dass ihr die Tränen in die Augen stiegen.

„Kommt, wir gehen rüber zum Haupthaus", schlug Eden vor.

„Lauft schon mal vor, ich komme gleich hinterher", sagte Miranda und nutzte die Gelegenheit, um sich mit dem Ärmel über die Augen zu wischen, nachdem die zwei davon gestürmt waren.

Das große Blockhaus war wunderschön. Die Wände waren vollständig aus Holz, wobei der goldene, helle Farbton der Baumstämme für eine warme Atmosphäre sorgte. In der Mitte des Saales standen lange Tische und Bänke aus demselben hellen Holz wie die Wände. Eine große, aus Feldsteinen gemauerte Feuerstelle in der Ecke beherrschte den Raum, dessen Fußboden deutliche Gebrauchsspuren aufwies. Das Innere des Kamins war von den unzähligen Holzfeuern ganz schwarz und verströmte noch immer einen leicht rußigen Geruch, der Miranda in der Nase kitzelte. Am Ende des Speisesaals war der Eingang zur Küche zu sehen und gleich daneben eine Durchreiche. Sofort stellte sich Miranda vor, wie Ruth Platten und Schüsseln mit dampfendem Essen hindurchschob.

An den Wänden hingen Tafeln mit Bibelsprüchen:

Verlass dich nicht auf deine eigene Urteilskraft, sondern vertraue voll und ganz dem Herrn! Denke bei jedem Schritt an ihn, er zeigt dir den richtigen Weg und krönt dein Handeln mit Erfolg.
Wer aber von dem Wasser trinkt, das ich ihm gebe, der wird nie wieder Durst bekommen. Dieses Wasser wird in ihm zu einer Quelle, die bis ins ewige Leben hinein fließt.
Denn der Geist Gottes, den ihr empfangen habt, führt euch nicht in eine neue Sklaverei, in der ihr wieder Angst haben müsstet. Er macht euch vielmehr zu Gottes Kindern. Jetzt können wir zu Gott kommen und zu ihm sagen: Vater, lieber Vater.

Wieder lief Miranda ein Schauer über den Rücken. Wie kam es, dass dieser schon so lange verlassene Ort sie so sehr berührte? Es war, als sei etwas in diesen Räumen lebendig geblieben. Verlassene Häuser haben ja oft etwas Unheimliches an sich, doch dieses Gebäude war von einem ganz anderen Geist erfüllt – keinem Gespenst, sondern einem guten Geist, einem Geist der Ruhe und des Friedens.

Sie gingen wieder hinaus und sahen sich das Wohnhaus an, das allerdings leer stand. Ein wunderschönes Zuhause, auch wenn es einige Reparaturen benötigte. Ganz am Ende besichtigten sie noch eine von den Hütten, die jeweils mit vier Schlafkojen und einem Badezimmer ausgestattet waren.

Nach ihrer kleinen Besichtigungstour rannten die Kinder über die Wiese, während Miranda zum See hinunterging. Glatt und still lag er vor ihr. Miranda trat an das Ufer und hielt eine Hand in das Wasser. Es war kühl und erfrischend. Für einen Moment bedauerte sie es, ihren Badeanzug nicht dabeizuhaben, aber vermutlich wäre es sowieso noch zu kalt zum schwimmen. In einem Monat müsste es allerdings perfekt sein. Nachdem Eden und Grady zurückgekehrt waren, sahen sie sich noch den Rest der Gebäude an – die Schuppen, den Pferdestall mit Koppel und den kleinen Kiosk.

„Es ist wirklich ein riesiges Gelände“, sagte Miranda voller Bewunderung. „Ich frage mich, warum deine Großmutter es nicht verkauft.“

„Sie sagt immer, sie bringt es nicht übers Herz. Ich glaube, sie hat immer darauf gehofft, dass Dad oder Onkel Joseph es eines Tages doch noch übernehmen.“

Miranda schwieg. Was sollte sie zu einem derart empfindlichen Thema auch sagen? Nachdem sie ihre restlichen Vorräte verzehrt, und sich vergewissert hatten, dass auch alle Gebäude ordentlich abgeschlossen waren, machten sie sich schließlich wieder auf den Weg. Als sie ihre Fahrräder den Berg hinauf geschoben hatten, drehte Eden sich noch einmal um, und auch Grady und Miranda blickten ein letztes Mal zurück auf den See. Scheinbar fiel ihnen allen der Abschied von diesem besonderen Ort schwer.

„Auf Wiedersehen!“, schrie Eden, und Grady und Miranda stimmten in ihr Rufen mit ein. Der Wind trug das Echo ihrer Stimmen bis weit über den See.

Miranda lächelte. Sie würde versuchen, diesen Augenblick nicht zu vergessen – genauer gesagt, den ganzen Tag. Es waren glückliche Stunden gewesen, für sie und für die Kinder. Was machte es schon für einen Unterschied, ob es ihre eigenen waren oder nicht! Sie hatten Zeit miteinander verbracht, und außerdem war da dieser kostbare Moment vorhin und diesen Schatz konnte ihr niemand mehr nehmen. Er gehörte ihr für immer.

33

„Grady, solltest du nicht lieber deinen Vater anrufen?“, fragte Ruth, nachdem Miranda sie wieder verlassen hatte und der Abwasch erledigt war. Der schuldbewusste Blick des Jungen verriet ihr die Antwort auf ihre Frage.

„Hier“, sagte sie und reichte ihm das Telefon. Nachdem er gewählt hatte, konnte Ruth nicht anders, als seinen Teil des Gesprächs mit anzuhören.

„Hallo, Dad. Ich bin’s, Grady.“

Pause.

„Nicht weit weg.“

Pause und eine Reihe von brummenden Geräuschen aus dem Hörer.

„Äh, nein, Sir.“ Pause. „Ja, Sir.“

Noch mehr Brummen.

„Ich bin bei Eden. Wir haben schon zusammen zu Abend gegessen.“

Pause.

„Ja, Sir. Ihre Großmutter ist auch hier.“

Pause.

„Ja, Sir:“ Er hielt Ruth den Hörer hin. „Mein Dad möchte mit Ihnen sprechen.“

Ruth lächelte und griff nach dem Telefon. „Guten Abend, Mr Adair.“

„Ich möchte mich für das Benehmen meines Sohnes entschuldigen“, sagte er. „Ich wusste nicht, dass er Ihre Gastfreundschaft so sehr strapazieren würde!“

„Aber wieso? Sein Besuch war doch keine Last für mich, Mr Adair. Ich möchte mich vielmehr bei Ihnen entschuldigen. Hätte ich gewusst, dass Sie Grady früher zu Hause erwartet haben, hätte ich ihm niemals erlaubt, so lange hierzubleiben."

„Wenn Sie so freundlich wären, mir zu sagen, wo Sie wohnen, dann komme ich gleich vorbei und hole ihn ab."

Ruth beschrieb ihm den Weg. Dann räumte sie schnell noch die Küche zu Ende auf und hatte eine frische Kanne Kaffee aufgebrüht, als Mr Adair eintraf.

Lächelnd ging sie zur Tür, um ihn zu begrüßen. Mr Adair war ein großer, schlaksiger Mann, dessen dunkles Haar von grauen Strähnen durchzogen war. Sein braungebranntes Gesicht sah wettergegerbt und leicht verhärmt aus, aber er hatte ein sehr einnehmendes Lächeln. Mit dem Hut in der Hand stand er ein wenig verlegen vor ihrer Tür.

„Guten Tag, Ma'am! Mein Name ist Johnny Adair."

„Freut mich sehr, Sie kennen zu lernen", sagte Ruth. „Wollen Sie nicht noch auf ein Stückchen Kuchen und eine frische Tasse Kaffee hereinkommen? Die Kinder vertilgen gerade noch ihren Nachtisch."

Seine Augen begannen zu leuchten. „Das klingt aber verführerisch."

„Zitronenkuchen. Selbstgebacken."

Er schüttelte den Kopf. „Selbstgebackenen Kuchen habe ich schon seit einer kleinen Ewigkeit nicht mehr gegessen."

„Na, dann kommen Sie doch herein."

Sie führte ihn durch das Wohnzimmer zur Küche, vorbei an Grady und Eden, die Eiscreme aßen und dabei fernsahen. Grady warf seinem Vater einen schuldbewussten Blick zu, doch der sagte nichts, sondern wuschelte seinem Sohn nur durch die Haare.

„Nächstes Mal melde ich mich bestimmt, Dad."

„Ich weiß, mein Junge."

„Bitte, setzen Sie sich doch", sagte Ruth schließlich, als sie die Küche erreicht hatten. „Ich hoffe, es macht Ihnen nichts aus, in der Küche zu essen."

„Kein bisschen."

Da hatte Ruth mit einem Mal eine Idee. „Haben Sie heute Abend schon etwas Warmes gegessen?"

„Ich werde mir nachher eine Kleinigkeit auf dem Nachhauseweg holen."

„Oh nein, das werden Sie mit Sicherheit nicht. Erst gestern habe ich noch zu meinem Sohn gesagt, ich hätte immer so viele Reste, dass ich davon problemlos eine zweite Person ernähren könnte. Von heute Abend habe ich noch ein paar schöne Schweinekoteletts mit Kartoffelpüree und Gemüse übrig. Es wäre doch schade, wenn das gute Essen verdirbt. Darf ich sie Ihnen anbieten? Den Kuchen dürfen Sie dann gern als Nachtisch genießen."

Noch zierte er sich und protestierte, aber Ruth wusste längst, dass sie gewonnen hatte. Er verzehrte hungrig, was sie ihm vorsetzte und seufzte bisweilen vor Behagen. Zwischendurch, während sie ihren Kaffee trank, stellte er Ruth verschiedene Fragen, was schließlich dazu führte, dass sie ihm ihre ganze Lebensgeschichte erzählte. In Richmond sei sie aufgewachsen, wobei ihr Vater leider früh gestorben sei. Sie habe sich entschieden, als Lehrerin zu arbeiten, habe geheiratet – den späteren Polizeichef von Abingdon übrigens. Schließlich hätten sie gemeinsam das Gelände unten am See gekauft und dort ein christliches Ferienlager betrieben, bis man bei ihrem Mann Krebs festgestellt habe. Gute Freunde und ihr Sohn hätten ihr geholfen, noch ein paar Jahre durchzuhalten, aber am Ende habe sie dann doch aufgegeben.

„Ich weiß, ich sollte das Land eigentlich verkaufen", sagte Ruth, „aber ich bringe es einfach nicht fertig. Ich kann mich nicht davon trennen."

„Es ist ein Teil Ihres Lebens", sagte er schlicht.

„So ist es", sagte Ruth, und es tat ihr gut, verstanden zu werden.

„Es wäre wunderbar, wenn es irgendwann einmal wieder in seinem ursprünglichen Glanz erstrahlen könnte", sagte Mr Adair.

„Ich befürchte, das wird nicht geschehen. Es sei denn, Gott hat noch andere Pläne." Etwas in Ruth sträubte sich dagegen, ihm von Joseph und David zu erzählen.

Sie plauderten noch eine Weile, während Mr Adair seinen Zitronenkuchen verspeiste, bis er sich schließlich erhob und mit Bedauern verkündete, dass sie jetzt leider gehen müssten. Er rief nach Grady, trug seinen Teller zum Spülbecken und bedankte sich für die Einladung.

„Ich habe schon sehr lange nicht mehr so hervorragend gespeist", sagte er. „Ich bedanke mich ganz herzlich."

„Gern geschehen. Sie sind hier jederzeit willkommen."

Da tauchten Eden und Grady auf.

„Mein Sohn, wir haben die Zeit und Gastfreundschaft dieser netten Menschen mehr als genug in Anspruch genommen."

Heftiger Protest erklang, aber Mr Adair blieb standhaft. „Ich möchte mich in aller Ruhe auf den morgigen Sonntag, den Tag des Herrn, vorbereiten. Ich bin zwar nicht mehr im aktiven Dienst, aber alte Gewohnheiten legt man nur schwer ab."

„Sind Sie etwa Pfarrer?", fragte Ruth.

„Nicht ganz, Ma'am. Ich bin Musiker und war für den musikalischen Teil der Reiseevangelisation von Ernest Grayson zuständig."

„Na so etwas", murmelte Ruth und sah Johnny Adair plötzlich mit ganz anderen Augen. Nachdem sie ihn und Grady draußen verabschiedet hatte, kam sie ins Haus zurück und dachte ein wenig beklommen darüber nach, was Joseph wohl sagen würde, wenn sie ihm von dieser Begegnung erzählte. Sie hörte ihn schon schimpfen: *Du lässt einen wildfremden Kerl ins Haus und bewirtest ihn auch noch mit einer warmen Mahlzeit? Woher weißt du, dass er nicht einer von diesen Gaunern ist, die momentan die*

Gegend unsicher machen? Woher willst du wissen, dass er es nicht auf deine Wertsachen abgesehen hat und dich nur ausnehmen will. Du darfst nicht so vertrauensselig und gutgläubig sein … und so weiter und so weiter. Nein, dachte Ruth, Joseph würde sie nicht verstehen. Er hatte die Fähigkeit, anderen zu vertrauen, bereits vor vielen Jahren verloren.

34

Das *Hasty Taste* war sonntags geschlossen, weshalb Miranda beschloss, den freien Tag dafür zu nutzen, endlich Nägel mit Köpfen zu machen und die benötigten Auskünfte von Tante Bobbie einzuholen. Nach einem eiligen Frühstück machte sie einen kleinen Spaziergang, um ihre Gedanken zu ordnen und sich genau zu überlegen, was sie ihre Tante fragen wollte. Zurück in ihrer Wohnung griff Miranda gleich zum Hörer. Sie stellte alle Fragen, die sie vorbereitet hatte, und gab nicht nach, obwohl ihre Tante auch dieses Mal nur mit größtem Widerwillen antwortete.

„Es ist mein Leben, Tante Bobbie“, sagte Miranda. „Ich habe ein Recht darauf, Bescheid zu wissen und du bist die Einzige, die mir etwas darüber erzählen kann.“ Anscheinend steckte noch immer ein kleiner Rest von Noreens Hartnäckigkeit in ihr. Vielleicht war es aber auch nur ein Überbleibsel der Tyrannei und Schikane ihrer Mutter, denn Tante Bobby antwortete Miranda schließlich mit leiser, resignierter Stimme. Als sie auflegte, hatte Miranda für einen Moment ein schlechtes Gewissen. Hatte sie ihre Tante vielleicht zu sehr bedrängt und mit ihren hartnäckigen Fragen eingeschüchtert? Andererseits waren Mirandas Nachforschungen von zu großer Bedeutung. Sie hatte tatsächlich Anspruch darauf, mehr über ihre Wurzeln zu erfahren. Jeder Mensch hatte dieses Recht, selbst wenn die Fragen nach der Vergangenheit für die jeweiligen Hüter der Familiengeheimnisse unbequem waren und die Preisgabe Überwindung kostete.

„Wir sind in Thurmond geboren“, hatte Tante Bobbie erzählt. „Aber ich glaube, von dem Ort ist nicht mehr viel übrig. Seitdem die Kohleminen geschlossen worden sind, fährt kein Zug mehr dorthin, und als es keine Jobs mehr gab, sind die Leute nach und nach weggezogen."

„Leben trotzdem vielleicht noch irgendwelche Verwandten von uns dort?"

„Ich weiß es nicht", sagte Tante Bobbie und ihre nachfolgenden Worte hatten Miranda zutiefst schockiert. „Und falls doch, dann will ich nichts davon wissen. Ich will mit all dem nichts mehr zu tun haben. Nichts! Hast du verstanden?" Die Stimme ihrer Tante hatte vor unterdrückter Emotion gezittert.

Miranda hatte das Telefonat möglichst ruhig beendet – und sich anschließend gefragt, ob es ein Fehler gewesen war, ihre Tante so sehr zum Reden zu nötigen. Andererseits war es jetzt sowieso zu spät. Sie konnte ihr Gespräch nicht mehr rückgängig machen. Es galt nach vorne zu sehen und weiterzumachen.

Miranda nahm einen Stift zur Hand und beschloss, zunächst einmal alle Informationen festzuhalten. Bei dem Gedanken, dass sie bestimmt bald alles ebenso zwanghaft aufschreiben würde wie Eden, musste sie unwillkürlich lächeln. Vor einigen Tagen hatte Miranda sich ein Ringbuch gekauft, das sie in drei verschiedene Bereiche unterteilt hatte: einen für ihre Mutter, einen für sich selbst und einen dritten für ihr Baby. Jetzt schlug sie die für ihre Mutter reservierten Seiten auf und begann sich zu notieren, was Tante Bobbie ihr gerade erzählt hatte. Die Eltern von Noreen und Tante Bobbie waren Beck Maddux und Lois Mae Gibson gewesen. Bereits diese erste Information hatte Miranda vollkommen unvorbereitet getroffen. Offensichtlich waren ihre Großeltern nicht verheiratet gewesen. Aber wurden so nicht viele Dinge mit einem Mal verständlicher? Zum Beispiel, warum es Noreen so sehr zu schaffen gemacht hatte, als Miranda damals mit fünfzehn schwanger geworden war. Sie hatte sich so sehr für ihre Tochter geschämt. Doch Noreen hatte am eigenen Leib zu spüren bekommen, was es hieß, mit dem Makel aufzuwachsen, ein uneheliches Kind zu sein – und das zu einer Zeit, als man über solche Dinge noch tuschelte und schief angeguckt wurde. Unvermittelt fragte sich Miranda, wie anders manches zwischen ihr und ihrer Mutter vielleicht gelaufen wäre, wenn sie über dieses Detail Bescheid gewusst hätte. Möglicherweise hätten sie miteinander geredet, anstatt sich anzuschreien. Die Geburt ihrer Mutter hatte zu Hause in Anwesenheit eines Doktors stattgefunden, doch Tante Bobbie hatte sich nicht mehr an seinen Namen erinnern können. Die medizinischen Unterlagen waren wahrscheinlich sowieso längst verloren – falls es überhaupt welche gegeben hatte.

Über die Hochzeit von Mirandas Eltern konnte Tante Bobbie etwas genauer berichten. Sie wusste das genaue Datum und konnte sich daran erinnern, dass die Trauung vor einem Friedensrichter in Nashville, Tennessee stattgefunden hatte.

Miranda starrte an die Wand und dachte einen Moment über die wenigen mageren Fakten nach, die sie bei dem Telefonat erhalten hatte. Ein bisschen erinnerte sie ihre Situation an eine dieser Malsendungen, die sie von Zeit zu Zeit im Fernsehen gesehen hatte. Der Künstler begann zunächst mit ein paar scheinbar willkürlich gesetzten Strichen, die keinerlei Sinn zu ergeben schienen. Anschließend folgte hier und dort ein wenig Farbe oder eine Schattierung, aber noch immer ließ sich kein Bild erkennen. Doch dann, manchmal ganz plötzlich und ein andermal Schritt für Schritt, nahm das, was eben noch zufällige, ungeordnete Striche waren, eine erkennbare Gestalt an. Ab diesem Augenblick – wenn man wusste, was man „sah" – ergänzten sich die Details wie von selbst. Genauso ging es Miranda mit ihrer Familiengeschichte. Bislang hatte das Bild ihrer Vergangenheit lediglich aus vielen unzusammenhängenden Strichen bestanden, doch nach und nach begannen sich wenigstens ein paar vereinzelte Konturen abzuzeichnen. Viel hatte sie noch nicht in der Hand, nur die Ahnung einer Geschichte, die noch hinter dickem Nebel verborgen lag, aber mit ein bisschen Glück wüsste sie nach einem Ausflug nach West Virginia vielleicht schon mehr.

Miranda streckte sich und ging dann wieder zurück zum Computer, um im Internet nach Informationen über Thurmond in West Virginia zu suchen. Sie erfuhr mehr, als ihr lieb war. Gedankenverloren starrte Miranda aus dem Fenster, als sie mit ihrer Recherche fertig war. Wie hatte sie sich nur einbilden können, sie kenne ihre Mutter! Wie war es überhaupt möglich, jemanden zu kennen, dessen Vergangenheit völlig im Dunkeln lag! Ohne zu wissen, welche Orte und Menschen denjenigen in der Vergangenheit geprägt und beeinflusst hatten?

Thurmond, so erfuhr sie, gehörte zum Kohlerevier im südlichen West Virginia. Ein Fluss mit dem Namen New River fließt durch den Ort und gab damals Anlass zu der Scherzfrage: „Wodurch unterscheidet sich Thurmond von der Hölle?“ – „Durch Thurmond fließt ein Gewässer.“

Miranda fröstelte, als sie mehr über die Geburtsstadt ihrer Mutter erfuhr. Mancher Historiker empfand die Stadt heute vielleicht als farbenfroh, lebendig und faszinierend, aber in Wahrheit musste es in Thurmond einfach nur erbärmlich gewesen sein. Miranda hatte die ganze Zeit zwei kleine Mädchen vor Augen, die von den Ereignissen dort so traumatisiert waren, dass sie später nicht einmal mehr in der Lage waren, den Namen jener Stadt auszusprechen, die eigentlich ihre Heimat war.

Thurmond war um die Jahrhundertwende herum eine aufblühende Bergarbeiterstadt gewesen, ein Eisenbahnknotenpunkt, der zugleich ein Ort der Gesetzlosigkeit und Brutalität war. Glücksspiel, Prostitution und Alkohol halfen den Bewohnern, die Trostlosigkeit ihres Alltags unter Tage zu vergessen. Je länger Miranda las und je mehr Bilder sie betrachtete, desto bedrückter wurde sie. Als sie den Computer schließlich ausschaltete, hätte sie die zahlreichen Eindrücke am liebsten von sich abgeschüttelt.

Draußen sah es so wunderschön und hell aus – was für ein Unterschied zu den Dingen, die sie gerade gesehen hatte. Sie musste unbedingt an die frische Luft und die wärmende Sonne auf ihrer Haut spüren – wenn auch nur aus dem schlichten Grund, sich selbst daran zu erinnern, dass Thurmond zur Vergangenheit gehörte, sie selbst jedoch im schönen Abingdon der Gegenwart lebte. Es war nur ihr Kopf, der in diese Zeit zurückgereist war. Spontan brach Miranda zu einem Spaziergang auf, schlenderte durch die Stadt und sog die wunderbar frische Luft tief in ihre Lungen. Worauf hatte sie sich mit ihren Nachforschungen da nur eingelassen? Miranda fragte sich unwillkürlich, was sie wohl am Ende ihrer Reise erwarten würde. Irgendwie wurde sie das Gefühl nicht los, ganz kurz vor den Antworten auf ihre Fragen zu stehen. Die einzige Frage war jetzt nur noch, ob sie die Antworten auch wirklich wissen wollte.

Joseph ging zusammen mit seiner Mutter und Eden in die Kirche und aß anschließend mit ihnen zu Mittag, doch direkt danach verabschiedete er sich unter dem Vorwand, noch dringend etwas auf der Arbeit erledigen zu müssen – wenn auch mit einem schlechten Gewissen. Er wusste, Eden würde seine Mutter wie immer ziemlich auf Trab halten. Immerhin käme wenigstens ein Freund seiner Nichte am Nachmittag zum Spielen vorbei, so dass sie beschäftigt wäre. Darüber hinaus hatte er tatsächlich etwas zu erledigen. Je eher er die Sache in Angriff nahm, desto besser. Beim Mittagessen hatten seine Mutter und Eden ihm berichtet, dass diese Miranda gestern zusammen mit Eden und Edens neuem Spielgefährten einen Ausflug zum Grundstück am See gemacht hatte. Er musste unbedingt etwas über den Hintergrund dieser Frau herausfinden. Miss DeSpain schlich sich gerade äußerst erfolgreich in seine Familie hinein. Am besten wäre es, die Sache im Keim zu ersticken, falls sie wirklich nichts Gutes im Schilde führte.

Auf dem Weg zu seinem Büro überlegte Joseph, was er bereits über sie wusste. Offensichtlich lag von offizieller Seite nichts gegen sie vor, doch das bewies ja noch lange nicht ihre Unschuld. Wie sollte er am geschicktesten bei seiner Suche vorgehen? Es gab leider keine landesweite Datenbank für Gerichtsverfahren und Zivilklagen. Da Miss DeSpain noch nicht aufgefallen war, wäre sie nirgends erfasst. Für seine Nachforschungen benötigte er unbedingt einen Verwaltungsbezirk. Das Auto war in Nashville zugelassen, dort würde er anfangen. Vielleicht war sie ja nicht vorbestraft, hatte aber doch hier und da so viel Schaden angerichtet, dass es für ein Verfahren ausreichte. Im Büro angelangt, begann er sofort damit, sich Notizen zu machen.

- Nashville anrufen und nachfragen, ob zivilrechtlich etwas vorliegt
- Bankauskunft einholen
- Verkehrsregister überprüfen
- Wally und Ed Cornwell fragen, was sie bezüglich früherer Arbeitsstellen angegeben hat

Joseph seufzte frustriert. Fast alles davon könnte er erst morgen in Angriff nehmen. Er griff zum Hörer, um wenigstens schon einmal Wally um eine Kopie von Mirandas Lebenslauf zu bitten.

„Liegt was gegen sie vor?“, fragte Wally nach.

„Wenn es so ist, lass ich es dich wissen.“

Wally versprach, die Kopie morgen beim Frühstück für ihn bereitzuhalten, dann legten sie auf. Für ein paar Minuten sah sich Joseph nachdenklich im Zimmer um und beschloss dann, einen Spaziergang zu machen. Die frische Waldluft würde ihm guttun und ihm einen klaren Kopf verschaffen.

Er war nicht der Einzige, der diese Idee gehabt hatte. Der

Wanderweg längs der alten Eisenbahntrasse war belebt, obwohl die eigentliche Touristensaison noch gar nicht begonnen hatte. Er beschleunigte seinen Schritt, um eine Wandergruppe zu überholen. Erst als er diese weit genug hinter sich gelassen hatte, fiel er in eine gemächlichere Gangart zurück und atmete tief durch. Diese Bande von Betrügern machte ihm mehr zu schaffen, als er gedacht hatte. Warum nahm ihn das Ganze emotional nur so sehr mit? Vermutlich lag es an Miranda DeSpain, aber wieso gerade sie ihn derart stark beschäftigte, verstand Joseph selbst nicht genau. Vielleicht lag er mit seiner Einschätzung auch vollkommen falsch. Vielleicht war es purer Zufall, dass sie zum gleichen Zeitpunkt hier aufgetaucht war, als die Bande gerade damit anfing, ihr Unwesen zu treiben. Natürlich konnte es der Wahrheit entsprechen, dass es ihr gefiel, immer nur für ein halbes Jahr an einem Ort zu leben und Abingdon war lediglich eine weitere der vielen Haltestellen auf ihrem Lebensweg. Immerhin hatte sie eine Arbeit gefunden und ein Dach über dem Kopf.

Am Wegesrand stand ein riesiger Ahorn. Sein Stamm war so mächtig, dass ein Erwachsener in dem über die Jahre gewachsenen Hohlraum zwischen den riesigen Wurzeln Platz fand. David und er hatten es schon als Kinder geliebt, in diesem Baum zu spielen. Der Gedanke an seinen Bruder erfüllte Joseph mit Schmerz. Er würde nachher noch bei seiner Mutter vorbeifahren und David von dort aus anrufen. Es war höchste Zeit, sich endlich wieder einmal bei ihm zu melden.

In Gedanken versunken ging er weiter und genoss die Abendstimmung, als er plötzlich innehielt. Hatte er richtig gesehen? Im ersten Moment traute Joseph kaum seinen Augen, doch auch nach einer weiteren Minute war es immer noch Miranda DeSpain, die ihm auf dem Wanderweg entgegen kam.

Als sie ihn bemerkte, begann sie zu lächeln und hob ihre Hand zu einem zaghaften Winken. Er nickte, winkte aber nicht zurück. Wieso war er nur ein solcher Griesgram? Joseph ärgerte sich über sich selbst. Was, wenn sie wirklich nur eine nette junge Frau war, die sich nicht recht entscheiden konnte, was sie in ihrem Leben anfangen wollte? Aber vielleicht ließen ihn seine Instinkte auch dieses Mal nicht im Stich und sie war tatsächlich eine Betrügerin, eine weitere unzuverlässige Frau, die sich in die Herzen seiner Familie schleichen wollte. Dasselbe war ihm und seiner Familie schon einmal passiert. Der Schmerz von damals setzte ihm noch heute zu. Als Miranda schließlich direkt vor ihm stand, war Joseph nur noch wütend. Wütend auf Sarah, wütend auf sich selbst und wütend auf Miranda DeSpain.

„Hallo, Lieutenant Williams." Sie lächelte ihn freundlich an. Bei ihrem Anblick musste sich Joseph zum ersten Mal eingestehen, wie hübsch sie war. Eine sympathische, jugendliche Frische ging von ihr aus. Ihre dunklen, lockigen Haare umspielten ihre Schultern und ihre Augen strahlten vor Lebendigkeit und Wissbegier. Durch die Bewegung an der frischen Luft waren ihre Wangen mit einem sanften, rosa Schimmer überzogen. Heute trug Mrs DeSpain ein T-Shirt und kurze Jeans. Aber wieso nahm er all diese Dinge überhaupt wahr? In Anbetracht seiner Überlegungen wurde Joseph nur noch wütender. Er warf einen prüfenden Blick auf ihre Füße, die sich am Ende von äußerst wohlgeformten Beinen befanden – ein Sachverhalt, den er angestrengt zu ignorieren versuchte. Sie trug Wanderstiefel. Joseph runzelte die Stirn. Hatten die Fußabdrücke in der Nähe jenes seltsamen Wohnwagens nicht von genau solchen Wanderschuhen gestammt?

„Guten Tag, Mrs DeSpain", sagte er kühl. „Na, heute keine Lust zum Radfahren? Oder haben Sie etwa schon einen Reifen platt gefahren?"

Sie schenkte ihm ein weiteres Lächeln, und plötzlich kam er sich schäbig vor. Im einen Moment benahm er sich wie ein gestrenger Herr Papa und im nächsten Augenblick erinnerte sein Verhalten an ein unausstehliches Kind.

„Genau genommen habe ich mich inzwischen sogar um die Autoversicherung gekümmert. Wenn ich die Unterlagen habe, bringe ich sie bei Ihnen im Revier vorbei, damit Sie mich in Zukunft nicht mehr anhalten müssen."

Aus irgendeinem Grund störte Joseph ihre Offenheit. „Erwarten Sie etwa, dass ich Sie jetzt auch noch dafür lobe, dass Sie endlich das Gesetz befolgen, was Sie eigentlich von Anfang an hätten tun sollen?"

Ihr Lächeln verschwand und machte einer Miene Platz, die eine Mischung aus Bedauern und Unverständnis ausdrückte. „Ich erwarte überhaupt nichts."

Vielleicht war er doch ein wenig zu weit gegangen. Joseph versuchte, einen etwas zurückhaltenderen Tonfall anzuschlagen. „Wie kam es denn zu Ihrem Sinneswandel?"

„Der Sommer steht vor der Tür", erwiderte Miranda. Ein zaghaftes Lächeln schlich sich zurück auf ihr Gesicht. „Bei der Hitze ist es viel zu anstrengend, all diese Berge mit dem Fahrrad rauf und runter zu fahren."

„Sie beabsichtigen also, diesen Sommer hier zu bleiben?"

„Diese Aussicht scheint Sie nicht gerade zu erfreuen."

„Es ist mir, ehrlich gesagt, egal. Solange Sie sich an das Gesetz halten, sind Sie hier willkommen. Und falls Sie das nicht tun, seien Sie sicher, dass ich es herausfinden werde."

Nun gut, jetzt wussten sie wenigstens beide, woran sie waren.

Von Mirandas Lächeln war mit einem Schlag nichts mehr zu erkennen. Stattdessen sah sie erst verletzt aus – und dann nur noch wütend.

„Hören Sie, ich weiß nicht, was für ein Problem Sie haben, aber ich wäre Ihnen wirklich sehr dankbar, wenn Sie endlich damit aufhören würden, mich zu belästigen."

„Ich Sie belästigen? Wann habe ich Sie belästigt?"

Miranda überlegte fieberhaft, was sie darauf antworten sollte, doch ihr fiel einfach keine Situation ein, die einer Diskussion mit ihm standhalten würde. „Was finden Sie denn an mir so bedrohlich?", fragte sie schließlich stattdessen. „Was habe ich getan, dass Sie sich mir gegenüber so feindselig verhalten?"

Für einen Moment dachte Joseph darüber nach, sich zu verteidigen. Schon wieder hatte sie ihn vollkommen aus dem Konzept gebracht, und das nur, weil es ihm an den entsprechenden Informationen mangelte. Wenn er doch nur bereits die Fakten in der Hand hätte. Wieso musste er sie auch ausgerechnet heute treffen, wo doch erst morgen die ersten Ergebnisse seiner Nachforschungen zu erwarten waren!

„Warum sind Sie hier?", fragte er schließlich schlicht.

„Das habe ich Ihnen doch schon gesagt. Ich reise umher."

„Und das glaube ich Ihnen nicht."

„Nun, dann tut es mir leid, aber es ist die Wahrheit."

„Aber ist es auch die ganze Wahrheit?", fragte Joseph. In diesem Moment huschte eine Gefühlsregung über ihr Gesicht, so schnell und flüchtig, dass er sie beinahe übersehen hätte. Bingo! Jetzt hatte er sie. Ganz eindeutig hatte sie ein schlechtes Gewissen. Und dann war da noch ein anderes Gefühl gewesen. Vielleicht Angst?

„Ich bin Ihnen keine Rechenschaft schuldig", sagte sie leise. Ihr Gesicht schien sich vor seinen Augen zu verschließen. Die Freundlichkeit und das kindliche Vertrauen waren verschwunden. Stattdessen blickte Joseph in ein Gesicht, das ein Abbild seiner eigenen seelischen Verfassung und seines Misstrauens war. Jetzt musterte Miranda ihn mit demselben kalten Argwohn, den er ihr zuvor entgegengebracht hatte.

Ohne sich noch einmal umzusehen, ging sie an ihm vorbei und setzte ihren Weg fort.

Joseph sah ihr nach, bis sie hinter einer Biegung des Weges verschwunden war. Schließlich ging auch er weiter, aber die frühere befreiende Wirkung seines Spaziergangs an der frischen Luft blieb aus. Die friedliche Stimmung war verflogen. Stattdessen schossen ihm tausend Gedanken durch den Kopf. Falls Miranda DeSpain wirklich eine Kriminelle war, hatte er sie gerade durch sein Verhalten gewarnt. War sie es jedoch nicht, hatte er gerade einen großen Fehler begangen, den er mit Sicherheit noch bereuen würde.

35

Am nächsten Morgen war Joseph über seine Gewissensbisse hinweg. Er war wieder ganz Polizist, und nach einem schnellen Frühstück im *Hasty Taste*, bei dem er und Miranda DeSpain sich eiskalt ignorierten und den armen Henry vollends verwirrten, war er wieder in seinem Büro. Mit einer Kopie ihrer Bewerbung bei *Hasty Taste* in Händen war er bereit, die Fakten zu finden. Er überflog sie kurz. Sie hatte nur einen einzigen Job in einem Restaurant namens *Sip and Bite* in Nashville, Tennessee, angegeben. Sie hatte aufgeführt, dass sie 1996 angefangen und „immer mal wieder" dort gearbeitet habe, bis sie vor zwei Monaten gekündigt hatte. Dieses „immer mal wieder" hörte sich für ihn an, als habe sie sich viel Spielraum genommen.

Er rief im *Sip and Bite* an. Es klingelte sechs oder sieben Mal, bevor abgenommen wurde. Die Stimme der Frau am anderen Ende der Leitung klang atemlos und im Hintergrund hörte man das geschäftige Klappern von Geschirr, Countrymusik und das Stimmengewirr vieler Menschen.

„Ich brauche Informationen über eine Ihrer früheren Mitarbeiterinnen", sagte er. „Miranda DeSpain."

„Wer?"

„Miranda DeSpain", wiederholte er.

„Einen Moment", sagte die Stimme. Dann wurde der Hörer mit einem Knall zur Seite gelegte. Er wartete. Der Countrysong war mittlerweile zu Ende und ein anderes Lied begann. Wieder Country.

„Hier ist Myra Jean." Die Stimme klang rauchig und scharf.

„Sind Sie die Managerin?"

„Managerin, Besitzerin, was Sie wollen. Also, wie kann ich Ihnen helfen? Ich bin ziemlich beschäftigt."

„Tut mir leid", sagte er. „Ich brauche Informationen über eine Ihrer früheren Angestellten, Miranda DeSpain."

„Wer sind Sie überhaupt?"

„Mein Name ist Joseph Williams. Leutnant Joseph Williams von der Polizei in Abingdon, Virginia."

Stille. „Warum wollen Sie etwas über Miranda wissen?"

„Also kennen Sie sie?"

„Natürlich kenne ich sie. Ich kenne sie, seit sie geboren wurde. Ich kannte ihre Mutter und ihren Vater. Ich kenne ihre Tante und bin zu ihrer Highschoolabschlussfeier gegangen. Hören Sie zu, was wollen Sie überhaupt? Vielleicht ist sie manchmal etwas chaotisch, aber dieses Mädchen hat niemals das Gesetz gebrochen. Außerdem", sagte sie und ihre Stimme klang plötzlich argwöhnisch, „woher weiß ich, dass Sie wirklich der sind, für den Sie sich ausgeben? Worauf wollen Sie überhaupt hinaus?"

„Ich will auf nichts hinaus. Es ist reine Routine", sagte er.

„Hat sie sich irgendwo für einen Job beworben oder so?"

„So etwas in der Art", sagte er. Dann stellte er schnell seine Frage, bevor sie mit ihrer nächsten kommen konnte. „Also kennen Sie sie? Sie hat für Sie gearbeitet? Sie ist, wer sie zu sein vorgibt?"

„Natürlich ist sie das. Sie arbeitet hart und Sie sollten sich glücklich schätzen, Miranda in Ihrer Stadt zu haben. Ach und nebenbei, mir gefällt nicht, worauf Sie anspielen. Am liebsten würde ich mir Ihren Namen aufschreiben und Ihren Vorgesetzten anrufen."

„Es tut mir leid", sagte er schnell. „Ich wollte Miss DeSpain gegenüber nicht respektlos sein."

Sie schnaubte. „Also, *Leutnant*, ich habe einen Tipp für Sie. Das nächste Mal, wenn Sie Informationen über jemanden haben wollen, versuchen Sie es doch Mal mit einem höflicheren

Tonfall. Mit dieser geleckten Routine in Ihrer Stimme kommen Sie nicht weit." Mit diesen Worten legte sie auf.

Nach dieser Zurechtweisung kümmerte er sich erst einmal um Mirandas Finanzen – Ms DeSpain hatte momentan keine offenen Schulden und offensichtlich nicht einmal eine Kreditkarte. Komisch, manche Leute liebten es eben, bar zu zahlen.

Er überprüfte auch, ob sie im Verzeichnis für Verkehrsdelikte war. Aber auch das ergab nichts. Keine Strafzettel oder Unfälle in den letzten sechs Monaten.

Danach rief er im Amtsgericht von Davidson County an – keine laufenden Prozesse gegen Miranda DeSpain. Das gleiche wiederholte er beim Kammergericht – auch hier nichts.

Er rief bei Ed Cornwell im Beerdigungsunternehmen an.

„Ach ja", sagte Ed. „Sie scheint ein nettes Mädchen zu sein. Bisher hat sie einen super Job gemacht. Warum fragen Sie?"

Mittlerweile hatte Joseph das Gefühl, dass seine unfehlbaren Instinkte sich in diesem Fall doch geirrt hatten. „Reine Formalität, Ed."

„Also, sie hat als Hauptwohnsitz eine Adresse in Nashville angegeben. Und als nächste Verwandte eine Roberta Thompson, auch aus Nashville. Sie sagt, das sei ihre Tante. Dann hat sie noch eine Myra Jean Mayfield aus Nashville erwähnt und ein Restaurant, *Sip and Bite* oder so und einen Mann namens William Cooper."

Cooper. Das war der Name aus den Zulassungspapieren.

„Danke, Ed."

„Keine Ursache."

Joseph legte auf und wollte noch eine letzte Sache überprüfen, damit er die Angelegenheit endlich beiseitelegen konnte. Er suchte in den Zulassungspapieren nach William Coopers Telefonnummer. Sie stand auch im Telefonbuch von Nashville. Er wählte. Es klingelte dreimal, bis sich ein älterer Mann mit freundlicher Stimme meldete. Joseph gab sich wieder zu erkennen. Dieses Mal hatte er einen überzeugenderen Grund, für seine Fragen. Er erklärte, dass ihn die Zulassungspapiere stutzig gemacht hatten und achtete sorgfältig auf einen freundlichen Tonfall.

„Wissen Sie, ich hatte schon befürchtet, dass es mit der Versicherung Probleme geben könnte, nachdem Miranda von hier weggegangen ist. Es tut mir leid, dass es sie in Schwierigkeiten gebracht hat. Wir haben die Sache aus der Welt geschafft. Sie hat mir das Geld überwiesen und ich habe das Auto unter meinem Namen mitversichert."

„Sie hat Ihre Erlaubnis, das Auto zu benutzen?"

„So lange, wie sie es braucht", bestätigte er.

„Kennen Sie Miss DeSpain schon lange?", fragte Joseph weiter.

„Ich kannte sie schon, als sie noch ein Baby war. Ihr Vater hat sie mir gleich an dem Tag vorgestellt, als sie nach der Geburt aus dem Krankenhaus kam."

Sie unterhielten sich noch eine Weile und das Gespräch bestätigte, was Myra Jean ihm schon gesagt hatte, fügte aber noch einige Details hinzu. Die rastlose Miss DeSpain war schließlich heimgekehrt, um sich um ihre kranke Mutter und dann um die Beerdigung zu kümmern. Joseph fühlte sich zusehends schlechter.

„Also neigt sie dazu, viel zu reisen?"

Mr Cooper gluckste. „Oh ja, aber ich weiß, dass sie irgendwann genug davon haben wird. Sie ist ein gutes Mädchen mit einem reinen Herzen. Wenn ihre Zeit gekommen ist, wird sie sich niederlassen. Richten Sie ihr Grüße von mir aus, bitte?"

„Danke für Ihre Hilfe", sagte Joseph schnell. Er hatte nicht vor, Miranda zu erzählen, dass er mit ihren Nachbarn über sie gesprochen hatte.

Er schüttelte den Kopf und fragte sich, zu welchem Zeitpunkt ihn sein Instinkt im Stich gelassen hatte. Dann wurde der letzte Nagel in seinen Sarg geschlagen. Henry rief an.

„Also", sagte er ohne Begrüßung, „die Travelers haben wieder zugeschlagen. Gestern hat das Pack Wärmepumpen an zwei Leute draußen in Glade Springs verkauft. Die Pumpen haben drei Stunden lang funktioniert und sind dann auseinander gefallen. Minderwertigste Qualität. Aber sie haben fünf Riesen für jede Pumpe kassiert. Als die Kunden anrufen wollten, um sich zu beschweren, war kein Anschluss unter dieser Nummer zu bekommen. Auch die Adresse der „Firma" existiert natürlich nicht."

„Wann ist das genau passiert?", fragte Joseph.

„Gestern Nachmittag."

Ungefähr zu der Zeit, als er seinen Schlagabtausch mit Miranda auf dem Creeper Trail gehabt hatte. Er seufzte. In näherer Zukunft wäre wohl eine Entschuldigung fällig. Er hasste es, sich zu entschuldigen.

„Aber wir haben etwas Interessantes gefunden", fuhr Henry fort.

„Was denn?", fragte Joseph und konnte immer noch nicht verstehen, dass sein Instinkt ihn so im Stich gelassen hatte.

„Ein Anwohner dort ist früher aus dem Urlaub zurückgekommen und hat bemerkt, dass ein Camper auf seinem Grundstück war. Natürlich war der längst über alle Berge, als wir endlich dort angekommen sind, aber wir haben eine Beschreibung des Fahrzeuges, des Wohnwagens und des Mannes."

„Wie sah er aus?", fragte Joseph und schaffte es endlich, sich auf das Gespräch zu konzentrieren.

„Der Mann war um die fünfzig, mittelgroß, hatte schwarzgraues Haar und ein wettergegerbtes Gesicht. Keine besonderen Merkmale. Diesmal hat er sich Jimmy Stewart genannt."

„Witzbold."

„Ja. Der Wohnwagen war ein neuer Jayco. Der Truck war ein Dodge Ram. Dunkelgrün oder schwarz."

„Das Kennzeichen haben wir nicht?"

„Nein.“

„Na gut, das ist immerhin ein Anfang“, sagte Joseph. „Und niemand, der mit dem Kerl zu tun hatte, hat eine Frau erwähnt?“

Henry war einen Moment lang still. „Ach, jetzt verstehe ich“, sagte er. „Das läuft also zwischen dir und dieser Kellnerin. Warum verdächtigst du sie?“

Jetzt, wo jeder erdenkliche Verdachtsmoment gegen sie ausgeräumt war, hatte Joseph nicht vor, seine Vermutungen laut zu äußern. „Weil ich ein argwöhnischer, misstrauischer Kerl bin, der denkt, wenn eine Frau hübsch ist, muss sie eine Vergangenheit haben.“

Henry gluckste. „Sei nicht zu streng mit dir selbst. Vielleicht vergibt sie so schnell, wie sie schön ist. Und wer weiß, vielleicht interessiert sie sich am Ende ja für einen Stoffel wie dich.“

Joseph seufzte. Dann dankte er Henry und legte auf. Er tippte eine Weile mit dem Stift auf seinen Schreibtisch, dann stand er abrupt auf und schnappte sich seine Schlüssel. *„Wenn man schon einen Frosch schlucken muss, sollte man ihn wenigstens nicht zu lange anschauen“*, dachte er resigniert.

36

Um halb zwei war Miranda mit der Arbeit fertig, machte sauber, räumte noch einige Vorräte in die Schränke und verließ das *Hasty Taste* um vierzehn Uhr. Sie hatte sich gestern Abend eine Wegbeschreibung ausgedruckt, vollgetankt, und eine kleine Kühlbox mit belegten Broten, Obst und einer Flasche Wasser gepackt. Zur Arbeit hatte sie eine Caprihose und Turnschuhe getragen, weshalb sie sich jetzt nicht mehr umziehen musste. Sie warf einen Blick in Richtung Himmel und fragte sich, ob sie doch noch schnell zu ihrem Apartment fahren sollte, um sich eine Jacke zu holen. Es war bewölkt und für später war Regen vorausgesagt. Dann entschied sie sich dafür, sich nicht um das Wetter zu kümmern. Sie sprang ins Auto und steuerte den Highway 81 an, der sie zum Highway 77 Richtung Norden bringen würde, auf dem sie dann bis nach West Virginia hinein fahren würde. Dort wäre sie schon sehr nah an Thurmond. Vom Highway müsste sie auf enge Straßen ausweichen, die sie zu der abgelegenen Kohlestadt bringen würden. Miranda fühlte sich gleichzeitig unsicher und erwartungsvoll. Hier ging es um ein Geheimnis, das sie schon eine ganze Weile zu lösen versuchte. Und wer konnte es schon wissen? Vielleicht würde sie dort Hinweise finden. Sie fühlte sich ein bisschen feierlich und war in Urlaubsstimmung.

Sie hatte den Routenplaner mit der einzigen Adresse, die sie in Thurmond kannte, gefüttert – einem Ausstatter für Raftingtouren. Es würde ungefähr zwei Stunden dauern, bis sie dort wäre, jedenfalls laut Wegbeschreibung. Sie fuhr los und genoss die Landschaft.

Der Südwesten Virginias war wunderschön, vor allem im

Frühjahr. Der graue Tag tat dem keinen Abbruch. Das Land lag in grünen Wogen vor ihr, Felder waren frisch bestellt und die Bäume wirkten frisch mit ihren jungen Knospen. Hornstrauch und der rote Judasbaum blühten, und rosa und weiße Blumen überzogen die grünen Hügel. Dahinter erhoben sich die Blue Ridge Mountains mit ihrer sanften blauen Färbung und bewachten die Szene majestätisch.

Miranda bog von der Straße ab und aß zu Mittag. Als sie sich wieder auf den Weg machte, nahm der Verkehr zu. Sie fuhr durch den Big Walker Mountain-Tunnel nahe Wytheville, dann durch den East River Mountain-Tunnel, der über eine Meile lang war. Es war ein seltsames Gefühl, unter dem Berg hindurch zu fahren. Bei dem Gedanken an die tausenden Tonnen Stein über ihr fühlte sie sich fast erdrückt, doch seltsamerweise ließ diese Empfindung auch nicht nach, als sie den Tunnel in West Virginia wieder verließ. Je weiter sie ins Land fuhr, desto stärker wurde das eigenartig beklemmende Gefühl in ihrer Brust.

Das Land war von wilder und rauer Schönheit. Aber als sie Beckley passierte und die Bundesstraße verließ, um auf kleinen Landstraßen weiterzufahren, wuchs ihre innere Unruhe. Berge ragten rechts und links von ihr auf, zerklüftet und kantig. Sie hielten das Tageslicht ab, das heute sowieso rar war und die Wälder zu ihren Füßen wirkten bedrückend und einsam. Es waren Wälder mit Feen und Zaubersprüchen, mit Hexen und verlorenen Kindern.

Es fing an zu regnen, und um sie herum wurde es noch dunkler. Sie fuhr über enge, kurvige Straßen mit kleinen Häusersiedlungen, die sich zwischen den Fluss und die Berge drängten. Die Außenbezirke wandelten sich nach und nach zu einer Stadt. Die Häuser standen teilweise so dicht aneinander gedrängt, dass es Miranda vorkam, als wollten sie sich gegenseitig vor der Dunkelheit beschützen. Die Stadt erstreckte sich jetzt auf beiden Seiten des Flusses. Sie versuchte, sich vorzustellen, wie es wäre, hier zu leben. Alles hier schien eng und gedrängt, schwer und dunkel. Sie kurbelte das Fenster herunter und atmete ein paar Mal tief durch. Sie dachte an ihre Mutter. Hatte sie hier in der Nähe gewohnt?

Sie kam an den New River und sah vorsichtig nach unten, als sie ihn auf der Brücke überquerte. Die baumbewachsenen Berge erhoben sich um sie herum. Der schmutzig-braune Fluss floss in einer langsamen S-Kurve unter ihr entlang, an seinem Ufer Bahngleise, über denen eine Kippvorrichtung angebracht war, um die Waggons mit Kohle zu füllen. Das also war Thurmond. Sie fuhr an ein paar Gebäuden vorbei, parkte das Auto und stieg aus, um sich umzuschauen. Es gab nicht viel zu sehen. Das Internet hatte nicht zu viel versprochen. Es war eine Geisterstadt. Die einzigen Überreste waren verschiedene Industriegebäude, die wahrscheinlich mit dem Kohleabbau oder der Eisenbahn zu tun hatten. Das schienen die einzigen beiden Dinge zu sein, die es in der Stadt je gegeben hatte. Außerdem gab es noch ein backsteinernes Bankgebäude – verlassen. Andere Backsteingebäude, wahrscheinlich der ehemalige Saloon und Hotels, waren nur noch Ruinen. Sie ging zurück zu der Brücke und sah auf den sich windenden, schlammigen Fluss. Miranda wusste nicht, ob hier immer noch Züge verkehrten, deshalb hielt sie sich von der alten Bahntrasse fern. Es gab noch ein paar mehr Gebäude, die jedoch alle von Unkraut überwuchert wurden. Auf dem Feld neben der Bahntrasse stand ein verrosteter Wagen mit zerbrochenen Fenstern.

Das Gebäude, in dem die Züge früher gewartet wurden, war zu einem Besucherzentrum umfunktioniert worden. Miranda ging darauf zu und schließlich hinein. Hier war es immerhin ein bisschen gemütlich. Eine freundliche Frau Mitte fünfzig begrüßte sie. Miranda roch den Duft von Kaffee. Die Kälte der Klimaanlage ließ sie jedoch erschauern. Sie sah sich die antiken Möbel an und machte sich mit einem Audioguide auf den Rundgang durch das kleine Museum. Dabei erfuhr sie, dass Thurmond in seiner Blütezeit ein bekanntes Hotel und viele Restaurants gehabt hatte. Es hatte doppelt so viel Handelsverkehr geherrscht wie in Richmond, Virginia, und Cincinnati, Ohio, zusammen. Vierzehn Passagierzüge hatten Thurmond täglich angesteuert. Aber dann waren die Dreißigerjahre gekommen und mit ihnen die Weltwirtschaftskrise, die große Depression. Sie hatte Thurmond schwer getroffen. Während des Zweiten Weltkrieges war es für Thurmond wieder besser gelaufen, aber in den Siebzigern, als Diesellokomotiven immer verbreiteter wurden, war der Ort endgültig gestorben.

Miranda fragte sich, wo die Menschen gelebt hatten und wohin sie gegangen waren. Sie überflog ein paar Bücher, aber keine Information konnte ihr diese Frage beantworten. Am Ende kaufte sie ein Buch über die New River-Schlucht, ein anderes über den Dry Creek, eins über die New River-Bergbaugesellschaft und eins über die umliegende Natur. Sie bezahlte und rieb fröstelnd ihre Arme, während die Frau Mirandas Einkäufe einpackte.

„Haben Sie lange hier gelebt?“, fragte Miranda mit einem, wie sie hoffte, freundlichen Lächeln.

„Ich lebe in Oak Hill“, antwortete die Frau. „Ein paar Meilen in die Richtung.“ Sie deutete in Richtung Ausgang.

„Ich glaube, meine Mutter stammt von hier.“

Die Dame sah Miranda interessiert an. „Wirklich?“

Miranda nickte. „Kennen Sie jemanden, der hier aufgewachsen ist und noch in der Gegend wohnt?“

Die Frau schüttelte mitfühlend den Kopf. „Das kann ich Ihnen wirklich nicht sagen. Ich bin in der Nähe von Charleston aufgewachsen. Ich könnte Frank für Sie fragen. Er arbeitet dienstags und donnerstags und ist ein Experte, wenn es um die Gegend hier geht. Er ist ein Urgestein und ich glaube, dass er von hier stammt.“

„Das wäre wirklich nett." Miranda schrieb ihren Namen und ihre Telefonnummer auf, dann notierte sie sich die Kontaktdaten der netten Dame und dieses Frank.

Sie stieg wieder ins Auto und fuhr langsam zurück in Richtung Virginia. Auf ihrem Weg durch die kleinen Orte fragte sie sich, ob sie anhalten solle. Doch was sollte sie schon hier? Es gab keine Ortsmitten. Immer nur die Bahnstrecke, mit einem kleinen Bahnhof und ein paar verstreuten Häusern. Sie konnte ja schlecht an irgendeiner Tür klingeln und fragen, *„Verzeihen Sie, kannten Sie eine Noreen Gibson?"*

Sie kam wieder auf den Highway und fuhr in Richtung Süden. Für einen kurzen Moment fühlte sie sich ihrer Mutter näher als je zuvor. Denn in diesem Moment wollte sie nichts sehnlicher, als diese Gegend hinter sich zu lassen. So weit sie nur konnte.

Es war fast zwanzig Uhr, als sie wieder in Abingdon ankam. Die Sonne ging gerade unter. Spontan fuhr sie an dem Bestattungsunternehmen vorbei und hielt bei dem kleinen Park nahe dem Creeper Trail. Sie parkte das Auto und stieg aus, schloss ab, ließ aber die Kühlbox und ihre Handtasche erst einmal im Auto. Sie ging zu dem kleinen Flüsschen, weil sie dringend ein stilles Plätzchen brauchte. Das goldene Licht tröpfelte durch die Bäume. Zum ersten Mal fühlte sie sich geborgen, seit sie heute Nachmittag aufgebrochen war. Sie setzte sich ans Ufer. Fröhlich sprudelte das Flüsschen an ihr vorbei und allmählich ließ ihre Anspannung nach.

Hinter sich hörte sie Schritte und drehte sich um, um zu sehen, wer sie gerade jetzt stören musste. Joseph Williams kam durch den Park auf sie zu.

Sie seufzte und erhob sich. Bestimmt brach sie wieder irgendein Gesetz.

„Warten Sie", sagte er.

Sie wandte sich ihm zu und fragte sich, was um Himmels willen sie nun schon wieder verbrochen hatte. „Ich weiß", fing sie an, „bestimmt ist es verboten, hier zu sitzen, also stellen Sie mir einfach einen Strafzettel aus und ich verschwinde. In Ordnung?"

„Nein. Es ist alles gut. Wirklich. Sie dürfen bleiben."

Sein Gesichtsausdruck wirkte anders. Weniger feindselig?

„Bitte, setzen Sie sich wieder", sagte er.

Sie schloss müde die Augen. „Ich hatte einen wirklich anstrengenden Tag", sagte sie. „Ich habe keine Kraft, um zu streiten." Als sie ihre Augen wieder öffnete, sah sie, dass er zwei braune Flaschen in der Hand hielt. Sie las das Etikett. *Onkel Bobs Hausgemachtes Sarsaparillen-Soda.*

„Eigentlich ... habe ich Sie gesucht. Als ich gesehen habe, dass Sie hier geparkt haben, bin ich Ihnen gefolgt. Leisten Sie mir Gesellschaft?" Er hob die Flaschen, öffnete sie und streckte ihr eine entgegen. Sie war kalt und beschlagen.

„Danke", sagte sie. Sie nahm einen kleinen Schluck. Es schmeckte würzig und erfrischend. „Woher haben Sie die?"

„Vom Markt", sagte er. „Jerry verkauft sie meistens an Touristen. Normalerweise trinke ich *Mountain Drew*, aber ich wollte Sie beeindrucken."

„Lädt man in Abingdon so eine Frau auf einen Drink ein?"

„Ja, eigentlich schon. Danach können wir uns den örtlichen Traktor anschauen, wenn Sie wollen." Er lächelte und sie setzten sich.

„Sie scheinen heute ... glücklich zu sein", sagte sie.

„Was Sie eigentlich sagen wollen, ist, dass ich nicht so ein misstrauischer Dummkopf bin wie sonst, wenn wir uns treffen."

„Also ... ja, ich denke, so könnte man es auch sagen."

Er nahm noch einen Schluck Soda und wandte sich ihr dann zu. „Ich habe es gründlich verbockt. Ich hatte Unrecht, was Sie angeht. Ich war sicher, dass Sie Teil einer Betrügerbande sind, die hier jedes Frühjahr ihr Unwesen treibt. Jetzt weiß ich, dass ich falsch lag."

Sie beobachtete sein ernstes Gesicht und widersprüchliche

Gefühle kämpften in ihr. Ärger, Neugier, Belustigung. Das Soda war kalt, das Rauschen des Baches besänftigend und um die Wahrheit zu sagen, fühlte es sich gut an, nach diesem bedrückenden Nachmittag ein bekanntes Gesicht zu sehen – auch wenn es seines war. Die Belustigung gewann die Oberhand. Sie lächelte und schüttelte ihren Kopf. „Ich denke nicht, dass ich abgebrüht genug bin, um jemanden zu betrügen. Damit würde ich nie durchkommen."

„Da haben Sie recht."

„Sie kennen mich nicht", sagte sie mit einem reumütigen Lächeln und hörte, dass in ihrer Stimme Bitterkeit mitschwang. Würde er sie als ehrlich und gut bezeichnen, wenn er sie wirklich kennen würde?

„Wie auch immer, ich entschuldige mich hiermit bei Ihnen. Ich hatte Unrecht und habe mich nicht korrekt verhalten."

Sie sah ihn neugierig an. Sein Gesicht war ernst, als würde er sich Vorwürfe machen und Miranda wurde klar, dass er mit sich selbst genauso hart umging, wie er es mit ihr getan hatte. „Ist schon in Ordnung", sagte sie leise. „Jeder macht mal einen Fehler."

Er sah sie überrascht an und seine Augen wurden warm. Er war wirklich eine ganz andere Person, wenn die harte Maske erst einmal gefallen war.

„Ich glaube, Henry hatte recht mit Ihnen", sagte er.

„Oh, und was hat Henry gesagt?"

„Dass Sie mir vielleicht vergeben würden", antwortete er.

Jetzt hatte Miranda das Gefühl, dass er derjenige war, der nicht die ganze Wahrheit sagte.

37

Abingdon war anders als alle Orte, an denen Miranda bisher gelebt hatte. In anderen Städten – Seattle, Minneapolis, New York, Pittsburgh, San Jose – liefen die Dinge auch sonntags wie gewohnt. Die Banken hatten zwar geschlossen und die Post wurde nicht ausgeliefert, aber die Geschäfte hatten offen, die Straßen waren bevölkert und die Menschen waren geschäftig unterwegs. Sogar in Nashville, dem Zentrum des „Bible Belt", war das der Fall gewesen. Nachmittags öffneten die Bars, und die Stammkunden trafen kurz danach ein. In Abingdon war allerdings alles anders. Die Bar in der Stadtmitte war geschlossen, ebenso sämtliche Geschäfte. In Abingdon ging man am Sonntagmorgen in die Kirche.

Auch das *Hasty Taste* war geschlossen, deshalb entschied sich Miranda dazu, einen kleinen Morgenspaziergang zu machen. Überall sah sie Menschen, die ordentlich angezogen in ihre verschiedenen Gemeinden gingen. Sie fühlte sich fehl am Platz. Würde es ihr gefallen, wieder in die Kirche zu gehen? Vielleicht irgendwann. Sie ging die Hauptstraße hinunter und an den vier großen Kirchen des Ortes vorbei.

Miranda las die Bekanntmachungen, die in Schaukästen außen an den Kirchen hingen, in die nun immer mehr Menschen strömten. Vor der Anglikanischen Kirche standen die Leute Schlange und gingen nacheinander hinein. Sie waren alle sehr gut angezogen, obwohl Miranda auch das eine oder andere Paar Jeans entdecken konnte. Die Katholische Messe musste schon begonnen haben. Die Türen waren geschlossen und niemand kam zu spät. Sie las den Namen. *Hirte der Berge*. Sie mochte ihn. So über Gott zu denken gefiel ihr – ein guter und zuverlässiger Hirte.

Der Presbyterianische Gottesdienst schien auch bald anzufangen. Die Gemeinde strömte vom Parkplatz aus auf den Eingang zu. Einige Leute grüßten sie. Und dann war da noch die Methodistenkirche St. James, wo sie sich einmal ausgeruht und den freundlichen Pastor Hector kennengelernt hatte. Unter den Bekanntmachungen hinter einer Glastafel befand sich auch ein Spruch. *Kommt zu mir, alle, die ihr mühselig und beladen seid, ich werde euch Ruhe geben*, stand dort und Miranda fielen die Bibelworte wieder ein, die ihr in ihrer Kindheit Halt gegeben hatten.

Das hörte sich gut an, fiel ihr auf. Zum ersten Mal seit ihrem Gottesdienstbesuch in Minneapolis hatte sie das Gefühl, dass sie gerne in eine Kirche hineingehen würde. Die Aussicht auf Ruhe und lebendiges Wasser, Beistand und Schatten für den müden Wanderer war einladend. Der Gottesdienst fing an. Sie zögerte und wollte sich gerade umdrehen und gehen, da kam Eden wie durch ein Wunder über den Rasen gelaufen und hielt etwas umklammert. Sie winkte wild und Miranda winkte lächelnd zurück. Heute trug Eden khakifarbene kurze Hosen, ein rotes T-Shirt und Flip Flops. „Ich habe meine Bibel im Auto vergessen. Gerade habe ich an dich gedacht. Und da bist du schon! Es ist, als *sollte* es so sein! Du kommst doch mit rein, nicht wahr?" Eden sah so aufgeregt und hoffnungsvoll aus, dass Miranda fast nachgegeben hätte.

„Nein", sagte sie und schüttelte den Kopf. „Ich bin gerade auf dem Weg zum Wandern."

„Ach, komm schon! Pastor Hector würde sich bestimmt freuen. Du kannst neben mir sitzen."

Ruth erschien in der Tür und kam auf Eden zu. „Oh, Miranda", sagte sie warmherzig, „kommen Sie mit rein?" Für einen Moment hatte Miranda das Gefühl, dass sie der durstige, müde Wanderer wäre, der zu einem kühlen Trunk und einer Ruhepause eingeladen wurde. *Warum solltest du nein sagen?* fragte sie sich.

Warum solltest du ihnen nicht an einen Ort des Friedens und der Ruhe folgen?

„Ich bin gar nicht richtig angezogen“, protestierte sie und spielte damit ihre letzte Trumpfkarte aus.

„Papperlapapp“, sagte Ruth nur. „Kommen Sie.“

Eden nickte heftig und zustimmend, und überrumpelt folgte Miranda ihnen nach drinnen, zögernd, weil sie sich wegen ihrer Jeans und dem T-Shirt unwohl fühlte. Ruth begleitete sie zu einer Bank an der rechten Wand und bedeutete ihr, sich zu setzen. Das tat sie. Allerdings musste sie an einer ganzen Reihe von Leuten vorbei. Sie hielt ihren Kopf gesenkt, bis sie zu einer freien Stelle kam und sich erleichtert fallen ließ, ohne nach rechts und links zu sehen. Als sie ein bisschen zur Ruhe gekommen war, hob sie den Kopf und merkte, dass sie neben Mr Gewitterwolke persönlich saß. Sie ärgerte sich über sich selbst. Hatte sie es heute mit der freundlichen, angenehmen Version von Joseph zu tun? Oder war er wieder der Alte? Sie würde es herausfinden, denn in diesem Moment schlüpfte Eden neben sie in die Bankreihe.

„Sieh nur, wer da ist!“ Eden lehnte sich über sie hinweg und flüsterte aufgeregt ihrem Onkel zu.

Er hob erstaunt die Augenbrauen und nickte still. „Ich sehe es“, sagte er nur.

Miranda wandte ihr Gesicht nach vorne und versuchte, sich auf den Gottesdienst zu konzentrieren.

Eden reichte ihr ein Faltblatt. Auf dem Deckblatt befand sich eine Tuschezeichnung der Kirche. Miranda öffnete es und sah den Ablauf des Gottesdienstes vor sich. Sie studierte die Liedtitel und das Thema der Predigt. Dann erstarrte sie, als sie den Gruß ganz unten auf der Seite las. Es war Muttertag.

Wie hatte sie das vergessen können? Es war der zweitschlimmste Tag für sie, nach dem Geburtstag ihres Babys. Sie hatte gewusst, dass heute Muttertag war. Die Anzeigen in den Zeitungen waren ja nicht zu übersehen gewesen. Aber durch ihren neuen Job, ihr

Apartment, ihre Reise nach West Virginia und die Suche nach ihrem Baby hatte sie es völlig vergessen. Und jetzt überrollte es sie. Sie hatte keine Zeit gehabt, sich darauf einzustellen. Ihr Magen verknotete sich. Ihr Kopf wurde leicht. Sie befahl sich selbst, sich zusammenzureißen. Eden starrte sie an. Miranda sah auf. Auch Joseph ließ sie nicht aus den Augen. Sein normalerweise skeptischer Gesichtsausdruck war nun sorgenvoll.

„Geht es Ihnen gut?“, fragte er. „Sie sind kreidebleich.“

„Mir ist ein bisschen schwindelig“, antwortete sie. „Es geht gleich wieder besser.“

Jemand stieg auf die Kanzel, begrüßte alle und verlas die Abkündigungen. Sie standen auf, die Orgel fing an zu spielen, sie sangen Lieder und als der Pastor mit der Predigt begann, konnte Miranda endlich wieder freier atmen.

Miranda warf Eden einen Blick zu, die sie immer noch sorgenvoll musterte. Sie konzentrierte sich auf die Worte, die vorne gesprochen wurden. Der Pastor betete gerade die Fürbitten.

„Für die Mütter, die uns Leben und Liebe geschenkt haben …“

„Wir bitten dich, erhöre uns.“

„Für die Mütter, die ein Kind verloren haben, dass ihr Glaube ihnen Hoffnung gibt und ihre Familien und Freunde sie unterstützen und begleiten …“

Sie dachte an ihre Mutter, die ihr Baby weggenommen und es jemand anderem gegeben hatte, jemandem, der es verdiente. Dieses Kind hatte sie verloren.

Die Gemeinde antwortete: „Wir bitten dich, erhöre uns.“

„Für Frauen, die keine eigenen Kinder haben, sich aber wie eine Mutter um andere kümmern …“

Sie dachte an die Frau, die ihr Kind großgezogen hatte und hoffte, dass sie freundlich und gut zu ihm war.

„Wir bitten dich, erhöre uns.“

„Für die Mütter, denen es nicht möglich war, ihre Kinder zu unterstützen und ihnen zur Seite zu stehen …“, sagte der Pastor.

Jetzt endlich fühlte sie sich, als könne sie tief durchatmen, denn nun hatte jemand auch an Menschen wie sie gedacht, die andere verletzten anstatt zu heilen. Dann bemerkte sie Edens abwehrende Haltung und ihren leeren Blick und merkte plötzlich, wie selbstsüchtig sie war. *Denk daran, was die arme Eden durchmacht*, sagte sie zu sich selbst. Eden glaubte, dass ihre Mutter sie nicht bei sich in Minneapolis haben wollte. Elf Jahre alt zu sein und mit Ablehnung umgehen zu müssen war eine unglaublich große Last – ganz abgesehen vom Schock, den der Unfall ihres Vaters für Eden bedeutet haben musste.

Miranda streckte Eden ihre Hand hin und ihre Augen trafen sich. Sie tauschten einen Blick aus, den nur zwei Menschen teilen können, die beide etwas Schreckliches durchgemacht hatten. Eden legte ihre Hand in Mirandas. Der Pastor war mit den Fürbitten fast am Ende angelangt.

„Liebender Gott, du hast gesagt, dass du uns liebst, wie eine Mutter die Kinder liebt, die sie geboren hat. Du vergisst uns niemals. Denn du hältst uns in deiner Hand ..."

„Amen."

Miranda sah einen Moment auf die kleine Hand in ihrer eigenen hinab. Sie passte genau in die ihre, als wäre sie dafür gemacht, dort zu liegen. Die Fingernägel waren sauber, aber um den Daumen klebte ein Pflaster und ein kleiner Kratzer befand sich auf dem Nagel. Edens Hand war warm und sonnengebräunt und für einen Moment tat Miranda so, als wäre Eden ihr Kind, als ob sie den Muttertag zusammen verbringen würden. Es war eine süße Vorstellung. Die Stimmte des Pastors riss sie aus ihren Träumereien. Miranda lächelte Eden an und drückte ihre Hand, bevor sie sie los ließ. Eden lächelte zurück und Miranda hatte das Gefühl, als wären sie zwei Matrosen, die zusammen durch schweren Seegang gesegelt waren.

Es gab noch mehr Lieder und Gebete, dann die Predigt, doch schließlich sprach Pastor Hector den Abschlusssegen.

Die Gemeindemitglieder standen in Grüppchen herum und unterhielten sich. Am liebsten wäre Miranda einfach aus der Kirche geschlüpft, aber es waren zu viele Leute zwischen ihr und dem Ausgang. Eden war in ein Gespräch mit ihrer Großmutter vertieft. Also blieb nur noch Joseph.

Er wandte sich ihr zu. „Wie geht es Ihnen heute Morgen?", fragte er.

Sie spürte Erleichterung und fürchtete einen Moment lang, in hysterisches Gelächter auszubrechen. Doch sie lächelte nur sanft. „Gut, danke. Und wie geht es Ihnen?"

„Sehr gut." Er räusperte sich. „Es ist wirklich ein schöner Tag heute", bemerkte er und warf einen Blick auf die Sonnenstrahlen, die durch das Fenster fielen.

„Ja. Das stimmt." Sie lächelte. Er nickte. Das Thema schien erledigt zu sein. Zum Glück rettete Eden die Situation. „Miranda, kommst du zum Essen?"

„Oh nein, Eden, danke."

„Es war meine Idee", sagte Ruth und lehnte sich zu ihr. „Bitte kommen Sie. Es würde unseren Tag zu etwas Besonderem machen. Wir ziehen uns schnell zu Hause um und dann gehen wir zum Camp. Hector und ein paar andere Freunde kommen auch. Wir grillen und spielen Softball. Bitte begleiten Sie uns."

Es hörte sich nach viel Spaß an. Ganz im Gegensatz zu der Alternative, in ihr leeres Apartment zurück zu gehen und über ihr Baby zu grübeln. Sie warf Joseph einen fragenden Blick zu. Er hob seinen Blick von seinen Schuhen, um ihr in die Augen zu schauen. „Kommen Sie", sagte er. „Ich fände es schön, wenn Sie kämen." Und völlig ohne Grund errötete Miranda. Eden grinste fröhlich.

„Also," sagte Miranda. „Dann ja. Ich komme. Vielen Dank."

Sie gingen nach draußen und Miranda war sich überdeutlich bewusst, dass Joseph hinter ihr ging. An der Tür stand ein kleiner Junge mit einer Schale voller Rosen. „Für die Mütter", erklärte er. Ruth nahm eine und dankte dem Kleinen. Eden ging vorbei. Und dann war sie an der Reihe. „Sind Sie Mutter?“, fragte der Junge, und für einen Moment schien die Welt still zu stehen.

„Ich habe keine Kinder“, murmelte Miranda, und ob das nun streng genommen die Wahrheit war oder nicht, sie war sich sicher, dass sie keine Rose verdiente.

38

Das Wetter schien sich dafür entschuldigen zu wollen, dass ihr Trip nach West Virginia so düster gewesen war. Miranda ging mit Eden, Joseph und Ruth zu Ruths Haus und half mit, das Mittagessen einzupacken. Ruth zog sich unterdessen Jeans, eine kurzärmlige Bluse und Tennisschuhe an. Joseph kam in die Küche. Auch er hatte sich umgezogen. In der Jeans und dem T-Shirt sah er gleich viel freundlicher aus. Er trug einen Beutel mit Bällen, Schlägern und Handschuhen. Eden hatte jetzt eine grüne Hose angezogen.

„Besser bei Grasflecken“, erklärte Ruth.

Jetzt kam auch Grady und wurde Joseph vorgestellt. Grady schien sehr schüchtern zu sein, was Miranda verstehen konnte. Joseph konnte durchaus einschüchternd wirken.

„Mach dich locker, Junge, sonst kriegt Grady noch Angst vor dir!“, zog Ruth ihren Sohn auf. „Er ist ein bisschen schüchtern.“

Joseph warf ihr einen leidgeprüften Blick zu.

Miranda beobachtete das alles. Sie war glücklich, hier zu sein. Doch gleichzeitig hatte sie Angst, nicht hierher zu passen.

„Eden“, sagte Ruth. „Willst du schnell deine Mutter anrufen?“

„Nein. Das mache ich später. Wenn wir wieder da sind.“ Ihr Gesicht verschloss sich.

Ruth nickte. „Hast du Schwimmsachen dabei, Grady?“

„Ja, Ma'am“, sagte er.

„Schade, dass dein Vater nicht mitkommen kann.“

„Ja, Ma'am. Er muss arbeiten.“

Miranda fragte sich, was mit Gradys Mutter war und merkte wieder einmal, dass sie in ihrer Trauer um ihre zerbrochene Familie nicht alleine war.

Endlich wurde das Essen in Ruths Auto geladen. Die Sport- und Schwimmsachen fanden in Josephs Pickup Platz. Miranda fuhr mit Ruth, Joseph übernahm die Kinder. Ruth fuhr die kurvige Straße, die Miranda mittlerweile kannte, sicher entlang. Ihr Gesichtsausdruck wurde sentimental, als sie das Auto auf dem Kamm eines Hügels anhielt. Joseph und die Kinder sprangen aus dem anderen Auto. Flick lief den Kindern voran an den See, ein Blitz aus schwarz und weiß, während Joseph das Auto auslud. Doch Ruth saß einfach nur still da und sog den Anblick, der sich ihr bot, in sich auf.

Miranda wartete. Sie fragte sich, wie es sich wohl anfühlte, einen Ort zu verlieren, von dem man ganz genau wusste, dass man dorthin gehörte. Nach einer Weile wandte Ruth sich an Miranda. „Wir gehen besser. Bald kommen die anderen. Sie werden hungrig sein."

Pastor Hector kam. Ruths Freundin Vi und ihr Ehemann Henry, der Sheriff, kamen und brachten eine Freundin namens Carol Jean mit. Miranda mochte die beiden Frauen vom ersten Augenblick an. Vater Leonard, der katholische Priester, kam mit fünf Kindern in Edens Alter – Pflegekinder aus dem Heim, das er führte, erklärte Ruth und Mirandas Puls beschleunigte sich. Eines dieser Kinder konnte ihres sein! Sie versuchte, den Gedanken zu verdrängen, dass dies das Ende ihrer Suche bedeuten konnte. Dass sie einfach hierher kam und ihr Kind ihr übergeben wurde. Am Muttertag. Aber aus einem Pflegeheim?

Sie fragte sich, ob ihre Mutter tatsächlich so kaltherzig gewesen wäre. Nicht einmal zu versuchen, ihr Kind in einer Adoptivfamilie unterzubringen, sondern es direkt ins Heim zu bringen. Hätte sie das getan? Wäre sie so grausam gewesen? Oder vielleicht war die Adoption auch fehlgeschlagen, ohne dass ihre Mutter etwas davon erfahren hatte.

Ihr wurde klar, dass Ruth, Vi und Carol sie anstarrten.

„Wie lange gibt es das Heim schon?", fragte sie.

Die Frauen zögerten und dachten nach. „Also, bestimmt schon zwanzig oder dreißig Jahre“, antwortete Ruth.

„Einige Kinder werden adoptiert. Manche werden hier erwachsen und gehen dann. Andere wechseln im Jugendalter in andere Einrichtungen“, erklärte Carol Jean weiter.

„Gehen sie in öffentliche Schulen?“

„Ich glaube, sie gehen in die St. Annes-Schule in Bristol.“ Ruth musterte Miranda neugierig. Vi ebenso.

Miranda bemerkte es kaum. Sie fühlte sich wie gelähmt. Sie versuchte, die Kinder genauer zu mustern. Was, wenn ihr Kind dieses Schicksal geteilt hatte?

„Entschuldigt mich einen Moment“, sagte sie zu den Frauen und ging näher an die Gruppe heran.

Sie stand jetzt so nah, dass sie die Gesichter der Kinder erkennen konnte. Es waren drei Jungen und zwei Mädchen. Ein Junge war groß und schon fast Jugendlicher, aber er war Afroamerikaner, weshalb Miranda ihn ausschließen konnte. Ein Junge war klein und dünn, er hätte es sein können, aber er sah zu jung aus. Der andere schien das richtige Alter zu haben. Sie betrachtete ihn genauer. Unauffälliges braunes Haar, durchschnittliches Aussehen. Nichts, woran sie ihn erkennen könnte. Sie wandte sich den Mädchen zu. Sie waren beide Afroamerikanerinnen. Also der kleine Junge und der, der so durchschnittlich aussah. Beide könnten ihr Kind sein.

Eden kam zu ihr. „Willst du mit schwimmen gehen, Miranda?“

Ich will nicht schwimmen, hätte sie am liebsten gesagt. *Geh und finde heraus, wann der Junge dort Geburtstag hat. Und der da hinten.* Natürlich verkniff sie sich diese Antwort. „Vielleicht später“, sagte sie lächelnd. „Ich gehe besser nach oben und helfe.“ Und mit einem letzten bedauernden Blick auf die Kinder kletterte sie den Hügel wieder hinauf.

Miranda zwang sich dazu, sich zu beruhigen. Sie schmiedete einen Plan. Sie würde die Geburtsdaten der beiden Jungen herausfinden. Irgendwie. Selbst, wenn sie persönlich zu ihnen gehen und sie fragen müsste, sie würde hier nicht weggehen, ohne das zu erledigen. Nachdem sie diese Entscheidung getroffen hatte, ging es ihr ein bisschen besser und ihr wurde klar, dass sie wieder ins Hier und Jetzt zurückkehren musste.

Andere Autos fuhren vor und Frauen, Männer und Kinder stiegen aus. Die Kinder waren überall. Miranda fiel wieder ein, dass Ruth lediglich „ein paar Freunde" erwähnt hatte, und sie musste unwillkürlich lächeln.

„Das Häuschen ist offen, falls jemand die Toilette benutzen muss", rief Ruth. Hector, Henry, Joseph und Pater Leonard gingen in die Hütte und kamen nach einigen Augenblicken mit Tischen und Bänken beladen wieder hinaus. Miranda half Ruth, die Tische mit weißen Tischdecken abzudecken. Dann fingen sie an, das Essen zu verteilen.

Es gab Salate, Früchte, Soßen, Brot, Tomaten und Mozzarella, gebackene Bohnen und dergleichen mehr. Auf dem riesigen Grill brutzelten schon die Steaks und Würstchen, die sich jede Familie mitgebracht hatte. Joseph kümmerte sich um das Fleisch. Zum Nachtisch hatten sie Eis in die Gefriertruhe in der Hütte gestellt und ein paar Frauen hatten Kuchen gebacken.

Die Kinder lachten und planschten im Wasser. Miranda wurde bei den lebendigen, fröhlichen Geräuschen ganz warm ums Herz. Die Männer scherzten und tranken gekühltes Bier, während sie um den Grill standen und Joseph Tipps gaben, die Frauen saßen im Schatten und unterhielten sich leise, während zwei kleine Babys friedlich vor sich hin schlummerten. Miranda spürte die Wärme der Sonne auf ihrer Haut.

Sie versuchte, sich am Gespräch der Frauen zu beteiligen und wünschte sich, sie hätte bessere Antworten auf ihre Fragen. Sie merkte, dass sie eine Frau ohne Geschichte war. Sie war nirgendwo lange genug geblieben, um sich selbst zu finden. Ihr Leben war aus Bruchstücken zusammengesetzt und sie fragte sich, ob das immer so bleiben würde.

Sie beteten gemeinsam vor dem Essen. Dann aßen sie genüsslich. Und aßen noch mehr. Die Kinder schrien, planschten und rannten umher und die Erwachsenen spielten Softball. Miranda machte zwei Punkte und warf dann Pater Leonard raus, als er die letzte Base fast erreicht hatte.

Danach ruhte sie sich aus und unterhielt sich mit dem Priester, während sie den Kindern zusehen, die mit leuchtend orangefarbenen Rettungswesten bekleidet in Kanus auf dem See umher paddelten. Pater Leonard war in etwa Ende sechzig, mit vollen weißen Haaren und buschigen Augenbrauen. Ihr Puls wurde wieder schneller, als sie merkte, dass das ihre Chance war.

„Wie alt sind denn die Kinder so, wenn sie zu Ihnen kommen, Vater?“ fragte sie unverbindlich.

„Von acht bis vierzehn Jahren“, antwortete er.

Nicht die Antwort, die sie weiterbrachte. „Die beiden jüngeren Jungen“, sagte sie, „sind wirklich süß.“

Er starrte sie neugierig an. „Mark ist elf, Joshua ist neun.“

Sie nickte und dann saßen sie still nebeneinander. Miranda war sich nicht sicher, ob sie noch eine Frage stellen sollte. „Haben Sie Kinder bei sich, deren Eltern sie zur Adoption freigegeben haben?“, fragte sie schließlich.

„Alle“, antwortete er und sah sie offen an.

„Ich meine, gab es mal ein Kind, das adoptiert wurde, dann aber aus irgendeinem Grund zurückkam?“

Er zögerte. „Warum fragen Sie?“

„Ich bin nur neugierig“, sagte sie und versuchte, möglichst gelassen zu klingen.

„Ja“, sagte er. „Es gibt einen.“ Er nickte zu den Kindern hinüber. „Etwas stimmte nicht mit ihm und die Adoptiveltern haben ihn abgelehnt. Sie wollten ein perfektes Kind“, erklärte er.

„Was war der Grund?“

„Er hatte einen Gendefekt“, erläuterte er. „Eine Sache mit dem Blut. Er wurde ein paar Mal hin und her geschoben, bevor er zu mir kam. Er ist seit sechs Jahren hier.“

„Wäre er in einem solchen Fall nicht seinen Eltern zurückgegeben worden?“

Pater Leonard musterte sie. „Das sind keine Waren. Das sind Kinder. Sie werden nicht zurückgegeben.“

Miranda schämte sich für ihre Frage und hätte das Gespräch am liebsten beendet, aber sie musste die Gelegenheit nutzen. „Welcher Junge war das?“

„Kaufen Sie ein, Miss DeSpain?“ Sein Tonfall war ungläubig.

Sie wandte sich ihm zu, nicht bereit, nachzugeben. Er starrte zurück und ihr wurde klar, dass er nicht antworten würde.

„Geht es ihm denn mittlerweile gut?“, fragte sie leise.

Pater Leonard zögerte und nickte dann ein bisschen freundlicher. „Es geht ihm gut.“

Sie nickte schnell und eine seltsame Pause entstand. Miranda hatte Angst, dass er ihr Fragen stellen würde. „Ich gehe jetzt besser und schaue, ob ich noch helfen kann“, sagte sie. Der Tag war jetzt nicht mehr so schön und hell. Je schneller sie von hier verschwinden könnte, desto besser. Vielleicht würde sie sich einfach zu Fuß auf den Weg machen.

„Es tut mir leid, dass ich so harsch war“, sagte Pater Leonard. „Für mich ist das ein heikles Thema.“

„Für mich auch, glauben Sie mir“, sagte Miranda, ihre Stimme klang angespannt. Dann wandte sie sich ab und stand schnell auf. Sie hatte Angst, dass sie gleich zu weinen anfangen würde.

Joseph kam in diesem Moment zu ihnen herüber und sah von einem zum anderen. „Störe ich?“, fragte er verwirrt.

„Nein", sagte Miranda schnell, „ich wollte gerade beim Aufräumen helfen."

„Und ich wollte mir noch ein Steak holen", sagte Pater Leonard, während er sich erhob. „Gute Arbeit, meine Junge." Der Priester klopfte Joseph auf die Schulter und ging davon. Miranda wollte in die gleiche Richtung davongehen.

„Warten Sie", sagte Joseph und hielt sie sanft am Handgelenk fest.

Sie hielt inne und blickte ihn an. Sie war überrascht, denn sie sah etwas Weiches, Verletzliches in seinem Gesichtsausdruck – etwas, das sie bei ihm noch nie bemerkt hatte.

„Würden Sie gerne mit mir spazieren gehen?", fragte er.

Sie zögerte und fragte sich, ob das eine Falle war. Er schien ihre Gedanken zu lesen.

„Ich habe keine Hintergedanken", sagte er und hielt seine Hand in die Luft, als leiste er einen Schwur. „Nur ein wenig plaudern an einem wunderschönen Tag."

„Ich bin ärgerlich", gab sie schließlich zu. Sie schluckte ihre Tränen herunter, aber sie spürte sie immer noch in ihren Augen brennen.

„Das kann ich sehen." Seine Stimme klang freundlich. „Ich bin Polizist, wissen Sie?" Ein verschmitztes Lächeln trat auf sein Gesicht. „Lassen Sie uns gehen", sagte er. „Ich rede und Sie können sich sammeln. Nach einer Viertelstunde geht es Ihnen schon besser, das verspreche ich. Ihre Probleme werden nichts sein im Vergleich zu Ihrer Langeweile."

Sie konnte sich ein Lächeln nicht verkneifen. Nach einer Weile sagte sie endlich: „Okay, gehen wir spazieren."

Sie gingen. Und er unterhielt sie wie versprochen. Sie atmete tief durch und beruhigte ihr klopfendes Herz.

„Dieser Wanderweg ist vierunddreißig Meilen lang", erklärte er. „Er folgt einer alten Bahnstrecke und ist nach dem Zug benannt, dem Virginia Creeper. Er hieß so, weil der Zug sich so den Berg hochquälen musste und deshalb nur gekrochen ist. Aber dieser Teil hier ist flach und leicht zu begehen."

Miranda konnte spüren, wie ihr Herzschlag sich beruhigte und ihr Gesicht wieder kühler wurde. Joseph erzählte mit ruhiger Stimme weiter, machte ab und zu Pausen, um ihr Zeit zum Nachdenken zu geben, und war wie ausgewechselt.

„Meine Urgroßmutter und mein Urgroßvater väterlicherseits lebten dort in den Whitetop Mountains", erklärte er und zeigte nach Osten. „Nicht weit von dort, wo ich jetzt lebe. Lange Jahre gab es in den Bergen keine Eisenbahn und keine Straßen. Die Leute lebten überall verstreut. Sie haben Holzhütten gebaut, Esel als Transportmittel benutzt und sich selbst mit Pflanzen und Wurzeln behandelt, wie Menschen in längst vergangenen Zeiten. Das sind meine Vorfahren."

Zum ersten Mal sah Miranda, wer er wirklich war und merkte, dass sie ihn sich nirgendwo anders vorstellen konnte. Manche Leute gehörten einfach fest zu dem Ort, an dem sie lebten.

„Wie auch immer, die Trasse geht von Abingdon nach Süden bis an die Grenze von Carolina und trifft hier in der Nähe auf den Appalachian Trail. Hier kommen oft Vogelbeobachter, Angler, Naturliebhaber und Historiker her. Der Felsen in der Gegend besteht fast ausschließlich aus Kalkstein. Unterirdische Ströme fressen ihn an und bilden Hohlräume und Höhlen. Man weiß also nie, was sich unter den Füßen abspielt.

Miranda lächelte. Joseph lächelte zurück. Wenn er gelöst und fröhlich war, sah er wirklich sehr gut aus. Er hatte ein fast symmetrisches Gesicht und eine gerade Nase. Sein Mund war heute ein entspanntes Lächeln, und man sah nichts mehr von der grimmigen Linie, die seine Lippen vorher gebildet hatten. Seine Stirn war nicht gerunzelt – auch etwas Neues – und seine Augen hatten ein freundliches Grün.

„Was ist das für ein Baum?", fragte sie und zeigte auf einen

Riesen, der eine Öffnung am Fuß des Stammes hatte, die so groß war wie ein Mensch.

„Das ist eine Sykomore“, antwortete er. „Sie mögen es, wenn sie auf feuchtem Grund stehen. In ihrer Nähe gibt es meistens kleine ober- oder unterirdische Bäche. Die ersten Siedler haben diese Bäume als Behausungen genutzt, während sie ihr Land urbar gemacht haben. Ich habe gehört, dass damals die Wälder so dicht waren, dass man kein Getreide anbauen konnte. Sie haben Truthahn gegessen und das einfach Brot genannt.“

Miranda versuchte, sich die Wälder dunkel und undurchdringlich vorzustellen und musste sich dafür nicht sehr anstrengen. „An dem Tag, als wir abends zusammen Soda getrunken haben, bin ich in West Virginia gewesen“, sagte sie.

„Wirklich?“

Sie nickte. „Ich habe nach Verwandten meiner Mutter gesucht. Sie war aus Thurmond.“

„Wo der einzige Unterschied zur Hölle der Fluss ist“, fügte Joseph hinzu.

Sie nickte und konnte ein Schaudern kaum unterdrücken. „Das stimmt“, sagte sie dann. „Dort ist es dunkel. Das konnte ich sogar fast körperlich spüren.“

Er schien ihre Worte nicht seltsam zu finden, sondern nickte zustimmend. „Ich weiß, was Sie meinen. Ich kann so etwas auch an verschiedenen Orten fühlen. Hier ist das anders.“ Er machte eine umfassende Bewegung mit dem Arm. „Wahrscheinlich bin ich deshalb geblieben, obwohl ich lieber hätte verschwinden sollen. Ich wollte alles unternehmen, dass die Dunkelheit von hier fern bleibt.“

„Ich bin froh, dass Sie das getan haben“, sagte sie und fühlte sich sofort ein bisschen verlegen. Doch er schien nicht mehr in diesen Kommentar hinein zu interpretieren, als angemessen war. Sie gingen friedlich weiter, und Joseph machte sie auf ein paar Vögel und Pflanzen aufmerksam. Er erzählte ihr auch, dass manchmal Bären auf den Zugtrassen wanderten und zeigte ihr seinen Lieblingsangelplatz.

„Um den besten Platz zu finden, müsste man allerdings ziemlich weit in den Wald hinein wandern."

„War es schön für Sie, im Camp aufzuwachsen?", fragte Miranda nach einer Weile des Schweigens.

Er lächelte bei dem Gedanken daran. „Es war ein Paradies. Mein Bruder und ich hatten uns überall kleine Hütten und Festungen in den Wäldern gebaut und Wasserpistolen gebastelt, mit denen wir auf die Jagd gehen konnten. Wir sind im See geschwommen und haben geangelt und gerudert. Es gab immer Kinder, mit denen wir spielen konnten. Die Schule war das Einzige, was uns gestört hat."

Miranda musste lachen. „Das kann ich mir vorstellen. Es scheint ein wundervoller Ort gewesen zu sein."

„Sie hätten meinen Vater kennenlernen sollen", sagte Joseph. „Er war ein großartiger Mann."

„Wann ist er gestorben?"

„Vor dreizehn Jahren", sagte er.

„Ich wünschte auch, ich hätte ihn kennenlernen können."

Sie hatten die Brücke erreicht, die sich über die Stelle spannte, wo die beiden Arme des Holston Flusses sich vereinten. „Ich denke, wir sollten zurück gehen", schlug Joseph vor. „Die anderen fragen sich bestimmt schon, wo wir bleiben."

Sie beobachteten noch eine Weile, wie sich das schlammbraune Wasser des mittleren Flussarmes mit dem glasklaren Wasser mischte, das der südliche Arm mit sich führte. „Der mittlere fließt durch Farmland", erklärte Joseph. „Deshalb führt er viel Dreck und Schlamm mit sich. Der südliche Arm fließt durch die Berge und ist deshalb klar und sauber."

Miranda wünschte sich in diesem Moment , sie hätte auch eine Geschichte. Eine Heimat. Einen Ort, an den sie gehörte, dessen Charakter sie kannte. „Ich beneide Sie", sagte sie schließlich.

„Warum um alles in der Welt sollten Sie mich beneiden?“ Joseph schien wirklich überrascht.

„Weil Sie wissen, wo Sie hingehören.“

Er warf ihr einen Blick zu, den sie nicht deuten konnte. „Vermutlich.“

Sie wandten sich um und gingen zurück. „Danke“, sagte sie, nachdem sie einige Minuten schweigend gelaufen waren. Er fragte nicht, wofür sie ihm dankte, und sie war froh darum.

„Gern geschehen. Wollen Sie darüber reden, was Sie wütend gemacht hat?“

Miranda war versucht, es zu sagen. Ernsthaft versucht. Sie brauchte nichts dringender als einen Verbündeten. Jemanden, dem sie vertrauen konnte. Doch sie wusste nicht, ob Joseph in dieser Hinsicht der Richtige war. Würde sie es jemals wissen?, fragte sie sich. „Vielleicht irgendwann“, sagte sie und er nickte, vorerst zufrieden mit der Antwort.

Als sie zum Grillplatz zurückkamen, entgingen Miranda die vielen Blicke, die auf ihnen ruhten, nicht.

Offensichtlich erging es Joseph genauso. „Es ist eine kleine Stadt“, sagte er entschuldigend. „Ich befürchte, dass wir morgen *das* Gesprächsthema sein werden.“

„Lassen Sie sie ruhig reden“, sagte Miranda leichthin und ging weiter an seiner Seite.

Die Gesellschaft löste sich langsam auf. Miranda wartete auf eine Gelegenheit, mit den beiden Jungen zu reden, aber es ergab sich einfach keine. Sie waren schon wieder fertig angezogen und halfen Pater Leonard, den Wagen zu beladen. Mirandas Herz sank, als sie ihnen dabei zusah. Zum Glück war Joseph damit beschäftigt, Tische und andere Dinge einzuladen, sodass sie sich nicht seinen wachsamen Blicken aussetzen musste.

Sie half Ruth, aufzuräumen, und gerade als sie alles verstaut hatten, erhielten Henry und Joseph Anrufe auf ihren Handys. Beide antworteten nur knapp. Direkt vor Mirandas Augen verwandelte sich der freundliche, entspannte Joseph wieder in den Kriminalbeamten. Er schloss sein Handy mit einem lauten Schnappen und sofort wurde beraten, wie man Ruth, Miranda und die Kinder ohne Josephs Auto nach Hause bringen könnte.

„Ich muss gehen, Liebling“, sagte Henry zu Vi. „Die Travelers haben wieder zugeschlagen.“

„Wer sind die ‚Travelers‘?“, fragte Miranda Ruth, die angewidert ihren Kopf schüttelte.

„Sie sind Diebe und Kriminelle“, antwortete Joseph grimmig. Und während er und Henry zu ihren Autos gingen, bemerkte Miranda, dass Grady unter seinen Sommersprossen ganz blass geworden war und aussah, als würde er gleich in Tränen ausbrechen.

39

Während Miranda schlief, schien ihr Optimismus zurückzukehren, und als sie am Montagmorgen aufwachte, war sie voller Elan und Hoffnung. Wie schwer konnte es schon sein, das Geburtsdatum eines Elfjährigen herauszufinden? Sie kümmerte sich um die Besucher des Cafés und sah jedes Mal gespannt auf, wenn die kleine Glocke über der Tür bimmelte. Als allerdings Henry Wilkes an diesem Morgen allein kam, um sein Frühstück bei ihr zu bestellen, war sie etwas enttäuscht. Die andere Seite des kleinen Tisches, Josephs Seite, blieb leer. Sie schielte immer wieder hinüber, während sie Henrys Bestellung aufnahm und wurde rot, als sie merkte, dass er sie dabei beobachtete. Er lächelte wissend, als sie ihm sein Frühstück brachte. Nachdem er gegangen war, stand sie einige Augenblicke vor dem leeren Tisch und fragte sich, ob der wundervolle gemeinsame Spaziergang gestern nur Einbildung gewesen war. „Es geht nicht immer nur um dich", murmelte sie schließlich und konzentrierte sich dann wieder auf ihren Job.

Pastor Hector kam gegen acht Uhr und Miranda brachte auch ihm das Frühstück. Aus einem Impuls heraus fragte sie Venita, ob sie kurz Pause machen könnte, und trat dann an Hectors Tisch. „Kann ich Ihnen eine Frage stellen?", sagte sie.

„Natürlich. Bitte, setzen Sie sich doch." Er legte das Buch zur Seite, in dem er gerade gelesen hatte. *Die Geschichte des Christentums* von Justo Gonzalez.

„Interessantes Thema", sagte sie, als sie sich ihm gegenüber setzte.

„In der Tat. Gonzales war einer meiner Professoren. Und ein Landsmann. Wir stammen beide aus Kuba. Jetzt sind wir Amerikaner. Er gehört zur ersten Generation derer, die eingebürgert wurden. Ich zur zweiten."

Miranda betrachtete den Pastor interessiert. Man wird nie etwas über die Geschichte eines Menschen erfahren, wenn man ihn nicht danach fragt, dachte sie.

„Ihre Eltern stammten aus Kuba?"

Er nickte. „Sie sind auf einem kleinen Boot geflohen, aber als ihre Füße amerikanischen Boden berührten, waren sie in Sicherheit."

„Wie die Zufluchtsstädte in der Bibel. Orte, an denen man, egal woher man kam, eine neue Chance bekommen hat."

Jetzt musterte Pastor Hector sie interessiert. „Genau."

„Mein Nachbar hat mir früher immer davon erzählt", erklärte sie. „Er war auch Christ."

Miranda erwartete, dass Pastor Hector sie nun nach ihrem Glauben fragen oder versuchen würde, sie vom christlichen Glauben zu überzeugen, doch er lächelte sie nur an. In seinen Augen sah sie noch etwas anderes, das sie nicht deuten konnte. Es schien, als mochte er die Person, der er gegenüber saß, egal ob sie nun das gleiche glaubte wie er oder nicht. Miranda fühlte sich angenommen.

„Ich habe mich etwas gefragt", sagte sie und führte das Gespräch wieder in die richtige Richtung.

„Nur heraus damit."

„Ich würde gerne etwas über eines der Kinder aus dem Pflegeheim wissen. Wissen Sie, wie ich das machen könnte?"

Er schwieg einen Moment. „Ich vermute, dass die offensichtliche Antwort schon ausgeschlossen wurde?"

Miranda nickte. „Ich habe Pater Leonard gestern wohl etwas verärgert."

Pastor Hector lachte. „Dazu braucht es auch nicht viel."

Miranda wartete. Hector schien über ihr Anliegen nachzudenken. „Ihre beste Freundin hier in Abingdon scheint die Person zu sein, die auch am besten über alle Vorgänge in der Stadt informiert ist. Zumindest brüstet sie sich immer damit." Sein Grinsen sagte ihr sofort, wen er meinte.

Sie lachte und nickte. Natürlich. Sie müsste einfach nur Eden fragen. „Nach der Schule rede ich mit ihr." Sie dankte ihm, erhob sich und ging wieder an die Arbeit. Erst als ihre Schicht zu Ende war, fiel ihr ein, dass Hector sie gar nicht nach dem Grund ihres Interesses gefragt hatte. Seltsam.

Joseph hatte das Frühstück im *Hasty Taste* ausfallen lassen und war früh zur Arbeit gegangen, um sich dort mit seinem schlechten Gewissen herumzuschlagen. Der Betrug gestern hatte wieder zwei Wärmepumpenverkäufe beinhaltet, doch dieses Mal in seinem Zuständigkeitsbereich. Er hatte schon die halbe Nacht damit verbracht, sich Vorwürfe zu machen, weil er spazieren gegangen war, während die Travelers ihr Unwesen in seinem Gebiet trieben. Jetzt würde er gegen diese Sache energischer vorgehen. Er hatte den ganzen gestrigen Abend damit verbracht, Zeltplätze nach dem Mann mit dem Truck und dem Wohnwagen abzusuchen. Niemand schien eine verdächtige Person gesehen zu haben. Er hatte sogar bei ein paar Privathäusern angehalten und gefragt, ob den Bewohnern etwas aufgefallen sei. Nichts. Der Mann schien wie vom Erdboden verschluckt.

Die Befragung der Betrugsopfer hatte allerdings einige interessante Fakten zu Tage gebracht. Die Travelers schienen eine ganze Gruppe von Männern zu sein. Zumindest waren es mehr als zwei. Eigentlich keine große Überraschung. Ein Mann hatte zunächst einmal das Verkaufsgespräch geführt. Er war groß, grauhaarig und wurde von den Opfern – beides Frauen – als charmant beschrieben. Die eigentlichen Arbeiter waren immer in Zweierteams aufgetreten. Den Beschreibungen nach allerdings jedes Mal in anderen Konstellationen. In allen Fällen waren sie jedoch mit einem weißen Van gekommen.

Einer der Hausbesitzer war während der Installation argwöhnisch geworden und hatte sich das Kennzeichen notiert. Aber das war auch eine Sackgasse gewesen. Das Kennzeichen war vor einem halben Jahr in Alabama gestohlen worden. Joseph hatte die Aktivitäten dieser Burschen allmählich mehr als satt.

Er entschied sich dazu, in die Offensive zu gehen. Er klopfte an der Tür seines Vorgesetzten und wurde hereingebeten. Ray Craddock war etwa in Josephs Alter, aber eher ein Bürokrat als ein Polizist. Er kam von außerhalb und war angeheuert worden, um frisches Blut und neue Ideen ins Revier zu bringen. Craddock hörte Joseph aufmerksam zu und erteilte ihm dann die Erlaubnis, alles zu unternehmen, was er für richtig hielt. Joseph schlug eine Stadtversammlung vor, um die Bürger von Abingdon vor den Betrügern zu warnen, und wollte außerdem eine Pressekonferenz einberufen. Es sollte eine gemeinsame Aktion mit dem Department des Washington County werden.

„Na gut", sagte Craddock, „solange *wir* den Ruhm für die Idee einheimsen."

„Warum kümmern Sie sich nicht persönlich darum?", schlug Joseph vor. „Sie könnten doch mit den Reportern reden."

„Gute Idee, Williams. Ich mag Ihre Art zu denken."

Joseph unterdrückte ein Lächeln. Er hatte schnell herausgefunden, dass sie beide gut zusammenarbeiten konnten, wenn er sich um die Polizeiarbeit kümmerte und Craddock das Posieren vor den Kameras überließ. „Wunderbar", sagte er schließlich. „Ich organisiere die Konferenz."

Eine Stunde später war die Turnhalle der Highschool gemietet, die Presse kontaktiert und die Stadtversammlung für Donnerstagabend angekündigt. Craddock würde reden, aber Joseph und Henry wären immer in der Nähe, um Fragen zu beantworten. Joseph ging in das Büro seines Chefs, um ihn über die Details zu informieren und die Pressemitteilung zu überreichen.

„Das wird so nicht gehen“, sagte Craddock, nachdem er das Schriftstück kurz überflogen hatte. „Sie müssen vorsichtiger mit Ihren Formulierungen sein, Williams. Ich will keine rechtlichen Schwierigkeiten bekommen.“

„Was meinen Sie, Sir?“, fragte Joseph verwirrt.

„Sie können diese Schurken doch nicht als ‚Irish Travelers‘ bezeichnen“, sagte er.

„Nun, wie soll ich sie denn sonst nennen?“, fragte Joseph und versuchte, nicht zu genervt zu klingen.

„Nennen Sie sie … ähm … umherziehende, freiberufliche Verkäufer und Händler, die westeuropäischer Abstammung sein *könnten* und manchmal ihre Fähigkeiten und Produkte nicht richtig einsetzen. Und das natürlich mit dem Hinweis darauf, dass keinesfalls alle Amerikaner, die zur Gemeinschaft mit westeuropäischen Wurzeln gehören, unter Verdacht stehen.“

Joseph konnte es sich gerade noch verkneifen, nicht mit den Augen zu rollen. „Also, warum machen wir denn dann überhaupt die Pressekonferenz?“

„Weil es schlecht aussähe, wenn wir es nicht täten.“ Craddock sah ihn an, als sei Joseph ein kleines, begriffsstutziges Kind.

Joseph verließ das Büro seines Vorgesetzten, der bereits die Pressemitteilung umformulierte. Nun, er hatte alles getan, was in seiner Macht stand. Außerdem war er mittlerweile hungrig. Er entschied sich dazu, ins *Hasty Taste* zu gehen und ein frühes Mittagessen einzunehmen. Bei dem Gedanken daran wurden seine Schritte schneller und seine Gedanken hellten sich auf, doch er wollte diese Gefühle nicht zu genau analysieren.

„Oh, hallo Mr Adair, kommen Sie doch rein.“ Ruth hielt die Tür auf. Johnny Adair hielt wieder einmal seinen Hut in den Händen.

„Es tut mir leid, Sie zu stören, Ma'am.“

„Ach, Sie stören doch nicht. Kommen Sie nur herein.“

Mr Adair ergriff den Korb, der zu seinen Füßen stand. Er war gefüllt mit köstlich duftenden Pfirsichen.

„Ich weiß, dass es nicht viel ist, aber ich wollte mich dafür bedanken, dass Sie so nett zu meinem Jungen sind.“

„Ach du liebe Güte! Warum sollte ich das denn nicht sein? Sie wissen doch, dass wir es lieben, Grady hier zu haben. Kommen Sie doch ins Haus, bitte.“

Er trat einen Schritt hinein. „Sagen Sie mir nur, wo ich die hier abstellen soll.“

„In der Küche bitte, Mr Adair. Toll! Daraus werde ich ein paar köstliche Kuchen machen. Gerade rechtzeitig für das gemeinsame Mittagessen in der Kirche.“

„Die Pfirsiche sind aus South Carolina“, sagte Mr Adair und folgte ihr in die Küche. „Sie haben siebzehn bis achtzehn Prozent Zuckeranteil. Wenn man einen von ihnen probiert, will man nie wieder andere Pfirsiche essen.“

„Lassen Sie uns einen gleich aufschneiden, was meinen Sie?“, fragte Ruth und hoffte, nicht zu forsch zu sein.

Er grinste. „Sie sind eine Frau nach meinem Geschmack.“

Sie lächelte und wandte sich um, um ein Messer zu holen. „Wo ist Grady?“

„Ich habe ihn im Auto gelassen“, sagte Mr Adair. „Ich will nicht, dass er Ihre Nerven überstrapaziert.“

Ruths Empörung war echt. „Also, Mr Adair, so etwas dürfen Sie nicht einmal denken. Ehrlich …“ Sie ging in den Flur und sah nach, ob Eden wirklich noch nicht von der Schule nach Hause gekommen war. „Wir sind so froh, dass Eden einen guten Freund hat“, sagte sie ernsthaft. „Und Grady ist so ein wundervoller Junge. Sie würden uns wirklich einen großen Gefallen tun, wenn Sie ihm erlauben würden, jeden Tag zu kommen."

Mr Adair zögerte. Ruth wollte ihm einen Augenblick Zeit lassen, um über das Gesagte nachzudenken, deshalb nahm sie einen Pfirsich und schnitt ihn in zwei Hälften. Beide bissen sie in das köstliche Fruchtfleisch. Ruth schloss die Augen. „Oh, das ist himmlisch."

„Habe ich Ihnen doch gesagt."

Sie lächelte und mochte Mr Adair plötzlich sehr. „Möchten Sie eine Tasse Kaffee? Ich wollte gerade eine Nähpause einlegen und habe dabei gerne Gesellschaft."

Er zögerte immer noch, entschied sich dann aber dazu, Ruths Gastfreundschaft anzunehmen. „Ja, vielen Dank. Ich sage Ihnen, Mrs Williams, manchmal fordert das Leben ganz schön viel von einem." Er legte seinen Hut auf den freien Stuhl und sah plötzlich älter und müder aus als sonst.

Sie stellte den Kaffee an und setzte sich ihm gegenüber. „Haben Sie Hunger?"

Er schüttelte den Kopf. „Ich hatte vorhin erst Mittagessen. Lassen Sie uns einfach hier sitzen und entspannen."

Sie nickte und entspannte sich. Er war eine angenehme Gesellschaft. Außerdem erinnerte er sie an jemanden, den sie einmal gekannt hatte. Und gemocht. Seltsam, wie diese Dinge funktionierten – diese Erinnerungen.

„Bitte nennen Sie mich Ruth", sagte sie in einem plötzlichen Anflug von Wärme.

„Gerne", erwiderte er. „Und Sie können mich Johnny nennen."

Der Kaffee war fertig. Sie goss zwei Tassen ein und die beiden nippten vorsichtig an dem heißen Getränk. Ruth schnitt einen weiteren Pfirsich an. „Die Kuchen werden garantiert wunderbar."

„Sie werden nur wenig Zucker brauchen, Ruth. Die Pfirsiche

sind süß, aber es ist nicht nur der Zucker, der den perfekten Geschmack einer Frucht ausmacht", fuhr Johnny ernst fort. „Es ist das richtige Gleichgewicht zwischen Süße und Säure. Man muss sie am Baum lassen, bis das richtige Verhältnis erreicht ist. Wenn sie dann verschifft werden, sind sie schon nicht mehr perfekt. Man muss eigentlich zur richtigen Zeit am richtigen Ort sein, um sie aufzufangen, wenn sie vom Baum fallen." Er lächelte und sein Gesicht legte sich in kleine Fältchen. „Mit vielen Dingen im Leben ist es so, nicht wahr?"

„Ja. Da haben Sie recht", sagte Ruth und dachte etwas wehmütig an Situationen, die sie ungenutzt hatte verstreichen lassen.

Einen Moment lang hingen beide ihren Gedanken nach. Dann sagte Ruth: „Warum verlangt Ihnen das Leben so viel ab, Johnny?"

Er seufzte und schüttelte den Kopf. „Es ist dieses ständige Unterwegssein. Das frisst mich auf. Einen Tag hier, zwei Tage dort. Und die Arbeit, die ich mache, ist nicht … erfüllend. Manchmal würde ich gerne alles hinschmeißen. Mich niederlassen und ausruhen." Der Blick, den er ihr zuwarf, war mitleiderregend.

„Warum tun Sie es nicht einfach?"

„Ich kann nicht. Ich muss Schulden bezahlen. Und ich muss mich um Grady kümmern."

„Was arbeiten Sie eigentlich, Johnny?"

Er schwieg einen Moment. „Dies und das. Verkäufe. Wohnungsausbesserungen. Installationen und Reparaturen. Ich reise rum und suche mir Arbeit. Wenn es irgendwo einen kleinen Aufschwung gibt, bin ich zur Stelle und bleibe, bis er wieder vorbei ist. Dann suche ich mir etwas Neues."

Ruth stand auf und griff nach der Kaffeekanne. „Es ist schade, dass Sie nicht früher gekommen sind. Dann hätte Grady mit Eden in eine Klasse gehen können. Das hätte ihr sicher gefallen."

Er sah sie schuldbewusst an. „Ich weiß, dass Grady zur Schule gehen sollte. Ich fühle mich schrecklich dabei. Es ist ein schlimmes Leben für ihn, immer umherzureisen, aber bei seiner Mutter ging es ihm noch schlechter." Sein Mund schloss sich und Ruth wurde klar, dass er alles gesagt hatte, was er zu diesem Thema sagen wollte. Die Frau war immerhin Gradys Mutter, egal was sie getan hatte. Ruth respektierte Johnny dafür.

„Wie kann ich Ihnen helfen, Johnny?"

„Sie haben schon geholfen."

„Ich meine, was ich über Grady gesagt habe. Wir hätten ihn gerne jeden Tag hier."

Er lächelte und, um seine Augen entstanden kleine Fältchen. „Ich weiß, dass Sie es ernst meinen. Ich weiß, dass Sie jemand sind, der meint, was er sagt. Aber ehrlich gesagt, weiß ich nicht, ob wir noch viel länger hier bleiben können."

„Warum nicht? Es gibt viel Arbeit hier, oder nicht?"

Er nickte. „Aber der Ort, wo ich den Wohnwagen abgestellt habe – nun, ich musste ihn dort wegholen. Und um ehrlich zu sein, kann ich einfach keinen neuen Platz finden, an dem man uns wohnen lässt."

„Ich weiß." Sie schüttelte den Kopf und schnalzte abwertend mit der Zunge. „Es ist wirklich unmoralisch, was Earl und Jim den Touristen im Sommer abnehmen." Sie wünschte, sie hätte etwas tun können. Plötzlich fiel ihr die Antwort ein. Warum war sie denn nicht gleich darauf gekommen? „Also, Sie können doch einfach in meinem Camp wohnen!", sagte sie triumphierend.

Johnny sah sie verständnislos an.

„Kommen Sie schon", sagte sie und warf einen Blick auf ihre Uhr. „Wir haben noch Zeit rauszufahren."

Er schien verwirrt, folgte ihr jedoch ohne Widerworte und ließ sich von ihr fahren, da sie den Weg kannte. Sie parkten auf einem Schotterweg. „Der Campingplatz ist hinter diesen Bäumen. Man kann ihn von hier aus nicht sehen. Seit wir ihn damals geführt haben, ist alles zugewuchert."

„Dieses Land gehört Ihnen?"

„Jeder Zentimeter“, sagte sie. „Wir haben das Land gekauft, als es günstig war und alles selbst gebaut. Mein Mann und ich haben das Camp dreißig Jahre lang geführt. Das waren schöne Zeiten.“

Er stieg aus und sie folgte ihm. Johnny sah sich ein Weile um, blickte durchs Fenster, ging über knarrende Holzdielen, rüttelte an Brettern und kniete sich schließlich hin, um Fundamente zu untersuchen. Dann stand er wieder auf, klopfte sich die Hände an der Hose ab und ging mit Ruth zurück zum Auto. Dann saßen sie beide schweigend da und ließen ihre Blicke über den See und die grünen Wiesen schweifen. Der Wind fuhr sanft durch die Blätter der Bäume und der Frieden, den Ruth jedes Mal spürte, wenn sie hier war, umfing sie.

„Was denken Sie?“, fragte sie.

„Es ist wundervoll. Und ich würde gerne hier wohnen.“

Sie war so glücklich, als hätte er ihr ein Geschenk überreicht.

„Aber nur unter einer Bedingung.“

„Welcher denn?“

„Dass ich hier ein paar Arbeiten erledigen darf. Die Veranda auf Vordermann bringen. Ein paar Bretter austauschen. Die Fenster restaurieren. Und es sieht so aus, als könnte die kleine Kapelle ein neues Dach gebrauchen.“

Ruth spürte, wie eine Aufregung sie ergriff. Sie wusste nicht, warum. Es ergab absolut keinen Sinn, diesen Ort zu renovieren. Sie wäre nicht in der Lage, den Campingplatz wieder zu eröffnen, und keiner ihrer Söhne hatte Interesse daran. Trotzdem hatte sie den Eindruck, als wäre dieses Treffen mit Johnny etwas Besonderes. Es bedeutete etwas. Sie war so aufgeregt, dass sie sich kaum konzentrieren konnte. „Dann bestehe ich aber darauf, Sie zu bezahlen“, sagte sie.

„Auf keinen Fall.“ Johnny schüttelte den Kopf.

„Ich kann Sie doch nicht umsonst diese ganze Arbeit machen lassen.“

„Es ist nicht umsonst. Ich nutze Ihr Land."

„Dann lassen Sie mich wenigstens Grady übernehmen, solange Sie arbeiten. Nach der Schule können Eden und er dann zusammen spielen. Es würde mich entlasten. Ehrlich."

Er zögerte. Dann nickte er endlich. „Na gut. Es würde mich freuen. Ich finde es schrecklich, dass er immer so viel alleine ist."

Ruth strahlte. „Und ich bestehe darauf, dass ich wenigstens das Material bezahlen darf, das Sie verbrauchen."

„Das Leben meint es heute gut mit mir." Er lächelte schüchtern.

„Wenn Sie glücklich sind, bin ich auch glücklich." Ruth spürte eine unbändige Freude bei dem Gedanken daran, dass dieser Ort bald wieder mit freudigem Kinderlachen erfüllt sein könnte. Und auch Mr Adair schien glücklich. In seinen Augen konnte sie tiefe Zufriedenheit erkennen.

40

Für Miranda verging die Woche wie im Flug. Eden entpuppte sich als wahre Wunderwaffe, wenn es um das Pflegeheim ging. Miranda hatte sie unter dem Vorwand um Hilfe gebeten, dass sie den Kindern zu ihrem Geburtstag etwas schenken wollte. Es war keine Lüge, denn sie war schon in der örtlichen Pizzeria und dem Spielpark gewesen und hatte Gutscheine und Geburtstagskarten für fünf Kinder gekauft. Es war zwar nicht sehr günstig, doch es war Geld, das gut angelegt war. Sie überreichte Eden die fünf Briefumschläge und sagte, sie hätte für jeden gerne einen Namen und ein Geburtsdatum.

„Soll ich dich für den Job bezahlen?", fragte sie Eden, aber die blickte beleidigt drein.

„Es könnte ja sein, dass ich auch irgendwann deine Hilfe brauche", sagte sie. „So läuft das hier."

Miranda akzeptierte diese Entscheidung und grinste, als Eden auf ihrem Fahrrad davonfuhr. Dieses Mädchen war einfach ein Knüller. Sie überlegte sich, wie wohl die neuesten Entwicklungen mit David und Sarah waren, hatte sich aber nicht zu fragen getraut.

Am Dienstag, während sie auf Edens detektivische Ergebnisse wartete, rief Miranda Mr Galton im Thurmond Besucherzentrum an. Er war da und entpuppte sich als netter älterer Herr – etwa um die Siebzig. Es war gut, endlich die Wahrheit sagen zu können.

„Ich will etwas über das Leben meiner Mutter herausfinden", fing sie an. „Ich weiß, dass sie und meine Tante aus Thurmond kamen, aber in den späten Siebzigern von dort weggegangen sind."

„Kennen Sie den Mädchennamen Ihrer Mutter, oder wo sie gewohnt haben?"

„Der Name meiner Großmutter war Lois Gibson und mein Großvater hieß Beck Maddux. Ich glaube, sie haben in der Nähe von Thurmond gewohnt. Mehr weiß ich leider nicht."

„Es gab Madduxes, die oben am Piney Bergkamm gewohnt haben", sagte Mr Galton. „Und ich glaube, ich kenne eine Frau, die Ihnen vielleicht weiterhelfen kann. Sie ist sehr alt und hört nicht mehr so gut. Sie kann leider nicht telefonieren."

Miranda seufzte. „Ich kann noch einmal vorbei kommen."

Sie verabredeten sich. Frank erklärte sich freundlicherweise bereit, sich an seinem freien Tag – diesen Samstag schon – mit ihr zu treffen. Er würde sie persönlich zu der Frau bringen, die anscheinend irgendwo tief im Wald lebte. Miranda musste ein Schaudern unterdrücken, wenn sie daran dachte, den kalten Wald zu betreten. Sie musste sich zusammenreißen. Sie war hierhergekommen, um Antworten zu finden, und wenn sie für diese Antworten in einen dunklen Zauberwald gehen müsste, würde sie das tun.

Die Dokumente ihrer Mutter kamen am nächsten Tag an. Leider sagten sie ihr nichts, was sie nicht auch schon vorher gewusst hatte.

Miranda sah und hörte nicht viel von Joseph Williams. Er war damit beschäftigt, eine Stadtversammlung zu organisieren. Mittlerweile hatte es so viele Artikel in der Zeitung gegeben, dass sie sich fragte, ob überhaupt noch jemand auf diese ominösen Travelers hereinfiel. Doch Abingdon war im Sommer ein Ausflugsziel. Man musste sicher gehen, dass die Touristen, die mit ihren Zelten und Wohnwagen kamen, gewarnt waren, wenn sie die Festivals im Umland besuchten. Earl und Jims Campingplatz war voll ausgelastet, weshalb Eden ständig damit beschäftigt war, Nummernschilder zu notieren. Obwohl sich die Sache mit den Travelers mittlerweile herumgesprochen hatte, schienen die Einwohner von Abingdon immer noch vertrauensselig zu sein und sicher, dass alle bösen Menschen einen weiten Bogen um sie machen würden.

Miranda ging mit allen anderen Einwohnern der Stadt zu der Kundgebung. Sie fand, dass Joseph und Henry ganze Arbeit leisteten, indem sie die Menschen darauf aufmerksam machten, auf was sie zu achten hatten und wie sie sich selber schützen konnten. Nach dem Treffen sah sie in Josephs Richtung, doch er war zu beschäftigt damit, Fragen zu beantworten. Miranda verließ also die Turnhalle und wollte gerade nach Hause gehen, als Eden auf ihrem Fahrrad auftauchte. Sie winkte mit einem Briefumschlag. „Ich habe Informationen für dich", rief sie mit einem breiten Grinsen.

„Ich kann es nicht glauben. So schnell schon. Wie hast du das gemacht?"

„Es war total leicht", sagte sie. „Maude Lucy, die Pfarrsekretärin, war da und ich habe sie einfach gefragt. Sie hat alles aufgeschrieben und gesagt, dass du wirklich ein gutes Herz hast, weil du an die Kinder denkst."

Miranda spürte einen kleinen Stich, den sie ignorierte, da sie die Sache mit den Geschenken ja wirklich wahr machen wollte. Sie nahm den Umschlag und dankte Eden, die wieder grinste und auf ihrem Rad davonbrauste. Miranda beeilte sich jetzt, nach Hause zu kommen, ging schnell in ihr Apartment und knipste das Licht an. Ihre Hände zitterten, als sie den großen Umschlag öffnete und fünf kleinere hinaus rutschten. Sie überflog die Namen und Geburtsdaten.

Rhonda Hatch, 08. Juli 1994
Letitia Hoyt, 02. Dezember 1999
Jason Lester, 19. April 1998
Evan Montgomery, 02. Februar 1996
Darnell Smith, 10. Juni 1991

Mit einem Seufzen legte sie die Briefumschläge zur Seite. Keines von ihnen war ihr Kind. Doch das hatte sie ja eigentlich schon gewusst, oder? Morgen würde sie Eden fragen, ob sie die gefüllten Briefumschläge wieder zur Sekretärin zurück bringen könnte, damit diese sie zur gegebenen Zeit an die Kinder schicken konnte. Von einem anonymen Spender.

Durch diese Sackgasse wurde sie wieder einmal zurückgeworfen, aber am Samstagmorgen fühlte sie sich dennoch erfrischt und machte sich bereit für ihre Fahrt nach West Virginia. Wieder packte sie ein Lunchpaket und entschied sich dazu, noch einen kurzen Halt auf dem Markt zu machen, der jeden Samstag im Park stattfand. Er war schon in vollem Gange und sie benötigte sowieso noch einige Dinge. Außerdem wollte sie sich ein wenig Spaß gönnen, bevor sie sich auf den Weg machte. Langsam ging sie durch die Reihen der Stände. Es gab frische Eier, Honig aus der Gegend, Obst und Gemüse, Backwaren und Handwerksgüter. Sie kaufte Eier, einen Sack Pfirsiche, ein Glas Honig und eine Dose selbstgemachter Erdnussbutterplätzchen. Als sie bereit war, ihren Weg in die Berge anzutreten, hörte sie eine bekannte Stimme hinter sich.

„Probieren Sie die Erdbeeren", sagte Joseph. „Jetzt ist genau die richtige Zeit."

Sie wandte sich um und lächelte. „Hallo Joseph", sagte sie ohne nachzudenken und wurde dann rot. Normalerweise nannte sie ihn bei seinem Nachnamen.

Er erwiderte ihr Lächeln. „Hallo Miranda. Wohin wollen Sie?"

„Was meinen Sie damit?"

„Sie haben so einen entschlossenen Ausdruck auf dem Gesicht. Und außerdem habe ich gesehen, wie Sie ihr Auto gepackt haben."

„Ich verfolge immer noch meine Geister. Ich fahre noch einmal nach West Virginia."

„Ich dachte, Sie hätten genug."

Sie zuckte mit den Schultern. „Ich habe den Namen von jemandem bekommen, der vielleicht meine Mutter gekannt hat. Der Herr aus dem Besucherzentrum bringt mich zu einer alten Dame, die dort irgendwo im Wald wohnt.“

Joseph zögerte und zeigte einen besorgten Gesichtsausdruck. „Sie fahren mit jemandem, den Sie nicht kennen, in die Wälder von West Virginia?“

Sie grinste. „Ich glaube nicht, dass es viele siebzigjährige Serienmörder gibt, die freiwillig im Besucherzentrum von Thurmond arbeiten.“

Er lächelte nicht mehr. „Trotzdem, ich finde das alles andere als klug. Außerdem ist es gefährlich, wenn Sie ganz alleine auf diesen einsamen Bergstraßen herumkurven.“

„Ich habe mein Handy dabei“, versicherte sie ihm. „Und Mr Coopers Auto ist in sehr gutem Zustand.“

Joseph sah immer noch sehr ernst aus und warf schließlich einen Blick auf seine Uhr. „Wenn Sie mir eine halbe Stunde geben, fahre ich Sie.“

Sie war sprachlos. Das hatte sie nun wirklich nicht erwartet, doch plötzlich erschien ihr die Aussicht auf eine verlässliche, starke Begleitung sehr reizvoll. Mit Joseph in die düsteren Wälder zu fahren war bestimmt nicht halb so schlimm wie ohne ihn. „Danke“, sagte sie. „Das würde mich sehr freuen.“

Sein besorgter Gesichtsausdruck verschwand. „Dann gehe ich schnell ins Büro und erledige noch kurz etwas. Soll ich Sie zu Hause abholen?“

Sie nickte. „Ich stelle die Eier in den Kühlschrank und mache uns noch ein paar belegte Brote.“

Er lächelte. Sie wandte sich ab, bevor sie sich noch weiter blamieren konnte.

Miranda machte noch drei Sandwiches, packte ein paar Pfirsiche und Plätzchen ein und nahm einige Flaschen Wasser mit. Sie war gerade fertig, als es an ihrer Tür klopfte.

„Lassen Sie uns mein Auto nehmen“, schlug Joseph vor. „Es hat eine bessere Kurvenlage, und es scheint bald anzufangen zu regnen.“

Sie sah an den noch sonnenbeschienenen Himmel. Am Horizont türmten sich schon erste dunkle Wolken auf.

„Einverstanden“, sagte sie ohne Umschweife.

Er nahm die Kühltruhe und stellte sie auf den Rücksitz. Dann öffnete er ihr die Tür. Nach ein paar Minuten verließen sie Abingdon und steuerten auf die Autobahn zu.

„Was macht Eden heute?“, fragte Miranda.

„Ich glaube, sie spielt mit Grady. Sie sind auf dem Campingplatz und buddeln Fallen für Betrüger. Meine Mutter ist bei ihnen“, sagte er, „also wird wohl alles in Ordnung sein.“

Miranda lächelte. „Ich mag Eden. Sehr.“

Joseph nickte. „Ich auch. Aber es ist schwer, sich alleine um sie zu kümmern. Sie ist wie ein Hündchen. Wenn man ihr nichts zu tun gibt, wird ihr langweilig, sie gräbt den Garten um und fängt an, auf Schuhen herum zu kauen.“

Miranda warf ihm einen befremdeten Blick zu.

„Im übertragenen Sinne natürlich“, verbesserte sich Joseph.

Miranda lachte. „Das hört sich an, als hätten Sie viel Erfahrung.“

„Sowohl mit Hunden als auch mit Eden, ja.“ Er lächelte und sie fuhren eine Weile in einmütigem Schweigen dahin.

„Haben Sie jemals woanders gewohnt?“, fragte Miranda leise.

„Ich bin aufs College nach Ferrum, Virginia, gegangen.“

„Was haben Sie studiert“?

„Das hier“, sagte er. „Strafrechtspflege. Ich wusste schon als kleines Kind, dass ich Polizist werden wollte. Mein Vater war Polizeichef.“

„Ich bin überrascht, dass Sie seinen Beruf nicht übernommen haben."

Joseph schüttelte den Kopf. „Das ist nicht das Richtige für mich."

„Sind Sie noch woanders gewesen?", fragte sie weiter.

„Ich war bei den Marinesoldaten. Auf Haiti und in Somalia. Aber hier gefällt es mir besser."

Miranda versuchte sich daran zu erinnern, was sie über diese Konflikte wusste. „Das kann ich verstehen."

Sein Gesicht war abgeklärt. „Es war schrecklich. Nach meiner Pflichtzeit bin ich nach Hause zurückgekommen."

Sie fühlte sich peinlich berührt. War sie zu weit in sein Leben vorgedrungen?

„Jetzt sind Sie dran", sagte er. „Erzählen Sie mir über sich."

Das tat sie, ließ aber einige Details aus – eigentlich nur ein Detail, das wichtigste Detail überhaupt – und als sie ihre Geschichte darum herum spann, fragte sie sich, warum sie es ihm nicht einfach erzählte. Warum konnte sie es niemandem erzählen? Vielleicht vor Scham? Ja. Das war es. Sie schämte sich. Nicht, weil sie schwanger geworden war, sondern weil sie ihr Kind verloren hatte. Keiner würde sie verstehen können. Vielleicht würde sie endlich alles erzählen, wenn sie ihr Kind gefunden hatte.

„Also ist Ihr Vater verschwunden, als sie elf waren. Haben Sie ihn seither gesehen?"

„Ich habe ihn zweimal gesucht", sagte sie. „Und ihn einmal gefunden. Beim ersten Mal."

„Und dann?"

Sie schüttelte den Kopf und dachte darüber nach, Joseph zu erzählen, dass ihr Vater versucht hatte, sie anzurufen. Doch das würde zu der Frage führen, warum sie hier war. Außerdem hatte sie den Anruf verpasst und wer wusste schon, ob er sich jemals wieder melden würde. „Ich wüsste nicht, wo ich ihn im Moment suchen sollte, selbst wenn ich es wollte. Meine Mutter ist in diesem Frühjahr an Krebs gestorben. Krebs. Also bin ich hierhergekommen."

„Warum hierher?", fragte er und sah neugierig aus.

„Meine Mutter hatte eine Verbindung zu Abingdon", sagte sie. „Ich weiß nicht, welcher Art, aber ich versuche, es herauszufinden."

„Hm." Joseph schien fasziniert zu sein. „Wie kommen Sie auf die Idee, dass Ihre Mutter eine Verbindung hierher hatte?"

„Der Poststempel auf einem Brief."

Er wandte sich ihr zu. „Das ist alles?"

„Es war ein wichtiger Brief." Miranda schloss den Mund. Sie hatte schon zu viel gesagt und hoffte nun inständig, dass er ihr nicht noch mehr Fragen stellte. Denn sie würde sie nicht beantworten, und das würde ihren schönen Tag zunichtemachen.

Er fragte nicht. „Erzählen Sie mir etwas von den Orten, an denen Sie schon gewesen sind."

Dieses Thema gefiel ihr, und sie erzählte ihm alles über die verschiedenen Orte und die seltsamen Jobs, die sie dort gemacht hatte. Etwa über ihren Job als Hundefrisörin, bei dem sie einen preisgekrönten Pudel so frisiert hatte, dass er nachher wie eine Ratte aussah und sie die Stadt verlassen musste, weil der Besitzer sie verklagen wollte. Oder über ihre Arbeit als Schülerlotse, für die sie sich wie Pipi Langstrumpf anziehen musste. Dann hatte sie noch für ein Schädlingsbekämpfungsunternehmen gearbeitet und die Paarungsgewohnheiten von Mäusen untersuchen müssen. Sie aßen die belegten Brote, lachten und redeten so viel, dass Miranda überrascht war, als sie schon die kurvige Straße nach Thurmond hinauffuhren.

Joseph stieg als Erster aus und warf einen Blick über die verlassene Stadt. Er verstand sofort, warum sie Miranda letztes Mal wie eine Geisterstadt vorgekommen war. Das einzige Geräusch war das Rauschen des New River, der die Stadt in zwei Hälften teilte. Sie lag in einer Schlucht und die Felsen und bewaldeten Höhen erhoben sich hoch über sie, was die ganze Sache noch deprimierender machte. Es hatte angefangen, leicht zu regnen, und überall sah man nur Kies und Schlamm, verlassene Wassertürme, verfallene Gebäude und abgestellte Lokomotiven. Die Stadt sah aus, als hätte man Ruß über ihr ausgeschüttet, als wäre sie für immer von einem grauen Mantel bedeckt, den nicht einmal der stärkste Regen je abwaschen könnte. Ein schmaler Streifen, eingezwängt zwischen Bergen, Zugtrasse und Fluss.

Joseph folgte Miranda ins Besucherzentrum. Wie sie gesagt hatte, wartete ein älterer Herr auf sie. Joseph merkte sofort, dass seine Bedenken völlig grundlos gewesen waren. Der Mann war mindestens siebzig, groß, aber gekrümmt. Er hatte weißes Haar und war äußerst höflich.

„Ich bin froh, Sie beide kennenzulernen“, sagte Frank Galton, nachdem sie sich vorgestellt hatten. Nach ein paar ausgetauschten Höflichkeiten informierte er sie über ihr Ziel. „Die Dame, mit der wir uns treffen, ist Ada Tallert. Sie war Lehrerin in Thurmond. Nachdem die Schule geschlossen worden war, sind die Kinder immer mit dem Bus nach Oak Hill gefahren. Wie auch immer, sie ist die Einzige, die Ihre Mutter gekannt haben könnte. Alle anderen sind weggezogen oder gestorben.“

Joseph wunderte sich, warum Mr Galton nach all dieser Zeit noch hier war, aber er fragte nicht nach. Wenn jemand sich an einem Ort zu Hause fühlte, war es egal, wie der Ort auf andere wirkte. Allmählich fing Joseph allerdings an, sich Gedanken darüber zu machen, was Miranda herausfinden könnte. Er wollte sich zwar nicht zu intensiv damit beschäftigen, warum diese Frau in letzter Zeit seinen Beschützerinstinkt geweckt hatte, aber er war dennoch froh, dass er mitgekommen war. Der Regen hatte sich mittlerweile in wahre Sturzbäche verwandelt.

„Ich fahre mit meinem eigenen Auto, stelle Sie vor und verschwinde dann wieder", erklärte Mr Galton.

Miranda dankte ihm. Sie kletterten wieder in den Truck und fuhren in die bewaldeten Berge über Thurmond. Der Regen wurde immer stärker. Nach einer Weile fing Miranda an zu zittern und griff nach ihrer Jacke. Joseph stellte die Heizung an.

„Ich bin so froh, dass Sie mich begleiten", sagte sie dankbar.

„Ich auch."

Sie folgten Mr Galtons kleinem Auto, das sich vor ihnen die Serpentinen hochkämpfte und Kurven nahm, die im Dunklen sehr gefährlich gewesen wären. Nach etwa einer halben Stunde bogen sie auf einen kleinen Feldweg ab und kamen vor einem hölzernen Farmhaus zum Stehen. Die Veranda war übersät mit Kinderspielzeug. Eine Kühltasche lag dort, die zu einem Puppenhaus umfunktioniert worden war. Ein kleines Fahrrad stand im Regen.

„Mrs Tallert lebt hier mit ihrer Enkelin und deren Kindern", erklärte Mr Galton. Er klopfte an die Tür und eine junge Frau öffnete. Sie war kaum einen Meter fünfzig groß, hatte blonde Haare und ein freundliches Lächeln. Mr Galton stellte Miranda und Joseph der jungen Dame vor und trat wieder den Heimweg an.

„Kommen Sie doch rein", sagte die Frau und öffnete die Tür nun weit. Zwei kleine Mädchen saßen im Schlafanzug auf dem Sofa und tranken heiße Milch mit Honig. Ihre Gesichter waren mit Pusteln übersät. „Ich hoffe, Sie hatten die Windpocken schon."

Beide versicherten es und die junge Frau brachte sie in ein kleines Schlafzimmer, in dem eine ältere Dame – Joseph nahm an, dass es sich um Ada Tallert handelte – in einem Schaukelstuhl saß und angestrengt einem Fernsehgottesdienst lauschte.

„Hier sind Leute, die dich besuchen wollen, Oma", rief die junge Frau.

„Senke deine Stimme, Francie. Ich bin ja nicht taub." Ada Tallert wandte den beiden Besuchern ihr knochiges Gesicht zu und nickte zum Gruß. Dann lächelte sie. „Kommen Sie, setzen Sie sich. Wollen Sie vielleicht etwas trinken?"

„Ich könnte Kaffee machen", bot Francie an.

„Ich hätte gerne eine Tasse Kaffee", stimmte Miranda zu und Joseph nickte.

„Oma, willst du auch was?", rief Francie.

„Nein, danke, Liebling", antwortete Ada in normaler Lautstärke. Die Enkelin verließ das Zimmer. Mrs Tallert musterte Miranda und Joseph eingehend.

„Setzen Sie sich", lud sie sie schließlich ein.

Joseph fand einen Klappstuhl und stellte ihn für Miranda zurecht. Er selbst setzte sich ans Fußende des Bettes.

Miranda unterhielt sich angeregt mit Mrs Tallert. Sie war wirklich gut darin, das Vertrauen von Menschen zu gewinnen, bemerkte Joseph. Die alte Frau erzählte von ihrer Tochter, die kürzlich gestorben war, von der Zeit, als sie noch unterrichtet hatte und von ihrem Ehemann, der der Rangiermeister der Eisenbahn gewesen war. Die Enkelin kam nach einer Weile wieder, brachte ihnen Kaffee und ging zurück, nachdem keiner von ihnen Milch oder Zucker wollte.

Einen Moment lang riss die Unterhaltung ab, während sie an ihren Tassen nippten. Mrs Tallert atmete tief ein und dann sehr langsam wieder aus. Sie zog die Decke, die um ihre Schultern lag, enger. „Also", sagte sie schließlich, und ihr Gesichtsausdruck wurde ernst, „ich habe gehört, dass Sie sich dafür interessieren, was Wolf Maddux seinen beiden Töchtern angetan hat."

Und obwohl er heißen Kaffee trank und der Ofen seine Füße wärmte, fröstelte es Joseph plötzlich.

41

Außer den Regentropfen, die an die Scheibe prasselten, war in dem kleinen Raum nichts zu hören, als Mrs Tallert zu erzählen begann.

„Es war damals in den Vierzigern, als ich ihn das erste Mal getroffen habe. Er war noch ein kleiner Junge. Sein wirklicher Name war Beck. Beck Maddux. Jetzt, wo ich an ihn denke, glaube ich nicht, dass er ein besonders schlechtes Kind war. Er hatte nur, nun, ich weiß nicht, einen blinden Fleck genau an der Stelle, an der andere zwischen gut und böse unterscheiden können. Er wäre ein wunderschöner Junge geworden, wären da nicht seine Augen gewesen. Er war flachsblond, so blond, dass seine Haare in der Sonne fast wie Baumwolle schimmerten. Und seine Augen waren blau wie der Himmel. Doch es war einfach nichts dahinter. Wenn man dem kleinen Beck in die Augen sah, hatte man das Gefühl, man blicke in die Augen einer Puppe. Es war kein Leben darin." Für einen Moment schien Ada in Gedanken an diesen kleinen Jungen zu versinken. Dann fuhr sie fort: „Er hatte ein schlimmes Zuhause, aber andere, denen es nicht besser erging, sind trotzdem gute Menschen und sogar Geistliche geworden. Ich denke, man kann nicht wissen, woran es liegt, dass die einen gut werden und die anderen schlecht. Ich war damals Lehrerin in Thurmond. Ich habe bei der Anse Holt Familie gelebt. Sie waren wirklich ehrbare Leute. Dafür hatte mein Vater gesorgt, bevor er mich dort ließ. Ich arbeitete also fünf Tage in Thurmond und am Wochenende holte mein Vater mich ab und brachte mich nach Hause nach Hinton."

Miranda rutschte unruhig auf ihrem Stuhl hin und her. Joseph fragte sich, worauf die alte Dame hinauswollte.

„Beck war ein kluger Junge. Er wusste, wie man liest und konnte gut rechnen. Aber er tat nie etwas dafür. Den ganzen Tag saß er nur da und starrte aus dem Fenster. Ich habe irgendwann einmal eine Nachricht an seine Eltern geschickt, dass ihr Sohn nicht richtig mitarbeite und habe mich dann nach der Schule mit seinem Vater getroffen. Er sagte lediglich, dass es ihm leid täte, und dann schnallte er vor meinen Augen seinen Gürtel ab und schlug seinen Sohn blutig. Ich schrie ihn an, dass er aufhören solle, weinte sogar, doch er ließ sich nicht stoppen. Er war wie eine Maschine. Veränderte nicht einmal seinen Gesichtsausdruck. Und das Seltsamste war, als ich auf Beck hinuntersah, merkte ich, dass auch er seinen Gesichtsausdruck nicht geändert hatte. Das Gesicht des Jungen war zu einer Maske versteinert. Von diesem Tag an habe ich Becks Eltern nie wieder etwas gesagt – egal wie sich der Junge benommen hatte. Vielleicht hätte ich es tun sollen, aber ich tat es nicht. Ich habe ein paar Dinge erlebt, die mir wirklich Angst gemacht haben. Einmal habe ich gesehen, wie Beck einen Hund genommen hat …" Sie hielt inne und musterte Miranda und Joseph lange. Dann schüttelte sie den Kopf. „Wie auch immer. Er wurde groß und fing an, in den Kohleminen zu arbeiten. Sein Vater war bereits an einer Staublunge gestorben und eine Weile sah es so aus, als ob mit Beck nun alles in Ordnung käme. Ich vermute, dass er nach einem Tag unter der Erde nicht mehr genug Energie hatte, um zu streiten und zu kämpfen. Eines Tages habe ich ihn dann im Gemischtwarenlanden getroffen und er war sehr höflich zu mir. Er sagte ‚Miss White' – das war mein Mädchenname – ‚Miss White, Sie waren einer der wenigen Menschen in meinem Leben, die mich gut behandelt haben. Ich bin Ihnen wirklich dankbar dafür.' Ich weinte damals darüber." Auch jetzt fing sie wieder an zu weinen und Joseph sah, dass Miranda nach ihrer Hand griff.

„Ich habe mich danach jahrelang gefragt, was ich hätte tun können. Was hätte ich anders machen können, um ihm zu helfen? Aber ich weiß es bis heute nicht. Wie auch immer, er führte sein Leben und ich heiratete den Rangiermeister der Eisenbahn. Wir lebten in einem schönen Haus und bekamen vier Kinder, mussten eins beerdigen und zogen die anderen drei groß. Ab und zu traf ich Beck. Er lebte nicht in der Stadt, sondern in dem Haus in den Bergen, in dem er auch aufgewachsen war. Da oben ist es dunkel. Wirklich dunkel, seelendunkel, wenn Sie verstehen, was ich meine." Sie schüttelte schauernd den Kopf.

„Nachdem ich ein Jahr lang verheiratet gewesen war, ging Beck zur Armee. Sie schickten ihn nach Korea. Er blieb ein paar Jahre weg und als er wiederkam, behaupteten die Leute, dass er unehrenhaft entlassen worden sei. Sie erzählten einander, er habe einen anderen Soldaten umgebracht, aber niemand konnte ihm etwas nachweisen. Er ging wieder in die Berge, aber er arbeitete nicht mehr. Die Kohlevorräte in Thurmond waren sowieso zur Neige gegangen. Ich hörte, dass er dort oben Schnaps brannte, aber ich war mir nicht sicher, ob ich die Gerüchte glauben sollte. Nach einer Weile warf er ein Auge auf die Tochter eines Minenarbeiters. Sie hieß Lois. Lois Gibson. Sie war ein hübsches Ding. Blondes Haar wie Beck, rosige Wangen und ein süßes Lächeln. Sie war keine meiner Schülerinnen. Ihr Vater war erst gekommen, als ich meinen Beruf schon aufgegeben hatte. Die Arbeiter sind auf der Suche nach einem Job damals viel umhergezogen." Mrs Tallert sah ihre Gäste fragend an. „Wenn eine Mine versiegte, zogen sie zur nächsten", erklärte sie schließlich.

„Also, Beck freite um Lois und es sah so aus, als wäre sie auch in ihn verliebt und wollte ihn heiraten. Doch ihr Vater war dagegen. Eines Abends, als Beck vor dem Haus stand, um Lois zu treffen, trat er mit einem Revolver vor die Tür. Beck rief: ‚Lois, komm raus. Ich will deinen Vater nicht erschießen.' Mr Gibson erwiderte allerdings mit fester Stimme ‚Bleib wo du bist, Lois. Wenn du mit ihm gehst, wirst du dir wünschen, dass ich euch beide lieber gleich heute Nacht erschossen hätte.' Sie können sich denken, was passiert ist. Beck ist gegangen, aber als Lois' Vater morgens in ihr Zimmer kam, war sie nicht mehr da. Die beiden sind nach Beckley durchgebrannt. Haben dort etwa ein halbes Jahr gelebt und gearbeitet, und als sie zurückkamen, erwartete Lois ein Kind. Sie gingen wieder in die Berge und man bekam sie kaum zu Gesicht. Lois' Vater war ihnen damals gefolgt, aber er kam nie mehr zurück. Zu dieser Zeit hatten sogar die Ordnungshüter Angst vor Beck. Man fing an, ihn Wolf zu nennen, weil er wusste, wie man den schwachen Punkt eines Menschen fand und ihn dort verletzte – vielleicht sogar erlegte wie ein Tier. Aber das konnte ihm niemand beweisen." Mrs Tallert schwieg einen Moment. Anscheinend musste sie sich erst wieder fangen. Diese Geschichte schien ihr zuzusetzen.

„Er und Lois hatten drei Töchter. Die erste, Rebecca, ertrank, als sie zehn war. Das haben sie zumindest behauptet. Die zweite hieß Noreen und die jüngste war Roberta. Sie nannten sie Bobbie."

Miranda sah fassungslos aus. Ihre Augen waren glasig. „Noreen", wiederholte sie. „Meine Mutter hieß Noreen." Zuerst war Mrs Tallert schockiert. Dann beobachtete Joseph, wie ihr Gesicht ganz traurig wurde. Nach einem kurzen Augenblick fuhr sie fort.

„In einem der kalten Winter hier oben infizierte sich Lois mit der Grippe und starb. Beck war nun also allein da oben mit seinen beiden kleinen Töchtern. Mittlerweile war niemand von Lois' Familie mehr in der Gegend. Nachdem Beck Lois' Vater erschossen hatte, war die restliche Familie nach Arkansas gezogen. Die beiden armen Kinder waren ganz auf sich gestellt, ohne ihre Verwandten. Und da wusste ich, dass ich etwas unternehmen musste. Mein Mann wollte nicht, dass ich mich einmischte, aber Sie wissen ja, dass man sich manchmal einfach zu einer Sache *berufen* fühlt. Also gingen die Frau des Pastors und ich zu Beck, und unsere Ehemänner warteten im Auto auf uns.

Der Pastor betete, und mein Jimmy hielt sein Zwölfkaliber aus dem Fenster auf das Haus gerichtet. Als wir vor der Tür standen, rief ich ‚Beck, hier ist Miss White, deine Lehrerin.' Nach einer Weile kam er an die Tür und ich hätte ihn nicht erkannt, wenn ich nicht gewusst hätte, dass er es sein musste. Er schien von innen heraus verdorrt zu sein. Ich weiß nicht, wie ich es anders beschreiben soll. Aber er sprach genauso freundlich wie eh und je mit mir. Ich fragte ihn, ob ich reinkommen könnte, aber er lehnte ab, weil es zu unordentlich sei. Nie würden die Mädchen machen, was er ihnen sagte. ‚Genau darüber wollte ich mit dir reden', sagte ich dann. ‚Du solltest die beiden zur Schule gehen lassen. Es wäre das einzig Richtige, das weißt du. Der Bus würde sie unten an der Straße abholen.' Er antwortete ‚Wissen Sie, das ist etwas, was ich immer an Ihnen gemocht habe. Sie tun so, als wüssten Sie nicht, was ich für ein Mensch bin.' Ich werde niemals den Ton vergessen, in dem er das gesagt hat, doch am nächsten Tag waren die Mädchen in der Schule. Zerlumpt und bemitleidenswert, aber sie waren da." Sie nickte zufrieden.

„Danach folgten ein paar gute Jahre, denke ich. Beck erlaubte den Mädchen sogar, am Sonntag in die Kirche zu kommen. Sie durften ein- oder zweimal mit auf Ausflüge, die die jungen Leute unternahmen. Wahrscheinlich die einzigen Male, dass sie Thurmond verließen. Die Frau des Pastors stellte Roberta und Noreen als Haushaltshilfen an, und sie kamen zweimal die Woche, machten sauber und kümmerten sich um die Kinder. So konnte sie ihnen Geld geben, ohne ihren Stolz zu verletzen. So lief es eine Weile. Ich glaube, Noreen absolvierte die siebte Klasse. Sie war so ein kluges Mädchen, Ihre Mutter. Eines Tages kam sie jedoch mit einem blauen Auge in die Stadt. Als ich sie fragte, was passiert sei, erklärte sie, dass sie ihrer Schwester geholfen habe. Von da an kam sie jede Woche mit neuen blauen Flecken. Mein Mann und der Pastor sprachen mit dem Sheriff und dem Minenbesitzer, aber sie alle hatten Angst vor Wolf und wollten sich nicht einmischen. Damals war sowieso alles anders. Frauen waren der Besitz von Männern und sie konnten mit ihnen machen, was sie wollten. Eines Tages erzählte Noreen dann der Frau des Pastors, Helen, dass sie ein Kind erwarte. Helen bot ihr an, bei ihnen in der Stadt zu wohnen, denn wir alle wussten, wessen Kind sie in sich trug. Aber Noreen sagte, dass sie ihre Schwester nicht im Stich lassen konnte, denn dann würde er sich an ihr vergehen. ‚Bring sie auch mit', sagte Helen. Doch Noreen antwortete nur ‚Sie wissen doch genauso gut wie ich, dass er uns eher umbringen würde, als uns gehen zu lassen.' Also brachte Helen Noreen lediglich zum Arzt und es bestätigte sich, dass sie schwanger war. Sie kam dann nicht mehr zur Schule, aber Helen und ich brachten ihr ab und zu Lebensmittel. Eier, Milch, manchmal Gemüse, wenn wir welches hatten. Das Baby wurde geboren, doch es war zu klein und starb kurze Zeit später. Es war ein Junge. Er hatte Wolfs helles Haar gehabt." Mrs Tallert musste ihre Tränen zurückhalten.

„Schande. Scham und Schande. Das war alles, was Noreen danach noch fühlte. Sie hielt ihren Kopf hoch erhoben, aber tief in ihrem Inneren drückte die Scham sie nieder. Der Pastor und seine Frau versuchten, ihr zu helfen, aber irgendetwas war in ihr zerbrochen. Ich habe versucht, mit ihr zu reden, aber es hat alles nichts gebracht. Sie stahl sich immer öfter von zu Hause weg und ging in den Saloon in Thurmond. Dort lernte sie dann eines Tages einen netten Kerl kennen, der auf der Durchreise war. Er war wirklich gutaussehend. Sein Name war Tommy irgendwas. Irgendein ungewöhnlicher Nachname."

„DeSpain", sagte Miranda und ihre Stimme war kaum mehr als ein Krächzen.

„Das war es." Mrs Tallert lächelte freundlich. „Nun, Tommy verliebte sich in Noreen und wartete jeden Abend auf sie, doch eines Abends kam sie nicht mehr. Jeder warnte ihn, doch Tommy sagte, er hätte keine Angst vor einem alten Waldschrat mit einem Gewehr. Also fuhr er in die Berge und kam zu Wolfs Haus. Einige Männer folgten ihm, aber ich bin nicht sicher, ob sie ihm helfen wollten, oder ob sie nur auf die Show aus waren. Ich glaube, Gott hat an diesem Abend seine Hand über alle Beteiligten gehalten, denn Wolf war plötzlich krank geworden und lag im Bett, sonst hätte er den jungen Mann ohne Umschweife erschossen. Einige Leute haben behauptet, eines der Mädchen hätte ihm was ins Essen getan, aber ich weiß nichts davon. Wie auch immer, Tommy ging hinein und sah die blauen Flecken auf Noreens Gesicht. Bobbie fing an zu weinen und zu schreien, dass er ihren Vater nicht töten solle. Die Männer haben später behauptet, dass das der einzige Grund gewesen sei, warum er Beck verschont hätte. Tommy DeSpain habe schon seinen Revolver gezückt und sei bereit gewesen, ihn zu erschießen. Aber dann schnappte er sich einfach die beiden Mädchen und brachte sie fort. Sie nahmen nichts mit außer dem, was sie auf dem Leib trugen. Ich habe sie nie wieder gesehen. Helen auch nicht, soweit ich das weiß. Sie ist leider schon früh gestorben. Diabetes." Für einen Augenblick verstummte sie.

„Wie auch immer. Das ist die Geschichte von Wolf. Kurz nachdem seine Töchter weggegangen sind, ist er gestorben. Eines Nachts stürzte er betrunken in den Fluss und war tot."

Im Raum war es ganz still. Joseph blickte nach unten. Irgendwann während Adas Erzählung hatte er Mirandas Hand genommen und ihre Finger hatten sich ineinander verschlungen.

42

Miranda war fertig mit der Welt. Sie hatte keine Tränen mehr. Sie saß einfach nur stumm da, nachdem Mrs Tallert ihre Geschichte erzählt hatte. Nach einer Weile sagte Mrs Tallert: „Ich kann Ihnen auf der Karte zeigen, wo Lois, Rebecca und das Baby beerdigt sind. Becks Hütte war ganz in der Nähe, aber sie ist vor ein paar Jahren abgebrannt. Nur den Schornstein kann man noch sehen."

Miranda zuckte zurück, doch diesmal wollte sie nicht vor ihrem Schmerz davonlaufen. Sie fühlte sich, als sei sie Augenzeugin dessen geworden, was ihrer Mutter zugestoßen war. Stumm nickte sie. Joseph musterte sie teilnahmsvoll. Mrs Tallert gab ihm eine einfache Wegbeschreibung, und er nickte und dankte ihr.

Miranda war eigentlich mit anderen Fragen gekommen, doch die waren nun unter dieser Lawine der Grausamkeiten begraben. Im Moment konnte sie nicht nachdenken. Sie dankte Mrs Tallert und stand auf, hielt aber überrascht inne, als die alte Frau warnend ihren Zeigefinger hob.

„Ich muss Ihnen noch drei Dinge sagen, bevor Sie gehen, mein Kind."

Was konnte es noch geben? Miranda stählte sich im Geist, nickte und setzte sich wieder.

„Man kann eine solche Geschichte nicht hören und bei Verstand bleiben, wenn man diese drei Dinge nicht beherzigt", sagte sie. „Also hören Sie mir gut zu."

Miranda konnte in diesem Moment erahnen, wie Miss White wohl als Lehrerin gewesen sein musste.

„Erstens, es gibt niemanden, der gerecht ist. Ohne die Gnade

Gottes hätte jeder von uns ein Beck Maddux werden können. Manche hätten es vielleicht besser verbergen können, aber am Ende des Tages sind wir doch alle Sünder."

Miranda nickte stumm.

„Zweitens, in Ezechiel achtzehn lesen wir, dass der Sohn nicht die Schuld des Vaters tragen soll. Oder in Ihrem Fall, die Enkelin nicht die Schuld des Großvaters.

Und das Dritte: Jesus war mit einer Hure verwandt, nämlich Rahab. Und er hat dem Dieb am Kreuz vergeben. Paulus spricht über Mörder, Ehebrecher und Diebe, wenn er sagt ‚Und solche sind einige von euch gewesen. Aber ihr seid reingewaschen.' Fühlen Sie sich also nicht verantwortlich", warnte die alte Dame Miranda und sah sie dabei eindringlich an. „Wenn Sie diese Gräber sehen, bedenken Sie, dass es zu Ihrer Geschichte gehört, aber nicht Ihre Zukunft bestimmt."

Sie erhob sich und brachte Miranda und Joseph humpelnd und zitternd zur Tür. Ihre Enkelin wollte sie zurückbringen, doch Mrs Tallert blieb auf der Veranda stehen, bis sie im Auto saßen.

Joseph fuhr zurück zur Hauptstraße. Dann hielt er an und wandte sich Miranda zu. „Wollen Sie sich das wirklich antun?"

Miranda blickte aus dem Fenster. Langsam wurde es dunkel – noch dunkler. Vielleicht konnte sie ein andermal wiederkommen. Plötzlich wollte sie nur noch fort. Doch dann spürte sie etwas Seltsames, als ergriffe jemand freundliches, starkes ihre Hand. Jemand, der größer war als Joseph und ihr sagte, dass sie sich die Gräber anschauen sollte. Sie wusste, dass es das Richtige war und nickte. „Das will ich", sagte sie schließlich.

Joseph diskutierte nicht mit ihr, sondern wendete zügig und steuerte die kurvige Straße den Berg hinauf. Nach etwa zehn bis fünfzehn Minuten bog er in den kleinen Weg ein, den Mrs Tallert ihm beschrieben hatte. Kurze Zeit später endete die Straße. Sie stiegen aus, und einen Augenblick später sah Miranda den

Schornstein. Er war aus rotem Backstein, jetzt schwarz verkohlt und halb von Efeu überwuchert. Hier oben war es düster, von den Blättern der hohen Bäume tropfte es stetig. Miranda ging um die Ruine herum – das, was vom Haus ihres Großvaters noch übrig war –, empfand aber nichts anderes als Traurigkeit. Dann folgte sie gemeinsam mit Joseph einem kleinen Fußweg, an dessen Ende sie drei Gräber fanden. Sie waren mit schlichten Steinen markiert – einem großen und zwei kleineren. Miranda starrte sie ein paar Minuten lang an, und plötzlich erschien ihr die Bitterkeit ihrer Mutter überhaupt nicht mehr wichtig. Wie hatte sie nach all dem Erlebten überhaupt noch einigermaßen funktionieren können? Wie hatte sie es geschafft, eine Ehe zu führen und sich alleine um ein kleines Kind zu kümmern? Auf einmal erinnerte Miranda sich nicht mehr nur an die Geschwindigkeit, mit der ihre Mutter die Weihnachtsdekoration abgeräumt hatte, sondern an die Geschenke unter dem Baum. Sie spürte ein überwältigendes Gefühl der Dankbarkeit ihrer Mutter gegenüber, die so viel mehr gegeben hatte, als sie jemals selbst empfangen hatte.

In diesem Moment weinte Miranda aus tiefstem Herzen um ihre Mutter und es tat ihr leid, dass sie sie eine Zeitlang gehasst hatte. Joseph ergriff ihre Hand und so standen sie eine Weile, bis Miranda sich wieder ruhiger fühlte.

Der Heimweg war ruhig, sie saßen schweigend nebeneinander. Als sie in die Einfahrt des Bestattungsunternehmens bogen, räumte Joseph die Kühltasche aus dem Kofferraum und begleitete Miranda nach oben.

„Danke“, sagte sie leise. „Ich kann mir nicht vorstellen, wie es ohne dich gewesen wäre.“

Joseph stutzte. Sie hatte ihn geduzt. Doch nach all dem, was sie heute gemeinsam gehört und erlebt hatten, fühlte es sich gut an.

Sein Gesicht war ernst. „Gern geschehen. Ich bin froh, dass ich dir helfen konnte.“

Miranda wollte nicht alleine sein, aber sie konnte auch nicht reden. Also sagte sie nur gute Nacht und Joseph drückte noch einmal ihre Hand. Mit einem letzten besorgten Blick verließ er sie.

Miranda schloss die Tür und trat dann an das kleine Fenster. Sie starrte hinaus, sah aber nichts als die Vergangenheit. Erinnern und Verstehen. Jetzt ergab so vieles einen Sinn, was sie mit ihrer Mutter und ihrer Tante erlebt hatte. Sogar mit ihrem Vater, der irgendwann gemerkt haben musste, dass er Noreens Herz nicht erreichen konnte.

Doch etwas belastete sie. War auch sie deshalb so distanziert, so kalt, dass sie einfach weggehen konnte, ohne auf Wiedersehen zu sagen? Schloss sie deshalb Menschen aus ihrem Leben aus, bevor sie eine zu enge emotionale Bindung aufbaute? Hatte Beck das an sie weitergegeben? Aber sie wollte nicht wie Beck sein. Sie wollte sein Blut nicht in ihren Adern haben. Miranda versuchte sich daran zu erinnern, was Mrs Tallert gesagt hatte, doch die Worte, die ihr so tröstlich vorgekommen waren, entzogen sich ihr nun. Sie wünschte sich, sie hätte einen Beweis dafür, dass etwas Gutes aus ihrem Leben entstehen konnte, dass sie nicht dazu verdammt war, die Fehler ihrer Vorfahren zu wiederholen.

An der Tür klopfte es leise. Miranda schüttelte den Kopf und versuchte, in die Gegenwart zurück zu kehren.

„Wer ist da?“

„Eden“, antwortete eine leise Stimme.

Miranda öffnete die Tür. Eden stand da mit ihren Shorts und den Flip Flops. In ihrer Hand trug sie ihr Radio und auf dem Rücken einen Rucksack und einen Schlafsack. Miranda starrte sie verwirrt an.

„Onkel Joseph hat mich hergebracht. Er meinte, du könntest Gesellschaft gebrauchen und Oma hat es erlaubt. Sie schickt dir Abendessen und Brownies.“ Eden deutete auf ihren Rucksack. „Ich habe mein Notizbuch und meine Geschichten dabei.“ Sie plapperte weiter. „Ich arbeite an einer neuen Geschichte über Annie Oakley und ein paar Banditen. Grady hat mir heute beim Anfang geholfen, aber du könntest mir beim Ende helfen. Wenn du willst. Ich meine, wenn du willst, dass ich bleibe. Onkel Joseph wartet, falls du mich nicht hier haben willst."

Und plötzlich gab es für Miranda keinen schöneren Anblick als das kleine, verschmitzte sommersprossige Gesicht vor sich. Sie öffnete weit die Tür. „Natürlich will ich dich hier haben", sagte sie. „Komm rein."

Eden grinste, drehte sich um und gab ein Okay-Zeichen nach hinten.

Miranda folgte ihrem Blick. Joseph saß in seinem Truck und beobachtete sie. Sie lächelte und winkte zum Dank. Er nickte und fuhr davon. Als Eden eintrat, schloss Miranda die Tür hinter ihr.

43

Ruth konnte Joseph nicht für das sonntägliche gemeinsame Mittagessen begeistern. Sofort nach dem Gottesdienst ging er an die Arbeit. Er wollte die noch heiße Spur der Travelers verfolgen. Gestern Abend hatte man sie wieder gesehen, aber er war ja anderweitig beschäftigt gewesen. Doch diesmal schien es ihm nicht leid zu tun, dass er mit Miranda zusammen gewesen war. Dass er sich mit ihr „abgesetzt“ hatte, wie Eden und Grady behaupteten, die sie heimlich auf dem Markt beobachtet hatten. Ruth mochte es zwar eigentlich nicht, wenn Joseph das Mittagessen verpasste, aber sie hatte zugeben müssen, dass sie nicht traurig war, dass er heute nicht dabei war. Dadurch hatte sie die Möglichkeit, mit Johnny Adair in Ruhe über den Zeltplatz zu reden. Sie fühlte sich ein wenig schuldig, dass sie das Projekt vor Joseph verheimlichte und zudem auch noch Johnny Adair vertraute. Aber sie wusste, was Joseph sagen würde und sie spürte, dass er in diesem Fall absolut Unrecht hatte. Ruth konnte jemandem in die Augen schauen und sagen, ob er ehrlich war oder nicht. Und als sie in Mr Adairs Augen geschaut hatte, hatte sie gesehen, wer er war, und wer er werden könnte.

Nach der Kirche rief sie ihn an und verabredete sich zum Abendessen mit ihm auf dem Campingplatz.

„Dann zeige ich Ihnen meine Grillkünste“, sagte er. „Ich habe ein paar Rippchen, die wunderbar schmecken werden.“

Der Plan war geschmiedet. Kurze Zeit später tauchte Grady mit seinem Fahrrad auf und er und Eden verschwanden, um das zu tun, was auch immer sie mit Edens ‚Wanted ‘-Postern und ihrem Notizblock vorhatten. Ruth machte sich jetzt weniger Sorgen um Eden. Grady schien einen beruhigenden Einfluss auf ihre Enkelin zu haben. Zumindest musste sie ihr Tempo ein wenig drosseln, wenn sie Grady immer erklären musste, was ihr gerade im Kopf herumschwirrte. Die beiden passten wirklich gut zusammen und Ruth schickte ein kleines Dankgebet nach oben. Es war fast so, als wäre das alles geplant worden.

In der Tat sah es im Moment in mehreren Bereichen ihres Lebens so aus. Auch wenn sie wusste, dass Miranda ihren Glauben nicht teilte, war Ruth doch davon überzeugt, dass Gott in ihr – und durch sie – am Werk war. Sie konnte es in Mirandas Gesicht sehen, wenn sie in der Kirche saß. Außerdem hatte Eden ihr erzählt, dass Miranda mit Pastor Hector geredet hatte. Und was am Wichtigsten war, Joseph wurde zunehmend sanfter. Ruth war sich sicher, dass Miranda und Joseph einander gut taten, jetzt, wo die anfänglichen Schwierigkeiten beseitigt waren. Die Zeit würde zeigen, was daraus werden könnte.

David und Sara waren im Moment allerdings eine Glaubensprüfung für Ruth. In ihrem Leben gab es offenbar immer eine Sache, bei der sie absolut auf Gott vertrauen musste. Wann immer sie an David und Sarah dachte, betete und vertraute sie. Das war alles, was sie tun konnte, und sie musste sich selbst immer wieder versichern, dass das auch vollkommen ausreichend war.

Am Nachmittag backte sie einen Kuchen und arbeitete ein wenig an ihrem Quilt – etwas, wozu sie schon seit Monaten kaum Gelegenheit gehabt hatte.

Am Abend brachte sie Eden und Grady dazu, sich für das Abendessen ein bisschen zu waschen und verfrachtete die beiden dann zusammen mit einem Sack Maiskolben und ihrem Kuchen ins Auto. Sie fuhren zum Campingplatz. Kaum waren sie angekommen, stürmten die Kinder schreiend davon, Ruth sah sich verwundert um.

Die Veranda an der Hütte war erneuert worden. Der Rasen war gemäht. Der Duft des frisch geschnittenen Grases hing immer noch in der Luft. Das Dach der kleinen Kapelle war abgenommen worden und schon teilweise wieder neu gedeckt. Ruth kam näher und bemerkte, dass die Fenster in beiden Gebäuden neu verglast worden waren. Dann sah sie Johnny, der den Hügel hinauf auf sie zukam.

„Ich will das neue Dach nächste Woche fertig haben. Und dann kümmere ich mich um das Fundament der Hütte, hebe einen Graben aus und isoliere es und so weiter."

„Ich kann es gar nicht glauben. Sie haben schon so viel geschafft, Johnny", sagte Ruth und ihre Augen füllten sich plötzlich mit Tränen. „Das ist mehr, als ich mir jemals erträumt hätte." Sie setzte sich auf die Veranda und blickte über den See. Vor ihrem geistigen Auge sah sie wieder die Generationen von Kindern, deren Leben sich hier verändert hatte. „Das hier war einmal ein heiliger Ort", murmelte sie.

Johnny stimmte nachdenklich zu. „Das spüre ich, wenn ich hier arbeite."

Und plötzlich wusste Ruth genau, dass Gott dies alles geplant hatte. Er wollte, dass dieser Ort wieder auferstand. Die Kinder, die sie eben vor sich gesehen hatte, waren nicht Vergangenheit. Sie sollten die Zukunft sein. Es würden wieder Freizeiten im Camp stattfinden, bei denen die Kinder im See badeten, in der Kapelle beteten und im Speisesaal lachten. Sie wusste genau, wie es werden würde, egal was ihr Sohn dazu sagen mochte. Und sie spürte auch deutlich, dass Johnny Adair ein wichtiger Teil dieser Auferstehung sein sollte.

„Ich will, dass Sie hier weitermachen, Johnny", sagte sie und sah ihn direkt an.

Er warf ihr einen unbehaglichen Blick zu. „Ruth, die Arbeit, die ich bisher gemacht habe, habe ich alleine geschafft und es war nicht teuer. Mehr zu machen bedeutet, mehr Arbeiter anzuheuern und mehr Geld zu investieren."

„Das will ich tun", entgegnete Ruth. „Das Land hier und mein

Grundstück in der Stadt haben einen gewissen Wert. Ich gehe zur Bank und leihe mir Geld."

Er blickte sie zweifelnd an. „Und was dann?"

„Sie können hier bleiben", fuhr sie unbeirrt fort. „Mit Ihren Kenntnissen und meiner Erfahrung können wir diesen Ort wieder auf Vordermann bringen. Wir können etwas schaffen, was einen bleibenden Wert hat."

Ruth erwartete, dass Johnny sich durch ihre wilden Ideen abschrecken ließ, doch sein Blick schweifte verträumt über den See. Auch vor seinen Augen schienen die Kinder Realität zu werden, die hier ihre Ferien verbringen und Gott kennenlernen könnten.

„Das hört sich gut an", sagte er schließlich. „Wie ein süßer Traum."

„Es muss aber kein Traum bleiben, Johnny. Es kann Wirklichkeit werden."

Er seufzte und wandte sich ihr zu. „Also, dann müssen wir hier aber mehr machen als nur eine neue Veranda und neue Fenster. Wir brauchen Strom, Abwasserleitungen, Fundamentarbeiten. Ich kann ein paar meiner Freunde fragen, ob sie mir helfen. Sie würden für weniger Lohn arbeiten, denke ich. Aber ich muss Ihr ausgewiesener Auftragnehmer sein."

„Gut", sagte sie einfach nur.

„Sind Sie sicher, dass Sie das durchziehen wollen?"

Sie dachte an das Geld, daran, bei der Bank zu sitzen und darum zu kämpfen. „Ja, ich bin sicher."

„Dann organisiere ich die Subunternehmer", sagte er, „und mache die Papiere fertig."

Sie zückte ihr Scheckheft. „Wie viel haben Sie hier ausgegeben?"

„Nein", sagte er. „Das lehne ich ab."

Sie diskutierten eine Weile und schließlich stellte Ruth ihm einen Scheck über fünfhundert Dollar aus.

„Das ist viel zu viel", widersprach Johnny.

„Dann benutzen Sie das Geld, um neue Materialien zu kaufen. Jetzt bin ich hungrig. Lassen Sie uns die Rippchen grillen."

„Sie sind schon auf dem Grill."

„Ich habe noch ein paar Dinge mitgebracht", sagte Ruth. „Maiskolben und einen Kuchen."

„Warum überrascht mich das nicht?" Er lächelte.

Sie aßen. Sie redeten. Nach dem köstlichen Abendessen machte Johnny ein Lagerfeuer und die Kinder grillten Marshmallows. Dann verschwand er im Wohnwagen und kam mit einem Geigenkasten zurück.

„Oh, Sie spielen für uns", rief Ruth erfreut aus. Sogar Grady und Eden wurden still und warteten gespannt auf die kleine Vorführung.

Johnny nahm seine Geige, stimmte sie und spannte den Bogen. Dann setzte er an und spielte. Zunächst gab er ein paar Folksongs zum Besten. Als Ruth ihn lobte, dass er ein guter Geigenspieler sei, korrigierte er sie, er sei nur ein „Fiddler". Er spielte das „Orange Blossom Special", ein Lied, das dem gleichnamigen Luxuszug zwischen New York und Florida gewidmet war. Dabei ahmte er die Zuggeräusche mit seiner Geige nach, was sie alle erheiterte. Er beruhigte sie wieder mit „Amazing Grace" und beendete seine Darbietung mit „Turn Your Eyes Upon Jesus".

Ruth war eine Weile still. Die Kinder begannen wieder zu spielen.

„Sie kennen ihn, nicht wahr?", fragte Ruth leise.

Johnny lächelte unsicher. „Wir waren mal ziemlich gut befreundet. Jetzt bin ich mir nicht mehr so sicher."

„*Er* wird sie nie verlassen", sagte Ruth.

„Das weiß ich", sagte er.

„Darf ich für Sie beten?"

Johnny schien überrascht, dann beunruhigt.

„Es ist in Ordnung, wenn Sie es nicht möchten", erklärte Ruth schnell.

„Nein. Ich fände es schön, wenn Sie für mich beten würden", versicherte Johnny.

Ruth schloss die Augen und war für einen Moment lang still. „Danke Vater", fing sie danach leise an, „für meinen Bruder Johnny. Danke für sein Leben. Für seine stille Treue. Danke für sein liebendes Herz und seinen Wunsch, deinen Willen zu tun. Danke für all die Menschen, die du durch ihn berührst. Ich bete dafür, dass du deine allmächtige Hand über ihn hältst." Sie zögerte und wartete darauf, ob ihr noch ein Gedanke kam, den sie in Worte fassen konnte, doch das war alles. „Amen."

Sie blickte auf und sah, anders als erwartet, einen noch besorgteren Ausdruck auf Johnnys Gesicht als vorher. Es schien so, als hätten ihre Worte ihn nicht zuversichtlicher gemacht, sondern nur noch mehr belastet.

44

Erst gegen Mitte der folgenden Woche hatte Miranda sich von ihrem Ausflug nach West Virginia erholt. Die emotionale Belastung war so groß gewesen, dass sie ein paar Tage gebraucht hatte, um all die furchtbaren Informationen verarbeiten zu können. Es gab nur eine Frau, die ihr nun noch bei der Suche danach helfen konnte, mit wem ihre Mutter sich wohl wegen Mirandas Baby beraten haben könne. Am Mittwoch rief sie in ihrer Mittagspause Mrs Tallert an und fragte nach dem Namen des Pfarrers, der damals, als ihre Mutter mit ihr schwanger gewesen war, die Gemeinde geleitet hatte.

„Es war eine Baptistengemeinde", sagte Mrs Tallert. „Der Pastor hieß … lassen Sie mich nachdenken … ja, er hieß Webb."

Sofort ging sie zur Bibliothek, fand dort aber heraus, dass es mehrere hundert Webbs in West Virginia gab. Sie rief bei der Vereinigung der „Southern Baptists" an und war freudig überrascht, als die Dame am Telefon ihr den tatsächlichen Namen und Wirkungsstätte von Harold Webb nennen konnte. Seine letzte Stelle war in der Calvary Hill Baptistengemeinde im Mingo County gewesen.

Auf dem Weg zurück an die Arbeit konnte sie es kaum erwarten, in der Gemeinde anzurufen. So stand sie schließlich mit ihrem Handy am Ohr auf dem Bürgersteig vor dem *Hasty Taste*. Trotz der heißen, trockenen Sommerluft fühlte sie einen kalten Schauer über ihren Rücken laufen, als die Pfarrsekretärin sagte, dass sie sich an Pastor Webb erinnerte und auch wüsste, wo er lebt.

„Er lebt in einem Baptisten-Seniorenzentrum in Bluefield", erklärte sie. „Gesundheitlich geht es ihm nicht sehr gut, aber mental ist er noch in bester Verfassung."

Mirandas Hände zitterten, als sie auflegte und wieder ins *Hasty Taste* ging, um ihre Schicht zu beenden.

„Du siehst aus, als hättest du einen Geist gesehen", bemerkte Venita.

„Noch nicht, aber ich bin nahe dran", antwortete Miranda kryptisch und plante in Gedanken schon ihren nächsten Ausflug nach West Virginia, sobald sie hier fertig wäre.

Um vierzehn Uhr machte sie sich auf den Weg nach Bluefield. Sie hatte keine Zeit damit verschwendet, sich umzuziehen, sondern machte sich gleich auf den Weg, den ihr der Routenplaner in der Bibliothek angegeben hatte. Sie fühlte sich ein wenig schuldig, weil sie Joseph nicht Bescheid gesagt hatte, aber er musste sicher sowieso arbeiten. Außerdem war das ihr Kampf. Joseph war nicht immer da, um ihre Hand zu halten. Und genau das war ja der Grund, aus dem sie hergekommen war, erinnerte sie sich. Nicht, um Joseph zu treffen. Nicht, um mit Eden zu spielen. Nicht, um so zu tun, als ob Ruth ihre Mutter wäre. Nicht, um im *Hasty Taste* Pfannkuchen zu servieren. Sie war gekommen, um ihr Kind zu finden, und das hier war der nächste Schritt.

Die Fahrt nach Bluefield war ereignislos und nicht so bedrückend wie die anderen beiden Reisen nach West Virginia. Die Stadt lag nicht weit hinter der Grenze von Virginia und auch nicht mitten im Wald. Nach nur eineinhalb Stunden Fahrtzeit stand Miranda schon vor dem Altersheim. Es war ein freundliches, helles Gebäude mit vielen Balkons und einer schönen Grünanlage ringsherum. Sie parkte das Auto und ging hinein, trug sich ins Besucherbuch ein und fragte nach Pfarrer Webb. Der Rezeptionist gab ihr die Zimmernummer und beschrieb ihr den Weg.

Die Böden waren sauber und poliert, die Türen mit Blumenmustern dekoriert, aber trotzdem hatte Miranda ein seltsames Gefühl. Es war kein *Zuhause*, egal wie sehr man versuchte, es so zu gestalten. Trotzdem war es schöner als alles, was sie bisher über solche Einrichtungen gehört hatte. Vor dem Zimmer Nummer 1015 blieb sie stehen und klopfte an die Tür.

Ein alter, weißhaariger Mann döste in einem Sessel, der Fernseher vor ihm lief. Der Raum war mit gemütlichem Mobiliar eingerichtet.

Miranda betrat das Zimmer und sprach den alten Mann behutsam und leise an. Pfarrer Webb wachte nicht auf, sondern atmete nur tief ein.

Eine Schwester ging gerade am Zimmer vorbei, kam hinein und sagte: „Wenn er schläft, kann ihn nicht einmal ein Zug wecken." Sie nahm seinen Arm und schüttelte ihn leicht. „Pfarrer Webb, hier ist jemand, der Sie besuchen möchte."

Er schreckte aus dem Schlaf hoch und nach einem Augenblick der Orientierung sah er Miranda interessiert an.

„Ich bin Miranda DeSpain, Pfarrer Webb", fing sie an. Sie sprach nicht besonders laut und war froh, dass er sie trotzdem gut zu verstehen schien.

„Freut mich, Sie kennenzulernen." Er nickte freundlich. „Sind Sie aus der Verwaltung?"

„Nein, Sir", antwortete sie. „Ich arbeite nicht hier."

Er nickte, sah aber ein bisschen verwirrt aus. Sie erläuterte ihm den Grund ihres Besuches. „Mrs Ada Tallert hat mir Ihren Namen gegeben und gesagt, Sie könnten mir vielleicht weiterhelfen."

„Himmel", sagte er und setzte sich aufrecht hin. „Das ist ein Name, den ich schon sehr lange nicht mehr gehört habe. Ada Tallert. Setzen Sie sich", lud er sie ein. „Wie geht es ihr?"

„Gut, denke ich", antwortete Miranda und setzte sich auf die Kante seines Bettes. „Sie lebt mit ihrer Enkelin und ihren Urenkeln zusammen. Letzte Woche habe ich sie besucht."

Pfarrer Webbs Blick driftete über ihren Kopf hinweg und Miranda wusste, dass er an die Vergangenheit dachte.

„Wie ist Ihr Name doch gleich?"

„Miranda. Miranda DeSpain."

„Und in welcher Verbindung stehen Sie zu Ada Tallert?"

„Ich habe nach Informationen über meine Mutter gesucht", sagte Miranda. „Sie hat in Thurmond gelebt und ich weiß, dass sie zur Kirche gegangen ist."

„Das ist lange her", gab der Pfarrer zu bedenken. „Aber ich will versuchen, Ihnen zu helfen."

Sie nickte und atmete tief ein. „Ihr Name war Noreen Gibson."

Der Pfarrer sah sie traurig an. „Eine von Beck Maddux' Töchtern."

„Das stimmt." Ein Schauer lief über Mirandas Rücken.

„Jetzt, wo Sie es sagen, sehe ich es auch. Sie sehen ihr sehr ähnlich. Bis auf die Haare. Sie hatte blonde Haare, nicht so hell wie Beck, aber auch nicht so braun wie Ihre."

Das war Miranda neu. Ihre Mutter hatte, solange sie sie kannte, ihre Haare immer rot gefärbt. Jetzt, wo Miranda von ihrer Geschichte wusste, fragte sie sich, ob ihre Mutter sich die Haare nur gefärbt hatte, um nicht an ihre Vergangenheit erinnert zu werden. Miranda lächelte Pfarrer Webb an. „Ich habe schon oft gehört, dass wir uns sehr ähnlich sehen."

Er rieb sich mit der Hand über das Kinn. „Das tun Sie." Er sah ihr vorsichtig in die Augen. „Das war eine schreckliche Sache. All das."

Miranda atmete tief ein. „Pfarrer Webb, hat meine Mutter Sie oder Ihre Frau vor etwa elf Jahren kontaktiert?"

Er zögerte und sie wartete atemlos. Er schüttelte den Kopf. „Meine Frau ist vor fünfzehn Jahren gestorben und ich habe nichts mehr von Noreen gehört, seit sie mit diesem jungen Mann auf und davon ist."

Mirandas Herz sank. Wie eine eiserne Kugel senkte es sich und drückte ihr auf den Magen.

„Meine Mutter hatte zu dieser Zeit eine wichtige Entscheidung zu treffen", brachte sie endlich hervor. „Alles, was ich weiß ist, dass sie sich an jemanden gewendet hat, dem sie vertraute. Wenn Sie es nicht waren, wer könnte es dann gewesen sein?"

Der Pfarrer schüttelte den Kopf. „Ich glaube nicht, dass es jemanden gab, der sich für diese Mädchen interessiert hat, außer Ada Tallert und den Leuten in der Kirche. Auf jeden Fall nicht ihr Vater, möge Gott sich seiner Seele erbarmen."

„Wie viele Menschen gehörten zu Ihrer Gemeinde?", fragte Miranda. „Glauben Sie, es gibt Aufzeichnungen darüber?"

Er schüttelte den Kopf. „Die Kirche ist abgebrannt, aber mittlerweile ist sowieso niemand mehr da. Weggezogen oder verstorben. Ich wüsste nicht, wie ich einen von ihnen finden sollte. Ich denke nicht, dass es Ihrer Mutter möglich gewesen wäre."

„Ihnen fällt also niemand ein, dem meine Mutter außer Mrs Tallert und Ihnen vertraut haben könnte?"

Wieder schüttelte er den Kopf. „Diese Mädchen waren von allen verlassen, außer von Gott."

Mirandas Augen füllten sich mit Tränen. Wegen ihrer Mutter und Tante Bobbie. Wegen ihres Kindes. Und wegen ihrer eigenen Geschichte.

„Habe ich Ihnen etwas helfen können?", fragte Pfarrer Webb und schien schon wieder in die Vergangenheit zu versinken.

„Das haben Sie", erwiderte Miranda. „Sie haben mir die Wahrheit gesagt. Vielen Dank."

„Lassen Sie mich für Sie beten, bevor Sie gehen", sagte Pfarrer Webb.

Sie beugte den Kopf. Er legte seine zittrige Hand darauf und betete. Seine Wortwahl war etwas antiquiert und Miranda konnte nicht alles verstehen, doch sie spürte eine beruhigende Wärme, die sie erfüllte. Nach einer Weile beendete er sein Gebet mit einem „Amen" und sie hob ihren Kopf.

Auf dem Heimweg wurde ihr klar, dass das nun das Ende war. Sie hatte jeden Hinweis genutzt, war jeder Spur nachgegangen.

Der Pfarrer war ihre letzte Hoffnung gewesen und selbst die war jetzt dahin. Sie musste einen Weg finden, das alles hinter sich zu lassen. Doch das würde sehr schwer werden, wenn sie hier blieb. Vielleicht war der Zeitpunkt gekommen. Vielleicht sollte sie langsam darüber nachdenken, von hier fortzugehen.

Aber sie ging nicht fort. Sie blieb und verbrachte den Sommer wie in einem Traum. Allmählich gewöhnte sie sich an alles und fühlte sich immer wohler. Die Zeit raste an ihr vorbei wie die Landschaft auf einer Zugfahrt und sie war diejenige, die alles beobachtend in sich aufnahm. Sie arbeitete im *Hasty Taste* und lernte mit der Zeit die Namen aller Stammkunden. Sie putzte im Bestattungsunternehmen und lernte die Familien kennen, die einen Angehörigen beerdigen mussten. Sie hielt diesen Menschen die Hand, tröstete sie und wurde von ihnen ins Herz geschlossen. Sie wanderte oft den Creeper Trail entlang und lernte, die Pflanzen zu unterscheiden. Sie malte sie und klebte die Zeichnungen in ihr Notizbuch – Veilchen und wilde Akelei, Schaumblüten und Feuernelken, Mauerpfeffer und Winterkresse.

An einem wunderschönen Sonnentag wanderten sie und Joseph zusammen nach Damascus und zurück. Sie angelten an seiner geheimen Stelle im Wald und Miranda zog eine riesige Forelle aus dem Wasser. Sie trug seine Anglerhose und wäre beinahe kopfüber ins Wasser gefallen, so stark zog die Forelle an der Angel. Miranda und Joseph lachten übermütig wie die Kinder.

Jeden Mittwoch und Samstag ging sie auf den Markt einkaufen. Ruth brachte Miranda bei, wie man einen Kuchen backt. Jeden Samstagabend ging sie mit Ruth, Eden und Joseph in den Park und sie lauschten den verschiedenen Bands, die gute Musik machten. Sie half Ruth dabei, ihren Garten zu bepflanzen. Am vierten Juli ging sie mit Joseph zusammen zu den Feiern zum Unabhängigkeitstag. Sie hatten eine Menge Spaß an den verschiedenen Ständen und Buden, und bestaunten am Abend das Feuerwerk, das den nächtlichen Himmel erleuchtete.

Miranda holte sich eine Karte für die Bücherei. Venita lud sie zum Geburtstag ihrer Tochter ein. Und sie begann, regelmäßig in die Kirche zu gehen. Joseph, der ein bisschen betreten aus der Wäsche schaute, sagte sogar bei ihrer Verhandlung wegen eines Verstoßes gegen die Verkehrsordnung für sie aus. Sie traf sich mehrere Male mit Pastor Hector, und beim letzten Mal kamen sie auf Jesus und ihre Beziehungen zu ihm zu sprechen. In ihrem Tagebuch hielt sie die Menschen fest, die sie kennenlernte, wer sich mit wem traf, wessen Tochter bald ein Kind bekommen würde und natürlich auch die neuen Rezepte, die sie von Ruth und anderen lernte. Sie kaufte sich auch Wasserfarben und fing wieder an zu malen. Dies alles waren Dinge des wirklichen Lebens und keine Bilder von fremden Städten und Menschen.

Jeden Sonntagmorgen saß sie mit Josephs Familie in der Bank. Nach einer Weile vergaß sie, dass sie einfach nur so tat, als würde sie dazugehören. Doch ab und zu wurde sie wieder daran erinnert, warum sie eigentlich gekommen war. Dann hatte sie dieses Stechen im Herzen und etwas in ihr sagte ihr, dass sie ihr Herz schützen und verschließen müsse. Sie wollte nicht verletzlich, mit offenen Armen und verwundbarem Herzen dastehen, wenn wieder jemand kam, um ihr weh zu tun.

45

Henry sah Joseph ungläubig an. „Man muss das Eisen schmieden, solange es heiß ist“, sagte er. „Der frühe Vogel fängt den Wurm. Das Rad der Zeit hält niemand auf. Weißt du, was all diese Redensarten gemeinsam haben?“

Joseph nickte resigniert, aber Henry gab ihm keine Chance, zu antworten. „Sie alle bedeuten: Krieg endlich deinen Hintern hoch und unternimm etwas!“

Joseph grinste. Henry schüttelte den Kopf. „Das ist nicht lustig, Junge. Dieses Mädchen ist seit drei Monaten hier. Der Juli ist schon fast vorbei. Jeder, der euch sieht, weiß gleich, dass ihr gut zusammen passt! Und du hast sie immer noch nicht gefragt, ob sie mit dir ausgehen will.“

„Wir haben doch Sachen zusammen unternommen.“

„Junge, soll ich dir was sagen? Angeln ist eine Sache. Wandern eine andere. Aber wenn man sich in Schale wirft und die Frau seines Herzens abends fein ausführt, dann macht man doch seine Intentionen deutlich, klar? Wird es nicht endlich Zeit, das zu tun? Wenn du noch länger um sie herumschleichst, zieht sie weg oder ein anderer fragt sie. Nur, weil du es nicht auf die Reihe bekommst.“

Joseph seufzte. „Ist ja gut.“

„Was soll das heißen?“

„Es heißt, dass ich mich schon dazu entschieden hatte, sie dieses Wochenende zum Abendessen einzuladen.“

„Also dann. Das hört sich doch gut an. Wohin nimmst du sie mit?“

„In die Pfeffermühle, das Steakhaus an der Hauptstraße“, sagte Joseph, doch Henry schüttelte schon den Kopf.

„Nein, Junge, das geht so nicht. Du musst verlorene Zeit wieder aufholen. Ich rede über einen Anzug und einen Blumenstrauß, den besten Tisch im Carolines und einen anschließenden Theaterbesuch. Und danach einen Spaziergang im Park. Du musst endlich aufs Ganze gehen, wie ihr jungen Leute zu sagen pflegt."

Joseph lachte. „Henry, ich wusste ja gar nicht, dass du so ein Romantiker bist."

„Fünfundvierzig Jahre glücklich verheiratet, Junge. Lerne von denen, die wissen, wie es geht. Also, ich bin froh, dass ich dir helfen konnte, aber jetzt ist es an dir. Wann fragst du sie?"

„Heute Abend", antwortete Joseph und gab sich geschlagen.

Henry nickte zufrieden und schlug ihm auf den Rücken. „Vermassel es diesmal nicht. Wer weiß, ob du eine zweite Chance bekommst."

Joseph war nicht mehr so angespannt gewesen, seit er während seiner Zeit beim Militär in Mogadischu Kundschafter gewesen war. Aber jetzt, wo er darüber nachdachte, wurde ihm klar, dass selbst das einfacher gewesen war. Damals hatte er eine Waffe gehabt. Jetzt hatte er nichts als sich selbst. Nun, es gab keinen Grund, es noch auf die lange Bank zu schieben. Er räusperte sich und näherte sich dem Ziel seiner Mission. Eden, die alles wusste, hatte ihm gesagt, dass Miranda hier war, in ihrem Lieblingspark neben dem kleinen Bach. „Hallo, Miranda", sagte er.

Sie blickte lächelnd auf und sein Herz machte einen kleinen Sprung, doch dann bemerkte er, dass ihre Augen heute von Kummer überschattet waren. Vielleicht würde sie ihm später erzählen, warum.

„Hallo Joseph", erwiderte sie. „Ich sehe, dass du schon wieder etwas mitgebracht hast. Hast du etwas getan, für das du dich entschuldigen willst?" Sie grinste frech.

Er öffnete eine Flasche Sarsaparillen-Soda, reichte sie ihr und öffnete dann seine eigene Flasche.

„Danke", sagte sie und nahm einen Schluck. „Wie war es heute an der Arbeit?"

„Besser ging es gar nicht", antwortete er. „Wir haben einen Autodieb geschnappt, der uns schon seit Monaten auf Trab hält."

Er trank seinerseits. Im Moment interessierte er sich nicht im Mindesten für das Getränk. Und eigentlich auch nicht für das Gesprächsthema. Doch Miranda schien es anders zu gehen.

„Gibt es etwas Neues von den Travelers?"

Joseph schüttelte den Kopf und musste sich erstaunt eingestehen, dass es schon lange keine Probleme mehr mit ihnen gegeben hatte. „Wir haben schon Monate lang nichts mehr von ihnen gehört. Vielleicht sind sie weitergezogen."

Sie nickte. „Das ist gut."

Er entschied sich dazu, endlich zum Punkt zu kommen. „Miranda."

„Ja?"

Sie wandte ihm ihr hübsches Gesicht zu und plötzlich wurde er unsicher. Was, wenn er die Zeichen falsch interpretiert hatte? Was, wenn sie sich nicht für ihn interessierte? All seine Zweifel kamen plötzlich über ihn. Er könnte eine Freundschaft zerstören. Sie könnte nein sagen. Er zögerte, entschied dann aber, dass er es wagen musste. Er musste diese Sache jetzt durchziehen, obwohl nicht einmal ein bewaffneter Bankräuber ihm im Moment mehr Angst eingejagt hätte als die wunderschönen blauen Augen, die ihn ansahen. Er setzte an, hielt inne und suchte dann noch einmal nach den richtigen Worten. Durch Henrys perfekte Planung des Abends war er vollkommen durcheinander, doch dann besann er sich spontan wieder auf seinen ersten Einfall.

„Ich würde dich gern am Samstag zum Essen einladen“, brachte er endlich hervor. „Es gibt ein kleines Restaurant in der Nähe, das das beste Barbecue nördlich von Atlanta macht. Und einmal im Monat gibt es dort „Tanz auf der Tenne“ und Folkmusik. Was sagst du dazu?“

Ihr Gesicht lief rot an und Joseph war sich nicht sicher, was das bedeutete. Aber immerhin brach sie nicht in Gelächter aus – ein gutes Zeichen.

„Willst du mit mir dorthin gehen?“

Sie nickte. „Ja“, sagte sie. „Sehr gerne. Das hört sich nach einer Menge Spaß an.“

Endlich fiel die Anspannung von ihm ab. Ihr Gesicht war immer noch gerötet, aber sie lächelte glücklich.

„Du siehst erleichtert aus“, sagte sie stichelnd.

Er lächelte jetzt auch. „Ich bin etwas aus der Übung.“

„Ich auch“, stimmte sie zu und ihr Mund verzog sich zu einem schelmischen Grinsen.

Einen Moment lang schwiegen sie und nippten an ihren Getränken. „Belastet dich heute irgendetwas?“

Sie zögerte, sah ihn an, sah wieder weg, zuckte kaum merklich mit den Schultern. Aha. Sie hatte sich also dazu entschlossen, es ihm nicht zu sagen. Auch gut. Vielleicht später.

„Es gibt etwas, was ich dir schon länger sagen will“, fuhr er seinerseits fort. „Etwas, von dem ich will, dass du es von mir persönlich erfährst. Ich würde dir gerne etwas über … über Sarah erzählen … Und über … mich.“

Sie blickte ihm in die Augen und stellte ihr Soda ab. „In Ordnung.“

Er atmete tief ein und begann ganz am Anfang. „Wir sind beide hier aufgewachsen. Haben uns seit unserer frühesten Kindheit gekannt. In der Highschool waren wir ein Paar. Für alle war es klar, dass wir für immer zusammenbleiben werden. Manche Dinge scheinen einfach für die Ewigkeit gemacht zu sein, nicht wahr? Mein Bruder, David, hat damals verrückt gespielt. Mein Vater war gestorben und David kam einfach nicht damit zurecht. Er kam mit nichts zurecht. Ich glaube, jede Rivalität, die wir vorher gespürt hatten, brach damals hervor. Meine arme Mutter. Ich glaube, es hat sie fast verrückt gemacht." Er hielt einen Augenblick inne.

„Wie auch immer. Ich bin dann aufs College gegangen. David und Sara blieben noch ein Jahr auf der Highschool. Im ersten Jahr lief alles sehr gut. Als ich im zweiten Jahr zu Weihnachten nach Hause kam, haben Sarah und ich uns verlobt. Sie war mittlerweile auf dem College hier in unserer Stadt, aber sie hatte eigentlich keine Lust mehr zum Lernen. Sie wollte lieber heiraten und Kinder haben. Also entschieden wir uns dazu, dass ich schnellstmöglich das College in Ferrum abschließe und zurück nach Abingdon komme, damit wir unsere Familie gründen können. Nach Weihnachten bin ich also erstmal wieder zurück nach Ferrum gegangen. Und Sarah hat einen Job beim Bürgermeister angenommen und gewartet, bis ich nach Hause komme. David hatte damals die Uni geschmissen und ist in Abingdon geblieben. Als ich im nächsten Sommer nach Hause kam, wussten es alle außer mir. Gab es jemals eine Zeit in deinem Leben, wo alle deinen Blick vermieden haben?"

Miranda nickte. „Oh ja", sagte sie sanft. Die hatte ich."

„Ich wusste, dass etwas nicht stimmte, aber ich hatte keine Ahnung, was es war. Sarah wollte mich nicht sehen. Hat meine Anrufe nicht beantwortet. Irgendwann hat meine Mutter zu mir gesagt ‚da stimmt was nicht. Du musst endlich mit ihr reden.'" Joseph schüttelte den Kopf.

„Aber Sarah wollte nicht. Ich bin zu David gegangen und habe ihn gefragt, ob er irgendetwas wüsste. Und da hat er es mir endlich gesagt."

Miranda sah ihn ungläubig an. Joseph konnte immer noch den Schmerz spüren, den er damals empfunden hatte. „Er hat mir gesagt, dass sie sich getroffen haben. Und dass sie schwanger wäre. Es sei sein Kind. Das Kind meines Bruders."

Einen Augenblick lang war es sehr still. Mittlerweile wühlten ihn diese Dinge nicht mehr allzu sehr auf, obwohl er nicht wusste, an was das lag. „Endlich habe ich Sarah dann auch selbst getroffen. Aber sie musste gar nichts sagen. Ich habe es an ihrem Gesicht gesehen. Das pure Schuldeingeständnis. Ich bin dann zu den Marinesoldaten gegangen und habe dort mitbekommen, dass sie irgendwann geheiratet haben. Sie sind nach Fairfax gezogen. Ab und zu haben sie meine Mutter besucht und das Baby mitgebracht, aber ich hatte lange nichts mit ihnen zu tun."

„Und eines Tages ist dann Eden aufgetaucht", sagte Miranda mit einem Lächeln.

Er nickte und gluckste. „Ja, wie sie leibt und lebt." Dann wurde er wieder ernst. „Ich hätte dieses Kind nicht mögen dürfen, aber was sollte ich tun?"

Miranda grinste. „Sie findet anscheinend immer einen Weg, um sich in die Herzen der Menschen zu schleichen."

Er nickte und lächelte.

„Und wie sieht es jetzt aus?", fragte Miranda. „Zwischen dir, David und Sarah?"

„Festgefahren", gab Joseph zu. „Wir haben nie darüber gesprochen und ich befürchte, jetzt ist es zu spät."

Sie schüttelte den Kopf. „Das glaube ich nicht. Solange die beiden am Leben sind, ist es nie zu spät."

„Ich habe das Gefühl, dass ich David jetzt nicht damit belasten sollte. Im Moment hat er genug mit sich zu tun. Meine Sache ist eine Lappalie im Gegensatz zu dem, was er gerade durchmacht."

Miranda wiegte nachdenklich ihren Kopf. „Wenn Rache oder Bestrafung dein Ziel wäre, hättest du Recht. Aber wenn du Versöhnung möchtest, ist jetzt der richtige Zeitpunkt, finde ich."

Joseph dachte über ihre Worte nach. Sie stellten seine Motive und Wünsche auf den Prüfstand.

„Danke“, sagte er schließlich.

Sie zuckte mit den Schultern. „Es ist doch immer einfacher, die Probleme anderer Leute zu lösen als seine eigenen, nicht wahr?“

Er nickte und dachte daran, was Miranda in letzter Zeit durchgemacht hatte. Was sie über das Leben ihrer Mutter denken musste. Dann fragte er sich, was sie wohl für eine Kindheit gehabt hatte – ohne Vater und mit einer Mutter, die so viel schlimmes erlebt hatte. Sein Beschützerinstinkt erwachte.

Joseph beugte sich zu ihr. Und auch Miranda näherte sich ihm. Er küsste sie zärtlich auf ihre Lippen. Sie erwiderte seinen Kuss.

Er hörte heftiges Atmen hinter sich. Fast schon ein Schnaufen. Gefolgt von einem Platschen und kaltem Wasser, das durch die Gegend spritzte, als Flick in den Bach hineinsprang.

„Onkel Joseph! Miranda! Wisst ihr was? Wisst ihr was?“ Eden kam auf ihrem Fahrrad den Hügel hinunter gesaust, bremste und ließ sich neben ihnen ins Gras plumpsen.

„Was?“, fragte Miranda ein bisschen atemlos, als sie und Joseph sich schnell voneinander lösten.

Joseph wischte sich das Bachwasser aus dem Gesicht und grinste Miranda an. Sie lächelte zurück. So viel zum Thema Romantik.

„Was ist es denn, du Nervensäge?“, fragte er seine Nichte. „Was ist denn so wichtig? Wurde eine deiner Geschichten angenommen? Hat Grady tauchen gelernt?“

„Nein“, sagte sie und schüttelte heftig den Kopf. „Es ist tausendmal besser. Es ist Papa“, sagte sie strahlend. „Er kommt nach Hause!“

46

Am Samstagabend war Miranda ein bisschen nervös, aber sie sagte sich selbst, dass es nichts gab, vor dem sie sich fürchten musste. Sie entschied sich für ihren luftigen, weit schwingenden Rock in orange und pink, eine enganliegende Bluse und ihre wunderschönen, mit Perlen bestickten Schuhe. Sie wusste nicht, was man zu einem „Barn Dance“, einem „Tanz auf der Tenne“ trug, aber wahrscheinlich etwas Festlicheres als Jeans. Außerdem wirbelte ihr Rock so schön, wenn man sich drehte.

Um genau sechs Uhr klopfte es an ihrer Tür. Miranda öffnete und lächelte erwartungsvoll. Joseph stand auf der Treppe und sah sehr gut aus in seiner Jeans, einem weißen Baumwollhemd und den Cowboystiefeln. In seinen Händen hielt er ein kleines Biedermeiersträußchen aus Veilchen, Maiglöckchen und Farnkraut.

„Oh, die Blumen sind wunderschön“, sagte sie. „Komm doch rein.“

Er zog peinlich berührt den Kopf ein und Miranda musste sich ein Lächeln verkneifen.

„Die Frau im Blumenladen hat sie mir empfohlen“, erklärte er.

„So etwas habe ich mir schon gedacht. Irgendwie konnte ich mir nicht vorstellen, dass du in ein Blumengeschäft gehst und sagst ‚Ich hätte gerne ein Biedermeiersträußchen‘“, kommentierte sie lächelnd.

„Danke, für dein Verständnis da bin ich froh.“

Sie grinste und stellte die Blumen in eine Vase.

„Du siehst … *sehr* schön aus“, sagte Joseph verlegen.

„Danke. Ich war nicht sicher, was man zu einem Barn Dance trägt.“

„Das ist genau richtig“, sagte er mit bewunderndem Lächeln und jetzt war sie diejenige, die mit einem Mal verlegen wurde.

„Sollen wir gehen?“, fragt Joseph.

Miranda nickte und war froh, nach draußen zu kommen, wo sich hoffentlich eine natürlichere, ungezwungenere Unterhaltung ergeben würde.

Sie gingen zum Auto und fuhren gerade am Park vorbei, als sie jemanden auf der Bank dort sitzen sahen. Die kleine Person baumelte mit den Füßen und neben ihr lag ein Hund.

„Ist das Eden?“, fragte Miranda.

Joseph schloss kurz ungläubig die Augen, schüttelte dann als Antwort genervt den Kopf und hielt den Wagen an. Eden sah auf und ihr Gesicht erhellte sich augenblicklich.

„Was machst du hier alleine im Dunkeln?“, knurrte Joseph sie an.

„Es ist nicht dunkel“, antwortete sie heiter. „Es ist erst sechs Uhr. Hey Miranda.“

„Hi Eden.“

„Du hast meine Frage nicht beantwortet“, sagte Joseph. Miranda erschien seine Ernsthaftigkeit ein bisschen übertrieben.

Eden atmete seufzend aus. „Grady hatte heute keine Zeit und Oma ist auch beschäftigt. Sie bereitet alles für Papas Ankunft vor. Ich hatte nichts zu tun, weil Miranda sich ja auch für eure Verabredung fertig machen musste und du musstest arbeiten.“

Miranda sah Joseph an. Er musste sich ganz offensichtlich ein Lächeln verkneifen.

„Außerdem musste Pastor Hector irgendwohin und ich bin mit dem Fahrrad zu Mr Applegate gefahren, weil ich Susannahs Pferd reiten wollte, aber er hat es verkauft!“ Ihre Entrüstung war greifbar.

„Wow“, sagte Miranda. „Du hattest ja einen *richtig* miesen Tag.“

„Morgen kommen deine Eltern nach Hause“, erinnerte sie Joseph. Der Blick, den Eden ihnen zuwarf, zeigte Vorfreude, aber auch Furcht.

Das gab den Ausschlag. Miranda sah Joseph fragend an. Er sah sie an. Beide seufzten, als sein Handy plötzlich klingelte.

„Williams“, meldete er sich. „Hallo, Mama. Nein, sie ist nicht verschwunden. Sie steht direkt vor meiner Nase. Mhm. Ich weiß.“

Eden sah noch bedrückter aus als vorher, wenn das überhaupt möglich war.

Joseph blickte Miranda fragend an. „Ist in Ordnung für mich“, sagte sie leise und lächelte.

Joseph hob das Handy wieder ans Ohr. „Nein, Mama. Wir nehmen sie mit. Ja. Klar ist das in Ordnung.“

Eden sprang vor Freude in die Luft. Sie öffnete die Tür und kletterte auf den Rücksitz. Flick sprang neben sie.

„Der Hund muss nach hinten“, sagte Joseph ernst.

Eden merkte, dass sie ihr Glück nicht überstrapazieren durfte und brachte den Hund schnell auf die Ladefläche des Pickups. Flick bellte glücklich und freute sich ganz offensichtlich darauf, seine Ohren in Fahrtwind flattern zu lassen.

„Was machen wir jetzt?“, fragte Eden und ihre schlechte Stimmung war wie weggeblasen. „Das ist das erste Mal, dass ich eine Verabredung habe.“

Das Dixie Barbecue war genauso, wie Miranda es erwartet hatte. Es gab eine Flügeltür, die jedes Mal quietschend aufschwang, wenn jemand den Raum betrat, eine laute Jukebox und mit Papiertischdecken und Schalen voller Erdnüsse bestückte Tische. Die Stammkunden durften die Schalen einfach auf den Boden werfen.

Das Essen war köstlich. Miranda und Joseph hatten Spare Ribs bestellt, Eden hatte sich für Hühnchen entschieden. Alle drei hatten sich riesige Sabberlätzchen umgebunden und verbrauchten Berge von Papierservietten. Es gab gebackene Bohnen und geröstetes Brot. Zum Nachtisch entschieden sie sich für einen gemeinsamen Brombeerkuchen mit Eis und tranken süßen Eistee dazu. Eden warf Geld in die Jukebox und löste die Rätsel auf den Platzdeckchen, während Miranda und Joseph miteinander redeten. Und redeten. Miranda erzählte ihm alles über ihre Kindheit. Ihren Vater. Den Meteor, den er ihr geschenkt hatte. Ihr Tagebuch. Und Joseph erzählte ihr von seinem Bruder und den Dingen, die sie als Jungen unternommen hatten. Sie sprachen über die Highschool, Sport, Jobs – bei diesem Thema hatte Miranda eindeutig Interessanteres zu berichten – und landeten bei Religion und Politik. Bei den meisten Dingen waren sie sich einig, bei manchen nicht, aber das schien nicht der Diskussion wert.

Miranda störte es nicht im Mindesten, dass Eden dabei war. Tatsache war, dass sie sich sogar mehr wie sie selbst fühlte, wenn das Mädchen bei ihr war. Oder eher wie diejenige, die sie gerne gewesen wäre.

„Reiswein mit zehn Buchstaben?“, fragte Eden, als Miranda und Joseph gerade die politischen Parteien diskutierten.

„Saké“, sagte Joseph, ohne seinen Blick von Miranda zu wenden.

„Saké hat aber keine zehn Buchstaben.“

„Dann ist das Kreuzworträtsel falsch.“

„Kreuzworträtsel sind doch nicht falsch!“, widersprach Eden.

„Lass mich mal schauen“, mischte sich Miranda ein. „Ah, guck, du bist bei dreizehn waagerecht. Die Frage ist aber für dreizehn senkrecht.“

„Oh. Danke.“

„Lass uns tanzen gehen“, sagte Joseph.

Eden ließ den Stift fallen. „Ich liebe es, zu tanzen!“, rief sie aus.

„Ist es Square Dance, Line Dance oder das, wo man den Kopf auf die Schulter des anderen legt und ihn umarmt?“

„Hättest du gedacht, dass wir bei unserer ersten Verabredung so viel Spaß haben?“, fragte Joseph Miranda aus dem Mundwinkel heraus. „Oder meinst du, den Titel ‚Verabredung‘ müssen wir uns für das nächste Mal aufheben?“

„Nein, das hier zählt“, sagte Miranda und schnappte sich seinen Arm. Eden nahm den anderen und zu dritt verließen sie das Restaurant, um zur nahegelegenen Scheune zu fahren.

Sie parkten den Wagen auf einem bereits abgemähten Feld und liefen zur Scheune. Die fröhliche Livemusik hallte nach draußen. Es gab zwei Fiddles, einen Kontrabass, eine Mandoline, ein Banjo und eine Gitarre. Dutzende von Leuten aller Altersgruppen standen schon bereit und der Ausrufer wollte gerade anfangen. Der Mann war lang und dünn, mit Cowboystiefeln, einem Westernhemd, der charakteristischen Schnürsenkel-Krawatte -dem Bolotie -, und einem Stetson.

„Kommt schnell“, rief er den dreien zu. „Ich bringe euch ein paar einfache Schritte bei. Diejenigen, die sich auskennen, helfen den Neuen.“ Bevor er ausgeredet hatte, fing die Musik auch schon an und Miranda und Joseph gesellten sich zu Eden, die schon bei einer älteren Frau im Square Dance-Kleid stand und sich die Schritte erklären ließ.

„Schritt rechts, Tep“, rief der Ausrufer.

Die ungleiche Reihe der Tänzer kam in Bewegung. Einige waren sehr gut, andere nicht, doch alle schienen großen Spaß zu haben. Sie hüpften, drehten sich, stampften und schlitterten hierhin und dorthin. Miranda lachte. Joseph lachte. Eden jedoch war ernst und konzentriert und versuchte, sich jeden Schritt genauestens einzuprägen.

Nach ein paar Tänzen kauften sie sich gekühlte Getränke und gingen zwischendurch an die frische Luft. Dann kündigte der Ausrufer den letzten Tanz an. Passenderweise war es „Save the Last Dance for Me“ und Miranda war bewusst, dass Eden sie während des Tanzens beobachtete. Miranda hatte ihre Hand um Josephs Hals gelegt, und er seine um ihre Taille. Miranda warf Eden einen verstohlenen Blick zu, doch die Kleine lachte sie nicht aus, sondern hatte verträumt ihr Gesicht in die Hände gestützt und lächelte.

Nachdem sie noch etwas getrunken hatten, gingen sie zum Pickup und machten sich wieder auf den Heimweg. Eden streckte sich auf dem Rücksitz aus.

„Morgen früh wird sie nicht aus dem Bett kommen“, sagte Miranda, doch dann fiel ihr ein, dass David kommen würde. Sie wünschte sich, sie hätte das Thema nicht angeschnitten.

„Wir sind ganz in der Nähe von meinem Haus“, sagte Joseph. „Ich würde es dir gerne zeigen, wenn du Lust hast.“

„Du wirst es toll finden“, murmelte Eden schläfrig von hinten. „Er hat es selbst gebaut.“

Miranda und Joseph lächelten. Es war das Letzte, was sie von ihr hörten. Als Joseph den Wagen vor seinem Haus anhielt, war Eden bereits fest eingeschlafen. Miranda stieg aus und ging barfuß durch das feuchte Gras an den See.

„Es ist wunderschön hier“, sagte sie und sah auf das Tal hinab, das sich im Mondlicht vor ihr erstreckte. Es war ihr deutlich bewusst, dass Joseph dicht hinter ihr stand. Seine Hände berührten ihre Arme und sie lehnte sich gegen ihn.

In diesem Augenblick hätte sie es ihm fast gesagt. Es lag ihr so sehr auf dem Herzen, dass es fast aus ihr hervorgebrochen wäre. *Ich muss dir etwas sagen, Joseph*, wollte sie sagen. *Ich hatte ein Baby. Als ich gerade fünfzehn war.* Sie fragte sich, ob es ihm etwas ausmachen würde. Ob er sie danach anders ansehen würde. Diese ängstlichen Fragen verschlossen die Wahrheit wieder in ihrem Herzen.

Joseph ergriff ihre Hand. „Würdest du gerne das Haus sehen? Ich glaube, wir können Eden kurz alleine lassen“, sagte er mit einem Kopfnicken in Richtung Auto.

„Flick“, rief er dann. „Bleib hier.“

Flick setzte sich gehorsam vor die Tür des Trucks, in dem Eden schlummerte, und Joseph ging auf die Veranda seines Hauses. Er machte das Licht an.

Es war ein wunderschönes Blockhaus mit einer großzügigen Veranda ringsherum. Innen war es mit Holzböden ausgelegt und in warmen Farben eingerichtet. Es gab einen großen Kamin und einen Holzofen.

„Ich kann kaum glauben, dass du das alles selbst gemacht hast“, sagte Miranda fassungslos.

„Ich habe das damals aus Liebe getan“, antwortete Joseph.

Sie sah ihn an. Er lächelte, und es war kein Hauch von Bitterkeit darin, wie sie eigentlich erwartet hatte. Joseph hielt ihr die Tür auf, damit sie wieder auf die Veranda treten konnte. Dann knipste Joseph das Licht aus und sie gingen zurück zum Pickup-Truck, wo Flick immer noch Eden bewachte. Am Ufer blieben sie noch einmal stehen.

„Ich bin bereit, es hinter mir zu lassen, Miranda“, sagte Joseph leise. „Ich war lange genug zornig. Ich will Sarah vergeben. Ich will meinem Bruder vergeben. Ich weiß nur nicht, wie ich mit ihnen darüber reden soll.“

„Meinst du nicht, dass die Gelegenheit sich einfach ergeben wird, wenn dein Herz bereit dazu ist?“, fragte sie genauso leise zurück.

Er nickte im Dunkeln. „Ich denke, du hast recht.“ Miranda spürte, dass er lächelte.

Sie hätte es ihm in diesem Moment sagen können, aber auf dem Heimweg wusste sie, warum sie es ihm nicht erzählt hatte. Sie hatte Angst.

Er brachte zuerst Eden zu Ruths Haus und trug sie hinein,

ohne sie zu wecken. Nach ein paar Minuten kam er wieder heraus, schloss die Tür hinter sich ab und fuhr Miranda nach Hause.

Er begleitete sie sogar noch die Treppe bis zu ihrem Apartment hinauf.

Sie öffnete die Tür.

Er zögerte. „Schließt du nicht ab?“

„In Abingdon? Wo du als Polizist nach dem Rechten siehst?“

Er lächelte und wurde dann wieder ernst. „Bitte schließ von jetzt an immer deine Tür ab.“

„Na gut.

Er warf einen schnellen Blick hinein und schien sich dann davon überzeugt zu haben, dass keine Mörder auf sie warteten.

„Es war ein perfekter Abend“, sagte sie.

Er lächelte wieder. „So schön, wie ins Carolines zu gehen und anschließend ins Theater?“

„Machst du Witze? Ich würde diesen Abend gegen nichts eintauschen wollen.“ Sie meinte das aus ganzem Herzen.

Er beugte sich zu ihr hinunter und küsste sie zärtlich. Sie berührte seine raue Wange, seinen breiten Brustkorb. Dann lösten sie sich voneinander.

„Wir sagen besser gute Nacht“, sagte sie.

Er nickte. „Bis morgen.“

Sie ging hinein und blieb noch lange auf. Sie betrachtete sich im Spiegel und versprach sich, sich immer an diesen Tag zu erinnern, egal was passieren würde.

47

Als sie auf dem Rücksitz von Ruths riesigem Auto durch die Straßen Abingdons fuhr, auf Josephs Rücken starrte und über David hinweg zu ihrer Tochter sah, die nicht neben ihr hatte sitzen wollen, fühlte Sarah sich an die römischen Triumphparaden erinnert. Dort hatte der siegreiche General seine Feinde und Unterlegenen in Ketten den Schaulustigen am Straßenrand vorgeführt. Nun, hier gab es keine Schaulustigen am Straßenrand, doch Sarah stellte sie sich vor. Sie stellte sich eine Wolke von Zeugen vor, die auf ihre Zerstörung hinabblickten.

Ihre Ängste und Befürchtungen der letzten Monate waren auf diesen bitteren Fatalismus zusammengekocht. Es schien so, als hätte ihre Beziehung zu David den gleichen Weg eingeschlagen wie sein Körper. Beide waren verletzt worden und nun voller Narben.

Seit dem Unfall hatte David sie nicht mehr angefasst. Nicht einmal, nachdem sie in das Apartment beim Krankenhaus gezogen waren, damit er das normale Leben einüben konnte. Er hatte im Bett geschlafen und sie auf dem Sofa. „So ist es besser", hatte er gesagt und sie hatte sich voller Scham an den Moment erinnert, als das Krankenhauspersonal sie gebeten hatte, bei der Versorgung von Davids Wunden mitzuhelfen. Damals hatte man ihr den Widerwillen deutlich angesehen. Das hatte David wohl in Erinnerung behalten und fürchtete, dass sie sich vor ihm ekeln würde. Sie hatten einander verloren. Die süße Verbundenheit, die sie einmal gehabt hatten, war nun genauso zerstört wie Davids Körper.

Seit sie damals Davids Baby verloren hatte, war sie sich sicher, dass sie durch ihren Betrug an Joseph Gottes Liebe verspielt hatte. Seither hatte sie auf einen weiteren Vergeltungsschlag gewartet. Die Sache war nur, dass sie den Schlag für sich und nicht für ihren Mann erwartet hatte. Dabei war sie doch schuld. Sie war diejenige, die gelogen und sich falsch verhalten hatte. Es war ihr Leib, der nach der Fehlgeburt für immer verschlossen geblieben war, kinderlos. Jetzt war David getroffen worden und auch das war ihre Schuld.

Und sie hatte Eden verloren. Das Ersatzkind. Oh ja. Ihre eigenen Motive waren ihr jetzt klar. Sie hatte Eden nie wirklich kennenlernen wollen. Sie hatte nie gefragt, *Wer bist du, kleines Mädchen?* Sie hatte sie immer nur zu dem machen wollen, was sie, Sarah, von einer Tochter erwartete. Und jedes Mal, wenn Eden sich verweigert hatte, war Sarah in Tränen ausgebrochen. Und jetzt war es zu spät. Selbst wenn sie die Stärke finden sollte, alles anders zu machen, hatte sie Eden schon verloren. Sie hatte wieder ein Kind verloren, ihre Tochter.

Sarah hatte es in dem Moment gewusst, als sie Eden am Flughafen gesehen hatte. Eden hatte sich ihrem Vater in die Arme geworfen und ihn fest an sich gedrückt. Ihre Mutter aber hatte sie keines Blickes gewürdigt. Ruth hatte Sarahs Hand gehalten und ihr ermutigende Worte zugeflüstert *„Sie ist noch ein Kind“*, hatte sie gesagt. *„Sie versteht es nicht.“* Joseph hatte es immerhin geschafft, sie beide steif zu umarmen, ohne sie wirklich zu berühren. Und jetzt sah Sarah auf die Stadt hinaus, die ihr die meiste Zeit ihres Lebens so vertraut gewesen war. Jetzt schien ihr die Aussicht darauf, hierzubleiben, nicht gerade sehr erstrebenswert. Sie hatte Angst, was passieren würde, wenn es wieder Zeit war, nach Fairfax zurück zu kehren. Sie konnte sich nicht vorstellen, mit diesem stummen Ehemann und einem Kind zu leben, das ihr keine Liebe entgegenbrachte.

Sie hielten vor Ruths Haus und irgendwie war der erste schreckliche Abend plötzlich vorbei. Endlich ging Joseph nach Hause und Eden ins Bett. Sara fragte ihre Schwiegermutter nach einem zweiten Schlafzimmer. „Getrennt schlafen wir besser.“

„Natürlich", sagte Ruth mit Traurigkeit in den Augen. „Such dir eins aus, Sarah."

Sie nahm das Zimmer neben Edens, obwohl die Nähe zu ihr so nur räumlich entstand. Zwei-, fünf-, zehnmal versuchte sie mit Eden zu reden, die allerdings immer noch vermied, ihrer Mutter in die Augen zu sehen und nur bruchstückhaft antwortete.

Sarah lag nun in dem leeren Bett und dachte nach. *Du schaffst jetzt fast alles alleine*, sagte sie zu ihrem Mann in ihren Gedanken. *Wie wäre es, wenn ich eine Weile zu meinen Eltern fahren würde? Ich habe sie schon lange nicht mehr gesehen. Und ich würde gerne zur Ruhe kommen.* Er wäre hier genauso glücklich wie anderswo. Und Eden ging es hier sogar besser, bei Ruth, ihrem neuen Freund Grady und ihrem Vater. Ohne Sarah.

Es wäre so einfach, davonzulaufen. Sie würde zu ihren Eltern gehen und die würden keine Fragen stellen. Vielleicht könnte sie wieder wie ein Mädchen sein und all diese Probleme vergessen.

Sie musste eingeschlafen sein, denn plötzlich erwachte sie im Dunkeln, nur der Mond schien durch ihr Fenster. Sie verließ ihr Zimmer und schlich leise nach nebenan, um einen kurzen Blick in das Zimmer ihrer Tochter zu werfen. Eden war wieder hier, in ihrem Spielzimmer aus früheren Kindertagen, und Sarah machte sich Vorwürfe für all die Sommer, die sie ihre Tochter hierhergeschickt hatte, weil sie einfach zu erschöpft gewesen war. Erschöpft davon, Eden zu dem Kind zu machen, das sie sich immer gewünscht hatte und das das Mädchen nie sein würde. Eden lag weit ausgestreckt in ihrem Bett. Sarah sah das dunkle, unbändige Haar und die Sommersprossen und konnte sich nicht dagegen wehren, auf ihren eigenen hellen Arm zu schauen und sich ihre blonden Haare und braunen Augen vorzustellen.

Wessen Kind bist du?, wollte sie ihre Tochter fragen und spürte eine Neugier, die viel zu spät kam. *Wessen Kind bist du? Nicht meins. Das warst du nie, egal wie sehr ich es mir gewünscht habe.* Aber jetzt fragte sie sich, wer Eden wirklich war. Was sie liebte und wollte. Jetzt, wo es für all das zu spät war.

Sarah schloss leise die Tür und ging zu Davids Zimmer. Vorsichtig blickte sie in den Raum und sah ihn auf dem Bett, den Rollstuhl direkt neben sich. Seine Bibel lag auf dem Nachttisch. Sie konnte sein Gesicht nicht sehen, aber seinen Atem konnte sie hören.

Sie stand still im Flur und lauschte, und es war fast so, als könne sie das alte Haus atmen hören. Was wäre, wenn sie einfach die Zeit anhalten könnte? Wenn sie all ihre Atemzüge zurückdrehen könnte, bis sie wieder an dem Punkt war, wo alles begonnen hatte. Sie könnte alles ungeschehen machen. Doch in diesem Moment wurde ihr bewusst, dass dann auch all die guten Jahre nicht mehr da wären. Leise schloss sie Davids Tür, ging in ihr Zimmer zurück und legte sich ins Bett. Ihr wurde klar, dass sie ihr Leben lang versucht hatte, zu dem Punkt in ihrem Leben zurückzukehren, an dem alles gut gewesen war. Diesem Wunsch hatte sie sogar Ausdruck gegeben, als sie ihre Tochter „Eden" genannt hatte. Doch jetzt kannte sie die Wahrheit. Nichts würde wieder so sein wie früher. Das hier war ihr Leben, ihr zerbrochenes Leben. Es gab keine Rückkehr nach Eden.

48

Miranda verbrachte den Vormittag, bevor sie Edens Vater treffen würde damit, eine DVD anzuschauen, die Ruth ihr gegeben hatte.

„Sie ist von einer seiner christlichen Konferenzen", hatte Ruth erklärt. „Es geht darum, sein verlorenes Herz wiederzufinden."

Miranda drehte die Lautstärke an ihrem Laptop hoch und sah ihm zu, wie er redete. Sie erinnerte sich immer wieder daran, dass der David Williams, den sie dort sah, nicht der war, den sie heute kennenlernen würde.

Er war groß und schlank. Sie konnte eine entfernte Ähnlichkeit mit Joseph erkennen, obwohl er dunkler war und längst nicht so gutaussehend. Trotzdem lag etwas Gewinnendes in seinem Wesen. Er hatte dunkles, längeres Haar, freundliche Augen, ausdrucksstarke Gesten. Doch eigentlich war seine Attraktivität nur auf seine sprühende, charismatische Art zurückzuführen. Er hatte eine besondere Weise, das zu betonen, was er sagen wollte. Manchmal strömten ihm die Worte nur so aus dem Mund, als wäre er zu aufgeregt, um sich zu bremsen. Miranda versuchte, auch dem Inhalt seiner Worte zu folgen, während sie ihn aufmerksam beobachtete. Immer wieder wurde sie von der Tatsache abgelenkt, dass sein Gesicht offen und sorglos war. Seine Augen warm und einladend. Seine Gesten einnehmend, seine Worte voller Hoffnung.

David Williams war der Meinung, dass Gott alles besaß, was es brauchte, um die verborgenen Schätze im Herzen eines Menschen zu finden. Und das wollte er mit allen teilen. Allerdings hörte sich David anders an als alle Redner, die Miranda vorher gehört hatte. Ihr fiel es sehr schwer, ihm zu folgen und auch, wenn sie sich konzentrierte, schienen es ihr einfach viel zu viele Worte zu sein. Wenn sie versuchte, einen Gedanken festzuhalten, kam gleich der nächste, der den ersten verdrängte. David redete über verlorene Herzen, verwundete Herzen, geheilte Herzen, die Feinde des Herzens und die Heimat des Herzens. Diesen letzten Teil mochte sie besonders. Die Heimat des Herzens. Und plötzlich wurde ihr bewusst, dass sie vielleicht doch die richtige Richtung eingeschlagen hatte, als sie sich dazu entschlossen hatte, hierzubleiben.

Sie sah sich noch ein paar Minuten der Konferenz an und stellte dann den Ton ab. David gestikulierte fröhlich weiter. Hoffentlich hatte er diese Freude nicht verloren. Doch Miranda befürchtete das Schlimmste.

„Das ist unsere Freundin Miranda", sagte Ruth und tätschelte ihr mutmachend die Schulter, was sie wohl eher selbst gebraucht hätte. Miranda spürte, dass Ruth unter Strom stand und sie fragte sich zum wiederholten Male, ob es klug war, hier zu sein. Doch Ruth hatte sie eingeladen und Joseph hatte darauf bestanden, dass die anderen Miranda kennenlernen sollten.

Außerdem wollte sich Miranda auch selbst ein Bild von den Menschen machen, die Josephs Leben mitgeprägt hatten. Als sie durch den Raum ging, um Sarah die Hand zu geben, erinnerte sie sich daran, dass sie die beiden nicht verurteilen wollte.

Sie hatte sich jemanden mit berechnender und kühler Ausstrahlung vorgestellt. Aber Mirandas erster Blick auf Sarah zeigte ihr einen Menschen, der von Kummer gezeichnet war. Sarah war wunderschön, doch sie trug ihre Trauer wie einen alles verhüllenden Schleier.

„Hallo", sagte Miranda mit einem warmen Lächeln.

„Hallo“; erwiderte Sarah und lächelte zurück, doch es war oberflächlich, nur eine unbedeutende Bewegung ihres Mundes.

„Wo ist David, Schatz?“, fragte Ruth ihre Schwiegertochter.

„Als ich ihn das letzte Mal gesehen habe, war er mit Eden im Garten“, sagte Sarah. Nach einem weiteren gezwungenen Lächeln empfahl sie sich.

Ruth warf Miranda einen Blick zu, sagte aber nichts. „Lass uns sehen, ob wir ihn finden“, bat sie, gerade als Eden hereinkam.

„Miranda!“ Eden umarmte sie.

Miranda erwiderte die Umarmung. „Hey Kleine, wie geht's?“

„Gut“, sagte sie prächtig gelaunt.

Miranda schämte sich innerlich, dass sie einen kleinen Stich der Eifersucht verspürte. Sie rügte sich für ihren Egoismus.

„Oma“, sagte Eden, „Papa hat gefragt, ob er ein Glas Eistee haben kann.“

„Sicher. Warum machst du ihm nicht ein Glas? Ich nehme Miranda mit nach draußen und stelle sie deinem Vater vor.“

Als sie aus der Hintertür zur Pergola hinüber gingen, versuchte Miranda, sich zusammenzureißen. *Sieh nicht auf den Rollstuhl*, wiederholte sie immer wieder. *Sieh nicht auf seine Beine. Sieh in sein Gesicht. Nimm seine Hand. Behandle ihn wie jeden anderen auch. Denk nicht an seine Vergangenheit mit Joseph. Denk an nichts anderes als an die Unterhaltung.*

Miranda konnte Davids Rücken und die Lehne des Rollstuhles sehen. Davids Haar war immer noch lang und fiel bis auf die Schultern. Ruth und sie gingen um den Rollstuhl herum und Miranda setzte ein Lächeln auf. David sah inzwischen älter und müder aus als der Mann auf der DVD. Sein Gesicht hatte mehr Falten und er war sehr dünn. Wieder fragte sich Miranda, ob er trotz allem immer noch an Gott glaubte.

„Ich habe gehört, dass Sie mit meiner Tochter befreundet sind“, sagte er freundlich, nachdem Ruth sie vorgestellt und er ihr die Hand gereicht hatte. „Vielen Dank.“

„Es ist ein Privileg“, sagte Miranda. „Sie ist ein wunderbares Mädchen.“

„Oma!“, rief Eden. „Telefon.“

„Entschuldigt mich“, sagte Ruth und ging wieder ins Haus.

„Setzen Sie sich doch“, lud David sie ein und Miranda nahm sich einen Stuhl.

„Ich habe heute Morgen einen Ihrer Vorträge auf DVD gesehen“, begann sie. „Es war sehr … interessant.“

Er lächelte und sah sie dann neugierig an. „Ein sehr unverbindliches Wort. Was genau hat Sie denn gestört?“

„Ich würde nicht sagen, dass mich etwas gestört hat“, sagte sie schnell und suchte nach einer besseren Beschreibung. „Eher verwirrt.“

„Was hat Sie verwirrt?“

Sie versuchte, es in Worte zu fassen und schüttelte dann den Kopf. „Ich denke, die Idee, dass es so etwas wie einen großen Plan gibt. Es gibt so viel … ich weiß nicht … Zufälligkeit und Beliebigkeit in der Welt. Manchmal frage ich mich, warum Dinge so geschehen, wie sie es tun.“ Sie dachte an ihre Mutter und Beck Muddox – und ihr Baby.

David nickte gedankenvoll und warf einen Blick auf seinen Rollstuhl.

Miranda spürte, wie sie rot wurde. „Es tut mir leid. Ich habe nicht nachgedacht.“

„Glauben Sie bloß nicht, dass ich diese Gedanken nicht auch gehabt hätte“, sagte er freundlich. „Ich habe auch gezweifelt.“

„Haben Sie eine Antwort gefunden?“

Er zuckte mit den Schultern. „Ich habe mir an der Autobahn damals noch einen Kaffee geholt. Was wäre gewesen, wenn ich es nicht getan hätte? Ich bin auf den Highway gefahren und habe telefoniert. Was, wenn ich gleich nach Hause gefahren wäre? Ich habe mich verfahren. Was, wenn ich mir die Route zum Flugplatz vorher ausgedruckt hätte, wie meine Frau es gesagt hatte? All diese Dinge hätten dafür sorgen können, dass ich nicht auf diesen Geländewagen treffe. Hat Gott es so festgelegt? Oder ist es das Ergebnis einer dunklen Macht, die in der Welt am Werk ist?" Oder war es einfach nur ein Unfall? Er schüttelte den Kopf. „Ich weiß es nicht und es bringt auch gar nichts, wenn ich immer wieder darüber nachdenke. Es ist passiert", sagte er. „So ist es einfach."

„Was ist mit Gott?"

„Was ist mit ihm?"

„Sind Sie nicht enttäuscht von ihm?" Es war nicht ihre Absicht gewesen, die Frage so zu formulieren, doch jetzt, wo es heraus war, war es genau das, was sie wissen wollte.

„Ja. So könnte man es sagen. Ich denke, ich bin enttäuscht. Und gekränkt. Aber ich glaube immer noch daran, dass Gott mich liebt und einen Plan für mein Leben hat." Es schien so, als meinte er es wirklich ernst.

„Was ist mit Ihnen?", fragte er.

„Was *ist* mit mir?"

„Wo sind Sie auf ihrer geistlichen Reise?"

Das war die gleiche Frage, die der Pastor in Minnesota ihr vor so langer Zeit gestellt hatte. Jetzt versuchte sie, eine Antwort zu finden. Sie dachte an die Gespräche mit Pastor Hector und an die Menschen, die sie hier getroffen hatte. Sie dachte an ihre Mutter, ihren Vater und ihr Baby. Sie erinnerte sich an die Gefühle, die sie in jener Nacht, als sie hier angekommen war, gehabt hatte. Sie hatte gebetet. Das Gefühl, dass Gott bei ihr war, hatte sie begleitet. Sie erinnerte sich an Mr Cooper und seine Gebete für sie. Und mittlerweile hatte sie das Gefühl, dass sie auf einem Weg war, den Gott vorbereitet hatte. „Ich denke, ich fühle mich ein bisschen verfolgt", antwortete sie schließlich und fühlte sich etwas seltsam dabei.

„Ah. Der „Jagdhund des Himmels" verfolgt Sie."

Sie sah ihn verwundert an.

„„Ich floh vor Ihm in Nächten und Tagen, ich floh vor Ihm

jahrelang, ich floh vor Ihm in die Labyrinthe meines eigenen Verstandes, und inmitten der Tränen versteckte ich mich vor Ihm unter fortwährendem Gelächter.'“

„Ein Gedicht?“, fragte Miranda.

Er nickte und lächelte. „Ziemlich schlecht zitiert, aber ja, es ist ein Gedicht.“

Sie lächelte und dachte darüber nach, was er gerade gesagt hatte. Es war wirklich so, als hätte Gottes Geist sie vorsichtig, aber beharrlich verfolgt. „Ja. Der himmlische Jagdhund ist hinter mir her.“

David sah sie freundlich an, das Licht in seinen Augen war immer noch da, aber es schien gedämpfter.

„Werden Sie sich von ihm fangen lassen?“

Sie dachte nach, doch als sie gerade antworten wollte, wurden sie von Stimmen unterbrochen.

Hector war gekommen und Henry und Vi. Sie umarmten David und Vi streichelte sein Gesicht. Tränen flossen, Küsse wurden verteilt. Eden brachte Tee und stellte sich dann dicht neben Miranda, die den Arm um ihre Schultern legte. Sie betrachtete Edens Gesicht und merkte, dass die Kleine sich Sorgen um ihren Vater machte. Ihre Fröhlichkeit war zerbrechlich. Ein Windhauch könnte sie davontragen.

„Meinem Papa wird es bald besser gehen“, sagte sie und es war offensichtlich eher eine Frage als eine Aussage.

„Dein Vater ist ein wunderbarer Mann“, sagte Miranda und meinte es ernst. „Sein Jesus wird ihm helfen.“

Hatte sie das gerade wirklich gesagt? Sie war überrascht, doch Eden schien beruhigt. Die Worte schienen sie glücklich zu machen. Sie warf ihre Arme um Mirandas Bauch und drückte sie fest an sich. Miranda küsste sie auf die Stirn und sah gerade rechtzeitig auf, um Sarahs schmerzvolles Gesicht zu sehen.

„Joseph ist auf dem Weg“, sagte sie. „Ruth wollte, dass ich es euch ausrichte.“

Miranda nickte peinlich berührt und fühlte sich plötzlich, als wäre sie in einen Morast aus Gefühlen und Beziehungen hinein gestolpert, den sie gründlich aufgewühlt hatte. Sie strich Eden noch einmal über den Kopf, dann ging das Mädchen zu seinem Vater hinüber.

„Erdrück ihn nicht, Eden", sagte Sarah scharf. „Lass ihm Raum zum Atmen."

„Ist schon gut", antwortete David und warf seiner Frau einen warnenden Blick zu.

Vi rettete Miranda. „Miranda, willst du mir nicht mit den Kuchen helfen?"

Sie beeilte sich, Vi zu folgen, und als sie die vier Kuchen nach draußen brachten, rollte Joseph mit seinem Pickup gerade in die Einfahrt. Miranda flog ihm fast in die Arme.

„Das ist aber eine schöne Begrüßung", sagte er lächelnd.

Auch sie lächelte breit. Er warf ihr einen wissenden Blick zu. „Ist es so schlimm?"

„Es ist … seltsam."

Er nickte. „Willkommen in meiner Welt."

Sie sagte nichts, obwohl sie am liebsten alles erzählt hätte.

„Sollen wir zu den anderen gehen?", fragte er.

Sie nickte und dann gingen sie gemeinsam in den Garten.

Als das Abendessen serviert wurde, war die Stimmung etwas besser. Carol Jean kam. Der Tisch war mit Köstlichkeiten beladen und endlich setzten sich alle. Sie beteten. Sie aßen. Miranda beantwortete Fragen und betrieb Konversation. Sie beobachtete Eden, die an ihrem Vater hing und ihre Mutter ignorierte. Sie beobachtete Joseph, der steif dasaß, und sie bemerkte den Schmerz in Ruths Gesicht. Jahrelang hatte sie geglaubt, dass ihre Familie die Einzige war, die derart zerbrochen war. Sie hatte sich geirrt. Und sie war sich sicher, dass, wenn sie einen Blick in Hectors, Vis, Henrys oder Ruths Leben werfen könnte, sie auch dort Enttäuschungen und Fehltritte finden würde.

Nach dem Abendessen saßen Miranda und Sarah alleine im Esszimmer. Vi, Henry und Carol Jean waren nach Hause gegangen. Joseph spielte ein Gesellschaftsspiel mit Eden, Hector und David und Ruth wusch ab und wollten keine Hilfe dabei haben. „Setz dich zu Sarah und rede mit ihr“, hatte Ruth Miranda aufgetragen. „Sie kann eine Aufmunterung gebrauchen.“

Pflichtbewusst hatte sich Miranda also auf das Sofa gesetzt. Sarah schaltete den Fernseher aus und musterte sie.

„Sie müssen meinetwegen nicht den Fernseher ausschalten.“

„Ist schon gut“, sagte Sarah und lächelte steif. „Ich sollte sowieso nicht so viel schauen. Das habe ich mir im Krankenhaus angewöhnt. Dort gab es sonst nichts zu tun. Einige andere Frauen hatten ihre Handarbeiten dabei, aber dafür habe ich mich nie interessiert. Wie ist es mit Ihnen?“, fragte Sarah.

Miranda fühlte Mitleid. Sarah gab sich Mühe, eine Unterhaltung in Gang zu bringen, wo sie wahrscheinlich doch am liebsten alleine gewesen wäre. „Ein bisschen.“ Es schien ihr nicht der richtige Augenblick, um über ihre Hobbys zu reden. „Ich hoffe, dass ich bald einen Quiltkurs bei Ruth machen kann.“

Sarah lächelte. „Ruth ist eine sehr talentierte Frau. Bei ihr sieht alles einfach aus.“

Miranda stimmte ihr zu und fragte sich, wie es für Sarah gewesen sein musste, in die Fußstapfen der begabten, gütigen Ruth zu treten, nachdem sie auf etwas beschämende Weise in die Familie gekommen war.

„Ich kann mir vorstellen, dass Sie sich darauf freuen, wenn Sie bald wieder in Ihrem eigenen Haus sind“, sagte Miranda, „und in Ihrem eigenen Bett schlafen.“

Sarah lächelte, aber ihre Augen waren traurig. „Das tue ich.“

„Ich fand es schön, Eden kennenzulernen“, fuhr Miranda fort.

„Sie ist ein wundervolles Mädchen. Sie müssen sehr stolz auf sie sein. Sie ist so lebhaft und voller Kreativität."

„Sie ist wunderbar", sagte Sarah.

Alles, was sie sagte, schien einen Unterton zu haben. Jetzt schwang Traurigkeit in ihrer Stimme mit. Miranda konnte sie verstehen. In letzter Zeit war diese Frau durch die Hölle gegangen. Jeder würde an ihrer Stelle eine unterschwellige Trauer und Niedergeschlagenheit mit sich herumtragen.

Miranda unternahm noch einen letzten Versuch. „Ich weiß, dass Eden glücklich ist, Sie hier zu haben. Sie hat Sie schrecklich vermisst."

Sarah lächelte bitter. „Sie hat ihren Vater vermisst", sagte sie nur.

Miranda war sich unsicher, ob sie diese Aussage so stehenlassen sollte, entschied sich jedoch dagegen. „Sie hat auch Sie vermisst, glauben Sie mir", sagte Miranda überzeugend. „Jedes Kind braucht seine Mutter."

Wieder warf Sarah ihr einen Blick zu, den Miranda nicht deuten konnte.

„Ja", sagte sie dann. „Wahrscheinlich haben Sie recht."

49

Die nächsten Wochen zogen sich für Miranda wie Kaugummi. Wahrscheinlich, weil Eden ihre Zeit nun mit ihrem Vater verbrachte und nicht mehr ihre ständige Begleitung war. Miranda vermisste sie, aber diese Erkenntnis war ihr unangenehm. Sie wollte von niemandem abhängig sein müssen, um glücklich zu sein, denn irgendwann würden die Menschen weggehen, die ihr wichtig waren, oder sie würde gehen. Doch Miranda konnte nicht verleugnen, dass sie Edens plappernde Gegenwart vermisste. Sie war so voller Energie und Lebensmut, kreativ und einfach nur unterhaltsam.

Ein-, zweimal sah sie Ruth. „Komm und besuch mich doch mal“, lud Ruth sie wieder und wieder ein, doch Miranda musste immerzu an Sarah und David denken, die versuchten, ihre zerbrochene Familie zu kitten. Es wäre besser, wenn sie sich erst einmal fern hielt.

Joseph jedoch sah sie öfter. Sie gingen gemeinsam spazieren und redeten, und je mehr Miranda ihn kennen lernte, desto mehr respektierte sie ihn. An einem freien Tag fuhr sie einmal mit ihm zur Arbeit und sah die Leidenschaft, mit der er daran ging, in der Stadt für Ruhe und Frieden zu sorgen. Sie sah die Akten mit den noch offenen Fällen auf seinem Tisch. Und die abgeschlossenen. Eine Gruppe der Travelers hatte er schon hinter Schloss und Riegel gebracht – hatte einen Pete Sherlock und seine drei Söhne verhaftet. Joseph zeigte ihr sein Leben, zeigte ihr, wo er zur Schule gegangen war, stellte ihr Freunde vor. Samstags besuchte sie ihn zu Hause und sie gingen angeln, raften und anschließend grillten sie. Sie gingen im Wald wandern und er zeigte ihr, wie man Spuren las. Wie man Tiere anhand der Länge und Weite ihrer Spuren oder der Anzahl ihrer Krallen erkennen konnte. Er erklärte ihr auch, wie man sah, ob die Spuren von einer Vorder- oder einer Hinterpfote waren und woran man die Geschwindigkeit und die Gangart erkannte.

„Folge den Spuren und du findest heraus, wo das Tier lebt", sagte er. „In einem Baum, in einer Höhle, im Wasser oder im tiefen Wald. Das ist ein weiterer Tipp. Folge den Spuren des Tieres lang genug, und früher oder später findest du es."

Wie sehr wünschte sich Miranda, dass genau das auch auf Menschen zutreffen würde.

Joseph redete oft über David, und Miranda merkte, dass er seinen Bruder mehrere Male besucht haben musste. „Wir sind mittlerweile so weit, dass wir im gleichen Raum sitzen können, ohne vor Anspannung Kopfschmerzen zu bekommen."

Sie hoffte, dass sich die beiden Brüder bald wieder so gut wie früher verstehen würden.

Als die Tage vergingen wusste sie, dass sie nun bald an der Reihe war. Es wurde Zeit, *ihr* Leben mit ihm zu teilen. Sie machte einen Anfang, indem sie ihn zu einem Abendessen in ihrer winzigen Apartmentküche einlud. Sie aßen wie bei einem Picknick auf einer Decke in dem kleinen Hinterhof. Ein magerer Versuch, aber immerhin, es war ein Anfang. Wenn sie spazieren ging, fühlte Miranda sich, als würden ihre Füße festgehalten, verwickelt in den Wurzeln, die sie langsam in Abingdon schlug. Ein Teil von ihr wollte sich freuen und sagen *Ja, genau hier will ich meine Wurzeln schlagen. Hier will ich Früchte bringen.* Aber ein anderer Teil, der sehr nach ihrer Mutter klang, fragte sie immer noch, wer sie eigentlich war. Erinnerte sie daran, dass das Paradies nicht perfekt bleiben würde, wenn sie bliebe.

Miranda sah David und Sarah ab und zu, aber nie zusammen. Einmal traf sie Sarah, als sie Eden an der Lebensmittelausgabe von St James abholen wollte. Die Einrichtung hatte aber geschlossen, deshalb setzte Miranda sich auf die Kirchentreppe, um die Sonne zu genießen. Als sie so dasaß, kam Sarah plötzlich mit roten Augen aus der Kirche. Ganz offensichtlich hatte sie geweint. Miranda vermutete, dass sie mit Pastor Hector geredet hatte. Sie fühlte sich, als dränge sie sich in Sarahs Privatleben, aber Sarah hatte sie nicht einmal bemerkt. Sie stieg einfach in ihr Auto und fuhr davon – nicht in die Richtung von Ruths Haus.

Ein andermal sah Miranda sie auf dem Wanderweg. Sie hatte sie freundlich gegrüßt, doch Sarah hatte sie kaum angesehen und war einfach weitergegangen. Im Moment war offensichtlich nicht der richtige Zeitpunkt, um Freundschaft zu schließen. Miranda spürte tiefes Mitleid für die kleine Familie.

Ein paar Tage später traf Miranda David. Er kam eines Morgens ins *Hasty Taste*, kurz nachdem Joseph mit seinem Frühstück fertig gewesen und gegangen war. David rollte durch das Café und begrüßte ein paar Leute, die ihm freundlich zuriefen. Es schien, als kenne er jeden in Abingdon und er schüttelte vielen die Hand und redete kurz mit ihnen. Endlich hatte er es an einen unbesetzten Tisch geschafft. Miranda brachte ihm ein Glas Wasser und begrüßte ihn warmherzig. Er sah immer noch geschwächt aus, aber bei Weitem nicht mehr so am Boden zerstört wie am ersten Abend in Ruths Haus.

„Ich wusste gar nicht, dass Sie hier arbeiten", sagte er erfreut.

„Momentan. Elna ist in ein paar Wochen wieder zurück." Ihre eigene Aussage machte sie darauf aufmerksam, dass die Uhr tickte. War ihre Zeit in Abingdon bald vorüber? „Ich habe Eden schon lange nicht mehr gesehen. Und ich muss zugeben, dass ich sie sehr vermisse."

David lächelte und Miranda sah die Liebe zu seiner Tochter in seinen Augen. „Dieses Mädchen ist der Sonnenschein in meinem Leben."

Ein Blitz durchzuckte sie. Sie wusste nicht, was das Gefühl zu bedeuten hatte, aber sie vermutete, dass es mit der Sehnsucht nach ihrem eigenen Kind zu tun hatte.

„Sie und Grady hatten Pläne für heute. Gradys Vater nimmt sie mit zum Angeln. Ich war auch eingeladen, aber ich muss noch etwas anderes erledigen. Haben Sie Gradys Vater schon kennengelernt?“, fragte David.

Sie schüttelte den Kopf.

„Er scheint ein netter Mann zu sein“, erklärte David. „Meine Mutter hält große Stücke auf ihn.“

„Ihre Mutter hat eine gute Menschenkenntnis“, stimmte Miranda zu. „Kann ich Ihnen eine Karte bringen?“

„Zwei bitte. Ich warte noch auf Pastor Hector.“

Miranda holte die Menükarte und ein weiteres Glas Wasser. Als Hector gekommen war, brachte sie den beiden ihr Essen und sorgte dafür, dass sie immer reichlich Kaffee hatten. Die beiden Männer unterhielten sich intensiv und Miranda war froh, dass David in Pastor Hector jemanden hatte, der ihn so kompetent unterstützte. Wieder einmal dachte sie an den himmlischen Jagdhund. Sie hatte gespürt, wie er sie vorsichtig anstupste, sie sanft schob. Manchmal fühlte sie sich, als ob er leise neben ihr her trottete und auf eine Gelegenheit wartete, sie auf ihn aufmerksam zu machen. Darauf wartete, dass sie ihren Blick auf ihn richtete. Im Moment zum Beispiel fühlte sie sich von ihm beobachtet, doch sie wischte Tische ab, kochte frischen Kaffee und ihr Verstand war viel zu abgelenkt.

Venita trat neben sie und nickte in Davids Richtung. „Sie sagen, dass seine Frau sich aus dem Staub gemacht hat. Armer Kerl“, sagte sie und schüttelte mitleidig ihren Kopf.

„Sarah ist weg?“ Miranda war bis ins Mark erschüttert. Es fühlte sich fast an, als hätte sie ein Blitz getroffen.

Venita nickte. „Ich habe gehört, dass sie vorgestern weggefahren ist. Sagte wohl, sie wolle ihre Eltern besuchen – sie wohnen in der Nähe von Gatlinburg, aber …“ Venita zuckte mit den Schultern und machte ein angewidertes Gesicht.

„Vielleicht kommt sie zurück“, sagte Miranda und merkte,

dass sie es inständig hoffte. „Sie hat ein sehr hartes Jahr hinter sich. Vielleicht braucht sie einfach nur ein bisschen Erholung und Abstand."

„Vielleicht", sagte Venita, aber an ihrer skeptischen Stimme hörte Miranda, dass sie die Sache anders sah.

Die beiden Männer unterhielten sich sehr lange. Nachdem Hector gegangen war, blieb David noch und zog einen dicken Papierstapel aus der Tasche an seinem Rollstuhl.

„Macht es Ihnen was aus, wenn ich mich hier ein bisschen breit mache?", fragte er, als Miranda seine Tasse noch einmal auffüllte.

„Überhaupt nicht."

Er arbeitete, las und kritzelte und schüttelte frustriert den Kopf. Sie füllte seine Kaffeetasse immer wieder auf, bis er dankend abwehrte und sagte, er habe seine Ration für die nächsten Tage nun schon getrunken. Nach über einer Stunde kam er an die Kasse und bezahlte seine Rechnung. Der Papierstapel lag auf seinem Schoß.

„Sieht nach einem großen Projekt aus", sagte Miranda mit einem Kopfnicken.

„Ich schreibe ein Buch", sagte er, sah dabei aber nicht im Mindesten glücklich aus.

„Wow. Ich bin beeindruckt."

„Das sollten Sie aber nicht sein."

„Worum geht es?"

„Es geht um das, was ich einmal zu wissen geglaubt habe. David Williams erklärt den Sinn des Lebens." Er lächelte, doch Miranda sah die Bitterkeit in seinen Augen.

„Ich würde es gerne lesen", sagte sie offen und war von ihren eigenen Worten überrascht.

Er betrachtete sie einen Moment lang, dann zuckte er mit den Schultern. „Nehmen Sie es", sagte er. „Sie würden mir einen Gefallen tun. Sagen Sie mir, was ein frisches, unvoreingenommenes Paar Augen sieht."

„Ernsthaft?"

„Natürlich."

Sie lachte. Sie mochte David Williams sehr. Plötzlich hatte sie deshalb Gewissensbisse, als ob sie Joseph damit verraten würde. Doch sie schüttelte diese Gedanken ab.

Sie nahm das Manuskript dankbar an sich. „Ich kann es kaum erwarten."

„Nehmen Sie sich Zeit", murmelte er auf dem Weg nach draußen. „Ich habe es nicht eilig."

Miranda beendete ihre Schicht, ging zum Waschsalon, putzte ihr kleines Apartment und erledigte ihre Pflichten im Bestattungsunternehmen. Zur Abendessenszeit rief Joseph an, um ihre Verabredung auf später zu verschieben. Er war noch mit einem wichtigen Fall beschäftigt. Sie sagte ihm, dass er vorsichtig sein sollte. Als sie merkte, dass sie froh war, nun ein wenig Zeit für Davids Buch zu haben, fühlte sie sich etwas unwohl. Nachdem sie sich eine Decke geschnappt hatte, setzte sie sich ins Gras hinter ihrem Apartment, um zu lesen. Eine leichte Brise wehte. Nicht stark genug, um die Seiten zu verwehen, aber genug, um Miranda nach und nach auszukühlen. Doch Davids Buch fesselte sie so schnell, dass sie es gar nicht bemerkte.

Während sie las, waren die Dinge, die sie schon so oft gehört hatte, plötzlich nicht mehr nur trockene Fakten, sondern wurden zu einem Drama von kosmischen Ausmaßen. Auf der einen Seite war der gütige, gerechte König. Dann gab es ein nahezu perfektes Mitglied des himmlischen Hofstaates, dem der König fast so wie seinem eigenen Sohn vertraute, das aber durch Neid plötzlich böse wurde. Es gab Verrat und Aufstände. Ein Coup, der misslang, aber nicht ohne Kampf, Geschrei und das Geräusch des Krieges. Die Rebellen wurden verbannt, und herrschten nun auf der Erde, wo die mutigen Untertanen des Königs gegen sie kämpften. Dann gab es den Prinzen, der sein Leben für die Rettung seines Königreiches ließ. Und es gab das Versprechen, dass eines Tages alles Böse zerstört und der Frieden bis ins letzte Gebiet des Königreiches wieder hergestellt sein würde.

Mirandas Augen waren ausgetrocknet und das Licht längst dämmrig geworden, als sie fertig war. Die Geschichte war noch nicht vollständig, aber ihre Gedanken rasten nur so. Endlich verstand sie. Sie hatte eine Wahl. Sie konnte ihr Leben verändern lassen – oder sie könnte so weiter machen wie bisher und so tun, als hätte sie diese Geschichte nie erfahren.

Endlich legte sie das Buch beiseite und ließ sich rückwärts auf die Decke fallen, wo sie liegenblieb, bis es ganz dunkel war. Dann sammelte sie die Seiten des Manuskriptes ein und ging nach oben ins Bett, doch es dauerte noch lange, bis sie eingeschlafen war.

Miranda las Davids Buch noch einmal und wollte es ihm einige Tage später wieder vorbeibringen. Leise klopfte sie an die Fliegengittertür auf Ruths Veranda. Nach einer Weile hörte sie das Summen von Davids elektrischem Rollstuhl und er öffnete ihr.

„Willkommen", sagte er. „Kommen Sie herein. Leider sind Mutter und Eden in der Kirche, um etwas für ein Fest vorzubereiten." Er erwähnte Sarah mit keinem Wort und Miranda fragte nicht nach.

„Ich bin auch gekommen, um *Sie* zu sehen", sagte sie. „Ich habe Ihr Buch gelesen. Zweimal."

„Wirklich!" Er schien überrascht.

Sie nickte.

„Also, wollen Sie mir sagen, was Sie denken?"

„Ich liebe es."

Er lächelte. „Nun, das ist wirklich mal konstruktive Kritik. Wie wäre es mit einem Glas Eistee oder einer Tasse Kaffee?"

„Ich nehme den Tee, danke."

Er fuhr in die Küche und kam mit zwei Gläser zurück, die er in die Halterung an seinem Rollstuhl gestellt hatte. „Hier, bitte", sagte er und reichte ihr ein Glas. „Sollen wir uns auf die Veranda setzen?"

„Gerne. Durch den Wind ist es endlich nicht mehr so schwül."

Miranda setzte sich in einen von Ruths Schaukelstühlen, David blieb in seinem Rollstuhl.

„Ich habe noch niemanden so über das alles reden hören", sagte sie. „Es ist nicht langweilig."

„Das ist ein großes Lob, vielen Dank."

Miranda meinte, ein Flackern von Interesse in seinen Augen zu sehen. Sie sah auf die Kapitel hinab und ging in Gedanken noch einmal die Geschichte durch, die er entworfen hatte. Der himmlische Kampf. Der Ausschluss aus dem Paradies, die Anstrengung, wieder zurückzufinden – diese Kapitel hatten ihr Herz gefangen genommen.

„Es war, als würden Sie mich kennen", sagte sie. „All die Orte, an denen ich gewesen bin und die Dinge, die ich getan habe, um meinem Leben einen Sinn zu geben ... ich weiß nicht."

„Haben Sie es geschafft? Ihrem Leben einen Sinn zu geben, meine ich?"

Miranda schüttelte den Kopf. Sie dachte an das Kind, das für sie für immer verloren wäre. Ihre Mutter, die immer eine Fremde für sie gewesen war. „Aber das Buch hat einfach gesagt: *Stopp!*"

„Sie haben es bemerkt."

„Natürlich. Aber Sie können es so nicht lassen. Es ist, als würde man mit einer Geschichte vor dem Ende aufhören. Wie in einem Film, der ein offenes Ende hat."

„Ein offenes Ende?"

„Ja, man weiß nicht, ob der Held oder die Heldin es am Ende schaffen, ob sie glücklich werden."

Er nickte nüchtern.

Sie konnte den Kummer in seinen Augen sehen. Und dann

verstand sie. Diese Geschichte war auch die Geschichte seines Lebens. Und er wusste nicht mehr, wie es weiterging.

„Ich kann meinen Weg nicht mehr erkennen“, sagte er leise.

Sie atmete tief ein. Wer war sie, dass sie ihm Ratschläge hätte geben können? Aber sie spürte, dass sie es versuchen musste, also sagte sie einfach: „Sie kennen den Weg. Sie finden ihn auch im Dunkeln.“

Er sah sie an, seine Augen voller Tränen. „Glauben Sie?“

„Ich weiß es“, bekräftigte sie und legte dabei eine Hand auf ihr Herz, als gebe sie ein Versprechen.

Lange Zeit saßen sie schweigend da. Dann setzte Miranda ihr Glas ab und erhob sich. „Rufen Sie mich an, wenn Sie fertig sind. Ich würde gerne die ganze Geschichte lesen.“

50

In der letzten Juliwoche schien die Stadt in den höchsten Gang geschaltet zu haben und die Straßen Abingdons waren voller Betriebsamkeit und Aktivität. Das *Hasty Taste* war noch belebter als sonst. Venita erklärte es damit, dass endlich die ersten Touristen kamen. Ganz offensichtlich war das Virginia Highland Festival ein beliebtes Event, mit Musikshows, Quiltworkshops, Kunst- und Handwerksausstellungen, Lesungen, Spielen, Spinn- und Webkursen, Naturwanderungen und Essen. Viel Essen.

Am Montag, kurz nachdem das *Hasty Taste* geöffnet wurde, kam eine stämmige Frau mit knallroten Haaren und grauem Ansatz herein. Sie warf Miranda einen besorgten Blick zu. Venita flog förmlich um die Theke herum, um sie zu umarmen. „Elna! Du bist wieder da! Wie geht es dir, Liebes?", hörte Miranda Venita sagen, bevor sie in leiserem Ton weitersprach. Wortfetzen wie *sie weiß, dass es nur übergangsweise ist* und *mach dir keine Sorgen, nächste Woche kannst du wieder arbeiten* sagten ihr, dass ihre Zeit hier bald vorbei war. Als Elna gegangen war, machte Venita es offiziell.

„Wir haben deine Arbeit hier wirklich sehr geschätzt", fing sie an, „aber Elna braucht ihren Job zurück."

Miranda dankte Venita freundlich und sie vereinbarten, dass am Freitag ihr letzter Arbeitstag wäre. *Und was dann?*, fragte sie sich, als sie wieder an die Arbeit ging. Wahrscheinlich könnte sie einen anderen Job finden, aber sie war gekommen, um ihr Kind zu finden und hatte sich von anderen Dingen ablenken lassen. Die Ablenkung kam gerade zur Tür herein und war in Begleitung von Henry. Miranda brachte ihnen Frühstück, ohne ihre Bestellung abwarten zu müssen. Sie hatte schon länger das

Gefühl, dass sie und Joseph auf eine kritische Masse zusteuerten. Allerdings hatte sie noch keine Ahnung, ob diese aus Spaltung oder Einschmelzen bestehen würde.

Joseph schien im Moment genervt zu sein. Als er bezahlte, sah sie, wie Henry ihm in die Rippen stieß und raunte: „Ich hab dir doch gesagt, dass du endlich loslegen sollst." Das schien Joseph aus dem Konzept zu bringen. Er fummelte an seiner Brieftasche herum und Kreditkarten und Geldscheine verteilten sich auf dem Boden. Miranda kam um den Tresen herum, um ihm beim Aufheben zu helfen. Sie beugte sich nach unten, er erhob sich gerade und ihre Köpfe knallten zusammen. Peinlich für sie beide. Belustigend für alle anderen.

„Sind sie nicht süß?", sagte Venita grinsend zu Wally, der mit einem Grunzen antwortete. Miranda verabschiedete sich schnell und ging mit glühenden Wangen wieder an die Arbeit.

Den ganzen Morgen über arbeitete sie hart, und als ihre Schicht endlich vorbei war, bemerkte sie, dass sie einen verpassten Anruf auf ihrem Handy hatte. Es war C. Dwight Judson, ihr früherer Anwalt. Er ging sofort ans Telefon, als sie ihn zurückrief und kam auch gleich zum Punkt.

„Ich habe von dem Anwalt in Tennessee von der richterlichen Verfügung gehört."

Ein Schock durchfuhr Miranda. Ihr Herz setzte einen Moment aus, dann schlug es in doppeltem Tempo weiter. „Ja?" Sie hielt den Atem an.

„Es tut mir leid. Das Gericht hat Ihren Antrag abgelehnt. Die Akten bleiben versiegelt."

Für einen Augenblick hatte es ihr die Sprache verschlagen. Dann dankte sie ihm und legte auf.

Wie fremdgesteuert verabschiedete sie sich von Venita und Wally, ging zu ihrem Apartment, stieg ins Auto und fuhr los. Sie kam an Farmen und Häusern vorbei und konzentrierte sich ganz aufs Fahren. Fahren, fahren und fahren. Nicht stehen bleiben, bis sie so weit weg war, dass sie nie mehr an ihr Kind denken müsste. Es machte ihr nichts aus, den Laptop und ihre Sachen zurückzulassen, aber Gesichter tauchten vor ihrem inneren Auge auf, die sie nicht so schnell loslassen konnte. Menschen, die sie in ihr Herz geschlossen hatte. Immer und immer wieder sah sie sie. Endlich wendete sie ihr Auto, und nach langer Fahrtzeit kam sie zurück nach Abingdon und hielt vor St. James.

Sie stellte das Auto ab, ging über den Parkplatz und setzte sich auf die Stufen vor der Kirche. Sie waren von der Nachmittagssonne angewärmt. Dann holte sie ihr Handy hervor und wählte ohne die Gefühle, die sie erwartet hätte, die Nummer der Auskunft von Nashville. Soweit sie wusste, lebte Danny Loomis immer noch dort und arbeitete für eine Spedition. Sie hatte seit elf Jahren nicht mehr mit ihm gesprochen.

„Ich hätte gerne die Nummer von Loomis", sagte sie zu der Dame am Telefon. „Daniel Loomis."

Sie schrieb sie auf ihre Hand und wählte schnell, bevor sie es sich anders überlegen konnte.

Nach dem dritten Klingeln nahm ein Kind ab. Ein kleines Mädchen, dessen Stimme ihr einen Stich versetzte.

„Kann ich deinen Vater sprechen?", sagte Miranda schnell. „Danny Loomis?"

„Er ist an der Arbeit. Wollen Sie mit meiner Mutter reden?"

„Hast du die Büronummer von deinem Vater?"

„Einen Moment." Schwerer Atem, Papierrascheln, dann las die Kleine Miranda die Nummer vor.

„Danke", sagte sie, als gerade die Stimme einer Frau im Hintergrund erklang.

Sie legte auf und wählte wieder.

„Spedition Beauregard. Hier ist Kip."

„Ich würde gerne mit Daniel Loomis sprechen."

„Warten Sie kurz." Nach ein paar Sekunden Warteschleife wurde abgenommen.

„Loomis“, sagte die Stimme. Sie kam Miranda nicht im Mindesten bekannt vor.

„Danny“, sagte sie. „Hier ist Miranda. Ich meine, Dorrie Gibson.“

Eine lange Stille entstand, die sie schließlich selber brach. „Keine Angst. Ich will nichts von dir“, versicherte sie ihm offen. „Es tut mir leid, dass ich dich belästige, aber ich brauche ein paar Informationen.“

„Okay.“ Er hörte sich vorsichtig an und Miranda fing an, böse zu werden.

„Ich suche nach unserem Kind“, sagte sie.

Er stieß seinen Atem laut aus. „Dorrie, ich kann jetzt nicht darüber reden.“

„Ich will nicht reden. Ich will nur alles wissen, was du weißt. Meinst du nicht, dass du mir das schuldest?“

Wieder eine Pause. „Ich weiß nichts.“

„Danny, jemand muss doch die Geburtsurkunde haben. Hast du sie?“

Ein tiefes Seufzen erklang am anderen Ende der Leitung und ihr Ärger wurde größer.

„Du hast sie?“, bohrte sie weiter.

„Ich hatte sie“, sagte er. „Ich habe sie deiner Mutter gegeben.“

Miranda fühlte sich wie vor den Kopf gestoßen. Wieder empfand sie sich als Opfer eines Verrats.

„Alles, was ich weiß ist, dass es ein Mädchen war. Deine Mutter hat gesagt, dass sie ein gutes Zuhause für sie gefunden hat. Ein christliches Haus.“

„Du hast immer gesagt, dass du nichts weißt.“

„Deine Mutter wollte es so. Du weißt doch, wie es damals war, Dorrie.“

Sie wusste wie es gewesen war, oh ja.

„Ich muss jetzt gehen“, sagte er.

Ihr Zorn machte nun Verzweiflung Platz. „Wie viel hat sie

gewogen?“, bettelte sie. „Welche Farbe hatten ihre Augen?“ Fast hätte sie angefangen zu weinen.

„Ich weiß es nicht. Ich erinnere mich nicht daran. Ich muss jetzt wirklich Schluss machen. Es tut mir leid. Es tut mir leid, was in der Vergangenheit passiert ist. Lass es uns dabei bewenden.“

Und dann legte er auf.

Sie sah ungläubig auf ihr Handy. Dann legte sie ihren Kopf auf die Knie und weinte. Tiefe, herzzerreißende Schluchzer. Und in ihrer Trauer trat leise jemand an sie heran. Sie wusste es, weil sie die Gegenwart spürte, ohne aufsehen zu müssen, und dann legte sich eine kleine, warme Hand auf ihren Rücken. Sie konnte sie riechen. Es war der süße Geruch eines Kindes. Seife und Süßigkeiten und Gras.

„Was ist mit dir?“, fragte Eden leise.

Miranda konnte nicht sprechen. Sie schüttelte nur den Kopf.

„Soll ich jemanden holen?“, fragte Eden. „Pastor Hector oder Mama oder Onkel Joseph?“

Miranda schüttelte wieder den Kopf. „Nur du. Bleib einfach bei mir“, sagte sie. Also setzte Eden sich neben sie und schob ihre kleine Hand in Mirandas, bis deren Schluchzer immer weniger wurden.

Am Morgen hatte Miranda eine Entscheidung gefällt. Sie musste es Joseph sagen. Und sie würde es heute tun. Heute Abend, wenn sie gemeinsam spazieren gingen. Sie würde es sofort sagen, wenn sie gekonnt hätte, so begierig war sie, es endlich jemandem zu erzählen.

„Wir halten beim Dairy Freeze und ich kaufe dir einen Burger zum Abendessen“, hatte er ihr angeboten, als er sie gestern Abend angerufen hatte. Es war die perfekte Gelegenheit. Ein langer Spaziergang, umgeben von den wunderschönen Bergen, würde ihr genügend Mut geben.

Die andere Sache, die sie während ihrer langen, schlaflosen Nacht entschieden hatte, war, dass sie ihre Suche öffentlich machen wollte. Es war ihre einzige Chance, ihre Tochter zu finden. Sobald sie es Joseph erzählt hatte, würde sie es allen ihren Freunden sagen. Sie würde die vier Pastoren fragen. Sie würde eine Anzeige in sämtliche Zeitungen setzen.

Wie immer ging sie am Morgen zur Arbeit. Sie setzte Kaffee auf, füllte die Milchkännchen und bereitete alles vor. Während sie arbeitete, zog sie das Foto ihres kleinen Mädchens aus der Tasche. Sie stellte es an die Kasse, sodass es ihr Mut machen konnte und sie sich besser fühlte, wann immer sie es anschaute. Das kleine Gesicht grinste sie an und machte sie glücklich. Um sechs Uhr öffnete sie das Café. Joseph kam kurze Zeit später und begrüßte sie mit warmem Lächeln. Sie brachte ihm seinen Kaffee und er sagte, dass er sich auf den Abend mit ihr freute. Sie erwiderte seine Worte und versuchte, den Knoten in ihrem Magen zu ignorieren. Kein erwachsener Mann würde jemandem einen Fehler vorhalten, den man als Fünfzehnjährige gemacht hatte, oder? Und dann zuckte sie plötzlich zusammen, weil sie ihre Tochter einen Fehler genannt hatte. Jetzt, wo Miranda ein bisschen mehr über sie wusste, war dieses Kind mit einem Mal real geworden. Ihr Kind war kein *es* mehr, sondern eine *sie*. Sie, Miranda DeSpain, hatte eine Tochter. Ein kleines Mädchen.

Joseph und Henry aßen. Nach einer halben Stunde ging Henry und Joseph kam an die Theke, um zu bezahlen. Er zückte seine Brieftasche, doch dann fiel sein Blick auf die Kasse und er zögerte. Sie folgte seinen Augen. Er sah auf das Foto ihres Kindes. Ihr Herz fing an, schneller zu schlagen. Wie hatte sie nur so dumm sein können und es hier stehen lassen? Sie betete darum, dass er sie nicht danach fragen würde.

Joseph ergriff das Foto und dann passierte das Seltsamste überhaupt. Auf sein Gesicht trat ein liebevoller Blick und ein kleines Lächeln umspielte seine Lippen, als er es sich ansah. Dann geschah etwas, das Miranda noch mehr verwirrte. Er steckte das Foto ein.

„Danke“, sagte er. „Ich hätte mich ewig geärgert, wenn ich es verloren hätte. Wo war es? Unter dem Tresen?“

Sie antwortete nicht, aber plötzlich fiel ihr wieder ein, dass Joseph gestern unfreiwillig den Inhalt seiner Brieftasche hier verteilt hatte. Sie stand einfach da und dachte nach. Konnte das sein? Nein. Konnte es nicht. Sie bewegte sich nicht, als könnte die kleinste Bewegung das Bild zerstören, das langsam aus einzelnen Puzzleteilen in ihrem Kopf Gestalt annahm. Dann nickte sie und lächelte, als wüsste sie, was er meint.

„Ich dachte, ich hätte alles eingesammelt“, sagte er, „aber offensichtlich hatte ich das hier vergessen.“

„Es ist gut, dass du es gesehen hast“, hörte Miranda sich sagen. „Ich wusste nicht, wer es ist.“ Das war die Wahrheit. Pure Wahrheit.

Seine Augen trafen die ihren. „Hast du diesen Wuschelkopf etwa nicht erkannt?“ Er legte zwei Geldscheine auf den Tresen und winkte ab, als sie ihm Wechselgeld geben wollte.

„So ein süßes Baby“, sagte sie und wollte, dass er endlich bestätigte, was sie längst zu wissen glaubte. Was sie wahrscheinlich schon die ganze Zeit gewusst hatte.

„Sie ist immer noch ein süßes Mädchen“, kommentierte Joseph und lächelte sie wieder warm an. „Aber das weißt du ja selbst.“

Irgendwie schaffte sie es, ihre Schicht zu beenden, während ihr Verstand überwältigt war von dem, was gar nicht sein konnte. Es musste ein Missverständnis sein. Nach der Arbeit ging sie nach Hause und schloss die Tür hinter sich. Sie dachte nach. Über Eden und Joseph, Sarah und David und darüber, was sie wusste, was aber nicht wahr sein konnte. Sarah war schwanger gewesen, oder nicht? Mit Davids Kind? Wie konnte dann Eden ihre *eigene* Tochter sein? Sie verstand nicht, was das alles zu bedeuten hatte, aber sie spürte, dass es wahr war. Es gab nur einen Weg, sich ganz sicher zu sein. Mit zitternden Händen griff sie zu ihrem Handy und rief bei Ruth an, um nach Eden zu fragen.

Edens Stimme klang atemlos, als sie abnahm. „Oh. Hallo Miranda", sagte sie fröhlich. „Ich spiele gerade mit meinem Papa Tischtennis. Er gewinnt immer noch gegen mich."

Miranda murmelte eine belanglose Antwort. Und dann stellte sie ihre Frage und versuchte, ruhig zu klingen. „Hey, mir ist gerade aufgefallen, dass es etwas Wichtiges gibt, was ich nicht über dich weiß."

„Was denn?", fragte Eden und Miranda musste sich zusammennehmen, um nicht einfach wieder aufzulegen. Sie hatte angefangen und musste es jetzt auch zu Ende bringen.

„Wann hast du Geburtstag?", fragte sie und in den Bruchteilen von Sekunden, die Eden für ihre Antwort brauchte, hätten ganze Welten zerstört und neu geschaffen werden können.

„Am vierzehnten Dezember", sagte Eden, „da werde ich zwölf."

51

Miranda verbrachte den Rest des Abends damit, sich zu überlegen, wie es nun weitergehen sollte. Joseph kam um fünf Uhr, um sie abzuholen und sie sagte ihm, dass sie sich nicht wohl fühlte. Wenn sie ihm die Wahrheit gesagt hätte, hätte er sie für verrückt oder eine Lügnerin gehalten. Doch sie musste wirklich schlecht ausgesehen haben, denn er sah sie mitleidsvoll an und sagte ihr, sie solle sich hinlegen.

Miranda rief Reverend Webb an. Beim siebten Klingeln nahm er endlich ab. Miranda hatte schon fast wieder aufgelegt. Die Stimme des alten Mannes klang brüchig, aber sie brauchte endlich Antworten. Sie hatte lange genug darauf gewartet.

„Reverend Webb, hier ist Miranda DeSpain. Ich habe Sie neulich besucht und nach Noreen Gibson gefragt."

„Ja", sagte er. „Ich erinnere mich."

„Ich habe vergessen, Sie etwas Wichtiges zu fragen. Kann ich das jetzt nachholen?"

„Natürlich. Nur zu."

„Mrs Tallert hat gesagt, dass Beck seinen Töchtern Noreen und Bobbie hin und wieder erlaubt hat, auf christliche Freizeiten zu fahren. Erinnern Sie sich daran, wo diese Freizeiten stattfanden?"

„Oh, Liebes, das ist schon so lange her."

„Ich weiß. Ist schon gut", sagte Miranda und fragte sich, ob sie ihn wirklich damit hatte belästigen müssen. Er schien sich leicht aufzuregen, wenn er sich nicht mehr an Dinge erinnern konnte.

„Warten Sie. Warten Sie. Einmal haben wir einen Ausflug nach Lewisburg gemacht. Ich glaube, Noreen war dabei."

„Mhm", sagte Miranda nur.

„Wir haben in verschiedenen Kirchen gesungen. Wir sind damals auch einmal nach Hinton und einmal nach Beckley gefahren."

Miranda atmete tief durch und stellte endlich die Frage, die ihr auf dem Herzen lag. „Gab es auch einmal eine Freizeit in Virginia, Reverend Webb?"

Stille am Telefon. Dann: „Ja, warten Sie, jetzt wo Sie es sagen ... Es gab da eine Art Camp, zu dem die Kinder immer gefahren sind. Ich glaube, Noreen ist auch einmal mitgekommen. Ich kann mich aber leider nicht mehr an den Namen erinnern oder wo es war."

„Könnte es in Abingdon gewesen sein?"

„Das könnte es, ja."

„Hieß es vielleicht Camp Berachah?"

„Genau! Das war es!", sagte er triumphierend, seine Stimme voller Erinnerungen, jetzt wo er sich wieder auf sicherem Terrain bewegte. „So hieß es. Das Tal des Segens. Ich erinnere mich daran, weil es im Tal des Segens war, wo Joschafat rief: ‚Wir wissen nicht, was wir tun sollen, sondern unsere Augen sehen nach dir.'"

„Also sind Sie sich sicher mit dem Namen?"

„Oh ja. Ich bin sicher. Jetzt erinnere ich mich wieder sehr genau daran."

Sie dankte ihm mit zitternder Stimme.

„Habe ich Ihnen helfen können?", fragte er.

„Ja, das haben Sie ganz sicher, Reverend Webb. Danke. Vielen Dank!"

Sie legte auf und fügte noch weitere Puzzelteile in ihr Bild ein. Als sie fertig war, hatte sie das Gefühl, dass sie ganz genau wusste, wer die Person war, der ihre Mutter vertraut hatte.

52

Ruth winkte Eden und David zum Abschied und sah ihnen nach, als sie den Hügel hinunterfuhren. David in seinem elektrischen Rollstuhl, Eden auf ihrem Fahrrad.

„Bist du sicher, dass ich euch nicht fahren soll?", hatte sie gefragt.

„Mama, wir haben Räder", hatte David gescherzt. „Wir brauchen kein Auto." Sie hatte ihren Sohn angelächelt und ihnen beiden einen Kuss gegeben, bevor sie sich auf den Weg gemacht hatten. Eden und David hatten ein geduldiges Lächeln ausgetauscht, das Ruths Herz einen Luftsprung machen ließ. Sie hatte das Gefühl, dass die Seele und der Geist ihres Sohnes allmählich heilten, so wie sein Körper es schon seit einer Weile tat. Trotz der Abwesenheit seiner Frau.

Weder David noch Sarah hatten Sarahs Abwesenheit erklärt. Sie hatten hinter verschlossenen Türen miteinander geredet und dann verkündet, dass Sarah eine Weile zu ihren Eltern fahren würde. David und Eden würden hier bleiben, wenn es für Ruth in Ordnung sei – was es natürlich war. Edens Kiefer hatte sich angespannt, als ihre Mutter ihr einen Abschiedskuss gegeben hatte, aber nach ihrer Abreise war sie in kürzester Zeit wieder ein fröhliches Mädchen geworden. Sie genoss es, mit ihrem Vater zusammen zu sein. Ihre Stimmung verschlechterte sich nur, wenn Sarahs Name fiel oder wenn sie an ihre Mutter dachte, wie Ruth vermutete.

David und Eden waren nun schon weit entfernt, doch Ruth sah besorgt, dass ihr Sohn für einen Rollstuhlfahrer viel zu schnell auf dem Bürgersteig unterwegs war und Eden freihändig fuhr. Ruth schüttelte den Kopf und wandte sich ab, bevor sie sich noch mehr Sorgen machte.

In den letzten Tagen hatte sie nicht viel von Joseph gesehen. Er war wegen des Festivals immer auf Achse. In Abingdon gab es nie sehr viel Kriminalität, aber mehr Besucher bedeuteten auch mehr Staus und mehr Menschenansammlungen – beides Zuständigkeitsbereiche der hiesigen Polizei.

Sie sah auf ihre Armbanduhr und ging wieder ins Haus, um ihre Handtasche zu holen. Heute würde sie sich mit Johnny treffen, um über das Camp zu reden. Sie fühlte einen kleinen Stich bei dem Gedanken an Joseph und was er wohl zu ihren Plänen sagen würde, aber dann erinnerte sie sich daran, dass sie ja schließlich eine erwachsene Frau war und sich nicht zu rechtfertigen brauchte. Sie konnte ihre eigenen Entscheidungen treffen. Und wenn sie ehrlich war, konnte sie niemanden gebrauchen – nicht einmal ihre Söhne oder Hector, Vi oder Henry – die sie auf die kleinen Schönheitsfelder in ihren Träumen aufmerksam machten. Sie hatte immer gewollt, dass das Camp wieder eröffnet wurde. Und jetzt schien dies endlich zum Greifen nahe.

Sie schloss die Tür hinter sich, stieg ins Auto und machte sich auf den kurzen Weg zum See. Als sie unter dem Schild am Eingang zum Camp hindurchfuhr, verspürte sie wie immer eine unbändige Freude. Ja, hier war tatsächlich ein Ort des Segens gewesen, nicht nur für sie und ihren Mann, sondern auch für hunderte von Kindern, die hierhergekommen waren.

Johnny und Grady warteten auf der Veranda der Hütte und saßen in neuen Schaukelstühlen. Sie stellte das Auto ab und winkte ihnen zum Gruß zu.

Johnny stand auf und kam zu ihr. Er begrüßte sie mit einer Umarmung. „Einen schönen Tag, Ruth. Wie geht es Ihnen?“

„So gut wie der Tag schön ist, Johnny“, sagte sie überschwänglich. „Sehen Sie sich nur an, was Sie schon alles hier erreicht haben.“ Sie sah sich voller Freude um. Der Steg war mittlerweile repariert und das Kanu lag endlich wieder auf dem Wasser, anstatt halb unterzugehen. Sie konnte sehen, dass einige der Holzhüttendächer schon neu gedeckt waren und verrostete oder beschädigte Dachrinnen durch neue ersetzt worden waren.

„Kommen Sie hier herein", sagte Johnny und öffnete die Tür der Hütte, vor der er gerade noch mit seinem Sohn gesessen hatte. Sie folgte ihm durch den Speisesaal in die Küche. „Ich habe diese Wand hier rausgenommen, die vom Hausschwamm befallen war und sie durch eine neue ersetzt. Auf dem Boden habe ich neues PVC verlegt." Ruth sah sich in der Hütte um und nahm dann auch den Fußboden in Augenschein, und tatsächlich, unter ihren Füßen erstreckten sich schöne schwarze und weiße Quadrate.

„Es ist wunderschön", sagte sie. „Wie viel schulde ich Ihnen?"

Er hielt abwehrend eine Hand in die Luft. „Warten Sie. Lassen Sie uns das Gesamtbild betrachten. Hätten Sie gerne eine Tasse Kaffee?" Er zeigte auf den Herd, wo eine Kaffeekanne munter vor sich hin brodelte.

„Sehr gerne", sagte Ruth glücklich.

Ruth nahm die Tasse, die Johnny ihr entgegenstreckte, und setzte sich mit ihm an einen der langen Tische im Speisesaal. Johnny hatte schon einige Ordner mit Unterlagen bereit gelegt.

„Ich habe mich mit einigen Lieferanten und Firmen getroffen und wir haben einen Plan gemacht."

Ruth nickte.

Er öffnete einen Ordner und nahm eine detaillierte Zeichnung heraus. „Das hier sind die bereits bestehenden Gebäude", zeigte er ihr auf dem Plan und sie hörte aufmerksam zu. „Ich habe die Stellen markiert, wo Dinge repariert oder ersetzt werden müssen. Und hier habe ich drei Kostenvoranschläge."

Sie überflog kurz die Angebote und überschlug die Kosten im Kopf. Gut, sie hatte momentan zwar nicht den gesamten Betrag zur Hand, aber es würde mit Hilfe der Bank auch kein Ding der

Unmöglichkeit werden. Sie hörte Johnny genau zu, als er erklärte, warum die einzelnen Projekte wichtig waren. Als er fertig war, schob er ihr ein Blatt Papier über den Tisch zu. „Hier ist die Endrechnung, wenn man für alle Aufträge den günstigsten Anbieter nimmt, abgesehen von zweien, deren Arbeit mir minderwertig erschienen ist."

Sie sah Johnny an. „Sie haben sich viel Mühe gemacht und alles genau durchdacht."

Er senkte die Augen. „Das war doch das Mindeste, was ich tun konnte. Aber bevor wir weiterplanen, müssen wir uns einen Überblick über die Kosten verschaffen", gab er zu bedenken.

Ihre Blicke trafen sich. „Sie haben recht."

Er nickte und reichte ihr den ganzen Stapel Papier. „Sie sollten das alles mit nach Hause nehmen und darüber nachdenken. Wenn Sie sich gegen das Projekt entscheiden sollten, ist das kein Problem. Es war mir eine Ehre, Sie kennengelernt zu haben und ich bin Ihnen sehr dankbar, dass wir hier wohnen durften."

„Johnny, ich habe schon alles überdacht. Ich bin mir mit allem sicher", sagte Ruth und sah sich lächelnd um. „Wenn ich das Camp wieder eröffne, würden Sie dann hier bleiben und als Hausmeister arbeiten?"

„Dessen bin ich nicht würdig", sagte er mit gesenktem Kopf und seine Wortwahl erstaunte sie.

„Keiner von uns ist würdig, Johnny. Darum geht es doch bei Gottes Gnade."

Er hob seinen Kopf und atmete tief ein. „Wenn das Camp wirklich öffnet, bleibe ich."

Sie nickte und stand auf. „Danke für all Ihre Arbeit", sagte sie dann. „Rufen Sie mich bitte an, wenn die Papiere bereit zum Unterschreiben sind." Sie war sich bewusst, dass seine Augen ihr folgten, als sie zu ihrem Auto ging und davonfuhr.

Miranda atmete tief ein und bereitete sich auf den Besuch vor. Ruth war zu Hause gewesen, als sie angerufen hatte. Noch ganz atemlos hatte Ruth sich gemeldet, weil sie gerade erst zur Tür hereingekommen war. Eden und David waren nicht zu Hause. Ruth hatte Miranda versichert, dass sie gerne zu einem Gespräch vorbeikommen könnte. Und nun stand Miranda vor ihrer Haustür und wartete darauf, dass ihr geöffnet wurde. Auf ihr Klopfen hin erschien jedoch niemand. Vorsichtig öffnete sie die Fliegengittertür und trat ins Haus. „Ruth?", rief sie leise. „Wo bist du?"

Miranda fand sie ganz in einem Papierstapel vertieft am Küchentisch sitzend. Ihr Gesicht wirkte ein wenig melancholisch und Miranda zweifelte daran, ob sie Ruth überhaupt mit ihren Fragen bedrängen sollte.

„Stimmt etwas nicht?", fragte sie.

Ruth sah auf und schüttelte den Kopf. „Es ist nichts. Ich denke nur daran, wie teuer die Liebe einen manchmal zu stehen kommt."

Miranda sah sie verwirrt an und Ruth lächelte. „Ich dachte gerade an David und Sarah und dann an dich und Joseph und Grady und seinen Vater. Bei euch allen scheint es einen sicheren Weg und einen Weg der Liebe zu geben."

Miranda setzte sich an den Tisch und stellte ihre Handtasche auf den Boden.

„Der Weg der Liebe ist gefährlich und uneben. Es gibt Dornen und Gestrüpp und die Möglichkeit, zu stolpern und sich zu verletzen. Der sichere Weg ist … Einsamkeit. Man muss nicht vertrauen und nichts riskieren. Welchen Weg würdest du wählen?", fragte Ruth und sah Miranda direkt an.

Miranda fragte sich, ob Ruth insgeheim wusste, warum sie gekommen war und ihr nun eine verschlüsselte Botschaft schickte. „Ich weiß nicht", sagte sie nur.

Ruth legte den Papierstapel zur Seite und lächelte endlich. „Du bist nicht gekommen, um mir beim Grübeln zuzuhören, nicht wahr? Du hast gesagt, du musst mit mir reden. Was ist los?"

Plötzlich wurde Miranda unsicher. Sie stellte sich vor, wie ihre Eröffnung auf Ruth wirken musste. Und auf Joseph. Sie würden ihr nie glauben, dass sie es nicht von Anfang an gewusst hatte. Sie würden denken, dass sie sich in ihre Familie geschlichen hatte, um sich ihr Kind zurück zu holen.

„Miranda?", fragte Ruth.

Es gab keinen einfachen Weg. Sie sah auf und ließ das aus ihrem Mund sprudeln, was sie so lange in sich verschlossen hatte.

„Als ich fünfzehn war, bin ich schwanger geworden", sagte sie.

Ruths Gesicht spiegelt Überraschung wider, dann Mitgefühl.

„Meine Mutter sagte, dass ihr das Kind nicht ins Haus kommen würde. Sie wollte das Baby zur Adoption freigeben, also arrangierte sie alles dafür."

Ruth sah Miranda unverwandt an und war völlig still geworden.

„Ich bekam also das Baby. Dann haben sie es mir sofort weggenommen. Man hat mir nichts gesagt. Nicht das Gewicht, nicht die Größe, nicht das Geschlecht. Das war vor elf Jahren."

Mittlerweile war Ruths Gesicht ganz blass geworden.

„Meine Mutter ist vor ein paar Monaten gestorben und hat mir nur einen Anhaltspunkt hinterlassen. Ein Foto von meinem Kind, als es ein Jahr alt war, in einem Briefumschlag, der in Abingdon abgestempelt worden ist."

Ruths Augen hatten sich mittlerweile mit Tränen gefüllt. Genau wie Mirandas.

„Ich bin hierhergekommen, um nach meinem Kind zu suchen."

Die beiden Frauen sahen sich an und für eine Weile sprach keine auch nur ein Wort.

„Und du hast sie gefunden", sagte Ruth schließlich sanft.

„Aber ich verstehe es nicht", sagte Miranda. „Ich kann es kaum glauben, auch wenn ich weiß, dass es stimmen muss. Ich verstehe nicht, wie es sein kann. Niemand hat mir jemals irgendetwas gesagt. Könntest du mir bitte die Wahrheit sagen?"

Ruth wischte sich mit einem Papiertuch über die Augen und nickte. Sie nahm ein anderes aus der Box auf dem Tisch und reichte es Miranda. Leise fing sie an zu sprechen.

„Meine Söhne haben es sehr schwer genommen, als ihr Vater gestorben ist. Vor allem David. Er war Joseph gegenüber immer eifersüchtig und hat mit ihm konkurriert. Was auch immer Joseph tat, David wollte es auch tun. Was auch immer Joseph bekam, David wollte es auch haben. Ich habe zugesehen, wie sie sich gegenseitig verletzten, aber ich wusste nicht, wie ich sie davon abhalten konnte. Als Joseph aufs College ging, haben die Probleme erst richtig angefangen. Ich habe es bemerkt, aber ich wusste wieder nicht, wie ich David davon abhalten sollte. Und ich wusste nicht, ob ich es Joseph sagen sollte. Ich habe mich deshalb immer schuldig gefühlt. Ich hätte etwas tun sollen." Ruth hielt einen Moment inne, dann fuhr sie fort.

„Joseph kam nach Hause. Da war Sarah schon schwanger und David war der Vater."

Miranda schüttelte verwirrt den Kopf. Ruth erzählte weiter.

„Oh, es war schrecklich mit anzusehen – der Hass, der mörderische Hass zwischen den beiden." Jetzt weinte sie. „Joseph ging zur Marine und ich hatte Angst, dass er mit diesem ganzen Hass in seinem Herzen sterben würde, aber der Herr hat auf ihn achtgegeben. Doch nicht auf Sarahs Baby", sagte sie sanft und Miranda überlief es kalt.

„Sie hat im siebten Monat eine Fehlgeburt erlitten. Es war ein Mädchen. Sie haben ihr einen Namen gegeben und sie in Fairfax beerdigt. Ich habe viel geweint, besonders um Sarah. Sie war ein Wrack und lud die ganze Schuld auf ihre Schultern. Hat es dich schon einmal vor Schuldgefühlen fast zerrissen?"

Miranda nickte. Jeden Tag ihres Lebens, seit sie ihr Kind hatte hergeben müssen.

„Ich konnte nur für sie beten. Und das tat ich auch. Für sie alle. Ich bat Gott immer wieder, alles zum Guten zu wenden. Eines Tages klingelte das Telefon. Es war deine Mutter." Sie lächelte Miranda an.

„Sie sagte ‚Mrs Williams, hier ist Noreen Gibson. Erinnern Sie sich an mich?' Und natürlich habe ich mich an sie erinnert. Ich erinnerte mich an ihre traurigen, leeren Augen und ihr hartes Herz. Sie musste schrecklich verletzt worden sein, aber sie hat sich auch bei uns im Camp nie geöffnet. Deshalb war ich sehr überrascht, von ihr zu hören. Aber der Herr hat Geduld und Zeit und kommt zu seinem Ziel", sagte sie sanft. „Doch ich erwartete zunächst etwas anderes. Ich dachte, sie ruft mich vielleicht an, um mir zu erzählen, wie sie zu Gott gefunden hat. Aber sie beantwortete ein anderes meiner Gebete. Sie sagte, dass ihre Tochter schwanger wäre und sie deshalb eine private Adoption arrangieren wolle. Sie fragte mich, ob ich jemanden kennen würde, dem ich ihr Enkelkind anvertrauen könnte."

„Das hat sie gesagt?", fragte Miranda. „Genau diese Worte?"

„Genau diese Worte."

„Sie hat sich um sie gesorgt", murmelte Miranda.

„Sie hat sich sehr um deine Tochter gesorgt", stimmte Ruth zu. „Und für mich erschien es wie ein Wunder." Sie lächelte und lachte fast. „Ich habe David und Sarah angerufen und sie konnten es kaum glauben. Vor allem Sarah nicht. ‚Er vergibt mir', hat sie gesagt und ich wusste, dass sie damit nicht Joseph meinte. Und dann kam das Baby. Deine Mutter hat uns sofort angerufen, als du ins Krankenhaus kamst, und David und Sarah sind gleich losgefahren. Sie haben das Baby mitgebracht und ich bin zu ihnen und habe mir die Kleine angeschaut. Oh, was für ein wunderschönes Kind sie war! Dieses süße Gesicht. Und sie war so lebhaft. Sie sah einen immer mit diesen großen blauen Augen an und man konnte meinen, sie schaue einem direkt in die Seele." Ruth lachte. „So erschien mir Eden immer als Baby.

Und dickköpfig." Sie schüttelte den Kopf. „Was für ein starker Charakter."

Etwas nüchterner sprach sie weiter. „Das einzig Dunkle war diese Heimlichtuerei. Niemand sollte es wissen. Es war eine Schande, verstehst du? Sarahs Schande. Sie wollte nicht, dass jemand wusste, dass Gott ihr das eigene Baby weggenommen hatte. So sah sie es zumindest. Und vor allem wollte sie nicht, dass Joseph es erfuhr. Irgendwann erzählten sie es Eden. Ich wusste es. David und Sarah wussten es. Ihre Freunde in Fairfax wussten es, aber hier in Abingdon dachte jeder, dass Eden das Kind war, das Sarah David geboren hatte. Sarah dachte, Joseph würde sich freuen, wenn er wüsste, dass sie das Kind von David in Wirklichkeit verloren hatte." Ruth schüttelte fassungslos den Kopf.

„Deine Mutter hat mich dann irgendwann gefragt, ob ich ihr nicht ein Foto schicken könnte. Das war alles. ‚Lassen Sie mich nur sehen, dass es ihr gut geht und ich werde Sie nie wieder belästigen', sagte sie. Ich habe weder David noch Sarah davon erzählt", sagte Ruth, „obwohl ich es vielleicht besser hätte tun sollen. Ich habe das Foto genommen, das Sarah mir an Weihnachten gegeben hat und es deiner Mutter geschickt."

„Und sie hat es all die Jahre vor mir versteckt. Dann ist sie gestorben. Und ich habe es gefunden. Und dann bin ich hergekommen", führte Miranda die Geschichte fort.

„Und dann bist du hergekommen", stimmte Ruth zu. „Und jetzt kommt endlich alles ans Licht." Und sie sah nicht im Mindesten traurig dabei aus, sondern friedlich – und erleichtert.

53

Eden wartete noch zehn Minuten auf Grady, dann ging sie, um ihren Vater zu finden. Das Festival im Park hatte begonnen, und er saß bei Pastor Hector und Onkel Joseph an einem der aufgestellten Tische, an denen alle Erwachsenen saßen und lachten und sich unterhielten. Wie langweilig!

„Papa, hast du Grady gesehen?"

„Nein, Eden, tut mir leid."

„Er wollte mich hier treffen."

„Er kommt bestimmt noch", sagte Pastor Hector. „Vielleicht hat ihn etwas aufgehalten. Hier gibt es viel zu sehen." Er machte eine umfassende Geste zu all den Buden und Ständen und Eden nahm an, dass er recht hatte. Trotzdem hatte sie das seltsame Gefühl, dass etwas nicht stimmte.

Sie war fast soweit, dass sie Onkel Joseph fragen wollte, ob er sie zum Camp brachte, da wurde er angerufen, dass jemand ihn im Büro brauchte.

Eden ging nach Hause und fragte ihre Großmutter, ob sie Grady gesehen hatte, aber auch die verneinte. Sie schnappte sich ihr Fahrrad und machte sich auf den Weg zum Camp. Sie hatte schon den halben Weg hinter sich, als ein bekanntes Auto in Sichtweite kam.

„Hallo Miranda!", rief sie.

„Eden, was machst du denn hier?" Miranda sah seltsam aus. Überrascht oder noch mehr. Schockiert?

„Ich mache mir Sorgen um Grady", erklärte sie. „Kannst du mich bei ihm vorbeifahren?"

Miranda dachte kurz nach. „Hast du deinen Vater um Erlaubnis gefragt?"

Eden zögerte. Sie hatte es nicht riskieren wollen, dass ihr Vater nein sagte. „Es ist in Ordnung“, log sie und fühlte sich schrecklich dabei. Aber das Bedürfnis, zu Grady zu kommen, war größer.

„Ich hätte mich schon vor zehn Minuten mit deinem Onkel treffen sollen“, sagte Miranda. „Aber ich denke, ich kann dich bei Grady vorbeibringen, Joseph finden und dann zurückkommen und euch beide abholen. Bist du sicher, dass das für deinen Vater in Ordnung geht?“

„Ich bin sicher“, sagte Eden. Sie war froh, dass Miranda schwieg, während sie an den See fuhren.

„Steig schnell aus und gib mir ein Zeichen, wenn Grady und sein Vater da sind. Ich will dich hier nicht alleine zurück lassen.“

Eden stimmte zu und rannte den Hügel hinunter. „Grady!“, rief Eden. „Grady! Wo bist du?“

Er gab keine Antwort. Eden suchte in dem kleinen Wäldchen und in der Nähe des Wohnwagens, erfolglos. Mr Adairs Truck war nicht da, aber Gradys Fahrrad lag auf der Wiese. Eden lauschte mit angehaltenem Atem und konnte plötzlich ein Schluchzen hören. Sie ging zur Tür des Wohnwagens und sah dort Grady im Inneren am Küchentisch sitzen und wie ein kleines Baby weinen. Das war eine ernste Sache.

Eden hörte Miranda hupen. Das hatte sie ganz vergessen. Schnell rannte sie zurück in Sichtweite und winkte wild. Wieder fühlte sie sich ein wenig schuldig, weil Gradys Vater ja gar nicht zu Hause war, aber bevor sie die Sache noch einmal überdenken konnte, winkte Miranda zurück und fuhr davon. Eden rannte zurück zum Trailer. Grady hatte sich nicht bewegt.

„Was ist mit dir?“, fragte Eden.

Er antwortete nicht und bemühte sich nicht einmal, seine Tränen zu verbergen was bedeutete, dass es wirklich schlimm sein musste. Eden machte sich nun große Sorgen. Diese Woche weinten einfach zu viele Leute. Zuerst Miranda und jetzt Grady. Nun wünschte sie sich, sie hätte Miranda nicht wegfahren lassen. Es war noch nicht oft vorgekommen, dass sie dringend einen Erwachsenen gebraucht hatte, aber besondere Situationen verlangten besondere Maßnahmen. Außerdem war es manchmal gar nicht so schlecht, jemanden mit einem Führerschein zu haben.

„Was ist denn los?", fragte sie jetzt freundlicher.

Grady schüttelte den Kopf und konnte vor lauter Schluckauf und Schluchzern nicht antworten. Sie ging zum Waschbecken, holte ein Glas Wasser und reichte es ihm. Er nahm einen kleinen Schluck. Sie fand eine Serviette und hielt sie ihm hin.

Er putzte sich lautstark trompetend die Nase und sie hätte fast gelacht, aber als sie sein Gesicht sah, entschied sie sich dagegen.

„Ich muss wohl meine Sachen packen", sagte er.

„Gehst du weg?", fragte sie ungläubig.

Er nickte.

„Wann?"

„Sofort. Sobald mein Papa zurück ist."

Eden hatte die Sache nicht gerade interessiert verfolgt, aber sie glaubte, dass Gradys Vater für ihre Oma arbeitete. Warum also sollte er mitten in den Arbeiten weggehen? „Was ist mit dem Camp?", fragte sie und Grady sah noch trauriger aus. Er schüttelte wieder nur den Kopf.

Mittlerweile hatte Eden das Gefühl, dass hier etwas ganz falsch lief. „Grady, erzähl mir lieber, was los ist."

„Wenn ich es dir sage, erzählst du es deinem Onkel und mein Vater muss wieder ins Gefängnis."

Jetzt war Eden wirklich alarmiert. „Warum sollte er denn ins Gefängnis müssen? Hat er etwas Falsches gemacht?"

Grady nickte. „Etwas wirklich Schlimmes. Er ist gerade dabei."

Eden starrte Grady an. Sie glaubte nicht, was er ihr da erzählte. Der liebe, zuvorkommende Mr Adair war ein Knastbruder?

Sie versuchte sich daran zu erinnern, ob sie sein Gesicht jemals auf einem „Gesucht wird …"-Poster gesehen hatte, aber ihr fiel nichts ein.

Grady kämpfte noch ein paar Minuten mit den Tränen. Endlich schien er wieder klarer zu werden. „Hier", sagte er und ging in den Schlafbereich, um eine Schublade zu öffnen. „Schau hier rein."

Eden blickte hinein und es dauerte einen Moment, bis ihr klar wurde, was sie sah. Sie nahm den Stapel Karten. Es waren alles Führerscheine, alle mit Mr Adairs Bild darauf, aber alle mit unterschiedlichen Namen.

„Und hier", sagte Grady und öffnete den Putzschrank, in dem ein paar Autokennzeichen lagen.

Er sah niedergeschlagen aus.

Eden wollte es nicht glauben, aber sie sah, dass ihr Freund die Wahrheit sagte.

„Du hast vorhin gesagt, dass er gerade etwas schlimmes tut", sagte sie.

Grady nickte.

„Was denn?", fragte sie und hatte das Gefühl, dass sie die Antwort gar nicht wirklich hören wollte.

„Er stiehlt Geld", murmelte Grady. „Von deiner Oma."

Johnny lächelte und streckte Ruth die zu unterzeichnenden Verträge hin. „Das sind alles Verträge mit Firmen für die Dächer, die Wände, die Elektriker und die Installateure", erklärte er. „Und ein Vertrag, der mich als Hauptunternehmer einsetzt. Falls Sie mir diese Aufgabe zutrauen."

Ruth sah Johnny Adair genau an. „Ich glaube, dies ist das Projekt des Herrn und er hält seine Hand darüber. Denken Sie das nicht auch?", fragte sie und suchte seinen Blick.

Ihre Augen trafen sich. „Das habe ich selbst schon gespürt", sagte er.

„Nun, dann wird er sich wohl um jedes Detail kümmern, nicht wahr?"

Sie griff nach den Papieren, die er ihr entgegenstreckte und für den Bruchteil einer Sekunde schien es Ruth, als wollte er sie nicht loslassen. Beide hielten fest und keiner wollte loslassen.

„Sie wollten mich doch unterschreiben lassen?", fragte sie.

„Oh. Sicher." Er gab die Papiere frei.

Sie legte die Blätter auf den Tisch und unterschrieb jedes an der Stelle, die markiert war. Dann reichte sie ihm die Papiere zurück.

Er griff danach, aber jetzt hielt sie ein bisschen zu lange fest, während sie sagte:

„Dieses Camp war ein wunderbarer Ort, Johnny. Es war ein Ort, an dem Kinder und junge Leute entscheiden konnten, welches Leben sie führen wollen. Ob sie Christus auf seiner abenteuerlichen Reise mit ihnen folgen und das Vertraute hinter sich lassen wollen oder nicht. Ich denke, wir alle haben solche Momente in unserem Leben, nicht wahr? Eine Zeit der Entscheidung. Wo wir uns klar machen müssen, was wir für unser Leben wirklich wollen – wer wir sein möchten. Ich finde, in solchen Situationen bringt es nichts, zu lange nachzudenken. Wir müssen uns einfach auf Gott einlassen und darauf vertrauen, dass alles gut werden wird, wenn wir uns für das Richtige entscheiden."

Wieder trafen sich ihre Blicke. Seine Augen waren dunkel und unlesbar. Sie ließ die Papiere los und er musste es im gleichen Augenblick auch getan haben, denn sie fielen zu Boden und verstreuten sich im Raum. Beide starrten sie hinunter, dann ließ Johnny sich schnell auf die Knie herab und fing an, die Zettel aufzusammeln. Mit gesenktem Kopf stand er dann vor Ruth und sortierte die Papiere schnell wieder.

„Ich gehe besser zur Bank", sagte er, „bevor sie schließt."

„Tun Sie das“, sagte Ruth und blickte ihm nach, als er aus der Tür ging.

54

„Ich wusste einfach nicht, was ich machen sollte", sagte Wally, „also bin ich zu dir gekommen."

Joseph besah sich das Blatt in seiner Hand und fühlte sich ganz elend. „Du hast das Richtige getan."

„Es war einfach so komisch, weißt du. Sie hat mir ihre Sozialversicherungsnummer gegeben und dann haben sie mir gesagt, dass es gar nicht ihre ist."

„Ja, das ist komisch, aber bestimmt bedeutet es nichts", sagte Joseph und wünschte, er könnte sich selbst Glauben schenken.

„Das denke ich mir auch. Wie ich gesagt habe, Sie ist wirklich ein nettes Mädchen. Ich dachte nur, du solltest es wissen."

„Danke, Wally", sagte Joseph. „Ich geb dir Bescheid, was bei der Sache rauskommt."

Wally schlurfte hinaus und Josephs Kopf drehte sich. Die Sozialversicherungsnummer, die Miranda Wally gegeben hatte, war die einer gewissen Dora Mae Gibson. Joseph war verwirrt. Und er wünschte sich, dass sich alles als ein großer Irrtum herausstellen würde. Es ergab einfach keinen Sinn.

Er sah auf die Uhr und rief schnell beim Meldeamt von Tennessee an, bevor es schloss. Er wies sich aus und bat die Dame am anderen Ende der Leitung nach Geburts-, Heirats-, Scheidungs- und Todesurkunden einer Dora Mae Gibson zu suchen. Tod und Heirat schieden aus, aber die Geburtsurkunde ergab einen Treffer.

„Ich habe hier die Geburtsurkunde einer Miranda Isadora DeSpain. Mutter Noreen Gibson, Vater Thomas Orlando DeSpain."

Er dankte der Frau und legte auf. Kopfschüttelnd fragte er sich, warum Miranda zwei Namen benutzte. Und beide schienen offiziell zu sein. Vielleicht gab es eine einfache Erklärung, hoffte er inständig. Seine Enttäuschung zeigte ihm, wie sehr er sich mittlerweile an Miranda gewöhnt hatte, wie sehr er sie mochte und bei sich haben wollte.

Hatte er sich am Anfang vielleicht doch nicht in ihr getäuscht? Hatte er mit seinen Verdächtigungen am Ende doch recht? Eine Schwere legte sich auf sein Herz.

„Hey." Ihre Stimme riss ihn aus seinen Grübeleien.

Er drehte sich mit seinem Bürostuhl zu ihr um. Sie stand in der Tür und sah selbst so mitgenommen aus, wie er sich fühlte.

„David hat gesagt, dass du an die Arbeit musstest."

Er nickte, nicht sicher, wie er ihr gegenüber reagieren sollte. Sie nahm ihm die Entscheidung ab.

„Joseph", sagte sie, „es gibt etwas, das ich dir sagen muss."

Ihr Gesicht war voller Ernsthaftigkeit und gleichzeitig voller Trauer. Tränen standen ihr in den Augen. Am liebsten wäre Joseph zu ihr gegangen und hätte sie umarmt. Hätte seine Lippen auf die ihren gelegt und dann geflüstert *Was auch immer es ist, es ist mir egal. Ich stehe zu dir.* Aber das tat er nicht. „Sag es mir", forderte er sie stattdessen auf.

Sie stand vor seinem Schreibtisch wie ein Kind, das man vor den Rektor gerufen hatte.

„Setz dich", lud er sie ein.

Sie schüttelte den Kopf und sah ihn direkt an.

„Lass es mich einfach erzählen, ja?"

„Dann erzähl es", sagte er und stählte sich für das, was jetzt kommen mochte.

„Ich weiß nicht, wie ich beginnen soll, deshalb fange ich einfach mittendrin an", erklärte sie.

Er musste ein Lächeln unterdrücken. Doch bei ihren nächsten Worten verging es ihm ohnehin.

„Als ich fünfzehn war, habe ich ein Kind bekommen", sagte sie mit zitternder Stimme.

Komischerweise dachte er sofort an Eden. Daran, wie er sich fühlen würde, wenn sie hier vor ihm stünde, vielleicht in vier Jahren, und ihm so etwas gestand. Sein Herz zog sich vor Schmerzen zusammen und er nickte, um ihr zu zeigen, dass sie weiterreden konnte.

„Meine Mutter hat damals alles für eine Adoption arrangiert und ich wusste nichts, bis meine Mutter gestorben ist. Sie hat mir einen Briefumschlag hinterlassen."

Sie suchte in ihrer Handtasche und reichte ihm das Kuvert. Er nahm es und sah es sich an. Sofort erkannte er die schön geschwungene Handschrift seiner Mutter. Er zögerte und versuchte, in all dem einen Sinn zu erkennen.

„Diesen Briefumschlag?", fragte er verständnislos.

Sie nickte und die Tränen strömten nun unaufhörlich über ihr Gesicht. „Mit einem Bild darin. Von meinem Baby."

Warum sollte seine Mutter ein Bild von Mirandas Baby haben? Das alles ergab überhaupt keinen Sinn mehr. Es passte nicht zu dem, was man ihm erzählt hatte.

Miranda beobachtete ihn. Sie schien darauf zu warten, dass er etwas sagte. Er sah wieder auf den Briefumschlag in seinen Händen. Er musste den Tatsachen ins Gesicht sehen. Sie war aus dem Nichts und genau zur richtigen Zeit aufgetaucht. Sie hatte seine Familie ausfindig gemacht. Sie hatte ein großes Interesse an seiner Nichte gezeigt. Und plötzlich erinnerte er sich. Als das letzte Puzzleteil an seinen Platz rückte, fühlte er, was er immer fühlte, wenn er einen ungeklärten Fall gelöst hatte. Es war eine leichte Überraschung und Genugtuung, so als hätte man aus mehreren Schlüsseln endlich den richtigen ausgesucht, mit dem sich die Tür öffnen ließ. Aber dieses Mal war seine Genugtuung mit tiefem Bedauern vermischt. Er brauchte das letzte Puzzleteil eigentlich nicht mehr zur Bestätigung, aber er wollte vollkommene Gewissheit haben.

Er erinnerte sich daran, an der Kasse gestanden zu haben, und da war es gewesen. Das Foto seiner Nichte. Er dachte daran zurück und erinnerte sich an Mirandas Reaktion.

Joseph musterte Miranda, die immer noch vor ihm stand. Sie beobachtete seine Reaktion mit stoischem Gesichtsausdruck.

Er zog seine Brieftasche hervor und nahm die Fotos heraus. Er wusste, was er finden würde, aber er betete, dass es anders kommen möge. Es konnte immer noch eine andere Antwort geben, versuchte sein Herz ihm zu sagen, doch sein Verstand wusste es besser.

Das Foto aus dem *Hasty Taste* lag oben auf dem Stapel. Er nahm es und hielt es ins Licht. Jetzt sah er natürlich, dass es nicht so abgenutzt war wie seins. Er drehte es um und sah dort Edens Alter in der Handschrift seiner Mutter stehen.

Langsam sah er sich die anderen Fotos an und da war es. Sein eigenes Foto von Eden, im selben Alter. Er legte die beiden Bilder nebeneinander und Verlust, Trauer und Verwirrung machten sich in ihm breit. Warum sollte sein Bruder gelogen haben? Und seine Mutter? Er konnte einfach nicht verstehen, was vor sich ging.

Es gab nur eine letzte Hoffnung.

„Wann ist dein Kind geboren worden?“, fragte er und hoffte völlig ohne Grund, dass die Antwort nicht die wäre, die er fürchtete.

„Am vierzehnten Dezember“, sagte sie. „Neunzehnhundertfünfundneunzig.“

Die Wahrheit senkte sich auf ihn nieder wie ein schweres Gewicht. Er verstand immer noch nicht, wie alles zusammenhing, aber es schien wahr zu sein.

„Aber Sarah war schwanger. Sie und David –“

„Haben das Kind verloren“, beendete Miranda sanft seinen Satz. „Im siebten Monat. Kurz bevor meine Mutter bei der Frau angerufen hat, die ihr vor so langer Zeit im Camp als Seelsorgerin und Hausmutter beigestanden hat. Sie wollte wissen, ob sie jemanden kennt, dem sie ihr Enkelkind anvertrauen kann. Sie hat deine Mutter angerufen."

Wut und Trauer überrollten Joseph wie Meereswogen. Wut auf seine Mutter. Seinen Bruder. Sarah. Er starrte in die Vergangenheit und endlich blieben seine Augen an Miranda hängen.

Jetzt wusste er, was sie wirklich von ihm gewollt hatte.

Sie öffnete ihren Mund, um etwas zu ihm zu sagen, aber sein Telefon klingelte. Er nahm ab und ergriff somit den angebotenen Fluchtweg. Er wollte nichts hören. Er hatte schon zu viel gehört.

Es war Loni, die Dame vom Empfang unten. „Lieutenant Williams, Sie sollten schnell runterkommen. Ihre Nichte hat gerade angerufen und es scheint sehr dringend zu sein."

„Ich muss gehen", sagte er und ließ Miranda einfach stehen, die ihm traurig hinterher sah.

Er nahm drei Stufen auf einmal und hörte sich dann Lonis Bericht an.

„Wie lange ist das her?", wollte er wissen. Loni sah ein bisschen verängstigt aus.

„Etwa zehn Minuten. Sie hat mir all diese Nummernschilder genannt und gesagt, dass ich sie überprüfen soll. Ich dachte, Sie sollten das wissen."

„Haben Sie sie zurückgerufen?"

„Ich habe es versucht, aber keine Antwort erhalten."

„Von welcher Nummer aus hat sie hier angerufen?"

Loni las sie ihm vor. „Ein Handy. Ich habe den Anbieter angerufen und festgestellt, dass es einem Johnny Adair gehört."

Er konnte es nicht glauben. Das war Gradys Vater.

Loni fuhr fort. „Die Rechnungsadresse ist Crabtree Drive 8 in North Augusta, South Carolina."

„Murphy Village. Da wohnen die Traveler", rief er aus. „Ich hätte es wissen müssen." Er ärgerte sich über sich selbst, weil er den Freund seiner Nichte nicht genauer unter die Lupe genommen hatte. „Haben Sie die Kennzeichen schon überprüft?"

„Ich bin gerade dabei. Die ersten drei sind als gestohlen gemeldet."

Er rief seine Mutter an und fasste sich sehr kurz. „Wo lebt Gradys Vater?", fragte er sachlich.

Seine Mutter zögerte.

„Mutter, bitte. Ich habe keine Zeit für Erklärungen, aber man kann ihm nicht trauen und Eden könnte bei ihm sein."

„Oh Gott."

„Wo lebt Gradys Vater?", fragte er wieder. „Ich muss es jetzt wissen."

„Im Camp", sagte sie endlich. „Er arbeitet für mich."

Er legte auf und rannte zum Auto. Er hatte jetzt keine Zeit, um sich zu ärgern. Er raste mit Blaulicht und Sirene in Richtung See. Als er bei den Hütten ankam, sah er niemanden. Nur die üblichen Spuren waren wieder zu sehen. Und im Gebüsch versteckt lag Edens Fahrrad.

Er funkte Loni an und sagte ihr, was er im Camp gefunden hatte. „Geben Sie eine Fahndung raus. Nach einem grünen Dodge Ram und einem Jayco Wohnwagen."

Er hatte keine Ahnung, wo Adair hinwollte. Aber wenn er wirklich ein Traveler war, würde er wieder nach Hause fahren, nachdem er seinen Betrug abgezogen hatte. Er stellte die Sirene wieder an und raste auf den Highway 81 in Richtung des Traveler-Dorfes in South Carolina.

Als Miranda sich in der Damentoilette ein bisschen frisch gemacht hatte, verließ sie die Polizeistation. Joseph war verschwunden. Es sollte wohl so sein.

Sie atmete tief durch, stieg in ihr Auto und fuhr zurück zu ihrem Apartment. Auf dem Weg dorthin versperrte ihr plötzlich Hector den Weg, dicht gefolgt von David.

„Wir brauchen Ihr Auto", rief Hector. „Ruth hat David angerufen. Sie war total hysterisch. Irgendetwas mit Gradys Vater und Betrug und dass Eden bei ihm ist. Sie wurde anscheinend das letzte Mal im Camp gesehen."

„Steigen Sie ein", sagte Miranda schnell. Hector und sie halfen David auf den Rücksitz und verstauten den Rollstuhl in Rekordzeit. Miranda fuhr so schnell wie möglich durch die überfüllten Straßen. Sie waren gerade auf dem Weg zum See, als ihnen Josephs Auto in einer Staubwolke entgegenkam. Er hielt an, kurbelte sein Fenster herunter und erzählte ihnen schnell, was passiert war. Dann sagte er, dass sie nach Hause fahren sollten und raste davon.

„Ich fahre bestimmt nicht nach Hause", sagte Miranda und wendete schnell.

„Ich auch nicht", bestätigte David.

„Ich bin dabei", sagte Hector.

„Schnallt euch besser an, Jungs", sagte Miranda und trat das Gaspedal durch, um sich an Josephs Auspuff zu heften. Sie hatte gerade erst ihre Tochter gefunden. Sie würde sie sich jetzt nicht von so einem Möchtegernkriminellen wegnehmen lassen.

55

Eden hatte vor, Mr Adair festzunehmen, als sie in Bristol tankten. Sie wusste, dass so eine Festnahme durch eine Zivilperson nach dem Gesetz möglich war.

Es war bisher sehr aufregend gewesen, die holprige Straße entlang zu rasen. Endlich hatten sie angehalten und sie war aus dem Schrank im Wohnwagen geklettert, in dem Grady sie versteckt hatte. Von dort aus hatte sie mit ihrem Funkgerät auch Onkel Joseph angefunkt, um ihm ihre Position durchzugeben. „Wir sind an der Sheetz Tankstelle, direkt neben dem Einkaufszentrum“, erklärte sie. „Ich nehme ihn jetzt fest.“

„Das lässt du schön bleiben“, bellte Joseph ins Funkgerät, doch Eden schaltete es aus. Manchmal musste man einfach tun, was man tun musste. Eden öffnete die Tür des Wohnwagens und ging direkt auf Mr Adair zu, der gerade beim Tanken war. Er sah sie erstaunt an, aber sie konnte keine Zeit für Erklärungen verschwenden.

„Mr Adair“, sagte sie. „Ich werde jetzt eine Festnahme durch eine Zivilperson vornehmen.“

Er sah sie ernst an.

„Sie haben das Recht, zu schweigen“, fuhr sie fort. „Alles, was Sie sagen, kann vor Gericht gegen Sie verwendet werden. Sie haben das Recht auf einen Anwalt, der auch bei Ihrem Verhör anwesend sein kann. Wenn Sie sich keinen Anwalt leisten können, wird Ihnen ein Anwalt auf Staatskosten gestellt werden. Haben Sie Ihre Rechte verstanden, Mr Adair?“

„Ich denke ja“, sagte er. „Ich habe sie schon öfter gehört.“

Eden nickte. Fast tat er ihr ein bisschen leid.

Mr Adair hängte den Zapfhahn wieder an die Säule und griff nach seiner Brieftasche. „Ich muss Benzin noch bezahlen."

„Machen Sie nur", gestattete Eden. Sie ging mit ihm, nur für den Fall, dass er fliehen wollte.

„Würde es dir etwas ausmachen, wenn ich den Wohnwagen umparke, damit andere auch tanken können?"

„Das stört mich nicht." Eden kletterte auf den Rücksitz hinter Grady. Er sah schon wieder so aus, als würde er gleich anfangen zu weinen.

„Es tut mir leid, mein Sohn", sagte Mr Adair und er sah wirklich traurig aus.

Er parkte den Trailer an der Seite des Parkplatzes. „Könnte ich uns, während wir warten, Donuts und Milch holen?"

„Schicken Sie doch lieber Grady, Sir."

„Das ist eine gute Idee", sagte er. Er reichte Grady zehn Dollar und der sprang aus dem Truck.

„Bring mir einen mit Streuseln", rief Eden ihm nach. „Und Schokomilch, bitte."

Mr Adair schaltete das Radio an und sie hörten die Old Time Gospel-Stunde, während sie ihre Donuts aßen. Sie waren gerade fertig, als Onkel Josephs Truck auf den Parkplatz fuhr. Er sah so böse aus, wie sie ihn noch nie gesehen hatte.

Eden sprang aus dem Truck und ging zu ihrem Onkel, um ihn zu begrüßen, aber er sagte nur, dass er nachher noch ein Wörtchen mit ihr zu reden hatte. Dann ging er zu Mr Adair und sprach mit ihm. In diesem Moment kamen Miranda, Hector und ihr Vater auf den Parkplatz gerast. Miranda sprang aus dem Auto, umarmte und küsste sie und fragte immer wieder: „Geht es dir gut? Geht es dir gut?" Und Eden sagte: „Natürlich. Und jetzt lass mich, damit ich meinen Gefangenen übergeben kann."

Endlich konnte sie sich losmachen und ging zu Onkel Joseph und Mr Adair hinüber. Sie erzählte Onkel Joseph, dass sie Mr Adair seine Rechte schon ausführlich erklärt hatte, aber Joseph sagte nur, sie solle still sein und klärte ihn noch einmal über seine Rechte auf. Dann legte er ihm Handschellen an und schickte Eden zu Miranda, Hector und ihrem Vater. Ihr Vater umarmte sie auch immer wieder und deshalb verpasste sie den Großteil der Verhaftung, aber endlich konnte sie die Erwachsenen beruhigen und Mr Adair beobachten.

Onkel Joseph ließ Grady vorgehen und führte Mr Adair um den Truck und den Wohnwagen herum, um ihn zu seinem Auto zu bringen. Eden bemerkte, dass Miranda ganz bleich wurde, als sie Mr Adair ins Gesicht sah.

Mr Adair lächelte traurig. „Hey, Miranda."

Eden war überrascht, weil sie wusste, dass Miranda und Mr Adair sich nie getroffen hatten. Aber die Antwort von Miranda überraschte Eden noch viel mehr.

„Hallo, Papa", sagte sie.

56

Ruth war so verärgert wie noch nie in ihrem Leben. „Henry, vielleicht kannst du ihn zur Vernunft bringen. Ich habe es schon versucht und Hector auch, aber er hat sie beide ins Gefängnis gebracht und sagt, dass er sie erst wieder raus lässt, wenn alles aufgeklärt ist."

Henry sah müde aus und Ruth fand, dass das verständlich war. Keiner von ihnen hatte in der letzten Nacht viel geschlafen. Sie hatte Stunden damit verbracht, mit Miranda und Johnny zu reden, um alles zu verstehen. Doch sie fühlte sich dadurch sogar belebt. David und Sarah waren auch da. Sarah hatte entschieden, dass die Beinahe-Entführung ihrer Tochter Grund genug war, zurück zu kommen. Auf Edens hartnäckigen Wunsch hin hatten David und Sarah Eden zum Gefängnis gebracht. Die beiden wirkten lebhafter als in den ganzen letzten Wochen davor. Ruth hatte sich um Grady gekümmert.

„Jetzt erzähl mir das noch mal", sagte Henry und Ruth erklärte die Sachlage zum vierten oder fünften Mal.

„Ich habe gestern bei der Bank angerufen und sie haben gesagt, dass Mr Adair meinen Scheck gar nicht eingelöst hat", sagte sie.

„Warum ist er dann im Gefängnis?", fragte Henry verwirrt.

Hector mischte sich jetzt in das Gespräch. „Es sind auch andere Sachen vorgefallen. Mit Wärmepumpen."

„Er hat allen ihr Geld zurückgezahlt", widersprach Ruth. „Wir können anrufen und nachfragen. Er hat mir gesagt, dass er gestern bei jedem betroffenen Haus war und Schecks in die Briefkästen geschmissen hat. Er hat sogar ein kleines ‚Schmerzensgeld' drauf gerechnet."

Henry sah interessiert aus. „Waren die Schecks gedeckt?"

Ruth zögerte. Daran hatte sie gar nicht gedacht. „Ich bin sicher, dass sie das waren", sagte sie dann einfach. „Aber wir können auch anrufen und fragen."

„Auch, wenn er den Leuten ihr Geld zurückgegeben hat, waren seine Aktionen dennoch illegal", erklärte Henry und schüttelte den Kopf.

Wieder war Ruth genervt. „Gut, dann soll er wenigstens Miranda freilassen. Sie hatte keine Ahnung, dass ihr Vater illegale Geschäfte macht. Und sie wusste nicht einmal, dass er hier ist. Sie haben sich seit Jahren nicht gesehen."

Henry starrte sie ungläubig an. „Joseph hat Miranda festgenommen?"

„Das hat er", sagte Ruth. „Ich habe versucht, mit ihm zu reden, aber er hört nicht auf mich."

„Wo ist Eden?", warf David ein. „Eben war sie doch noch da."

„Sie hat mein Handy ausgeliehen", sagte Hector. „Sie ruft Mirandas Anwalt für sie an. Sie hat gesagt, man hätte Miranda noch nicht einmal einen Telefonanruf gestattet."

David grinste. Ruth lächelte auch, dann wurde sie wieder ernst. „Wirklich, Henry, kannst du nicht etwas unternehmen?"

„Ich rede mit ihm", sagte er endlich, „aber erwartet nicht zu viel. Wenn er so ist wie jetzt, kann man ihn mit logischen Argumenten nicht erreichen. Er will Rache."

David und Sarah sahen ernüchtert aus. Alle schwiegen.

Henry nahm Grady beiseite und sprach leise mit ihm, fand Eden und befragte sie, dann ging er zu Josephs Büro. Ruth folgte ihm und horchte vom Flur aus. Joseph saß an seinem Schreibtisch und füllte grimmig die Festnahmeberichte aus.

„Joseph", sagte Henry. „Ich habe hier vier ehrbare Mitbürger, die der Meinung sind, dass du eine Person zuviel in deiner Zelle hast."

„Sie hat mich zum Narren gehalten, Henry."

„Das glaube ich nicht, aber selbst wenn, ist das nicht gegen das Gesetz."

„Was macht dich so sicher, dass sie nicht zu den Betrügern gehört?“

„Erstens, keines der Opfer hat eine Frau gesehen. Es gibt keinen Beweis, der sie mit den Betrügern in Verbindung bringt. Die vielleicht nicht einmal mehr Betrüger sind, weil dein Verdächtiger nämlich allen Opfern ihr Geld zurückgezahlt hat, wie ich aus zuverlässiger Quelle weiß. Und er hat den Scheck deiner Mutter nicht eingelöst.“

Joseph sah plötzlich mehr müde als wütend aus. „Ich habe sie völlig falsch eingeschätzt, Henry. Wie konnte ich mich so irren?“

„Hast du das wirklich?“, fragte Henry zurück. „Vielleicht sagt sie ja die Wahrheit. Ich meine, was hat sie schon getan?“

„Sie ist hier unter Vorspiegelung falscher Tatsachen aufgetaucht. Hat mich benutzt, um an Informationen über meine Familie zu kommen. Hat mich wegen ihrem Vater belogen und ihm geholfen, zu betrügen.“

„Ich gebe zu, dass es verdächtig aussieht“, sagte Henry. „Aber nur, weil man *einer* Frau nicht vertrauen konnte, heißt es nicht, dass sie alle lügen.“ Er hielt inne, um seine Worte wirken zu lassen.

Joseph sagte nichts, aber Ruth sah, dass sich sein sturer Gesichtsausdruck langsam aufzulösen begann.

Endlich sagte Henry: „Mach, was du für richtig hältst, Joseph.“

Ruth lächelte triumphierend. Etwas Besseres hätte Henry nicht sagen können. Er hatte Joseph daran erinnert, dass er das zu tun hatte, was richtig war, auch wenn es vielleicht seine Gefühle verletzte.

Henry ging hinaus und zwinkerte ihr zu. Ruth ging wieder in das Wartezimmer und sagte den anderen, dass es nur noch eine Frage der Zeit wäre. „Lasst uns nach Hause gehen, damit er sein Gesicht bewahren kann“, sagte sie. Gott liebte die Demut, nicht die Demütigung.

57

Miranda war zum Glück alleine in der Arrestzelle. Sie saß auf der dünnen Matratze und schaute sich in dem kleinen Raum um. Komischerweise musste sie die ganze Zeit aufpassen, dass sie nicht lauthals anfing zu lachen. Das alles hier war einfach nur absurd. Der himmlische Jagdhund hatte sie in diese Zelle gescheucht und saß nun geduldig davor, um auf ihre Entscheidung zu warten.

Sie hatte die ganze Nacht dösend und in dem kleinen Neuen Testament lesend verbracht, das eine Wache ihr auf ihre Bitte hin gebracht hatte.

Innen auf den Umschlag hatte jemand den Satz gekritzelt: *Wer durstig ist, dem gebe ich umsonst zu trinken. Ich gebe ihm Wasser aus der Quelle des Lebens.* Oh, sie war durstig. Das wusste sie jetzt und sie wusste auch, dass sie diesen Ort nicht verlassen würde, ohne das zu Ende zu bringen, wovor sie schon ihr ganzes Leben lang geflohen war.

Ihre Gedanken wanderten zu Joseph und sie wurde traurig. Sie verstand, warum er zornig war. Sie hatte ihn zu lange im Dunkeln gelassen und als sie ihm endlich die Wahrheit gesagt hatte, war es zu spät gewesen. Sie wusste nicht, ob er ihr jemals vergeben würde. Ihrer momentanen Lage nach zu urteilen, sollte sie sich nicht allzu große Hoffnungen machen. Aber trotzdem, gegen alle Logik, fühlte sie auch einen kleinen Funken Hoffnung. Und der hatte nichts mit Joseph zu tun. Auch nicht mit Eden.

Sie hörte, wie ein Schlüssel umgedreht wurde und dann erklangen Schritte auf dem Gang. Sie sah auf und blickte in das Gesicht von Pastor Hector, der mit leicht amüsiertem Gesichtsausdruck und fragend hochgezogenen Augenbrauen vor ihr stand. „Wie wäre es mit einem Besuch Ihres Geistlichen?"

„Gerne", sagte sie und die Wache schloss die Tür auf, um ihn zu ihr zu lassen.

„Setzen Sie sich", bot Miranda an. „Willkommen in meinem neuen Heim."

Er schüttelte den Kopf. „Ich versuche immer noch zu verstehen, wie es zu all dem hier kommen konnte."

Sie seufzte. „Ich wusste nicht, dass mein Vater hier ist."

„Ich weiß", sagte Hector. „Ich glaube Ihnen."

„Wirklich?"

„Natürlich", versicherte er.

„Wissen Sie über Eden Bescheid?"

„Ruth hat es mir erzählt", gab er zu. „Ich hoffe, das war in Ordnung?"

„Ja. Ich hätte es Ihnen sowieso erzählt."

„Was werden Sie jetzt machen? Werden Sie es Eden sagen?"

„Ich weiß nicht."

Er nickte und schien sie nicht in eine bestimmte Richtung beeinflussen zu wollen.

Sie räusperte sich und brachte den Gedanken vor, der sie am meisten beschäftigte. „Ich glaube, ich würde gerne Christin werden."

Seine Augen wurden noch wärmer, falls das überhaupt möglich war. „Gut", sagte er schlicht.

„Was muss ich machen?"

„Es Jesus sagen."

Sie atmete tief ein und wurde ängstlich, als ihr wieder einfiel, was der Pastor damals in der Kirche zu ihr gesagt hatte. *„Öffnen Sie einfach Ihr Herz und bitten Sie ihn, einzuziehen."* Also machte sie genau das. Die Worte waren einfach, aber als sie sie aussprach, spürte sie plötzlich einen tiefen Frieden, der ihr Herz durchflutete.

„Amen“, sagte Hector.

„Amen“, wiederholte sie.

Hector zückte sein Taschentuch und schnäuzte sich. Sie nahm sich eins der Taschentücher, die die Wache ihr dagelassen hatte.

„Das ist nicht gerade das, was ich mir unter Gefängnisalltag vorgestellt hatte“, bemerkte Miranda trocken. Beide mussten lauthals anfangen zu lachen und die Stimmung war gelöst.

Wieder hörte man Schritte auf dem Flur. Die Wache kam näher.

„Sie können jetzt gehen“, sagte sie und öffnete die Zellentür.

„Wow“, sagte Miranda und sah Hector beeindruckt an.

„Er befreit die Gefangenen“, witzelte Hector mit einem Achselzucken.

Hector blieb bei ihr, bis sie das Gefängnis verlassen hatte. Eine Polizistin gab ihr ihre Habseligkeiten zurück. Sie fand das Bild ihres Kindes – Eden, wie sie jetzt wusste. Sie wusste auch, wer es in den Umschlag hineingelegt haben musste. Sie verstand es als Hinweis darauf, dass sie Joseph nicht wiedersehen würde.

„Was passiert mit meinem Vater?“, fragte Miranda die Polizistin.

„Das entscheidet der Richter“, antwortete sie.

„Kann ich ihn sehen?“

Die Polizistin schüttelte den Kopf. „Besuchszeit ist erst heute Nachmittag von zwei bis vier.“

Miranda verabschiedete sich von Hector und ging zu ihrem Apartment. Sie konnte es nicht länger als Zuhause betrachten. Ruth rief an und Miranda bedankte sich für ihre Bemühungen. Sie verabredeten, bald wieder zu telefonieren. Dann schlief sie ein paar Stunden, machte sich Rührei und setzte sich an den Tisch, um nachzudenken.

Es waren Entscheidungen zu treffen. Da war Joseph. Sie würde wenigstens versuchen, mit ihm zu reden und ihm alles zu erklären. Da war ihr Vater. Hier würde sie die Chance bekommen, zu vergeben. Dann waren da David und Sarah. Und da war Eden.

Sie betete zum dritten Mal in ihrem Leben. „Gott, leite mich durch diesen Tag.“ Und als sie Amen sagte, wusste sie, dass er es tun würde. So einfach war das. Sie duschte, zog sich frische Sachen an und ging ins Gefängnis, um ihren Vater zu besuchen.

Die gleiche Wache wie am Morgen untersuchte sie auf versteckte Gegenstände und brachte sie dann in einen Besuchsraum. Miranda setzte sich auf einen Plastikstuhl und wartete darauf, dass man ihren Vater hereinbringen würde. Als er endlich kam, wirkte er erschöpft und traurig. Ihr Herz tat einen Sprung und plötzlich erinnerte sie sich wieder daran, wie sehr sie ihn geliebt hatte – nein, immer noch liebte.

„Also, ich denke, unsere Bindung ist wieder hergestellt“, sagte sie mit einem Lächeln. „Wir haben die Nacht im gleichen Gefängnis verbracht.“

„Deine Mutter würde mir den Kopf abreißen“, sagte er, erwiderte ihr Lächeln aber nicht.

„Das würde sie“, stimmte Miranda zu.

Er senkte den Kopf und fuhr sich mit den Händen durch die Haare. „Das ist alles meine Schuld. Ich hätte nie hierher kommen dürfen, aber ich hatte das Gefühl, dass ich dich finden muss.“

Miranda blinzelte ungläubig. „Du bist hierhergekommen, um nach mir zu suchen?“

Er nickte. „Bobbie hat mir gesagt, dass du in Abingdon bist, also habe ich Mickey, meinem … Geschäftspartner, gesagt, dass wir hier in der Gegend arbeiten könnten. Aber das war ein Fehler. Alles, was ich getan habe ist, schlechte Dinge zu guten Menschen zu bringen.“

„Aber warum?"
„Warum was?"
„Warum wolltest du mich finden?"
Er zog den Kopf ein und fuhr sich wieder nervös durch die Haare. „Miranda, ich bin nicht stolz auf das Leben, das ich geführt habe."
„Ist es wahr, was sie über dich sagen? Gehörst du zu den Travelers?"
„Nein, aber ich hatte einen als Mitgefangenen im Gefängnis."
„Du warst im Gefängnis?"
Er nickte und sah wieder sehr mitgenommen aus. „Ich habe einige Zeit wegen ungedeckter Schecks gesessen. Als ich rauskam, hatte ich keinen Cent und Mikey hat mich bei sich aufgenommen. Er sagte, er wolle schnelles Geld verdienen. Und ich musste Grady wieder zu mir holen", sagt er. „Seine Mutter konnte sich nicht um ihn kümmern. Er wohnte bei seiner Tante, die auch nicht viel besser war. Das war vor fünf Jahren, und seit dem ziehe ich mit den Travelers durchs Land. Aber ich hatte schon länger das Gefühl, dass ich mein Glück allmählich überstrapazierte. Entweder das, oder ich habe in meinem Alter doch noch so etwas wie ein Gewissen entwickelt. Ich wusste, dass es falsch war, die Leute zu bestehlen und ich mochte es nicht. Deshalb bin ich gekommen, um dich zu finden. Ich hatte das Gefühl, dass die Dinge langsam auseinanderbrechen und ich wollte nicht, dass Grady in ein Heim muss."
Er sah so traurig aus, dass Miranda seine Hand ergriff. Sie war abgearbeitet und stark und plötzlich fiel ihr etwas ein.
„Aber du hast etwas Gutes getan, Papa", sagte sie sanft. „Ich weiß, was du für Mama gemacht hast. Du hast sie gerettet."
Er sah erstaunt auf.
„Ich war in Thurmond", erklärte sie.
Schmerz durchzuckte seine Gesichtszüge. „Das hättest du nicht tun sollen."

„Ich will jetzt alles wissen. Das Gute und das Schlechte. Ich will nicht länger in einem Wolkenkuckucksheim leben."

„Er war ein schrecklicher Mann, der Vater deiner Mutter. Er hat ihr schreckliche Dinge angetan. Ich habe sie und ihre kleine Schwester von ihm weggeholt. Aber deine Mutter hat nie überwunden, was er ihr angetan hat."

Miranda dachte an das verschlossene Herz ihrer Mutter und wusste, dass er recht hatte. Sie war niemals darüber hinweggekommen.

„Wann hast du erfahren, dass Eden dein Kind ist?", fragte er Miranda.

„Du hast es gewusst?" Sie war sprachlos.

„Natürlich wusste ich es. In dem Augenblick, als ich sie gesehen habe, wusste ich es. Sie sieht genauso aus wie du damals. Und ihr starker Charakter. So warst du auch." Er lächelte und schien kurz in Gedanken zu versinken. „Du warst ein wunderbares Mädchen, Miranda, und du bist eine wunderbare Frau geworden. Lass dir von niemandem etwas anderes einreden."

Sie wollte ihn fragen, warum er sie verlassen hatte, warum er sich nie gemeldet hatte. Aber sie tat es nicht. Er hatte getan, was er getan hatte. Es war an ihr, ihm nun zu vergeben.

„Ich liebe dich, Papa", sagte sie.

„Du weißt, dass ich dich auch liebe, Miranda." Er sah traurig aus, als wollte er mehr sagen.

„Ich vergebe dir, Papa."

Er brach in Tränen aus und schüttelte den Kopf. „Das verdiene ich nicht."

„Das stimmt", sagte sie. Dann sahen sie sich lächelnd an und das gefiel ihr. Sie liebte ihn und sie mochte ihn und sie wünschte sich, dass sie ihn besser kennenlernen konnte.

„Also, was passiert jetzt mit dir?"

Er zuckte mit den Schultern. „Vielleicht muss ich für eine Weile ins Gefängnis. Ruth hat mich besucht", sagte er und schüttelte ungläubig den Kopf. „Sie zieht die Sache mit dem Camp durch und hat gesagt, dass ich immer noch Hausmeister sein kann, wenn ich will."

„Willst du?"

„Wäre das in Ordnung für dich?"

„Du denkst also, dass ich hier bleiben werde?"

„Ja", sagte er lächelnd. „Davon bin ich ausgegangen."

„Ich würde es toll finden, wenn du auch hier bleiben würdest, Papa."

Ihr Vater musste wieder einige Tränen zurückblinzeln.

„Wirklich", bekräftigte sie noch einmal.

„Kümmerst du dich um deinen Bruder?"

Sie lächelte. „Also habe ich einen kleinen Bruder."

„Mehr als einen, aber das ist eine andere Geschichte."

„Was ist mit seiner Mutter?"

„Rita? Auf keinen Fall", lehnte er ab. „Ich habe das alleinige Sorgerecht. Die Papiere sind in meinem Handschuhfach. Und ich lasse dich als Vormund einsetzen. Wenn du das willst. Er ist ein guter Junge, Miranda."

„Natürlich nehme ich ihn", sagte sie. „Ich sage meinem Anwalt Bescheid, dass er die Papiere fertig macht." Sie fragte sich, was sie mit einem Kind anfangen sollte. Sie fragte sich, wie lange ihr Vater im Gefängnis wäre.

Ihr Vater lächelte und alle Lasten schienen nun von ihm abgefallen zu sein. „Was wirst du wegen Eden unternehmen?"

„Ich weiß es noch nicht", gab Miranda zu. „Was meinst du?"

Er sah sie ernst an und antwortete dann leise. „Ich weiß es auch nicht, aber ich glaube, dass du wissen wirst, was für die Kleine am besten ist."

Sie schwieg einen Moment und als sie antwortete, konnte sie den Schmerz über den Verlust in ihrer Stimme hören. „Ich könnte nicht damit leben, dass sie aufwächst und nie erfährt, dass ich ihre Mutter und du ihr Großvater bist."

Ihr Vater lächelte. „Schreibst du eigentlich immer noch alles in diese Bücher, wie du es früher getan hast?“

Sie erwiderte sein Lächeln und nickte.

„Dann gib sie Eden“, sagte er einfach. „Die ganze ungeschminkte Wahrheit. Nicht die geglättete Version. Sammle deine Geschichte – die alten und die neuen Teile, die Teile, auf die du stolz bist und die, die du nicht magst. Mach ein Buch daraus, das du ihr dann schenkst“, schlug er vor. „Du wirst wissen, wann die Zeit kommt, um es ihr zu geben.“

Miranda hörte ihrem Vater zu und die Idee schien ihr richtig und gut zu sein. Sie nickte. „Danke, Papa.“

„Gerne, Schatz.“

Sie verabschiedete sich von ihm und ging zur Tür, wandte sich dann aber noch mal um. „Papa?“

„Was denn?“

„Sind wir wirklich aus dem Baskenland?“

Er lächelte und zuckte entschuldigend mit den Schultern. „Tut mir leid, Liebes, aber es war eine coole Geschichte, oder?“

58

Sarah legte mit zitternder Hand auf. Ruth und David standen neben ihr und sahen sie erwartungsvoll an.

„Was wollte sie?“, fragte David.

„Sie will sich mit mir treffen. Sofort.“

Sarah sah, dass Ruths Gesicht erbleichte und Davids Gesichtsausdruck – den konnte sie nicht lesen. Dann fiel ihr plötzlich auf, dass sie sich schon so lange nicht mehr gefragt hatte, wie es ihm eigentlich ging. „Wie geht es dir, David?“, fragte sie, von sich selbst überrascht.

Er schien nicht minder überrascht zu sein. „Ich bin traurig“, sagte er. „Traurig wegen uns allen.“

Sie nickte. Ruth entschuldigte sich und ging in die Küche.

David rollte zur Tür. „Ich komme mit dir“, sagte er und Sarah überraschte sich wieder selbst.

„Nein“, erwiderte sie. „Wenn es in Ordnung ist, gehe ich lieber alleine.“

David sah sie fragend an. Sie hielt seinem Blick stand. Was er in ihren Augen sehen konnte, machte ihm Hoffnung. „Gut, dann bleibe ich hier und bete.“

Sie nickte und ging aus dem Haus und zu Fuß in Richtung Kirche. Sie hatte noch viel Zeit und so hatte sie die Möglichkeit, sich zu sammeln. Sie sah Miranda schon aus der Ferne, eine einsame Figur, die auf der Treppe saß und wartete. Seltsamerweise konnte sie plötzlich mit ihr mitfühlen. Und mit Eden.

„Danke, dass Sie gekommen sind“, begrüßte Miranda sie.

„Natürlich, kein Problem“, sagte Sarah.

Sie setzte sich ein wenig entfernt von Miranda auf die Stufen. Miranda sah sie an wie ein Boxer, der den anderen vor dem entscheidenden Spiel abschätzt.

„Ruth hat es uns gesagt", sagte Sarah. „Ich weiß, wer Sie sind."

„Gut", antwortete Miranda und schien nicht im mindesten irritiert. „Dann können wir ja gleich zur Sache kommen."

Sarah verspürte einen ängstlichen Stich, weil diese Frau einfach alles zerstören konnte, indem sie Eden die Wahrheit sagte. Das wäre das Schlimmste, was passieren könnte.

„Was genau ist denn die *Sache*?", fragte sie mit angespannter Stimme.

„Es geht um Eden. Ich muss eins wissen. Was genau haben Sie vor?"

„Was haben *Sie* vor?", fragte Sarah zurück.

„Ich habe zuerst gefragt."

Sarah konnte sich ein Lächeln nicht verkneifen.

Miranda musste auch lächeln. „Okay, ich gebe zu, dass das kindisch war."

Ihr Lächeln verschwand, als sie schnell zum Thema zurückkam. „Sind Sie endgültig zurückgekommen? Oder verschwinden Sie wieder zu Ihren Eltern?"

Da war sie. Die Frage, die Sarah sich seit gestern Abend stellte, als sie in halsbrecherischem Tempo nach Abingdon zurückgefahren war. Es war die Frage in Ruths, Davids und Edens Augen. *Bist du endgültig wieder da?*

Miranda nutzte ihr Schweigen für eine Antwort. „Denn wenn Sie Eden nicht wollen, nehme ich sie."

Sarah war wie vor den Kopf gestoßen. „Ich will sie!"

„Wirklich? Wollen Sie wirklich *sie*? Denn ich mag sie. Ich mag sie so wie sie ist. Ich mag ihre Geschichten und ihre Witze, ihren dunkeln Wuschelkopf und ihre Sommersprossen. Ich mag ihre Streiche und Abenteuer und die Begeisterung, mit der sie sich in ihre „Projekte" wirft. Ich mag sie wegen all dieser Dinge, aber ich habe das Gefühl, dass sie sie *trotz* dieser Dinge mögen. *Trotzdem* sie so ist, wie sie ist."

Sarah ließ den Kopf hängen, dann sah sie Miranda wieder an. „Ich denke, das habe ich verdient."

Wieder ein abschätzender Blick von Miranda.

Sarah wand ihre Augen nicht ab. „Ich war Eden gegenüber ganz schrecklich", gab sie zu. „Ich habe sie nicht akzeptiert. Ich hätte gerne noch eine Chance, es besser zu machen, aber ich weiß, dass es zu spät ist."

Mirandas Gesichtszüge wurden weich, aber Sarah ließ sich nicht abbringen. „Sie haben mich gefragt, was ich vorhabe. Ich werde es Ihnen sagen. Ich habe vor, zu meinem Ehemann und meiner Tochter zurückzukehren. Ich werde beide fragen, ob sie mir vergeben können und dann will ich einen Neuanfang versuchen."

Miranda schniefte.

„Wenn sie mich noch haben wollen, will ich mit ihnen nach Hause fahren. Dann werde ich Eden von der Privatschule nehmen und sie mit ihren Freundinnen in eine Klasse gehen lassen. Sie muss nicht mehr zum Schwimmen oder zur Gymnastik, wenn sie das nicht will. Ich werde Krimis und Spionagefilme mit ihr anschauen, anstatt sie dazu zu bringen, *Die kleine Prinzessin* zu sehen. Und ich will sie fragen, ob sie mit mir zusammen Reitunterricht nehmen möchte. Und ich werde ihr für jeden Tag der Woche ein Pferde-Shirt machen."

Sarah weinte jetzt und auch Miranda musste ihre Tränen abwischen. Sie sah Eden so ähnlich, dass Sarah plötzlich auch für sie Liebe empfand. „Das habe ich vor, zumindest für den Anfang. Ich weiß, dass ich nicht perfekt sein werde. Wir sind als Familie nicht perfekt. Aber ich will es versuchen … wenn ich die Chance dazu bekomme", fügte sie leise hinzu.

„Sie braucht Ihre Liebe", sagte Miranda. „Sie müssen sie so lieben, wie sie ist. Nicht, wie sie sein sollte. Ich muss wissen, dass Sie das wenigstens versuchen, sonst kann ich sie nicht loslassen."

In Sarahs Herz machte sich Hoffnung breit. „Das werde ich. Ich werde mein Bestes geben."

Miranda erwiderte nichts, sondern sah sie nur an. Nach einer Weile stand Sarah auf und ging nach Hause.

Miranda musste nicht lange darauf warten, Eden zu sehen. Sie ging in den kleinen Park, um sich von dem Treffen mit Sarah zu erholen, und da saß Eden am Bach und streckte ihre Füße ins Wasser, wie Miranda es immer tat.

„Hey", sagte sie.

„Hey", antwortete Eden und sah sie schüchtern an, was definitiv ungewöhnlich war.

„Wo ist Grady?"

„Bei Oma", sagte Eden. „Und das ist gut so, weil ich nämlich mit dir reden muss. Alleine."

Mirandas Herz schlug schneller. „Gut, jetzt wo ich wieder aus dem Knast bin, lass uns reden", versuchte sie zu scherzen und setzte sich neben Eden. „Was ist los?"

„Ich habe nachgedacht."

Miranda fühlte sich unwohl. Eden war schlau. Sehr schlau. Noch nie hatte jemand ein Geheimnis lange vor ihr verbergen können. Joseph wusste es schon. Und Ruth auch. Und natürlich David und Sarah. Und Eden wusste immerhin, dass sie adoptiert war. Was, wenn sie eins und eins zusammengezählt hatte?

Miranda hatte Angst, dass Eden es herausgefunden haben könnte, denn jetzt wurde ihr plötzlich klar, dass sie wieder einmal schneller gehandelt als gedacht hatte. David und Sarah waren nun einmal Edens Eltern – die einzigen, die Eden jemals kennengelernt hatte. Ruth war ihre Oma. Joseph ihr Onkel. Das war ihr Leben. Sie konnte es dem Mädchen doch nicht einfach so wegnehmen. Das wäre grausam.

„Stell dir vor, jemand weiß etwas", fing Eden an und sah sehr ernst aus. „Etwas das … wirklich alles verändern könnte."

Miranda nickte.

„Was sollte dieser jemand tun?"

„Wie meinst du das?"

„Also, sollte er sagen, was er weiß? Was er glaubt zu wissen?"

„Ist es etwas Schlechtes so wie das, was mein Dad getan hat?"

Eden sah Miranda ungläubig an. „Es ist eine Straftat, ein Verbrechen wissentlich zu verschweigen."

„Richtig." Miranda grinste. „Ich hatte vergessen, mit wem ich spreche. Also, ist es ein Geheimnis, das jemanden verletzen könnte? Oder wird jemand misshandelt, wenn man es nicht verrät?"

„Nein!", rief Eden frustriert und sah Miranda bedeutungsvoll an. „Es ist nur eine Vermutung über etwas. Etwas, das ich – ich meine, das *jemand* nicht wissen sollte."

Das war es. Eden wusste es oder vermutete es. Was sollte Miranda tun? Es stand nun in ihrer Macht, Eden jetzt und hier die Wahrheit zu sagen. Sie dachte an David und Sara. Wie stark, aber auch wie gebrochen Familien sein konnten. Dann dachte sie an Beck Maddux. In diesem Moment wusste ich, dass sie nicht so war wie er. Er hatte immer nur genommen und genommen und war innerlich doch leer geblieben. Sie aber würde geben und erfüllt sein.

„Eden, manchmal finden wir Dinge heraus, die zu schwer sind, um sie alleine zu tragen. Kennt noch jemand das Geheimnis dieser Person?"

Eden blinzelte nicht, als sie Miranda in die Augen sah. „Ich glaube schon", sagte sie.

Miranda nahm ihre Hand. „Dann sollte sie dieses Geheimnis vielleicht noch eine Weile von dieser anderen Person für sich tragen lassen."

Hektische rote Flecken zeigten sich auf Edens Hals, und eine Träne entschlüpfte ihrem Auge. Sie rollte langsam die Wange hinunter. Schnell und energisch wischte Eden sie weg.

„Wird sie es jemals erfahren?“, fragte sie und ihre Stimme klang angespannt.

„Ich denke schon“, sagte Miranda und konnte selbst kaum die Tränen zurückhalten. „Aber im Moment noch nicht. Wenn sie älter ist. Vielleicht dann.“

Eden warf sich in Mirandas Arme und Miranda drückte sie fest an sich.

„Ich liebe dich, Miranda“, sagte Eden.

„Ich liebe dich auch, Schatz. Ich liebe dich auch.“

Nach einem Augenblick lösten sie sich wieder voneinander. Eden trocknete ihre Tränen mit dem Handrücken und Miranda wusste, dass sie böse auf sich selbst war, weil sie geweint hatte.

„Am besten gehst du jetzt nach Hause“, sagte Miranda. „Deine Mutter und dein Vater warten sicher schon auf dich.“

Eden sah sie eine Weile lang an, dann stieg sie auf ihr Fahrrad. Sie fuhr eine kurze Strecke, hielt an und sah zurück.

Miranda winkte und warf ihr einen Kuss zu. Eden lächelte und fuhr davon. Miranda sah ihr nach, bis sie verschwunden war.

Sie ging zu ihrer Wohnung und legte sich ins Bett. Sie könnte jetzt gehen. Sie könnte gehen und niemand würde ihr einen Vorwurf machen. Ruth würde sich um Grady kümmern. Sie müsste Joseph und ihren Vater nicht mehr sehen und nichts, was sie an das erinnerte, was sie fast gehabt und dann doch wieder verloren hatte. Miranda dachte an das Gebet in der Zelle und es kam ihr vor, als sei das schon Monate her. Sie setzte sich hin und betete noch einmal darum, dass sie wissen würde, was sie tun sollte. Ein Teil von ihr wollte sich schleunigst aus dem Staub machen, aber ein anderer Teil war stur und wollte diese Sache hier durchziehen. Dieser Teil an ihr war neu, denn vor ein paar Monaten wäre sie schon lange verschwunden gewesen.

Der kleine Meteor, den ihr Vater ihr einmal gegeben hatte, lag auf ihrem Nachttisch. Sie nahm ihn und ihre Finger strichen über die raue Oberfläche. Sie stellte sich den Meteor vor, wie er rasend und feurig durch den Himmel flog und so schnell wieder verschwand, wie er erschienen war. Sie legte den Stein zurück und ging zum Fenster. Der Nachthimmel war voller Sterne, die stetig und sanft leuchteten. In diesem Moment erkannte sie, was sie tun musste.

59

Die nächste Woche verging für Sarah wie im Flug. Sie und David bereiteten alles vor, um nach Fairfax zurückzugehen und am Samstagmorgen waren sie bereit zur Abreise. Ruth war in der Küche und machte Sandwiches, die sie mit auf den Flug nehmen sollten, da war sich Sarah sicher. Sie saß mit Miranda und David auf der Veranda. Sarah spürte den Wind auf ihrem Gesicht und bemerkte mit Erstaunen, dass es schon fast wieder Herbst war. Und zum ersten Mal keimte neue Hoffnung in ihr auf. Das Pflänzchen war noch klein und würde gepflegt werden müssen, aber es war definitiv da.

Sie hatte versagt. Das war ihr mittlerweile klar und sie hatte die Kraft gefunden, es zuzugeben. Komischerweise schien ihre Hoffnung gerade daraus zu erwachsen – sie hatte ihre Schwäche zugegeben und nun konnte sie neu anfangen.

„Kann ich bleiben?", hatte sie David vor einer Woche nach ihrem Gespräch mit Miranda gefragt.

„Bist du sicher, dass du uns noch willst?", hatte er geantwortet und sie hatte den kleinen Vorwurf akzeptiert, der in der Frage mitschwang.

„Ich will euch wollen", hatte sie gesagt, und David hatte gelächelt und geantwortet, dass das erstmal genug wäre.

Sie hatten sich sogar mit Joseph versöhnt. Er war letzte Woche zu ihnen gekommen und sie hatten geredet und geweint und sich gegenseitig um Vergebung gebeten. Was vorher verwundet, entzündet und schmerzhaft gewesen war, war nun gereinigt und bereit, zu heilen. Sarah fühlte sich nicht mehr schuldig. Und sie erwartete keine Perfektion mehr, auch nicht von sich selbst. Sie hatte verstanden, dass sie ihre Lebensumstände und die Menschen um sich herum nicht kontrollieren konnte. Zum ersten Mal in ihrem Leben fühlte sie sich wirklich wohl in ihrer Haut, jetzt, wo sie sich selbst angenommen hatte. Nun würde sie auch andere Menschen besser annehmen können –vor allem Eden, ihre Tochter. Und ihren Mann, den sie von ganzem Herzen liebte. Es fühlte sich gut an zu wissen, dass sie immer noch eine Familie hatte und dass Gott sich um sie alle kümmern würde. Sie selbst war nicht Schöpfer, sondern Geschöpf. Und ihr Ehemann war kein Gott, sondern auch nur ein Mensch wie sie. Und er brauchte sie.

Das Auto war gepackt. Eden und Grady standen neben der Garage und unterhielten sich ernst, obwohl Grady auch noch mit zum Flughafen kommen würde. Eden wollte aber anscheinend sichergehen, dass Grady wusste, was er alles in ihrer Abwesenheit zu tun hatte. Sie überreichte ihm einen Stapel „Gesucht wird …"-Poster. Er schien ein wenig überwältigt zu sein.

David griff nach Sarahs Hand und schlang seine Finger um die ihren, als sie sich von Miranda verabschiedeten.

„Ich habe über das letzte Kapitel deines Buches nachgedacht", sagte Miranda.

In der letzten Woche hatten sie sich auf wundersame Weise angefreundet. Mit Gott schien einfach alles möglich.

„Ich höre", sagte David.

„Ich glaube ich weiß, wie das Ende sein soll."

„Dann sag es mir."

„Wir können nicht in den Garten Eden zurück", erklärte Miranda. „Es wird nie wieder perfekt werden. Und wenn man seine ganze Energie darauf verschwendet, nach dem perfekten Leben oder der perfekten Person Ausschau zu halten, verpasst man all das Gute um einen herum."

Genau ihre Gedanken, bemerkte Sarah erstaunt und sah Miranda liebevoll an.

„Es wird einen perfekten Ort geben", sagte David, „an dem

die Kranken gesunden und die Toten wieder lebendig werden und die Lahmen wieder laufen."

„Das stimmt. Aber das dauert noch ein wenig. Bis dahin gibt es auch hier auf der Erde viel Gutes", gab Miranda zu bedenken und sah hinüber zu Eden.

Sarah konnte die Liebe in ihren Augen sehen.

„Hier", sagte Miranda, griff hinter sich und reichte Sarah ein Päckchen. „Das ist für Eden. Wenn und *falls* ihr findet, dass die Zeit dafür reif ist." In ihren Augen glitzerten Tränen. „Kümmert euch gut um sie. Lasst sie herumlaufen, kreativ und erfinderisch sein. Lasst sie sie selbst sein."

Sarah nahm das Geschenk entgegen. Sie wusste, dass es ein Opfer aus Liebe war. „Ich werde es ihr geben. Ich verspreche es und ich werde versuchen, Eden zu nehmen, wie sie ist."

Nun waren auch Sarahs Augen voller Tränen. Sie wusste, dass sie ein großes Geschenk erhalten hatte, das sie auch ebenso gut hätte verlieren können. Sie würde den gleichen Fehler nicht zweimal machen.

„Für mich hast du nichts in dieser kleinen schwarzen Tasche?", mischte sich David jetzt ein.

Miranda lachte. „Nein, leider nicht."

David schüttelte den Kopf und lächelte. Ein echtes Lächeln, das in seinem Herzen begann. „Ich habe ja auch schon alles, was ich brauche. Danke für alles, was du für uns getan hast."

Miranda winkte ab. „Schon gut." Nun waren alle Augen feucht, aber die Stimmung war versöhnt, fast heiter.

Sarah sah zu Eden hinüber, die immer noch mit Grady redete, ihm aber dann fest auf die Schultern klopfte – ihr Zeichen für absolute Zuneigung.

„Joseph hat sich schon verabschiedet", sagte David. „Er hat gesagt, dass er noch ins Camp will, um ein paar Sachen zu reparieren. Ich dachte, dass dich das vielleicht interessiert."

„Oh", sagte Miranda.

„Hast du mit ihm geredet?“, hakte David nach.

Miranda nickte und antwortete vage. „Wir haben alles klargestellt.“

„Alles?“

Sie zuckte mit den Achseln. „Er hat mich gefragt, ob ich bleibe oder gehe und gesagt, dass ich ihm meine Antwort mitteilen soll.“

David sah Miranda fest an. „Und hast du sie schon?“

„Ich will nicht gehen.“

„Dann geh nicht.“

„Es ist komisch. All die Jahre hatte ich immer das Gefühl, dass ich bleiben sollte und wollte aber weg. Jetzt habe ich das Gefühl, dass ich gehen sollte, will aber bleiben.“

„Warum hast du das Gefühl, dass du gehen solltest?“, fragte David.

Sie rutschte unruhig auf ihrem Stuhl hin und her und warf Eden einen Blick zu. „Vielleicht ist es dann für alle einfacher.“

„Ich fände es gut, wenn du bleibst“, erklärte David. „Wie ist es mit dir, Sarah?“

Sarah sah die Hoffnung in Mirandas Augen. Sie könnte sie wegschicken und auf der sicheren Seite sein. Oder sie könnte sich für das Risiko und die Liebe entscheiden. Und zum ersten Mal in ihrem Leben hatte Sarah das Gefühl, dass sie einfach loslassen konnte. Dass sie nichts ängstlich kontrollieren und festhalten musste bis es erstickt war. Sie mochte den Gedanken, dass Miranda bleiben würde und eines Tages noch mehr an ihr aller Leben Anteil haben konnte.

„Ja, ich fände es auch gut, wenn du bleiben würdest“, sagte sie schließlich. „Das ist das einzig Richtige.“

David lächelte. „Außerdem würde mein Bruder bestimmt Moos ansetzen, während er darauf wartet, dass du zurückkommst.“

Miranda schüttelte den Kopf. „Ich glaube, er will, dass ich gehe.“

„Ach, komm schon“, widersprach David. „Ich habe ihn nicht mehr so am Boden zerstört gesehen seit seiner Jugendliebe Daisy Ferguson in der siebten Klasse.“

Sarah sah ein Zwinkern in seinen Augen. Ein Grinsen umspielte seine Lippen.

„Meinst du?“, fragte Miranda vorsichtig und ihr Gesicht hellte sich hoffnungsvoll auf. In diesem Moment sah Sarah die Ähnlichkeit zu Eden so deutlich, dass sie lächeln musste.

„Ich bin mir vollkommen sicher“, sagte David.

„Joseph hat viel über Vergebung gelernt“, bestätigte auch Sarah.

Miranda sprang mit kindlicher Freude auf. „Also, dann sollte ich jetzt schnell verschwinden. Wir sehen uns!“

David nickte und lächelte. Sarah spürte, dass sich etwas in ihrem Herzen an den richtigen Platz senkte.

Eden kam zu ihnen, schniefte und musste sich anscheinend sehr anstrengen, um nicht zu weinen. Sie ging zu Miranda. Die beiden sahen sich einen Moment lang an, dann warf sich Eden in Mirandas Arme. Mirandas Hand strich zart über Edens dunklen Lockenkopf, dann legte sie ihr Gesicht auf den Kopf ihrer Tochter und wiegte sie sanft in ihren Armen. Beide weinten, auch David und Sarah weinten.

Dann drückte Miranda Eden noch einmal fest an sich und ließ sie los. „Wir tun gerade so, als würden wir uns nie mehr wiedersehen.“

„Gehst du denn nicht von hier weg?“ Eden sah Miranda freudig an.

Miranda prustete und schüttelte den Kopf. „Also, nur unter uns: Dein Onkel Joseph braucht jemanden, der ihm den Kopf zurechtrückt und ich habe vor, das zu versuchen.“

Eden grinste. David grinste. Grady grinste. Sarah spürte, wie ihr Herz einen freudigen Sprung tat.

„Also bist du da, wenn ich nächstes Mal komme?“

„Ich werde da sein“, sagte Miranda ernst. „Ich werde da sein, wann immer du mich brauchst. Du wirst immer wissen, wo du mich finden kannst.“

Eden umarmte sie noch einmal, dann kramte sie in ihrem Rucksack und holte ihr Kenwood Polizei Funkgerät hervor. „Hier, du kannst es dir bis Thanksgiving ausleihen. So weißt du immer, was Onkel Jospeh gerade so treibt.“

Miranda lachte und streckte ihre Hand aus. „Freunde für immer?“

„Freunde für immer“, antwortete Eden und klatschte ihre Hand ab.

Dann wandte sie sich Sarah zu und Sarah fragte sich, wie viel die Kleine wirklich wusste, als sie die Erleichterung und den Frieden auf ihrem Gesicht bemerkte. Doch Eden ergriff ihre Hand, dann die Hand ihres Vaters und endlich waren die drei wieder vereint.

„Lasst uns nach Hause fahren“, sagte Sarah. Sie drehten sich um und gingen zum Auto.

Nach ein paar Metern wandte David sich noch einmal um und rollte zurück zu Miranda. „Denk dran. Die glücklichsten Menschen sind die, die nicht weglaufen.“

„Du hast leicht reden“, sagte Miranda und erstarrte dann, als sie merkte, was sie da gerade gesagt hatte.

David sah sie einen Moment lang sprachlos an. Dann warf er seinen Kopf in den Nacken und lachte lauthals auf, – ein befreites, tiefempfundenes Lachen.

60

Joseph fuhr hinein ins Camp Berachah und parkte seinen Wagen. Flick sprang von der Ladefläche und rannte sofort zum Wasser. Joseph stieg aus und ging auf die Veranda des Haupthauses. Dort setzte er sich auf die Stufen und ließ die friedliche Atmosphäre auf sich wirken. Noch hing der Frühnebel über dem See. Er konnte die leichte Brise hören, die durch die Bäume strich und erinnerte sich an seine Kindheit und seinen Vater. Er fühlte eine Verbindung zu ihm, die er seit Jahren nicht mehr gespürt hatte. Wahrscheinlich lag es daran, dass er seinen Frieden mit David gemacht hatte, dass er die Bitterkeit losgelassen und sich Gott neu zugewandt hatte.

Er freute sich darüber, dass Gott ihm Arbeit und Verantwortung gegeben hatte. Ihm war ein kleines Stück von seinem Reich anvertraut worden, um das er sich kümmern durfte. Er sah sich selbst als Werkzeug Gottes, als Boten. Oh, er wusste, dass er nur ein kleines Bächlein war, das in den großen Ozean floss, aber es freute ihn, seinen Beitrag leisten zu können. Und das an dem Ort, den sein Vater aufgebaut hatte. Er gehörte hier hin, das wurde ihm klar, und er wollte, dass dieser Ort wieder belebt würde.

Er stand auf und ging über das Gelände, um die Arbeit zu betrachten, die Johnny DeSpain hier schon geleistet hatte. Es war gute Arbeit, professionell und handwerklich äußerst geschickt. Joseph ging an der Kapelle vorbei, in der sein Bruder und er aufgewachsen waren. Das Fundament war noch gut, keine Frage, aber sie brauchte einen neuen Anstrich, nichts, was nicht bald erledigt wäre.

Er betrat das Haupthaus, fand Kaffeepulver und kochte sich

eine Tasse. Dann ging er zum Regal in der Ecke und nahm sich die Bibel, die dort stand. Im Raum war nichts zu hören außer dem blubbernden Wasser und dem Umblättern der Seiten. Er wusste nicht, was er suchte und warum er blätterte, doch dann fiel es ihm plötzlich ins Auge. *Was bleibt zu alldem noch zu sagen?*, schien ihm Paulus entgegenzurufen. *Gott selbst ist für uns, wer will sich dann gegen uns stellen? Er hat seinen eigenen Sohn nicht verschont, sondern hat ihn für uns alle in den Tod gegeben. Wenn er uns aber den Sohn geschenkt hat, wird er uns dann noch irgendetwas vorenthalten?*

Joseph senkte den Kopf zum Gebet, dann hob er ihn wieder und öffnete seine Augen. Die Sonne strömte jetzt durch das Fenster. Er saß still da und beobachtete, wie der Raum sich mit Licht füllte, bis das Sprudeln des Kaffeewassers ihn aus seinen Gedanken riss. Er legte die Bibel beiseite, schüttete sich eine Tasse Kaffee ein und ging dann an den See. Flick sprang ihm entgegen. Ihm fiel auf, dass man hier einen schönen Garten anlegen könnte. Nächstes Jahr würde er ihn in Angriff nehmen. Es wurde Zeit, dass in dieser fruchtbaren Erde endlich wieder etwas wuchs.

Er betete ein Vaterunser und hatte dann den Eindruck, dass er es heute erfahren würde. Heute würde er erfahren, ob sie noch da war. Gestern Abend war er an ihrem Apartment vorbeigegangen, um mit ihr zu reden, aber es war dunkel gewesen. Er war wieder nach Hause gegangen, hatte gebetet und darauf vertraut, dass sie die richtige Entscheidung treffen würde – und vor allem, dass er mit ihrer Entscheidung würde leben können.

Miranda sah ihnen nach, bis sie um die Kurve gebogen waren. Bevor sie ihren Mut verlieren konnte, setzte sie sich ins Auto und fuhr an den See. Sie war nicht überrascht, als sie Joseph auf der Veranda der Lodge, des Haupthauses sitzen sah. Und sie wagte zu hoffen, dass er auf sie wartete.

Sie stellte das Auto ab und ging langsam den Hügel hinunter. Er stand auf und sah ihr entgegen. Als die Entfernung zwischen ihnen immer kleiner wurde, konnte sie sehen, dass sein Gesicht weicher als gewöhnlich war und ein Ausdruck der Freude darauf lag. Er fing an, ihr entgegenzugehen, als könne er es nicht erwarten, mit ihr zu reden. Sie fing an, schneller zu gehen, zu laufen und endlich flog sie in seine Arme. Er wirbelte sie herum und Miranda spürte, wie natürlich und richtig es sich anfühlte, ihn zu umarmen.

„Du bist noch da", sagte er endlich, nachdem sich ihre Lippen voneinander gelöst hatten.

„Ja", sagte sie einfach nur und küsste ihn erneut.

„Bleibst du?", fragte er einen Augenblick später und auf seinem Gesicht zeigte sich Zweifel.

Sie schnupfte und schob ihn ein wenig von sich weg. „Das hört sich in meinen Ohren aber nicht gerade angemessen an."

Er sah verunsichert aus. „Was meinst du mit nicht angemessen?"

„Meine Mutter hat mir immer gesagt: Lass dich nicht auf einen Mann ein, der es nicht ernst mit dir meint, Dora Mae."

Er sah erleichtert aus, grinste und zog sie wieder an sich. „Hättest du gerne etwas Schriftliches?"

„Also, ich hätte wenigstens gerne eine kleine Jobgarantie. Dummerweise bin ich nämlich gerade arbeitslos geworden und diese Kurzzeitjobs gehen mir langsam auf die Nerven."

„Zufällig brauchen wir jemanden, der sich um die Akten kümmert", sagte er grinsend, „zumindest bis nächsten Sommer, wenn unsere Angestellte zurückkommt. Wenn du willst, kannst du am Montagmorgen anfangen. Für alles andere hatte ich mehr an einen romantischeren Ort gedacht ..." Er zwinkerte verschwörerisch.

„Auf keinen Fall!“, sagte sie und musste sich ein Grinsen verkneifen, als sie merkte, dass er schon wieder verunsichert war. Wo war nur der selbstgefällige, allwissende Polizist von vor ein paar Monaten geblieben?

„Nein?“

„Nein“, sagte sie bestimmt. „Nicht am Montagmorgen, denn da musst du dir freinehmen. Wann bist du das letzte Mal in Urlaub gefahren?“

Er entspannte sich wieder, lächelte belustigt über ihre Sticheleien und legte seinen Arm um ihre Taille, als sie zurück zur Lodge gingen.

„Weißt du, was mit dir nicht stimmt?“, sagte sie in übertrieben rechthaberischem Ton. „Du musste eine Reise machen?“

„Ist das so?“

„Ja, so ist das. Warst du jemals im Nordwesten? Du wirst es lieben! Es gibt Berge und Seen und Wälder und den Ozean. Alles, was du dir jemals wünschen kannst.“

Sie redete weiter und er hörte ihr lächelnd zu.

„Weißt du, eigentlich habe ich schon alles, was ich mir wünsche“, sagte er schließlich leise.

Miranda lehnte sich an Joseph und konnte ihr Glück kaum fassen. Hier würde sie bleiben. Bei ihm war sie endlich zu Hause.

Mehr von Linda Nichols

Geborgtes Leben
ISBN 978-3-86827-330-4
368 Seiten, Paperback

Mary Bridget Washburn verabscheut das Leben, das sie führt. Wie nur konnte aus dem kleinen Mädchen mit all den Hoffnungen und Träumen, das sie einmal war, eine Frau werden, die auf der falschen Seite des Gesetzes steht?

Fest entschlossen, sich ein neues Leben aufzubauen, flieht sie in die Kleinstadt Alexandria. Sie nimmt eine neue Identität an und bemüht sich, ein ruhiges, unauffälliges Leben zu führen. Doch dann reißt sie das herzzerreißende Gebet eines kleinen Mädchens aus ihrer Deckung – und schon bald ist sie für einen verwitweten Pastor und seine drei Kinder verantwortlich, die allesamt ihre eigenen Probleme haben. Aber ist Mary Bridget wirklich die Richtige, um diese Familie zusammenzuhalten? Sollte Gott tatsächlich ausgerechnet sie gebrauchen wollen, um den MacPhersons neue Hoffnung zu bringen? Und kann sie ihre Vergangenheit für immer unter Verschluss halten?